KB068315

프로젝트 헤일메리

Project Hail Mary

Copyright ⓒ 2021 by Andy Weir

This translation Published by arrangement with Ballantine Books,
an imprint of Random House, a division of Penguin Random House LLC
All rights reserved.

Korean translation copyright ⓒ 2021 by RH Korea Co., Ltd.
This translation is Published by arrangement with Random House, a division of Penguin Random
House LLC through Imprima Korea agency.

이 책의 한국어판 저작권은 Imprima Korea agency를 통해 Random House, a division of Penguin
Random House LLC와의 독점 계약으로 ㈜알에이치코리아에 있습니다.
저작권법에 의하여 한국 내에서 보호를 받는 저작물이므로 무단전재와 복제를 금합니다.

프로젝트 헤일메리

앤디 위어 지음 | 강동혁 옮김

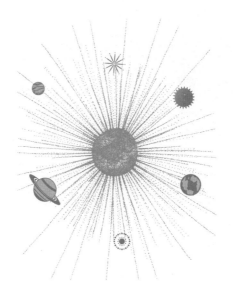

PROJECT
HAIL MARY

일러두기

하나, 이 작품은 허구의 창작물로서 작품에 등장하는 이름, 인물, 사건은
작가가 상상한 것이거나 허구적으로 활용된 것입니다.
실제의 사건, 장소, 인물과 유사한 점이 있다면 전부 우연의 일치입니다.
둘, 옮긴이 주는 괄호 뒤에 '옮긴이'라고 표기하였습니다.

존, 폴, 조지 그리고 링고를 위해

추진 모드 구조도

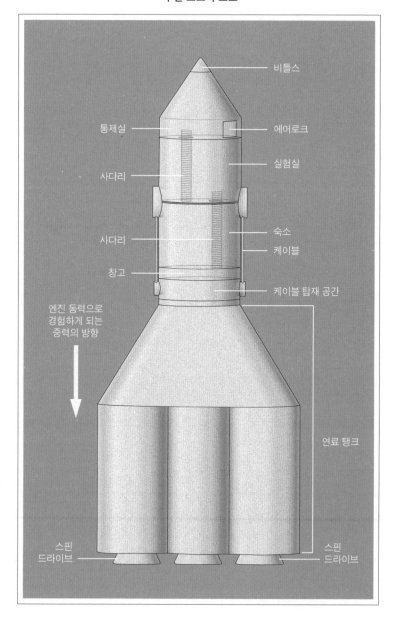

비틀스

통제실

에어로크

실험실

사다리

사다리

숙소

케이블

창고

케이블 탑재 공간

엔진 동력으로
경험하게 되는
중력의 방향

연료 탱크

스핀
드라이브

스핀
드라이브

원심분리기 모드 구조도

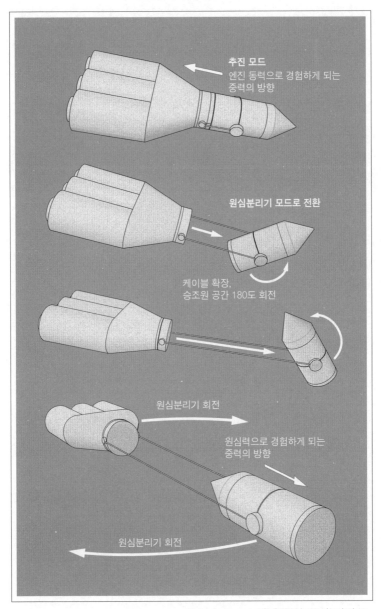

추진 모드
엔진 동력으로 경험하게 되는
중력의 방향

원심분리기 모드로 전환

케이블 확장,
승조원 공간 180도 회전

원심분리기 회전

원심력으로 경험하게 되는
중력의 방향

원심분리기 회전

Rocket diagrams copyright © 2020 by David Lindroth Inc.

contents

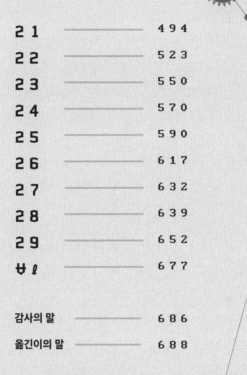

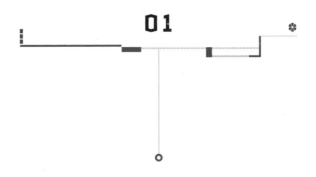

"2 더하기 2는 무엇입니까?"

이 질문을 들으니 왠지 짜증이 난다. 피곤하다. 나는 다시 잠에 빠져든다.

몇 분이 지나자 다시 그 소리가 들린다.

"2 더하기 2는 무엇입니까?"

여성의 조용한 목소리에는 감정이 없고, 발음은 지난번과 똑같다. 컴퓨터다. 컴퓨터가 나를 귀찮게 군다. 이젠 더 짜증이 난다.

"내블도." 내가 말한다. 놀랍다. 나는 '내버려 둬'라고 말하려 했다. 제법 합리적인 응답이라고 생각했으나 그 말을 할 수가 없다.

"틀렸습니다." 컴퓨터가 말한다. "2 더하기 2는 무엇입니까?"

실험을 해볼 시간이다. 인사나 한번 해볼까.

"안는쎄오?" 내가 말한다.

"틀렸습니다. 2 더하기 2는 무엇입니까?"

무슨 일이지? 알아보고 싶지만 별다른 방법이 없다. 보이지가 않는다. 컴퓨터 소리 말고는 아무 소리도 들리지 않는다. 촉감조차 없다.

아니, 그건 아니다. 뭔가 느껴진다. 나는 누워 있다. 몸 아래 부드러운 것이 닿아 있다. 침대다.

두 눈이 감겨 있는 것 같다. 그리 나쁜 일은 아니다. 뜨기만 하면 되니까. 눈을 뜨려 노력해 보지만 아무 일도 일어나지 않는다.

왜 눈을 뜰 수가 없지?

떠져라.

준비하시고… 뜨세요!

…떠지라고, 젠장!

오오! 이번에는 뭔가 씰룩거리는 게 느껴졌다. 눈꺼풀이 움직였다. 그 움직임이 느껴졌다.

떠져라!

눈꺼풀이 천천히 올라가고, 눈이 멀 정도로 강렬한 빛이 망막에 후끈 쳐들어온다.

"으으아!" 나는 순전한 의지력으로 눈을 계속 뜨고 있다. 다양한 통증이 모든 것을 희게 색칠한다.

"안구 움직임이 감지되었습니다." 컴퓨터는 나를 계속 괴롭힌다. "2 더하기 2는 무엇입니까?"

흰 빛이 가라앉는다. 눈이 적응하고 있다. 슬슬 주변이 눈에 들어오지만 아직은 하나도 못 알아보겠다. 어디 보자. 손은 움직여지나? 아니. 발은? 아니.

하지만 입은 움직일 수 있는 것 맞지? 뭐라고 중얼거리고 있었잖아. 알아들을 수 있는 말을 한 것은 아니지만, 그래도 뭔가 말하기는 했다.

"느에네네."

"틀렸습니다. 2 더하기 2는 무엇입니까?"

이제는 조금씩 사물의 형태를 알아볼 수 있을 것 같다. 나는 침대에 누워 있다. 침대는 뭐랄까… 타원형이다.

LED 조명이 나를 내리쬐고 있다. 천장에 달린 카메라들이 내 동작 하나하나를 지켜본다. 소름끼치기는 하지만 그보다 훨씬 걱정되는 것은 로봇 팔들이다.

광택 처리가 된 강철 골조 두 개가 천장에 걸려 있다. 둘 다 손이 있어야 할 자리에 어떤 도구들이 달려 있다. 불안하게도 구멍 뚫는 데 쓰면 딱 좋게 생겼다. 마음에 든다고는 못하겠다.

"느… 에에… 엣." 내가 말한다. 이 정도면 될까?

"틀렸습니다. 2 더하기 2는 무엇입니까?"

망할. 나는 모든 의지력과 내면의 힘을 끌어모은다. 동시에 조금씩 공포감도 찾아온다. 잘됐다. 그것도 이용해야지.

"느에에엣." 결국은 내가 말한다.

"정답입니다."

천만다행이다. 이제는 말할 수 있다. 뭐, 이런 것도 말이라면.

안도의 한숨을 내쉰다. 잠깐, 방금 호흡을 통제했다. 나는 일부러 한 번 더 숨을 들이쉰다. 입 속이 쓰리다. 목구멍도 쓰리다. 하지만 이건 나의 쓰라림이다. 내게 통제력이 있다.

나는 산소마스크를 끼고 있다. 마스크는 얼굴에 단단히 매여 있으며, 내 머리 뒤쪽으로 돌아가는 호스와 연결되어 있다.

일어날 수 있을까?

아니. 하지만 고개는 약간 움직일 수 있다. 내 몸을 내려다본다. 나는 알몸이고 셀 수 없이 많은 관에 연결되어 있다. 관은 두 팔에 하나씩 있고 두 다리에도 하나씩 있으며, '남성의 물건'에도 하나 꽂혀 있다.

관 두 개는 내 허벅지 아래쪽으로 들어간다. 그중 하나는 내 엉덩이 사이, 햇빛이 들지 않는 계곡으로 들어가는 것 같다.

좋은 일일 리가 없다.

게다가 나는 전극으로 뒤덮여 있다. 심전도 검사 장비에 달린 것 같은 붙이는 센서다. 심전도 검사 장비와 다른 점은, 전극이 온 사방에 붙어 있다는 것이다. 뭐, 그래도 이것들은 몸에 쑤셔 넣어지는 대신 그냥 피부에 붙어 있는 거니까.

"여기…." 나한테서 쌕쌕거리는 숨소리가 난다. 다시 말한다. "여기… 가… 어디지?"

"8의 세제곱근은 무엇입니까?" 컴퓨터가 묻는다.

"여기가 어디야?" 나는 다시 말한다. 이번은 좀 더 쉽다.

"틀렸습니다. 8의 세제곱근은 무엇입니까?"

나는 심호흡을 하고서 천천히 대답한다. "2 곱하기 e의 2i 파이 승 $(2 \times e^{2i\pi})$."

"틀렸습니다. 8의 세제곱근은 무엇입니까?"

하지만 난 틀리지 않았다. 그냥 컴퓨터가 얼마나 똑똑한지 알고 싶었을 뿐. 답은, 그리 똑똑하지는 않다는 것이다.

"2." 내가 말한다.

"정답입니다."

나는 후속 질문을 기다리지만 컴퓨터는 만족한 듯하다.

피곤하다. 나는 다시 잠들고 만다.

나는 눈을 뜬다. 얼마나 정신을 잃었던 걸까? 푹 쉰 기분이 드는 걸 보면 꽤 시간이 흐른 게 분명하다. 나는 딱히 어렵지 않게 눈을 뜬다. 나아진 셈이다.

손가락들을 움직여 본다. 손가락은 내 지시대로 씰룩거린다. 좋다. 이젠 뭔가 될 것 같다.

"손 움직임이 감지되었습니다." 컴퓨터가 말한다. "가만히 계십시오."

"뭐? 왜…"

로봇 팔들이 내 쪽으로 다가온다. 빠르게. 내가 알아차리기도 전에 그 팔들이 내 몸에 연결된 관 대부분을 제거했다. 나는 아무것도 느끼지 못했다. 어차피 피부가 얼얼해서 별 감촉이 없긴 하지만.

남은 관은 딱 세 개다. 팔에 꽂힌 링거 줄, 엉덩이로 들어간 관 그리고 소변줄. 특히 뒤의 두 가지는 꼭 제거해 줬으면 하는 시그니처 아이템 같은 것이었지만, 뭐 괜찮다.

나는 오른팔을 들었다가 팔이 다시 침대로 툭 떨어지게 놔둔다. 왼팔도 똑같이 해본다. 둘 다 엄청나게 무겁게 느껴진다. 나는 같은 과정을 몇 차례 반복한다. 내 두 팔은 근육질인데, 이렇게 힘이 없다니 말이 안 된다. 몸에 엄청난 의학적 문제가 있어서 이 침대에 꽤 오랫동안 누워 있었던 것 같은데. 그게 아니라면 왜 나한테 저것들을 덕지덕지 달아뒀겠나? 근무력증 같은 것이라도 있어야 하지 않나?

의사도 있어야 할 텐데? 아니면 병원 소리라도 들리든지? 게다가 이 침대는 또 뭐람? 침대는 직사각형이 아니라 타원형이다. 게다가 바닥이 아니라 벽에 붙어 있다.

"관을…" 내 말꼬리가 흐려진다. 지금도 좀 피곤하다. "관을 빼줘…"

컴퓨터는 반응하지 않는다.

나는 몇 번 더 팔을 들어본다. 발가락을 움직거린다. 확실히 나아지고 있다.

발목을 앞뒤로 움직여 본다. 잘 된다. 두 무릎을 들어본다. 다리도 근육이 탄탄하다. 보디빌딩 선수처럼 굵은 건 아니지만, 사경을 헤매는 사람이라기에는 너무 건강해 보인다. 하긴 얼마나 굵어야 정상인지는 잘 모르겠지만.

나는 침대에 두 손바닥을 대고 밀어본다. 상체가 일으켜진다. 내가 정말 일어나고 있다! 온 힘이 다 들지만 계속한다. 몸을 움직이자 침대가 약간 흔들린다. 일반적인 침대가 아니다. 그건 확실하다. 고개를 더 들자 타원형 침대의 머리맡과 발치가 힘 좋아 보이는 벽의 거치대에 연결된 것이 보인다. 침대가 아니라 딱딱한 해먹이라고 해야 할까. 기괴하다.

얼마 후, 나는 엉덩이 관을 깔고 앉아 있다. 아주 편안한 느낌이라고는 못 하겠다. 하긴, 엉덩이에 관을 꽂고 있는 게 언제는 편안할까?

이제는 주변이 더 잘 보인다. 이곳은 평범한 병실이 아니다. 벽은 플라스틱처럼 보이고, 방 전체가 둥글다. 천장에 달린 LED 조명에서 삭막한 느낌의 흰 빛이 나온다.

벽에는 해먹 비슷한 침대 두 대가 더 걸려 있고, 침대마다 환자가 있다. 우리는 삼각형의 꼭짓점에 배치되어 있고, 고문관 로봇 팔은 천장 중앙에 달려 있다. 그 팔들이 우리 셋을 모두 돌보는 것 같다. 동료 환자들은 잘 보이지 않는다. 내가 그랬듯, 그들도 침구에 파묻혀 있다.

문이 없다. 그냥 벽에 사다리가 하나 달려서 무엇으로 이어지는 거지? 저건 해치일까? 둥글고 가운데에 바퀴 모양 손잡이가 달려 있다. 그래, 일종의 해치가 틀림없다. 마치 잠수함에 달린 것 같은 생김새다. 어쩌면 우리 세 사람은 전염병에 걸려 밀폐된 이곳에 격리된 건지도 모른다. 벽에는 여기저기 작은 환기구가 달려 있고 공기의 흐름이 미세하게 느껴진다. 이곳은 통제된 환경인 걸까.

나는 침대 가장자리로 한쪽 다리를 미끄러뜨려 내린다. 침대가 흔들린다. 로봇 팔이 서둘러 내게 다가온다. 나는 움찔하지만 로봇 팔은 딱 멈춰서 내 근처에 머무른다. 내가 넘어지면 잡아주려는 듯하다.

"전신 동작이 감지되었습니다." 컴퓨터가 말한다. "당신의 이름은 무엇입니까?"

"참 나, 장난해?" 내가 묻는다.

"틀렸습니다. 두 번째 시도. 당신의 이름은 무엇입니까?"

나는 대답하려고 입을 연다.

"어…."

"틀렸습니다. 세 번째 시도. 당신의 이름은 무엇입니까?"

그제야 문득 드는 생각은, 내가 누군지 모르겠다는 것이다. 내가 뭘 하는 사람인지도 모르겠다. 아무것도 기억나지 않는다.

"음." 내가 말한다.

"틀렸습니다."

피로가 나를 휩쓴다. 그보다 왠지 기분 좋은 느낌이다. 컴퓨터가 링거를 통해 내게 진정제를 주사한 게 틀림없다.

"…잠까아아…." 나는 웅얼거린다.

로봇 팔들이 나를 다시 침대에 가만히 내려놓는다.

나는 다시 깨어난다. 로봇 팔 하나가 내 얼굴에 닿아 있다. 무슨 짓이야?

나는 몸을 떤다. 그 어느 때보다도 깜짝 놀랐다. 팔들은 천장의 집으로 다시 물러난다. 나는 상처가 났는지 얼굴을 더듬어본다. 한쪽에는 깎고 남은 수염 자국이 있고, 다른 쪽은 매끈하다.

"면도를 해준 거야?"

"의식이 감지되었습니다." 컴퓨터가 말한다. "당신의 이름은 무엇입니까?"

"그건 아직 모르겠는데."

"틀렸습니다. 두 번째 시도. 당신의 이름은 무엇입니까?"

나는 백인 남성이고, 영어를 쓴다. 어디 찍어보자. "조…존?"

"틀렸습니다. 세 번째 시도. 당신의 이름은 무엇입니까?"

나는 팔에서 링거 줄을 뽑아낸다. "배 째."

"틀렸습니다." 로봇 팔이 나를 잡으려 든다. 나는 침대에서 몸을 굴려 떨어진다. 실수다. 다른 관들이 아직 연결돼 있다.

엉덩이 관은 바로 뽑힌다. 아프지도 않다. 뽑히지 않도록 안쪽에 바람이 들어가 있는 소변줄도 성기에서 홱 당겨져 나온다. 그건 아프다. 오줌 대신 골프공을 싸는 것 같다.

나는 비명을 지르며 바닥에서 뒹군다.

"신체적 고통." 컴퓨터가 말한다. 로봇 팔들이 따라온다. 나는 도망치려고 바닥을 기어 다른 침대 밑으로 들어간다. 팔들은 바로 멈추지만 포기하지는 않고 기다린다. 그 팔을 작동시키는 건 컴퓨터다. 인내심을 잃거나 하는 일은 없다.

나는 고개를 뒤로 젖히고 숨을 고른다. 잠시 후에 통증이 잦아든다. 나는 눈물을 훔친다.

대체 무슨 일이 벌어지는 건지 모르겠다.

"이봐!" 내가 소리친다. "누구 좀 일어나 봐!"

"당신의 이름은 무엇입니까?" 컴퓨터가 묻는다.

"인간 좀 일어나 보라고, 제발."

"틀렸습니다." 컴퓨터가 말한다.

사타구니가 너무 아파서 웃음이 나온다. 이건 말도 안 되는 상황이다. 게다가 엔돌핀이 돌아 현기증이 난다. 나는 내 침대 옆의 소변줄을 돌아본다. 놀라서 고개를 젓는다. 저게 내 요도에 들어 있었다니. 와.

그리고 소변줄이 뽑히면서 상처가 났다. 바닥에 작은 핏줄기가 그어져 있다. 저 빨갛고 가느다란 선은….

나는 커피를 홀짝이고 남은 토스트 조각을 입에 던져 넣은 다음, 종업원에게 계산서를 가져다 달라고 손짓했다. 매일 아침 식당에 가지 않고 집에서 밥을 먹었다면 돈을 아낄 수 있었을 것이다. 월급이 몇 푼 안 된다는 걸 생각하면 그 편이 나을지도 몰랐다. 하지만 나는 요리를 싫어하고, 달걀과 베이컨을 무척 좋아한다.

종업원은 고개를 끄덕이더니 계산을 해주려고 계산대로 갔다. 하지만 바로 그 순간 다른 손님이 들어와 자리를 안내해 달라고 했다.

나는 손목시계를 살펴봤다. 오전 7시 정각을 겨우 지난 시간이었다. 서두를 건 없었다. 나는 7시 20분까지 넉넉하게 출근해 그날 일과를 준비하는 편을 좋아했지만 원칙으로는 8시 정각까지만 도착하면 됐다.

나는 핸드폰을 꺼내 이메일을 확인했다.

수신: 천문학의 신비 astrocurious@scilists.org

발신: (이리나 페트로바 박사) ipetrova@gaoran.ru

제목: 빨갛고 가느다란 선

 나는 눈을 찌푸리며 화면을 보았다. 이 메일링 리스트는 구독을 끊었던 것 같은데. 그 시절의 삶과는 오래전에 작별했으니까. 이 리스트는 그냥 천문학자와 천체물리학자를 비롯한 여러 분야의 전문가들이 이상하다고 생각하는 모든 것에 대해 수다를 떠는 공간으로, 메일이 발송되는 경우는 거의 없었지만 내 기억이 맞는다면 간혹 발송되는 메일 내용은 꽤 흥미로웠다.

 나는 종업원을 힐끗 보았다. 손님들이 메뉴에 관해 온갖 질문을 던져대고 있었다. '샐리네 식당'에 채식주의자용 글루텐 프리 풀 쪼가리 같은 게 있는지 묻는 듯했다. 샌프란시스코의 선량한 시민들은 가끔 진상이 된다.

 딱히 할 일이 없어서 이메일을 읽었다.

 전문가 여러분, 안녕하세요. 저는 이리나 페트로바 박사입니다. 러시아 상트페테르부르크에 있는 플코보 천문대에서 근무하고 있어요. 문법이 틀려도 이해해 주세요. 영어가 모국어가 아닙니다.

 여러분의 도움이 필요해서 이 메일을 씁니다.

 지난 2년간, 저는 성운의 적외선 방사와 관련된 이론을 연구해 왔습니다. 그 결과 빛의 특수한 적외선 대역 몇 곳을 관찰하게 됐고 이상한 점을 발견했습니다. 다른 성운이 아니라 바로 우리 태양계에서요.

 태양계에는 24.984마이크론 파장으로 적외선을 방사하는, 아주 희미하지만 탐지 가능한 선이 존재합니다. 파장은 이 수치에서 변동이 없는 것으로 보입니다.

저의 데이터를 정리한 엑셀 파일을 첨부합니다. 데이터를 3D 모델로 렌더링한 결과도 몇 가지 첨부합니다.

모델을 보시면 알겠지만, 문제의 선은 태양의 북극 바로 위로 3,700만 킬로미터 지점까지 상승하는 기울어진 호선입니다. 해당 지점부터는 문제의 선이 가파르게 꺾여져 태양에서 멀리, 금성 쪽으로 방향을 틉니다. 곡선의 정점을 지나면서부터는 구름 형태의 무언가가 부채꼴로 펼쳐지는 모습이 관찰됩니다. 금성에 이르면 호선의 횡단면이 금성의 폭과 일치할 만큼 넓어지고요.

적외선은 아주 희미합니다. 제가 그 빛을 조금이나마 탐지할 수 있었던 것은 성운에서 방사되는 적외선을 찾기 위해 극히 민감한 탐지 장치를 사용하고 있었기 때문입니다.

저는 만일의 경우에 대비해 칠레 소재의 아타카마 천문대에도 도움을 요청했습니다. 제 생각에는 해당 천문대가 전 세계에서 가장 뛰어난 적외선 관측소이기 때문입니다. 아타카마에서도 제 발견을 확인해 주었습니다.

행성 간 공간에서 적외선이 관찰되는 데는 수많은 이유가 있습니다. 태양광을 반사하는 우주먼지 등의 분자가 있을 수도 있고, 몇몇 분자 화합물이 에너지를 흡수했다가 적외선대에서 재방출하는 것일 수도 있습니다. 그 경우 적외선이 전부 같은 파장을 보이는 이유까지도 설명됩니다.

특별히 흥미로운 것은 호선의 형태입니다. 처음에 저는 이 호선이 자기장의 선을 따라 움직이는 입자들의 집합이라고 추측했습니다. 그러나 금성에는 이렇다 할 자기장이 없습니다. 천체 자기권도 없고, 전리층도 없고, 아무것도 없으니까요. 어떤 힘이 입자들을 끌어당기는 걸까요? 입자들이 빛을 내는 이유는 무엇일까요?

모든 의견과 가설을 환영합니다.

방금 건 대체 뭐였지?

갑자기 그 모든 게 기억났다. 그 장면은, 아무 경고도 없이 머릿속에 떠올랐다.

나 자신에 대해 알게 된 건 별로 없었다. 나는 샌프란시스코에 산다. 그건 기억이 난다. 아침 식사를 챙겨먹는 것도 좋아한다. 그리고 예전에는 천문학계에 발을 담그고 있었지만 지금은 아니다…?

내 이름처럼 사소한 문제보다도 그 이메일을 기억하는 것이 대단히 중요하다는 생각이 들었다.

내 무의식이 뭔가를 전달하려 한다. 그래서 피로 그려진 선을 보자 '빨갛고 가느다란 선'이라는 이메일 제목이 생각난 게 틀림없었다. 그게 나랑 무슨 상관인데?

나는 침대 밑에서 기어 나와 벽에 기대앉는다. 로봇 팔들이 나를 향해 다가오지만 여전히 나를 잡지는 못한다.

이제는 동료 환자들을 살펴볼 차례다. 나는 내가 누구인지, 왜 여기 있는지 모르지만 적어도 혼자는 아니다. …근데 저 사람들이 죽어 있네.

그래, 확실히 죽었다. 나와 가까운 쪽에 있던 사람은 여성이었던 것 같다. 잘 모르겠지만 일단 머리는 길다. 그 점을 제외하면 그녀는 거의 미라 상태다. 건조한 피부가 뼈를 덮고 있다. 냄새는 나지 않는다. 부패가 활발하게 진행되지는 않은 것이다. 그녀는 오래전에 죽은 게 틀림없다.

다른 침대에 있는 사람은 남성이었다. 그는 죽은 지 더 오래된 것 같았다. 그의 피부는 건조하고 가죽처럼 변했을 뿐만 아니라 부스러져 가고 있다.

그래. 그러니까 난 죽은 두 사람과 함께 이곳에 있다는 말이다. 역겨

21

움과 공포가 느껴질 법하지만 그렇지 않다. 이 사람들은 죽은 지 너무 오래돼서 사람처럼 보이지도 않는다. 핼러윈 장식처럼 보이지. 두 사람 다 나와 친한 사이는 아니었으면 좋겠다. 혹시 친했다면, 그 사실이 기억나지 않았으면 좋겠고.

죽은 사람 자체도 걱정되기는 하지만, 더 걱정되는 것은 두 사람이 여기에 아주 오랫동안 있었다는 사실이다. 아무리 여기가 격리 구역이라 해도 죽은 사람은 치워줘야 하지 않을까? 뭐가 잘못됐는지는 모르지만 단단히 잘못된 게 틀림없었다.

나는 일어선다. 동작이 느리고 힘도 많이 든다. 나는 미라 아가씨의 침대 모퉁이를 잡고 버틴다. 침대가 흔들리고 나도 함께 흔들리지만 쓰러지지는 않는다.

로봇 팔들이 내게 구애하려는 듯 다가오자 나는 다시 벽에 몸을 납작하게 붙인다.

나는 혼수상태였던 게 확실하다. 그래, 생각할수록 나는 혼수상태였던 것 같다. 여기에 얼마나 오래 있었는지는 모르겠지만, 누가 나를 룸메이트들과 동시에 이곳에 넣었다면 그건 꽤 오래전이었을 것이다. 나는 반만 면도된 얼굴을 문지른다. 저 팔들은 오랜 기간 혼수상태에 빠진 환자들을 관리하도록 고안된 것이었다. 내가 혼수에 빠져 있었다는 또 하나의 증거다.

혹시 저 해치까지 갈 수 있을까?

나는 한 걸음을 디뎌본다. 그리고 또 한 걸음. 그런 다음 바닥에 주저앉는다. 나로서는 감당하기 어려운 일이다. 나는 쉬어야 한다.

이렇게 근육이 잘 발달돼 있는데 왜 이토록 힘이 없는 걸까? 아니, 혼수상태에 빠져 있었다면 애초에 왜 근육이 탄탄한 걸까? 오랫동안 혼수상태였다면 해수욕장을 누비는 몸짱처럼 생길 게 아니라 가냘프게 시들어가고 있어야 마땅한데 말이다.

도대체 내가 어떻게 된 건지 감도 잡히지 않는다. 뭘 어째야 하나? 내가 정말 아픈 건가? 똥 같은 기분이 드는 것이야 당연하다. 하지만 '아픈' 것 같지는 않다. 구역질이 나지 않는다. 두통도 없다. 열이 나는 것 같지도 않다. 병이 걸린 게 아니라면 난 왜 혼수상태에 빠졌던 걸까? 신체적 부상을 입어서?

나는 머리를 더듬어본다. 혹도, 흉터도, 붕대도 없다. 신체의 나머지 부분도 꽤 멀쩡해 보인다. 멀쩡한 것 이상이다. 나는 근육맨이다.

꾸벅꾸벅 졸고 싶지만 참는다.

다시 시도해 볼 때다. 나는 바닥을 짚고 일어난다. 웨이트트레이닝이라도 하는 것 같다. 하지만 이번에는 좀 더 쉽다. 내 몸은 점점 회복되고 있다(그런 거였으면 좋겠다).

나는 발을 끌며 벽을 따라 걸어간다. 발만큼이나 등에도 몸무게를 싣는다. 로봇 팔이 계속 내 쪽으로 뻗어오지만 나는 놈들이 닿지 않는 곳에 머문다.

나는 숨을 헐떡이며 씨근거린다. 마라톤이라도 뛴 것 같다. 혹시 폐가 감염된 걸까? 나를 고쳐주려고 격리한 건가?

나는 결국 사다리에 다다른다. 나는 앞으로 휘청하며 사다리의 가로대를 잡는다. 너무 힘이 없다. 10피트짜리 사다리를 어떻게 올라간담?

10피트짜리 사다리라니.

생각이 영국식 단위로 떠오른다. 이게 한 가지 실마리다. 나는 아마 미국인일 것이다. 영국인이거나 캐나다인일지도 모른다. 캐나다인들은 짧은 거리를 잴 때 피트와 인치를 사용하니까.

나 자신에게 묻는다. LA부터 뉴욕까지의 거리는? 당장 떠오르는 대답은 3,000마일이라는 것이다. 캐나다 사람이라면 킬로미터를 썼을 것이다. 그러니까 나는 영국인이거나 미국인이다. 아니면 라이베리아 출신이든지.

라이베리아에서 영국식 단위를 쓴다는 건 아는데 내 이름은 모르다니. 짜증 나네.

나는 심호흡을 한다. 두 손으로 사다리에 매달려 맨 아래 가로대에 한쪽 발을 얹는다. 몸을 끌어올린다. 불안한 동작이지만 해낸다. 이제는 두 발이 다 아래쪽 가로대에 놓여 있다. 나는 위로 손을 뻗어 다음 가로대를 잡는다. 좋아, 진척이 있다. 온몸이 납덩이로 만들어진 것만 같은 기분이다. 모든 움직임에 너무 큰 힘이 든다. 나는 위쪽으로 몸을 끌어올려 보려 하지만, 손에 그만한 힘이 없다.

나는 사다리에서 뒤로 떨어진다. 아야.

그러나 아프지 않다. 내가 땅에 닿기 전에 로봇 팔이 나를 잡는다. 내가 손 닿는 범위에 떨어졌기 때문이다. 빈틈없는 놈들. 로봇 팔은 나를 침대로 돌려놓고 아이를 재우는 어머니처럼 내 자리를 잡아준다.

근데 말이지, 그게 나쁘지 않다. 이제 진짜 피곤해진 모양이다. 눕는다는 건 뭐랄까, 지금의 나한테 잘 맞는 행동이다. 침대가 부드럽게 흔들리는 것도 편안하다. 사다리에서 떨어졌을 때의 느낌이 뭔가 거슬리기는 한다. 나는 머릿속에서 그때 일을 재생한다. 딱 뭐라고 말하기는 어렵지만, 그냥 뭐랄까…. '다른' 점이 있다.

흠.

나는 곯아떨어진다.

"드십시오."

내 가슴에 치약 튜브가 놓여 있다.

"응?"

"드십시오." 컴퓨터가 다시 말한다.

나는 튜브를 들어올린다. 흰색이고 검은 글자가 적혀 있다. '1일차, 1식'.

"이게 뭐야?" 내가 말한다.

"드십시오."

나는 뚜껑을 돌려 연다. 뭔가 맛있는 냄새가 난다. 기대감에 침이 고인다. 그제야 얼마나 배가 고팠는지 실감이 난다. 내가 튜브를 짜자 역겨운 생김새의 갈색 진흙 같은 것이 나온다.

"드십시오."

내가 누구라고 소름끼치는 고문관 로봇 팔의 지배자에게 의문을 제기하겠는가? 나는 조심스럽게 그 물질을 핥아본다.

세상에, 끝내준다! 너무 맛있다! 진하지만 너무 느끼지는 않은 그레이비소스 같다. 나는 내용물을 입에 직접 더 짜 넣고 맛을 본다. 장담하는데, 섹스보다 이게 나을 거다.

무슨 일이 벌어지는 건지 알겠다. 시장이 반찬이라는 말이 있다. 굶어 죽을 지경이 되면 두뇌는 음식을 입에 넣은 우리에게 후한 보상을 내린다. '잘했어.' 뇌는 그렇게 말한다. '당분간은 안 죽겠네!'

퍼즐 조각이 맞아 들어간다. 오랫동안 혼수상태였다면 누군가 나에게 음식을 먹였을 것이다. 깼을 때 배에는 관이 꽂혀 있지 않았으니, 아마 콧줄을 통해 식도로 음식을 넣었을 것이다. 그게 음식을 먹을 수는 없지만 소화기관에는 문제가 없는 환자에게 영양을 공급하는, 가장 부담이 덜한 방법이니까. 게다가 이 방법을 쓰면 소화기관이 건강하게 계속 활동한다. 내가 깨어났을 때 관이 없었던 이유도 설명된다. 가능하다면, 콧줄은 환자가 의식이 없을 때 빼야 하니까.

내가 그걸 어떻게 아는 거지? 난 의사인가?

나는 찐득찐득한 그레이비소스를 한 번 더 입에 짜 넣는다. 여전히 맛있다. 나는 게걸스럽게 그것을 먹어 치운다. 머지않아 튜브가 텅 빈다. 나는 튜브를 들어올린다. "이거 더 줘!"

"식사가 끝났습니다."

"난 아직 배고프다! 튜브 하나 더 줘!"

"이번 식사를 위한 음식 배급은 완료되었습니다."

맞는 말이다. 지금 이 순간 내 소화기관은 유동식에 익숙해져 있다. 무리하지 않는 게 최선이다. 원하는 만큼 먹으면 탈이 날 테니까. 컴퓨터는 옳은 일을 하고 있다.

"음식 더 줘!" 그리고 배고플 때 뭐가 옳은 일인지 신경 쓰는 사람은 없다.

"이번 식사를 위한 음식 배급은 완료되었습니다."

"쳇."

하지만 전보다는 기분이 훨씬 나아졌다. 음식을 먹은 덕분에 에너지를 공급받았을 뿐 아니라 더 쉬기도 했으니까.

나는 침대에서 굴러 나온다. 로봇 팔을 피해 바로 벽으로 달려갈 생각이다. 하지만 로봇 팔이 나를 쫓아오지 않는다. 먹을 수 있다는 걸 증명했으니 침대 밖으로 나와도 되는 모양이다.

나는 벌거벗은 내 몸을 내려다본다. 이건 뭔가 아니다. 주변에 다른 사람이라고는 죽은 사람밖에 없다는 건 알지만, 그래도 그렇지.

"옷 좀 없나?"

컴퓨터는 아무 말도 하지 않는다.

"그래, 맘대로 해라."

나는 침대에서 이불보를 벗겨내 상체에 두어 번 감는다. 한쪽 귀퉁이를 등 뒤에서 어깨로 넘겨, 앞쪽의 다른 귀퉁이에 묶는다. 즉석 토가가 완성됐다.

"자체 보행이 감지되었습니다." 컴퓨터가 말한다. "당신의 이름은 무엇입니까?"

"나는 혼수에서 깨어난 혼수투스 황제다. 짐의 앞에 무릎을 꿇으라."

"틀렸습니다."

이제는 사다리 위에 뭐가 있는지 확인할 차례다.

좀 불안정하긴 하지만 나는 방을 가로질러 걷는다. 이것 자체가 하나의 성과다. 흔들거리는 침대도, 벽에 기댈 필요도 없다. 나는 두 발로 서 있다.

나는 사다리로 다가가 사다리를 붙든다. 뭔가에 매달릴 필요는 없지만, 매달리면 인생이 좀 쉬워지기는 하니까. 위쪽의 해치는 엄청 단단해 보인다. 공기로 밀폐하는 방식인 것 같다. 잠겨 있을 확률도 아주 높다. 그래도 최소한 시도는 해보는 게 좋겠지.

나는 한 단을 올라간다. 힘들지만 할 만하다. 또 한 단. 그래, 어떻게 해야 할지 알겠다. 천천히, 꾸준하게.

나는 해치에 다다른다. 한 손으로 사다리에 매달리고 해치의 원형 크랭크를 다른 손으로 돌린다. 진짜 돌아간다!

"어머나, 세상에!" 내가 말한다.

'어머나, 세상에'라고? 놀랐을 때 반사적으로 나오는 표현이 '어머나,

27

세상에'란 말인가? 아니, 뭐 그것도 나쁠 건 없다. 난 그냥 좀 덜 '1950년 대적'인 것을 기대했었다. 나, 뭐가 문제인 거지.

크랭크를 세 바퀴 완전히 돌린다. 철컥하는 소리가 난다. 해치가 아래쪽으로 기울어지고, 나는 해치에 맞지 않으려고 비킨다. 해치는 툭 떨어지듯 열린다. 무거운 경첩만이 해치가 떨어지지 않도록 걸려 있다. 나는 자유다!

뭐, 굳이 따지자면 말이지.

해치 너머로는 어둠뿐이다. 좀 위협적이지만 어쨌든 진척이 있는 셈이다.

나는 새로운 공간으로 손을 뻗고 바닥 위로 몸을 끌어올린다. 내가 들어가자마자 탁 하며 불이 들어온다. 아마 컴퓨터가 한 일이겠지.

그 공간은 내가 떠나온 공간과 크기도, 모양도 같아 보인다. 이번에도 둥근 방이다.

보아하니 실험대처럼 생긴 커다란 탁자 하나가 바닥에 설치돼 있다. 근처에는 실험실용 의자가 세 개 있다. 벽 전체를 따라 실험 장비가 놓여 있고. 그것들 전부가 바닥에 고정된 탁자나 벤치 위에 놓여 있다. 이 방은 밀폐된 공간에서 지진이 일어날 경우에 대비해 만들어진 것만 같다.

벽에 기대어 있는 사다리 하나가 천장의 또 다른 해치로 이어진다.

나는 장비가 잘 갖추어진 실험실에 있다. 대체 언제부터 격리 병동의 환자들을 실험실에 들어가게 해줬다고? 게다가 여기는 의학 실험실처럼 보이지도 않는다. 대체 무슨 쌍쌍바 같은 상황이람?

쌍쌍바라고? 진짜? 난 어린 자식이 있는 사람인지도 모르겠다. 욕을 절대 안 쓰는 독실한 신자이든지.

나는 주변을 좀 더 잘 살펴보려고 일어선다.

실험실에는 탁자에 나사로 고정된, 더 작은 장비가 있다. 8,000배율 현미경, 가압 멸균처리기, 시험관 여러 개, 공구 보관용 서랍 여러 개, 샘플 보관용 냉장고, 전기로, 피펫… 잠깐만. 대체 난 왜 이런 용어들을 전부 알고 있는 거지?

나는 벽을 따라 놓여 있는 더 큰 장비들을 살펴본다. 주사형 전자현미경, 서브밀리미터 3D프린터, 11축 밀링머신(커터를 회전시켜 공작물을 절삭하는 공작 기계-옮긴이), 레이저 간섭 관측기, 1세제곱미터짜리 진공실…. 나는 이 모든 것의 정체를 알고 있다. 사용 방법까지도.

나, 과학자구나! 이제야 좀 알겠네. 내가 과학을 써야 할 시간인 거야. 좋아, 천재 두뇌씨. 뭐라도 생각해 보라고!

…나는 배고프다.

실망이다, 두뇌야.

지금도 나는 여기에 왜 이런 실험실이 있는지, 왜 내가 여기에 들어와도 되는 건지 전혀 모르겠다. 하지만… 계속 가 보자!

천장의 해치는 땅에서 10피트 정도 떨어져 있다. 또 한 번의 사다리 대모험이 펼쳐질 예정이다. 그래도 지금은 힘이 좀 더 생겼으니까.

나는 몇 차례 심호흡하고 사다리를 오르기 시작한다. 전에도 그랬듯, 이 단순한 행동에는 엄청난 노력이 따른다. 나아지고 있을지는 몰라도, 난 '괜찮지' 않다.

세상에, 몸이 엄청 무겁다. 나는 꼭대기까지 간신히 올라간다.

나는 사다리의 가로대에 불편하게 자세를 잡고 해치 손잡이를 밀어본다. 꿈쩍도 안 한다.

"해치의 잠금을 해제하려면 이름을 말하세요." 컴퓨터가 말한다.

"이름을 모른다니까!"

"틀렸습니다."

나는 손바닥으로 손잡이를 쾅 친다. 손잡이는 움직이지 않고 이제는 손바닥까지 아프다. 그래, 별 보람이 없네.

이건 좀 이따가 해야겠다. 어쩌면 머잖아 이름이 기억날지도 모른다. 아니면 어딘가에 적혀 있는 내 이름을 발견하든지.

나는 사다리를 내려온다. 그게 내 계획이다. 올라가는 것보다는 내려가는 게 쉬울 것 같지만, 절대로 아니다. 우아하게 사다리를 내려오는 대신, 나는 이상한 각도로 다음 가로대를 디디고 헛치 손잡이를 놓치며 멍청이처럼 추락한다.

나는 화난 고양이처럼 버둥거리며 뭐든 잡으려고 손을 뻗는다. 알고 보니 그건 최악의 발상이었다. 나는 탁자에 떨어져 정강이로 공구 보관용 서랍을 쾅 찍어버린다. 너무나 아프네요! 나는 소리를 지르며 아픈 정강이를 움켜잡고서 실수로 탁자 위를 굴러 바닥에 떨어진다.

이번에는 나를 받아줄 로봇 팔이 없다. 나는 등부터 떨어진다. 잠깐 숨이 안 쉬어진다. 게다가 부상만으로는 부족하다는 듯 치욕스러운 일까지 벌어진다. 공구 서랍장이 넘어지면서 서랍들이 열리고, 실험 장비들이 내 위에 우수수 떨어진다. 면봉쯤이야 별 문제가 아니다. 시험관은 약간 아픈 정도다(놀랍게도 깨지지는 않는다). 하지만 줄자는 내 이마를 정통으로 후려친다.

더 많은 잡동사니가 쏟아지지만, 나는 부풀어 오르는 이마를 부여잡느라 바빠 눈치채지 못한다. 저놈의 줄자, 대체 얼마나 무거운 거야? 3피트짜리 탁자에서 떨어졌다고 내 머리에 혹을 내다니.

"실패했구나." 나는 듣는 사람도 없는데 말한다. 이번 경험 전체가 그냥 우스꽝스럽다. 찰리 채플린 영화의 한 장면 같다.

사실… 정말로 비슷했다. 좀 지나칠 정도로.

아까 느꼈던 뭔가 '다른' 감각이 다시 느껴진다.

나는 근처의 시험관을 잡고 허공에 던져본다. 시험관은 당연히 위로 올라갔다가 내려온다. 하지만 왠지 신경에 거슬린다. 지금 이 순간에도 물체가 떨어지는 모습이 왠지 거슬린다. 이유를 알고 싶다.

뭘 가지고 알아보면 될까? 나는 실험실 하나를 통째로 가지고 있고, 그 실험실을 사용할 줄 안다. 하지만 지금 당장 쓸 수 있는 건? 나는 바닥으로 떨어진 모든 잡동사니를 둘러본다. 시험관 한 무더기, 샘플 채취용 면봉, 나무 꼬챙이, 디지털 스톱워치, 피펫, 스카치테이프, 펜….

좋아, 나한테 필요한 게 있을지도 모르겠다.

나는 다시 일어나서 토가의 먼지를 털어낸다. 물론 먼지는 없다. 내가 속한 세계 전체가 깨끗한 무균상태로 보인다. 하지만 어쨌든 나는 먼지 털어내는 시늉을 한다.

나는 줄자를 집어 들고 살펴본다. 미터 단위로 되어 있다. 내가 유럽에 있는 건가? 그러든지 말든지. 그런 다음 스톱워치를 집어 든다. 꽤 튼튼한 것이다. 하이킹을 갈 때 들고 갈 만한 것. 겉이 단단한 플라스틱 통으로 되어 있고, 주변에 딱딱한 고무링이 둘러져 있다. 방수가 되는 제품일 테지만 완전히 맛이 갔다. LCD 화면이 먹통이다.

버튼 몇 개를 눌러보았지만 아무 일도 벌어지지 않는다. 나는 스톱워치를 뒤집어 배터리 넣는 곳을 살펴본다. 무슨 배터리가 들어가는지 알면, 그 배터리가 들어 있는 서랍을 찾을 수 있을지도 모른다. 뒤쪽으로 삐져나온 빨갛고 작은 플라스틱 끈이 보인다. 조금 당겨보니 끈 전체가 나온다. 스톱워치가 삑삑 소리를 내며 살아난다.

일종의 '배터리 내장형' 장난감 같은 것이다. 주인이 최초로 사용하기 전에 배터리가 닳는 것을 방지하기 위해 작은 플라스틱 조각을 넣어두는 방식. 좋다. 이건 신상 중의 신상 스톱워치다. 그것뿐만 아니라 이 실험실의 모든 것이 신상으로 보인다. 깨끗하고, 깔끔하고, 닳은 흔적이 전혀 없다. 이걸 어떻게 받아들여야 할지 모르겠다.

나는 잠시 스톱워치를 만지작거리다가 작동법을 알게 된다. 사실 꽤 간단하다.

줄자를 사용해 실험대 높이를 잰다. 실험대는 밑판이 바닥과 91 센티미터 떨어져 있다.

시험관을 집어 든다. 유리가 아니다. 고밀도 플라스틱의 일종일지도 모르겠다. 3피트 높이에서 단단한 바닥으로 떨어졌을 때도 깨지지 않았다. 무엇으로 만들어졌는지는 몰라도 공기저항을 무시할 수 있을 만큼 밀도가 높다.

시험관을 실험대에 올려놓고 스톱워치를 준비한다. 한 손으로 실험대에서 시험관을 밀치며 다른 손으로 스톱워치를 작동시킨다. 시험관이 땅에 떨어질 때까지의 시간을 잰다. 대략 0.37초가 나온다. 꽤 빠른 속도다. 내 반응시간이 결과를 왜곡하는 게 아니었으면 좋겠는데.

나는 펜으로 팔에 시간을 메모한다. 아직 종이를 못 찾았다.

나는 시험관을 되돌려 놓고 실험을 반복한다. 이번에는 0.33초가 나온다. 도합 스무 번의 실험을 하며 결과를 기록한다. 스톱워치를 작동시키고 멈출 때의 오차가 미치는 영향을 최소화하기 위해서다. 나는 결국 0.348초라는 평균값을 얻는다. 팔이 수학 선생님의 칠판처럼 보이게 됐지만 그건 괜찮다.

0.348초라니. 거리는 가속도의 2분의 1 곱하기 시간의 제곱이다. 그

러니까 가속도는 2 곱하기 거리 나누기 시간의 제곱이다. 이런 공식이 쉽게 떠오른다. 제2의 본능처럼. 나는 물리학에 능숙한 게 확실하다. 좋은 정보다.

숫자를 계산해 보고 얻은 결과가 마음에 들지 않는다. 이 방은 중력이 너무 크다. 원래 지구의 중력가속도는 $9.8m/s^2$이어야 하는데, 이 방의 중력가속도는 $15m/s^2$이다. 낙하하는 물체가 다르게 '느껴지는' 이유가 그것이다. 너무 빨리 떨어지니까. 이렇게 근육이 많은데도 내가 힘이 없는 이유 역시 마찬가지다. 모든 것이 원래의 무게보다 1.5배는 더 나간다.

문제는, 중력에 영향을 주는 건 아무것도 없다는 사실이다. 중력은 증가시킬 수도, 감소시킬 수도 없다. 지구의 중력가속도는 $9.8m/s^2$이다. 끝. 그런데 나는 그 이상의 중력을 경험하고 있다. 가능한 설명은 한 가지뿐이다.

내가 있는 곳은 지구가 아니다.

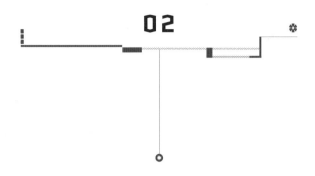

02

좋다, 심호흡하시고. 너무 성급한 결론을 내리지는 말자. 그래, 중력이 너무 높다. 거기서부터 출발해서 '말이 되는' 답을 생각해 내자.

나는 원심분리기 안에 있는 것일 수도 있다. 아주 큰 원심분리기여야 하겠지. 지구의 중력이 중력가속도 $1g$(중력가속도의 단위-옮긴이)를 제공한다면, 이 방들이 비스듬한 궤도를 돌게 하거나 길고 단단한 팔 같은 것의 끝에 이 방들을 매달아 놓는 것 자체는 가능하다. 그 장치를 빙글빙글 돌게 하면 합산된 원심력과 지구 중력의 합을 $15m/s^2$으로 만들 수 있다.

대체 병실과 실험실이 들어 있는 커다란 원심분리기를 왜 만든단 말인가? 모르겠다. 그게 가능하긴 한 일인가? 그 원심분리기는 반경이 얼마나 돼야 하나? 얼마나 빠르게 돌아야 하나?

나는 그 답을 알아낼 방법을 찾을 수 있을 것만 같다. 그러기 위해선 정확한 가속도계가 필요하다. 실험대에서 물건을 떨어뜨리고 시간을 재는 것도 대충 추산을 하는 데는 나쁘지 않은 방법이지만 그 정확성은 스톱워치를 누르는 내 반응시간에 달려 있다. 그보다 나은 방법이 필요하다. 그것을 위해 필요한 물건은 한 가지뿐이다. 실 한 가닥.

나는 실험실 서랍을 뒤진다.

몇 분 뒤, 서랍 절반 정도를 열어보고 거의 모든 형태의 실험실 물자를 발견했지만, 실만은 찾지 못했다. 막 포기하려는 참에 결국 나일론 실이 감긴 얼레를 발견한다.

"좋았어!" 나는 실 몇 피트를 풀어 이로 끊는다. 한쪽 끝을 고리 모양으로 매고 다른 쪽 끝은 줄자에 감는다. 이 실험에서는 줄자가 '추' 역할을 하게 된다. 이제는 이 실을 매달아 놓을 만한 곳만 찾으면 된다.

나는 머리 위의 해치를 올려다본다. 사다리를 올라서서(아까보다 쉽다) 고리를 큰 걸쇠 손잡이에 건다. 그런 다음 줄자의 무게로 실이 팽팽히 당겨지게 놔둔다.

이제 내게는 진자가 생겼다.

진자의 멋진 점은 아무리 멀리까지 움직여도 앞뒤로 한 번 흔들릴 때 걸리는 시간(주기)이 변하지 않는다는 것이다. 많은 에너지를 받으면 진자는 더 멀리까지, 더 빠르게 흔들린다. 그러나 주기는 일정하다. 기계식 시계가 이런 점을 활용해 시간을 맞추는 것이다. 그 주기는 단 두 가지 요소, 즉 진자의 길이와 중력에 의해서 결정된다.

나는 진자를 한쪽으로 당긴다. 손을 놓고 스톱워치를 켠다. 진자가 앞뒤로 몇 번 움직이는지 헤아린다. 아주 신나는 일은 아니다. 거의 잠들 뻔했지만 견뎌낸다.

10분이 지나자 진자가 거의 움직이지 않는다. 나는 그 정도면 충분한 시간이라고 판단한다. 정확히 10분 동안 346번의 완전한 왕복운동이 이루어졌다.

이제 2단계.

나는 해치 손잡이부터 바닥까지의 거리를 측정한다. 2.5미터가 조금 넘는다. 나는 아래층의 '침실'로 돌아간다. 이번에도 사다리는 문제가 되지 않는다. 이제는 몸 상태가 훨씬 나아졌다. 그 음식이 정말 요물이다.

"당신의 이름은 무엇입니까?" 컴퓨터가 묻는다.

나는 이불 토가를 내려다본다. "나는 진자를 연구하는 위대한 철학자 진자누스다!"

"틀렸습니다."

나는 천장 근처의 로봇 팔 중 하나에 진자를 매단다. 잠깐은 팔이 가만히 있어주면 좋겠다. 로봇 손과 천장 사이의 거리를 대충 눈어림한다. 그 거리를 1미터라고 하자. 이제 내 진자는 전보다 4.5미터 아래에 있다.

나는 실험을 반복한다. 스톱워치로 10분을 재고, 전체 왕복 횟수를 헤아린다. 결과는 346번이다. 위층과 같다.

이야.

문제는 뭐냐 하면, 원심분리기 안에서는 중심부와 멀어질수록 원심력이 커진다는 점이다. 그러니까 내가 원심분리기 안에 있는 거라면, 이 아래쪽의 '중력'은 위층보다 높을 것이다. 그런데 그렇지가 않다. 적어도 진자 왕복 횟수가 달라질 정도의 차이는 없다.

하지만 내가 정말로 큰 원심분리기 안에 있는 거라면? 너무 거대해서 이곳과 실험실의 원심력 차이가 너무 작아 진자의 왕복 횟수가 변하지 않을 정도라면?

어디 보자…. 진자에 관한 공식과… 원심분리기의 힘에 관한 공식이… 잠깐, 나한테는 실제 원심력에 관한 정보가 없다. 그냥 왕복 횟수에 관한 정보가 있을 뿐이다. 그러니까 1/x 인수를 고려해야 하고⋯. 이거 아주 교육적인 문제잖아!

내게는 펜이 있지만 종이는 없다. 괜찮다. 벽이 있으니까. '벽에 낙서를 휘갈기는 미친 죄수' 같은 행동을 수없이 반복한 후, 나는 답을 얻는다.

내가 지구에 있고 원심분리기 안에 있다고 해보자. 그 말은 원심분리기가 힘을 일부 제공하고, 나머지 힘은 지구에 의해 제공된다는 뜻이다. 내 계산에 따르면(난 계산만 한 게 아니라 증명까지 마쳤다!) 그 원심분리기는 지름이 700미터여야 하고(이 정도면 거의 0.5마일이다) 초속 88미터, 그러니까 거의 시속 200마일로 회전하고 있어야 한다!

흠. 나는 과학적인 일을 할 때 거의 미터법으로 생각한다. 흥미로운데? 하긴 과학자들은 대부분 그렇지 않은가? 미국에서 자란 과학자라도 말이다.

아무튼 그 원심분리기는 여태 만들어진 것 중 가장 큰 원심분리기일 텐데⋯ 대체 왜, 누가 그런 걸 만든단 말인가? 게다가 그런 물건은 엄청나게 시끄러울 것이다. 시속 200마일로 공기를 가른다? 그럴 경우, 엄청난 바람 소리는 말할 것도 없고 사방이 흔들릴 것이다. 하지만 그런 건 전혀 들리지도, 느껴지지도 않는다.

점점 이상해지는데⋯ 좋다, 그럼 내가 우주에 있다면? 그러면 흔들림도, 바람의 저항도 없겠지. 하지만 원심분리기는 더 크고 속도도 빨라야 할 것이다. 도와줄 중력이 없으니까.

계산 추가, 벽에 낙서 추가. 반경은 1,290미터여야 할 것이다. 거의 1마일에 달한다. 우주에서 쓸 물건 중 그 비슷한 크기라도 되는 물건은 한 번도 만들어진 적이 없다.

그러니까 나는 원심분리기 안에 있는 게 아니다. 지구에 있는 것도 아니고.

다른 행성일까? 하지만 태양계에 이렇게까지 중력이 큰 행성이나 위성, 소행성은 없다. 태양계 전체에서 가장 크고 단단한 물체는 다름 아닌 지구다. 물론 기체로 이루어진 거대 행성들이 있기는 하다. 그러나 내가 목성의 바람을 타고 떠다니는 풍선이 아닌 한 그런 행성에는 내가 이런 힘을 경험할 만한 장소가 없다.

난 대체 어떻게 이런 우주의 사정을 다 알고 있는 거지? 그냥 안다. 제2의 본능처럼, 내가 늘 활용하는 정보처럼 느껴진다. 어쩌면 나는 천문학자이거나 행성 연구자인지도 모른다. 내가 일하는 곳이 미국 항공우주국, 즉 나사(NASA)나 ESA(European Space Agency, 유럽우주기구—옮긴이)나….

나는 매주 목요일 고프가의 머피즈에서 머리사를 만나 스테이크와 맥주를 즐겼다. 늘 오후 6시 정각에, 늘 같은 자리에서. 종업원들이 우리를 알아볼 정도였다.

우리는 거의 20년 전 대학원에서 만났다. 머리사가 당시의 내 룸메이트와 사귀었다. 둘의 관계는 (대부분의 대학원 내 관계가 그렇듯이) 재앙에 가까웠고, 둘은 석 달도 되지 않아 헤어졌다. 하지만 그녀와 나는 좋은 친구가 됐다.

머피즈의 주인은 나를 보더니 미소 지으며 평소 내가 앉는 자리를 엄지로 휙 가리켰다. 나는 키치한 장식물들 사이를 헤치고 머리사에게로 갔다. 그녀는 앞에 빈 로우볼 유리잔 두어 개를 두고, 가득 찬 잔 하나는 손에 들고 있었다. 먼저 시작한 듯했다.

"벌써 달리는 거야?" 나는 자리에 앉으며 말했다.

머리사는 유리잔을 내려다보며 만지작거렸다.

"야, 왜 그래?"

머리사는 위스키를 한 모금 홀짝였다. "오늘따라 회사 일이 힘들어서."

나는 종업원에게 손짓했다. 종업원은 고개를 끄덕였지만, 이쪽으로는 오지도 않았다. 그는 내가 사이드로 매시트포테이토를 곁들인 미디엄 굽기의 립아이와 기네스 한 병을 원한다는 걸 알고 있었다. 나는 매주 같은 걸 시켰으니까.

"힘들면 얼마나 힘들다고?" 내가 물었다. "DOE(Department of Energy, 미국 에너지국—옮긴이)에서 꿀 빨고 있잖아. 1년에 한 20일 쉬나? 출근해서 돈만 받으면 되는 거 아니야?"

이번에도 웃음이 돌아오지 않았다. 웃음은커녕 아무 반응도.

"아, 왜 그래!" 내가 말했다. "누가 네 시리얼에 똥이라도 싼 거야?"

머리사가 한숨을 쉬었다. "페트로바션 알아?"

"당연하지. 꽤 재미있는 수수께끼잖아. 내 생각에는 태양 복사인 것 같아. 금성에 자기장은 없지만, 양극으로 충전된 입자들이 그리로 끌려갈 수는 있어. 금성은 전기적으로 중성이니까…."

"아니." 머리사가 말했다. "태양 복사는 아니야. 정확히 뭔지 모르겠어. 하지만 뭔가… 다른 거야. 아무튼 스테이크나 먹자."

나는 코웃음 쳤다. "왜 이래, 머리사. 얘기해 봐. 뭐가 문제야?"

머리사는 그 '문제'를 깊이 생각하는 듯했다. "말하지 말란 법은 없지. 아무튼 열두 시간 후면 대통령한테서 그 얘기를 듣게 될 테니까."

"대통령?" 내가 말했다. "미국 대통령?"

머리사는 위스키를 한 모금 더 마셨다. "아마테라스라고 들어 봤어? 일본 태양 탐사선이야."

"당연하지." 내가 말했다. "JAXA(Japan Aerospace Exploration Agency, 일본 우주항공연구개발기구-옮긴이)가 그걸로 엄청나게 많은 데이터를 얻고 있잖아. 사실 꽤 근사한 물건이지. 수성과 금성의 중간 지점에서 태양을 공전하며, 20여 종의 기구가 탑재돼 있고…."

"그래, 나도 알아. 아무튼." 머리사가 말했다. "그쪽 데이터에 따르면 태양의 출력이 감소하고 있대."

나는 어깨를 으쓱했다. "그게 뭐? 태양활동주기는 확인해 봤대?"

머리사는 고개를 저었다. "11년 주기 문제가 아니야. 뭔가 다른 거야. JAXA도 태양활동주기는 감안했어. 그래도 감소하고 있대. 태양이 원래 밝기보다 0.01퍼센트 정도 덜 밝다는 거야."

"뭐, 재미있네. 그렇다고 저녁 식사 전에 위스키 세 잔을 마실 것까지는 아니지."

머리사가 입을 꾹 다물었다. "나도 가볍게 생각했지. 하지만 그 값이 커지고 있대. 그 증가 속도도 커지고 있고. 탐사선 장비가 놀랄 만큼 민감했던 덕분에 JAXA에서 아주, 아주 일찍 일종의 기하급수적 손실을 발견한 거야."

나는 자리에 등을 기댔다. "모르겠다, 머리사. 그렇게 일찍 기하급수적인 진행을 발견할 가능성은 정말 낮아. 하지만 뭐, JAXA 과학자들이 맞는다고 하자. 그 에너지가 어디로 간다는 거야?"

"페트로바선으로."

"응?"

"JAXA가 페트로바선을 오랫동안 잘 살펴봤는데, 태양이 어두워지는 것과 동일한 속도로 페트로바선이 밝아지고 있대. 그 정체 모를 페트로바선이 태양에서 에너지를 훔쳐가고 있는 거야."

머리사는 핸드백에서 종이 여러 장을 꺼내 탁자에 올려놓았다. 그래프와 차트 뭉치로 보였다. 머리사는 그것들을 펄럭펄럭 넘기다가 원하던 자료를 찾아 내 쪽으로 밀어놓았다.

X축에는 '시간', Y축에는 '광량 손실'이라는 이름이 붙어 있었다. 확실히 기하급수적인 경향을 보여주는 곡선이었다.

"이럴 리가 없어." 내가 말했다.

"아니, 있어." 머리사가 말했다. "앞으로 9년 동안 태양의 출력은 무려 1퍼센트까지 감소할 거야. 20년 뒤면 그 숫자가 5퍼센트가 될 거고. 상황이 좋지 않아. 정말로 안 좋아."

나는 그래프를 뚫어지게 바라보았다. "그럼 빙하기가 온다는 얘긴데. 그러니까… 지금 당장, 즉석에서 빙하기가 된다는 말이라고."

"그래, 그게 가장 작은 문제야. 그걸 시작으로 수확량이 줄고, 식량 대란이 발생하고… 다른 건 짐작도 안 간다."

나는 고개를 저었다. "어떻게 태양이 갑자기 변할 수 있어? 태양은 항성이잖아, 제기랄. 항성에 일어나는 일은 이렇게 빨리 진행되지 않는다고. 변화가 일어나는 데는 몇백만 년이 걸려, 몇십 년이 아니라. 너도 알잖아."

"아니, 모르겠어. 예전에는 나도 그런 줄 알았지. 지금은 태양이 죽어가고 있다는 것밖에 몰라." 머리사가 말했다. "이유도 모르겠고 우리가 뭘 할 수 있는지도 모르겠어. 하지만 태양이 죽어가고 있는 건 확실해."

"어떻게…." 나는 이마를 찌푸렸다.

머리사는 남은 술을 다 삼켰다. "대통령이 내일 아침에 대국민 연설을 할 거야. 동시에 발표하려고 다른 세계 지도자들과 협의 중인 것 같아."

종업원이 내 기네스를 가져다주었다. "여기 있습니다. 스테이크도 금방 나올 거예요."

"위스키 한 잔 더 주세요." 머리사가 말했다.

"두 잔이요." 내가 덧붙였다.

나는 눈을 깜빡인다. 또 기억이 스치고 지나갔다.

그게 사실이었을까? 아니면 허무맹랑한 멸망 이론에 정신이 팔린 사람과 이야기하던 기억이 아무렇게나 떠올랐을 뿐일까?

아니, 기억은 진짜다. 그 생각만 해도 겁이 난다. 갑작스러운 공포가 아니다. 머릿속 한편에 지정석을 차지하고 있는, 익숙하고 편안한 공포다. 나는 오랫동안 그 공포를 느껴왔다.

태양이 죽어간다. 이건 사실이다. 나는 그 일에 얽혀 있다. 사람들과 함께 죽어갈 지구의 시민으로서만 얽혀 있다는 이야기가 아니다. 나는 이 일에 적극적으로 얽혀 있다. 일종의 책임감이 느껴진다.

내 이름은 아직 기억나지 않지만 '페트로바 문제'에 관한 정보가 이것저것 아무렇게나 떠오른다. 사람들은 그 문제를 페트로바 문제라고 부른다. 방금 생각났다.

내 무의식에는 우선순위가 있다. 그리고 내 무의식은 처절하게 이 이야기를 전하려 한다. 내 임무는 페트로바 문제를 푸는 것인 듯하다.

…작은 실험실에서, 이불로 만든 토가를 입고, 내가 누군지조차 모

른 채, 얼빠진 컴퓨터와 미라가 된 룸메이트 두 명을 제외하면 도와줄 사람도 없이 말이다.

시야가 흐려진다. 나는 눈을 문지른다. 눈물. 나는… 나는 그들의 이름이 기억나지 않는다. 하지만… 그들은 내 친구였다. 동지들.

그제야 나는 그동안 내내 두 사람을 등지고 있었다는 사실을 깨닫는다. 그들이 내 시야에 걸리지 않도록 최선을 다하고 있었던 것이다. 내게 의미가 있었던 사람들을 바로 등 뒤에 두고 미친놈처럼 벽에 낙서나 하고 있었다니.

하지만 이제는 더 이상 딴 데 신경을 분산시킬 것도 없다. 나는 돌아서서 그들을 본다.

나는 흐느낀다. 아무 경고 없이 울컥 쏟아지는 울음이다. 이런저런 기억들이 모두 한꺼번에 쏟아진다. 여성은 재미있는 사람이었다. 언제나 빠르게 농담을 떠올렸다. 남성은 전문가다웠고 강철 같은 배짱의 소유자였다. 군인이었던 것 같고, 우리의 리더가 확실했다.

나는 바닥에 쓰러져 두 손에 얼굴을 파묻는다. 그 어떤 것도 참을 수가 없다. 나는 어린애처럼 운다. 우리는 친구보다도 훨씬 가까운 사이였다. '팀'도 적절한 단어는 아니었다. 그것보다 강한 관계였으니까. 우리는….

적당한 단어가 떠오를락 말락 하다가….

결국은 내 의식 속으로 단어 하나가 미끄러져 들어온다. 내 머릿속에 몰래 숨어들려면 내가 의식하지 않는 순간을 기다려야만 했던 것처럼.

한패. 우리는 한패였다. 그런데 남은 사람은 나뿐이었다.

여기는 우주선이다. 이제는 알겠다. 우주선에 어째서 중력이 있는지는 모르겠지만, 어쨌든 우주선이다.

모든 것이 맞아 들어가기 시작한다. 우리는 아픈 게 아니었다. 우리는 가사 상태에 빠져 있었다.

그러나 이 침대들은 영화에 나오는 마법 같은 '냉동실'이 아니었다. 특별한 기술 같은 건 전혀 쓰이지 않았다. 우리는 의학적으로 유도한 혼수상태에 빠져 있었던 것 같다. 영양관, 링거, 지속적인 건강관리. 신체에 필요한 모든 것이 갖춰져 있다. 아마 저 로봇 팔들이 이불보를 갈고, 욕창이 생기지 않도록 우리를 계속 돌려주면서, 정상적인 상황에서라면 중환자실 간호사들이 했을 법한 모든 일들을 했을 것이다.

또한 온몸에 부착된 전극들이 근육을 움직이도록 자극을 준 덕분에 운동을 엄청나게 많이 할 수 있었고, 건강도 유지할 수 있었다.

하지만 그렇다 해도 혼수는 극도로 위험하다. 고작 나만이 살아남았고, 살아남은 내 두뇌조차 뒤죽박죽이 되었다.

나는 여성에게 다가간다. 그녀를 보고 있으니 기분이 나아진다. 어쩌면 죽음을 수용하는 한 단계를 마무리하는 느낌인지도 모르겠다. 아니면 취한 듯 울고 나서 찾아오는 침착함이 내게도 깃든 건지도.

미라에는 관이 부착되어 있지 않다. 상태를 살피기 위한 장비가 아예 없다. 가죽처럼 변한 그녀의 손목에는 작은 구멍이 뚫려 있다. 그녀가 죽었을 때 링거 줄이 꽂혀 있던 곳이겠지. 그래서 상처가 전혀 낫지 않은 것이다.

그녀가 죽자 컴퓨터가 모든 것을 제거한 게 틀림없었다. 아껴야 살산다는 거겠지. 죽은 사람에게 자원을 써봤자 의미가 없다. 생존자에게 더 많이 써야지.

바꿔 말하면, 나한테 말이다.

나는 깊게 숨을 들이쉬었다가 내쉰다. 침착해야 한다. 똑바로 생각해야 한다. 그러자 아주 많은 것이 떠올랐다. 우리 패거리와 각자의 몇몇 성격, 내가 우주선에 타고 있다는 사실(이 점에 대해서는 나중에 기겁할 일이 생긴다). 요점은, 점점 많은 기억이 돌아오고 있다는 것이다. 그것도 아무 때나 떠오르는 것이 아니라 내가 원할 때. 나는 그 점에 집중하고 싶지만 슬픔이 너무 강력하다.

"드십시오." 컴퓨터가 말한다.

천장 가운데의 판이 열리더니 음식 튜브가 떨어진다. 로봇 팔 중 하나가 그것을 허공에서 잡더니 내 침대에 가져다 놓는다. 이름표에는 '1일차, 2식'이라고 적혀 있다.

뭘 먹을 기분은 아니지만 튜브를 보자마자 배에서 꼬르륵 소리가 난다. 정신 상태야 어떻든 몸에는 몸 나름의 욕구가 있다.

나는 튜브를 열어 질척거리는 것을 입에 짜 넣는다.

인정할 수밖에 없다. 이번에도 믿을 수 없을 만큼 맛있다. 채소 맛이 조금 들어간 닭고기 같다. 물론 이유식에 가까워서 식감이라고 할 만한 것은 없다. 하지만 앞서 먹었던 음식보다는 좀 더 걸쭉하다. 내 소화기관을 다시 단단한 음식에 익숙해지도록 만들려는 것이다.

"물?" 나는 입에 음식을 가득 문 채 우물우물 말한다.

천장 판이 다시 열린다. 이번에는 금속으로 된 원통이 나온다. 로봇 팔이 그것을 내게 가져다준다. 반짝이는 통에 적힌 글자는 '생수'다. 나는 뚜껑을 돌려 연다. 아니나 다를까, 안에는 물이 들어 있다.

나는 한 모금을 마신다. 온도는 실온과 같고, 아무 맛도 나지 않는다. 아마 증류해서 미네랄이 없는 물일 것이다. 어쨌든 물은 물이니까.

나는 식사를 마저 한다. 아직은 화장실에 갈 필요가 없었지만 결국은 가게 될 것이다. 바닥에 오줌을 싸지는 말아야지.

"변기?" 내가 말한다.

벽의 판이 휙 돌아가며 금속으로 된 변기 겸용 의자가 나온다. 변기는 바로 그 벽에 붙어 있다. 교도소의 변기처럼. 나는 변기를 더 자세히 살펴본다. 버튼이며 이것저것 달려 있다. 변기의 둥근 부분에 진공 파이프가 있는 것 같다. 중력이 있는 상태에서 쓸 수 있도록 개조한 무중력용 변기일 것 같다는 생각이 든다. 왜 그런 짓을 하는 거지?

"좋아, 음…. 변기 치워."

벽이 다시 휙 돌아간다. 변기가 사라진다.

좋다. 이제는 배가 든든하다. 상황이 좀 더 괜찮게 느껴진다. 배에 뭔가 채워지면 원래 그렇듯이.

긍정적인 면에 집중해야 한다. 나는 살아 있다. 친구들이 왜 죽었는지는 모르지만 그게 나까지 죽이지는 못했다. 나는 우주선을 타고 있다. 자세한 내용은 모르겠지만 어쨌든 나는 우주선에 타고 있고 우주선은 제대로 작동하는 것 같다.

게다가 내 정신 상태도 나아지고 있다. 그건 확실하다.

나는 바닥에 책상다리를 하고 앉는다. 능동적으로 행동할 차례다. 나는 두 눈을 감고 정신이 마음껏 헤매고 다니게 놔둔다. 아무 거나, 뭐가 됐든 기억을 짜내고 싶다. 무슨 기억인지는 중요하지 않다. 단지 기억을 촉발하고 싶을 뿐이다. 그런 다음 무슨 일이 일어나는지 보자.

내가 뭘 좋아하는지부터 생각해 본다. 나는 과학을 좋아한다. 그건 확실하다. 지금껏 했던 작은 실험들 전부에서 전율을 느꼈다. 그리고 나는 우주에 있다. 그러니까 나는 우주와 과학에 대해서 생각할 수 있다. 그러고 보니 생각나는 건….

나는 뜨끈뜨끈한 인스턴트 스파게티를 전자레인지에서 꺼내 소파로 서둘러 달려간다. 김이 빠지도록 그릇 윗부분의 플라스틱을 벗긴다.

나는 TV의 음소거 모드를 해제하고 생방송을 듣는다. 직장 동료와 친구들이 같이 보자고 부르기는 했지만, 저녁 내내 질문에 대답하고 싶지는 않았다. 그냥 조용히 보고 싶었다.

그건 인류 역사상 가장 많은 사람이 지켜본 사건이었다. 달 착륙보다도, 그 어떤 월드컵 결승전보다도. 모든 채널과 스트리밍 서비스, 뉴스 웹사이트, 지역 TV 방송국이 같은 것을 보여주고 있었다. 바로 나사의 생방송이었다.

비행 통제실을 배경으로 기자가 나이 든 남성과 함께 서 있었다. 그들 뒤쪽으로는 푸른 셔츠를 입은 남성과 여성 들이 각자의 단말기에 집중하고 있었다.

"샌드라 엘리어스입니다." 기자가 말했다. "저는 지금 캘리포니아 패서디나에 있는 제트추진연구소에 나와 있습니다. 나사의 행성학부 장이신 브라운 박사님 나와 계시는데요."

기자는 과학자를 돌아보았다. "박사님, 현재 상황은 어떻습니까?"

브라운은 목을 가다듬었다. "90분 전, 아크라이트가 금성의 궤도에 성공적으로 안착했다는 정보를 확인했습니다. 지금은 아크라이트가 보낼 첫 데이터를 기다리고 있고요."

JAXA에서 페트로바 문제를 발표한 뒤 1년간은 그야말로 아수라장이었다. 아무리 연구해도 JAXA의 발견이 맞았다는 사실만 확인될 뿐이었다. 시간은 째깍째깍 흘러갔고, 세계는 대체 무슨 일이 벌어지는 건지 알아내야만 했다. 그래서 프로젝트 아크라이트가 탄생했다.

상황은 무시무시했지만 프로젝트 자체는 끝내줬다. 내 안의 괴짜 과학자는 어쩔 수 없이 흥분하고 말았다.

아크라이트는 지금까지 건조된 무인 우주선 중 가장 비싼 우주선이었다. 세계에는 해답이 필요했고 꾸물거릴 시간이 없었다. 정상적인 상황이라면 1년 안에 금성으로 탐사선을 보내달라고 항공우주국에 요청할 경우 면전에서 비웃음을 당하게 된다. 하지만 무한한 예산을 가지고 할 수 있는 일은 정말이지 놀라웠다. 미국, 유럽연합, 러시아, 중국, 인도, 일본이 모두 힘을 합쳐 비용을 감당했다.

"금성으로 간다는 게 어떤 의미인지 궁금합니다." 기자가 말했다. "왜 그렇게 어려운 건가요?"

"가장 큰 문제는 연료입니다." 브라운이 말했다. "축구에서 선수 이적 시장이 개방되듯이, 행성 간 여행을 할 때도 연료가 최소한으로만 들어가는 특수한 시기가 있습니다. 그런데 지금은 지구, 금성 간 이적 시장이 개방 시기와는 아주 거리가 멀어요. 그래서 아크라이트를 궤도에 진입시킬 때까지 궤도에 훨씬 더 많은 연료를 투입해야 합니다."

"그러니까 시기가 나쁘다는 뜻이군요?" 기자가 물었다.

"태양이 어두워지는 마당에 시기가 좋을 수도 있는지 모르겠습니다만."

"그건 그러네요. 계속 설명해 주시죠."

"금성은 지구에 비해 아주 빠르게 움직입니다. 그 말은 금성을 따라잡으려면 더 많은 연료를 써야 한다는 뜻이죠. 이상적인 상황에서도 화성에 갈 때보다는 금성에 갈 때 실제로 연료가 더 많이 듭니다."

"정말 신기하네요. 그럼, 박사님. 굳이 금성을 찾아가야 하는 이유는 무엇일까요? 페트로바선은 규모가 거대해서 태양과 금성 사이에 호선을 그리고 있는데요, 왜 그 사이 어느 지점에 가면 안 되는 겁니까?"

"페트로바선의 폭이 가장 넓은 지점이 금성이라서 그렇습니다. 페트로바선이 금성에 이르면 금성 전체를 포함할 만큼 넓어지거든요. 게다가 금성의 중력을 이용할 수도 있고요. 아크라이트는 금성을 열두 번 공전하며 페트로바선을 구성하는 물질의 샘플을 수집하게 됩니다."

"박사님은 그 물질이 뭐라고 생각하세요?"

"그건 아무도 모릅니다." 브라운이 말했다. "전혀 몰라요. 하지만 곧 답을 알게 될지도 모르죠. 아크라이트가 처음으로 공전을 마칠 때쯤 기내 분석실에서 쓸 만한 물질을 충분히 확보하게 될 겁니다."

"그게 오늘 밤인 거죠. 그럼 뭘 알게 되는 건가요?"

"딱히 없습니다. 기내 분석실은 상당히 기초적인 수준입니다. 그냥 고배율 현미경과 엑스레이 분광계가 있을 뿐이에요. 진짜 임무는 샘플을 회수하는 겁니다. 아크라이트가 그 샘플을 가지고 돌아오는 데는 또 3개월이 걸릴 테고요. 분석실은 아크라이트가 귀환 단계에서 실패할 경우에 대비해 최소한의 데이터를 확보하려는 예비 장치입니다."

"늘 그렇지만, 훌륭한 계획을 세우셨네요, 브라운 박사님."

"저희가 하는 일이 그거니까요."

기자 뒤에서 환성이 터져 나왔다.

"지금 들리시겠지만…" 기자는 그 소리가 잦아들 때까지 말을 멈췄다. "첫 번째 공전이 끝나고 데이터가 들어오고 있다고 합니다."

통제실의 주요 화면이 흑백 이미지로 바뀌었다. 사진은 대체로 회색이었고 여기저기에 검은 점이 흩어져 있었다.

"지금 보이는 게 뭔가요, 박사님?" 기자의 목소리가 들렸다.

"내부 현미경에서 보내온 겁니다." 브라운이 말했다. "1만 배 확대한 건데요. 저 검은 점들의 지름이 대략 10미크론쯤 됩니다."

"우리가 찾던 게 저 점들인가요?" 기자가 물었다.

"확실하지는 않죠." 브라운이 말했다. "그냥 먼지 입자일 수도 있습니다. 행성처럼 큰 중력의 근원지는 먼지 구름으로 둘러싸이기 마련이라…."

"씨발, 뭐야?" 배경에서 누군가가 말했다. 몇몇 비행 통제사들이 헛숨을 삼켰다.

기자가 숨죽여 웃었다. "지금 제트추진연구소는 열기가 뜨겁습니다. 생방송으로 상황을 전해드리는 만큼, 부디 시청자 여러분의 양해를…."

"이럴 수가!" 브라운이 말했다.

주요 화면에 더 많은 이미지들이 떴다. 차례차례로. 모든 이미지가 거의 같았다.

거의.

기자는 화면에 떠오른 사진을 보았다. "저 입자들이…. 움직이는 건가요?"

연달아 재생되는 사진을 보니 검은 점들은 변형되면서 돌아다니는 중이었다.

기자는 목을 가다듬고, 수많은 사람이 세기의 평가 절하라고 부르게 될 논평을 전했다. "조그만 미생물처럼 보이지 않나요?"

"원격 측정팀!" 브라운 박사가 외쳤다. "탐사선에 시미 현상(주행 중에 자동차의 앞바퀴가 가로로 흔들리는 현상. 여기서는 탐사선의 앞부분이 흔들리는 현상을 말한다-옮긴이)이 있는 것 아닌가?"

"이미 확인했습니다." 누군가가 말했다. "시미는 아닙니다."

"진행 방향에 일관성이 있나?" 그가 물었다. "외력으로 설명할 수 있는 게 있느냐는 말이야. 자력이라든가, 정전기라든가?"

통제실은 조용해졌다.

"아무것도 없어?" 브라운이 말했다.

나는 스파게티에 포크를 툭 떨어뜨렸다.

저게 정말로 외계 생명체란 말인가? 내가 그렇게까지 운이 좋다고? 인류가 외계 생명체를 처음 발견하는 순간에 살아 있단 말이야?

우와! 내 말은… 페트로바 문제야 여전히 끔찍하지만…. 우와! 외계인이다! 외계인일지도 몰라! 내일 애들한테 이 얘기를 해줄 순간이 기대되는데….

"각도 이상." 컴퓨터가 말한다.

"젠장!" 내가 말한다. "거의 알아냈다고! 내가 누군지 거의 기억해 냈단 말이야!"

"각도 이상." 컴퓨터가 다시 말한다.

나는 책상다리를 풀고 일어선다. 제한적으로나마 상호작용을 해보니, 컴퓨터는 내가 하는 말을 어느 정도 이해하는 것 같다. 시리나 알렉사처럼. 그러니까 그런 인공지능을 상대로 말하듯이 말을 걸어야겠다.

"컴퓨터, 각도 이상이 뭐야?"

"각도 이상이란, 중요한 것으로 지정된 객체나 물체가 예상 장소에서 최소 0.01라디안 이상 벗어난 상태입니다."

"어떤 물체가 자리를 벗어났는데?"

"각도 이상."

별 도움이 되지 않는다. 내가 우주선에 타고 있다는 걸 생각해 보면 항행 문제가 틀림없다. 분명 나쁜 일이다. 대체 이 우주선을 어떻게 조종한단 말인가? 우주선 통제장치 비슷한 것도 보이지 않는데. 그렇다고 내가 그런 통제장치가 어떻게 생겼는지 안다는 말은 아니지만. 어쨌든 내가 지금까지 발견한 것은 '혼수의 방'과 실험실뿐이다.

실험실에 있는 또 다른 해치, 위로 이어지는 그 해치가 중요한 게 틀림없다. 꼭 컴퓨터 게임을 하는 것 같다. 한 구역을 탐험해 잠긴 문을 발견하고, 그다음에는 열쇠를 찾는 것이다. 하지만 나는 책장과 쓰레기통을 뒤지는 대신 내 머릿속을 뒤져야 한다. '열쇠'가 내 이름이니까.

컴퓨터도 비합리적인 건 아니다. 자기 이름도 기억하지 못하는 사람이 우주선의 까다로운 구역에 못 들어가도록 막는 건 맞는 행동이다.

나는 내 침대로 기어 올라가 드러눕는다. 위쪽의 로봇 팔들을 경계하며 바라보지만, 그것들은 움직이지 않는다. 컴퓨터는 내가 독립적으로 생존할 수 있다는 것만으로 만족하는 것 같다.

나는 눈을 감고 잠깐 스쳐간 그 기억에 집중한다. 머릿속으로 그 기억이 드문드문 보인다. 손상된 낡은 사진을 보는 것 같다.

나는 내 집에… 정확히 말하면 아파트에 있다. 나는 아파트에 살고 있다. 깔끔하지만 작다. 샌프란시스코 스카이라인을 담은 사진이 벽에 걸려 있다. 별 소용은 없는 정보다. 내가 샌프란시스코에 살았다는 건 이미 알고 있으니까.

내 앞에 놓인 커피 테이블에는 린퀴진(미국, 캐나다, 오스트레일리아 등지에서 판매되는 냉동식품 브랜드–옮긴이) 냉동식품이 놓여 있다. 스파게티다. 열이 아직 다 전도되지 않아서, 혀를 녹일 것 같은 플라스마 바로 옆에 거의 냉동된 국수가 뭉텅이째로 들어 있다. 그래도 나는 먹는다. 배가 고픈 게 틀림없다.

나는 TV로 나사를 보고 있다. 방금 스쳐간 기억 속 그 모든 것을 본다. 처음으로 든 생각은…. 황홀하다는 것이다! 정말 외계인일까? 애들한테 말해 줄 순간이 기대되는데!

나한테 애들이 있나? 이곳은 싱글남이 싱글남다운 식사를 하는 싱글남의 아파트다. 여성이 쓸 만한 것은 전혀 보이지 않는다. 내 인생에 여성의 존재를 암시할 만한 것은 아무것도 없다. 이혼을 했나? 게이인가? 어느 쪽이든 여기에 아이들이 사는 흔적은 전혀 없다. 장난감도, 벽에 걸려 있거나 난로 위에 놓인 아이들의 사진도. 게다가 집이 너무 깨끗하기도 하다. 아이들은 모든 것을 엉망으로 만든다. 특히 녀석들이 껌을 씹기 시작하면 더욱 그렇다. 상당히 많은 아이들이 껌 씹는 단계를 거친다. 그리고 녀석들은 껌을 사방에 묻힌다.

내가 그걸 어떻게 아는 거지?

나는 애들을 좋아한다. 흠, 그냥 느낌이지만 나는 애들이 좋다. 애들은 멋지다. 같이 어울리는 것도 재미있다.

그러니까 나는 30대의 남성으로 작은 아파트에서 혼자 살고, 아이는 없지만 아이들을 아주 많이 좋아한다. 마음에 안 들지만 내 생각엔…

선생님이구나! 나는 학교 선생님이야! 이제 기억난다!

이런 세상에. 내가 선생이라니.

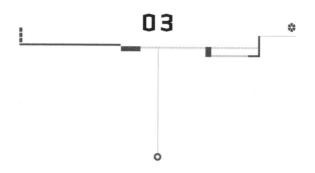

03

"좋아." 나는 시계를 보며 말했다. "종 칠 때까지 1분 남았네. 그게 무슨 뜻인지 아는 사람?"

"벼락 퀴즈 시간!" 학생들이 소리쳤다.

페트로바선에 관한 발표 이후로도 인생은 놀랄 만큼 변하지 않았다.

상황은 심각하고 치명적이었지만 그게 정상이기도 했다. 제2차세계대전 중 대공습을 당한 런던 시민들도 평소처럼 일상을 이어갔다. 가끔씩 건물들이 날아간다는 사실을 알고서도. 사태가 아무리 절망적이라도 누군가는 계속 우유를 배달해야 한다. 그러다가 맥크리디 부인의 집이 밤에 폭격을 당한다면 뭐, 그 집은 배달 고객 명단에서 지우는 것이다.

(외계의 생명체에 의한 것일지도 모르는) 세계 멸망을 한 세대나 두 세대쯤 앞두고 있는 상황도 그랬다. 나는 아이들 앞에 서서 그 애들에게 기초과학을 가르쳤다. 이 세계를 다음 세대에게 전해주지 못한다면 세계가 존재하는 의미가 뭐겠는가?

아이들은 깔끔하게 늘어선 책상에 앉아 앞을 보고 있었다. 꽤나 평범한 모습이었다. 그러나 교실의 나머지 부분은 미친 과학자의 실험실 같았다. 나는 그 모습을 완성하느라 여러 해를 보냈다. 한쪽 구석에는 야곱의 사다리라는 번개 재현 장치가 있고(아이들이 감전사하지 않도록 플러그는 빼놓았다), 다른 벽을 따라서는 유리병 속 폼알데하이드에 담긴 동물 신체 부위 표본들로 가득한 책장이 있었다. 한 병에는 스파게티와 삶은 달걀만 담겨 있었지만 아이들은 그 표본에 대해 아주 많은 추측을 내놓았다.

천장 한복판은 나의 자랑이자 기쁨인 거대한 모빌이 장식하고 있었다. 태양계 모형이었다. 목성은 농구공 크기였고, 작디작은 수성은 구슬 크기였다.

'쿨한' 선생님이라는 명성을 일구는 데는 여러 해가 걸렸다. 아이들은 대부분 사람들이 생각하는 것보다 똑똑하다. 선생이 자기들을 정말로 신경 쓰는지, 아니면 그냥 그런 시늉만 하는지 구분할 줄 안다. 아무튼 지금은 벼락 퀴즈 시간!

나는 책상에 놓여 있던 콩 주머니를 한 움큼 쥔다. "작은곰자리에서 가장 밝은 별이 뭔지 아는 사람?"

"북극성이요!" 제프가 말했다.

"정답!" 나는 제프에게 콩 주머니를 던져주고, 녀석이 콩 주머니를 잡기도 전에 다음 질문을 쏘아댔다. "암석의 기본 종류 세 가지는?"

"화성암, 침전암, 변성암이요!" 래리가 외쳤다. 정말이지 쉽게 흥분하는 녀석이다.

"아깝네!" 내가 말했다.

"화성암, 퇴적암, 변성암이에요." 애비가 비웃음을 담아 말했다. 저 녀석은 아주 눈엣가시처럼 군다. 하지만 매우 영특하다.

"맞았어!" 나는 애비에게 콩 주머니를 던졌다. "지진이 일어날 때 가장 먼저 느껴지는 지진파는?"

"P파요." 애비가 말했다.

"또 너야?" 나는 애비에게 콩 주머니를 던져주었다. "빛의 속도는?"

"3 곱하기 10의…" 애비가 입을 열었다.

"c요!" 레지나가 뒷자리에서 소리쳤다. 거의 말하는 법이 없는 아이였다. 녀석이 껍질을 깨고 나오는 걸 보니 좋다.

"조금 얌체 같지만, 정답!" 나는 레지나에게 콩 주머니를 던져주었다.

"제가 먼저 대답하고 있었는데요!" 애비가 불평했다.

"하지만 레지나가 먼저 대답을 마쳤잖아." 내가 말했다. "지구와 가장 가까운 별은?"

"알파 센타우리!" 애비가 재빨리 말했다.

"틀렸어!" 내가 말했다.

"아니, 맞았는데요!"

"아니, 틀렸어. 다른 사람?"

"아!" 래리가 말했다. "태양이요!"

"맞아!" 내가 말했다. "래리 1점! 고정관념을 조심해야지, 애비."

애비는 콧김을 뿜으며 팔짱을 꼈다.

"지구의 반지름을 아는 사람?"

트랭이 손을 들었다. "3,900…"

"트랭!" 애비가 말했다. "답은 트랭이에요."

트랭이 어리둥절해 얼어붙었다.

"뭐라고?" 내가 물었다.

애비가 우쭐하며 말했다. "지구의 반지름을 아는 사람이 누구냐고 물어보셨잖아요. 트랭이 아니까, 제가 말한 게 정답이죠."

열세 살짜리의 꾀에 당하다니. 처음도 아니다. 나는 애비의 책상에 콩 주머니를 놓았다. 그 순간 종이 울린다.

아이들은 의자에서 벌떡 일어나 책과 가방을 챙긴다. 승리감에 취한 애비는 다른 애들보다 좀 더 시간을 끈다.

"콩 주머니는 잊지 말고 주말에 가져와서 장난감이나 다른 상품으로 바꿔 가거라!" 나는 아이들의 등에 대고 말한다.

곧 교실은 텅 빈다. 생명의 징후라고는 복도에서 들리는 아이들 목소리의 메아리뿐이다. 나는 책상에서 아이들이 제출한 숙제를 챙겨 작은 여행 가방에 넣는다. 6교시가 끝났다.

교사 휴게실에 들러 커피나 한잔 마실 시간이다. 집에 가기 전에 숙제 첨삭이나 좀 해줘야겠다. 주차장에만 가지 않을 수 있으면 무슨 일이든 좋다. 헬리콥터맘 편대가 아이들을 데리러 학교로 하강하는 중일 테니까. 그 사람들은 나만 보면 늘 불만이나 제안을 늘어놓곤 했다. 자기 자식을 사랑한다는 이유로 사람을 탓할 수는 없고, 자녀의 교육에 부모들이 더 많은 관심을 보여야 한다는 건 분명하지만 그것도 한계가 있다.

"라일랜드 그레이스?" 웬 여성의 목소리가 들려온다.

나는 깜짝 놀라 고개를 든다. 그녀가 들어오는 소리를 듣지 못했다. 여성은 40대 중반으로 보였으며, 좋은 맞춤 정장을 입고 서류 가방을 들고 있었다.

"어, 맞는데요." 내가 말했다. "제가 도와드릴 일이 있을까요?"

"그럴 것 같습니다." 그녀가 말했다. 약간 외국어 억양이 섞여 있었다. 유럽 어느 나라의 말투지만, 정확히 어디인지는 모르겠다. "에바

57

스트라트입니다. 페트로바 대책위원회 소속입니다."

"어디 소속이시라고요?"

"페트로바 대책위원회요. 페트로바선 상황에 대처하고자 설치된 국제 조직입니다. 제가 해결책을 찾는 임무를 받았습니다. 당국에서 일처리에 필요한 어느 정도의 권한을 제게 주었고요."

"당국이요? 무슨 당국이요?"

"UN 회원국 전체를 말합니다."

"잠깐, 뭐라고요? 어떻게 그런…."

"무기명 비밀투표로 이루어진 일입니다. 설명하자면 복잡합니다. 그레이스 씨가 쓰신 과학 논문에 관해 이야기하고 싶습니다만."

"비밀투표라고요? 아니, 그건 됐고." 나는 고개를 저었다. "논문 쓰던 시절은 옛날에 끝났어요. 학계가 잘 안 맞아서."

"선생님이시잖아요. 여전히 학계에 있는 셈이죠."

"뭐, 네." 내가 말했다. "제 말은, 아시잖아요. 학계 말입니다. 과학자들끼리 동료 심사도 하고…."

"그레이스 씨를 소속 대학교에서 쫓아내기도 하고 말이죠, 그 망할 놈들이." 스트라트가 한쪽 눈썹을 치켜올렸다. "그레이스 씨의 연구 자금을 끊어놓고 그레이스 씨의 논문이 다시는 발표되지 못하게 만들기도 하고요."

"네. 그 학계요."

스트라트는 서류 가방에서 파일을 하나 꺼냈다.

그녀는 파일을 펼치더니 첫 번째 페이지를 읽었다. "물 기반 이론에 관한 분석과 진화 모델 예측에 관한 재평가." 스트라트가 눈을 들고 나를 보았다. "그레이스 씨가 이 논문을 쓰셨죠?"

"실례지만 그 논문은 어디서…."

"따분한 제목이지만 내용은 아주 흥미롭다고 해야겠더군요."

나는 여행 가방을 책상에 내려놓았다. "저기요, 그 논문은 상황이 나쁠 때 쓴 겁니다. 아시겠어요? 학계는 겪을 만큼 겪었고 그 논문은 '엿이나 먹어라' 하는 식의 작별 인사였다고요. 저는 선생님이 된 지금이 훨씬 더 행복합니다."

스트라트는 논문을 몇 장 넘겼다. "그레이스 씨는 생명체에 액체 형태의 물이 필요하다는 가정을 반박하며 여러 해를 보내셨죠. 아예 '골디락스 지대(생명체 거주 가능 영역. 물이 존재하는 등 행성의 환경이 지구와 비슷해 생명체가 살기 적합하다고 생각되는 우주 내의 영역을 의미한다-옮긴이)는 멍청이들이나 믿는 것'이라는 제목을 붙인 절을 통째로 넣으시기도 했고. 저명한 과학자 수십 명의 실명을 거론하면서 온도 범위가 생명체 존재의 필수 요건이라고 믿는다는 이유로 그 사람들을 질타하셨네요."

"네, 하지만…."

"박사 학위는 분자생물학으로 받으셨죠? 과학자들은 대부분 생명체의 진화에 액체 상태의 물이 필수적이라는 데 동의하지 않습니까?"

"그 사람들이 틀렸어요!" 나는 팔짱을 꼈다. "수소와 산소에 마법적인 요소는 아무것도 없습니다. 당연히 지구의 생명체에는 그 둘이 필요하겠죠. 하지만 다른 행성은 환경이 완전히 다를 수 있어요. 생명체에 필요한 것이라고는 최초의 촉매를 복제하는 결과로 이어지는 화학 반응뿐입니다. 거기에는 물이 필요 없어요!"

나는 눈을 감고 깊이 숨을 들이쉬었다가 내쉬었다. "아무튼 저는 화가 나서 그 논문을 쓴 겁니다. 그런 다음에는 교사 자격증을 따고 새

직장을 얻었어요. 막 제 인생을 즐기기 시작했고요. 그러니까 아무도 내 말을 믿어주지 않은 게 차라리 잘됐습니다. 덕분에 더 나은 삶을 살게 됐으니까요.”

“그러실 거라 믿습니다.” 스트라트가 말했다.

“고맙네요.” 내가 말했다. “근데 제가 숙제 채점을 해야 해서요. 여기 오신 용건이 뭔가요?”

스트라트는 파일을 다시 서류 가방에 집어넣었다. “아크라이트 탐사선과 페트로바선에 대해서는 아실 것 같은데요.”

“모르면 무척 형편없는 과학 선생이겠죠.”

“그 ‘점’들이 살아 있다고 생각하십니까?” 스트라트가 물었다.

“글쎄요⋯. 그냥 자기장 안에서 이리저리 튀어 다니는 먼지일 수도 있습니다. 아크라이트가 지구로 돌아오면 알게 되겠죠. 얼마 안 남았잖습니까? 지금부터 몇 주 후던가요?”

“아크라이트는 23일에 돌아옵니다.” 스트라트가 말했다. “로스코스모스(Roscosmos, 러시아연방우주국–옮긴이)가 이 임무를 위해 만들어진 전용 유인우주선을 가지고 지구 저궤도에서 아크라이트를 회수할 겁니다.”

나는 고개를 끄덕였다. “그럼 곧 알게 되겠네요. 세계에서 가장 뛰어난 지성들이 그 점들을 살펴보고 정체를 알아낼 겁니다. 누가 그 임무를 맡게 되나요? 아십니까?”

“당신이요.” 스트라트가 말했다. “그레이스 씨가 그 일을 하게 될 겁니다.”

나는 멍하니 그녀를 바라보았다.

스트라트는 내 얼굴 앞에서 손을 흔들어댔다. “저기요?”

"제가 그 점들을 살펴봤으면 좋겠다고요?" 내가 물었다.

"네."

"전 세계가 이 문제 해결을 당신 손에 맡겼는데, 당신은 곧장 중학교 과학 선생을 찾아왔다는 겁니까?"

"네."

나는 돌아서서 문을 나섰다. "거짓말이거나, 당신이 미친 사람이거나, 둘 다이겠네요. 전 이만 가봐야겠습니다."

"이건 선택 사항이 아닙니다." 스트라트가 내 등에 대고 말했다.

"제가 보기엔 선택 사항입니다만!" 나는 작별의 뜻으로 손을 흔들며 자리를 떴다.

그래, 뭐. 선택 사항이 아니었다.

아파트로 돌아갔는데, 우리 집 현관에 이르기도 전에 잘 차려입은 남성 네 명이 나를 둘러쌌다. 그들은 내게 FBI 배지를 보여주고, 아파트 단지 주차장에 주차되어 있던 검은 SUV 세 대 중 한 대에 나를 몰아넣었다. 내가 무슨 질문을 해도 대답하지 않고, 심지어 나한테 아무 말도 걸지 않은 채 20분간 차를 몰아간 그들은 주차를 한 뒤 평범해 보이는 사무용 건물로 나를 안내했다.

그들은 30피트마다 아무 표시도 없는 문이 나오는 텅 빈 복도로 나를 끌고 갔다. 그러는 내내 내 발은 거의 바닥에 닿지도 않았다. 마침내 그들은 복도 끝에 있는 이중문을 열고 나를 안으로 밀어 넣었다.

건물의 나머지 부분과는 달리, 그 방은 가구며 반짝거리는 첨단 장비로 가득했다. 그곳은 내가 여태까지 본 것 중 가장 장비가 잘 갖추어진 생물학 실험실이었다. 그 한가운데에 에바 스트라트가 있었다.

"안녕하세요, 그레이스 박사님." 그녀가 말했다. "여기가 박사님의 새 실험실입니다."

FBI 요원들이 등 뒤에서 문을 닫았다. 나와 스트라트만이 실험실에 남겨졌다. 나는 요원들이 나를 끌고 오면서 너무 세게 잡았던 어깨를 문질렀다.

나는 등 뒤의 문을 돌아보았다. "그러니까…. '어느 정도의 권한'이라는 말이…."

"모든 권한이라는 뜻입니다."

"외국인 억양이 있는데, 미국 사람이긴 합니까?"

"네덜란드 사람입니다. 원래는 ESA의 사무관이었죠. 하지만 그게 중요한 게 아닙니다. 지금은 이 일을 맡고 있으니까요. 느릿느릿 국제위원회를 열 시간이 없습니다. 태양이 죽어가고 있어요. 해결책이 필요합니다. 제 일은 그 해결책을 찾는 것이고요."

에바 스트라트는 실험실 의자를 끌어다놓고 앉았다. "이 '점'들은 아마 생명체일 겁니다. 태양광의 기하급수적 감소가 전형적인 생명체의 기하급수적 개체수 성장과 일치하거든요."

"그러니까 그 점들이… 태양을 먹고 있다고 생각하는 겁니까?"

"최소한 태양에너지의 출력 분을 먹고 있기는 하죠." 스트라트가 말했다.

"그래요, 그건…. 뭐, 끔찍하네요. 아무튼 나한테서 뭘 원하는 겁니까?"

"아크라이트 탐사선이 지구로 샘플을 가져오는 중입니다. 샘플 일부가 아직 살아 있을 수 있어요. 저는 박사님이 그것들을 살펴보고, 알아낼 수 있는 내용은 전부 알아내길 바랍니다."

"네, 그 얘기는 아까도 하셨죠." 내가 말했다. "하지만 이 일을 하는 데는 저보다 적합한 사람이 있을 거라는 생각밖에 안 듭니다."

"전 세계 과학자들이 샘플을 살펴보기는 할 겁니다만 박사님이 가장 먼저 살펴보셨으면 좋겠네요."

"왜죠?"

"이것들은 태양과 가까운 곳 혹은 태양의 표면에 삽니다. 박사님 보시기에는 그게 물에 기반을 둔 생명체 같으세요?"

스트라트의 말이 맞았다. 물은 그런 기온에서 존재하는 것 자체가 불가능했다. 대략 3,000도가 넘어가면, 수소와 산소 원자는 더 이상 서로 붙어 있지 못한다. 태양 표면은 5,500도였다.

스트라트가 말을 이었다. "외계 생물 추정학은 작은 분야입니다. 이 분야에 종사하는 사람이 전 세계에 겨우 500명 정도밖에 없죠. 그리고 옥스퍼드 교수들부터 도쿄대 연구자들에 이르기까지 제가 이야기를 나눠 본 모든 과학자들은, 박사님이 갑자기 학계를 떠나지만 않았더라면 이 분야의 지도자가 되었으리라고 생각하는 듯했습니다."

"세상에." 내가 말했다. "저는 좋게 학계를 떠난 게 아닙니다. 그 사람들이 저에 대해서 좋은 얘기를 해줬다니 놀라운데요."

"이 상황의 심각성은 모두가 이해하고 있으니까요. 해묵은 앙심을 품을 시간 같은 건 없습니다. 아무튼, 이런 말이 도움이 될지는 모르겠습니다만 박사님은 모두에게 박사님 생각이 맞았다는 걸 입증할 수 있을 겁니다. 생명체에 반드시 물이 필요한 건 아니라고 말이죠. 당연히 박사님도 원하시는 일일 텐데요."

"그럼요." 내가 말했다. "제 말은…. 네, 맞아요. 하지만 이런 식으로는 아닙니다."

스트라트는 의자에서 내려서더니 문으로 갔다. "받아들이세요. 23일

오후 7시 정각에 이리로 오십시오. 박사님이 보실 샘플을 준비해 놓겠습니다."

"무슨…." 내가 말했다. "샘플은 러시아로 갈 것 아닙니까?"

"로스코스모스에 유인우주선을 서스캐처원(캐나다 서부에 있는 주-옮긴이)에 착륙시키라고 지시했습니다. 캐나다 공군이 샘플을 수거하고 전투기를 이용해 샌프란시스코로 곧장 가져올 거예요. 미국은 캐나다가 지나갈 수 있게 영공을 개방해 줄 거고요."

"서스캐처원이라뇨?"

"소유스 캡슐은 바이코누르 우주기지에서 발사했고, 그 우주기지는 고위도에 있습니다. 가장 안전한 착륙 지점도 같은 위도에 있고요. 서스캐처원은 모든 조건을 만족시키는, 샌프란시스코에서 가장 가까운 대규모 평지입니다."

나는 손을 들었다. "잠깐만요. 러시아, 캐나다, 미국이 전부 당신 지시에 따른다는 겁니까?"

"네. 토 달지 않고 따릅니다."

"이거 전부 장난입니까?"

"새로운 실험실에 익숙해지세요, 그레이스 박사님. 저는 다른 처리할 일이 있어서."

스트라트는 다른 말없이 문밖으로 나갔다.

"좋았어!" 나는 주먹질을 한다.

벌떡 자리에서 일어나 실험실로 향하는 사다리를 오른다. 일단 실험실에 도착하자, 나는 문제의 사다리를 기어올라 수수께끼의 해치를 잡는다.

지난번과 똑같이, 내가 손잡이에 손을 대자마자 컴퓨터가 말한다. "해치의 잠금을 해제하려면, 이름을 말하세요."

"라일랜드 그레이스." 나는 우쭐하는 미소를 지으며 말한다. "라일랜드 그레이스 박사."

내게 들려온 대답은 해치에서 나는 작은 찰칵 소리뿐이다. 나 자신의 이름을 알아내기 위해 그 모든 명상과 성찰을 한 만큼 좀 더 신나는 일이 벌어졌으면 했는데. 색종이라도 뿌려준다든지.

나는 손잡이를 쥐고 돌린다. 돌아간다. 내 영토가 최소한 새로운 방한 개만큼 늘어날 예정이다. 나는 해치를 위로 밀어젖힌다. 침실과 실험실의 연결부와는 달리 이 해치는 옆으로 미끄러진다. 다음 방이 꽤 작은 걸 보니, 해치가 안쪽으로 젖혀질 만한 공간이 없었던 것 같다. 그리고 다음 방은 바로… 음…?

LED 등이 들어온다. 방은 다른 두 방과 마찬가지로 둥글지만 원기둥 형태가 아니다. 천장 쪽으로 갈수록 벽이 안쪽으로 점점 좁아진다. 끝이 잘려나간 원뿔 모양이다.

지난 며칠 동안 내게는 앞길을 밝혀줄 정보가 거의 없었다. 이제는 정보가 사방에서 나를 공격한다. 모든 표면이 컴퓨터 모니터와 터치스크린으로 덮여 있다. 깜빡이는 빛과 색깔이 너무 많아 현기증이 날 지경이다. 어떤 화면에는 숫자들이 줄지어 배치되어 있고, 다른 화면에는 도표가 있으며, 다른 화면은 그냥 검게 보인다.

원뿔형 벽의 가장자리에는 다른 해치가 하나 더 있다. 그러나 이번 해치는 별로 신비로울 게 없다. 맨 위에 '에어로크(출입구에 설치하여 외기압과 작업 공간의 기압을 조절하는 공간—옮긴이)'라는 단어가 스텐실 되어 있고, 해치 자체에도 둥근 창문이 달려 있다. 창문 너머로는 아주 작은 방이 보인다. 딱 한 사람이 들어갈 정도의 크기다. 그 안에는 우주복이 있다. 저쪽 벽에 또 다른 해치가 있다. 그래. 저건 에어로크다.

그리고 모든 것의 한복판에 의자가 하나 놓여 있다. 모든 화면과 터치패널에 쉽게 손을 댈 수 있는 위치에 완벽하게 배치됐다.

나는 사다리를 마저 기어올라 그 방으로 들어간 다음 의자에 자리를 잡는다. 편안하다. 자동차 시트 같다.

"조종사가 감지되었습니다." 컴퓨터가 말한다. "각도 이상."

조종사라… 그래.

"이상이 발생한 위치는?" 내가 묻는다.

"각도 이상."

이 컴퓨터는 HAL 9000(아서 클라크의 소설 《스페이스 오디세이》에 나오는 인공지능-옮긴이)이 아니다. 나는 힌트를 찾으려고 주변의 수많은 화면들을 돌아본다. 의자는 쉽게 돌아간다. 이 움푹한 자리를 중심으로 360도 전체에 컴퓨터가 배치되어 있다는 점을 생각하면 잘 된 일이다. 나는 빨간색 경계선이 깜빡이는 화면을 발견한다. 좀 더 자세히 살펴보려고 그쪽으로 몸을 숙인다.

각도 이상: 상대적 이동 오류

예상 속도: 11,423kps

측정 속도: 11,872kps

상태: 경로 자동 수정 중. 추가 조치 불필요

그렇군. 나한테는 아무 의미가 없는 정보다. kps만 빼고. kps는 아마

'초속 킬로미터'를 의미할 것이다.

글자 위에는 태양의 사진이 떠 있다. 약간씩 흔들리는 모습이다. 동영상일까? 생중계 동영상 같은. 아니면 그냥 내가 상상한 걸까? 문득 드는 예감에, 나는 두 손가락을 화면에 대고 벌려본다.

그럼 그렇지. 동영상이 확대된다. 스마트폰을 사용하는 것과 같다. 영상의 왼쪽에는 태양의 흑점이 두어 개 있다. 나는 그 흑점이 화면을 가득 채울 때까지 영상을 확대한다. 영상은 놀라울 정도로 선명도를 유지한다. 극도로 해상도가 높은 사진이거나, 극도로 해상도가 높은 태양망원경인 모양이다.

흑점의 군집은 폭이 태양면의 약 1퍼센트로 추산된다. 흑점으로서는 정상적인 일이다. 그 말은, 내가 지금 태양 둘레를 0.5도 각도에서 보고 있다는 뜻이다(아주 대략적인 계산이다). 태양은 약 25일에 한 번씩 자전한다(과학 교사는 이런 일들을 알기 마련이다). 그러니까 흑점이 화면에서 사라지기까지는 한 시간 정도가 걸려야 한다. 나중에 정말 그렇게 됐는지 확인해 봐야겠다. 만일 그렇다면, 이 화면은 생중계 동영상이다. 그렇지 않다면 사진이고.

흠, 초속 1만 1,872킬로미터라.

속도란 상대적인 것이다. 두 사물을 비교하는 게 아니라면 속도라는 개념은 아예 성립하지 않는다. 고속도로의 자동차는 땅에 비교했을 때 시속 70마일로 운동하는 것이다. 그러나 바로 옆의 자동차와 비교하면, 거의 0의 속도로 움직이는 셈이다. 그럼 저 '측정 속도'란 무엇의 속도를 측정한다는 뜻일까? 답을 알 것 같다.

내가 지금 우주선에 있는 것 맞지? 그럴 수밖에 없다. 그렇다면 저 값은 아마 내 속도일 것이다. 그러나 무엇에 대한 속도일까? 글자 위의 큼지막한 태양 그림으로 미루어 보건대 태양에 대한 속도인 것 같다. 그러니까 나는 태양과 비교해 초속 1만 1,872킬로미터로 이동하고 있는 것이다.

나는 아래쪽 문구가 반짝이는 것을 포착한다. 뭐가 바뀐 건가?

각도 이상: 상대적 이동 오류

예상 속도: 11,422kps

측정 속도: 11,871kps

상태: 경로 자동 수정 중. 추가적인 동작은 필요하지 않습니다.

숫자가 달라졌네! 둘 다 1씩 떨어졌다. 아니, 이런. 잠깐만. 나는 토가에서 스톱워치를 꺼낸다(고대 그리스의 철학자들 중에서도 일류는 늘 토가 안에 스톱워치를 넣고 다녔다). 그런 다음, 거의 영원처럼 느껴지는 시간 동안 화면을 바라본다. 포기하기 일보 직전에 두 숫자가 다시 1씩 떨어진다. 나는 스톱워치를 작동시킨다.

이번에 나는 대기 시간이 얼마나 길어질지 대비하고 있다. 이번에도 그 시간은 끝나지 않을 것처럼 느껴지지만, 견뎌낸다. 결국 두 숫자가 다시 떨어지고 나는 스톱워치를 멈춘다.

66초.

'측정 속도'는 66초당 1씩 떨어지고 있다. 재빨리 계산해 보니, 그 말은… 15m/s^2이라는 뜻이다. 내가 앞서 계산했던 것과 동일한 '중력' 가속도다.

내가 지금 느끼는 힘은 중력이 아니다. 원심력도 아니다. 나는 직선 상에서 계속 가속하는 우주선에 타고 있다. 뭐, 숫자가 떨어지니까 사실은 감속이라고 해야겠지만.

그리고 저 속도는… 엄청난 속도다. 그래, 떨어지고 있기는 하지만, 우와! 지구의 중력을 이겨내고 정상 궤도에 안착하기 위해서는 고작 초속 8킬로미터의 속도만이 필요한 데에 비해 나는 초속 1만 1,000킬로미터가 넘는 속도로 움직이고 있다. 태양계에 존재하는 그 무엇보다도 빠른 속도다. 그렇게 빠른 것은 무엇이든 태양의 중력에서 벗어나 성간 우주로 날아갈 수 있다.

표시된 숫자는 내가 어느 방향으로 가고 있는지 전혀 알려주지 않는다. 그저 상대적인 속도만 표시될 뿐이다. 그러니까 이제 내가 던질 질문은 하나다. 내가 태양을 향해서 가는 것일까, 태양과 반대 방향으로 가는 것일까.

거의 학술적인 의미밖에 없는 물음이다. 나는 태양과 충돌할 예정이거나 돌아올 가망성이 전혀 없는 채로 심우주를 향해 떠나가고 있는 셈이다. 그게 아니라면 대체로 태양 방향이기는 하되 태양과 부딪히지는 않는 길을 가고 있는 건지도 모른다. 그 경우라면 태양을 비켜 나가겠지만…. 그다음에는 돌아올 가망성이 전혀 없이 심우주로 날아가게 될 것이다.

뭐, 태양 사진이 실시간이라면 내가 이동하고 있는 만큼 화면에 표시된 흑점도 커지거나 작아질 것이다. 그러니까 저 그림이 실시간 영상인지 확인하려면 기다리기만 하면 된다. 약 한 시간이 걸릴 것이다. 나는 스톱워치를 작동시킨다.

나는 작은 방에 있는 수많은 화면들을 익힌다. 대부분은 내게 뭔가 말해주려는 것 같지만, 한 화면은 그냥 둥근 문양만을 보여주고 있다. 대기 화면 같은 건지도 모르겠다. 건드리면 컴퓨터가 깨어날 것이다.

하지만 저 대기 화면이야말로 이곳에서 가장 많은 정보를 전해준다.

임무 로고다. 나는 나사 다큐멘터리를 하도 많이 봐서 이런 문양은 보기만 해도 안다. 둥근 문양의 바깥쪽에는 흰 글자가 들어간 푸른 고리가 둘러져 있다. 위쪽 전체를 가로질러 '헤일메리(HAIL MARY)'라는 글자가, 아래쪽에는 '지구(EARTH)'라는 글자가 적혀 있다. 이 우주선의 이름과 '기항지'다.

이 우주선이 지구가 아닌 어딘가에서 발사한 우주선일 거라는 생각은 안 해봤지만 뭐 그래, 아무튼 이제야 내가 타고 있는 우주선의 이름을 알게 된 것 같다.

나는 헤일메리(절망적인 상황에서 아주 낮은 성공률을 바라보고 적진 깊숙이 내지르는 롱 패스를 뜻하는 미식축구 용어, 버저가 울리는 순간에 득점할 것을 노리고 먼 거리에서 던지는 슛을 뜻하는 농구 용어이기도 하다−옮긴이) 호에 타고 있다.

이 정보로 뭘 어째야 할지는 모르겠다.

하지만 문양이 전달하는 정보는 그게 전부가 아니다. 푸른 띠 안에는 검은 원이 있다. 검은 원 안에는 무언가를 상징하는 듯한 작은 세 개의 원이 있고, 각각 가운데에 점이 찍힌 노란 원, 흰 십자가가 들어간 파란 원, 소문자 't'가 들어간 작은 노란 원으로 이루어져 있다. 무슨 의미인지는 전혀 모르겠다. 검은 공간의 가장자리에는 '姚', 'ИЛЮХИНА', 'GRACE'가 적혀 있다.

우리.

내가 '그레이스'이니까, 나머지 둘은 아래층 침대에 누워 있는 미라의 이름인 게 틀림없다. 중국인과 러시아인. 둘에 대한 기억이 거의 수면으로 떠오르지만 건져내기가 어렵다. 내면의 방어기제가 그 기억을 억누르는 것 같다. 두 사람을 기억하게 되면 마음이 아플 테니까 두뇌가 그들을 기억하지 않으려는 걸지도 모른다. 잘 모르겠다. 나는 과학 선생이지 외상 심리학자가 아니니까.

나는 눈을 깨끗이 닦아낸다. 지금은 그 기억을 너무 열심히 들여다보기에 아직 이를지도 모르겠다.

나는 한 시간 정도 시간을 죽여야 한다. 또 무엇이 생각날지 모르니 정신이 마음껏 헤매고 다니게 놔둔다. 그러기가 점점 쉬워진다.

"이 모든 게 100퍼센트 편안한 건 아닙니다." 내가 말했다. 내 목소리는 방호복을 착용한 탓에 먹먹하게 들렸다. 숨결이 얼굴을 가린 창문 같은 투명한 비닐을 흐렸다.

"괜찮아질 겁니다." 스트라트의 목소리가 인터콤을 통해 들려왔다. 그녀는 이중창으로 된, 아주 두꺼운 유리 너머에서 나를 지켜보았다.

실험실은 몇 차례 업그레이드 된 상태였다. 아, 장비는 전부 동일했다. 하지만 이제는 실험실 전체의 공기가 차단됐다. 벽에는 두꺼운 플라스틱 시트가 둘러졌고, 그 모든 것이 일종의 특수 테이프로 연결됐다. 사방에 'CDC(Centers for Disease Control and Prevention, 미국 질병통제예방센터-옮긴이)' 로고가 보였다. 격리 절차에 따른 것이다. 전혀 편안하지 않았다.

지금 이 실험실의 입구는 커다란 플라스틱 에어로크를 지나는 길뿐이었다. 사람들은 내게 들어가기 전에 방호복을 입으라고 했다. 천장의 스풀에서 내 방호복으로 공기 배관이 연결됐다.

내가 원하는 일이라면 무엇에든 쓸 수 있는 최상위급 장비가 전부

71

준비됐다. 나는 그렇게 장비가 잘 갖춰진 실험실을 한 번도 본 적이 없었다. 실험실 중앙에는 원형 통이 들어 있는 바퀴 달린 카트가 있었다. 원통에 적힌 글자는 'образец('견본'이라는 뜻의 러시아어-옮긴이)'였다. 그렇게까지 유용한 정보는 아니군.

관찰실에 있는 사람은 스트라트만이 아니었다. 군복을 입은 사람 대략 스무 명이 그녀와 함께 서서, 모두 흥미롭게 나를 바라보고 있었다. 미국인 몇 명과 러시아인 몇 명, 중국인 장교 몇 명이 있는 건 확실했고 나로서는 알아볼 수조차 없는 독특한 제복을 입은 사람도 많이 있었다. 국제적인 대규모 집단이었다. 그중 누구도 입을 열지 않았지만 이른바 침묵이라는 합의를 통해 그들 모두가 스트라트에게서 몇 피트쯤 물러나 있었다.

나는 장갑 낀 손으로 공기 호스를 잡고 스트라트에게 손짓했다. "이게 꼭 필요합니까?"

스트라트는 인터콤 버튼을 눌렀다. "그 원통 안의 샘플이 외계 생명체일 가능성이 매우 큽니다. 위험을 감수할 수는 없어요."

"잠깐만요…. 당신이야 위험을 감수하지 않겠죠. 난 감수해야 한다고요!"

"꼭 그런 건 아니에요."

"왜 아닌데요?"

스트라트가 잠시 말을 멈추었다. "뭐, 네. 박사님 말이 정확히 맞습니다."

나는 원통 쪽으로 걸어갔다. "다른 사람들도 다 이런 과정을 거쳐야 했습니까?"

스트라트는 군인들을 돌아보았고 군인들은 그녀에게 어깨를 으쓱해 보였다. "'다른 사람들'이 누구를 말하는 겁니까?"

"알잖아요." 내가 말했다. "샘플을 이 통 안으로 옮긴 사람들 말입니다."

"그건 캡슐에서 꺼내온 샘플 용기입니다. 3센티미터 두께의 납덩이가 1센티미터 두께의 강철을 감싸고 있어요. 통은 금성을 떠나는 순간 봉인됐습니다. 샘플 자체를 꺼내려면 자물쇠 열네 개를 열어야 하고요."

나는 원통을 보고, 스트라트를 돌아보았다가, 다시 원통을 보고, 다시 스트라트를 보았다. "이거 참, 너무 너무 너무 별로네요."

"긍정적인 면을 보세요." 스트라트가 말했다. "그레이스 박사님은 외계 생명체와 처음 접촉한 사람으로 영원히 기록될 겁니다."

"이게 생명체라면 말이죠." 내가 웅얼거렸다.

나는 꽤 노력을 들여 자물쇠 열네 개를 풀었다. 뻑뻑했다. 애초에 아크라이트 탐사선이 어떻게 이 자물쇠들을 잠근 건지 좀 궁금해졌다. 끝내주는 동작 시스템이 있었나 보다.

내부는 별다를 게 없었다. 내가 예상한 그대로였다. 그저 작고 깨끗한, 텅 빈 것처럼 보이는 플라스틱 공이 하나 있었을 뿐. 신비의 점들은 현미경으로나 보일 만큼 작았으며 그 수도 많지 않았다.

"방사선은 검출되지 않았습니다." 스트라트가 인터콤으로 말했다.

나는 그녀를 휙 돌아보았다. 그녀는 자기 태블릿을 뚫어지게 보고 있었다.

나는 플라스틱 공을 오랫동안 자세히 살펴보았다. "이거 진공상태입니까?"

"아뇨." 스트라트가 말했다. "1기압의 아르곤 가스로 가득 차 있습니다. 탐사선이 금성에서 돌아오는 동안에도 점들은 계속 움직였어요. 그러니까 아르곤 가스는 샘플에 영향을 주지 않는 것으로 보입니다."

나는 실험실 전체를 둘러보았다. "글로브박스(방사선 물질 등을 다루기 위한 밀폐 투명 용기-옮긴이)가 없는데요. 정체 모를 샘플을 표준상태의 공기에 그냥 노출시킬 수는 없습니다."

"실험실 전체가 아르곤 가스로 가득 차 있습니다." 스트라트가 말했다. "공기 배관이 꼬이거나 방호복이 찢기지 않도록 조심하세요. 아르곤 가스를 흡입하면…."

"질식하는 줄도 모르고 숨이 막혀 죽겠죠. 네, 알겠습니다."

나는 공을 트레이로 가져가 조심스럽게 비틀었다. 공은 두 부분으로 쪼개졌다. 나는 반쪽을 봉인된 플라스틱 용기에 놓고, 다른 반쪽은 마른 면봉으로 닦아냈다. 그 면봉을 슬라이드에 대고 문지른 다음 슬라이드를 현미경으로 가져갔다.

찾기 어려울 줄 알았는데 녀석들은 바로 거기 있었다. 수십 개의 작고 검은 점. 그것들은 정말로 꿈틀거리며 돌아다니고 있었다.

"이거 전부 촬영 중이십니까?"

"서른여섯 가지의 서로 다른 각도에서 촬영 중입니다." 스트라트가 말했다.

"샘플은 여러 개의 둥근 물체로 이루어져 있습니다." 내가 말했다. "크기는 거의 변동이 없고요. 개체 하나의 크기가 대략 반경 10미크론으로 보입니다…."

나는 초점을 조정하고 배면광을 다양한 강도로 조정했다. "샘플은 불투명합니다…. 내부가 보이지 않아요. 현재 활용 가능한 가장 강한 조명 설정에서도 마찬가지입니다…."

"샘플이 살아 있습니까?" 스트라트가 물었다.

나는 그녀에게 눈알을 굴려댔다. "한번 휙 보고 그런 걸 알 수는 없죠. 뭘 기대하는 겁니까?"

"저는 그 샘플이 살아 있는지 그레이스 박사님이 알아내 주기를 바랍니다. 만일 살아 있다면 어떤 식으로 활동하는지도요."

"엄청난 주문이네요."

"왜죠? 생물학자들은 박테리아가 활동하는 방식도 알아냈어요. 그 사람들이 했던 것과 똑같은 일을 해주시면 됩니다."

"그걸 알아내기까지 수천 명의 과학자들이 200년 동안 노력해야 했어요!"

"뭐… 그럼 그것보다 빨리 해보세요."

"저기 말이죠." 나는 현미경을 다시 손짓했다. "이제 다시 일하러 가보겠습니다. 뭐든 알아내면 그때 말씀드리죠. 그때까지는 조용히 공부나 하세요."

나는 여섯 시간 동안 점점 더 많은 실험을 했다. 그동안 군인들은 여기저기 돌아다니다가 결국 스트라트를 혼자 남겨놓고 떠났다. 스트라트의 인내심에는 존경심밖에 들지 않았다. 그녀는 관찰실 뒤쪽에 앉아 태블릿 작업을 하며 가끔 눈을 들어 내가 뭘 하는지 살펴보았다.

내가 에어로크를 지나 관찰실로 나오자 그녀가 고개를 들었다. "뭔가 얻었나요?" 스트라트가 물었다.

나는 지퍼를 풀고 방호복에서 걸어 나왔다. "네, 가득 찬 방광을 얻었습니다."

스트라트는 태블릿에 계속 입력해 나갔다. "그건 생각 못했네요. 오늘 밤 격리 구역 내에 화장실을 설치하도록 지시하겠습니다. 화학식 변기여야 할 거예요. 배관을 드나들게 할 수 없으니까."

"네, 그러시든지요." 내가 말했다. 나는 볼일을 보러 서둘러 화장실로 갔다.

돌아와 보니 스트라트가 작은 탁자와 의자 두 개를 관찰실 가운데에 끌어다 놓고 있었다. 그녀는 한 의자에 앉아서 다른 의자를 가리켰다. "앉으세요."

"전 지금 한창…."

"앉으세요."

나는 자리에 앉았다. 스트라트는 위압적인 존재감을 뿜어냈다. 그건 확실했다. 어조 때문일까, 대체로 자신감 넘치는 태도 때문일까? 어쨌든 스트라트가 입을 열면 그녀가 말하는 대로 하는 게 그냥 당연한 것처럼 여겨졌다.

"지금까지 뭘 발견하셨습니까?" 스트라트가 물었다.

"겨우 한나절 살펴봤습니다." 내가 말했다.

"시간이 얼마나 흘렀는지 물어본 게 아닙니다. 지금까지 뭘 발견했느냐고 물었죠."

나는 머리를 긁었다. 방호복을 입고 여러 시간을 보낸 터라 나는 땀에 젖어 있었고, 아마 고약한 냄새를 풍겼을 것이다. "그게… 이상하더군요. 저 점들이 뭐로 만들어져 있는 건지 모르겠습니다. 정말 알고 싶은데 말이죠."

"지금 없는 장비 중에 필요한 게 있나요?" 스트라트가 물었다.

"아뇨, 아뇨. 있을 만한 건 저 안에 전부 다 있습니다. 그냥… 이 점들에는 통하지 않을 뿐이에요." 나는 다시 의자에 앉았다. 거의 하루 종일 서 있었던 만큼 잠깐의 휴식은 좋은 일이었다. "처음으로 시도해

본 건 엑스레이 분광계였습니다. 엑스레이를 샘플에 송출해서 샘플이 광자를 배출하게 하는 거죠. 그러면 광자의 파장을 통해 어떤 성분이 존재하는지 알 수 있으니까요."

"그래서 뭘 알게 됐습니까?"

"아무것도요. 제가 알아낸 바로는 이 점들이 그냥 엑스레이를 흡수해 버립니다. 엑스레이가 들어갔다가 다시는 나오지 않아요. 아무것도 나오지 않습니다. 아주 이상한 일이에요. 그렇게 할 수 있는 물질은 아무것도 떠오르지 않습니다."

"알겠습니다." 스트라트는 태블릿에 뭔가를 써넣었다. "다른 건요?"

"다음으로는 가스 크로마토그래피를 써봤습니다. 샘플을 증발시킨 다음, 그 결과로 나온 기체를 가지고 어떤 성분이나 화합물이 있는지 확인하는 방법입니다. 그 방법도 통하지 않았어요."

"왜죠?"

나는 두 손을 들었다. "이 망할 게 증발하지를 않으니까요. 그래서 버너니, 오븐이니, 용광로니 온갖 복잡한 방법들을 써봤지만 아무것도 안 나왔습니다. 그 점들은 섭씨 2,000도까지의 온도에 아무 영향을 받지 않아요. 전혀."

"그게 이상한 일인가요?"

"미친 일이죠." 내가 말했다. "하지만 이것들은 태양에서도 사니까요. 최소한 얼마 동안은 말입니다. 그러니까 열에 대한 저항력이 높은 것도 말이 되는 것 같네요."

"태양에서 산다고요?" 스트라트가 말했다. "그러니까 생명체라는 건가요?"

"아마 그럴 겁니다. 네."

"자세히 설명해 보세요."

"뭐, 이것들은 움직입니다. 현미경으로도 잘 보이고요. 그것만으로 이 점들이 살아 있다는 증명이 되는 건 아니죠. 무생물도 정전하든, 자기장이든, 뭐로든 늘 움직이니까요. 하지만 다른 걸 하나 발견했어요. 그게 이상한 건데, 그 점을 생각하면 모든 게 맞아 떨어져요."

"계속 말해보세요."

"제가 이 점 몇 개를 진공상태에 집어넣은 다음 분광사진을 찍어 봤습니다. 그냥 이 점들이 빛을 발산하는지 알아보는 간단한 실험이었어요. 물론, 점들은 빛을 발산했습니다. 파장 25.984미크론의 적외선을 방사하더군요. 페트로바 진동수와 같은 수치입니다. 페트로바선을 구성하는 빛이라는 말이에요. 그럴 거라고는 예상했습니다. 하지만 그때, 이 점들이 오직 움직일 때만 빛을 발산한다는 사실을 알게 됐습니다. 정말이지 엄청난 빛을 내더군요. 그러니까 우리 관점에서 볼 때는 엄청난 빛이 아니지만, 이렇게 작은 단세포생물치고는 어마어마한 양이라는 겁니다."

"그게 어떤 의미가 있습니까?"

"제가 종이 뒷면에 간단하게 계산을 좀 해봤는데요. 이 녀석들은 바로 그 빛을 가지고 움직이는 게 거의 확실합니다."

스트라트가 한쪽 눈썹을 치켜올렸다. "잘 이해가 안 갑니다만."

"믿기 어려우시겠지만 빛에는 운동량이 있어요." 내가 말했다. "힘을 낸단 말입니다. 우주에 나가서 손전등을 켜면 그것 때문에 아주 아주 작은 추진력을 얻게 돼요."

"그건 몰랐네요."

"이제 아셨으니까 됐죠. 그리고 아주 아주 작은 질량에 대한 아주 아주 작은 추진력은 효과적인 추진 방법이 될 수 있습니다. 점들의 평균 질량을 측정해 보니 대략 약 20피코그램(1조분의 1그램 – 옮긴이)이더군요. 말이 나와서 말인데, 시간은 오래 걸렸어도 저 실험실 장비는 끝내주던데요. 아무튼 제가 관찰한 움직임은 발산된 빛의 운동량과 일치했습니다."

스트라트가 태블릿을 내려놓았다. 내가 스트라트의 관심을 온전히 받는다는 희귀한 업적을 이루어 낸 모양이었다. "자연계에서도 일어나는 일입니까?"

나는 고개를 저었다. "말도 안 되죠. 자연계에는 그런 종류의 에너지 저장고를 가진 존재가 없습니다. 이 점들이 얼마나 큰 에너지를 방출하는지 몰라서 하시는 말씀이에요. 이건 마치… 질량에너지 전환과 맞먹는 규모입니다. $E=mc^2$ 같은 거요. 이 작은 점들은 말도 안 될 정도로 엄청난 에너지를 저장하고 있습니다."

"뭐, 방금 태양에서 나온 것이니까요." 스트라트가 말했다. "태양이 에너지를 잃고 있기도 하고."

"네. 그래서 제가 이것들이 생명체라고 생각하는 겁니다." 내가 말했다. "이 점들은 에너지를 소비하고 우리가 모르는 어떤 방식으로 저장했다가 추진력으로 활용합니다. 그건 단순히 물리적이거나 화학적인 과정이 아니에요. 복잡하고 방향성도 있죠. 진화 과정을 거친 존재가 분명합니다."

"그러니까 페트로바선이… 아주 작은 로켓들의 불꽃이라는 말인가요?"

"아마 그럴 거예요. 그리고 장담하는데, 우리한테 보이는 건 페트로바 대역에서 나오는 전체 빛의 일부에 불과할 겁니다. 이 녀석들은 금성으로 갈 때나 태양으로 갈 때 빛을 추진력으로 활용합니다. 두 과정 모두에 활용하는 걸 수도 있고요. 잘 모르겠네요. 중요한 건 빛이 이 녀석들의 진행 방향과 먼 쪽으로 발산된다는 겁니다. 지구는 그 방향과 같은 선상에 있지 않아요. 그러니까 우리는 근처의 우주먼지에 반사되는 빛만을 보게 됩니다."

"이것들이 왜 금성으로 이동하는 거죠?" 스트라트가 물었다. "번식은 어떻게 하고?"

"좋은 질문인데요. 저로서는 답할 수 없습니다. 하지만 이 녀석들이 단세포로 이루어져 자극 반응의 형태로만 활동하는 생명체라면, 아마 체세포분열을 통해 번식할 겁니다." 나는 잠시 말을 멈췄다. "그러니까 세포가 반으로 쪼개져서 두 개의 새로운 세포가 된다는…"

"네, 그 정도는 저도 아네요." 스트라트가 천장을 올려다보았다. "사람들은 늘 외계 생명체가 존재한다면 그 존재와의 첫 만남은 UFO를 타고 온 작은 초록색 인간들과의 만남이 될 거라고 생각해 왔는데 말이죠. 이렇게 단순하고 지능이 없는 종과 만나게 될 거라는 생각은 한 번도 해보지 않았어요."

"그러게요." 내가 말했다. "벌컨족(영화《스타 트렉》에 등장하는 외계 종족-옮긴이)이 인사하겠다고 잠깐 들른 그런 게 아니에요. 이건… 우주 해조류네요."

"침입종이죠. 오스트레일리아의 수수두꺼비처럼."

"괜찮은 비유입니다." 내가 고개를 끄덕였다. "게다가 개체 수가 증가하고 있어요. 빠르게요. 이 녀석들 숫자가 늘어날수록 태양에너지도 더 많이 소모될 겁니다."

스트라트는 아래턱을 손가락으로 만지작거렸다. "박사님이라면 별을 먹고 사는 생명체를 뭐라고 부르시겠어요?"

나는 그리스어와 라틴어 어원을 애써 떠올렸다. "'아스트로파지[별을 뜻하는 아스트로(astro)와 세균을 숙주세포로 하는 바이러스를 의미하는 박테리오파지(bacteriophage)의 합성어-옮긴이]'라고 부르면 될 것 같네요."

"아스트로파지." 스트라트가 말했다. 그녀는 그 단어를 태블릿에 써 넣었다. "좋아요. 다시 일하러 가세요. 아스트로파지의 번식 방법을 찾아내십시오."

아스트로파지!

그 단어 하나만으로도 내 몸의 모든 근육이 오그라든다. 납덩이처럼 나를 후려치는 싸늘한 공포심.

그 이름이었다. 지구의 모든 생명체를 위협하는 존재, 아스트로파지.

나는 확대된 태양 영상이 떠 있는 모니터를 힐끗 본다. 흑점이 눈에 띄게 움직였다. 좋다, 저건 실시간 영상이다. 그 사실을 알게 된 건 좋은 일이다.

자아아암깐…. 맞는 속도로 움직이는 것 같지가 않은데. 나는 스톱워치를 확인한다. 나는 겨우 10분 정도 공상에 잠겨 있었을 뿐이다. 흑점은 아주 조금만 움직였어야 한다. 그러나 실제로는 화면의 절반 정도를 이동했다. 움직였어야 하는 거리보다 훨씬 멀리까지.

나는 토가에서 줄자를 꺼낸다. 영상을 확대하고 화면에 뜬 태양과 흑점 무리의 폭을 실제로 측정한다. 대략적인 추정으로는 더 이상 안 된다. 진짜 계산이 필요하다.

태양면의 폭은 화면상에서 27센티미터이고, 흑점의 폭은 3밀리미터이다. 그리고 흑점은 10분 동안 자기 폭의 절반(1.5밀리미터)을 움직였다. 스톱워치를 살펴보니 실제로 경과한 시간은 517초다. 나는 종이에 몇 가지 계산을 슥슥 휘갈겨 내려간다.

그 답을 보면, 흑점은 매 344.66초마다 1밀리미터를 이동하는 셈이다. 27센티미터 전체를 가로지르는 데는 (슥슥) 9만 3,000초가 조금 넘게 걸린다. 그러니까 흑점들이 태양의 이쪽 면 가까이로 가로지르는데 그만큼의 시간이 걸린다는 얘기다. 완전히 태양을 한 바퀴 도는 데는 그 두 배가 걸리게 된다. 그러니까 18만 6,000초다. 이틀이 좀 넘는 시간이다.

태양의 자전 속도보다 열 배 넘게 빠르다.

내가 보고 있는 저 별은…. 저 별은 우리 태양이 아니다.

나는 다른 태양계에 와 있다.

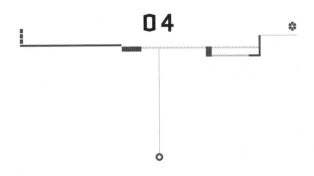

04

그래. 이제는 저 화면들을 아주 열나게 겁나게 오래 들여다볼 시간인 것 같다.

내가 어떻게 다른 태양계에 있을 수가 있지? 말도 안 되잖아! 그건 그렇고 저건 무슨 별이야? 세상에 나 죽으려나 봐!

잠시 과호흡이 찾아온다.

나는 학생들에게 해주었던 말을 떠올린다. 불안해지면 깊이 숨을 들이쉬고, 내쉬고, 10초를 세렴. 그 방법을 쓰자 우리 교실에서는 아이들이 성질을 터뜨리는 일이 극적으로 줄어들었다.

나는 숨을 들이쉰다. "하나… 둘… 세에…안 통하잖아! 난 죽게 될 거야!"

나는 두 손으로 머리를 부여잡는다. "세상에, 난 대체 어디 있는 거지?"

나는 내가 이해할 수 있는 무언가를 찾아 모니터들을 뒤진다. 정보는 전혀 부족하지 않다. 넘쳐났으면 넘쳐났지. 각 화면에는 윗부분에 알아보기 쉬운 이름표가 붙어 있다. '생명 유지 장치', '에어로크 상태',

'엔진', '로봇 관리', '아스트로파지', '발전기', '원심분리기'…. 잠깐. 아스트로파지라고?

나는 '아스트로파지' 패널을 자세히 살펴본다.

잔량: 20,906kg

소비 속도: 6.056g/s

이 숫자들보다 훨씬 더 흥미로운 것은 그 아래에 있는 도표다. 도표는 헤일메리호처럼 보이는 것을 나타내고 있다. 내가 이 우주선의 전체 모습을 처음으로 살펴보는 순간이다.

우주선의 윗부분은 원통형으로 앞에 뾰족한 원뿔이 붙어 있다. 내가 여태 봐왔던 로켓들과 다르지 않다. 점점 좁아지는, 통제실의 원뿔형 벽을 생각해 보면 이곳은 우주선의 맨 앞부분이 틀림없다. 내 아래쪽에는 실험실이 있다. 도표에는 그 방에 '실험실'이라는 이름이 붙어 있다. 그 아래쪽이 내가 깨어났던 방이다.

죽은 내 친구들이 있는 곳.

나는 훌쩍이며 눈물을 닦아낸다. 지금 당장은 이럴 시간이 없다. 나는 그 생각을 머릿속에서 밀어내고 계속 도표를 살펴본다. 그 방에는 '숙소'라는 이름이 붙어 있다. 좋다, 그러니까 이 도표 전체는 내 경험과 일치하는 셈이다. 이런저런 존재의 공식적 이름을 알게 되니 좋기도 하고. 숙소 밑에는 훨씬 더 길이가 짧은 공간이 있다. 아마 높이가 1미터쯤 되는 듯하다. 그곳의 이름은 '창고'다. 아하! 바닥에 내가 놓친 판이 있었나 보다. 나중에 확인해 보기로 한다.

하지만 그게 전부가 아니다. 훨씬 많은 것들이 남아 있다. 창고 아래에는 '케이블 연결부'라는 이름이 붙어 있다. 저게 뭔지, 왜 존재하는지는 전혀 모르겠다. 우주선은 그 밑으로 점점 넓어진다. 그곳은 내가 있는 작은 공간과 폭이 동일한 세 개의 원통으로 이루어져 있으며, 원통들은 나란히 배치되어 있다. 내 생각에 이 우주선은 우주에서 조립한 것이고 지구에서 우주 공간으로 발사할 수 있었던 최대 반경이 대략 4미터였던 것 같다.

세쌍둥이 원통에는 '연료'라는 이름표가 붙어 있다. 어림잡아 보면 이 통들이 우주선 전체 부피의 75퍼센트를 차지하는 것 같다.

연료 구역은 아홉 개의 작은 원통들로 나뉘어 있다. 나는 호기심에 그중 하나를 건드려 보는데, 그러자 그 연료통에 관한 화면이 표시된다. '아스트로파지: 0.000kg'라고 적혀 있다. '버리기'라는 버튼도 있다.

뭐, 내가 왜 여기에 있는지, 이것들이 다 뭔지는 잘 모르겠지만 '버리기'라는 이름이 붙은 버튼은 전혀 건드리고 싶지 않다.

보이는 것만큼 극적인 효과를 낳는 버튼은 아닐지도 모른다. 이것들은 연료 탱크다. 연료를 다 쓰면, 우주선은 선체의 질량을 줄이고 남은 연료를 더 오래 쓸 수 있도록 연료 탱크를 버릴 수 있다. 지구에서 발사될 때 로켓이 여러 단계를 거치는 것도 그래서다.

연료 탱크가 비는 순간 우주선이 연료 탱크를 자동으로 방출하지 않았다는 점이 흥미롭다. 나는 해당 화면을 끄고 우주선 주 도면으로 돌아온다.

커다란 연료 구역들 아래에는 각기 '스핀 드라이브'라는 이름이 붙은 사다리꼴 구역이 있다. 스핀 드라이브라는 용어는 한 번도 들어본 적이 없지만, 위치가 우주선의 뒤쪽이고 이름에 '드라이브'가 들어가는 걸 보면 추진 시스템인 것 같다.

스핀 드라이브라… 스핀 드라이브…. 나는 눈을 감고 그에 관해 떠올려 본다….

아무 일도 일어나지 않는다. 마음대로 기억을 불러낼 수가 없다. 아직은 그럴 단계가 아니다.

나는 도면을 더 자세히 들여다본다. 어째서 2만 킬로그램의 아스트로파지가 이 우주선에 실려 있는 걸까? 한 가지 강하게 의심되는 가설이 있다. 아스트로파지가 연료라는 가설.

아닐 이유가 있나? 아스트로파지는 빛을 추진력으로 사용하며 말도 안 되는 에너지 저장 능력을 가지고 있다. 녀석은 그런 능력을 갖추기 위해 수십억 년, 혹은 그 이상 상상조차 못할 만큼 긴 시간 동안 진화를 거쳤다. 말의 에너지 효율이 트럭보다 높은 것처럼 아스트로파지는 우주선보다 에너지 효율이 높다.

그래, 그러면 이 우주선에 아스트로파지가 잔뜩 실려 있는 이유가 설명된다. 아스트로파지는 연료다. 하지만 왜 이 화면에 우주선의 도면을 뜨게 한 거지? 이건 마치 연료 계기판에 자동차 설계 도면을 띄우는 것과 같다.

흥미롭게도 도면은 실내 공간에는 관심이 없는 듯하다. 각 공간 안에 뭐가 있는지조차 보여주지 않는다. 그저 각 공간의 이름이 있을 뿐이다. 단, 우주선의 선체와 뒷부분에는 엄청나게 집중하고 있다.

연료 구역에서 스핀 드라이브로 이어지는 붉은 관들이 보인다. 아마 연료가 엔진으로 들어가는 길일 것이다. 그 관들이 선체 전체를 따라 배치된 것도 보인다. 게다가 이 파이프들은 케이블 연결부도 가르고 지나간다. 그러니까 아스트로파지 연료는 대부분 연료 탱크에 있으나, 선체 전체를 감고 있는 외부 구조물에도 보관되어 있는 것이다.

왜 그런 짓을 한 거지?

아, 그리고 사방에 온도가 표시되어 있다. 온도가 중요한 요소인 것 같다. 선체를 따라서 몇 미터마다 수치가 표시되어 있다. 그리고 모든 수치에 '96.415℃'라고 적혀 있다.

어라, 이거 내가 아는 온도인데. 난 정확하게 저 온도를 안다고! 어떻게 아는 거지? 얼른, 머리야… 힘 좀 써봐….

'96.415℃'라고, 화면에는 적혀 있었다.

"흠." 내가 말했다.

"뭐죠?" 스트라트가 즉시 물었다.

실험실에 간 두 번째 날이었다. 스트라트는 아스트로파지를 당분간 이라도 오직 나 혼자만 살펴봐야 한다고 계속 고집을 부렸다. 스트라트는 태블릿을 탁자에 내려놓고 관찰실 창문으로 다가왔다. "새로운 게 나왔습니까?"

"그런 것 같네요. 아스트로파지의 주변 온도는 섭씨 96.415도입니다."

"꽤 뜨겁네요?"

"네, 거의 물의 끓는점에 가까워요." 내가 말했다. "지구에 사는 생명체에게는 치명적인 온도죠. 하지만 태양 주변에서도 편안히 잘 사는 존재한테는 어떨지 누가 알겠습니까?"

"그래서, 그 수치에 어떤 의미가 있는 겁니까?"

"이 이상 뜨겁게 할 수도, 차갑게 할 수도 없어요." 나는 앞서 가스 배출용 후드 내부에 마련해 두었던 실험 장치를 가리켰다. "아스트로 파지 일부를 한 시간 동안 얼음물에 담가 두었습니다. 꺼내보니까

96.415도더군요. 그런 다음에는 1,000도의 실험용 가마에 넣어뒀어요. 이번에도 꺼내보니 96.415도였습니다."

이어 스트라트는 창문 옆을 서성거렸다. "극도로 단열이 잘 되는 걸까요?"

"그럴 수도 있다는 생각이 들어서 다른 실험도 해봤습니다. 극소량의 물방울을 가져다가 그 안에 아스트로파지를 집어넣었어요. 몇 시간후에는 물방울 전체의 온도가 96.415도가 되었습니다. 아스트로파지가 물을 가열한 거죠. 열에너지가 아스트로파지 밖으로 나올 수 있다는 얘깁니다."

"그래서 결론은요?" 스트라트가 물었다.

나는 머리를 긁으려 했지만 비닐 방호복이 방해가 됐다. "뭐, 아스트로파지가 엄청난 양의 에너지를 내부에 간직하고 있다는 걸 알고 있으니까, 제 생각에는 아스트로파지가 그 에너지를 사용해 체온을 유지하는 것 같습니다. 스트라트 씨나 저와 마찬가지로요."

"온혈 미생물이다?" 스트라트가 말했다.

나는 어깨를 으쓱했다. "그렇게 보여요. 저기, 언제까지 저 혼자 이일을 하는 겁니까?"

"새로운 사실을 더 이상 발견하지 못하실 때까지요."

"실험실 하나에 사람 하나만 두겠다는 거예요? 과학은 그런 식으로 이루어지지 않습니다." 내가 말했다. "전 세계에서 수백 명이 이 일을 하고 있어야죠."

"그렇게 생각하는 사람은 그레이스 박사님만이 아니에요." 스트라트가 말했다. "오늘만 해도 세 명의 서로 다른 국가수반이 저한테 전화를 걸었습니다."

"그럼 다른 과학자들도 참여시키세요!"

"안 됩니다."

"왜요?"

스트라트는 잠시 시선을 돌렸다가, 다시 창문 너머 나를 보았다. "아스트로파지는 외계의 미생물입니다. 인간한테 감염되기라도 하면요? 치명적이라도 하면? 방호복이나 네오프렌 장갑도 충분한 보호 장치가 되지 못하면 어쩝니까?"

나는 헉 하고 숨을 들이쉬었다. "잠깐만요! 내가 기니피그라는 겁니까? 내가 기니피그라니!"

"아뇨, 그런 건 아닙니다." 스트라트가 말했다.

나는 그녀를 노려보았다.

그녀도 나를 노려보았다.

나도 그녀를 노려보았다.

"네, 뭐 정확한 지적이었습니다." 스트라트가 말했다.

"세상에!" 내가 말했다. "그건 참 너무하잖아요!"

"오버하지 마세요." 스트라트가 말했다. "안전하게 하려는 것뿐입니다. 내가 지구에서 가장 뛰어난 지성인들에게 아스트로파지를 보냈는데 아스트로파지가 그 사람들을 전부 죽인다고 상상해 보세요. 우리는 지금 이 순간 가장 필요한 사람들을 순식간에 잃게 될 겁니다. 그런 위험을 감수할 수는 없어요."

나는 눈을 부라렸다. "이건 무슨 신파 영화가 아닙니다, 스트라트. 병원체는 오랜 시간에 걸쳐 천천히 진화한 다음에야 특정한 숙주를 공격하는 거예요. 아스트로파지는 지구에 와본 적이 없습니다. 이게 인간에게 '감염될' 방법이 없다고요. 게다가 며칠 지났는데 제가 아직 죽지 않았잖아요. 그러니까 이걸 진짜 과학자들한테 보내세요."

"박사님도 진짜 과학자가 맞잖아요. 게다가 어느 누구에게도 뒤처지지 않을 만큼 빠르게 진전을 보이고 있고요. 박사님이 혼자 잘 하고 있는데 위험을 무릅쓰는 건 의미가 없어요."

"장난해요?" 내가 말했다. "수백 명이 이 문제를 연구하기 시작하면 훨씬 더 많은 진전이…."

"또한, 수많은 치명적 질환에는 2주간의 잠복기가 있습니다."

"저 봐, 결국 그거네."

스트라트는 탁자로 돌아가 태블릿을 집어 들었다. "전 세계 나머지 사람들한테도 다 차례가 갈 겁니다. 하지만 지금은 박사님만의 차례예요. 최소한 저것들이 대체 무엇으로 만들어져 있는지는 말해주세요. 그때는 다른 과학자들에게 아스트로파지를 넘길지 얘기해 볼 수 있을 겁니다."

스트라트는 다시 태블릿을 읽기 시작했다. 대화는 끝났다. 그것도 내 학생들이 '뼈 때리기'라고 부를 만한 방법을 써서. 최선을 다했지만 아스트로파지가 대체 무엇으로 만들어져 있는지 알 수가 없었다.

아스트로파지는 어떤 파장의 빛을 비춰봐도 불투명했다. 가시광선, 적외선, 자외선, 엑스레이, 극초단파…. 심지어 아스트로파지 몇 마리를 방사선 차단 용기에 넣고 세슘-137이 내뿜는 감마선에 노출시키기까지 했다(이 실험실에는 모든 것이 있었다). 나는 그 실험을 '브루스 배너(《인크레더블 헐크》등의 시리즈에 등장하는 캐릭터인 헐크의 또 다른 자아 —옮긴이) 시험'이라고 불렀다. 마음에 드는 이름이었다. 아무튼, 감마선조차도 그 쪼그만 악당들을 관통하지는 못했다. 이건 마치 50구경 권총을 종이에 대고 쐈는데, 총알이 튕겨 나오는 것과 같은 일이었다. 전혀 말이 되지 않았다.

나는 시무룩하게 다시 현미경으로 돌아갔다. 작은 점들은 몇 시간째 그대로 슬라이드에서 놀고 있었다. 이 녀석들은 통제군이었다. 다양한 광원으로 실험해 보지 않은 녀석들. "어쩌면 내가 너무 과하게 생각하는 걸지도 몰라⋯." 나는 중얼거렸다.

나는 실험 장비를 뒤진 끝에 필요한 물건을 찾아냈다. 나노 주사기였다. 희귀하고 비싼 물건이었지만, 이 실험실에는 있었다. 기본적으로 이것은 매우 작은 바늘이었다. 미생물을 찌르는 데 쓸 수 있을 만큼 작고 뾰족한 바늘. 이 녀석을 쓰면 살아 있는 세포에서 미토콘드리아를 채취할 수 있었다.

다시 현미경으로. "좋아, 이 조그만 말썽쟁이들아. 방사선은 튕겨낸다 이거지? 그건 인정해 주겠어. 하지만 대놓고 찌르면 어떨까?"

보통 나노 주사기는 정밀하게 조정한 장비를 통해 제어한다. 하지만 나는 그냥 막 찔러보고 싶은 것뿐이었고, 도구가 망가지든 말든 상관없었다. 나는 콜릿(칩을 팽창 테이프에 접착시켜 납 틀에 붙이는 도구―옮긴이)을 집어 들고 (보통은 이곳에 통제용 기기를 놓는다) 바늘을 현미경의 시야 안으로 집어넣었다. 이름은 나노 주사기이지만, 사실 나노 주사기는 폭이 50나노미터쯤 된다. 그래도 10미크론이라는 어마어마한 덩치를 자랑하는 아스트로파지와 비교하면 작디작다. 폭이 겨우 200분의 1 정도니까.

나는 바늘로 아스트로파지를 찔렀다. 그리고 다음에 벌어진 일은 완전히 예상 밖이었다.

일단, 바늘이 아스트로파지를 관통했다. 그 점에는 의심의 여지가 없었다. 빛과 열에 대한 저항이 그토록 강했던 아스트로파지이지만,

뾰족한 물건을 다루는 실력은 다른 세포와 다를 것도 없었다.

내가 구멍을 뚫자마자 세포 전체가 투명해졌다. 더는 아무 특징 없는 검은 점이 아니라, 세포 기관 등 나 같은 미생물학자가 보고 싶어 하는 모든 것이 들어 있는 세포가 되었다. 스위치를 탁 켜는 것만 같았다.

그러더니 아스트로파지는 죽어버렸다. 찢어진 세포벽이 죽더니 완전히 풀어졌다. 아스트로파지는 응집된 둥근 물체에서 천천히 퍼져가는, 경계선이 없는 물웅덩이 같은 것으로 변했다. 나는 근처 선반에서 일반 주사기를 가져다가 그 끈적끈적한 물질을 빨아들였다.

"좋았어!" 내가 말했다. "하나 죽였어요!"

"잘하셨네요." 스트라트가 태블릿에서 눈을 들지 않고 말했다. "외계인을 죽인 첫 인간이라니.《프레데터》에 나오는 아널드 슈워제네거랑 똑같네요."

"네에, 유머 감각을 자랑하고 싶으신 건 알겠지만 그 프레데터는 자폭했습니다. 프레데터를 실제로 죽인 첫 인간은 마이클 해리건이었어요. 대니 글로버가 연기했죠….《프레데터 2》에서."

스트라트는 창 너머로 잠시 나를 바라보더니, 고개를 젓고 눈을 굴려댔다.

"요점은 제가 마침내 아스트로파지가 무엇으로 만들어졌는지 알아낼 수 있다는 겁니다!"

"정말이에요?" 스트라트가 태블릿을 내려놓았다. "죽이는 게 비법이었나요?"

"그랬나 봐요. 더는 검은색이 아닙니다. 빛이 통과하고 있어요. 무슨 이상한 효과가 빛을 가로막고 있었는지는 모르겠지만, 더는 아닙니다."

"어떻게 하신 거죠? 뭘로 죽였어요?"

"외부 세포막을 나노 주사기로 관통했습니다."

"막대기로 찔렀다고요?"

"아뇨!" 내가 말했다. "뭐, 맞긴 맞아요. 하지만 아주 과학적인 막대기를 가지고 아주 과학적으로 찔렀습니다."

"막대기로 찔러봐야겠다는 생각을 떠올리기까지 이틀이 걸리신 거네요."

"당신 진짜… 조용히 하세요."

나는 바늘을 분광계로 가져가 아스트로파지 진액을 받침대에 올려놓았다. 그런 다음 나는 분광계의 시료실을 봉인하고 열띤 분석을 시작했다. 결과를 기다리는 동안 나는 어린애처럼 두 발을 번갈아 짚어가며 깡충깡충 뛰었다.

스트라트가 목을 길게 빼고 나를 쳐다봤다. "그래서, 지금은 뭘 하시는 건가요?"

"저건 원자 발광 분광기입니다." 내가 말했다. "전에도 말씀드렸다시피, 엑스레이를 샘플로 보내 원자를 자극한 다음 돌아오는 파장을 관찰하는 겁니다. 살아 있는 아스트로파지에 써봤을 때는 아무 효과가 없었지만, 빛을 차단하는 마법의 속성이 사라진 지금은 정상적으로 통할 거예요."

기계에서 삑삑 소리가 났다.

"좋았어! 한번 봅시다! 물을 사용하지 않는 생명체에는 어떤 화학물질이 들어 있는지 알아볼 순간이네요!" 나는 LCD 화면을 확인했다. 화면에는 삐죽삐죽한 선들과 각 선이 나타내는 성분이 표시돼 있었다. 나는 조용히 화면을 응시했다.

"그래서요?" 스트라트가 말했다. "뭡니까?"

"음. 탄소와 질소가 있지만… 샘플의 대부분은 수소와 산소예요."
나는 한숨을 쉬고 기계 옆에 놓여 있던 의자에 주저앉았다. "산소에 대한 수소의 비율은 2대 1입니다."

"그게 뭐가 문제죠?" 스트라트가 물었다. "그게 무슨 뜻입니까?"

"물이에요. 아스트로파지는 대부분 물로 이루어져 있습니다."

스트라트의 입이 쩍 벌어졌다. "어떻게요? 태양 표면에 존재하는 물질에 어떻게 물이 들어 있을 수 있죠?"

나는 어깨를 으쓱했다. "아마 외부에서 무슨 일이 벌어지든 내부 온도를 96.415도로 유지하기 때문일 겁니다."

"그게 무슨 뜻이죠?" 스트라트가 물었다.

나는 두 손에 얼굴을 묻었다. "제가 여태까지 써 온 모든 과학 논문이 틀렸다는 뜻이요."

그렇군. 큰코다쳤는걸.

하지만 그 실험실 안에서 나는 어쨌든 행복했다. 아마 당국에서는 더 똑똑한 사람들을 데려왔을 것이다. 그러니까 내가 여기, 다른 별에 있는 거겠지. 아스트로파지로 동력을 공급받는 우주선을 타고.

하지만 대체 여기 있는 사람이 나인 이유는 뭘까? 내가 한 일이라고는 평생 가져온 신념이 틀렸다는 걸 증명한 것뿐이었는데.

그 부분은 나중에 기억날 것 같다. 일단 지금은 저게 무슨 별인지 알고 싶다. 왜 우리가 이곳으로 사람을 보낼 우주선을 만들었는지도.

물론 이 모든 게 중요한 문제다. 하지만 지금 당장은, 우주선 전체에 내가 아직 탐사하지 못한 구역이 너무 많다.

"창고."

어쩌면 임시로 만든 토가 말고 입을 것을 찾을 수 있을지도 모른다. 나는 사다리를 타고 실험실로 갔다가 더 아래쪽의 숙소까지 내려간다.

친구들은 아직 거기 있었다. 여전히 죽은 채로. 나는 그들을 보지 않으려 애쓴다.

아래층으로 이어지는 판이 있는지 바닥을 살펴본다. 아무것도 없다. 그래서 나는 엎드려 무릎걸음으로 기어다닌다. 결국은 찾아낸다. 남성 동료의 침대 바로 아래에, 정사각형 모양의 가느다란 이음새가 있다. 너무 가늘어서 손톱도 안 들어가는 틈.

실험실에는 온갖 도구가 있었다. 이걸 비틀어 열 만한 납작 드라이버도 분명 있을 것이다. 아니면….

"어이 컴퓨터! 이 판을 열어줘."

"개방할 입구를 특정하십시오."

나는 판을 가리킨다. "이거. 이것 말이야. 이걸 열어줘."

"개방할 입구를 특정하십시오."

"음… 비품실로 들어가는 입구를 열어줘."

"비품실을 개방합니다." 컴퓨터가 말한다.

찰칵하는 소리가 나더니 판이 2인치쯤 올라온다. 그 과정에서 이음새 주변에 둘러진 고무 개스킷이 찢어진다. 판이 닫혀 있을 때는 모든 게 너무 꽉 다물려 있어서 그 고무가 보이지 않았다. 억지로 비틀어 열지 않은 게 다행이다. 너무 너무 너무 힘든 일이었을 테니까.

판에서 남은 봉인을 뜯어내자 판이 구멍에서 느슨하게 떨어져 나온다. 나는 판을 좀 흔들어본 뒤에야 흔드는 게 아니라 돌리는 것임을 알게 된다. 90도 돌리자 판이 떨어져 나온다. 나는 판을 옆에 내려놓는다. 아래쪽 공간에 머리를 집어넣자 부드러운 소재의 흰 정육면체들이 한 무더기 보인다. 말 되네. 부드러운 용기에 짐을 싸면 더 많은 걸 집어넣을 수 있다.

통제실의 도면에서 봤듯, 창고는 약 1미터 높이이며 부드러운 용기들로 꽉꽉 차 있다. 안으로 들어가려고만 해도 그런 짐을 한 무더기는 치워야 할 것이다. 굳이 들어가야겠다면 말이지만. 아마 언젠가는 들어가야겠지. 솔직히 말해, 좀 폐소공포증이 생기려 한다. 주택 밑에 파놓은 방공호 같다.

나는 가장 가까운 짐을 가져다가 구멍으로 끌어올린다.

짐은 밸크로로 묶여 났다. 끈을 풀어 열자 짐은 중국요리 테이크아웃 상자처럼 펼쳐진다. 안에는 제복이 한 무더기 들어 있다.

엄청난데! 사실 우연은 아니지만 말이다. 누군지는 몰라도 이 짐을 싼 사람은 계획을 신중하게 세워 짐을 쌌을 것이다. 승조원들이 깨어나자마자 제복을 찾으리라는 사실을 알았을 테고, 그래서 제복을 첫 번째 꾸러미에 넣었다. 짐 안에는 최소 열두 벌의 제복이 들어 있다. 각자 진공 비닐 안에 포장돼 있다. 아무거나 하나 풀어본다.

하늘색에, 상하의가 한 벌로 된 작업복이다. 우주인 옷. 소재는 얇지만 편안하게 느껴진다. 왼쪽 어깨에는 헤일메리 로고 패치가 붙어 있다. 통제실에서 봤던 것과 같은 디자인이다. 그 아래에는 중국 국기가 들어가 있다. 오른쪽 어깨에는 흰 패치가 붙어 있는데, 파란색 브이(V)자 계급장이 화환과 'CNSA'라는 글자로 감싸인 디자인이다. 나는 즉시 그 로고를 알아본다. 그만큼 '덕후'니까. 이건 중국 항공우주국의 로고다.

왼쪽 가슴 주머니 위에 이름표가 달려 있다. '姚'. 헤일메리 로고에서 봤던 것과 같은 글자다. 발음은 '야오'다.

내가 그걸 어떻게 아는 거지…? 당연히 안다. 야오 사령관. 그는 우리의 리더였다. 이제는 그의 얼굴이 눈에 선하게 떠오른다. 젊고 눈에 띄는 매력적인 얼굴이었다. 두 눈은 결의로 가득했다. 그는 이 임무의 심각성이나 자신이 얼마나 큰 짐을 짊어지고 있는지 알고 있었다. 그는 이 임무를 맡을 준비가 되어 있었다. 완고했지만 합리적이었다. 그리고 누구든 그냥 알 수 있었다. 야오라면 이 임무나 승조원들을 위해 1초도 망설이지 않고 목숨을 내놓으리라는 사실을.

나는 다른 제복을 꺼낸다. 사령관의 제복보다 훨씬 작다. 임무 로고는 동일하지만 아래쪽에는 러시아 국기가 있다. 오른쪽 어깨에는 원으로 둘러싸인, 비스듬한 빨간색 브이 자 계급장이 달려 있다. 러시아 항공우주국 로스코스모스의 상징이다. 이름은 'ИЛЮХИНА'라고 적혀 있다. 이것 역시 로고에서 봤던 이름이다. 이건 '일류키나'의 제복이다.

올레샤 일류키나. 아주 유쾌한 사람이었다. 만난 지 30초 만에 상대방을 배꼽이 빠지도록 웃길 수 있는 사람. 그녀는 애쓰지 않고도 주변 사람들을 쾌활하게 만들어주는 유쾌한 사람이었다. 야오가 진중한 성격이라면 일류키나는 태평한 성격이었다. 둘은 그 점 때문에 때때로 부딪쳤지만 야오조차도 일류키나의 매력에 저항하지는 못했다. 일류키나가 농담을 했을 때, 결국 야오가 항복하고 웃음을 터뜨렸던 게 기억난다. 언제까지나 100퍼센트 진지할 수는 없는 법이니까.

나는 일어서서 시신들을 바라본다. 더는 완고한 사령관이 아니고, 더는 쾌활한 친구가 아니다. 한때는 영혼을 담고 있었지만 지금은 사람처럼 보이지도 않는 텅 빈 껍데기 두 개일 뿐이다. 둘은 이것보다 나은 대접을 받을 만한 사람들이었다. 묻어줘야 마땅한 사람들.

꾸러미에는 승조원 한 명, 한 명을 위한 옷이 여러 벌 들어 있다. 나는 결국 내 옷을 찾아낸다. 내가 생각했던 모습 그대로다. 아래쪽에 미국 국기가 박힌 헤일메리 로고와, 오른쪽 어깨에 달린 나사 로고 그리고 'GRACE'라고 적힌 이름표.

나는 작업복을 입는다. 창고 구역을 더 뒤져보고 신을 만한 것도 발견한다. 진짜 신발이라고 할 만한 물건은 아니다. 그냥 고무 밑창이 달린 두꺼운 양말 같은 거다. 마찰력이 있는 아기 양말 같은 거랄까. 이 임무에 필요한 건 이게 전부인가 보다. 나는 그것들도 신는다.

그런 다음, 나는 세상을 떠난 동료들에게 옷을 입히는 우울한 작업을 시작한다. 깡마르고 건조한 그들의 시신에 입히니 작업복은 터무니없이 커 보인다. 양말도 신겨준다. 안 될 것도 없잖아? 이건 우리의 제복이다. 우주 여행자에게는 제복을 입고 묻힐 자격이 있다.

일류키나부터 시작한다. 그녀는 몸무게가 거의 나가지 않는다. 통제실까지 사다리를 올라가는 내내 나는 그녀를 어깨에 둘러메고 있다. 통제실에 도착한 뒤에는 그녀를 바닥에 내려놓고 에어로크를 개방한다. 에어로크 안에 들어 있는 우주복은 부피가 크고 거치적거린다. 나는 그 우주복을 한 부분, 한 부분씩 통제실로 옮겨 조종석에 올려놓는다. 그런 다음 일류키나를 에어로크에 집어넣는다.

에어로크 제어판은 작동법이 뻔하다. 에어로크 내부의 기압은 물론 바깥쪽 문까지도 통제실 내의 제어판으로 통제할 수 있다. '버리기' 버튼까지 있다. 나는 문을 닫고 버리기 과정을 시작한다.

과정은 경보음으로 시작된다. 에어로크 안에서 불빛이 깜빡거리며 카운트다운을 하는 목소리가 나온다. 에어로크 안에는 서로 다른 세 개의 비상 정지 버튼이 깜빡이고 있다. 버리기 과정이 진행 중일 때 에어로크에 갇힌 사람은 누구든 쉽게 그 과정을 취소할 수 있다.

일단 카운트다운이 끝나자 에어로크는 정상 기압의 10퍼센트 수준으로 감압된다(표시된 숫자에 따르면 그렇다). 그런 다음, 에어로크가 바깥쪽 문을 개방한다. 획 하는 소리와 함께 일류키나가 사라진다. 우주선이 계속 가속하는 가운데 시신은 그냥 멀어져 간다.

"올레샤 일류키나." 나는 그렇게 말한다. 그녀의 종교도, 아니 그녀에게 종교가 있었는지도 기억나지 않는다. 내가 무슨 말을 해주기를 바랐을지도 잘 모르겠다. 하지만 최소한 그녀의 이름만큼은 기억난다. "당신의 몸을 별들에게 맡깁니다." 적당한 말인 것 같다. 진부할 수는 있겠지만, 그렇게 말하니 기분이 좀 나아진다.

다음으로 나는 야오 사령관을 에어로크로 운반한다. 그를 안에 넣고 에어로크를 밀봉한 다음, 같은 방식으로 그의 유해도 떠나보낸다.

"야오 리지에," 나는 그렇게 말한다. 그의 이름이 어째서 온전히 기억나는지 모르겠다. 그냥 그 순간 떠올랐다. "당신의 몸을 별들에게 맡깁니다."

에어로크가 획 돌고, 나는 혼자가 된다. 그동안도 내내 혼자였지만, 이제는 정말로 혼자다. 나는 최소 몇 광년 내에 살아 있는 유일한 인간이다.

이제 뭘 하지?

"그레이스 선생님이 다시 오셨어!" 테리사가 말했다.

아이들은 모두 자기 자리에 앉아 과학 수업을 준비하고 있었다.

"고맙다, 테리사." 내가 말했다.

마이클이 끼어들었다. "임시 선생님은 너어어어어어무 지겨웠어요."

"뭐, 난 안 지겨운 선생님이니까." 내가 말했다. 나는 구석에서 플라스틱 통 네 개를 집어 들었다. "오늘은 암석을 살펴볼 거야! 음 그래, 이건 약간 지루할 수도 있겠다."

아이들이 키득거렸다.

"네 명씩 조를 짓고 각 조마다 통을 하나씩 받아 가거라. 안에 들어 있는 암석을 화성암, 퇴적암, 변성암으로 구분해야 해. 가장 먼저 과제를 마치고 모든 암석을 제대로 분류한 팀한테 콩 주머니를 줄게."

"조원은 알아서 고르면 돼요?" 트랭이 흥분해서 물었다.

"아니. 그럼 아침 드라마를 찍게 될걸. 아이들이란 짐승 같은 존재니까. 무시무시한 짐승들이지."

모두가 웃었다.

"조는 이름 알파벳 순서로 짜거라. 그러니까 첫 번째 팀은…"

애비가 손을 들었다. "그레이스 선생님, 뭐 하나 여쭤봐도 돼요?"

"그럼."

"태양에 무슨 일이 일어나고 있는 거예요?"

반 아이들이 갑자기 더 집중했다.

"우리 아빠는 대단한 문제가 아니라던데." 마이클이 말했다.

"우리 아빠는 정부의 음모래." 터모라가 말했다.

"그래…" 나는 통을 내려놓고 책상에 걸터앉았다. "그러니까… 기본적으로, 너희들도 바나에 바닷말이 있다는 건 알지? 그러니까, 일종의 우주 바닷말이 태양에서 자라고 있는 거야."

"아스트로파지요?" 해리슨이 말했다.

나는 하마터면 책상에서 미끄러질 뻔했다. "무슨… 어디서 그 단어를 들었니?"

"이젠 그렇게 부르던데요." 해리슨이 말했다. "대통령이 어젯밤 연설에서 그렇게 불렀어요."

나는 실험실에 고립되어 있었기에 대통령이 연설을 했다는 사실조차 모르고 있었다. 나는 바로 어제 스트라트를 위해 그 단어를 만들어 냈다. 그런데 그 짧은 사이에 그 단어가 스트라트에게서 대통령에게로, 다시 언론으로까지 퍼져나가다니. 우와.

"음, 그래. 아스트로파지. 그게 태양에서 자라고 있어. 아니면 태양 근처에서든지. 확실히는 모른단다."

"그럼 뭐가 문제예요?" 마이클이 물었다. "바닷말은 우리한테 아무 피해를 주지 않잖아요. 태양에 사는 바닷말은 왜 문제가 되는데요?"

나는 마이클을 손가락으로 가리켰다. "좋은 질문이야. 문제는, 아스트로파지가 태양에너지를 엄청나게 많이 흡수하기 시작했다는 거야. 음, 많다고는 할 수 없겠다. 퍼센트로 따지면 아주 작은 양이거든. 하지만 그 말은 지구가 태양의 빛을 조금씩 덜 받게 된다는 뜻이야. 그러면 심각한 문제들이 벌어질 수 있어."

"좀 추워진다는 거 아니에요? 1도나 2도쯤요." 애비가 물었다. "그게 뭐 대단한 일이에요?"

"너희들도 기후변화에 대해서 알지? 우리가 배출한 이산화탄소가 환경에 어떤 식으로 엄청난 문제들을 일으켰는지 말이야."

"우리 아빠는 지구온난화가 사기래요." 터모라가 말했다.

"음, 사기 아니야." 내가 말했다. "아무튼. 우리가 지금 기후변화로 겪고 있는 모든 환경문제들 있지? 그런 문제가 벌어진 이유는 세계의 평균기온이 1.5도 올랐기 때문에 벌어진 거란다. 그게 전부야. 딱

1.5도."

"그 아스트로파지라는 건 지구 기온을 얼마나 바꾸게 되는데요?" 루서가 물었다.

나는 일어서서 아이들 앞을 천천히 걸어 다녔다. "모르지. 하지만 기후학자들 말로는 아스트로파지가 바닷말처럼, 거의 비슷한 속도로 증식한다면 지구의 기온이 10도에서 15도 떨어질 거래."

"그럼 어떻게 돼요?" 루서가 물었다.

"심각할 거다. 아주 심각할 거야. 수많은 동물들이, 동물의 종 전체가 죽어서 없어질 거야. 서식지가 너무 추워지니까 바닷물도 식어버리겠지. 그러면 먹이사슬 전체가 무너져 내릴지도 몰라. 그러니까 낮은 기온에서 살아남을 수 있는 녀석들도 먹이가 모두 죽어 없어지기 때문에 굶어 죽게 될 거야."

아이들은 기가 질려서 나를 빤히 바라보았다. 왜 이 녀석들의 부모는 이런 설명을 해주지 않은 걸까? 아마 자신들도 이해하지 못하기 때문이겠지.

하긴, 아주 기본적인 것조차 가르치지 않았다는 이유로 학부모를 때리고 싶어질 때마다 동전을 한 푼씩 모았다면… 글쎄… 양말 한 짝을 그 동전으로 꽉 채워서 학부모들을 후려칠 수 있었을 것이다.

"동물들도 죽는다고요?" 애비가 끔찍하다는 듯 물었다.

애비는 말을 잘 탔고, 할아버지의 목장에서 대부분 시간을 보냈다. 인간이 겪는 고통은 아이들에게 추상적인 개념으로 느껴지는 경우가 많다. 하지만 동물들의 고통은 완전히 다르게 다가온다.

"그래. 안됐지만 가축들도 엄청나게 많이 죽을 거야. 더 나쁜 일도 일어나겠지. 땅에는 흉년이 들 거다. 우리가 먹는 음식이 희귀해질 거야. 그런 일이 벌어지면 보통 사회질서가 무너지고⋯." 나는 그쯤에서 하고 싶은 말을 참았다. 이 녀석들은 그냥 어린애들이었다. 왜 이렇게까지 이야기하나?

"얼마나⋯." 애비가 입을 열었다. 나는 애비가 할 말을 잃은 모습을 그때 처음 보았다. "얼마나 있다가 일어나는 일이에요?"

"기후학자들은 앞으로 30년 안에 이런 일이 벌어질 거라고 생각해." 내가 말했다.

바로 그렇게, 모든 아이들이 안심했다.

"30년이요?" 트랭이 웃었다. "엄청 나중이네!"

"그렇게까지 먼 미래는 아닌데⋯." 내가 말했다. 하지만 열두 살, 열세 살짜리 아이들에게는 30년이 100만 년이나 마찬가지였다.

"암석 구분하기 할 때 트레이시랑 같은 조 해도 돼요?" 마이클이 물었다.

30년. 나는 아이들의 작은 얼굴을 바라보았다. 30년 뒤면 이 아이들 모두가 40대 초반이 된다. 이 아이들이 그 모든 부담을 지게 될 것이다. 쉽지 않은 일일 것이다. 이 아이들은 목가적인 세상에서 어린 시절을 보내고, 세계 멸망이라는 악몽 속에 내던져진다.

이 아이들은 제6차 대멸종을 겪게 될 세대였다.

나는 배 속이 꽉 뭉치는 기분이 들었다. 나는 아이들로, 행복한 아이들로 가득한 교실을 바라보고 있었다. 그리고 그중 몇 명은 문자 그대로 굶어 죽을 가능성이 컸다.

"선생님은⋯." 내가 말을 더듬었다. "선생님은 가서 뭘 좀 해봐야겠다. 암석 과제는 잊어버리려무나."

"뭐라고요?" 루서가 물었다.

"너희들은…. 자습을 해. 나머지 시간은 자습 시간이야. 그냥 다른 수업 숙제를 하렴. 자리에 앉아서, 종이 울릴 때까지 조용히 공부하는 거야."

나는 다른 말없이 교실을 나섰다. 하마터면 몸이 떨려 복도에 주저 앉을 뻔했다. 나는 근처 음수대로 가서 얼굴에 물을 끼얹었다. 그런 다음 심호흡을 하고, 어느 정도 자제력을 되찾은 다음 주차장으로 달려 갔다.

나는 서둘러 운전했다. 지나칠 만큼 빠르게. 빨간불도 그냥 지나갔다. 사람들을 칠 뻔했다. 나는 원래 그런 일을 절대로 하지 않지만, 그 날만은 달랐다. 그날은 뭐였는지도 모르겠다.

나는 끼익 소리를 내며 실험실 주차장으로 들어가 이상한 각도로 차를 대놨다.

미군 두 명이 빌딩 문 앞에 서 있었다. 내가 이곳에서 일하던 지난 이틀과 마찬가지였다. 나는 쿵쾅거리며 그들을 지나쳤다.

"막아야 되나?" 한 병사가 다른 병사에게 물었다. 나는 답이 뭐든 관심 없었다.

나는 발을 구르며 관찰실로 들어갔다. 역시나 스트라트는 그곳에서 태블릿을 보고 있었다. 그녀는 고개를 들었고, 나는 그녀의 얼굴에 진심으로 놀란 표정이 떠오르는 것을 보았다.

"그레이스 박사님? 여기서 뭐하세요?"

그녀의 등 뒤, 창 너머로는 방호복을 입고 실험실에서 일하는 사람 네 명이 보였다.

"저 사람들은 누굽니까?" 나는 창문을 가리키며 말했다. "내 실험실 에서 뭐하는 거예요?"

"박사님 말투가 마음에 안 드는데요…." 스트라트가 말했다.

"뭐 어쩌라고요."

"…게다가 저긴 박사님 실험실이 아닙니다. 제 실험실이죠. 저 기술자들은 아스트로파지를 수거하는 중입니다."

"수거해서 어쩌려고요?"

스트라트는 팔에 태블릿을 꼈다. "박사님 꿈이 실현될 예정이거든요. 저는 아스트로파지를 나눠서 전 세계의 서로 다른 실험실 서른 곳에 보낼 생각입니다. 세른(CERN, 순수과학을 연구하기 위해 유럽 국가들이 1954년에 공동 설립한 가속기 연구소로, 세계 최대 입자가속기 연구소 중 하나—옮긴이)부터 CIA 생화학 무기 실험실까지 전부 말이죠."

"CIA에 생화학 무기 실험실이 있어요…?" 나는 입을 열었다. "아니, 그게 아니라. 제가 이 작업을 좀 더 진행하고 싶습니다."

스트라트가 고개를 저었다. "박사님 몫은 충분히 하셨어요. 우린 아스트로파지가 무수(無水) 생명체라고 생각했습니다. 알고 보니 아니었고요. 박사님이 그 점을 증명하셨죠. 그리고 외계인이 박사님 가슴을 찢고 나오지도 않았으니, 기니피그 단계도 끝났다고 봅니다. 그러니까 박사님은 할 일 다 하신 거예요."

"아뇨, 다 못했습니다. 알아내야 할 게 훨씬 더 많아요."

"당연히 그렇죠." 스트라트가 말했다. "그걸 알아내는 작업을 시작할 날만 손꼽아 기다리는 실험실이 서른 군데 있고요."

내가 앞으로 나섰다. "아스트로파지를 일부라도 여기 남겨 주세요. 조금 더 연구하게 해주십시오."

스트라트도 앞으로 나섰다. "안 됩니다."

"왜요?"

"박사님 메모에 따르면, 샘플에는 살아 있는 아스트로파지 세포가 총 174개 있었습니다. 박사님이 어제 그중 하나를 죽였으니까 그 수가 173개로 줄었고요."

스트라트는 태블릿을 가리켰다. "이 실험실들은 전부 국가 단위의 거대한 실험실입니다만 각자 대여섯 개의 세포를 받을 겁니다. 그게 다예요. 그 정도로 아스트로파지가 부족하다는 말입니다. 그 173개의 세포들이야말로 지금 지구상에서 가장 중요한 물건이에요. 우리가 그 세포들을 분석한 결과가 인류의 생존을 결정하게 됩니다."

스트라트는 잠시 말을 멈추고 조금 부드러운 목소리로 말했다. "알 겠어요. 박사님은 생명체에 물이 필요하지 않다는 걸 증명하느라 평생을 보내셨죠. 그런데 믿을 수 없게도, 실제의 외계 생명체를 얻었는데 알고 보니 그 생명체에게도 물이 필요한 겁니다. 받아들이기 힘드시겠죠. 미련은 버리고 박사님 인생을 사세요. 여기서부터는 제가 처리하 겠습니다."

"지금도 제가 외계 생명체에 대한 이론적 모형을 만드는 데에 경력을 다 바친 미생물학자라는 사실은 달라지지 않았습니다. 저는 거의 필적할 만한 사람이 없는 기술을 가진, 쓸모 있는 자원이에요."

"그레이스 박사님, 박사님의 상처 입은 자아를 어루만져 주겠다고 샘플을 여기 남겨둘 만큼 여유로운 상황이 아닙니다."

"상처 입은 자아요? 이건 제 자아 문제가 아닙니다! 이건 우리 아이들 문제라고요!"

"아이 없으시잖아요."

"아니, 있어요! 수십 명이나 있습니다. 아이들이 매일 제 수업을 들으러 와요. 그런데 우리가 이 문제를 풀지 못하면 그 아이들 모두가 매드맥스식의 악몽 같은 세상을 맞이하게 될 겁니다. 네, 물 얘기는 제가 틀렸어요. 그건 아무래도 상관없습니다. 제 관심사는 아이들이에요. 그러니까 그 못된 아스트로파지 녀석들 좀 주시겠어요!"

스트라트는 한 걸음 물러나 입을 꾹 다물었다. 그녀는 내 말을 곱씹으며 옆으로 시선을 돌렸다. 그런 다음 다시 나를 보았다. "셋이요. 아스트로파지 세 개를 받으세요."

나는 힘을 풀었다. "알았어요." 나는 조금 숨을 내쉬었다. 얼마나 긴장하고 있었는지 그때야 알았다. "좋아요. 세 개. 그거면 돼요."

스트라트는 태블릿에 뭔가를 입력했다. "이 실험실은 열어두겠습니다. 박사님이 마음대로 쓰세요. 몇 시간 후에 돌아오시면 제가 불러온 사람들은 떠나고 없을 겁니다."

나는 이미 방호복을 반쯤 입고 있었다. "지금 당장 작업을 다시 시작할 겁니다. 저 사람들한테 방해하지 말라고 해주세요."

스트라트는 나를 노려봤지만, 다른 말을 하지는 않았다.

나는 내 아이들을 위해 이 일을 해야 한다.

그러니까 그 애들이 내 자식이라는 말은 아니다. 하지만 그 아이들은 내 아이들이다.

나는 눈앞에 배치된 화면들을 바라본다. 생각을 좀 해봐야겠다.

내 기억은 드문드문하다. 충분히 믿음직스러운 것 같지만 불완전하다. 모든 것을 갑자기 기억하게 될 순간을 기다리는 대신 지금 당장 할 수 있는 일은 뭘까?

지구가 곤경에 빠져 있다. 태양이 아스트로파지에 감염됐다. 나는 우주선을 타고 다른 태양계에 와 있다. 이 우주선을 만드는 것은 쉬운 작업이 아니었고, 우주선의 승조원들은 국제적으로 모집된 사람들이었다. 지금 우리가 이야기하는 것은 항성계를 넘나드는 임무다. 우리의 기술력으로는 불가능한 일. 좋다, 그러니까 인류는 이 임무에 많은 시간과 노력을 들였고, 아스트로파지가 바로 이 임무를 가능하게 한 빠진 고리였다.

내가 이곳에 와 있는 이유를 설명할 수 있는 방법은 한 가지뿐이다. 이곳에 아스트로파지 문제에 대한 해결책이 있다. 아니면 잠재적인 해결책이라도. 엄청난 자원을 투자할 만큼 전망이 밝은 뭔가가 여기에 있는 것이다.

나는 더 많은 정보를 찾아 화면들을 뒤진다. 대부분의 화면은 우주선에서 볼 법한 것들이다. 생명 유지 장치, 항법 장치, 뭐 그런 것들. 어떤 화면에는 '딱정벌레'라는 이름이 붙어 있다. 다음 화면에는….

잠깐, 딱정벌레라고?

그래, 이게 무엇과 어떻게 관련된 건지는 모르겠지만 이 우주선에 딱정벌레가 있다면 알아봐야겠다. 그런 것이야말로 알아봐야 할 문제다.

화면은 네 구역으로 나뉘어 있고, 각 화면은 거의 동일한 장면을 보여준다. 작은 도면과 글자 뭉텅이로 이루어진 정보다. 도면은 각기 머리 부분이 뾰족하고 뒷부분은 사다리꼴로 이루어진, 둥글납작한 타원형의 무언가를 보여주고 있다. 고개를 딱 맞는 각도로 기울이고 눈을 가늘게 뜨면 딱정벌레처럼 보일 것도 같다. 각 딱정벌레의 위에는 이름도 붙어 있다. '존', '폴', '조지', '링고'.

아하, 그렇군. 웃기지는 않지만, 뭔지는 알겠다(존, 폴, 조지, 링고는 그룹 비틀스의 멤버 이름이다. 딱정벌레라는 뜻의 beetle과 발음이 같은 것을 활용한 말장난이다 — 옮긴이).

나는 임의로 '존'이라는 딱정벌레를 골라 자세히 살펴본다.

존은 곤충이 아니다. 우주선이 틀림없다. 사다리꼴 뒷부분에 '스핀 드라이브'라는 이름이 붙어 있고, 전체적으로 동글납작한 부분에는 '연료'라는 이름이 붙어 있다. 작은 머리에는 '컴퓨터'와 '무전기'가 들어 있다.

더 자세히 살펴본다. '연료'의 정보 창에는 '아스트로파지: 120kg, 온도: 96.415℃'라고 적혀 있다. 컴퓨터 창에 쓰인 말은 '마지막 메모리 확인: 3일 전. 5TB 정상 작동 중'이다. 무전 정보에는 그냥 '상태: 100%'라고만 적혀 있다.

존은 무인 탐사선이다. 아마 규모가 작을 것이다. 연료의 전체 질량이 120킬로그램밖에 되지 않는다. 엄청난 양은 아니다. 하지만 아스트로파지는 소량만 있어도 멀리까지 이동할 수 있다. 따로 이름이 붙은 과학적인 기구는 하나도 없다. 아무것도 싣지 않은 무인 우주선이라니, 대체 무슨 소용일까?

잠깐… 이 탐사선이 존재하는 의미가 5테라바이트의 저장 공간이라면?

문득 어떤 깨달음이 든다.

"이런, 너무한걸." 내가 말한다.

나는 우주에 나와 있다. 다른 항성계에 들어와 있다. 여기까지 오는 데 아스트로파지가 얼마나 들었는지는 모르겠지만 아마 엄청난 양일 것이다. 다른 별로 우주선을 보내는 데에는 아마 터무니없는 양의 연료가 필요했을 테니까. 그 우주선을 다른 별로 보냈다가 다시 데려오는 데에는 그 열 배는 되는 연료가 필요할 것이다.

나는 기억을 되살리려고 '아스트로파지' 창을 확인한다.

잔량: 20,862kg

소비 속도: 6.043g/s

소비 속도가 전에는 초당 6.045그램이었다. 그러니까 약간 줄어든 셈이다. 그리고 연료의 양도 줄어들었다. 기본적으로, 연료가 소비될수록 우주선 전체의 질량도 낮아지므로 지속적인 가속력을 유지하는 데에 필요한 초당 연료의 양은 적어지게 된다. 좋다, 전부 말이 된다.

헤일메리호의 질량이 얼마인지는 전혀 모르지만, 초당 몇 그램의 연료를 사용해 $1.5g$의 중력가속도로 이 우주선을 밀고 간다니… 아스트로파지는 놀라운 물질이다.

아무튼, 시간이 지남에 따라 소비 속도가 어떻게 변할지 정확히는 알 수 없다(내 말은, 계산이야 할 수 있겠지만 복잡하다는 뜻이다). 그러니까 지금은 일단 대략 초당 6그램이라고 해보자. 그러면 연료는 얼마나 오래 갈까?

작업복을 입고 있으니 좋다. 온갖 물건을 넣을 수 있는 주머니들이 달려 있으니까. 아직 계산기를 찾지 못했으므로 펜과 종이를 가지고 계산을 한다. 전체를 더해보니, 약 40일 안에 연료가 바닥나게 된다.

저게 무슨 별인지는 모르지만, 태양이 아닌 것만은 확실하다. 그리고 다른 어떤 별에서든 $1.5g$의 중력가속도로 거우 40일 안에 지구에 도착할 방법은 전혀 없다. 아마 지구에서 여기까지 오는 데에는 몇 년이 걸렸을 것이다. 내가 혼수상태에 빠져 있었던 것도 그래서일지 모른다. 재미있네.

아무튼 이 모든 것의 의미는 한 가지뿐이다. 헤일메리호는 집으로 돌아가지 않는다. 왕복이 아니라 편도. 이 딱정벌레들은 내가 지구로 정보를 보낼 방법일 것이다.

나한테 몇 광년이나 떨어진 곳으로 송출할 만큼 강력한 무전 송신기가 있을 리는 없다. 그런 무전 송신기를 만드는 것 자체가 가능한지도 모르겠다. 그래서 대신 내게 각각 5테라바이트의 정보를 저장할 수 있는 작은 '딱정벌레' 우주선 네 대가 주어진 것이다. 이 녀석들이 지구로 돌아가 데이터를 송출할 것이다. 네 대가 있는 이유는 여분을 마련하기 위해서다. 아마 나는 내가 알아낸 내용의 사본을 각각의 탐사선에 싣고 탐사선 네 대 모두를 집으로 돌려보내야 할 것이다. 탐사선이 최소 한 대라도 살아남는다면 지구는 구원받는다.

나는 자살 임무를 수행하러 왔다. 존, 폴, 조지, 링고는 집에 돌아가지만, 길고도 험난한 나의 여정은 여기에서 끝난다. 이번 임무에 자원했을 때 나는 이 모든 사실을 알고 있었던 게 틀림없다. 그러나 기억상실증에 걸린 내 두뇌에게는 이 정보가 새롭기만 하다. 나는 여기에서 죽는다. 혼자서 죽게 된다.

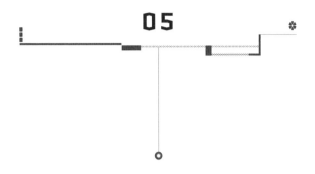

나는 아스트로파지를 노려보았다. "대체 금성에는 왜 가는 거니?"

현미경으로 본 모습이 벽에 걸린 커다란 모니터에 나왔다. 이만큼 확대해 놓고 보면, 작은 세포 세 개는 각기 1피트씩 거리를 두고 있다. 나는 이 세포들이 가진 동기를 알려줄 만한 실마리를 찾아본다. 하지만 래리, 컬리, 모(미국의 코미디 영화《바보 삼총사》의 세 주인공-옮긴이)는 아무 대답도 내놓지 않는다.

아, 물론 그건 내가 붙인 이름이다. 선생님 직업병이랄까.

"금성이 뭐가 그렇게 특별해서? 애초에 어떻게 금성을 찾아낸 거야?" 나는 팔짱을 꼈다. 아스트로파지가 보디랭귀지를 읽을 줄 안다면 내가 지금 장난할 기분이 아니라는 걸 알았을 텐데. "우리는 금성에 가는 방법을 알아내려고 나사에서 일하는 정말 똑똑한 사람들을 방 한 가득 불러 모아야 했어. 그런데 너희는 뇌도 없는 단세포생물인데 그 일을 해낸단 말이지."

스트라트가 나를 실험실에 혼자 남겨 놓고 떠난 지 이틀이 지났다. 군인들은 여전히 문을 지키고 있었다. 한 명은 이름이 스티브였다. 친절한 사람이었다. 다른 한 명은 내게 절대로 말을 걸지 않았다.

나는 기름진 머리카락을 손으로 쓸어 넘겼다(그날 아침에는 샤워를 그냥 건너뛰었다). 그래도 방호복은 더 이상 입지 않아도 된다. 나이로 비의 과학자들이 자기네 아스트로파지를 지구의 대기에 노출시키고 무슨 일이 일어나는지 살펴보는 모험을 해봤는데, 아스트로파지는 아무 영향도 받지 않았다. 그들 덕분에 전 세계의 실험실은 안도의 한숨을 내쉬었고, 더는 아르곤으로 가득 찬 실험실에서 연구하지 않았다.

나는 책상에 쌓인 논문 더미를 힐끗 보았다. 과학 공동체는 몹시 비과학적인 방식으로 과로하기 시작한 터였다. 신중한 동료 심사와 논문 출간의 시대는 흘러가 버렸다. 아스트로파지 연구는 완전히 무질서하게 진행됐다. 연구자들은 발견한 내용을 즉시, 아무 증거도 없이 발표했다. 이런 행위는 오해와 실수로 이어졌지만, 우리에게는 일을 제대로 처리할 시간이 없었다.

스트라트는 내게 계속 소식을 알려주었다. 전부 알려준 것은 분명히 아닐 것이다. 스트라트가 또 무슨 해괴한 일을 벌이는지 누가 알겠는가? 천지사방에 온갖 권한을 가지고 있을 텐데.

벨기에의 한 연구팀은 아스트로파지가 자기장에 반응을 보이되, 늘 그런 건 아니라는 점을 증명해 냈다. 어떨 때 아스트로파지는 자기장이 아무리 강력하더라도 그냥 무시하는 것처럼 보였다. 그럼에도 벨기에 과학자들은 아스트로파지를 자기장에 집어넣은 다음 자기장의 방향을 변화시킴으로써 (아주 비일관적이게) 아스트로파지의 진행 방향을 바꿀 수 있었다. 이게 유용한 정보였을까? 알 수 없다. 이 시점에서 세계는 그냥 데이터를 수집할 뿐이었다.

파라과이의 한 연구자는 아스트로파지 근처 몇 센티미터 이내에 접근하면 개미들이 방향을 잃는다는 점을 증명했다. 이건 유용한 정보였을까? 그래, 이건 아마 유용한 정보가 아니었을 것이다. 하지만 흥미롭기는 했다.

가장 눈에 띄는 결과는 퍼스(웨스턴오스트레일리아주의 주도-옮긴이)의 과학자 집단이 아스트로파지 세포 한 개를 희생하여 그 내부의 세포기관 전부를 자세히 분석한 것이었다. 그들은 DNA와 미토콘드리아를 발견했다. 상황이 달랐다면 이들의 발견이 이번 세기의 가장 중요한 발견이 되었을 것이다. 외계의, 부정할 수 없는 외계의 생명체가 DNA와 미토콘드리아를 가지고 있다니!

그리고… 흥, 칫… 물도 좀 있고….

문제는 아스트로파지의 내부가 지구에서 발견되는 단세포생물의 내부와 그리 다르지 않았다는 점이다. 아스트로파지는 ATP(아데노신에 인산기가 3개 달린 에너지 덩어리의 유기화합물로, 지구상 모든 생명체의 에너지 대사에 필요한 물질-옮긴이), RNA 전사 등 지극히 익숙한 것들로 이루어져 있었다. 어떤 연구자들은 아스트로파지의 기원이 지구라고 생각했다. 다른 과학자들은 분자의 이런 특수한 조합만이 생명체가 발생하는 유일한 방법이며, 아스트로파지는 독립적으로 진화한 존재라고 생각했다. 그리고 작지만 목소리가 큰 한 분파는 생명체는 애초에 지구에서 진화한 것이 아닐지도 모르며, 아스트로파지와 지구의 생명체에는 공동의 조상이 있다는 추측을 내놓았다.

"저기 말이지." 나는 아스트로파지에게 말을 걸었다. "내가 사는 행성의 모든 생명을 위협하지만 않았으면 너희들은 꽤 멋진 녀석들이었을 거야. 수수께끼 속에 또 수수께끼를 간직하고 있으니까."

나는 탁자에 기댔다. "미토콘드리아가 있다 이거지? 좋아. 그 말은

114

너희들이 우리와 똑같이 ATP를 에너지 저장고로 쓴다는 뜻이야. 하지만 너희들이 돌아다닐 때 사용하는 빛에는 너희 ATP가 간직할 수 있는 것보다 훨씬 많은 에너지가 필요해. 그러니까 너희들은 다른 에너지 저장 수단을 가지고 있을 거야. 우리가 모르는 수단."

화면의 아스트로파지 하나가 왼쪽으로 약간 움직였다. 꽤 흔한 일이었다. 이따금 녀석들은 이렇다 할 이유 없이 그냥 움찔거렸다.

"뭐 때문에 움직이는 거야? 왜 움직여? 이런 식으로 아무렇게나 꿈틀거리면서 태양에서 금성까지는 또 어떻게 가는 거고? 애초에 금성에는 왜 가는 거야?"

수많은 사람들이 아스트로파지의 내부를 연구하고 있었다. 아스트로파지를 이런 식으로 행동하게 만드는 것이 무엇인지 알아보고, 녀석들의 DNA를 분석하고. 뭐, 좋은 일이었다. 하지만 나는 아스트로파지의 기본적인 생애 주기를 알고 싶었다. 그게 내 목표였다.

단세포생물이 아무 의미 없이 엄청나게 많은 에너지를 저장했다가 우주를 가로질러 이동하는 일은 없다. 금성에는 아스트로파지에게 필요한 뭔가가 있을 게 틀림없었다. 그게 아니라면, 아스트로파지는 태양에 그냥 머물렀을 것이다. 태양에도 아스트로파지에게 필요한 게 있을 터였다. 그게 아니라면 아스트로파지는 금성에 머물렀을 테니까.

태양에 관한 부분은 꽤 쉬웠다. 아스트로파지가 태양에 머무는 이유는 에너지 때문이었다. 식물에서 잎이 나는 것과 같은 이유. 생명체가 되려면 그 다디단 에너지를 얻어야만 한다. 완벽하게 말이 되는 일이다. 그럼 금성은?

나는 생각에 잠긴 채 펜을 만지작거렸다.

"인도 우주연구기구에 따르면, 너희들은 광속의 0.92배까지 속도를 낼 수 있어." 나는 아스트로파지를 손가락으로 가리켰다. "우리가 이런 것도 할 수 있는 줄은 몰랐지? 너희 속도를 계산하다니. 인도 우주 연구기구에서는 너희들이 방출하는 빛에 대해 도플러 효과를 분석하고 활용했어. 덕분에 그쪽에서는 너희들이 양쪽 방향으로 다 움직인다는 걸 알게 됐지. 금성으로 가기도 하고, 금성에서 나오기도 하고."

나는 인상을 썼다. "하지만 그런 속도로 대기에 부딪히면 너희는 죽는 게 당연해. 그런데 왜 안 죽는 거야?"

나는 손마디로 이마를 두드렸다. "그야 너희들이 아무리 많은 열도 처리할 수 있기 때문이지. 맞아. 그러니까 너희들은 대기를 맹렬히 뚫고 들어가면서도 더 뜨거워지지는 않는 거야. 그래, 하지만 최소한 속도는 늦춰야겠지. 그래서 그냥 금성 대기의 상부에만 머물러. 그런 다음에는… 그런 다음에는? 뒤로 돌아서 태양으로 돌아가? 왜?"

나는 생각에 잠긴 채 10분을 꽉 채워서 화면을 응시했다.

"그래, 이 문제는 이제 됐어. 너희들이 금성을 어떻게 찾는지 알고 싶다."

나는 동네 철물점에 가서 가로세로 2×4인치, 두께 4분의 3인치짜리 합판과 전동 공구 등 이런저런 필요한 물건들을 샀다. 군인 스티브가 그중 엄청나게 많은 도구들을 옮기는 데 도움을 주었다. 얼간이 군인은 아무것도 하지 않았다.

그 뒤 나는 여섯 시간 넘게 선반이 들어 있는, 빛이 통하지 않는 함을 만들었다. 내가 들어가고 나갈 수 있을 만큼의 크기였다. 나는 선반에 현미경을 설치했다. '문'은 나사를 돌려 제거할 수 있는 합판이었다.

나는 작은 구멍을 통해 전선과 영상 장비의 선들을 함 안에 집어넣고, 그 구멍을 퍼티로 막아 그쪽으로도 빛이 들어가지 않게 조치했다.

그리고 적외선카메라를 현미경에 설치한 다음 함을 밀봉했다.

함 바깥의 실험실에서는 모니터가 카메라에 비친 적외선을 보여주었다. 기본적으로 그것은 주파수 변환 화면이었다. 적외선의 아주 낮은 대역은 빨간색으로 표시되었다. 에너지 대역이 높아질수록 색깔은 주황색, 노란색 등 무지개색으로 단계적으로 바뀌었다. 아스트로파지는 작고 빨간 점으로 보였다. 예상대로였다. 96.415도라는 온도를 유지하는 만큼, 자연스럽게 약 7.8미크론 파장의 적외선을 방출할 테니까. 그건 내가 카메라에 감지되는 하한선으로 설정해 둔 온도이기도 했다. 내 장치가 제대로 작동한다는 게 확인됐다.

하지만 나는 그 짙은 빨간색에는 관심이 없었다. 나는 밝은 노란색 반짝임을 보고 싶었다. 아스트로파지가 움직일 때 내뱉는 페트로바 진동수가 바로 그것일 테니까. 내 아스트로파지가 한 마리라도, 아주 조금이라도 움직인다면 나는 아주 분명한 노란색 반짝임을 보게 될 터였다.

하지만 그런 빛은 전혀 보이지 않았다. 아무 일도 벌어지지 않았다. 아무 일도. 보통은 몇 초에 한 번씩, 최소 한 개의 아스트로파지가 움찔거리며 움직이는 모습이 관찰됐다. 하지만 이번에는 아무것도 없었다.

"그러니까." 내가 말했다. "너희 말썽꾸러기들이 이제 자리를 잡았다 이거지?"

빛. 아스트로파지가 무슨 항법 장치를 쓰는지는 모르겠지만, 그 시스템은 빛에 의해 작동할 거라는 생각이 들었다. 우주에서 달리 뭘 활용하겠는가? 우주에는 소리가 없다. 냄새도 없다. 아스트로파지는 빛이나 중력이나 전자기를 활용하는 게 틀림없었다. 그리고 셋 중 가장 감지하기 쉬운 것이 빛이었다. 최소한 진화적인 측면에서는 그랬다.

다음 실험을 위해 나는 작은 흰색 LED와 시계 배터리를 테이프로 연결했다. 물론, 처음에는 배선을 거꾸로 하는 바람에 LED가 켜지지 않았다. 이건 전자공학의 규칙과도 같은 것이다. 처음 시도에는 절대로 다이오드를 제대로 꽂을 수가 없다. 아무튼 나는 전선을 다시 제대로 연결했고 LED가 켜졌다. 나는 이 장치 전체를 함 내부의 벽에 테이프로 붙였다. 이때, 샘플 슬라이드의 아스트로파지가 이 빛이 향하는 방향에 놓이도록 주의했다. 그런 다음 모든 것을 다시 밀봉했다.

아스트로파지의 관점에서 볼 때, 이제는 가득 찬 검은 허공에 빛나는 흰 점이 하나 있는 셈이었다. 우주에 나가 태양의 반대편을 똑바로 보면 금성이 그렇게 보일지도 몰랐다.

아스트로파지는 꼼짝도 하지 않았다. 아무런 움직임도 없었다.

"흠." 내가 말했다.

솔직히 말해 통할 것 같은 방법은 아니었다. 태양에 서서, 눈에 띄는 가장 밝은 빛점을 찾아 태양 반대편으로 눈을 돌린다면 금성이 아니라 수성에 초점을 맞추게 될 것이다. 수성은 금성보다 크기가 작지만, 거리가 훨씬 가까우므로 더 많은 빛이 보이게 된다.

"왜 금성이지?" 나는 생각에 잠겼다. 하지만 그때 더 나은 질문이 떠올랐다. "너희들, 그게 금성인지 어떻게 확인하는 거야?"

왜 아스트로파지는 임의적으로 움직일까? 내 가설은 아스트로파지가 순전히 확률에 따라 몇 초에 한 번씩 금성을 본다고 생각한다는 것이었다. 그래서 아스트로파지는 그쪽 방향으로 나아간다. 하지만 그런 순간이 지나면 아스트로파지는 추진을 멈춘다.

열쇠는 빛의 진동수가 틀림없었다. 이 녀석들은 어둠 속에서는 전혀 움찔거리지 않았다. 하지만 단순히 빛의 양에 따라 움직이는 것도 아니었다. 만일 그랬다면 LED를 향해 움직였을 테니까. 아스트로파지의 움직임은 빛의 주파수와 관계있는 게 틀림없었다.

행성은 단순히 빛을 반사하는 것이 아니다. 빛을 방출하기도 한다. 모든 것이 빛을 낸다. 물체의 온도가 방출되는 빛의 파장을 결정한다. 행성도 예외는 아니다. 그러니까 아스트로파지는 금성 특유의 적외선을 찾은 걸지도 몰랐다. 그래서 금성은 수성만큼 밝지는 않아도 아스트로파지의 눈에 띄었을 것이다. '색깔'이 달랐을 테니까.

구글 검색을 좀 해보니 금성의 평균 온도가 462도라는 것을 알 수 있었다.

내게는 현미경의 교체용 전구 등 실험 장비로 가득 찬 서랍이 하나 통째로 있었다. 나는 그 전구 중 하나를 가져와 다양한 동력원에 연결했다. 백열전구는 가시광선이 방출될 만큼 뜨겁게 필라멘트를 달구는 방식으로 작동한다. 그런 일이 일어나는 온도는 2,500도다. 그렇게까지 극적인 건 필요 없었다. 내게는 그저 462도라는 쥐꼬리만 한 온도만 있으면 됐다. 나는 적외선카메라로 지켜보며 전구를 통과하는 전력을 위아래로 조정하다가 내가 원하는 정확한 진동수를 얻었다.

나는 이 장치 전체를 실험용 함 안에 집어넣고, 우리 아스트로파지 친구들이 떠 있는 모니터를 보며 인공 금성에 불을 켰다.

아무 일도 벌어지지 않았다. 그 망할 녀석들은 조금도 움직이지 않았다.

"선생님한테 뭘 어쩌라는 거니!" 내가 물었다.

나는 고글을 벗어 바닥에 던졌다. 탁자를 손가락으로 타닥타닥 두드리며 중얼거렸다. "내가 천문학자인데 누가 나한테 작은 빛점을 보여준다면, 그게 금성이라는 걸 어떻게 알까?"

나는 스스로 대답했다. "저 특징적인 적외선을 찾겠지! 하지만 아스트로파지는 그렇게 하지 않는단 말이야. 좋아, 누가 나한테 작은 빛점을 보여주면서 그 천체의 온도를 알아내되 거기에서 방출되는 적외선을 활용해서는 안 된다고 말했다고 치자. 그게 금성인지 아는 다른 방법은?"

스펙트럼의 활용. 이산화탄소를 찾아본다.

이 아이디어가 떠오르자 나는 한쪽 눈썹을 치켜올렸다.

빛이 기체 분자에 부딪히면 전자들은 대단히 흥분한다. 그런 다음 침착해지며 흥분했을 때의 에너지를 빛으로 방출한다. 그러나 전자가 방출하는 광자의 진동수는 각각의 분자마다 매우 특수하다. 천문학자들은 저 먼 곳에 어떤 기체가 있는지 알아내기 위해 수십 년 동안이나 이 방법을 써 왔다. 분광학이라는 게 다 그 얘기다.

금성의 기압은 지구의 90배에 달하며, 그 공기는 거의 이산화탄소로 이루어져 있다. 금성이 보여주는 이산화탄소의 분광 신호는 압도적으로 강할 것이다. 수성에는 이산화탄소가 전혀 없으므로 금성과 가장 가까운 경쟁자는 지구가 된다. 하지만 금성과 비교하면 우리의 이산화탄소 신호는 아주 미미한 수준이었다. 어쩌면 아스트로파지가 발광스펙트럼을 활용해 금성을 찾는 게 아닐까?

새로운 실험 계획!

실험실에는 무한히 많은 광 필터가 있는 것 같았다. 진동수를 고르기만 하면 그 진동수의 빛을 걸러낼 필터가 있었다. 나는 이산화탄소의 분광 신호를 찾아보았다. 첨두 파장이 4.26미크론과 18.31미크론이었다.

나는 적당한 필터를 찾아, 그것들을 끼울 만한 작은 상자를 만들었다. 상자 안에는 작은 흰색 전구를 넣었다. 이제 내게는 이산화탄소의 분광 신호를 발산할 상자가 있었다.

나는 그 상자를 실험용 함에 넣고 밖으로 나가 모니터를 지켜보았다. 래리, 컬리, 모는 하루 종일 그랬듯 슬라이드에서 놀고 있었다.

나는 빛 상자에 불을 켜고 반응이 있는지 살펴보았다.

아스트로파지가 사라졌다. 그냥 빛 쪽으로 구불구불 나아간 것이 아니다. 사라졌다. 완전히.

"어…."

물론, 나는 카메라에 찍힌 내용을 녹화하고 있었다. 나는 그 영상을 프레임 단위로 돌려보았다. 아스트로파지는 두 프레임 사이에 그냥 사라져버렸다.

"어어!"

좋은 소식. 아스트로파지는 이산화탄소의 분광 신호에 이끌린다!

나쁜 소식. 대체할 수도 없는, 폭 10미크론짜리 아스트로파지 세 개가 어디론가 튀어가 버렸다. 아마 광속에 가까운 속도로. 그리고 나는 그 녀석들이 어디로 사라졌는지 알 수가 없었다.

"너어어어어무 하잖아."

자정. 사방이 어두웠다. 군인들은 내가 모르는 두 사람과 교대했다. 스티브가 그리웠다.

나는 실험실 거의 모든 창문을 알루미늄 포일과 절연 테이프로 막아놓았다. 입구와 출구 근처의 균열은 전기식 테이프로 밀봉했다. 표시 장치가 있거나 어떤 식으로든 LED가 달려 있는 모든 장비는 껐다. 바늘에 야광 페인트가 칠해져 있었기에 내 손목시계도 서랍에 넣었다.

나는 두 눈이 완전한 어둠에 적응하도록 놔두었다. 내 상상력의 산물이 아닌 뭔가가 조금이라도 보이면 나는 빛이 새는 곳을 찾아서 테이프로 막아버렸다. 결국 나는 아무것도 보이지 않을 정도로 강렬한 어둠에 이르렀다. 눈을 뜨거나 감거나 아무 차이가 없었다.

다음 단계는 내가 새로 만든 적외선 고글이었다.

실험실에는 여러 가지 물건이 있었지만, 그중에 적외선 고글은 없었다. 군인 스티브에게 하나 가져다 달라고 부탁할까 싶은 마음도 들었다. 스트라트에게 전화를 거는 방법도 있었다. 그랬다면 스트라트는 페루 대통령이 직접 그 고글을 배달하게 해주든지 뭐 그런 일을 했을 것이다. 하지만 이 방법이 더 빨랐다.

나의 '고글'이란 그저 테이프를 둘둘 감은, 내 적외선카메라의 LCD 출력 화면을 말하는 것이었다. 나는 그 화면을 얼굴에 바짝 대고 테이프를 더 감았다. 감고, 또 감았다. 분명 내 꼴은 우스꽝스러웠을 것이다. 뭐 어때.

나는 카메라를 켜고 실험실을 둘러보았다. 열 신호가 충분히 있었다. 벽은 그날 이른 시각에 받은 햇볕으로 아직까지 따뜻했고, 전기가 흐르는 모든 것에서는 빛이 났으며, 내 몸은 등대처럼 반짝였다. 나는 훨씬 더 뜨거운 것을 찾을 수 있도록 진동수 범위를 조정했다. 구체적으로는 90도가 넘는 것들만 볼 수 있도록.

나는 임시로 만든 현미경 함에 기어 들어가, 이산화탄소 분광 방출에 활용했던 빛 상자를 바라보았다.

아스트로파지는 폭이 겨우 10미크론이었다. 카메라를 가지고 그렇게 작은 걸 볼 수 있을 가능성은 없었다(물론, 육안으로도 마찬가지였다). 하지만 나의 작은 외계인들은 매우 뜨거웠고 그 열기를 잃지 않았다. 그러니까 움직이고 있지만 않으면 지난 여섯 시간 정도를 주변 온도를 높이며 보냈을 것이다. 그게 내 희망이었다.

그 희망은 점점 커졌다. 나는 플라스틱 빛 필터 중 하나에서 즉시 둥근 빛을 발견했다.

"세상에, 감사합니다." 나는 숨을 훅 들이쉬었다.

아주 희미하기는 했지만 분명히 존재했다. 그 점은 직경이 3밀리미터쯤 됐으며, 중심에서 멀어질수록 희미하고 차가워졌다. 이 조그만 녀석들이 몇 시간 동안이나 플라스틱을 데우고 있었던 것이다. 나는 두 개의 플라스틱 정사각형을 앞뒤로 훑어보고, 금세 두 번째 점을 찾아냈다.

내 실험은 예상보다 훨씬 큰 성공을 거두었다. 아스트로파지는 금성이라고 생각되는 것을 보고 곧장 그쪽으로 다가갔다. 하지만 빛 필터에 도달하자 그 이상은 나아가지 못했다. 아마 내가 빛을 끌 때까지 계속 그 필터를 밀어댔을 것이다.

아무튼, 세 개의 아스트로파지가 모두 있다는 것만 확인할 수 있다면 나는 시간이 아무리 오래 걸리더라도 현미경과 피펫을 활용해 녀석들을 찾아 거둬들일 준비가 되어 있었다.

그리고 있었다. 세 번째 아스트로파지.

"친구들이 다 모였네!" 내가 말했다. 나는 샘플 봉투를 찾아 주머니에 손을 넣고 빛 상자에서 필터를 아주 조심스럽게 떼어낼 준비를 마쳤다. 바로 그때, 나는 네 번째 아스트로파지를 보았다.

그냥… 무심히 그 자리에 있는 네 번째 세포. 그 세포는 처음 세 녀석과 마찬가지로 필터 위에 무리를 이루고 있었다.

"세상에나…."

나는 이 녀석들을 일주일 동안 지켜봐 왔다. 내가 한 마리를 놓쳤을 리는 없었다. 가능한 설명은 한 가지뿐이었다. 아스트로파지 하나가 분열한 것이다. 내가 우연히도 아스트로파지를 번식시켰다.

나는 1분 내내 그 네 번째 빛점을 바라보며, 방금 일어난 일의 엄청난 규모를 실감했다. 아스트로파지를 번식시킨다는 건 우리에게 연구 재료가 무한히 공급된다는 뜻이었다. 아스트로파지를 죽이고 찌르고 분리하고, 뭐든 원하는 대로 해도 됐다. 이건 게임 체인저였다.

"안녕, 셈프(《바보 삼총사》에서 모의 동생으로 나중에 합류한 인물-옮긴이)?" 내가 말했다.

다음 이틀 동안 나는 아스트로파지의 이 새로운 행동을 강박적으로 연구했다. 집에도 가지 않았다. 그냥 실험실에서 잤다.

군인 스티브가 내게 아침 식사를 가져다주었다. 훌륭한 사람이었다.

나는 내가 발견한 내용을 과학 공동체의 나머지 사람들과 공유했어야 하지만 그 전에 먼저 확인하고 싶었다. 동료 심사라는 관행은 무너졌지만 최소한 자기 심사는 할 수 있었으니까. 아무것도 안 하는 것보다는 나았다.

가장 먼저 신경에 거슬린 것은 이산화탄소의 첨두 파장이 4.26마이크론과 18.31마이크론이라는 점이었다. 그러나 아스트로파지는 직경이 겨우 10마이크론이므로, 그보다 큰 파장을 가진 빛과는 사실상 상호작용할 수 없었다. 애초에 아스트로파지가 18.31마이크론짜리 대역을 어떻게 본다는 말인가?

나는 일전의 분광 실험을 18.31미크론 필터만 가지고 다시 해보았고, 예상치 못한 결과를 얻었다. 이상한 일들이 일어났다.

　먼저, 아스트로파지 두 마리가 필터 쪽으로 휙 이동했다. 그 녀석들은 빛을 보고 바로 그리로 이동했다. 하지만 어떻게? 아스트로파지가 그렇게 큰 파장과 상호작용한다는 건 불가능한 일일 터였다. 내 말은… 말 그대로 불가능하다고!

　빛이란 재미있는 존재다. 빛의 파장은 빛이 무엇과 상호작용할 수 있는지, 또 무엇과는 상호작용할 수 없는지 결정한다. 빛의 파장보다 작은 것은 뭐든 해당 광자가 볼 때 기능적으로 존재하지 않는 것이나 마찬가지다. 전자레인지 문에 그물이 달려 있는 이유가 그래서다. 그물 안의 구멍은 극초단파가 지나갈 수 없을 만큼 작다. 그러나 훨씬 파장이 짧은 가시광선은 자유롭게 그 구멍을 드나들 수 있다. 그래서 얼굴을 녹여버리지 않고도 음식이 요리되는 모습을 지켜볼 수 있는 것이다.

　아스트로파지는 18.31미크론보다 작았지만 어째서인지 그 진동수를 가진 빛을 흡수했다. 어떻게?

　하지만 가장 이상한 일은 그게 아니었다. 그랬다. 아스트로파지 두 마리는 필터 쪽으로 향했지만, 다른 둘은 가만히 있었던 것이다. 그 녀석들은 아무 관심이 없는 것 같았다. 그냥 슬라이드에 머물러 있었다. 그 녀석들은 자기보다 큰 파장과 상호작용하지 않는 걸까?

　그래서 나는 실험을 하나 더 했다. 그 녀석들에게 4.26미크론의 빛을 다시 비춘 것이다. 그러자 또 같은 결과가 나왔다. 같은 아스트로파지 두 마리는 전처럼 곧장 필터로 향했고 다른 둘은 아무 관심을 보이지 않았다.

그거였다. 100퍼센트 확신할 수는 없었지만, 방금 아스트로파지의 생애 주기 전체를 밝혀냈다는 생각이 들었다. 마침내 맞아 들어가는 퍼즐 조각처럼 녀석들의 생애 주기가 내 머릿속에서 찰칵 맞물렸다.

이동을 거부하는 두 녀석은 더 이상 금성으로 가고 싶어 하지 않았다. 태양으로 돌아가고 싶어 했다. 왜? 그 녀석들은 방금 분열된 녀석들이니까.

아스트로파지는 열을 통해 에너지를 모으며 태양의 표면에서 머문다. 아무도 이해하지 못하는 어떤 방법으로 그 에너지를 내부에 저장한다. 그런 다음, 충분한 에너지가 모이면 금성으로 이주해 번식한다. 이때 저장해 둔 에너지를 써서, 적외선을 추진력으로 활용해 우주 공간을 가로지른다. 번식을 위해 이동하는 종은 아주 많았다. 아스트로파지라고 그러지 말란 법이 있을까?

아스트로파지의 내부가 지구의 생명체와 크게 다르지 않다는 사실은 오스트레일리아 과학자들이 이미 밝혀냈다. 아스트로파지가 DNA나 미토콘드리아처럼 세포 안의 재미있는 것들에 필요한 복합단백질을 만들기 위해서는 탄소와 산소가 필요하다. 수소는 태양에 충분히 있다. 그러나 다른 원소들은 존재하지 않는다. 그래서 아스트로파지는 가장 가까운 이산화탄소 공급처인 금성으로 이동한다.

아스트로파지는 먼저 태양의 자기장선을 따라간 다음, 태양의 북극을 등지고 위쪽으로 곧장 이동한다. 그렇게 하지 않으면 태양에서 나오는 빛이 너무 눈부셔 금성을 찾을 수가 없다. 극지에서 위쪽으로 곧장 올라간다는 것은 아스트로파지가 금성의 공전궤도 전체를 보게 된다는 의미이기도 하다. 금성의 어떤 부분도 태양에 가려지지 않으니까.

아, 그래서 아스트로파지가 자기장에 그토록 비일관적인 방식으로 반응했구나. 아스트로파지는 여행의 극 초반에만 자기장에 신경을 쓸 뿐이었다.

그런 다음, 아스트로파지는 금성의 엄청난 이산화탄소 분광 신호를 찾는다. 뭐, 사실 '찾는다'고는 할 수 없다. 그보다는 4.26미크론 및 18.31미크론의 광대역으로 단순한 자극 반응이 촉발된다고 보는 게 맞을 것이다. 아무튼, 아스트로파지는 금성을 '보는' 즉시 금성으로 곧장 이동한다. 아스트로파지가 택하는 경로, 그러니까 태양의 극지에서 곧바로 벗어났다가 금성 쪽으로 가파르게 방향을 트는 그 경로가 페트로바선이다.

우리의 위대한 아스트로파지는 금성 대기의 윗부분에 도달해 필요한 이산화탄소를 수집한 다음에야 번식을 할 수 있게 된다. 그 다음, 부모와 자식이 모두 태양으로 돌아가 생애 주기를 새로 시작한다.

사실은 간단하다. 에너지를 얻고, 자원을 얻고, 복제품을 만든다. 지구상의 모든 생물이 하는 것과 같은 일이다.

나의 바보 삼총사들 중 두 마리가 빛을 향해 나아가지 않은 이유가 그거였다.

그럼 아스트로파지는 어떻게 태양을 찾는 걸까? 그야 엄청나게 밝은 것을 찾아가겠지.

나는 모와 셈프(태양바라기)를 래리와 컬리(금성바라기)와 분리했다. 래리와 컬리를 다른 슬라이드에 놓은 다음, 그 슬라이드를 빛이 들어가지 않는 샘플 용기에 집어넣었다. 그런 다음 나는 어두운 함 안에 모와 셈프를 대상으로 하는 실험을 준비했다. 이번에는 그 안에 밝은 백열전구를 놓고 불을 켰다. 나는 그 녀석들이 곧장 전구 쪽으로 가리라고 예상했지만, 천만에. 녀석들은 꿈쩍도 하지 않았다. 아마 충분히 밝지 않았을 것이다.

나는 시내의 사진 용품 판매점으로 가서(샌프란시스코에는 사진광들이 아주 많았다), 내가 찾을 수 있는 가장 크고 밝고 강력한 플래시를 샀다. 나는 백열전구를 그 플래시로 바꾸고 다시 실험을 했다.

모와 셈프는 미끼를 물었다!

나는 자리에 앉아 심호흡을 해야만 했다. 낮잠을 자뒀어야 하는 건데. 서른여섯 시간 동안 한숨도 자지 않았으니까. 하지만 이건 너무도 흥분되는 일이었다. 나는 핸드폰을 꺼내 스트라트에게 전화를 걸었다. 스트라트는 첫 번째 신호음이 반쯤 울렸을 때 전화를 받았다.

"그레이스 박사님." 그녀가 말했다. "뭔가 발견하셨습니까?"

"네." 내가 말했다. "아스트로파지가 번식하는 방법을 알아냈고, 실제로 아스트로파지를 번식시키는 데 성공했습니다."

잠시 침묵이 흘렀다. "아스트로파지를 성공적으로 번식시켰다는 말입니까?"

"네."

"아스트로파지를 망가뜨리지 않고요?" 스트라트가 물었다.

"원래 저한테는 아스트로파지 세포가 세 개 있었습니다. 지금은 네 개 있고요. 전부 잘 살아 있습니다."

잠시 또 한 번의 침묵이 흘렀다. "거기 가만히 계세요."

스트라트가 전화를 끊었다.

"흠." 내가 말했다. 나는 핸드폰을 다시 실험실 가운에 집어넣었다. "오려나 보네."

군인 스티브가 실험실로 뛰쳐 들어왔다. "그레이스 박사님!"

"무슨…. 어, 네?"

"따라오십시오."

"그러죠." 내가 말했다. "제 아스트로파지 샘플만 챙기고…."

"그런 문제는 지금 오는 실험실 기술자들이 전부 처리할 겁니다. 박사님은 지금 당장 저와 함께 가셔야 합니다."

"그… 알겠습니다…."

이후 열두 시간은… 독특했다.

군인 스티브가 나를 고등학교 축구장까지 태워다 줬는데 거기에는 미국 해병대의 헬리콥터가 이미 착륙해 있었다. 그들은 아무 말 없이 나를 헬기에 서둘러 태웠고, 우리는 하늘로 날아올랐다. 나는 애써 아래를 보지 않았다.

헬기는 나를 트래비스 공군기지로 데려갔다. 샌프란시스코에서 북쪽으로 약 60마일 떨어진 곳이었다. 해병이 공군기지에 착륙하는 게 항상 있는 일인가? 나는 군대에 관해 아는 게 별로 없었지만 그건 이상해 보였다. 내가 두어 시간 정도 막히는 도로를 운전하는 상황이 생길지도 모른다는 이유만으로 해병대를 파견하는 것도 좀 과하게 보였지만, 뭐 그렇다 치고.

헬리콥터가 착륙한 아스팔트 도로에는 지프가 한 대 기다리고 있었다. 그 옆에 공군에서 나온 사람이 서 있었다. 그는 자기소개를 했다. 분명히 그랬을 것이다. 하지만 나는 그의 이름이 기억나지 않는다.

그는 아스팔트를 가로질러 제트기가 있는 곳으로 나를 데려갔다. 아니, 여객용 제트기가 아니었다. 전용기 같은 것도 전혀 아니었다. 전투기였다. 종류는 모르겠다. 나는 군대 일은 잘 모른다.

안내자는 내게 사다리를 올라가 조종사 뒷좌석에 앉으라고 재촉했다. 그는 내게 알약과 물이 담긴 종이컵을 내밀었다. "드십시오."

"이게 뭡니까?"

"우리의 멋진 조종석에 박사님이 토하지 않도록 막아줄 약입니다."

"그렇군요."

나는 알약을 삼켰다.

"그리고 잠드시는 데도 도움을 줄 겁니다."

"뭐라고요?"

그는 떠나버렸고 지상 승조원들이 사다리를 치웠다. 조종사는 내게 한마디도 하지 않았다. 10분 후, 우리는 쏜살같이 날아올랐다. 살면서 그런 식의 가속력을 느껴본 적은 한 번도 없었다. 알약은 제 역할을 해냈다. 그 약이 아니었더라면 나는 틀림없이 구토했을 것이다.

"어디로 갑니까?" 나는 헤드셋 너머로 물었다.

"죄송합니다, 박사님. 저는 박사님께 말을 걸지 못하도록 되어 있습니다."

"그럼 지루한 여행이 되겠네요."

"이 일이 보통 그렇습니다." 그가 말했다.

정확히 언제 잠들었는지는 모르겠다. 하지만 이륙하고 나서 몇 분 안이었을 것이다. 서른여섯 시간 동안 미친 과학자 놀음을 한 데다, 뭐가 들었는지는 몰라도 그 알약의 기운이 더해지자 나는 주변의 터무니없는 제트엔진 소음과 무관하게 곧장 꿈나라에 빠져들었다.

나는 어둠 속에서 흠칫하며 깨어났다. 우리는 이미 착륙해 있었다.

"하와이입니다." 조종사가 말했다.

"하와이요? 내가 왜 하와이에 있는 겁니까?"

"그 정보는 받지 못했습니다."

제트기는 곁다리 활주로인지 뭔지로 천천히 달려갔고, 지상 승조원들이 사다리를 가져왔다. 내가 사다리를 채 반도 내려가지 않았는데 "그레이스 박사님? 이쪽입니다!" 하는 소리가 들렸다.

미국 해군 제복을 입은 남성이었다.

"대체 여기가 어딥니까?" 내가 물었다.

"진주만 해군기지입니다." 장교가 말했다. "하지만 여기 오래 계시지는 않을 겁니다. 따라오십시오."

"네에. 그래야죠."

그들은 나를 또 다른 말없는 조종사가 모는 또 다른 제트기에 집어넣었다. 유일한 차이점은, 이번에는 공군 제트기가 아니라 해군 제트기를 탔다는 것뿐이었다.

오랜 시간을 날아갔다. 나는 시간 감각을 잃었다. 어쨌거나 시간을 계속 확인한다는 게 무의미하기도 했다. 나는 얼마나 오래 그 비행기를 타야 하는지 몰랐으니까. 결국 농담이 아니라 진짜로 항공모함에 착륙했다.

정신을 차리고 보니 나는 멍청이 같은 모습으로 비행갑판에 서 있었다. 사람들이 내게 귀마개와 코트를 내주고 나를 헬기 착륙장으로 데려갔다. 해군 헬기가 나를 기다리고 있었다.

"이 여행이… 끝나기는 하는 겁니까? 그러니까… 언젠가는요?" 내가 물었다.

그들은 내 말을 무시했고 나는 안전벨트에 묶였다. 헬기는 즉시 이륙했다. 이번에는 비행이 그리 길지 않았다. 겨우 한 시간 정도.

"재미있을 겁니다." 조종사가 말했다. 비행 내내 그가 한 말은 그 한

마디뿐이었다.

우리는 하강했고 착륙용 장비가 펼쳐졌다. 아래쪽에는 또 다른 항공모함이 있었다. 나는 눈을 가늘게 뜨고 항공모함을 바라보았다. 뭔가 달라보였다. 왜지… 아, 맞네. 이 항공모함의 위쪽에서는 커다란 중국 국기가 나부끼고 있었다.

"저거 중국 항공모함입니까?" 내가 물었다.

"네, 맞습니다."

"우리가, 미국 해군 헬리콥터가 중국 항공모함에 착륙한다는 겁니까?"

"네, 맞습니다."

"그렇군요."

우리는 항공모함의 헬기 착륙장에 착륙했고, 중국 해군에 속한 사람들이 흥미로운 듯 우리를 지켜보았다. 우리 헬기를 맞이하는 착륙 환영 행사 같은 건 없을 듯했다. 조종사는 창문 너머로 중국인들에게 험악한 시선을 던졌고 그들도 바로 노려보았다.

내가 내리자마자 조종사는 다시 이륙했다. 이제 나는 중국의 손아귀에 있었다.

해군 한 명이 앞으로 나와 내게 따라오라고 손짓했다. 영어를 할 줄 아는 사람은 아무도 없는 것 같았지만, 대충 상황은 파악됐다. 그는 나를 탑 모양 구조물의 문으로 데려갔고, 우리는 안으로 들어갔다. 우리는 통로와 계단, 나로서는 용도조차 알 수 없는 방들을 지나 구불구불 나아갔다. 그러는 내내 중국 선원들이 호기심 어린 눈으로 나를 지켜보았다.

결국 그는 한자가 쓰인 문 앞에 멈춰 서더니 문을 열고 안쪽을 가리켰다. 내가 들어가자 그는 문을 쾅 닫았다. 참으로 훌륭한 안내자님이

셨다.

그곳은 장교 회의실인 듯했다. 열다섯 사람이 둘러앉아 있는 큰 탁자를 보고 든 생각은 그랬다. 그들은 모두 고개를 돌려 나를 쳐다봤다. 백인도 있고, 흑인도 있고, 아시아인도 있었다. 몇 명은 실험용 가운을 입고 있었다. 나머지 사람들은 정장 차림이었다.

물론 스트라트가 탁자의 상석에 앉아 있었다. "그레이스 박사님, 여행은 어떠셨습니까?"

"여행이 어땠냐고요?" 내가 말했다. "아무 얘기도 못 듣고 너무 너무 정신없게 온 세상을 끌려 다녔는데…."

스트라트가 손을 들었다. "그냥 인사였습니다, 그레이스 박사님. 사실은 박사님 여행이 어땠든 아무 관심이 없어요." 스트라트는 자리에서 일어나 방 안에 있던 사람들에게 말했다. "여러분, 이분은 미국에서 온 라일랜드 그레이스 박사님이십니다. 이분이 아스트로파지를 번식시키는 방법을 알아내셨습니다."

테이블 여기저기서 놀라 헛숨을 들이켜는 소리가 났다. 한 남성이 벌떡 일어나더니 진한 독일어 억양으로 말했다. "정말입니까? 스트라트, 바룸 하벤 지…?"

"누어 엥글리시." 스트라트가 말을 끊었다.

"어째서 지금에야 이 얘기를 해주는 겁니까?" 독일인이 물었다.

"알려드리기 전에 확인해 보고 싶었습니다. 그레이스 박사님이 여기로 오시는 동안, 제가 기술자들을 시켜 박사님의 실험실을 정리하게 했습니다. 그 사람들이 박사님의 실험실에서 살아 있는 아스트로파지 세포 다섯 개를 수거했습니다. 저는 박사님에게 세 개만을 남겨드렸고요."

133

실험용 가운을 입은 노인이 침착하게 달래는 듯한 일본어로 말했다. 그보다 젊은 정장 차림의 일본인이 그의 옆에서 통역을 해주었다. "마쓰카 박사님께서 그 과정에 대해 자세히 설명해 주시기를 정중히 요청하십니다."

스트라트는 옆으로 물러나며 자기 의자를 가리켰다. "박사님, 여기 앉아서 설명해 주시죠."

"잠깐만요." 내가 말했다. "이 사람들은 누굽니까? 저는 왜 중국 항공모함에 타고 있는 거죠? 그리고 혹시, 스카이프라는 앱은 들어보셨습니까?"

"이분들은 제가 소집한 과학자와 정계 인사 들로 이루어진 국제단체 소속으로, 헤일메리 프로젝트를 이끌어주실 분들입니다."

"그게 뭔데요?"

"그걸 설명하려면 시간이 좀 걸립니다. 여기 있는 모든 분께서는 박사님이 아스트로파지에 대해 알아낸 내용을 무척 듣고 싶어 하시고요. 그것부터 시작하죠."

나는 발을 끌며 방 앞으로 걸어가, 탁자 상석에 어색하게 앉았다. 모두의 시선이 내게로 향했다.

그래서 나는 그들에게 이야기해 주었다. 나무로 만든 상자 안에서 했던 실험부터 내가 했던 모든 실험들을 전부 다 설명했다. 각 실험을 위해 내가 무슨 일을 어떻게 했는지에 관해서. 그런 다음에는 아스트로파지의 생애 주기에 대한 내 가설과 그 생애 주기가 이렇게, 왜 돌아가는지에 관한 내 결론도 설명했다. 모여 있던 과학자들과 정치인들은 몇 가지 질문을 던졌을 뿐 대체로는 그냥 귀를 기울이며 메모만 했다. 통역사들이 귀엣말을 속삭여주는 사람들도 몇 명 있었다.

"그러니까…." 내가 말했다. "네, 거의 다 설명된 것 같네요. 제 말은… 아직 엄격한 검증을 거친 이론은 아닙니다만, 꽤 단순한 걸로 보입니다."

독일인이 손을 들었다. "아스트로파지를 대규모로 번식시키는 것도 가능할까요?"

모두가 몸을 앞으로 조금 내밀었다. 상당히 중요한 질문이었던 게 분명했다. 모두가 그 질문을 떠올리고 있었던 모양이었다. 나는 방에 갑자기 감도는 긴장감에 깜짝 놀랐다.

스트라트까지도 평소와 달리 관심을 보이는 듯했다. "자." 그녀가 말했다. "포그트 장관님께 대답해 주시죠."

"그러죠." 내가 말했다. "…안 될 것 없겠죠?"

"어떻게 하면 됩니까?" 스트라트가 물었다.

"저라면 팔꿈치 모양으로 생긴 커다란 관을 만들고, 그 관을 이산화탄소로 가득 채울 겁니다. 관의 한쪽 끝은 최대한 뜨겁게 하고, 밝은 광원을 그쪽에 설치합니다. 태양의 자기장을 흉내 낼 수 있도록 그 부분을 자석 코일로 감쌉니다. 관의 반대쪽 끝에는 적외선 방사기를 설치하고, 4.26미크론과 18.31미크론의 빛을 방사하도록 합니다. 관 내부는 최대한 어둡게 하고요. 그러면 될 겁니다."

"그러면 왜 '되는' 겁니까?" 스트라트가 말했다.

나는 어깨를 으쓱했다. "아스트로파지는 '태양' 쪽에서 에너지를 모으고, 번식할 준비가 되면 자기장을 따라 관의 굽어진 부분으로 이동할 겁니다. 그곳에서는 반대쪽 끝의 적외선을 보고 그쪽으로 가겠죠. 그 빛을 보고 이산화탄소에 노출되면, 아스트로파지는 번식하게 됩니다. 그런 다음, 딸세포 두 개가 다시 태양 쪽으로 돌아가는 겁니다. 간단하죠."

정치인 같이 생긴 남성이 손을 들고, 아프리카 쪽 억양이 섞인 영어로 말했다. "이런 식으로 아스트로파지를 얼마나 만들 수 있습니까? 시간은 얼마나 걸릴까요?"

"배가(倍加)시간이 필요합니다." 내가 말했다. "바닷말이나 박테리아처럼요. 그게 얼마나 긴 시간일지는 모르겠습니다만, 태양이 어두워지는 속도를 생각하면 꽤 빠를 겁니다."

실험용 가운을 입은 한 여성이 핸드폰으로 통화를 하고 있었다. 그녀는 핸드폰을 내려놓더니 심한 중국어 억양으로 말했다. "우리 쪽 과학자들이 박사님의 실험 결과를 재현했습니다."

포그트 장관이 그녀를 노려보았다. "대체 실험 과정은 어떻게 안 겁니까? 그레이스 박사가 방금 말해준 건데요!"

"스파이가 있는 거겠죠, 아마." 스트라트가 말했다.

독일인이 "감히 어떻게 우리 몰래…"라며 콧김을 뿜어댔다.

"조용." 스트라트가 말했다. "우리에게 그런 문제는 전부 과거의 일입니다. 시 선생님, 공유할 만한 정보가 더 있으십니까?"

"네." 그녀가 말했다. "최적의 환경에서, 배가시간은 여드레를 조금 넘을 것으로 추산됩니다."

"그게 무슨 뜻입니까?" 아프리카 외교관이 말했다. "얼마나 만들 수 있는 기죠?"

"글쎄요." 나는 핸드폰 계산기 앱을 켜서 버튼을 몇 개 눌렀다. "우리가 지금 가지고 있는 아스트로파지 150개로 시작해 1년 동안 배양한다면, 1년이 지날 때쯤에는 약… 17만 3,000킬로그램의 아스트로파지를 얻게 됩니다."

"그 아스트로파지의 에너지밀도는 최대치일까요? 재생산할 준비가 된 아스트로파지입니까?"

"그러니까 지금 원하시는 게… '강화된' 아스트로파지라고 해도 될까요?"

"네." 그가 말했다. "완벽한 단어네요. 우리에게는 최대한의 에너지를 담고 있는 아스트로파지가 필요합니다."

"음… 그야 어떻게 해볼 수 있을 것 같은데요." 내가 말했다. "일단 필요한 만큼의 아스트로파지를 번식시킨 뒤, 그것들을 열에너지에 노출시키되 이산화탄소 스펙트럼선은 보지 못하게 하는 겁니다. 그러면 아스트로파지는 에너지를 모은 뒤, 이산화탄소를 얻을 만한 곳이 보일 때까지 가만히 앉아 기다릴 겁니다."

"강화 아스트로파지 200만 킬로그램이 필요하다면요?" 외교관이 말했다.

"아스트로파지는 여드레에 한 번씩 두 배가 됩니다." 내가 말했다. "200만 킬로그램이라면 그런 과정을 약 네 번 더 거쳐야겠죠. 그러니까 한 달이 더 걸립니다."

한 여성이 두 손의 손가락을 뾰족하게 모은 채 탁자 쪽으로 몸을 숙였다. "가까스로 기회가 생길지 모르겠네요." 그녀는 미국 억양을 썼다.

"실낱같은 기회죠." 포그트가 말했다.

"희망이 있습니다." 일본인 통역사가 말했다. 아마 마쓰카 박사 대신 말하는 것 같았다.

"우리는 우리끼리 얘기를 좀 해봐야겠습니다." 스트라트가 말했다. "가서 좀 쉬세요. 바깥에 있는 선원이 침상으로 안내해 줄 겁니다."

"저도 헤일메리 프로젝트에 대해서 알고 싶은데요!"

"아, 아시게 될 겁니다. 제가 장담하죠."

나는 열네 시간을 잤다.

항공모함은 여러 가지 면에서 아주 훌륭했지만, 오성급 호텔은 아니었다. 중국인들은 내게 장교 선실의 깨끗하고 편안한 간이침대를 내주었다. 불만은 없었다. 너무 피곤해 갑판 활주로에서라도 잘 수 있을 지경이었으니까.

눈을 떴을 때, 나는 이마에 뭔가 이상한 게 닿는 것을 느꼈다. 나는 손을 뻗었다가 그게 포스트잇 메모지라는 것을 알게 되었다. 자는 동안 누가 내 머리에 포스트잇을 붙여놓았다. 나는 그것을 떼어 읽어보았다.

침대 밑 자루에 깨끗한 옷과 세면도구가 들어 있습니다. 다 씻고 나면 이 쪽지를 아무 선원에게나 보여주세요. 请带我去甲板7的官员会议室

-스트라트

"참 싹수가 없으신 분이야…" 나는 웅얼거렸다.

나는 간이침대에서 굴러 나왔다. 장교 몇 명이 나를 힐끔거렸을 뿐 그 외에는 나를 모른 체했다. 나는 자루를 찾았다. 그 안에는 스트라트가 말한 대로 옷과 양치 도구와 비누가 들어 있었다. 나는 침실을 둘러보다가 탈의실로 이어지는 문을 찾아냈다.

나는 화장실을 썼다(아니, 배에 있으니까 '선수 변소'라고 해야 할까). 그런 다음 모르는 세 남성과 함께 샤워를 했다. 몸을 말리고 자루에 있던 상하의가 한 벌로 된 작업복을 입었다. 작업복은 밝은 노란색이었고 등에는 한자가 적혀 있었으며, 바지 왼쪽 다리에는 크고 빨간 세로 줄무늬가 그려져 있었다. 내가 외국 민간인이며, 들어가서는 안 되는 장소가 있는 사람이라는 것을 모두에게 알려주려는 듯했다.

나는 지나가던 선원을 불러 세우고 쪽지를 보여주었다. 그는 고개를 끄덕인 다음 내게 따라오라고 손짓했다. 그는 전부 비슷해 보이는 20개의 작은 통로로 이루어진 미로를 지나 나를 안내했고, 결국 우리는 내가 전날 들렀던 그 방에 돌아와 있었다.

안으로 들어가 보니 스트라트와 스트라트의… 팀원(?)들이 보였다. 어제 모여 있던 사람들이 모두 다 있는 건 아니었다. 포그트 장관, 중국인 과학자(이름이 시였던 것 같다), 러시아 군복을 입은 남성 한 명뿐이었다. 러시아인은 전날에도 있었지만 아무 말도 하지 않았었다. 그들은 모두 깊이 집중하고 있는 듯했으며, 탁자는 종이가 잔뜩 흩어져 있어 어지러웠다. 그들은 때때로 서로에게 웅얼거렸다. 나는 이들이 어떤 관계를 맺고 있는지 정확히 알 수 없었으나, 스트라트가 상석에 앉아 있는 것만은 분명했다.

내가 들어가자 스트라트가 눈을 들었다.

"아, 그레이스 박사님. 잘 쉬셨나 보네요." 스트라트는 자기 왼쪽을 가리켰다. "캐비닛에 음식이 있습니다."

정말이었다! 밥과 찐빵, 튀긴 막대 과자, 주전자에 든 커피. 나는 그리로 달려가 양껏 음식을 덜었다. 엄청나게 배가 고팠다. 나는 접시 가득 음식을 담고 커피도 한 잔 따라 회의용 탁자에 앉았다.

"그러면," 나는 밥을 가득 물고 말했다. "이제는 왜 우리가 중국 항공모함을 타고 있는 건지 얘기해 주실 겁니까?"

"전 항공모함이 필요했고, 중국에서 항공모함을 내줬습니다. 뭐, 빌려준 거죠."

나는 커피를 후루룩 마셨다. "예전 같았으면 그 얘기를 듣고 놀랐겠지만… 아시다시피… 지금은 딱히 그렇지도 않네요."

"민항기는 시간이 너무 오래 걸리고 연착될 위험도 있습니다." 스트라트가 말했다. "군용기는 원하는 일정에 맞춰서 움직이고, 초음속으로 운행하죠. 저는 지구 곳곳에 있는 전문가들을 지체 없이 한 방에 모을 수 있어야 합니다."

"스트라트 씨가 참 언변이 좋아요." 포그트 장관이 말했다.

나는 더 많은 음식을 입에 집어넣었다. "누군지 모르지만, 저 분한테 모든 권한을 준 사람을 탓해야죠." 내가 말했다.

포그트가 씩 웃었다. "실은 저도 그런 결정을 한 사람 중 한 명입니다. 저는 독일 외교부 장관이거든요. 박사님 나라로 치면 국무장관과 같습니다."

나는 잠시 씹던 것을 멈추었다. "와." 간신히 그렇게 말할 수 있었다. 나는 입안 가득 담긴 음식을 꿀꺽 삼켰다. "제가 여태 만나본 사람 중 가장 계급이 높은 분이시네요."

"그럴 리가요." 그는 스트라트를 가리켰다.

스트라트는 내 앞에 종이 한 장을 내려놓았다. "이게 헤일메리 프로젝트의 씨앗입니다."

"그레이스 박사님한테도 보여드리는 겁니까?" 포그트가 밀했다. "지금요? 비밀 정보 사용 허가를 받아드린 것도 아닌데…"

스트라트가 내 어깨에 손을 얹었다. "라일랜드 그레이스 박사님, 현 시간부로 헤일메리 프로젝트에 관한 모든 정보에 대해 최상위 비밀 정보 사용 권한을 부여합니다.”

“그런 뜻이 아니잖아요.” 포그트가 말했다. “절차라는 게 있고, 신원 조회도 해야 하고…”

“시간이 없습니다.” 스트라트가 말했다. “그런 걸 할 시간은 전혀 없어요. 그래서 저한테 이 일을 맡기신 것 아닙니까? 속도 때문에요.”

스트라트는 나를 돌아보며 종이를 톡톡 두드렸다. “전 세계 아마추어 천문학자들이 읽어낸 내용입니다. 이걸 보면 아주 중요한 사실을 알 수 있습니다.”

그 페이지에는 여러 숫자가 칸칸이 적혀 있었다. 나는 각 칸의 제목을 보았다. ‘알파 센타우리’, ‘시리우스’, ‘루이텐 726-8’ 등등.

“별?” 내가 말했다. “전부 우리가 속한 국부 성단의 별이군요. 그런데 잠깐… 아마추어 천문학자라고 하셨습니까? 독일 국무장관에게 이래라저래라 할 수 있는데, 왜 전문 천문학자들을 고용하지 않는 겁니까?”

“고용은 이미 했습니다.” 스트라트가 말했다. “하지만 이건 지난 몇 년 간 수집된 역사적 데이터예요. 전문 천문학자들은 국부 성단의 항성을 연구하지 않습니다. 아주 먼 곳에 있는 것들을 보죠. 우리 근처의 존재들에 관한 데이터를 기록하는 건 아마추어들입니다. 기차 수집가 같은 사람들이죠. 뒤뜰에 나와 취미로 별을 보는 사람들이요. 그런 사람들 중에는 수만 달러짜리 장비를 갖춘 사람도 있습니다.”

나는 종이를 집어 들었다. “알겠습니다. 그래서 이게 뭔데요?”

“밝기를 기록한 겁니다. 아마추어가 생산한 데이터를 수천 세트 수집해 오류를 줄이고, 알려진 날씨나 가시성 변수를 고려해 수정한 겁니다. 슈퍼컴퓨터를 사용했어요. 중요한 건 점점 어두워지는 항성이 우리 태양만은 아니라는 겁니다.”

“정말이요?” 내가 말했다. “아아! 그럼 완벽하게 말이 되네요! 아스트로파지는 광속의 0.92배로 이동할 수 있습니다. 휴면기에 접어들어 충분히 오랫동안 살아 있을 수만 있다면 근처의 항성들을 감염시킬 수도 있겠죠. 포자를 퍼뜨리는 겁니다! 곰팡이처럼요! 이 별에서 저 별로 퍼져나가는 거예요.”

“네, 우리도 그렇게 생각합니다.” 스트라트가 말했다. “이 자료는 수십 년까지 거슬러 올라갑니다. 대단히 신뢰성이 높은 자료는 아닙니다만, 경향은 뚜렷하게 보입니다. NSA가 역산을 해봤는데….”

“잠깐, NSA요? 미국 국가안보국 말하는 겁니까?”

“거기에 세계에서 가장 뛰어난 슈퍼컴퓨터가 몇 대 있거든요. 아스트로파지가 은하계를 돌아다니는 방법에 관한 모든 시나리오와 증식 모형을 시험하기 위해서 NSA의 슈퍼컴퓨터와 엔지니어들이 필요했습니다. 요점으로 돌아오면, 우리 근처의 이 별들은 수십 년에 걸쳐 어두워져 왔습니다. 어두워지는 속도는 기하급수적으로 증가하고 있고요. 태양에서 보이는 현상과 똑같습니다.”

스트라트는 내게 다른 종이를 내밀었다. 거기에는 선으로 연결된 점들이 한 무더기 있고 각 점 위에 별의 이름이 붙어 있었다. “광속 때문에, 별이 어두워지는 현상에 대해 관찰한 결과는 별까지의 거리 등을 감안해 조정해야만 했습니다. 하지만 별에서 별로 ‘감염’이 이루어지는 패턴은 뚜렷합니다. 우리는 각 항성이 언제 감염됐는지, 또 어떤 항성을 통해 감염됐는지 알고 있습니다. 우리 태양은 WISE 0855-0714라는 별을 통해 감염됐어요. 그 별은 시리우스를 통해서 감염됐고, 시리우스는 엡실론 에리다니에 의해서 감염됐습니다. 거기서부터는 추적이 불가능하고요."

나는 차트를 들여다보았다. "흠. WISE 0855-0714가 울프 359, 랄랑드 21185, 로스 128도 감염시켰네요."

"네. 각 별은 결국 이웃 별을 전부 감염시키게 됩니다. 데이터로 보면, 아스트로파지가 감염시킬 수 있는 최대 범위는 8광년에 약간 못 미치는 듯합니다. 감염된 별과의 거리가 그 범위 안에 들어가는 모든 별은 결국 감염됩니다."

나는 자료를 살펴보았다. "왜 8광년이죠? 더도 덜도 아니고."

"가장 좋은 가설은 아스트로파지가 별을 떠나 살 수 있는 기간 동안 최대 약 8광년의 거리를 이동할 수 있다는 겁니다."

"진화론적 관점에서 보면 말이 되네요." 내가 말했다. "대부분의 별은 8광년 거리 안에 다른 별을 두고 있으니, 아스트로파지는 포자를 퍼뜨리면서 여행하기 위해 그만큼 진화해야 했던 겁니다."

"아마 그렇겠죠." 스트라트가 말했다.

"이 별들이 어두워지고 있다는 걸 그동안 아무도 눈치채지 못한 건가요?" 내가 말했다.

"별들은 약 10퍼센트 정도 어두워진 뒤 더 이상 어두워지지 않습니다. 이유는 모르겠어요. 육안으로 보면 확실하지 않지만…"

"하지만 우리 태양이 10퍼센트 어두워지면, 우리는 모두 죽습니다." 내가 말했다.

"그렇겠죠."

중국인 과학자 시가 테이블 쪽으로 몸을 숙였다. 자세가 대단히 예의 발랐다. "스트라트 씨는 아직 박사님에게 가장 중요한 부분을 얘기하지 않으셨습니다."

러시아인이 고개를 끄덕였다. 그가 조금이라도 움직인 것을 본 건 그때가 처음이었다.

시가 말을 이었다. "타우세티가 뭔지 아십니까?"

"아냐고요?" 내가 말했다. "그야… 타우세티가 별이라는 건 알죠. 아마 12광년쯤 떨어져 있는 것 같은데요."

"11.9광년입니다." 시가 말했다. "아주 훌륭하시네요. 대부분이 모르는 사실인데."

"제가 중학교에서 과학을 가르치거든요." 내가 말했다. "이런 것들은 그냥 떠오릅니다."

시와 러시아인이 놀란 눈길을 주고받았다. 그러더니 둘 다 스트라트를 보았다.

스트라트가 시선으로 그들을 찍어 눌렀다. "그냥 중학교 선생님이 아닙니다."

시는 자세를 가다듬었다(자세가 많이 흐트러졌었던 건 아니지만). "엣헴. 아무튼, 타우세티는 감염된 별들의 군집 깊숙한 곳에 있습니다. 실은 중심에 가깝죠."

"알겠습니다." 내가 말했다. "타우세티에 뭔가 특별한 점이 있나 보군요?"

"타우세티는 감염되지 않았습니다." 시가 말했다. "타우세티 주변의 모든 별은 감염됐는데도요. 타우세티로부터 8광년 이내에 존재하는 별들 중에는 아주 심하게 감염된 별이 두 개 있어요. 그런데도 타우세티는 아무 영향을 받지 않고 있습니다."

"왜죠?"

스트라트가 서류를 펄럭펄럭 넘겼다. "그걸 알아내려는 겁니다. 그래서 우주선을 만들어 타우세티로 보낼 거예요."

나는 코웃음 쳤다. "성간 우주선을 그냥 '만들' 수는 없어요. 우리한테는 그럴 기술이 없습니다. 그런 기술 비슷한 것조차 없어요."

러시아인이 처음으로 입을 열었다. "사실은 말이죠, 친구. 있습니다."

스트라트가 러시아인에게 손짓했다. "코모로프 박사님은…."

"디미트리라고 부르세요." 그가 말했다.

"디미트리는 러시아 연방의 아스트로파지 연구를 지휘하고 계십니다." 스트라트가 말했다.

"반갑습니다." 그가 말했다. "성간 항해가 실제로 가능하다는 점을 알려드리게 되어 기쁘네요."

"아니, 불가능해요." 내가 말했다. "아무한테도 말해주지 않은 외계 우주선을 가지고 계신 게 아니라면요."

"어떤 면에서는 가지고 있는 셈이에요." 그가 말했다. "우리에게는 수많은 외계 우주선이 있습니다. 우린 그 우주선을 아스트로파지라고 부르죠. 아시겠습니까? 제 팀은 아스트로파지의 에너지 관리 방식을 연구해 왔습니다. 대단히 흥미롭죠."

순간, 나는 그 방 안에서 벌어지는 다른 모든 일을 잊어버렸다. "세상에, 그 열이 다 어디로 가는지 알아내신 거군요. 저는 아스트로파지가 열에너지로 대체 뭘 하는지 도저히 모르겠더라고요!"

"네, 알아냈습니다." 디미트리가 말했다. "레이저를 써서요. 어둠을 밝혀주는 실험이었죠."

"그거, 말장난인가요?"

"맞아요!"

"멋진데요!"

우리는 둘 다 웃었다. 스트라트가 우리를 노려봤다.

디미트리가 목을 가다듬었다. "어… 네. 우리는 좁은 초점의 1킬로 와트짜리 레이저를 아스트로파지 세포 한 개에 쐈습니다. 늘 그렇듯 아스트로파지는 뜨거워지지 않았어요. 하지만 25분이 지나자 빛이 튕겨 나오기 시작하더군요. 우리 꼬마 아스트로파지가 배가 부른 겁니다. 충분히 먹은 거죠. 아스트로파지는 빛 에너지 1.5메가줄을 소비했어요. 그 이상은 원하지 않는 거예요. 하지만 그것만으로도 엄청난 에너지죠! 이 모든 에너지를 어디에 저장하는 걸까요?"

나는 탁자 너머로 너무 깊이 몸을 내민 것 같았지만, 어쩔 수가 없었다. "어디인데요?"

"물론 우리는 실험 전후의 아스트로파지 세포 무게를 측정했습니다."

"그러셨겠죠."

"아스트로파지 세포는 17나노그램 더 무거워져 있었어요. 이 실험의 결론이 어디로 흘러가는지 아시겠죠?"

"아니, 그럴 리가요. 아스트로파지 세포는 공기와의 작용이라든가, 다른 무슨 이유 때문에 무거워졌을 겁니다."

"아뇨, 당연한 얘기지만 실험 공간은 진공상태였어요."

"세상에." 나는 현기증을 느꼈다. "17나노그램이라니… 곱하기 9 곱하기 10의 16승이… 1.5메가줄!"

나는 다시 의자에 털썩 주저앉았다. "세상에나, 세상에…. 제 말은 그냥… 와아!"

"저도 바로 그런 느낌이었습니다."

질량에너지 변환. 위대한 알베르트 아인슈타인이 말했듯, 'E=mc^2'이다. 질량에는 엽기적일 정도로 많은 에너지가 들어 있다. 현대의 핵발전소는 겨우 1킬로그램의 우라늄에 저장된 에너지로 한 개의 도시 전체에 1년간 전력을 공급할 수 있다. 그래, 원자로의 1년치 출력은 질량 단 1킬로그램에서 나온다.

아스트로파지는 이런 일을 쌍방향으로 할 수 있는 것 같았다. 열에너지를 받아들여, 어떤 식으로든 질량으로 바꾼다. 그런 다음 다시 에너지를 쓸 때가 되면 그 질량을 에너지로 도로 바꾸어 놓는다. 페트로바 주파수의 빛이라는 형태로 말이다. 그리고 아스트로파지는 우주에서 그 빛을 추진력으로 활용한다. 그러니까 아스트로파지는 완벽한 에너지 저장 매체일 뿐만 아니라, 완벽한 우주선 엔진이기도 했다.

십억 년 동안 가만히 놔두면, 진화란 말도 안 되게 효과적인 과정이 될 수 있다.

나는 머리를 문질렀다. "이건 그냥 미친 소리예요. 그래도 좋은 쪽으로 미친 소리죠. 아스트로파지가 내부에서 반물질을 생성한다고 생각하시나요? 그 비슷한 걸요."

"모르겠습니다. 하지만 아스트로파지의 질량이 늘어나는 것만은 확실해요. 그러다가 빛을 추진력으로 쓴 다음에는, 방출된 에너지에 비례해서 질량을 잃죠."

"그건…! 디미트리 박사님, 친해지고 싶어요. 우리… 놀러 나갈까요? 제가 맥주를 사죠. 보드카라든지 뭐든지요. 이 배에도 장교 클럽은 틀림없이 있겠죠?"

"저야 좋죠."

"두 분이 친구가 된다니 좋은 일이네요." 스트라트가 말했다. "하지만 술집에 드나들기 전에 두 분이 처리하셔야 할 일이 아주 많습니다."

"제가요? 제가 뭘 해야 하는데요?"

"박사님은 아스트로파지 배양기를 설계하고 만드셔야 합니다."

나는 눈을 깜빡였다. 그런 다음 자리에서 벌떡 일어났다. "아스트로파지를 동력으로 사용하는 우주선을 만들려는 거군요!"

모두가 고개를 끄덕였다.

"이럴 수가! 아스트로파지는 현존하는 가장 효율적인 로켓 연료예요! 얼마나 필요하려나…. 아. 200만 킬로그램이겠군요? 그래서 200만 킬로그램의 아스트로파지를 만드는 데 시간이 얼마나 걸리는지 알고 싶어 하셨던 거였어요."

"네." 시가 말했다. "10만 킬로그램짜리 우주선을 타우세티로 보내기 위해서는 아스트로파지 200만 킬로그램이 필요합니다. 그리고 박사님 덕분에, 이제 우리는 아스트로파지를 활성화시키고 우리가 원하는 대로 아스트로파지가 추진력을 만들어내게 하는 방법을 알게 됐어요."

나는 다시 자리에 앉아 핸드폰을 꺼내 계산기 앱을 켰다. "여기에는, 그러니까… 엄청난 에너지가 필요할 겁니다. 제 말은, 전 세계에 존재하는 것보다 더 많은 에너지가요. 10의 23승 줄 정도가 될 거예요. 지구에서 가장 큰 원자로가 대략 8기가와트의 에너지를 생산합니다. 10의 23승 줄에 이르는 에너지를 만들려면 그 원자로를 200만 년 동안 가동해야 해요."

"에너지를 얻을 방법은 생각해 냈으니까요." 스트라트가 말했다. "박사님이 하실 일은 배양기를 만드는 겁니다. 일단은 직게, 프로토타입부터 만들어보시죠."

"네, 그럼요." 내가 말했다. "하지만 여기로 올 때 했던 '전 세계 군대 체험전' 같은 엄청난 여행은 별로 마음에 들지 않았어요. 집에 갈 때는 여객기를 타도 될까요? 마차도 괜찮겠네요."

"여기가 박사님 집입니다." 스트라트가 말했다. "격납고가 비어 있어요. 뭐가 필요하신지만 말씀해 주시죠. 팀원들을 포함해서요. 그럼 제가 마련해 드리겠습니다."

나는 회의실의 다른 사람들을 보았다. 시, 포그트, 디미트리가 모두 고개를 끄덕였다. 맞아, 이건 현실이야. 스트라트는 농담을 하는 게 아니야.

"왜요?" 내가 물었다. "왜 그냥 정상인처럼 굴지 못하는 겁니까, 스트라트! 빠른 군대식 이동수단을 원한다면 뭐, 그래요. 그건 좋습니다. 하지만 공군기지에서 일한다든지 하는, 정신이 제대로 박힌 사람들이 할 만한 일을 하지 않는 이유가 뭐예요?"

"아스트로파지를 배양해 내면, 그걸 가지고 실험하게 될 테니까요. 실수로 아스트로파지를 1~2킬로그램이라도 활성화했다간 역사상 존재했던 가장 큰 핵폭탄보다 큰 폭발이 일어날 겁니다."

"차르 봄바(세계 최강의 핵폭탄이라 불리는 러시아의 핵폭탄-옮긴이)." 디미트리가 말했다. "우리나라에서 만든 거죠. 50메가톤짜리. 쾅."

스트라트가 말을 이었다. "그러니 어떤 도시도 박멸하지 않도록 바다 한가운데에 있는 편이 낫습니다."

"아." 내가 말했다.

"아스트로파지를 더 많이 확보할수록 우리는 점점 더 먼 바다로 나아갈 겁니다. 아무튼, 격납고로 가세요. 지금 이렇게 말하는 순간에도 내 지시를 받은 목수들이 숙소와 사무실을 만들고 있습니다. 마음에 드는 곳을 골라 차지하시면 됩니다."

"이제는 이게 우리의 인생이에요." 디미트리가 말했다. "환영합니다."

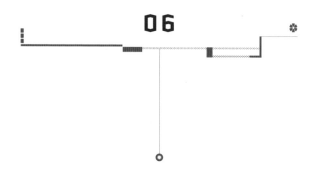

06

좋아. 꼭 죽어야 한다면, 최소한 의미 있게 죽자. 나는 아스트로파지를 막을 수 있는 방법이 무엇인지 알아낼 것이다. 그런 다음 내가 알아낸 답을 지구로 보내겠다. 그런 다음에는… 죽겠지. 이곳에는 고통 없이 자살할 수 있는 길이 아주 많이 있다. 약물 과다 복용에서부터 잠들어 죽을 때까지 산소의 양을 천천히 줄이는 것까지.

그것 참 힘이 나네.

나는 맛있는 '4일차, 2식' 튜브를 먹는다. 소고기 맛인 것 같다. 음식은 점점 덩어리져 간다. 실제로 건더기도 좀 들어 있다. 작게 자른 네모난 당근을 씹는 느낌이 난다. 그동안과는 달리 음식의 질감이 느껴지니 기분이 좋다.

"물 더 줘!" 내가 말한다.

유모 로봇(내가 붙인 이름이다)이 새빨리 플라스틱 컵을 가져가고 물이 가득 찬 다른 컵으로 바꿔준다. 사흘 전만 해도 천장에 달려 있는 저 팔들은 내 꿈에 나올 것만 같은 기계 괴물이었다. 하지만 이제는 그냥… 거기 있는 존재다. 삶의 일부.

알고 보니 숙소는 생각하기 좋은 장소였다. 어쨌든 지금은 시신이 사라진 뒤였으니까. 실험실에는 편하게 긴장을 풀고 있을 만한 장소가 하나도 없다. 통제실에는 멋진 의자가 있지만 공간 자체가 비좁고 사방에서 불빛이 깜빡거린다. 그러나 숙소에는 아주 멋지고 편안한 침대가 있고, 다음에 무슨 일을 할지 생각하며 그 침대에 누워 있을 수 있다. 게다가 음식도 전부 숙소에서 나온다.

나는 지난 며칠간 아주 많은 것을 기억해 냈다. 프로젝트 헤일메리는 성공이었던 것 같다. 내가 여기, 다른 항성계에 와 있으니까. 아마 타우세티이겠지. 내가 타우세티를 우리 태양이라고 착각한 것도 말이 된다. 별의 관점에서 봤을 때 타우세티는 태양과 아주 흡사하다. 스펙트럼형도 같고, 색깔도 같고, 등등.

그리고 내가 왜 여기에 와 있는지도 알고 있다! '있잖아, 세계가 망해간대. 좀 막아 봐.'처럼 애매한 형태로 아는 게 아니라 아주 구체적으로 알고 있다. 아스트로파지가 왜 타우세티에는 영향을 미치지 않는지 알아내라는 것.

말이 쉽지. 나중에 좀 더 자세한 내용이 기억나면 좋겠다.

수백만 가지의 질문이 머릿속에 마구 떠오른다. 그중 중요한 질문을 몇 개만 뽑아보면 이렇다.

1. 아스트로파지에 관한 정보를 찾아 항성계 전체를 뒤질 방법은?

2. 대체 난 뭘 해야 하는가? 타우세티에 아스트로파지 연료를 던져넣고 무슨 일이 일어나는지 지켜보면 되나?

3. 그건 그렇고, 이 우주선은 어떻게 모는 거야?

4. 유용한 정보를 진짜로 찾아낸다면 지구에는 그 정보를 어떻게 알

리지? 그럴 때 쓰라고 비틀스가 있는 것이겠지만 비틀스에 자료를 업로드하는 방법은 또 뭐고? 지구 쪽으로 비틀스를 조준하고 발사하는 방법은?

5. 내가, 그 많은 사람 중에 하필 내가 이 임무에 참여한 이유는 뭘까? 그래, 내가 아스트로파지에 관해 아주 많은 것들을 알아낸 건 사실이었다. 근데 그래서 뭐? 나는 실험실 과학자지, 우주비행사가 아닌걸. 베른헤르 폰 브라운(독일 태생의 미국 로켓 엔지니어—옮긴이)을 우주로 쏘아보낼 건 아니잖아. 당연히 나보다 적격인 사람들이 있었을 텐데.

작은 질문부터 생각해 보기로 한다. 일단은 이 우주선이 무슨 일을 할 수 있는지, 또 이 우주선을 통제하는 방법은 무엇인지 알아내야 한다. 당국은 승조원들을 혼수상태에 빠뜨렸다. 그렇게 하면 우리 정신에 문제가 생길 수 있다는 사실을 틀림없이 알았을 것이다. 그러니 어딘가에 설명을 마련해 두었을 게 확실하다.

"비행 설명서." 나는 큰 소리로 말한다.

"우주선에 관한 정보는 통제실에서 보실 수 있습니다." 유모 로봇이 말한다.

"어디서?"

"우주선에 관한 정보는 통제실에서 보실 수 있습니다."

"아니. 통제실 어디에서 볼 수 있느냐고."

"우주선에 관한 정보는 통제실에서 보실 수 있습니다."

"너 좀 짜증 난다." 내가 말한다.

나는 통제실로 올라가 모든 화면을 오랫동안 자세히 살펴본다. 각 화면이 무엇을 표시하는지 정리하느라 한 시간을 보내고 나서, 여러 기능의 정체가 무엇일지 추측해 본다. 내가 정말로 찾고 있는 것은 '정보'라거나 '인류를 구하러 오셨나요? 더 알고 싶다면 이 버튼을 누르세요!' 같은 것들이다.

그런 운은 따라주지 않는다. 몇 시간 동안 이 화면, 저 화면을 찔러봤지만 아무것도 나오지 않는다. 우주선을 다루는 방법이 기억나지 않을 정도로 승조원들의 뇌가 엉망진창이 되었다면, 그들을 과학자로 활용하는 건 그다지 쓸모 있는 일이 아닐 거라고 생각한 모양이다.

나는 모든 화면에 계기판을 띄울 수 있다는 사실을 알아냈다. 서로 바꿔 쓸 수 있을 정도다. 왼쪽 윗부분을 살짝 건드리면 메뉴가 나타난다. 거기에서 뭐든 원하는 계기판을 선택하면 된다.

멋진데. 뭘 볼지 내가 직접 선택할 수 있다. 그리고 조종석 바로 앞 화면이 가장 크다.

나는 좀 더 촉각적인 접근을 시도해 보기로 한다. 이 버튼 저 버튼 눌러봐야지!

'우주선 날려버리기' 버튼 같은 건 없었으면 좋겠다. 스트라트가 그런 일은 예방해 뒀을 것 같다.

스트라트. 지금 그녀는 뭘 하고 있을지 궁금하다. 아마 어느 통제실에 앉아서 교황에게 커피를 타오라고 시키고 있겠지. 스트라트는 정말로 위압적인 사람이었다(과거형으로 쓰면 안 되려나?). 하지만 정말이지, 이 우주선을 현실로 만드는 임무를 맡았던 사람이 바로 그녀라는 점이 다행스럽다. 내가 이 우주선에 타고 있는 지금은 더더욱. 스트라트 특유의 세세한 관심과 완벽주의가 사방에 배어 있다는 것은 좋은 일이었다.

아무튼 나는 '과학 기기' 계기판을 주 화면에 띄운다. 내가 앞서 아주 오랫동안 즐거운 시간을 함께 보냈던 바로 그 화면이다. 지금은 타우세티의 영상을 보여주고 있는 화면. 이 화면의 왼쪽 위에는 '태양 관측 망원경'이라는 단어가 떠 있다. 전에는 눈치채지 못 했다. 화면 왼쪽에는 아이콘들이 잔뜩 있다. 아마 다른 장비를 사용할 때 쓰는 아이콘이겠지. 나는 아무 아이콘이나 하나 눌러본다.

타우세티가 사라진다. 왼쪽 윗부분의 글자는 '외부 수거함'으로 바뀐다. 화면은 별 특징 없는 직사각형 도면을 보여준다. 여기저기에 각도를 바꾸거나 '선미 개방' 혹은 '선수 개방'을 할 수 있는 제어장치가 달려 있다. 좋아. 기억해 놔야지. 이 정보를 가지고 뭘 해야 할지는 모르겠지만. 나는 다른 아이콘을 아무거나 눌러본다.

이번에는 글자가 '페트로바스코프'로 바뀐다. 그 글자를 제외하면, 검은 화면에 오류 메시지가 떠 있을 뿐이다. '스핀 드라이브가 활성화되었을 때는 페트로바스코프를 사용할 수 없습니다.'

"흠." 내가 말한다.

그래서, 페트로바스코프가 뭔데? 가장 그럴싸한 추측은, 그것이 아스트로파지가 방출하는 적외선만을 특별히 추적하는 망원경이거나 카메라이거나 둘 다라는 것이다. 페트로바 파장을 통해 페트로바선을 찾으니 페트로바스코프라고 부르는 것이다. 정말이지, 모든 단어 앞에 페트로바라는 말을 갖다 붙이는 짓은 그만 좀 했으면 좋겠다.

스핀 드라이브가 활성화되었을 때 페트로바스코프를 사용할 수 없는 이유는 뭘까?

나는 스핀 드라이브의 작동 방식도, 스핀 드라이브가 스핀 드라이브라고 불리는 이유도 모른다. 하지만 이 우주선의 뒤쪽에 스핀 드라이브가 달려 있으며, 그것이 아스트로파지를 연료로 사용하고 있다는 사실은 안다. 그러니까 스핀 드라이브는 내 엔진인 셈이다. 아마 스핀 드라이브는 강화 아스트로파지를 활성화해 추진력으로 활용할 것이다.

아… 그 말은, 지금 이 순간 우주선의 뒤쪽에서 말도 안 되는 양의 적외선이 나오고 있다는 뜻이었다. 그러니까… 전함 같은 걸 녹여버릴 수 있을 만큼 많이. 확실히 알아보려면 계산을 해봐야겠지만… 못 참겠다, 당장 계산해 봐야지.

엔진은 초당 6그램의 아스트로파지를 소비한다. 아스트로파지는 에너지를 질량으로 저장한다. 그러니까 기본적으로, 스핀 드라이브는 초당 6그램의 질량을 순수 에너지로 바꾸어 뒤쪽으로 뿜어내는 것이다. 뭐, 실제로 그런 일을 하는 건 스핀 드라이브가 아니라 아스트로파지이지만, 어쨌거나.

나는 '유용한 도구' 패널을 오른쪽의 작은 화면에 띄운다. 거기에는 당장 쓸 수 있는 익숙한 응용 프로그램들이 잔뜩 있다. 그중 하나가 계산기다. 나는 그 계산기를 사용해 6그램의 질량에너지 변환량을 계산한다. …세상에. 540조 줄이다. 우주선은 그렇게 많은 에너지를 매 초 방출하고 있다. 그러니까 540조 와트라는 얘기다. 가늠조차 되지 않는 에너지다. 태양 표면에서 나오는 에너지보다도 유의미하게 큰 정도다. 그 말 그대로다. 그러니까… 최대 추진력을 내고 있는 헤일메리의 뒤에 서 있을 때보다 태양 표면에 서 있을 때 받는 에너지가 더 적다는 뜻이다.

지금은 내 속도가 줄어들고 있다. 당연히 그렇겠지. 타우세티 항성계에 잠시 머무는 것이 계획이니까. 그러므로 나는 별 반대 방향을 보며 속도를 줄이고 있을 것이다. 여행을 하는 내내 아주 긴 시간을 광속에 가까운 속도로 보낸 끝에 말이다.

좋다. 그러니까 그 모든 빛 에너지는 내가 멀쩡히 지내는 동안에도 타우세티와 나 사이에 있는 먼지 입자와 이온과 다른 모든 것에 부딪힐 것이고, 그 가엾은 입자들은 인정사정없이 증발할 것이다. 그러면 적외선 일부가 다시 우주선 쪽으로 흩어지게 된다. 엔진 출력에 비하면 별것 아닌 양이지만, 페트로바스코프의 시야를 가리기에는 충분하다. 페트로바스코프는 바로 그 진동수의 빛을 소량이라도 찾아내도록 세밀하게 조정되어 있으니까.

그러니 엔진이 켜져 있을 때는 페트로바스코프를 쓸 수 없다.

그래도 그렇지. 나는 타우세티에 페트로바선이 정말로 있는지 알고 싶다.

이론적으로는 아스트로파지에 감염된 모든 별에 페트로바선이 있어야 한다. 그렇지 않은가? 이 조그만 녀석들은 이산화탄소가 있어야만 번식한다. 별에서는 이산화탄소를 얻을 수 없다(별의 핵 깊숙한 곳으로 들어가지 않는 한 말이다. 아스트로파지가 그렇게 높은 온도에서도 살아남을 수 있는지는 알 수 없다).

페트로바선이 보인다면, 타우세티에는 활성화된 아스트로파지 군집이 있으나 어떤 이유에서인지 그 군집이 다른 곳에서와는 달리 통제할 수 없을 만큼 불어나지 않았다는 뜻이 된다. 그리고 그 선은 이산화탄소가 있는 행성으로 이어질 것이다. 어쩌면 그 행성의 대기에 아스트로파지를 억제하는 다른 화학물질이 있는 건 아닐까? 아스트로파지의 항행 능력을 망가뜨리는 이상한 자기장이 있다거나? 어쩌면 그 행성에는 아스트로파지와 물리적으로 충돌하는 위성이 여러 개 있는 것일지도 몰랐다.

아니면 타우세티에는 그냥 대기에 이산화탄소가 있는 행성이 없는 것일 수도 있었다. 그러면 망한 것이다. 그건 이 여행이 아무 짝에도 쓸모없는 것이었으며 지구는 종말을 맞게 되었다는 뜻이 될 테니까.

생각이야 하루 종일 할 수도 있다. 데이터가 없으면 전부 추정일 뿐이다. 그리고 페트로바스코프가 없으면 데이터를 얻을 수 없다. 최소한, 내가 원하는 데이터는.

나는 내비게이션 화면으로 관심을 돌린다. 건드려 볼까? 내 말은…. 난 이 우주선을 조종하는 방법을 모르니까 말이다. 우주선은 그 방법을 알고 있지만 나는 모른다. 엉뚱한 버튼이라도 누르면 나는 우주에서 죽음을 맞게 된다.

상황은 그보다 나쁠 것이다. 나는 타우세티를 향해 (나는 화면의 정보를 확인한다) 초당 7,595킬로미터 속도로 내던져지게 된다. 와! 며칠 전에는 속도가 초속 1만 1,000킬로미터였다. 1.5g로 계속 가속하면 이런 일이 벌어진다. 아니, '감속'이라고 해야겠지. 물리학적 관점에서 보면 가속이나 감속이나 그게 그거다. 요점은, 저 별을 기준으로 했을 때 내 속도가 점점 느려지고 있다는 것이다.

화면에는 '경로'라고 적힌 버튼이 있다. 이 버튼은 눌러봐도 되겠지? 방금 건 등장인물이 죽기 전에 할 법한 대사인데…. 나는 컴퓨터가 여행을 마칠 때가 됐다고 느낄 때까지 그냥 기다려야 한다. 하지만 참을 수가 없다.

나는 버튼을 누른다. 화면이 바뀌어 타우세티 항성계를 보여준다. 그리스어 알파벳 타우로 표시된 타우세티가 중앙에 자리 잡고 있다.

아아아…. 저게 헤일메리 문양에 있던 소문자 't'였구나. '타우세티'의 타우였어. 그러네.

아무튼 네 개의 행성궤도가 타우세티 주위를 도는 가늘고 흰 타원으로 표시되어 있다. 행성 자체의 위치는 오차범위를 포함한 선이 달린 원으로 표시된다. 우리가 태양계 외 행성에 대해 가지고 있는 정보는 그렇게까지 정확하지 않다. 과학 기구를 작동시키는 방법을 알아낸다면, 저 행성들의 위치에 대해서도 훨씬 나은 정보를 얻을 수 있을 것이다. 나는 지구의 천문학자들보다 12광년이나 가까운 곳에 있으니까.

노란 선이 화면 바깥에서 시스템 내부로 거의 곧장 들어간다. 그 선은 세 번째와 네 번째 행성 사이 어느 지점에서 항성 쪽으로 방향을 꺾으며 원을 그린다. 네 개의 행성과 아주 멀리 떨어진 그 선에는 노란색 삼각형이 달려 있다. 그 삼각형이 아마 나일 것이다. 노란 선은 내 경로이고. 지도에는 글자도 적혀 있다.

엔진 정지까지 남은 시간: 0005:20:39:06

마지막 숫자가 1초에 하나씩 줄어든다. 좋아, 몇 가지 알아냈다. 첫째, 엔진이 멈추기까지는 약 닷새가 남았다(엿새에 더 가깝다). 둘째, 날짜를 표시하는 칸이 숫자 네 자리로 되어 있다. 그 말은 이 여행에 최소 1,000일이 소요됐다는 뜻이다. 3년이 넘는 시간이다. 뭐, 여기까지 여행하는 데에는 빛도 열두 해가 걸리니, 나한테도 긴 시간이 걸리겠지.

아, 맞네. 상대성.

나는 실제로 시간이 얼마나 걸렸는지 전혀 모른다. 아니, 내가 얼마나 긴 시간을 경험했는지 모른다고 해야 맞을 것이다. 거의 광속에 가까운 속도로 이동하면 시간 팽창을 경험하게 된다. 지구에서는 내가 지구를 떠난 이후로 경험한 시간보다 더 많은 시간이 흘렀을 것이다.

상대성이란 이상한 것이다.

여기서 핵심은 시간이다. 그리고 불행하게도, 내가 잠들어 있는 동안 지구는 최소 13년을 경험했을 것이다. 게다가 내가 지금 당장 아스트로파지 문제에 대한 해결책을 찾는다 하더라도 그 정보가 다시 지구에 도달하는 데는 최소 13년이 걸릴 터였다. 그 말은 지구에서 아스트로파지의 비극이 아무리 적게 잡아도 24년간 지속되리라는 뜻이었다. 나로서는 다들 그 비극에 대처할 방법들을 떠올렸길 바랄 뿐이다. 피해라도 줄이든지. 아니, 최소한 26년은 살아남을 수 있을 거라고 생각하지 않았다면 헤일메리를 보내지 않았겠지.

어떤 경우든, 이 여행에는 최소 3년이 걸렸다(내 입장에서 3년이라는 말이다). 우리가 혼수상태에 빠져 있던 게 그래서일까? 그냥 여행하는 동안 깨어 있으면 무슨 문제라도 생긴다는 걸까?

나는 얼굴에서 눈물이 몇 방울 떨어질 때에야 내가 울고 있다는 사실을 알아차린다. 우리를 혼수상태에 빠뜨리겠다는 그 결정 때문에 내 친구 둘이 죽었다. 그들은 떠나버렸다. 두 사람과 보낸 순간은 하나도 기억나지 않지만 상실감은 버티기 어려울 정도다. 머잖아 나도 그들과 함께하게 된다. 집으로 갈 방법은 없다. 나도 이곳에서 죽을 것이다. 그러나 두 사람과 달리 나는 혼자 죽는다.

나는 눈물을 훔치고 애써 다른 것을 생각한다. 내가 속한 인류라는 종 전체가 위기에 처해 있다.

지도의 경로를 보면, 우주선은 타우세티를 도는 세 번째 행성과 네 번째 행성 사이의 안정적인 궤도에 자동으로 접어들 모양이었다. 나보고 추측해 보라고 한다면, 그 거리는 대략 1천문단위일 것이다. 태양으로부터 지구까지의 거리. 별과 떨어져 있기에는 꽤 안전한 거리다. 한 바퀴를 완주하는 데 약 1년이 걸리는 느린 궤도. 어쩌면 그보다 오랜 시간이 걸릴지도 모른다. 타우세티는 태양보다 크기가 작은 만큼 질량도 작을 테니까. 질량이 작다는 것은 중력이 작고, 주어진 거리를 공전하는 주기가 더 느리다는 뜻이다.

좋다. 엔진이 꺼질 때까지는 닷새가 남아 있었다. 이것저것 건드리다가 망가뜨리느니 그동안 기다리기로 했다. 일단 엔진이 꺼지고 나면 페트로바스코프를 켜고 저 바깥에 무엇이 있는지 알아봐야지. 그때까지는 우주선에 관해 최대한 많이 배워볼 생각이다.

지금 이 순간 야오와 일류키나를 떠올리지 않기 위해서라면 나는 무슨 일이든 웬만해선 할 수 있다.

군이 따지자면, 그 항공모함에는 인민해방군 간쑤성 해군(People's Liberation Army Navy Gansu)이라는 이름이 붙어 있었다. 왜 해군의 배에 보통 육군에 붙이는 'Army'라는 단어를 붙였는지는 도저히 알 수 없는 노릇이다. 아무튼, 사람들은 더 이상 그 배를 그런 이름으로 부르지 않고 스트라트의 깡통이라고 부르기 시작했다. 선원들이 반발했지만, 결국은 그 이름이 사람들 입에 붙어버렸다. 그 배는 절대 육지에 가까이 가지 않고 남중국해를 떠돌아다녔다.

나는 과학 말고는 아무것도 하지 않는 축복받은 한 주를 보냈다.

회의도 없고, 집중력을 흩뜨려 놓는 일도 벌어지지 않고 그저 실험과 공학이 존재할 뿐이었다. 어떤 과제에 심취한다는 게 얼마나 재미있는 일인지 그동안 잊어버리고 있었는데….

내가 만든 첫 번째 배양기 원형은 또 한 번 성공적인 운영 시범을 보여주었다. 겉으로 보기에는 별로 대단하지 않았다. 대충 보면 여기저기 못생긴 제어장치가 용접되어 있는, 30피트짜리 금속관이었으니까. 하지만 이 배양기는 성공을 거두었다. 한 시간에 겨우 몇 마이크로그램의 아스트로파지밖에 생산하지 못했지만 구상만은 탄탄했다.

내게는 열두 명의 팀원이 있었다. 전 세계에서 데려온 엔지니어들이었다. 그중 가장 뛰어난 사람들은 몽골에서 온 형제였다. 스트라트가 회의실에서 만나자고 호출하기에 나는 그 둘에게 책임을 맡겼다.

스트라트는 회의실에 혼자 있었다. 탁자에는 늘 그랬듯 종이와 도표가 흩어져 있었다. 그래프와 다이어그램이 사방의 모든 벽을 장식하고 있었다. 어떤 건 새로운 것이고 어떤 건 낡은 것이었다.

스트라트가 긴 탁자의 끝에 앉아 있었다. 예네버르 한 병과 싸구려 유리잔을 든 채였다. 그녀가 술을 마시는 모습은 그때 처음 보았다.

"부르셨어요?" 내가 말했다.

스트라트가 눈을 들었다. 눈 밑에 그늘이 져 있었다. 잠을 못 잔 것이다. "네. 앉으세요."

나는 스트라트 옆 의자에 앉았다. "몰골이 말이 아니시네요. 무슨 일입니까?"

"어떤 결정을 내려야 하는데, 쉽지가 않아서요."

"제가 어떻게 도와드리면 될까요?"

스트라트는 내게 예네버르를 권했다. 나는 고개를 저었다. 스트라트는 자기 잔에 술을 더 부었다. "헤일메리의 승조원실은 아주 작을 겁니다. 125세제곱미터쯤 될 거예요."

나는 고개를 갸웃했다. "우주선치고는 큰 거 아닌가요?"

스트라트는 앞뒤로 손을 저었다. "소유스나 오리온 같은 캡슐 우주선에 비하면 크죠. 하지만 우주정거장치고는 작은 크기입니다. 국제 우주정거장의 승조원실에 비하면 10분의 1 정도예요."

"그렇군요." 내가 말했다. "뭐가 문제입니까?"

"문제는," 스트라트는 종이가 가득한 서류철을 집어 들더니 내 앞에 내려놓았다. "승조원들이 서로를 죽일 거라는 점입니다."

"네?" 나는 서류철을 펼쳤다. 안에는 타자기로 작성한 종이가 아주 많이 들어 있었다. 다시 보니, 그것들은 타자기로 작성한 서류를 스캔한 것이었다. 어떤 것은 영어로, 어떤 것은 러시아어로 되어 있었다. "이게 다 뭔가요?"

"우주개발 경쟁이 한창이던 때, 소련 사람들이 잠깐 화성에 관심을 가졌습니다. 화성으로 사람을 보내면 미국의 달 착륙은 비교적 사소한 일이 될 거라고 생각했죠."

나는 서류철을 덮었다. 키릴문자는 내게 아무 의미가 없었다. 하지만 스트라트는 그 글자를 읽을 수 있는 듯했다. 그녀는 무슨 언어가 나오든 늘 이해하는 것처럼 보였다.

스트라트는 두 손으로 턱을 괴었다. "1970년대의 기술로 화성에 간다는 건 호만궤도(목표한 행성까지 최소한의 연료로 갈 수 있는 비행 궤도-옮긴이)를 이용한다는 뜻인데, 그 말은 승조원들이 8개월 넘는 시간을 우주선에서 보내야 한다는 의미입니다. 그래서 소련에서는 몇 달 동안 여러 사람을 비좁고 고립된 환경에 함께 넣어두면 무슨 일이 벌어지는지 실험했어요."

"그런데요?"

"71일이 지나자 안에 있던 사람들이 매일 주먹다짐을 벌였습니다. 94일째 되는 날에는 실험이 중단됐죠. 실험 대상 중 한 명이 깨진 유리로 다른 사람을 찔러 죽이려 했거든요.”

“그렇군요.” 내가 말했다. “그러니까 125세제곱미터의 승조원실에 우주인 세 명을 실어서 4년짜리 여행을 떠나보냈을 때 무슨 일이 벌어질지 몰라 걱정된다는 거네요?”

“승조원끼리 사이좋게 지내는 것만이 문제가 아닙니다. 모든 승조원은 몇 년 뒤면 죽는다는 걸 알고 여행하게 돼요. 그 짧은 여생 동안 승조원들이 알고 지낼 세상이라고는 우주선 안의 방 몇 개뿐일 테고요. 심리학자들과 이야기를 나눠봤는데, 다들 치명적인 우울증이 발생할 가능성이 높다더군요. 자살도 현실적인 위험 요소입니다.”

“네, 그 정도야 심리학을 잘 몰라도 알겠습니다.” 내가 말했다. “하지만 뭘 어쩌겠어요?”

스트라트는 스테이플러로 묶인 종이를 집어 내게 쓱 밀어 놓았다. 나는 그 서류를 집어 들고 제목을 읽었다. “장기 혼수에 빠진 영장류 및 인간의 유해 후유증에 관한 연구, 스리수크 외 지음.”

“네. 이게 뭔가요?”

“태국에 있는, 어느 망한 회사에서 했던 연구예요.” 스트라트는 진이 담긴 유리잔을 빙글빙글 돌렸다. “그 회사에서 했던 생각은 항암 치료를 받는 동안 암 환자들을 혼수상태로 유도하겠다는 거였죠. 암이 차도를 보일 때 환자들을 깨우겠다는 겁니다. 아니면 더는 치료가 불가능해서 호스피스 병동에 들어가야 할 때라든지요. 어느 경우든, 환자들은 엄청난 고통을 뛰어넘게 되겠지요.”

“그거… 정말 훌륭한 아이디어 같네요.” 내가 말했다.

스트라트가 고개를 끄덕였다. “실제로 훌륭한 아이디어가 됐을 겁니다. 그렇게 위험하지만 않았으면요. 알고 보니 인간의 신체는 오랜 시간 동안 혼수상태에 빠지는 데 걸맞지 않았던 거예요. 항암 치료는 몇 달이나 계속되고, 그 이후에도 몇 차례 추가적인 치료가 필요한 경우가 많습니다. 회사에서는 영장류를 의학적으로 유도한 혼수상태에 빠뜨리는 다양한 방법을 시도했는데, 영장류들은 혼수상태에서 죽거나 뇌가 곤죽이 된 채로 깨어났어요."

"그럼 우린 왜 이 얘기를 하는 건가요?"

"추가적인 연구가 진행됐으니까요. 추가 연구에는 역사상 발견된, 인간 혼수 환자에 관한 데이터가 활용됐습니다. 연구자들은 비교적 손상을 덜 입고 장기적인 혼수상태에서 살아남은 인간들을 살펴보고, 그 사람들의 공통점이 무엇인지 살펴봤습니다. 그리고 그 공통점을 발견했어요."

오래된 러시아 항공우주국의 서류는 내게 수수께끼나 다름없었지만, 과학 논문은 오랜 세월 나의 강점이었다. 나는 서류를 넘겨보며 연구 결과를 훑어보았다. "표지 유전자인가요?" 내가 말했다.

"네." 스트라트가 말했다. "연구자들은 인간에게 '코마 저항력'을 부여하는 일련의 유전자를 발견했어요. '코마 저항력'이라는 건 연구자들이 붙인 이름입니다. 문제의 염기 순서는 과학자들이 정크 DNA(유전자 기능 없는 DNA—옮긴이)라고 생각했던 DNA 안에 있었어요. 아마 아주 오래전, 알려지지 않은 어떤 이유로 우리가 진화시킨 특징일 겁니다. 그게 지금까지도 어떤 사람들의 유전암호 안에 도사리고 있는 거죠."

"이 유전자가 코마 저항력의 원인이라는 건 확실합니까?" 내가 말했다. "상관관계는 있을지 몰라도 인과성이 있을까요?"

"네, 연구자들 의견으로는 확실히 인과관계가 있습니다. 이 유전자는 하급 영장류에게서도 발견돼요. 뭔지는 모르지만, 진화 계보를 한참 거슬러 올라가는 유전자인 겁니다. 동면을 하던 조상들에게까지 거슬러 올라가는 것일지 모른다는 추정도 있어요. 아무튼 연구자들은 그 유전자를 가진 영장류를 상대로 실험을 했습니다. 그 영장류들은 아무런 부작용 없이, 장기간의 혼수상태에서 살아남았어요. 전부 다."

"알겠어요. 무슨 얘기를 하려는 건지 짐작이 가네요." 나는 논문을 내려놓았다. "모든 지원자들에게 DNA 검사를 실시한 다음, 혼수 저항력 유전자를 가진 사람들만 쓰겠다는 거죠. 여행하는 동안에는 승조원들을 혼수에 빠뜨리고요. 그 사람들은 4년 동안 서로 신경을 긁거나 자기가 죽는다는 사실을 성찰하지 않아도 되겠네요."

스트라트는 내게 잔을 들어 보였다. "그게 다가 아니에요. 승조원들을 혼수상태에 빠뜨리면 음식 공급이 훨씬 쉬워져요. 영양상 균형 잡힌 식사를 분말 형태로 보관하다가 죽으로 만들어 승조원들의 위 속으로 직접 펌프질해 넣는 거죠. 다양한 식사를 수천 킬로그램이나 준비할 필요가 없어요. 그냥 분말과 자급형 물 재생 시설만 있으면 됩니다."

나는 미소 지었다. "꿈같은 얘기네요, 공상과학소설에 나오는 가사 상태 같은. 근데 왜 스트레스를 받고 술을 마시는 겁니까?"

"한두 가지 걸리는 점이 있어요." 스트라트가 말했다. "첫째, 우리는 혼수 환자를 돌봐줄 완전히 자동화된 환자 추적 관찰 및 처치 시스템을 개발해야 합니다. 그 시스템이 망가지면 전원 사망이에요. 활력 징후를 관찰하면서 적당한 약을 링거로 주사하는 것만이 문제가 아닙니다. 환자들을 물리적으로 움직여주고 씻겨줘야 해요. 욕창을 관리하고, 링거나 탐침이 들어간 다양한 부위의 염증이나 감염 같은 2차적 문제를 진단하고 치료할 수 있어야 합니다. 뭐 그런 거죠."

"네, 하지만 전 세계 의료계가 힘을 합치면 해줄 수 있는 일 같은데요." 내가 말했다. "스트라트 씨 특유의 마법을 써서 그 사람들한테 이래라저래라 해보세요."

스트라트는 술을 한 모금 더 마셨다. "그게 주된 문제가 아니에요. 가장 큰 문제는 이겁니다. 그 유전자 염기 서열을 가진 인간은 평균적으로 7,000명 중에 한 명 뿐이에요."

나는 의자에 깊숙이 기대앉았다. "대단한데요."

"네. 우린 가장 뛰어난 자격을 갖춘 사람들을 보낼 수가 없을 거예요. 가장 뛰어난 자격을 갖춘 사람 중 7,000분의 1을 보내게 되겠죠."

"평균적으로는 가장 뛰어난 자격을 갖춘 사람 중 1만 4,000분의 1이겠죠. 보통 남자를 뽑으니까요." 내가 말했다.

스트라트가 눈알을 굴려댔다.

"그렇더라도," 내가 말했다. "세계 인구의 7,000분의 1은 100만 명입니다. 그런 식으로 생각해 보세요. 적임자를 찾을 때 후보군이 100만 명이라는 얘깁니다. 그중에 세 명만 고르면 돼요."

"여섯 명이죠." 스트라트가 말했다. "주 승조원과 예비 승조원이 필요하니까요. 발사 전날에 누가 길을 건너다가 차에 치인다든가 하는 이유로 임무를 실패하게 둘 수는 없습니다."

"네, 그럼 여섯 명이요."

"네. 우주비행사가 될 능력을 가진 사람이 여섯 명 필요한 거예요. 타우세티의 아스트로파지에 무슨 일이 벌어지는 건지 알아내는 데 필요한 과학적 기술을 가지고 있고, 기꺼이 자살 임무에 참여할 사람이 말입니다."

"100만 명 중에서 고르는 거잖아요." 내가 말했다. "100만 명이요."

스트라트는 조용해지더니 술을 한 모금 더 마셨다.

나는 목을 가다듬었다. "그러니까 최고의 후보자들을 골랐는데 그 사람들이 서로를 죽일지 모르는 상황 아니면 그보다 한 급 못한 재능을 가진 사람들을 자동으로 보살펴 줄, 아직 개발되지 않은 의학 기술에 운을 걸어봐야 하는 상황인 거네요."

"그런 셈이죠. 어느 쪽이든 위험이 너무 큽니다. 여태 내려야 했던 결정 중에서 가장 힘든 결정이에요."

"그럼, 이미 결정하셨으니 다행이네요." 내가 말했다.

스트라트가 한쪽 눈썹을 치켜올렸다. "네?"

"당연하잖아요." 내가 말했다. "스트라트 씨는 이미 답을 알고 있어요. 누가 그 답을 확인해 주길 바랄 뿐이죠. 승조원들을 깨워두면, 정신증적 위험에 대해서 조치할 방법이 없습니다. 하지만 자동화된 혼수 병상 기술을 완벽하게 다듬을 시간은 4년이 남아 있어요."

스트라트는 나를 쏘아보았지만, 무슨 말을 하지는 않았다.

나는 좀 더 다정한 목소리로 말했다. "그게 전부가 아니에요. 우리는 이미 승조원들에게 죽어달라는 부탁을 하고 있습니다. 4년 동안 감정적인 고통까지 겪어달라는 요청은 하지 말아야죠. 과학적으로 보나 도덕적으로 보나 같은 답이 나와요. 스트라트 씨도 알잖아요."

스트라트는 거의 보이지 않게 고개를 끄덕였다. 그러더니 남은 술을 모두 털어 넣었다. "좋습니다. 박사님은 그만 가보세요." 스트라트는 노트북 컴퓨터를 끌어다가 타자를 치기 시작했다.

나는 다른 말없이 회의실을 나섰다. 스트라트에게도, 내게도 각자 할 일이 있었다.

이제는 기억이 더 매끄럽게 떠오른다. 아직 모든 게 기억나는 건 아니지만, 더는 떠오르는 기억이 갑작스러운 깨달음처럼 느껴지지 않는다. 그냥… '아, 맞아. 나 그거 아는데. 실은 아주 오래전부터 알고 있었어.' 하는 식이다.

내가 혼수 저항력이 있다는 사람 중 한 명인가 보다. 그러면 이곳으로 파견되었어야 마땅한, 훨씬 더 뛰어난 자격을 갖춘 후보자들 대신 내가 여기에 와 있는 이유가 설명된다.

하지만 야오와 일류키나에게도 그 유전자가 있었을 텐데, 그 둘은 살아남지 못했다. 내 생각에는 의사 로봇이 완벽하지 않았던 것 같다. 둘에게는 의사 로봇이 해결할 수 없는 어떤 의학적 상황이 발생한 게 틀림없다.

나는 둘에 관한 기억을 떨쳐버린다.

이후의 며칠은 인내심 있게 연습을 하며 보낸다. 두 사람을 생각하지 않으려고 우주선에 관해 더 많은 것을 배운다.

나는 실험실에 있는 물건을 전부 정리해 장부로 만든다. 내가 가장 먼저 발견한 물건 중에는 가운데 탁자의 서랍에 들어 있던 터치스크린 컴퓨터가 있다. 정말이지 환상적인 발견이다. 연구와 관련된 화면이 아주 많이 들어 있으니 말이다. 통제실의 패널들과는 다르다. 그 패널들은 전부 우주선이나 우주선의 도구에 관련된 것이니까.

수학과 과학 앱도 여러 개 보인다. 대부분은 내게도 익숙한 기성품이다. 하지만 가장 요긴한 것은 도서관이다!

이 패널은 말 그대로 역사상 작성된 적이 있는 모든 과학 교과서, 모든 주제에 관해 간행된 모든 과학 논문, 그 외에도 아주 많은 것들을 띄울 수 있는 것 같다. '의회 도서관'이라는 이름이 붙은 폴더가 하나 있는데, 거기에는 미국에서 저작권을 인정받은 모든 전자 카탈로그가 통째로 들어 있는 듯하다. 불행히도 헤일메리호에 관한 책은 없다.

참고용 설명서들도 있다. 아주 많이. 데이터에 데이터가 쌓여 있고, 그 사이에 또 데이터가 있다. SSD는 무게가 가벼우니, 정보를 실을 때 굳이 인색해질 필요는 없다고 생각한 모양이다. 아니, 자료를 그냥 롬 (ROM)에 구워버린 걸 수도 있다.

유용할 것 같지 않은 것들에 대한 참고 자료도 있었다. 하지만 뭐, 건 강한 염소의 평균 항문 온도를 알아야만 하는 경우 그와 관련된 자료를 찾아보면 된다는 건 꽤 기분 좋은 일이다(그 온도는 화씨 103.4도/섭씨 39.7도다)!

패널을 가지고 놀다 보니 다음 발견이 뒤따랐다. 비틀스를 활용해 지구에 보고할 방법을 알게 된 것이다.

비틀스를 써야 한다는 건 원래 알고 있었지만, 이제는 구체적인 내 용도 안다. 우주선에 실린 엄청나게 큰 데이터 저장 공간에 더해, 패널 에는 상대적으로 작은 외장 드라이브가 탑재되어 있다. 외장 드라이브 의 이름은 각기 존, 폴, 조지, 링고다. 그 외장 드라이브 각각에 5테라 바이트의 빈 공간이 들어 있다. 그게 비틀스의 데이터라는 걸 알아내 는 건 그리 어려운 일이 아니다.

그럼 때가 됐을 때 비틀스를 출발시키는 방법은? 그걸 알아보려고 나는 통제실로 향한다.

발사 명령을 찾으려면 비틀스 패널의 UI를 몇 겹이나 뚫고 들어가야 하지만, 나는 찾아내고 만다. 내가 알아낸 대로라면, 그것은 '발사'라는 이름이 붙은 버튼일 뿐이다. 비틀스는 별에 기반해 스스로 방향을 잡 고 지구로 향하는 모양이다. 헤일메리호도 여기까지 오는 데 같은 기술을 썼으니 비틀스도 방법을 알고 있을 터다. 경로를 선택할 때 인간이 하는 실수를 개입시킬 이유는 없다.

통제실에 있는 동안 과학 기구 화면을 여기저기 눌러본다. 처음의 창 몇 개는 태양망원경, 페트로바스코프 그리고 가시광선과 적외선을 포함한 몇 가지 대역을 볼 수 있는 망원경이다.

나는 가시광선 망원경을 가지고 논다. 꽤 재미있다. 나는 별들을 살펴본다. 뭐 그것 말고는 아무것도 없으니까. 내가 있는 곳에서는 타우세티의 행성들조차 그냥 작은 점으로만 보인다. 그래도 나의 꽉 막힌 작은 세상에서 바깥을 내다본다는 건 멋진 일이다.

선외활동에만 쓰는 전용 화면도 발견했다. 내 예상과 별로 다르지 않다. EVA 우주복(선외활동 전용 우주복―옮긴이) 제어장치가 잔뜩 달려, 통제실의 요원이 선외활동 도중 우주복에 생길 수 있는 문제를 관리할 수 있다. 게다가 우주선 선체에는 복잡한 연결 장치가 달려 있는 것 같다. 기본적으로는 끈이 연결된 고리가 오갈 수 있는 레일이 여러 개 달려 있는 셈이다. 선외활동이 중요할 거라고 생각한 듯했다. 아마 타우세티의 아스트로파지를 수집하라는 거겠지.

아스트로파지가 있다면 말이지만.

타우세티에 페트로바선이 있다면 수집할 만한 아스트로파지가 있는 셈이다. 그중 일부를 채취하는 것이 1단계가 될 터다. 그걸 실험실로 가져가서 지구의 아스트로파지와 차이가 있는지 살펴보는 것이다. 이곳의 아스트로파지는 위험성이 떨어지는 게 아닐까?

다음 나흘은 기본적으로 내가 앞으로 벌어질 일을 걱정하는 시간이다. 아, 나는 앞으로 무슨 일이 벌어질지 알고 있다. 그래도 그냥 걱정하는 것이다.

나는 통제실에서 안절부절 못하며 1분, 1초가 째깍째깍 흘러가는 모습을 지켜본다.

"넌 무중력상태에 들어가게 될 거야." 내가 말한다. "추락하지는 않겠지. 위험하지도 않을 거고. 우주선의 가속이 멈추겠지만, 괜찮아."

나는 롤러코스터나 워터슬라이드를 싫어한다. 갑자기 떨어지는 그 감각을 생각하면 간이 떨어질 만큼 겁이 난다. 그런데 몇 초 후면 나는 바로 그 감각을 느끼게 될 것이다. 내가 경험해 온 '중력'이 완전히 멈출 테니까.

초시계가 돌아간다. "4··· 3··· 2···."

"간다." 내가 말했다.

"1··· 0."

예정에 딱 맞춰 엔진이 꺼진다. 내가 그동안 내내 느껴오던 1.5g의 중력가속도가 사라진다. 중력은 사라졌다.

나는 공포에 질린다. 정신적으로 아무리 준비해 봐야 소용없었을 것이다. 나는 그대로 공황에 빠진다.

비명을 지르고 팔다리를 휘저어댄다. 억지로 몸을 말아 태아 자세를 취한다. 편안한 자세이기도 하고, 제어장치나 화면을 건드리는 일도 막아준다.

나는 통제실을 둥둥 떠다니며 몸을 부들부들 떤다. 의자에 몸을 묶어놨어야 하는데 미처 생각하지 못했다. 바보.

"나는, 떨어지는 게, 아니야!" 나는 비명을 지른다. "추락하지 않는다고! 여긴 그냥 우주니까! 다 괜찮아!"

안 괜찮다. 배 속이 목구멍까지 올라온 것 같은 기분이다. 토할 것 같다. 무중력상태에서 토한다는 건 좋은 일이 아니다. 내겐 비닐 봉투가 없다. 이런 상황에 심하다 싶을 만큼 대비하지 못했다. 그냥 말로 나 자신을 타일러서 원초적인 공포를 벗어날 수 있을 거라고 생각하다니 멍청했다.

나는 작업복의 옷깃을 열고 그 아래로 고개를 집어넣는다. 아슬아슬하게 시간을 맞췄다. 나는 '9일차, 3식' 전체를 셔츠에 토한다. 그 다음에는 옷깃을 가슴에 바짝 대고 있다. 역겹지만 통제는 된다. 토사물이 통제실 전체를 떠다니게 놔두고 질식할 위험에 처하는 것보다는 낫다.

"아, 세상에⋯." 나는 울먹인다. "이럴 수가⋯ 이건⋯."

내가 이 일을 해낼 수 있을까? 이 시점부터 나는 완전히 쓸모없는 존재가 되는 걸까? 내가 무중력을 감당하지 못하기에 인류가 사멸하는 건가?

아니.

나는 이를 악문다. 두 주먹을 꽉 쥔다. 엉덩이에도 힘을 준다. 힘 주는 방법을 알고 있는 온몸의 모든 부위에 힘을 준다. 그러자 내게 통제력이 있다는 기분이 든다. 나는 적극적으로 아무것도 하지 않음으로써 뭔가 하고 있다.

영원처럼 느껴지는 긴 시간이 지나고 나자 공포가 사그라지기 시작한다. 인간의 두뇌란 놀라운 존재다. 우리는 거의 모든 것에 익숙해질 수 있다. 나는 적응하는 중이다.

두려움이 조금 가시자 선순환이 일어난다. 이제 나는 덜 두려워질 것이다. 그 사실을 알자 두려움이 더욱 빨리 가라앉는다. 머잖아 공황은 스러져 두려움이 되고, 두려움은 흩어져 일반적인 불안이 된다.

나는 통제실을 둘러보지만 멀쩡해 보이는 것은 아무것도 없다. 아무것도 변하지 않았으나 이제는 아래쪽이라고 할 만한 곳이 없다. 배 속이 여전히 토할 것처럼 불편하다. 다시 토할 경우에 대비해 옷깃을 그러쥐지만 그럴 필요는 없다. 나는 구토를 참아낸다.

뜨뜻한 토사물이 내 가슴팍과 작업복 사이에서 철벅거리는 느낌이 역겹다. 옷을 갈아입어야 한다.

나는 실험실로 내려가는 해치 쪽으로 방향을 잡고, 뒤쪽 격벽을 찬다. 아래쪽으로 떠내려가 실험실로 들어간다. 실험실 전체가 아무렇게나 떠다니는 잔해로 어수선하다. 물건 목록을 만드느라 실험대 위에 꺼내놓았던 것들이다. 그 모든 게 멋대로 떠다니며, 생명 유지 장치의 환기구에서 나오는 기류를 따라 퍼지고 있다.

"바보." 나는 나 자신에게 말한다. 이런 일이 벌어질 줄 예상했어야 하는데.

계속 침실로 나아간다. 놀랍지도 않지만 그곳에도 사방에 잡동사니가 떠다니고 있다. 나는 안에 뭐가 들었는지 보려고 비품실 통 대부분을 열어두었다. 그 탓에 통들과 그 내용물까지 이리저리 떠다닌다.

"씻어 줘!" 내가 로봇 팔에게 말한다.

로봇 팔은 아무것도 하지 않는다.

직접 옷을 벗고, 작업복을 사용해 몸에서 더러운 것을 닦아낸다. 나는 며칠 전 스펀지 목욕 구역을 찾아냈다. 그래봐야 벽에서 스펀지가 나오는 싱크대일 뿐이지만. 샤워실을 만들 공간이 없었던 모양이다. 아무튼 그걸로 몸을 닦는다.

역겨운 오물은 어떻게 해야 할지 모르겠다.

"세탁?" 내가 말한다.

로봇 팔이 내려와 더러운 작업복을 내 손에서 받아간다. 천장의 판이 열리더니 로봇 팔이 작업복을 그 안 어딘가에 집어넣는다. 저기가

다 차면 어떻게 되는 거지? 전혀 모르겠다.

　나는 떠다니는 잡동사니 사이에서 갈아입을 작업복을 찾아 입는다. 무중력상태에서 옷을 입는 건 재미있는 일이다. 중력이 있을 때보다 더 어렵다고는 못하겠지만, 다르다. 나는 새 작업복을 입는 데 성공한다. 약간 꽉 낀다. 이름표를 확인한다. '姚'라고 적혀 있다. 야오의 작업복이다. 뭐, 그렇게까지 꽉 끼지는 않는다. 내 작업복을 찾겠다고 침실을 하루 종일 이리저리 튀어 오르며 다니고 싶은 생각도 없고. 정리는 나중에 해야겠다.

　지금은 저 밖에 뭐가 있는지 보고 싶은 마음에 너무 흥분된다. 아니, 그럴 수밖에 없지 않은가! 내가 바로 다른 항성계를 탐험하는 최초의 인간인데! 내가 여기에 왔는데!

　바닥을 차고 해치 쪽으로 가다가… 빗나간다. 나는 천장을 들이받는다. 최소한 늦기 전에 두 팔을 들어 얼굴을 보호할 수는 있었다. 천장에서 튀어나와 다시 바닥으로 간다.

　"어어." 나는 웅얼거린다. 다시, 이번에는 좀 더 천천히 해본다. 성공한다. 실험실을 지나 통제실까지 올라간다. 여기저기 돌아다니는 일은 확실히 중력이 없을 때 훨씬 더 쉽다. 지금도 메스꺼운 느낌이 들지만 이것만은 인정해야겠다. 이건 꽤 재미있다.

　내비게이션 화면에는 '주 목적지에 도착했습니다'라는 글자가 떠 있다. 스핀 드라이브 화면에는 '추진력: 0'이라고 적혀 있다. 하지만 가장 중요한 건, 페트로바스코프 화면에 '준비 완료'라는 글자가 떠 있다는 사실이다.

　두 손을 비빈 다음 화면으로 손을 뻗는다. 인터페이스는 충분히 단순하다. 구석에 있는 아이콘은 '육안'과 '페트로바'라는 두 상태를 오갈 수 있는 토글 스위치다. 현재는 '육안'으로 맞춰져 있다. 화면의 나머지 부분은 우주선에서 본 가시광선 풍경을 보여준다. 일반 카메라 같다. 나는 화면을 찔러보고, 내가 카메라를 상하좌우로 돌리거나 화면을 확대 혹은 축소하고 회전시키는 등의 다양한 행동을 할 수 있다는 사실을 빠르게 알아차린다.

보이는 것이라고는 멀리 떨어진 행성들뿐이다. 타우세티가 보일 때까지 카메라를 돌려야 할 것 같다. 나는 손가락으로 화면을 왼쪽, 왼쪽, 왼쪽으로 민다…. 별이 어디에 있는지 대강 살펴보려는 것이다. 이런 작업을 할 때 쓸 만한 기준점이 없다. 화면을 왼쪽으로 몇 번 밀 때마다 아래쪽으로 한 번씩 민다. 시간이 좀 걸리더라도 모든 각도를 확인하기 위해서다. 나는 마침내 타우세티를 찾아내지만, 타우세티의 모습은 예상과 다르다.

며칠 전 태양망원경으로 본 타우세티는 여느 별과 똑같은 모습이었다. 하지만 지금의 타우세티는 주변에 아지랑이 같은 고리가 둘러진 단단한 검은색 원이다. 나는 그 이유를 즉시 알아차린다.

페트로바스코프는 상당히 민감한 장치다. 페트로바 대역의 빛이 아주 조금만 있어도 발견할 수 있도록 세밀하게 조정되어 있다. 항성은 모든 파장의 빛을 그야말로 가당찮을 만큼 많이 뿜어낸다. 이건 쌍안경으로 태양을 보는 것이나 마찬가지다. 페트로바스코프는 태양으로부터 자신을 보호해야 하기 때문에 아마 센서와 별 사이를 언제나 갈라놓는, 물리적인 금속판이 있을 것이다. 그러니까 나는 그 판의 뒷면을 보고 있는 셈이다.

괜찮은 설계다.

나는 토글 스위치 쪽으로 손을 뻗는다. 이게 관건이다. 이곳에 페트로바선이 없다면, 나는 뭘 해야 할지 알 수 없다. 그러니까, 뭔가 생각해 보기는 할 것이다. 하지만 길을 잃은 것과 비슷한 상태가 되겠지.

나는 토글 스위치를 누른다.

별이 사라진다. 타우세티를 둘러싼 아지랑이 고리는 남는다. 그야 예상했던 일이다. 저 고리는 항성의 코로나로서 충분한 빛을 방출한다. 그러니 그 빛의 일부는 페트로바 진동수를 띠는 게 당연하다.

나는 절박한 마음으로 영상을 살핀다. 처음에는 아무것도 없는 듯하지만, 다음 순간 눈에 들어온다. 타우세티의 왼쪽 아랫부분에서 나오는, 아름답고 검붉은 호선.

나는 손뼉을 친다. "좋았어!"

그 모양에는 오해의 여지가 없다. 페트로바선이다! 타우세티에 페트로바선이 있다! 나는 의자에 앉은 채로 몸을 꿈틀거리며 춤을 춘다. 무중력상태에서는 쉽지 않지만 최선을 다한다. 이젠 나아갈 길이 생겼다!

해야 할 실험이 아주 많지만 어디서부터 시작해야 할지 모르겠다. 일단은 페트로바선이 어디로 이어지는지 확인해야겠지. 분명 저 선은 행성 중 한 곳으로 이어질 것이다. 하지만 과연 어떤 행성일까? 그 행성의 흥미로운 점은 무엇일까? 그리고 나서는 그 지역 아스트로파지의 견본을 채취해, 그 아스트로파지가 지구의 아스트로파지와 같은지 봐야 한다. 페트로바선으로 직접 날아가 EVA 우주복을 입고 우주선 선체에 붙은 먼지를 긁어내면 될 것이다.

하고 싶은 실험 목록만 작성하면서 일주일을 보내는 깃도 가능하다!

나는 화면이 잠깐 번쩍하는 것을 본다. 빛이 빠르게, 잠깐 반짝였을 뿐이다.

"저게 뭐지?" 내가 말한다. "다른 단서인가?"

번쩍임이 다시 일어난다. 나는 카메라를 움직이고, 우주의 그 부분을 확대한다. 페트로바선이나 타우세티와는 조금도 가깝지 않은 곳이다. 행성이나 소행성에서 빛이 반사된 걸까?

그런 일이 일어날 수 있다는 건 알고 있다. 빛을 잘 반사하는 소행성이 있어서, 내가 페트로바스코프를 통해 볼 수 있을 정도로 타우세티의 빛을 튕겨내는 것이다. 단, 빛이 보였다가 보이지 않았다가 하는 걸 보면 회전하는 불규칙한 형태의 물체일 테고….

번쩍이던 빛이 단단한 광원이 된다. 이제는 그냥… '켜져' 있다. 계속.

나는 화면을 뚫어지게 바라본다. "무슨…. 지금 이게 무슨…."

광원이 점점 밝아진다. 즉시 밝아진 것은 아니다. 시간이 지나면서 점점 밝아진다. 나는 1분 동안 그 빛을 바라본다. 이제는 더 빠르게 밝아지는 듯하다.

내 쪽으로 다가오는 물체인가?

가설이 즉각적으로 머릿속에서 튀어나온다. 어쩌면 아스트로파지가 다른 아스트로파지에게 이끌리는 것 아닐까? 아스트로파지의 일부가 내 엔진에서 나오는 빛을 본 것이다. 그 빛은 녀석들이 사용하는 파장과 같은 파장을 띠고 있었을 테고. 그래서 아스트로파지가 내게로 다가오고 있는 것이다. 어쩌면 아스트로파지는 이런 방식으로 이동 중인 커다란 아스트로파지 군집을 찾아내는 게 아닐까? 그러니까 저건, 내가 자신들을 이산화탄소가 있는 행성으로 이끌어줄 수 있을 거라고 생각하고 내 쪽으로 다가오는 아스트로파지 덩어리가 아닐까?

흥미로운 가설이었다. 뒷받침할 만한 근거는 전혀 없었지만.

지속적인 빛이 점점 더 밝아지고, 밝아지고, 밝아지다가 결국 사라진다.

"어라." 내가 말한다. 몇 분을 기다려도, 빛은 돌아오지 않는다.

"흠…." 이런 이례적인 상황을 기억해 둔다. 하지만 당장은 저 현상에 대해 할 수 있는 일이 없다. 정체가 뭐였든 간에 그 빛은 이미 사라져 버렸으니까.

다시 페트로바선으로. 제일 먼저 하고 싶은 일은 선이 어느 행성으로 이어지는지 알아보는 것이다. 우주선을 조종하는 방법을 먼저 알아내야 할 것 같지만, 그건 그것 나름대로 어려운 과제다.

나는 페트로바선을 보려고 카메라를 다시 돌린다. 뭔가 잘못됐다. 페트로바선의 절반이 그냥… 사라졌다.

페트로바선은 몇 분 전에 그랬듯 타우세티에서 뻗어 나오고 있었으나, 전혀 특이할 게 없어 보이는 우주의 한 공간에서 갑자기 멈추었다.

"무슨 일이지?"

내가 아스트로파지의 이동 패턴을 교란한 걸까? 이렇게 쉽게 할 수 있는 일이라면, 헤일메리가 우리 태양계에서 이동하고 있을 때 우리가 그 사실을 알아채지 않았을까?

나는 선이 끊기는 지점을 확대한다. 그냥 직선이다. 누가 커터 칼로 페트로바선을 싹둑 잘라, 잘린 부분을 내다버린 것만 같다.

아스트로파지가 이동하며 그리는 거대한 선은 그냥 사라지지 않는다. 그보다 단순한 설명이 있다. 카메라 렌즈에 뭔가 묻었다는 것이다. 어떤 잔해가 남긴 얼룩. 지나치게 흥분을 잘하는 아스트로파지 무리일지도 몰랐다. 그런 거면 좋겠는데. 바로 살펴볼 샘플이 생기는 거잖아!

육안 카메라를 보면 무슨 일이 벌어지는 건지 더 잘 파악할 수 있을지 모른다. 나는 토글 스위치를 누른다.

바로 그때, 그 모습이 보인다.

페트로바선을 가리고 있는 물체가 있다. 내 우주선 바로 옆이었다. 어쩌면 몇백 미터쯤 떨어진 곳일지도 모르겠다. 대충 삼각형이고, 선체 전체에 박공처럼 돌출된 부분이 있다.

그래. 선체라고 했다. 저건 소행성이 아니다. 선이 너무 매끄럽고 너무 곧다. 이 물체는 누군가가 만든 것이다. 제작한 것. 건조한 것. 저런 형태는 자연에서 발생하지 않는다.

저건 우주선이다.

다른 우주선.

이 항성계에 나 말고도 다른 우주선이 있다. 번쩍이는 빛은 그 엔진에서 나온 것이었다. 저 우주선도 아스트로파지를 동력으로 사용한다. 헤일메리와 똑같다. 하지만 그 디자인은, 그 형태는 내가 여태껏 본 어떤 우주선과도 다르다. 선체 전체가 거대하고 납작한 표면으로 이루어져 있다. 압력 용기를 만드는 최악의 방법이다. 제정신인 사람이 우주선을 저런 모양으로 만들 리는 없다.

제정신인 지구인이라면 말이다.

나는 눈앞의 광경을 보고 몇 차례 눈을 깜빡인다. 침을 꿀꺽 삼킨다.

저건…. 저건 외계의 우주선이다. 외계인이, 우주선을 만들 정도의 지능이 있는 외계인들이 만든.

인류는 우주에 혼자가 아니다. 그리고 나는 방금 우리의 이웃을 만났다.

"이런 씨발!"

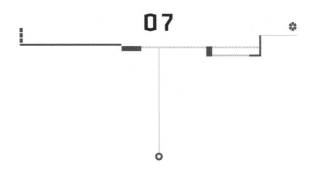

생각의 홍수가 한순간에 밀어닥쳤다. 우리는 혼자가 아니다. 저건 외계인이다. 저 우주선은 이상한데, 어떻게 저런 설계가 가능한 거지? 저들은 여기 사는 건가? 여기가 저들의 별인가? 내가 외계인의 영역으로 흘러들어 와 행성간 무력 충돌이라도 일으키는 건가?

"숨 쉬어." 나는 자신을 타이른다.

좋다, 한 번에 하나씩 해결하자. 저게 지구에서 보낸 다른 우주선이라면? 내가 기억하지 못하는 우주선이라면? 젠장, 내 이름을 기억해 내는 데만도 며칠이 걸렸다. 어쩌면 지구가 서로 다른 디자인의 우주선을 여러 대 보낸 게 아닐까? 만일의 사고에 대비한 여분이라든지, 최소한 한 대의 우주선은 성공을 거둘 확률을 높이기 위해서 말이다. 어쩌면 저 우주선은 '알라를 찬양하라' 혹은 '비슈누의 축복' 같은 걸지도 모른다('헤일메리'는 미식축구 및 농구 경기 용어이기노 하지만, 가톨릭 등 기독교 일부 종파의 기도문인 성모송을 일컫기도 한다. 여기에서 착안한 말장난이다-옮긴이).

나는 통제실을 쭉 둘러본다. 모든 장치에 관한 화면과 제어장치가 있지만 무전 장치는 없다. 선외활동 패널에는 무전 통제장치가 달려 있지만, 그건 승조원들이 밖에 나가 있을 때 그들과 이야기하는 용도로만 쓰는 게 분명하다.

우주선을 여러 대 띄웠다면 우리가 서로 교신할 수 있도록 어떤 무전 시스템을 마련했을 게 틀림없다.

게다가 저 우주선은…. 저건 말도 안 된다.

나는 내비게이션 조작 화면을 휙휙 넘겨보다가 레이더 패널을 찾아 낸다. 이 패널이 있다는 건 전에 알아냈지만 별 생각을 해보지 않았다. 소행성이나 다른 물체 근처에 다가갔다가 충돌하는 사태를 막으려고 달아놓은 것 같다.

몇 차례 버벅거리며 시도한 끝에 나는 레이더를 켜는 데 성공한다. 레이더는 다른 우주선을 즉시 포착하고 경보음을 울린다. 날카로운 소음에 귀가 아프다.

"야, 야, 야!" 내가 말한다. 나는 미친 듯이 패널을 훑어보다가 '근접 경고음 음소거'라는 이름이 붙은 버튼을 발견한다. 그 버튼을 누르자 소음이 멈춘다.

나는 나머지 화면을 훑어본다. 여기에는 엄청나게 많은 데이터가 있는데, 전부 '블립A(블립은 레이더 스크린에 목표가 나타나며 생기는 전자 빔의 빛점을 말한다-옮긴이)'라는 제목의 창에 들어 있다. 접촉 대상이 여러 개라면 창이 여러 개 뜨는 모양이다. 뭐 어쨌든 표시된 정보는 전부 가공되지 않은 숫자다. 《스타 트렉》의 등축 탐지 장치처럼 유용한 게 아니다.

'속도'는 0이다. 내 속도와 정확히 같다. 우연일 리는 없다.

'거리'는 217미터다. 그게 다른 우주선의 가장 가까운 부분까지의 거리인 듯하다. 아니면 평균 거리이든지. 아니, 가장 가까운 부분까지의 거리가 틀림없다. 이 시스템의 핵심은 충돌을 피하는 데 있을 테니까.

충돌 얘기가 나와서 말인데, 항성계의 크기에 비하면 217미터란 말도 안 되게 짧은 거리다. 이게 우연일 리는 없다. 저 우주선은 내가 있기에 일부러 여기에 자리 잡은 것이다.

'각 크기'라는 다른 수치는 35.44도다. 좋아, 기초적인 계산이면 이 문제를 처리할 수 있다.

나는 메인 화면의 '유용한 도구' 패널을 띄우고 계산기 앱을 실행한다. 217미터 떨어진 곳의 어떤 물체가 시야의 35.44도를 점유하고 있다. 레이더가 360도를 전부 볼 수 있다고 가정할 때(그럴 수 없다면 꽤나 저질 레이더일 것이다)… 나는 아크탄젠트 공식을 할 수 있도록 계산기에 숫자를 입력한다.

우주선의 길이는 139미터다. 대충.

나는 다른 화면에 아스트로파지 패널을 띄운다. 그 화면의 작은 지도는 헤일메리의 길이가 겨우 47미터라는 것을 보여준다. 그러니까, 저 외계 우주선은 내 우주선의 세 배 크기다. 지구에서 저렇게 큰 우주선을 보냈을 가능성은 전혀 없다.

형태도 그렇다. 대체 저 형태는 어찌 된 영문인가? 나는 페트로바스코프로 관심을 돌린다(지금 페트로바스코프는 그냥 카메라 역할을 하고 있다).

우주선의 중앙은 다이아몬드 형태, 그러니까 마름모꼴이다. 뭐, 실세로는 정팔면체라고 해야 맞을 것이다. 면이 여덟 개고, 각 면이 삼각형인 것으로 보인다. 그 부분만 해도 내 우주선의 크기에 이른다.

그 다이아몬드가 세 개의 두꺼운 막대로(달리 뭐라 불러야 할지 모르겠다) 넓은 사다리꼴 기단부에 연결되어 있다. 그 사다리꼴이 우주선의 후미부인 것처럼 보인다. 또 다이아몬드의 앞쪽에는 작은 줄기(이제는 말을 막 만들어낸다)가 있는데, 그 줄기에는 우주선 본체의 축과 평행하게 납작한 판 네 개가 부착되어 있다. 태양 전지판일까? 그 줄기는 앞쪽의 피라미드 모양 노즈콘까지 이어진다. 원뿔(cone)이 아니라 피라미드니까, 노즈피라미드라고 해야겠지만.

선체는 전체가 납작하다. '막대'조차 납작한 면을 가지고 있다.

대체 왜 저런 짓을 하는 거지? 납작한 판이라니, 형편없는 생각이다. 저걸 만든 사람이 누군지는 모르지만 우주선 내부에 공기가 조금은 필요할 것 아닌가? 크고 납작한 판은 공기를 보존하기에는 최악의 방법이었다.

어쩌면 저건 탐사선이지 진짜 우주선이 아닐지도 모른다. 안에 살아 있는 것이 아무것도 없기 때문에 공기가 없는 걸지도. 내가 보고 있는 건 우주선이 아니라 단순한 외계의 인공물일지도 모른다.

그렇더라도 인류 역사상 가장 흥분되는 순간이지만.

저 물체는 아스트로파지를 동력으로 사용한다. 내가 아까 본 안정적인 페트로바 진동수의 빛이 저것이었다. 저들도 우리와 똑같은 추진 기술을 가지고 있다니 흥미로운 일이다. 하지만 아스트로파지가 현존하는 최고의 에너지 저장 매체라는 점을 생각해 보면 놀라운 일도 아니다. 유럽의 선원들이 아시아의 선원들을 처음 만났을 때 두 배에 모두 돛이 달려 있다는 걸 보고 놀란 사람은 아무도 없었다.

하지만 문제는 '왜'다. 그게 신경 쓰인다. 저것에 타고 있는 어떤 존재가 (컴퓨터든, 승조원이든) 내 우주선으로 다가오겠다는 결정을 내렸다. 애초에 내가 여기 있다는 건 어떻게 안 걸까?

아마 내가 저들을 본 것과 같은 방법으로 안 것이겠지. 내 엔진에서 나오는 엄청난 적외선 말이다. 게다가 내 우주선의 후미부는 타우세티를 향하고 있었다. 그 말은, 내가 저들이 있는 방향으로 540조 와트의 손전등을 비추고 있었다는 뜻이다. 당시 저들의 위치에 따라서 나는 타우세티보다도 밝게 보였을 수 있다. 최소한 페트로바 진동수로는 그랬을 것이다.

그러니까 저들은 페트로바 진동수를 볼 수 있다. 나도 마찬가지고.

나는 스핀 드라이브 조작 화면을 휙휙 넘겨보다가 '수동 제어'라는 이름의 화면을 발견한다. 그 창을 선택하자 경고창이 뜬다.

수동 제어는 비상 상황에서만 사용하실 것을 권장합니다. 정말로 수동 제어 모드를 사용하시겠습니까?

나는 '예'를 누른다.

또 다른 경고창이 뜬다.

2차 확인: 수동 제어 모드를 사용하려면 '예'를 입력하십시오.

나는 못마땅해서 꿍얼거리며 'ㅇ-ㅖ'를 입력한다.

'드라이브 1', '드라이브 2', '드라이브 3'이라는 이름표가 붙은 슬라이드 바 세 개가 있고, 지금은 세 슬라이드 바 모두 0에 맞춰져 있다. 각 슬라이드 바의 맨 위에는 '10^7N'이라는 이름이 붙어 있다. N은 힘의 단위인 '뉴턴'을 말하는 게 틀림없다. 세 개의 드라이브를 모두 최대 출력으로 올리면, 3,000만 뉴턴의 힘이 발생할 것이다. 그 정도면 점보

제트기의 엔진이 이륙할 때 내는 추진력의 약 60배다.

과학 교사들은 아주 많은 사실들을 닥치는 대로 알고 있다.

작은 슬라이드 바가 더 많이 존재한다. '빗놀이 축', '상하 요동', '기울기' 같은 이름의 그룹에 묶인 채로. 우주선 측면에는 방향을 조정하기 위한 작은 스핀 드라이브들이 있는 게 틀림없다. 이 패널을 건드리는 게 왜 형편없는 생각인지는 확실히 알겠다. 조금이라도 잘못 건드리면 우주선은 빙빙 돌다가 찢겨나갈 것이다.

최소한 우주선을 만든 사람들은 그 점을 고려해 두었다. 화면 중앙에는 '모든 회전을 0으로'라는 이름의 버튼이 있다. 좋군.

나는 페트로바스코프를 다시 확인한다. 블립A는 움직이지 않았다. 내 우주선의 좌현, 약간 앞쪽에 있다.

나는 페트로바스코프를 다시 페트로바 대역 모드로 돌려놓는다. 화면은 거의 검은색이다. 앞서 그랬듯, 블립A로 일부 가려진 배경의 페트로바선이 보인다.

"나한테 할 말이 있나 봅시다…" 나는 중얼거린다. 스핀 드라이브 2는 우주선의 중심부에 있다. 그 추진력의 방향은 내 우주선의 중심축과 일치할 것이다. 비행 자세가 달라지지 않았으면 좋겠는데. 어디 한번 보자.

나는 스핀 드라이브 2의 동력을 1초간 0.1퍼센트로 올렸다가 다시 0으로 내린다.

겨우 엔진 하나의 동력을 1,000분의 1 수준으로 1초 동안 가동했을 뿐인데도 우주선이 약간 움직인다. 레이더에 잡힌 블립A의 '속도'는 초당 0.086미터이다. 그 작디작은 추진력이 내 우주선을 초당 약 8센티미터의 속도로 움직이게 했다.

하지만 그건 상관없다. 내 관심사는 다른 우주선이다.

나는 페트로바스코프를 지켜본다. 땀방울이 내 이마에서 분리되어 둥실둥실 떠간다. 심장이 하도 두근거려 가슴을 뚫고 나올 것만 같다.

그때, 상대 우주선의 뒷부분이 1초간 페트로바 대역에서 반짝 빛난다. 내가 했던 것과 똑같은 방식으로.

"우와!"

나는 스핀 드라이브를 몇 차례 켰다 껐다 한다. 세 번 짧게, 한 번은 길게, 또 한 번은 짧게. 무슨 메시지가 담긴 것은 아니다. 그저 상대가 이 신호에 어떻게 반응하는지 알고 싶을 뿐이다.

상대는 이번에 좀 더 준비를 갖추고 있었다. 몇 초 만에 상대 우주선이 같은 패턴을 반복한다.

나는 숨을 들이켠다. 그리고 미소 짓는다. 그리고 움찔거린다. 그리고 다시 미소 짓는다. 받아들이기엔 벅찬 일이다.

어떤 탐사선도 저토록 빠르게 반응할 수는 없다. 리모콘 같은 것으로 작동되는 거라면, 그 리모콘을 조종하는 자들은 빛의 속도로 몇 분 떨어진 거리 안에 있어야 한다. 그러나 이 주변에는 그들이 있을 만한 곳이 전혀 없다.

저 우주선에는 지능이 있는 생명체가 타고 있다. 나는 진짜 외계인과 약 200미터 떨어져 있는 것이다!

물론 내 우주선 자체가 외계 생명체를 동력원으로 삼고 있기는 하다. 하지만 이 새로운 외계인에게는 지능이 있잖은가!

이런 세상에! 바로 이거야! 최초의 접촉! 내가 해내다니! 최초로 외계인을 만난 사람이 바로 나라니!

블립A는 다시 짧게 엔진을 켠다. 나는 순서를 기억하려고 유심히 지켜보지만 단 한 번, 강도가 낮은 불빛이 들어왔을 뿐이다. 저들은 신호를 보내는 게 아니다. 우주선을 조작하는 중이다.

나는 레이더 패널을 살핀다. 그럼 그렇지. 블립A는 헤일메리호와 나란히 서서 217미터 거리에서 위치를 유지한다.

나는 과학 패널을 휙휙 넘겨 일반 망원경 카메라를 다시 띄운다. 페트로바스코프의 가시광선 카메라는 주요 카메라의 방향을 잡기 위한 장치일 뿐이다. 이 망원경이 훨씬 해상도도 높고 선명하다. 지금에야 이런 생각이 나는 걸 보니, 너무 흥분해서 제대로 생각하지 못하는 모양이다.

주 망원경으로 보니 영상이 훨씬 더 선명하다. 그냥 말도 안 되게 해상도가 높은 카메라인 것 같다. 지금도 선명도를 떨어뜨리지 않고 확대하거나 축소할 수 있는 걸 보면 말이다. 이제는 블립A가 아주 잘 보인다.

우주선의 선체는 회색과 황갈색이 얼룩덜룩하게 섞여 있다. 누가 페인트를 섞기 시작했다가 너무 일찍 멈춰버린 것처럼. 그 무늬에는 아무 규칙이 없는 듯하지만 표면은 매끄러워 보인다.

화면 구석에서 뭔가 움직이는 것이 보인다. 불규칙한 형태의 물체가 선체의 레일을 따라 미끄러진다. 그 물체의 꼭대기에 연결된 '팔' 다섯 개가 막대처럼 보인다. 팔마다 끝에 쥠쇠처럼 생긴 '손'이 달려 있다.

나는 그제야 선체 전체에 그물망처럼 설치된 레일을 발견한다.

우주선 안에서 누군가 로봇을 조종하고 있다. 내 생각에는 그렇다. 작은 초록색 인간처럼 보이지는 않고, 외계인의 EVA 우주복처럼 보이지도 않는다.

그렇다고 내가 그런 것들이 어떻게 생겼는지 아는 건 아니지만.

그래, 난 저게 선체에 탑재한 로봇이라는 확신이 든다. 지구로 돌아온 우주정거장에도 저런 로봇들이 있다. 우주복을 챙겨 입지 않고도 우주선 밖의 여러 일을 처리할 수 있는 괜찮은 방법이다.

로봇은 헤일메리호와 가장 가까운 자리에 이를 때까지 선체를 따라 길을 헤치고 나온다. 녀석의 작은 쥠쇠 손 중 하나에는 원통형 물체가 들려 있다. 나는 크기 감각이 별로 없지만 로봇은 우주선에 비해 아주 작아 보인다. 내 몸집 정도이거나 그보다 작을 것 같지만 어림짐작이다.

로봇은 멈춰서 내 우주선 쪽으로 다가오더니 원통을 우주 공간으로 부드럽게 놓아 보낸다.

원통은 천천히 내 쪽으로 움직인다. 약간 회전이 걸려 있어서 빙글빙글 돈다. 완벽하지는 않지만 그렇다 해도 아주 매끄럽게 놓아 보낸 셈이다.

나는 레이더 패널을 확인한다. 블립A의 속도는 0이다. 이제는 '블립B' 화면도 떠 있다. 이 화면은 초속 8.6센티미터의 속도로 다가오는, 훨씬 작은 원통을 보여준다.

재미있는데. 저건 내가 방금 인사를 하느라 엔진을 깜빡이던 때 헤일메리호를 움직였던 것과 정확히 같은 속도다. 우연일 리 없다. 저쪽에서는 내게 원통을 전해주고 싶어 하며, 내가 편안히 다룰 수 있으리라는 확신이 드는 속도로 저 통을 전달하려는 것이다.

"너희 참 친절하구나…." 내가 말한다.

영리한 외계인들이다.

이 시점에서는 저들에게 우호적인 의도가 있다고 봐야 한다. 저 녀석들은 인사를 건네고 친절하게 굴겠다고 원래 궤도를 벗어난 것이니 말이다. 게다가 저 녀석들에게 적대적인 의도가 있다 한들 내가 뭘 어쩌겠는가? 죽어야지. 내가 하게 될 일은 그것이다. 나는 과학자이지 벅 로저스(1939년에 개봉한 공상과학영화《벅 로저스》의 주인공–옮긴이)가 아 니니까.

뭐, 내 말은, 저 녀석들의 우주선에 스핀 드라이브를 겨냥하고 출력 을 최대로 올릴 수는 있을 것이다. 그러면 녀석들이 증발… 근데 말이 지, 지금 당장은 그런 방향으로 생각하지 않으려 한다.

빠르게 계산을 해보니 저 원통이 내게 닿을 때까지는 40분 이상이 걸릴 것이다. EVA 우주복을 입고 밖으로 나가, 외계인 쿼터백과 인류 의 첫 터치다운 패스를 받을 자세를 잡기까지 그 정도 시간이 남았다.

나는 우주선의 동료들을 우주에 매장할 때 에어로크에 대해 많이 배 웠고….

일류키나라면 이 순간을 무척 좋아했을 것이다. 아마 신이 나서 선 실을 이리저리 튀어 다녔을 게 분명하다. 야오는 엄격한 태도를 바꾸 지 않았겠지만 우리가 보지 않는다는 생각이 들 때면 살짝 미소를 지 었을 것이다.

눈물로 시야가 흐려진다. 중력이 없기에 눈물은 내 눈에 막을 씌운 다. 꼭 물속에서 보는 것 같다. 나는 눈물을 닦아 통제실 저편으로 날 려 보낸다. 눈물은 반대쪽 벽에 철퍽 튄다. 이럴 시간이 없다. 잡아야 할 외계인 물건이 있으니까.

나는 의자의 벨트를 풀고 에어로크 쪽으로 떠간다. 머릿속에서 온갖 생각과 질문 들이 소용돌이친다. 나는 이쪽저쪽으로 거칠게, 아무 근 거 없는 결론으로 도약한다. 어쩌면 지능이 있는 이 외계인 종이 아스 트로파지를 발명했을지 모른다. 어쩌면 이들이 우주선의 연료를 '배양 하려는' 구체적인 목적을 가지고 아스트로파지를 유전공학적으로 만들어냈을 수도 있다. 태양에너지의 궁극인 아스트로파지를. 내가 지구에서 일어나는 일을 설명하자마자 저들이 해결책을 줄 수도 있을 것이다.

아니면 내 우주선에 올라와 내 머릿속에 알을 까든지. 확신할 수는 없는 거니까.

나는 안쪽 에어로크 문을 열고 EVA 우주복을 꺼낸다. 음, 내가 이걸 어떻게 입어야 하는지 알고 있을까? 아니면 이걸 안전하게 사용하는 방법이라든지?

나는 올란-MKS2 EVA 우주복이라는 고치에 달린 자물쇠를 해제하고 뒤쪽 해치를 연다. 벨트에 달린 스위치를 젖혀 주 전원을 가동한다. 우주복은 거의 즉시 작동되고, 가슴 부품에 장착된 상태 패널에는 모든 시스템이 제대로 작동하고 있다고 표시된다. …대체 어떻게 된 거지? 내가 지금 벌어지는 모든 일을 이해하고 있다니.

아마 우리는 이런 일에 관한 광범위한 훈련을 받았을 것이다. 나는 물리학에 대해 아는 것만큼이나 EVA 우주복 작동법을 잘 알고 있다. 관련된 정보가 내 머릿속에 들어 있는데, 배운 기억은 나지 않는다.

러시아제 우주복은 단일 압력식이다. 상부와 하부를 따로 착용한 다음 헬멧과 장갑으로 쓸 복잡한 장비를 여러 개 장착하는 미국제 우주복과는 달리 올란 시리즈는 기본적으로 등에 해치가 달린 원피스다. 우주복 안으로 들어가서 해치를 닫으면 끝이다. 곤충이 껍질을 벗고 나오는 과정을 거꾸로 하는 것과 같다.

나는 우주복 뒤쪽을 열고 우주복 안으로 몸을 욱여넣는다. 이럴 때는 무중력상태가 정말 행운이다. 평소라면 우주복과 한참 씨름해야겠지만 지금은 그럴 필요가 없다. 이상한 일이다. EVA 우주복을 착용했던 다른 경우보다 지금이 더 쉽다는 건 알고 있는데, 그 '다른 경우'들은 전혀 기억나지 않는다니. 그놈의 혼수상태 때문에 뇌손상을 입은 것 같다.

그래도 당장은 움직일 수 있다. 나는 계속 밀어붙인다.

두 팔과 다리를 각각의 맞는 구멍에 집어넣는다. 올란 안에서 입고 있자니 작업복이 불편하다. 원래 올란을 착용할 때는 특수 속옷을 입어야 한다. 나는 그 속옷이 어떻게 생겼는지까지 알고 있다. 하지만 그 옷은 그냥 체온 조절과 생체 신호 관찰을 위한 것이다. 그 옷을 찾을 시간은 없다. 나는 지금 원통과의 데이트를 앞두고 있으니까.

우주복을 입고 난 지금, 나는 열려 있는 우주복 뒤의 덮개를 벽에 대고 닫느라 에어로크 벽에 기대고 두 다리로 반대쪽 벽을 민다. 덮개가 몇 인치 안에 들어오자(센티미터라고 해야겠지. 어쨌든 이건 러시아제이니 말이다) 가슴에 장착된 상태 패널에 초록색 불이 들어온다. 나는 두꺼운 장갑을 낀 손을 그 패널에 대고 자동 밀폐 버튼을 누른다.

철컥하는 큰 소리가 연달아 나면서 우주복은 구멍을 래칫(한쪽 방향으로만 회전하게 되어 있는 톱니바퀴─옮긴이)으로 잠근다. 마지막으로 "쾅!" 하는 소리와 함께 외부 봉인이 제자리에 들어간다. 상태창은 초록색이다. 나는 일곱 시간 동안 생명 유지 장치를 사용할 수 있다. 내부 기압은 400헥토파스칼이다. 지구 해수면 기압의 40퍼센트 정도다. 우주복에서는 이 정도가 정상이다.

이 모든 과정에 겨우 5분이 걸렸다. 이젠 나갈 준비가 되었다.

재미있는데. 나는 감압 단계를 거칠 필요가 없었다. 고향의 우주정거장에서는 우주비행사들이 밖으로 나가기 전에 EVA 우주복에 필요한 저기압에 천천히 순응하느라 몇 시간을 보내야 한다. 나한테는 그런 문제가 없다. 헤일메리호 전체가 40퍼센트 기압에 맞춰져 있는 듯하다.

괜찮은 설계다. 지구 주변 우주정거장들이 온전한 기압을 갖추고 있는 유일한 이유는 우주비행사들이 임무를 중지하고 서둘러 지구로 귀환해야 하는 경우에 대비하기 위해서다. 그러나 헤일메리호의 승조원들은… 우리야 어디로 가겠는가? 늘 저기압을 쓰는 게 낫지. 그러면 선체에서의 작업도 쉬워지고, 신속하게 선외활동을 할 수도 있을 테니까.

깊이 숨을 들이마시고 내쉰다. 등 뒤 어딘가에서 부드럽게 웅웅거리는 소리가 들리며 시원한 공기가 등과 어깨를 따라 흐른다. 에어컨. 기분 좋다.

나는 손잡이를 잡고 몸을 돌린다. 에어로크 내부 문을 당겨서 닫은 다음, 주 레버를 돌려 순환 단계를 시작한다. 펌프가 작동된다. 내가 생각했던 것보다 시끄럽다. 시동을 건 채 세워둔 오토바이 같은 소리가 난다. 나는 레버에서 손을 떼지 않는다. 그 레버를 원래 자리로 다시 밀면 순환이 취소되고 기압이 원 상태로 돌아올 것이다. 우주복 패널에 빨간 불이 들어오려는 기미라도 보이면, 나는 머리가 핑핑 돌 만큼 빠른 속도로 그 레버를 젖힐 것이다.

1분 뒤에는 펌프가 조용해진다. 그런 뒤에는 더 조용해진다. 어쩌면 전혀 조용해지지 않았는지도 모른다. 다만 우주복 내부에서 공기가 빠져나가면서, 바닥 벨크로 패드에 닿아 있는 내 두 발을 동하지 않고는 소음이 전달될 수 없는 것이다.

결국 펌프가 멈춘다. 우주복 내부의 환풍기 소리가 날 뿐 나는 완전한 정적 속에 있다. 에어로크 제어반은 내부 기압이 0임을 보여준다.

노란 불이 초록색으로 바뀐다. 이제는 외부 문을 개방해도 된다.

나는 해치의 크랭크를 잡고 망설인다.

"나 지금 뭐하는 거야?" 내가 말한다.

이게 정말 좋은 생각일까? 나는 저 원통을 너무 갖고 싶어서, 계획 비슷한 것도 없이 앞으로 나아가고 있다. 이게 내 목숨을 걸 만한 가치가 있는 일일까?

그럼. 말할 것도 없다.

그래, 그렇지만 지구에 사는 모든 사람의 생명을 걸 만한 가치가 있는 일일까? 내가 일을 망치고 여기에서 죽어버리면 헤일메리 프로젝트 전체가 쓸모없게 될 테니 말이다.

흠.

그래. 그렇더라도 가치가 있다. 나는 저 외계인들이 어떤 존재인지, 저들이 뭘 원하는지, 또 뭘 말하려 하는지 모른다. 하지만 저들에게는 정보가 있을 것이다. 어떤 정보라도 정보가 아예 없는 것보다는 낫다. 차라리 몰랐으면 싶은 정보라 하더라도.

나는 손잡이를 돌리고 문을 연다. 우주의 공허한 암흑이 펼쳐져 있다. 타우세티의 불빛이 문에 닿아 반짝인다. 나는 고개를 밖으로 내밀고 내 두 눈으로 직접 타우세티를 본다. 이 정도 거리에서 보니, 타우세티는 지구에서 본 태양보다 살짝 덜 밝다.

나는 우주선에 잘 연결되어 있는지 철저히 확인하느라 연결용 사슬을 두 차례 확인한 다음 우주로 나선다.

나, 꽤 잘하잖아?

엄청 연습을 한 게 틀림없다. 중성 부력 탱크 같은 데서 했겠지. 내게는 이 움직임이 제2의 본능처럼 느껴진다.

나는 에어로크에서 나가 연결용 사슬 중 하나를 선체 외부의 레일에 쬠쇠로 연결한다. 사슬은 늘 두 개를 가지고 다니며 최소 한 개는 언제나 연결해 둔다. 그렇게 하면, 우주선에서 멀리 둥실둥실 떠가는 위험을 감수하지 않아도 된다. 올란-MKS2는 여태까지 만들어진 EVA 우주복 중 가장 좋은 것일지 모르나, 나사의 EMU 우주복과는 달리 SAFER(Simplified Aid For EVA Rescue, 긴급한 상황에 사용하는 유인 기동장치-옮긴이) 장치가 없다. 적어도 SAFER 장치가 있으면, 표류한 뒤에도 우주선으로 돌아올 수 있는 최소한의 추진력이 생기는데 말이다.

그 모든 정보가 즉시 내 머릿속으로 흘러든다. 나는 우주복에 대해서 매우 오랫동안 생각해 본 듯하다. 혹시 내가 우리 팀의 선외활동 전문가인 걸까? 모르겠다.

나는 선바이저를 밀어올리고 블립A 쪽을 바라본다. 직접 블립A를 보면 특별한 깨달음을 얻을 수도 있겠지만, 블립A는 꽤 멀리 떨어져 있다. 헤일메리호의 망원경으로 보는 게 훨씬 나았다. 그렇긴 해도 외계 우주선을 직접 보는 데는 뭔가… 뭔가 특별한 점이 있다.

원통의 반짝임이 내 눈에 포착된다. 부드럽게 구르는 원통 양쪽 끝이 이따금 타우빛을 반사한다.

아, 나는 '타우빛'이라는 말을 한 단어로 쓰기로 했다. 타우세티에서 나오는 빛이라는 뜻으로, 저게 '햇빛'은 아니니까. 타우세티는 해가 아니잖아. 그러니까… 타우빛이다.

원통이 우주선에 닿기까지는 20분이 넉넉하게 남아 있다. 나는 원통이 우주선의 어느 부위에 닿을지 짐작해 보며 그것을 잠시 지켜본다. 레이더 기지에 동료 승조원이 있다면 좋았을 텐데.

어디든 동료 승조원이 있다면 참 좋았을 텐데 말이다.

5분 뒤, 나는 원통의 향방을 제대로 추측한다. 원통은 대략 우주선의 중심부로 향하고 있다. 외계인이 조준하기에는 그만한 자리도 없다.

나는 선체를 가로질러 나아간다. 헤일메리호는 꽤 크다. 기압이 존재하는 나만의 작은 공간은 헤일메리호 전체 길이의 절반밖에 되지 않으며, 우주선의 뒤쪽 절반은 이제 보니 폭이 세 배쯤 된다. 그 대부분이 지금은 비어 있을 것이다. 이곳까지 편도 여행을 올 때는 가득 차 있었겠지만.

레일과 EVA 우주복을 연결할 연결 지점들이 선체를 십자로 뒤덮고 있다. 차례차례 연결하고 레일을 지나며 나는 우주선의 중심부로 나아간다.

나는 두꺼운 고리를 넘어가야 한다. 그 고리는 우주선의 승조원실 부분을 휘감고 있다. 넉넉히 2피트 두께는 된다. 뭔지는 모르겠지만 상당히 무거울 것이다. 우주선 설계에서는 질량이 모든 것을 말하므로 중요한 게 틀림없다. 이 점에 대해서는 나중에 생각해 봐야지.

나는 선체 연결 부위를 한 번에 하나씩 지나며 계속 나아간 끝에, 선체의 중심부쯤에 도착한다. 원통이 천천히 가까워진다. 나는 원통과 박자를 맞추려고 자세를 약간 조정한다. 견디기 힘들 만큼 오래 기다린 끝에, 원통이 거의 내 손 닿는 곳에 이른다.

나는 기다린다. 욕심 낼 필요 없다. 너무 일찍 건드리면 원통을 지금의 궤도에서 쳐내 우주로 날려 보낼지도 모른다. 그러면 원통을 회수할 방법이 없어질 것이다. 외계인들 앞에서 멍청한 모습을 보이고 싶지는 않다.

녀석들은 지금 틀림없이 나를 보고 있을 테니까. 어쩌면 내 팔다리 수를 헤아려보고, 내 몸집을 가늠해 보고, 어느 부위부터 먹어야 할지 생각하고 있을지도 모른다. 뭐, 어쨌든.

나는 원통이 점점 다가오게 내버려둔다. 원통은 시속 1마일에 못 미치는 속도로 움직이고 있다. 딱히 송곳처럼 정확하다고는 못하겠다.

이제 원통은 내가 그 크기를 가늠해 볼 수 있을 만큼 가까워진다. 전혀 크지 않다. 캔 커피 모양에 크기도 비슷하다. 투박한 잿빛에, 여기저기 아무렇게나 좀 더 어두운 회색의 얼룩무늬가 들어가 있다. 말하자면 블립A의 선체와 유사하다. 색깔은 다르지만 부스럼이 핀 것 같은 모습은 똑같다. 어쩌면 멋이라고 낸 걸지도 모른다. 아무렇게나 난 얼룩무늬가 이번 시즌 '잇템'이라든지.

원통이 내 품으로 날아 들어오고 나는 두 손으로 원통을 잡는다.

내가 예상했던 것보다 질량이 적다. 어쩌면 텅 비어 있는 건지도 모르겠다. 이 원통은 뭔가를 담는 용기다. 이 안에 외계인들이 내게 보여주고 싶어 하는 물건이 들어 있다.

나는 한쪽 팔에 원통을 끼고 다른 팔을 사용해 연결용 사슬을 다룬다. 나는 서둘러 에어로크로 돌아간다. 멍청한 짓이다. 서두를 필요 같은 건 없다. 게다가 서두르면 문자 그대로 내 목숨이 위험해진다. 한 번만 실수해도 나는 우주로 흘러가게 된다. 하지만 도무지 기다릴 수가 없다.

나는 우주선으로 돌아와 에어로크를 순환시킨 다음 나의 상품을 손에 들고 통제실로 둥실둥실 떠간다. 나는 올란 우주복을 연다. 머리로는 이미 원통에 어떤 실험을 해볼지 생각하고 있다. 나는 실험실 하나를 통째로 쓸 수 있으니까!

냄새가 즉시 코를 찌른다. 나는 헛숨을 들이켜고 기침한다. 나쁜 원통!

아니, 나쁘지 않다. 냄새가 나쁜 것이다. 나는 거의 숨을 쉴 수가 없다. 익숙한 화학적 냄새다. 뭐지? 고양이 오줌?

암모니아. 암모니아다.

"그래." 나는 숨쉬기가 힘들어 쌕쌕거린다. "그래. 생각해 보자."

내 직감은 우주복을 다시 닫아야 한다는 것이다. 하지만 그렇게 하면 나는 이미 여기에 들어와 있는 암모니아와 함께 부피가 작은 공간에 갇힐 뿐이다. 원통이 뿜어낸 기체를 우주선 안, 부피가 더 큰 공간으로 내보내는 게 낫다.

암모니아는 독성이 없다. 소량의 암모니아는 그렇다. 내가 아직 조금이나마 숨을 쉴 수 있다는 사실 자체를 통해 암모니아가 소량이라는 사실을 알 수 있다. 그렇지 않았다면 내 폐는 부식성 화상을 입었을 테고 나는 지금쯤 의식을 잃거나 죽었을 것이다.

지금으로서는 그냥 고약한 냄새가 날 뿐이다. 고약한 냄새쯤은 견딜 수 있다.

내가 우주복 뒤로 기어 나오는 동안 원통은 제어실 한가운데를 떠다닌다. 암모니아가 더 이상 놀랍게 느껴지지 않자 나는 암모니아를 다룰 수 있게 된다. 이건 작은 방에서 윈덱스(유리 세정제의 상표-옮긴이)를 사용하는 것과 별로 다르지 않다. 기분은 나쁘지만 위험한 것은 아니다.

나는 원통을 잡는데… 세상에, 너무 뜨겁다!

나는 짧게 비명을 지르며 손을 뗀다. 나는 잠시 두 손에 바람을 불며 화상을 살핀다. 그렇게까지 심하지는 않았다. 가스레인지처럼 뜨겁지는 않았다. 그래도 뜨겁긴 했지만.

맨손으로 원통을 잡은 것은 멍청한 일이었다. 논리적 오류다. 전에 원통을 들고도 괜찮았으니 지금도 괜찮을 거라고 생각한 것이다. 하지만 전에는 내 손을 보호해 주는 아주 두꺼운 우주복 장갑이 있었다.

"너 정말 나쁜 외계인 원통이로구나." 나는 원통에게 말한다. "생각하는 의자에 보내야겠어."

나는 소매에 팔을 집어넣고 손을 소맷부리로 감싼다. 나는 이제 보호받고 있는 손마디로 원통을 툭 쳐 에어로크에 집어넣는다. 일단 원통이 안에 들어가고 나자 문을 닫는다.

지금은 원통을 가만히 놔둘 것이다. 원통은 결국 주변 기온에 맞게 식을 터였다. 나는 원통이 그렇게 식어가는 동안 내 우주선 안을 아무렇게나 떠다니는 상황은 바라지 않는다. 에어로크 안에는 열기 때문에 손상될 만한 것이 없을 듯하다.

얼마나 뜨거웠더라?

글쎄, 나는 아주 잠깐 동안 (멍청이처럼) 두 손을 원통에 댔다. 내 반응 속도만으로도 화상을 입지 않았다. 그러니까 원통은 아마 섭씨 100도 미만일 것이다.

나는 몇 차례 손을 폈다가 쥔다. 더는 아프지 않지만 고통의 기억은 남아 있다.

"그 열이 어디서 온 걸까?" 나는 웅얼거린다.

원통은 지 바깥 우주에 40분은 머물렀다. 그 시간 동안 원통은 흑체복사(일정한 온도에서 열평형을 이루는 물체가 복사만으로 열을 내보내는 현상 ─옮긴이)를 통해 열을 방출했어야 한다. 원통은 차가웠어야지, 뜨거워서는 안 됐다. 나는 타우세티에서 1천문단위쯤 떨어져 있고, 타우세티는 태양의 절반에 해당하는 밝기를 가지고 있다. 그러니까 타우빛이 원통의 온도를 많이 올렸을 리는 없을 듯하다. 흑체복사로 원통이 식는 것 이상으로 온도를 높였을 리는 절대로 없다.

그러니까 원통 안에 가열기가 들어 있든지, 원통이 이동을 시작했을 때 극도로 뜨거웠다고 봐야 한다. 그야 금방 알게 될 것이다. 원통은 별로 무겁지 않으니, 아마 겉면이 얇을 것이다. 내부에 열원이 없다면 이곳의 공기에 맞춰 매우 빠르게 식을 것이다.

통제실에서는 아직도 암모니아 냄새가 난다. 우웩.

나는 실험실로 둥실둥실 떠내려간다. 어디서부터 시작해야 할지 모르겠다. 하고 싶은 게 너무 많다. 원통이 어떤 물질로 만들어져 있는지 알아보는 데서부터 시작해야 할까? 블립A의 승조원들에게는 무해한 것이 내게는 믿을 수 없을 만큼 유독할 수 있다. 그리고 지금으로서는 블립A의 승조원도, 나도 그 사실을 알 수 없다.

방사선부터 확인해 봐야겠다.

나는 실험대로 떠가서 손을 뻗어 자세를 잡는다. 무중력에서 뭔가 하는 데 점점 익숙해져 간다. 어떤 사람들은 무중력상태에서도 잘 지내고, 다른 사람들은 심하게 고생한다던 우주비행사 다큐멘터리를 본 기억이 나는 것 같다. 나는 운 좋은 축에 드는 듯하다.

여기서 '운 좋다'는 말은 막연하게 쓴 것이다. 나는 자살 임무를 수행 중이다. 그러니까… 뭐.

실험실은 미스터리다. 미스터리가 된지 꽤 됐다. 이 실험실은 중력이 있으리라는 가정 하에 설치된 것이 분명하다. 여기에는 탁자, 의자, 시험관 거치대 등이 있다. 무중력 환경에서 볼 만한 평범한 물건들은 하나도 없다. 벽에 벨크로가 있는 것도 아니고, 각도를 자유자재로 조절할 수 있는 컴퓨터가 있는 것도 아니다. 공간을 효율적으로 사용하지도 않았다. 모든 것이 '바닥'의 존재를 상정하고 있다.

우주선은 아무 문제없이 가속할 수 있다. 그것도 꽤 오랜 시간 동안. 이 우주선은 아마 몇 년 동안 나를 1.5g 상태에 두었을 것이다. 하지만 내가 실험실의 중력을 유지하기 위해 그냥 엔진을 켜놓고 원을 그리며 날아다닐 거라고 생각하지는 않았을 텐데?

나는 실험 장비를 하나하나 둘러보며 긴장한 마음을 풀어보려 한다. 실험실이 이런 모양인 데는 무슨 이유가 있을 것이다. 그 이유가 내 기억 어딘가에 있을 테고. 비법은 내가 알고 싶은 것에 대해 생각하되, 그 생각에 너무 힘을 주지는 않는 것이다. 잠들 때와 비슷하다. 너무 집중하면 사실 해낼 수 없는 일이다.

최첨단 실험 장비가 아주 많다. 나는 그 모든 장비를 훑어보면서 마음이 이리저리 헤매고 다니게 놔둔다….

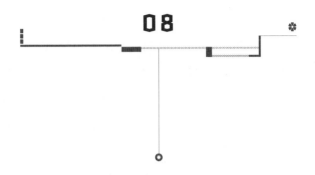

08

제네바에 도착했을 때쯤 나는 날짜를 완전히 잊었다.

컴퓨터 속 아스트로파지 배양기 모델의 성능은 현실 세계에서의 성능과 별로 일치하지 않았다. 그때까지 거의 20그램의 아스트로파지를 배양하는 데 성공하기는 했지만. 이리저리 시도해 봤는데도 항공모함의 원자로는 결국 반응속도를 그 이상 빠르게 할 만큼 열을 만들어내지 못했다. 스트라트는 작업을 계속하게 해줄 열원이 제공될 거라는 모호한 말을 반복했지만, 아직까지는 아무 성과가 없었다.

호화로운 자가 항공기가 게이트에 멈춰 섰을 때도 나는 컴퓨터로 타자를 치고 있었다. 나는 스트라트가 옆구리를 쿡 찔러서야 겨우 작업을 멈추었다.

세 시간 뒤, 우리는 회의실에서 대기하고 있었다.

늘 회의실이었다. 그즈음 내 삶은 회의실의 연속이었다. 그래도 이번 회의실은 다른 대부분의 회의실보다 나았다. 화려한 목재 마감도 있고, 우아한 마호가니 탁자도 있었다. 정말이지 그럴싸했다.

스트라트와 나는 이야기하지 않았다. 나는 열전도율 계수를 연구하고 있었고, 스트라트는 알 수 없는 그녀만의 작업을 하느라 노트북 키보드를 쳐댔다. 우리는 그런 식으로 긴 시간을 보냈다.

마침내 뚱한 표정의 여성이 회의실에 들어와 스트라트 맞은편에 앉았다.

"만나주셔서 감사합니다, 스트라트 씨." 그 여성이 노르웨이어 억양이 섞인 영어로 말했다.

"저한테 고마워하실 건 없습니다, 로켄 박사님." 스트라트가 말했다. "오고 싶어서 온 게 아니니까요."

나는 노트북을 들여다보다 말고 고개를 들었다. "그래요? 전 스트라트 씨가 이번 일정을 잡은 줄 알았는데요."

스트라트는 노르웨이 사람에게서 눈을 떼지 않았다. "제가 이 일정을 잡은 건, 여섯 명의 세계 지도자들이 동시에 전화를 걸어서 이 일정을 잡으라고 잔소리를 해댔기 때문입니다. 결국 제가 물러선 거죠."

"그런데 그쪽은…?" 로켄이 내게 물었다.

"라일랜드 그레이스입니다."

로켄은 말 그대로 뒤로 물러났다. "그 라일랜드 그레이스요?《물 기반 이론에 관한 분석과 진화 모델 예측에 관한 재평가》를 쓴?"

"네, 뭐 문제 있습니까?" 내가 말했다.

스트라트가 내게 희미한 미소를 지었다. "유명하시네요."

"악명이 높은 거겠죠." 로켄이 말했다. "이 사람이 쓴 유치한 논문은 과학자 공동체 전체의 뺨을 때린 것이나 마찬가지였어요. 이 사람을 밑에 두고 계신가요? 해괴하네요. 이 사람이 외계 생명체에 대해서 내놨던 모든 추정이 틀린 것으로 밝혀졌는데요."

나는 그녀를 노려보았다. "이보세요. 제 주장은 생명체가 진화하는

202

데 물이 필요하지는 않다는 겁니다. 물을 활용하는 생명체를 발견했다는 게 제 말이 틀렸다는 뜻은 아니죠."

"그런 뜻이 맞죠, 당연히. 독자적으로 진화한 서로 다른 두 개의 생명체가 모두 물을 필요로 한다면…."

"독자적이라고요?" 내가 코웃음 쳤다. "미쳤어요? 진심으로 미토콘드리아처럼 복잡한 게 동일한 방식으로 두 번이나 진화할 수 있다고 생각하는 겁니까? 이건 명백히 판스페르미아설(지구에 생존하는 생명체의 기원이 우주에서 유입되었다는 가설이다-옮긴이)을 뒷받침하는 사건입니다."

로켄은 성가신 날벌레라도 된다는 듯 손을 저어 내 말을 물리쳤다. "아스트로파지의 미토콘드리아는 지구의 미토콘드리아와 아주 달라요. 별개로 진화한 게 분명합니다."

"그 둘은 98퍼센트가 동일해요!"

"흠흠." 스트라트가 말했다. "두 분이 뭘 놓고 싸우시는 건지 모르겠지만, 우리 이만…."

나는 로켄을 가리켰다. "이 멍청이는 아스트로파지가 독자적으로 진화했다고 생각한답니다. 하지만 아스트로파지와 지구의 생명체가 서로 관련되어 있다는 건 분명해요!"

"아주 흥미로운 생각입니다만…."

로켄이 탁자를 쾅 쳤다. "도대체, 공통의 조상이 성간 우주를 넘어서 두 공간에 존재할 수 있다는 겁니까?"

"아스트로파지처럼 했겠죠!"

로켄이 내 쪽으로 몸을 기울였다. "그럼 우리가 여태껏 성간 생명체를 발견하지 못한 이유는요?"

내가 로켄 쪽으로 몸을 기울였다. "몰라요. 우연인가 보지."

"미토콘드리아의 차이점은 어떻게 설명할 건데요?"

"40억 년에 걸친 다양한 진화로요."

"그만하시죠." 스트라트가 침착하게 말했다. "뭐하시는 건지 모르겠는데…. 과학자 디스 대회 같은 건가요? 우린 그러자고 여기 온 게 아닙니다. 그레이스 박사님, 로켄 박사님, 앉아 주세요."

나는 털썩 자리에 앉아 팔짱을 꼈다. 로켄도 똑같이 했다.

스트라트가 펜대를 돌렸다. "로켄 박사님, 저를 괴롭히라고 각국 정부를 괴롭히셨던데요. 그것도 반복적으로, 밤낮으로. 헤일메리 프로젝트에 참여하고 싶으신 건 알겠습니다만, 저는 이 프로젝트를 거대한 국제적 난장판으로 만들 생각이 없습니다. 지금은 대규모 프로젝트에서 늘 벌어지는 정치질이나 내 세상 만들기를 할 시간이 없어요."

"저라고 좋아서 여기 온 줄 아십니까?" 로켄이 말했다. "제가 스트라트 씨만큼이나 큰 불편을 감수하면서 여기에 온 이유는, 헤일메리호의 중대한 설계상 오류를 전달할 방법이 이것밖에 없었기 때문입니다."

스트라트가 한숨을 쉬었다. "예비 설계도를 발송한 건 일반적인 피드백을 받기 위해서였습니다. 제네바에 출두하시라는 뜻이 아니고요."

"그럼 제 말을 '일반적 피드백'이라고 치세요."

"이메일로 보내셨으면 좋았을 텐데요."

"그랬으면 삭제하셨겠죠. 제 말 들으셔야 합니다, 스트라트 씨. 중요한 일이에요."

스트라트는 몇 번 더 펜을 돌렸다. "뭐, 어쨌든 여기 왔으니까요. 말해보시죠."

로켄이 목을 가다듬었다. "제가 잘못 이해했는지 모르겠지만, 헤일메리호의 목적은 실험실 역할을 하는 겁니다. 타우세티로 실험실을 보내서 왜 타우세티라는 별이, 오직 그 별만이 아스트로파지에 면역이 있는지 확인하려는 거죠."

"맞습니다."

로켄이 고개를 끄덕였다. "그럼 우주선에서 가장 중요한 부분이 탑재된 실험실이라는 점에는 스트라트 씨도 동의하시겠네요?"

"네." 스트라트가 말했다. "실험실이 없다면 이 임무는 무의미합니다."

"그럼 심각한 문제가 있는 거예요." 로켄이 핸드백에서 종이 몇 장을 꺼냈다. "스트라트 씨가 탑재하고 싶어 하는 실험실 장비 목록을 가져왔습니다. 분광계, DNA 염기 서열 분석기, 현미경, 화학 실험실용 유리제품…"

"목록은 알고 있습니다." 스트라트가 말했다. "그 목록을 결재해 준 사람이 접니다."

로켄 박사는 탁자에 서류를 내려놓았다. "이 장비 대부분은 무중력 상태에서 작동하지 않습니다."

스트라트가 눈알을 굴려댔다. "그런 문제야 당연히 생각해 뒀죠. 우리가 이야기를 나누는 지금 이 순간에도 전 세계 회사들이 무중력상태에서 작동되는 버전의 이 실험 장비들을 만들고 있습니다."

로켄은 고개를 저었다. "전자현미경을 만들기까지 얼마나 많은 연구개발이 이루어졌는지 알기는 아세요? 가스 크로마토그래프에는요? 이 목록에 들어가 있는 다른 모든 장비는요? 이건 백 년이라는 세월에 걸쳐, 수없이 많은 시행착오를 통해서 이루어낸 과학적 성과입니다. 이런 장비를 무중력상태에서 제대로 기능하도록 만드는 작업이 첫 번째 시도에서 성공할 거라고 그냥 가정하실 생각인가요?"

"다른 방법이 없을 것 같은데요, 인공 중력을 발명할 게 아니라면."

"우린 인공 중력을 이미 발명했어요." 로켄이 주장했다. "한참 전에요."

스트라트가 나를 획 돌아보았다. 분명 예상치 못한 말인 듯했다.

"원심분리기 얘긴 거 같네요." 내가 말했다.

"원심분리기 얘기라는 건 알아요." 스트라트가 말했다. "박사님은 어떻게 생각하십니까?"

"생각 안 해봤습니다. 제 생각엔… 가능은 할 것 같은데…."

스트라트가 고개를 저었다. "아뇨. 택도 없습니다. 우린 단순성을 유지해야 해요. 최대한 단순해야 합니다. 크고 단단한 우주선에, 움직이는 부분은 최소로 합니다. 복잡해질수록 더 많은 오류를 감수해야 할 거예요."

"감수할 만한 가치가 있는 위험입니다." 로켄이 말했다.

"그런 걸 만들려고만 해도 헤일메리호에 엄청나게 큰 균형추를 달아야 합니다." 스트라트가 입을 꽉 다물었다. "유감입니다만, 현재의 질량 한계를 감당할 만큼의 아스트로파지를 만들 에너지도 간신히 확보했어요. 아스트로파지를 그냥 두 배로 늘릴 수는 없습니다."

"잠깐만요. 연료를 만들 에너지를 전부 확보했습니까? 대체 언제…?" 내가 말했다.

"질량을 늘릴 필요는 없습니다." 로켄이 말했다. 로켄은 핸드백에서 다른 종이를 꺼내 탁자에 쾅 내려놓았다. "현재 설계대로 가되 승조원실과 연료 탱크 사이를 반으로 나누세요. 양측의 질량비가 원심분리기를 만들기에 적당합니다."

스트라트는 도면을 들여다보았다. "연료 전부를 한쪽에 몰아놓으셨네요. 200만 킬로그램을."

"아뇨." 나는 고개를 저었다. "연료는 다 쓰고 없을 겁니다."

둘 다 나를 보았다.

"자살 임무잖아요." 내가 말했다. "승조원들이 타우세티에 도착했을 때쯤엔 연료가 없을 겁니다. 로켄 박사는 우주선 뒤쪽이 앞쪽의 세 배 무게가 되는 점에 분할 점을 설정했습니다. 원심분리기로 쓰기에는 적절한 질량비예요. 말이 됩니다."

"고맙습니다." 로켄이 말했다.

"우주선을 어떻게 반으로 자릅니까?" 스트라트가 물었다. "그 우주선이 어떻게 원심분리기가 되죠?"

로켄은 도면을 뒤집었다. 반으로 나뉜 우주선 두 부분의 연결부를 그린 자세한 그림이 드러났다. "승조원실과 우주선 나머지 부분 사이에 자일론 케이블이 감긴 스풀을 둡니다. 100미터 간격을 두면 중력 1g를 시뮬레이션할 수 있습니다."

스트라트가 아래턱을 만지작거렸다. 여기, 혹시 누가 생각을 바꾸셨나요?

"복잡해지는 건 마음에 안 듭니다만…." 그녀가 말했다. "위험 요소가 마음에 안 들어요."

"이렇게 하면 복잡성도, 위험도 제거됩니다." 로켄이 말했다. "우주선도, 승조원도, 아스트로파지도… 이 모든 게 실험 장비를 지원할 시스템일 뿐이에요. 믿을 만한 실험 장비가 꼭 필요합니다. 오랜 세월에 걸쳐 수백만 시간에 이르는 상업적 이용 시간을 확보한 물건들이요. 이런 시스템에서는 상상할 수 있는 모든 오류가 해결됐습니다. 1g의 중력만 있으면, 이 장비들의 완성도를 높일 때와 같은 환경만 확보하면 그 모든 신뢰성을 얻을 수 있는 거예요.”

“흠.” 스트라트가 말했다. “그레이스 박사님? 어떻게 생각하세요?”

“저는…. 저는 좋은 생각이라고 생각합니다.”

“정말입니까?”

“네.” 내가 말했다. “그러니까, 우린 이미 1.5g 정도에서 4년 동안의 지속적인 가속력을 견딜 수 있는 우주선을 설계해야 하잖아요. 우주선은 꽤 튼튼할 겁니다.”

스트라트는 로켄의 도표를 더 오래 살펴보았다. “이렇게 하면 승조원실의 인공 중력은 방향이 반대가 되지 않습니까?”

스트라트의 말이 맞았다. 헤일메리호는 ‘아래쪽’이 ‘엔진 방향’이 되도록 설계되었다. 우주선이 가속하면 승조원들은 바닥을 향해 ‘아래쪽’으로 압력을 받게 된다. 그러나 원심기 내에서 ‘아래쪽’은 늘 ‘회전축에서 먼 쪽’이다. 그러므로 승조원은 모두 우주선의 앞쪽으로 밀리게 된다.

“네, 그게 문제일 거예요.” 로켄은 도면을 가리켰다. 케이블은 승조원실과 직접 연결되어 있지 않았다. 양옆의 커다란 원반 두 개에 부착되어 있었다. “케이블은 이 커다란 경첩에 연결됩니다. 우주선의 앞쪽 절반 전체는 180도 회전할 수 있어요. 그러므로 원심분리기 모드일 때는 우주선의 앞쪽이 나머지 절반이 있는 쪽, 그러니까 안쪽을 향하게 됩니다. 승조원실 내부에서는 중력이 우주선 앞부분에서 먼 쪽으로 작용할 겁니다. 엔신이 추진하고 있을 때와 마찬가지죠.”

스트라트는 그 말을 받아들였다. “이건 상당히 복잡한 기계 장치예요. 우주선을 반으로 나누게 될 거고요. 진심으로 이게 위험 요소를 줄이는 길이라고 생각하십니까?”

"이제 막 출시되어서 충분한 검증을 거치지 않은 실험 장비를 쓰는 것보다는 위험도가 낮죠. 제 말 믿으세요. 저는 거의 커리어를 쌓는 내내 민감한 장비를 다뤄왔습니다." 내가 말했다. "이런 장비들은 이상적인 환경에서도 지나치게 까다롭고 망가지기 쉬워요."

스트라트는 펜을 들고 탁자를 몇 번 두드렸다. "좋아요. 그렇게 합시다."

로켄이 미소 지었다. "잘 됐네요. 보고서를 작성해 UN 쪽으로 보내겠습니다. 위원회를 만들고…."

"아뇨, 내가 그렇게 하자고 했잖습니까." 스트라트가 일어섰다. "이제부터는 우리와 함께하시는 겁니다, 로켄 박사님. 짐 싸서 제네바 공항으로 나오세요. 3번 터미널, '스트라트'라는 이름이 붙은 전용기입니다."

"뭐라고요? 저는 ESA 소속입니다. 이런 식으로는…."

"뭐, 걱정 마세요." 내가 말했다. "스트라트 씨가 로켄 박사님 상사인지 상사의 상사인지 뭔지한테 전화를 걸어서 박사님을 자기 밑으로 발령 내 달라고 할 겁니다. 방금 선발되신 거예요."

"전…. 저는 직접 이걸 설계하겠다고 자원한 게 아닌데요." 로켄이 항의했다. "단순히 지적만 하려던…."

"로켄 박사님이 자원하셨다는 말은 안 했습니다만." 스트라트가 말했다. "어느 모로 보나 이건 자발적 참여가 아닙니다."

"나한테 그냥 당신 밑에서 일하라고 강요할 수는 없어요."

하지만 스트라트는 이미 회의실을 빠져나가고 있었다. "한 시간 뒤 공항에서 봅시다. 아니면 스위스 헌병대를 시켜서 두 시간 뒤 박사님을 끌고 오라고 하겠습니다. 박사님이 선택하세요."

로켄은 얼이 빠진 채 문을 보다가 나를 돌아보았다.

"있다 보면 익숙해져요." 내가 말했다.

이 우주선은 원심분리기다! 이제 전부 기억난다!

'케이블 연결부'라는 이름의 신비스러운 영역이 있었던 것도 그래서다. 스풀에 감긴 자일론 케이블이 있는 곳이 그곳이다. 이 우주선은 절반으로 나뉘어 승조원실을 뒤집은 다음 회전할 수 있다.

승조원실을 뒤집는 부분. 선외활동을 하던 중 내가 선체에서 보았던 그 이상한 고리가 바로 그 부분이다! 이제는 설계도가 기억난다. 우주선에는 커다란 경첩 두 개가 달려 있어서, 원심분리기를 작동시키기 전에 승조원실을 뒤집을 수 있다.

이상하게도 아폴로 우주선이 생각나는 설계다. 아폴로호 역시 발사 시에는 달 착륙선이 사령선 아랫부분에 부착되어 있지만, 달로 가는 동안에는 사령선이 분리되어 뒤집힌 다음, 달 착륙선과 다시 연결된다. 보기에는 터무니없어 보이지만 알고 보면 문제를 해결하는 가장 효과적인 방법인 경우다.

나는 조종실로 다시 둥실둥실 떠올라, 다양한 제어판의 화면들을 획획 넘겨본다. 내가 원하는 화면이 나오지 않으면 다음 화면으로 이동한다. 마침내 나는 문제의 화면을 발견한다. '원심분리기' 화면이다. 이 화면은 생명 유지 장치 화면 속의 하위 패널로 숨겨져 있었다.

아주 단순해 보인다. 빗놀이 축, 상하 요동, 기울기를 나타내는 수치가 우주선의 현재 상태를 보여준다. 내비게이션 패널과 똑같은 모습이다. 그리고 '승조원실 각도'라는 이름이 붙은 별도의 수치들이 있다. 이게 승조원실을 뒤집는 부분일 것이다. 각 수치는 '초당 0°'다.

그 수치 아래에는 '원심분리기 가동'이라는 이름이 붙은 버튼이 있다. 그 아래에는 회전 가속도, 최종 속도, 스풀 속도, 실험실 바닥의 중력 추정치와 관련된 숫자들이 있고, 스풀 상태를 나타내는 네 개의 화면(스풀이 양쪽에 두 개씩 네 개 있는 모양이다)과 문제가 발생할 경우 따라야 하는 비상 프로토콜, 나로서는 이해한다는 시늉조차 못할 아주 많은 정보가 있다. 중요한 건 이 모든 표지에 값이 채워져 있다는 것이다.

컴퓨터란 사랑스러운 존재다. 사람이 생각할 필요가 없도록 모든 생각을 대신해 주니까.

비상 프로토콜 모드를 더 자세히 살펴본다. 그냥 '회전 속도 줄이기'라고만 적혀 있다. 내가 그 표시를 건드리자 드롭다운 메뉴가 나타난다. 내가 고를 수 있는 것은 '회전 속도 줄이기', '모든 스풀 정지' 그리고 '분리'라는 빨간색 선택지인 듯하다. 확실히 '분리'는 안 하고 싶다. '회전 속도 줄이기'는 문제가 발생할 경우 우주선을 천천히 감속하는 데 쓰는 것 같다. 괜찮아 보여서, 그 선택지를 설정해 둔다.

나는 원심분리기를 작동시키려다 말고 멈춘다. 모든 게 잘 연결되어 있으려나? 갑자기 우주선에 엄청난 힘을 가해도 안전할까? 나는 그런 우려를 떨쳐버린다. 이 우주선은 몇 년 동안 지속적으로 가속해 왔다. 원심분리기 조금 작동시킨다고 무슨 문제가 있을 리는 없겠지?

그렇지?

수백 명의 우주비행사들이 그래왔듯 나는 이 시스템을 설계한 엔지니어들의 손을 믿고 내 목숨을 맡긴다. 그 엔지니어가 아마 로켄 박사이겠지. 일을 제대로 해준 거였으면 좋겠는데.

나는 버튼을 누른다.

처음에는 아무 일도 벌어지지 않는다. 버튼을 제대로 누른 건지, 과거에 핸드폰에 대고 여러 번 해왔듯 그냥 화면을 더듬거렸을 뿐인지조차 모르겠다.

하지만 그때 우주선 전체에 경고음이 울린다. 귀청을 찢을 듯한 세 차례의 삐 소리가 몇 초마다 반복된다. 어떤 승조원이 됐든 이런 식의 신호를 놓칠 리는 없다. 승조원이 의사소통에 실패했을 경우에 대비한 최후의 경고인 모양이다.

내 머리 위에서는 페트로바스코프 화면이 잠금 상태로 바뀐다. 이로써 이 우주선을 작동시키는 엔진이 아스트로파지에 기반을 두고 있다는 나의 앞선 추정이 확인된다. 뭐, 생각해 보면 뻔한 일이다. 하지만 지금 이 순간까지는 확신이 없었다.

삐삐 소리가 멈추고, 사실상 아무 일도 일어나지 않는다. 그러다가 내가 전보다 내비게이션 패널에 가까워져 있다는 것을 알아챈다. 나는 통제실 가장자리로 밀려났다. 나는 자세를 유지하고 평상시로 돌아오기 위해 팔을 뻗는다. 그런 다음 다시 내비게이션 패널 쪽으로 밀려난다.

"오오." 내가 말한다.

시작됐다. 나는 내비게이션 패널 쪽으로 밀려나는 것이 아니다. 조종간 전체가 내 쪽으로 밀려오고 있다. 우주선이 회전하기 시작한다.

모든 것이 급격히 방향을 튼다. 우주선이 회전하는 동시에 승조원실이 뒤집히고 있기 때문일 것이다. 뭔가 잘못될 수도 있다.

"어…. 좋아!" 나는 벽을 차고 와서 조종석에 앉는다.

몸이 기울어진다. 아니, 통제실이 기울어진다고 해야 할까. 아니, 그건 말이 되지 않는다. 그 무엇도 기울어지지 않는다. 우주선이 점점 더 빠르게 회전하고 있다. 가속도를 가속하고 있다. 동시에 우주선의 앞쪽 절반이 뒤쪽과 분리되고 두 개의 커다란 경첩이 회전한다. 이 작업이 종료되면, 우주선의 맨 앞이 우주선의 뒤쪽 절반을 향해 안쪽을 바라볼 것이다. 이 모든 일이 동시에 일어나고 있기 때문에 내가 느끼는 힘들은 정말이지 이상하다. 극도로 복잡하지만 내가 신경 쏠 일은 아니다. 이런 문제를 처리하는 건 컴퓨터의 역할이다.

나는 원심분리기 패널을 지켜본다. 상하 요동율은 초속 0.17도다. '구역 간 거리'라고 적힌 수치는 2.4미터다. 작은 삑 소리가 들리고 '승조원 구역 각도'의 수치가 깜빡인다. 180도다. 이 모든 단계가 시스템이나 승조원, 혹은 둘 모두에게 전해질 충격을 최소화하기 위해 사전에 잘 계산된 듯하다.

좌석이 내 몸을 밀어내면서, 나는 엉덩이에 약간의 압력을 느낀다. 변형은 아주 매끄럽게 이루어진다. 나는 기울어지는 방처럼 느껴지는 공간에서 점점 더 커지는 중력을 경험한다. 이상한 감각이다.

나도 논리적으로는 내가 빠르게 회전하는 우주선 안에 있다는 걸 알고 있다. 하지만 이곳에는 밖을 내다볼 만한 창문이 없다. 그저 화면만이 있을 뿐이다. 나는 여전히 블립A를 가리키고 있는 망원경을 확인한다. 배경의 별들은 움직이지 않는다. 망원경이 나의 회전을 어떤 식으로든 고려해 상쇄시키고 있다. 이런 소프트웨어를 만드는 건 아마 까다로운 일이었을 것이다. 카메라가 회전 중심축에 정확히 자리 잡고 있는 게 아니라는 점을 생각하면 특히 그렇다.

두 팔이 점점 무거워져서 나는 팔걸이에 팔을 얹는다. 꽤 오랜만에 처음으로 목 근육을 사용해야 한다.

원심분리기로의 변환 단계가 시작된 지 약 5분 뒤, 나는 정상적인 지구 중력에 약간 못 미치는 중력을 경험한다. 네 번의 신호음이 변환 단계가 종료되었음을 알린다.

나는 원심분리기 화면을 확인한다. 화면에는 초당 20.71도의 상하 요동율과 총 104미터의 구역 간 거리, 1.00g의 '실험실 중력'이 표시된다.

우주선 도면은 우주선이 두 부분으로 쪼개져, 승조원 구역의 앞부분이 나머지 절반을 향해 안쪽을 가리키고 있는 모습을 보여준다. 두 부분은 우스꽝스러울 정도로 멀리 떨어져 있으며, 시스템 전체가 천천히 회전한다. 뭐, 실제로는 꽤 빠르게 회전하는 것이지만 이런 규모에서는 천천히 움직이는 것처럼 보인다.

나는 안전벨트를 풀고 의자에서 일어나 에어로크로 간 다음 해치를 연다. 암모니아 냄새가 다시 조종석으로 흘러들어 오지만, 전처럼 고약하지는 않다. 외계의 물건이 바닥에 놓여 있다. 나는 온도를 헤아려 보려고 손가락으로 그 물건을 빠르게 만져본다. 여전히 따뜻하지만, 더는 살가죽을 벗겨버릴 만큼 뜨겁지는 않다. 내부 가열기라든가 하는 이상한 물건은 없다. 그냥 정말로 뜨거운 상태에서 출발한 것이다.

나는 원통을 집어든다. 이 원통이 무엇으로 만들어져 있는지 확인할 시간이다. 안에 무엇이 들어 있는지도.

조종석을 떠나기 전, 나는 망원경 화면을 마지막으로 한 번 더 본다. 이유는 모르겠다. 그냥 근처에 있는 외계 우주선이 뭘 하고 있는지 계속 확인하고 싶은가 보다.

블립A가 우주에서 빙빙 돌고 있다. 빙글빙글 회전한다. 아마 헤일메리호와 정확히 같은 속도로 회전하고 있을 것이다. 내가 원심분리기를 회전시키자, 이게 또 한 번의 의사소통이라고 생각한 듯하다.

지능이 있는 외계 종족과 나눈, 인류의 첫 의사소통 오류. 내가 거기에 참여할 수 있었다니 기분이 좋다.

실험대에 원통을 올려놓는다. 어디에서 시작해야 할까? 어디든 좋지! 나는 가이거계수기를 가지고 원통이 방사선을 내뿜는지 확인한다. 그렇지 않다. 좋은 일이다.

원통이 얼마나 단단한지 느껴보려고 단단한 물건으로 그것을 찔러본다. 단단하다.

금속처럼 생겼지만, 감촉은 별로 금속 같지 않다. 나는 멀티미터(전압·전류·저항 등 많은 전기량을 재는 다목적 계기-옮긴이)를 사용해 이 원통이 열이나 전기 등을 전달하는지 확인한다. 전달하지 않는다. 흥미로운데.

나는 망치와 정을 가지고 온다. 원통 재질의 조각을 작게 떼어내 가스 크로마토그래프에 돌려보고 싶다. 그러면 이 원통이 어떤 성분으로 만들어져 있는지 알 수 있을 것이다. 망치로 몇 번 내리치자 정이 이가 빠진다. 원통에는 작은 흠집 하나 생기지 않는다.

"흠."

그대로 가스 크로마토그래프에 넣기엔 원통이 너무 크다. 하지만 나는 손에 들고 쓰는 엑스레이 분광계를 찾아낸다. 바코드 리더처럼 생겼다. 쓰기 쉽고, 이 원통이 무엇으로 만들어졌는지 대략 짐작하는 데 도움이 될 것이다. 크로마토그래프만큼 정확하지는 않지만 없는 것보다는 낫다.

빠르게 스캔하자 분광계는 내게 원통이 제논으로 만들어져 있다고 알려준다.

"…뭐?"

나는 분광계가 제대로 작동하는지 확인하려고 강철 실험대를 스캔해 본다. 분광계는 실험대가 철, 니켈, 크롬 등등으로 이루어져 있다고 알려온다. 그래서 나는 다시 원통을 확인해 보고, 첫 번째 실험에서와 같은 어처구니없는 결과를 얻는다. 네 차례 더 실험해 보지만 계속 같은 답이 돌아온다.

왜 그렇게 여러 번 실험했느냐고? 결과가 말이 안 되니까. 제논은 비활성기체다. 그 무엇과도 반응하지 않는다. 그 무엇과도 결합하지 않는다. 게다가 제논은 실온에서 기체 상태다. 그런데 제논이 이 단단한 물질의 일부라고?

그리고 물론 이게 제논으로 가득 차 있는 원통인 것도 아니다. 그런 건 전혀 아니다. 분광계는 깊은 곳까지 투과하는 스캔 장치가 아니다. 그저 표면에 뭐가 있는지 알려줄 수 있을 뿐이다. 분광계로 도금된 니켈을 스캔하면, 분광계는 '100% 금'이라고 알려줄 것이다. 분광계가 볼 수 있는 것은 그것뿐이니까. 분광계는 원통의 표면에 있는 분자가 무엇으로 이루어져 있는지만 알려줄 수 있다. 그 분자들이 제논으로 이루어져 있는 모양이다.

손으로 들고 쓰는 이 분광계는 알루미늄보다 원자번호가 낮은 성분은 감지할 수 없다. 그러니까 저 안에는 탄소, 수소, 질소 같은 것들도 들어있을지 모른다. 하지만 감지 범위에 들어오는 성분에만 한정해서 말하자면… 나는 순수한 제논을 보고 있다.

"어떻게?"

나는 의자에 털썩 주저앉아 원통을 빤히 바라본다. 이 얼마나 이상한 물건인가? 영어에서 비활성기체는 '고귀한 기체'라고 한다. 그럼 다른 사물과 반응하는 비활성기체는 뭐라고 불러야 한단 말인가? 비천한 기체?

당황하는 데에는 한 가지 좋은 부작용이 따른다. 덕분에 나는 미친듯이 원통에 덤벼드는 대신 가만히 그것을 바라보게 된다. 처음으로, 나는 맨 위에서 아래로 1인치 정도 떨어진 곳에 원통의 둘레를 따라 가느다란 선이 그어져 있는 것을 본다. 나는 손톱으로 그 선을 더듬어 본다. 확실히 움푹 패인 자리다. 뚜껑일까? 어쩌면 그냥 열리는 것인지도 모른다.

원통을 집어 들고 뚜껑을 당겨 빼본다. 뚜껑은 꼼짝도 하지 않는다. 문득 든 생각에 나는 뚜껑을 나사처럼 돌려 빼보려 한다. 뚜껑은 그래도 꼼짝하지 않는다.

하지만 외계인이 오른쪽은 잠그기, 왼쪽은 열기라는 규칙을 따를 이유는 없지 않을까?

뚜껑을 왼쪽으로 돌리자 뚜껑이 돌아간다. 심장이 쿵쾅거린다!

나는 계속해서 뚜껑을 돌린다. 90도를 지나자 뚜껑이 헐거워지는 것이 느껴진다. 나는 두 부분을 당겨 분리한다.

각 부분의 안쪽에서는 복잡한 뭔가가 작동하고 있다. 이것들은 꼭… 무슨 모형 같은데? 두 모형에는 기단에 꽂힌, 고양이 수염처럼 가는 장대들이 달려 있다. 그 장대들이 다양한 크기의 구체로 이어진다. 움직이는 부분은 보이지 않고, 모든 것이 원통과 똑같이 기이한 물질로 만들어진 것처럼 보인다.

나는 아래쪽 부분부터 살펴본다. 뭐든 먼저 살펴봐야 하니까.

한 가닥 고양이 수염에 매달린 것은… 추상 조각상인가? 세로로 된 중심 '줄기'에서 갈라져 나온, 더 가느다란 고양이 수염에 구슬 크기의 구체와 비비탄 크기의 구체가 각기 연결되어 있다. 두 구체의 꼭대기를 연결해 주는, 특이한 포물선도 있다. 이 모든 것이 어디서 본 것 같은데… 왜지…?

"페트로바선!" 나는 불쑥 소리친다.

나는 외울 만큼 그 호선을 여러 번 보았다. 심장이 두방망이질 친다.

나는 큰 구체를 가리킨다. "그럼 네가 항성이겠구나. 그리고 이 작은 녀석이 행성일 테고."

이 외계인들은 아스트로파지를 알고 있다. 아니면, 최소한 페트로바선을 알고 있다. 하지만 그건 사실 내게 별 도움이 되지 않는다. 저 외계인들은 아스트로파지 동력 장치가 달린 우주선을 타고 있다. 당연히 아스트로파지에 대해서 알겠지. 게다가 우리는 페트로바선이 있는 태양계에서 수다를 떨고 있으니, 그들이 페트로바선을 알고 있다는 점도 별로 놀랍지 않다. 모르긴 몰라도 이곳은 저 외계인들의 고향 항성계일지도 몰랐다.

그래도 출발치고는 나쁘지 않았다. 우리는 엔진을 깜빡임으로써 '이야기'를 나누고 있었다. 그러니 저들은 내가 아스트로파지를 사용한다는 것과 내가 (우주선의 도움을 받아) 페트로바 대역을 '볼' 수 있다는 걸 알고 있다. 이를 통해, 저들은 내가 페트로바선을 볼 수 있으리라는 결론을 내렸다. 똑똑하다.

나는 이 뭐시기의 다른 반쪽을 살펴본다. 기단에서 고양이 수염이 수십 가닥이나 솟아올라 있다. 모두 길이가 다른 고양이 수염들은 각기 폭 1밀리미터가 채 되지 않는 구체로 끝난다. 나는 손가락으로 고양이 수염 한 가닥을 건드려 본다. 고양이 수염은 구부러지지 않는다. 나는 점점 더 세게 힘을 준다. 결국, 이 뭐시기가 통째로 실험대에서 미끄러진다. 이 고양이 수염들은 그 정도로 가느다란 다른 어떤 물체보다도 강하다.

다른 물질과 반응하게 만들 수 있다면, 제논은 상당히 강한 물질이 되는 모양이다. 그렇게 생각하자 상처를 잘 받는 내 과학자의 마음은 분노하고 만다! 나는 애써 이 문제를 머릿속에서 밀어내고 당장의 과제로 돌아간다.

세어 보니 고양이 수염은 모두 서른한 가닥이고, 그 끝마다 구체가 달려 있다. 세는 도중 나는 뭔가 특별한 것을 발견한다. 고양이 수염 한 가닥이 원반의 정중앙에서 뻗어 나와 있다. 그러나 다른 선들과는 달리 이 가닥은 구체로 연결되지 않는다. 나는 그것을 잘 살펴보려고 눈을 가늘게 뜬다.

단일한 구체가 아니라, 서로 다른 크기의 구체 두 개와 호선이 달려 있다. 그래, 알겠다. 이것은 뭐시기의 다른 절반에 들어 있던 페트로바선 모형을 아주 작게 본뜬 복제품이다. 약 20분의 1 규모로.

그리고 이 작은 페트로바선 모형에는 더 가느다란 고양이 수염이 달려 있다. 그 고양이 수염이 이 모형을 다른 고양이 수염의 끄트머리에 달린 구체와 연결한다. 아니, 구체라고 하기는 어렵다. 그것도 또 다른 페트로바선 모형이다. 나는 그런 모형이 또 있는지 살펴보려고 뭐시기의 나머지 부분을 살펴보지만, 그런 건 보이지 않는다. 정중앙에 있는 것과 옆으로 치우쳐져 있는 것 하나뿐이다.

"잠깐… 자암깐만…."

나는 실험실 컴퓨터 패널이 들어 있는 서랍을 꺼낸다. 사실상 무한한 참고 자료를 써볼 시간이다. 필요한 정보가 담겨 있는 엄청난 규모의 스프레드시트를 찾아 엑셀에 띄우고(스트라트는 수많은 검증을 거친 기성품들을 좋아한다), 몇 가지 작업을 한다. 머잖아 내가 원하는 데이터 플롯이 마련된다. 결과가 일치한다.

항성들. 고양이 수염 끄트머리마다 달려 있는 작은 구체들은 항성들이다. 당연하다. 항성이 아닌 곳에 페트로바선이 있을 리 없잖은가?

하지만 그냥 아무 항성이나 표시한 것은 아니다. 이것들은 특별한 항성이다. 가운데에 있는 타우세티를 기준으로, 이 항성들은 전부 서로에 대해 정확한 상대적 위치를 차지하고 있다. 지도의 시점은 조금 이상하다. 구체들을 내가 가진 항성 위치에 관한 데이터 플롯과 일치시키려면, 나는 뭐시기를 30도 각도로 들고 약간 회전시키다시피 해야 한다.

하지만 물론, 지구의 모든 자료는 지구의 궤도면을 참조점으로 삼는다. 다른 행성에서 온 사람들이라면 우리와 다른 좌표계를 가지고 있을 것이다. 하지만 어떻게 보든, 최종 결과는 똑같다. 뭐시기는 지역 항성들의 지도다.

그러다가 나는 문득 중앙의 구체(타우세티)를 다른 구체와 연결하는 작고 가는 실에 엄청난 흥미를 느낀다. 나는 내 자료에서 해당되는 항성을 확인한다. 그 항성의 이름은 '40에리다니'이다. 하지만 장담한다. 블립A의 승조원들은 그 항성을 '집'이라고 부를 것이다.

그게 메시지였다. "우리는 40에리다니에서 왔습니다. 지금은 여기, 타우세티에 있고요."

하지만 그것조차 전부는 아니다. 이들은 "타우세티와 마찬가지로 40에리다니에는 페트로바선이 있습니다"라는 메시지도 전했다.

나는 이 사실을 완전히 이해할 수 있을 때까지 가만히 있는다.

"너희들도 같은 처지란 말이야?" 내가 말한다.

당연히 그렇겠지! 아스트로파지는 인근의 모든 항성을 감염시키고 있다. 이 사람들은 40에리다니에서 왔고, 40에리다니도 지구의 태양처럼 감염된 상태다! 저 사람들도 꽤 괜찮은 과학 연구를 진행하고 있는 듯했다. 그래서 우리와 똑같은 행동을 했다. 우주선을 만들어 타고 타우세티로 가, 왜 타우세티는 죽어가지 않는지 확인하는 것!

"세상에!" 내가 말한다.

그래, 이런 결론은 비약이다. 어쩌면 저들은 자기 항성의 페트로바선에서 아스트로파지를 채취하고 그걸 행운이라고 여겼을지도 모른다. 저들이 아스트로파지를 발명했을 수도 있다. 어쩌면 저들은 페트로바선이 단지 예쁘다고 생각하는 걸지도 모른다. 이 메시지의 의미는 아주 다양할 수 있었다. 그래도 편견을 가진 내 의견 중 가장 가능성이 높은 것은, 저들도 해결책을 찾으러 이곳에 왔다는 것이다.

외계인이다.

진짜 외계인.

40에리다니에서 온 외계인들. 그럼 저들이 '에리다니언'이 되는 건가? 발음도 어렵고, 기억하기는 더 어렵다. '에리단'이라고 해야 하나? 아니. '에리디언'은 어떨까? '이리듐'과 다소 비슷하게 들린다. 주기율표상의 원소 중에서 발음이 괜찮은 축에 드는 원소다. 그래, 에리디언이라고 불러야겠다.

내가 어떤 반응을 보여야 하는지는 뻔하다.

나는 며칠 전 실험실을 철저히 수색했다. 어느 서랍에 전자 장치 키트가 들어 있다. 문제는 어느 서랍인지 기억하는 것이다.

물론, 기억나지 않는다. 너무 심한 욕을 하지 않으면서 실험실을 다시 뒤지는 데는 꽤 시간이 걸리지만, 결국 나는 키트를 찾아낸다.

나한테는 '제노나이트'(내가 이 기이한 외계인 합성물에 붙인 이름이다. 아무도 나를 말릴 수 없다)가 없다. 하지만 땜납과 납땜 인두는 있다. 나는 땜납을 작게 떼어내 한쪽 끝을 녹인 다음, 그것을 타우세티구체에 붙인다. 꽤 잘 붙는다. 다행스러운 일이다. 제노나이트가 어떻게 반응할지는 아무도 모르는 일이니까.

나는 모형의 작은 항성들 중 어느 것이 태양인지 확인하고, 확인하고, 또 확인한다. 나는 철사의 다른 쪽을 태양에 납땜질한다.

나는 실험실을 뒤진 끝에 딱딱한 파라핀을 조금 찾아낸다. 이리저리 찔러대고, 불꽃을 뿜어대고, 약간 욕설을 한 끝에 나는 저들이 내게 보낸 페트로바선 아이콘을 정말이지 형편없이 흉내 낼 수 있게 된다. 나는 그 아이콘을 모형 속 태양에 붙인다. 괜찮아 보인다. 최소한, 저들이 이해할 정도는 되어 보인다.

나는 모형을 한 번 살펴본다. 제노나이트 고양이 수염의 날렵하고 가느다란 선은 내가 덧붙인, 구불구불하고 울퉁불퉁한 땜납과 쓰레기 같은 밀랍으로 이루어진 모형 때문에 망가지고 말았다. 다빈치 작품 한 귀퉁이에 크레용으로 낙서를 한 것 같지만, 이 정도면 될 것이다.

나는 뭐시기의 윗부분과 아랫부분을 다시 끼우고 돌려본다. 맞지 않는다. 다시 해본다. 그래도 맞지 않는다. 에리디언들이 왼손잡이용 나사 깎기를 이용한다는 사실이 떠오른다. 그래서 반대로 뚜껑을 돌린다. 내게는 나사를 푸는 동작이다. 그러자 두 부분이 완벽하게 연결된다.

이제는 이것을 다시 저들에게 던질 차례다. 정중하게.

다만, 나는 그렇게 할 수가 없다. 지금은 우주선이 빙빙 돌고 있으니까. 에어로크 밖으로 나가려는 순간 나는 우주 저 멀리 날아가게 된다.

나는 뭐시기를 들고 통제실로 올라간다. 의자에 앉아 안전벨트를 찬 다음, 우주선에게 회전 속도를 늦추라고 명령한다.

지난번에 그랬듯 나는 통제실이 기울어지는 것을 느낀다. 단, 이번에는 통제실이 반대방향으로 기울어진다. 그리고 이번에도 나는 사실 통제실이 기울어지는 건 아니며 측방 가속에 대한 나의 인지가 적응해 가는 것뿐임을 알고 있다. 하지만 뭐, 어쨌든.

나는 중력이 줄어드는 것을 느낀다. 내가 무중력상태로 돌아올 때까지 통제실의 기울기가 감소한다. 이번에 나는 방향감각을 잃지 않는다. 나의 파충류의 뇌(뇌의 가장 밑바닥에 있는 후뇌로, 기본적인 생각과 행동을 관장하는 부분-옮긴이)가 중력이란 있다가도 없는 것이라는 사실을 받아들인 듯하다. 방향이 재설정된 승조원 구역이 우주선 뒤쪽 절반과 결착됨을 알리는 마지막 "철컹!" 소리와 함께 작업이 마무리된다.

나는 EVA 우주복에 다시 들어가 뭐시기를 꽉 잡고, 다시 한번 우주로 나간다. 이번에는 연결용 사슬을 써서 선체를 따라 움직일 필요가 없다. 나는 연결용 사슬을 그냥 에어로크에 채운다.

블립A가 회전을 멈추었다. 아마 헤일메리호가 멈추었을 때 그랬을 것이다. 블립A는 여전히 217미터 떨어져 있다.

꼭 조 몬태나(미식축구 선수-옮긴이)가 되어야만 이번 패스를 성공시킬 수 있는 것은 아니다. 그냥 블립A 방향으로 뭐시기를 움직이게 하면 된다. 블립A는 폭이 100미터가 넘는다. 저 정도는 틀림없이 맞힐 수 있을 것이다.

나는 뭐시기를 민다. 뭐시기는 그럭저럭 괜찮은 속도로 내게서 멀어져 간다. 초속 약 2미터쯤 될 것이다. 대략 조깅하는 속도쯤이다. 이것도 일종의 의사소통이다. 나는 새로 사귄 친구들에게 내가 약간 더 빠른 배달도 감당할 수 있음을 알려주려 한다.

뭐시기가 에리디언의 우주선을 향해 떠가고 나는 내 우주선으로 돌아온다.

"좋아, 얘들아." 내가 말한다. "적의 적은 나의 친구랬어. 아스트로파지가 너희들의 적이라면, 난 너희들의 친구야."

나는 망원경 화면을 지켜본다. 가끔 화면에서 눈을 돌린다. 가끔은 내비게이션 패널에 클론다이크 솔리테어 게임을 띄워놓고 플레이한다. 하지만 연속으로 몇 초 이상 망원경을 확인하지 않는 경우는 없다. 앞서 실험실에서 가져온 두꺼운 장갑 한 켤레가 저 멀리 떠가려 한다. 나는 그 장갑들을 잡아 조종석 뒤쪽에 꽂아 넣는다.

두 시간이 됐지만 나의 외계인 친구들은 아무 말이 없다. 내가 뭔가 말하기를 기다리는 걸까? 나는 방금 저들에게 내가 어느 항성에서 왔는지 말해주었다. 이제는 저들이 말할 차례 아닌가?

저들에게 차례라는 개념이 있기는 한 걸까? 혹시 차례란 순전히 인간들만의 개념인 게 아닐까?

에리디언의 수명이 200만 넌이고, 저들에게는 백 년쯤 기다렸다가 답장을 쓰는 것이 예의 바른 일이라면?

맨 오른쪽 더미에서 빨간색 7을 어떻게 없애지? 내 패에는 검은색 8이 없는데….

움직임이다!

망원경 화면 쪽으로 너무 빠르게 몸을 돌린 나머지, 내 두 다리가 둥 실둥실 떠올라 통제실 한가운데로 향한다. 내 쪽으로 또 다른 원통이 다가오고 있다. 팔 여러 개 달린 선체 로봇이 방금 저 원통을 던진 것 같다. 나는 레이더 화면을 확인한다. 블립B가 초속 1미터가 넘는 속도 로 날아오고 있다. 우주복을 입을 시간이 겨우 몇 분밖에 없다!

나는 EVA 우주복을 다시 입고 에어로크를 돌린다. 외부 문을 여는 순간, 원통이 빙글빙글 도는 모습이 보인다. 전의 그 원통일 수도 있고 새 원통일 수도 있다. 이번에 원통은 곧장 에어로크로 향한다. 저들은 내가 에어로크를 통해 우주선을 드나드는 것을 보고, 내 일을 좀 편하 게 만들어주기로 한 듯했다.

매우 배려심이 깊다.

정확하기도 하다. 잠시 후, 원통은 열린 해치 한가운데를 곧장 관통 한다. 나는 원통을 잡는다. 블립A에 손을 흔들어 보이고 해치를 닫는 다. 저들은 아마 손을 흔드는 게 무슨 뜻인지 모르겠지만 왠지 손을 흔 들어야 하다는 강박이 느껴진다.

나는 통제실로 돌아와 씰룩거리며 EVA 우주복을 벗고, 원통을 에어 로크 근처에서 떠다니게 놔둔다. 암모니아 냄새가 강하지만 이번엔 나 도 대비하고 있다.

나는 두꺼운 실험용 장갑을 끼고 원통을 잡는다. 방화 장갑을 끼고 있는데도 온기가 느껴진다. 원통이 식기를 기다려야 한다는 건 알고 있지만, 그러고 싶지 않다.

원통은 전과 똑같이 생겼다. 나는 왼손잡이 방향으로 나사를 푼다. 이번에는 항성 지도가 없다. 대신 어떤 모형이 들어 있다. 이건 뭐지?

기단에 꽂힌 단 하나의 기둥이 어떤 불규칙한 형체를 지탱하고 있다. 아니, 관으로 연결된 두 개의 불규칙한 형체다. 어어, 잠깐. 두 형체 중 하나는 헤일메리호다. 아, 다른 형체는 블립A다.

모형은 상세하지도 않고 질감도 없다. 그러나 나도 그 모형들이 무엇을 표현한 것인지 이해할 수 있을 만큼 잘 만들어져 있다. 그러니 이 모형은 제 역할을 해낸 셈이다. 헤일메리호는 겨우 3인치 길이인 반면, 블립A는 거의 8인치에 달한다. 세상에, 엄청 큰 우주선이다.

그럼 둘을 연결하는 저 관은? 저 관은 헤일메리호의 에어로크를 블립A의 다이아몬드 모양 부분의 중심부와 연결한다. 터널의 폭은 딱 내 에어로크의 문을 덮을 만큼이다.

저들은 만남을 원한다.

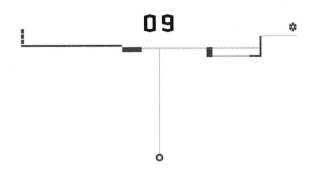

09

나는 모형이 통제실 가운데를 둥둥 떠다니게 놔둔다. 제노나이트는 파괴할 수 없으므로 나는 원통이 어딘가에 부딪힐까 봐 걱정할 필요가 없다.

이게 좋은 생각인 걸까? 내게는 구해야 할 행성이 있다. 지능이 있는 외계인들과 만난다는 건 정말 멋진 일이지만, 이런 위험을 감수할 가치가 있을까?

에리디언들은 아스트로파지를 분명히 알고 있다. 적어도 아스트로파지를 활용해 엔진을 만들 수 있을 정도로 말이다. 그리고 내 생각이지만, 저들은 나와 같은 이유로 이곳에 왔다는 사실을 알려주려 한다. 어쩌면 내가 모르는 정보를 가지고 있을지도 모른다. 심지어 내가 찾는 해결책을 갖고 있을 수도 있다. 게다가 저들은 충분히 우호적으로 보인다.

하지만 이건 낯선 사람이 사탕을 건네주는 상황의 성간 우주 버전이다. 나는 사탕(정보)을 원하지만, 낯선 사람에 대해서는 잘 모른다.

대안은 뭘까? 저들을 무시하는 것?

나는 저들을 아예 못 본 것처럼 임무를 계속할 수도 있었다. 내가 저들을 보고 겁을 먹은 만큼 아마 저들도 나를 보고 겁을 먹었을 것이다. 저들은 계속 대화를 시도하겠지만, 적대적인 모습을 보이지는 않을 것이다. 어쨌든 내가 생각하기에는 그렇다.

아니, 내 생각이 틀렸으려나? 나한테는 알아낼 방법이 없다.

아니, 이건 쉬운 문제다. 나는 최소한 저들과 대화를 나눠봐야 한다. 저들에게 아스트로파지에 대한 정보가 조금이라도 있다면, 그 정보가 아무리 사소한 것이든 간에 나는 저들과 대화해야 한다. 그래, 위험한 일인 것은 사실이다. 하지만 그렇게 따지면 이 임무 전체가 어차피 위험한 일이다.

좋아. 내가 저들이라면 어떻게 할까?

나는 에리디언이다. 이상한 인간의 우주선과 연결될 터널을 만들고 싶다. 하지만 인간 우주선이 어떤 재질로 만들어져 있는지 모른다. 어떤 식의 부착이나 밀봉이 가능할지 어떻게 확신할 수 있을까? 제노나이트에 대한 나의 지식은 타의 추종을 불허하지만, '휴머니움'이든 뭐든 저 우주선의 재료와 제노나이트를 어떻게 연결한담? 나는 인간에게 제노나이트 모형을 보냈다. 그러니 인간은 내가 뭘 가지고 있는지 알고 있다. 하지만 나는 지금도 인간이 무엇을 가지고 있는지 모른다.

저들에게는 내 우주선 선체의 견본이 필요할 것이다. 그리고 저들은 그 견본이 내 선체의 견본이라는 것을 알아야만 한다.

"좋아요." 듣는 사람도 없는데 내가 말한다.

이게 좋은 생각인지 형편없는 생각인지는 모르겠다. 하지만 나는 내 우주선 선체를 한 움큼 뜯어낼 생각이다.

선외활동용 공구 세트를 챙긴다. 이 공구들은 17E번 서랍에서 살고 있다. 나는 이 공구들을 얼마 전에 발견했다. 이 공구들은 EVA 우주복을 포함한 모든 것에 끼울 수 있는 공구 벨트에 달려 있다. 스트라트 패거리는 필요시 우리가 선체 수리에 필요한 모든 장비를 갖추도록 했다. 보통 때라면 뭔가를 고치는 일은 일류키나의 몫이 되겠지만, 그녀는 떠나버렸다.

아하. 또 다른 기억이로군. 일류키나가 우리 엔지니어였어. 우리의 맥가이버 걸. 그래. 뭐, 이젠 내가 해야 할 일이니까.

나는 다시 EVA 우주복을 입고 밖으로 나간다. 또 다시 통통 튀며 안으로 들어갔다 나갔다 하는 일이 뭐랄까, 짜증스러워지기 시작한다. 이 터널인지 뭔지가 잘 작동됐으면 좋겠다.

나는 선체를 따라 움직인다. 한 번에 하나씩, 연결용 사슬을 조정하면서. 그러다가 문득 생각하게 된다….

정확히 터널이 뭐가 좋다는 거지? 우리가 서로의 환경에서 살 수 있을 것 같지는 않은데. 그냥 우주선을 연결하고 악수를 할 수는 없는 노릇이다. 저쪽에는 암모니아가 엄청나게 많은 듯하니까.

온도 문제도 있다. 잡고 보면, 저 원통들은 뜨겁다.

잠시 숨을 고른 뒤에 계산을 좀 해보니, 저들이 내게 보낸 첫 번째 원통은 40분간 이동하는 과정에서 섭씨 100도를 잃었을 것이다(최초의 온도가 얼마였느냐에 따라 다르겠지만). 그런데도 내가 잡았을 때는 뜨거웠다. 그럼 저들의 우주선에서 나왔을 때는 정말로 뜨거웠을 것이다. 그러니까… 물의 끓는점보다도 온도가 높았을 것이라는 말이다.

너무 성급한 추정은 하고 싶지 않지만, 그렇잖아. 나는 과학자고, 저들은 외계인이다. 추정하는 게 당연하지.

에리디언은 물의 끓는점보다도 뜨거운 환경에서 사는 걸까? 만일 그렇다면 내가 맞았다는 사실이 증명된다! 골디락스 지대는 멍청이들이나 믿을 소리다! 생명체에는 액체 형태의 물이 필요하지 않다!

나는 마침내 이 작업을 하는 데 적합해 보이는 선체의 한 지점에 이른다. 나는 여압이 있는 우주선 전체의 뒤쪽, 우주선이 점점 넓어지는 부분을 훨씬 지난 곳에 있다. 내 생각이 맞는다면, 나는 아스트로파지로 가득했던 커다랗고 텅 빈 탱크 위에 서 있는 것이다. 이곳 선체를 깨는 것은 괜찮을 것이다.

나는 망치와 정을 꺼낸다. 이런 일을 하기에 가장 우아한 방법은 아니겠지만, 더 나은 방법이 떠오르지 않는다. 정의 한쪽 구석을 선체에 대고 살짝 두드리는 것으로 시작한다. 눈에 띄는 흠집이 생긴다. 가장 바깥쪽 층을 뚫는 데는 별 힘이 들지 않는다.

나는 망치와 정을 가지고 선체 재질을 6인치 정도 둥글게 떼어낸다. 그 아래쪽에 다른 물질로 이루어진 층이 있다. 정을 통해 느껴진다. 아마 단열재일 것이다.

나는 정으로 그 원을 뽑아내야 한다. 아래쪽 층은 단단히 버티다가 갑자기 떨어진다. 선체 견본이 우주로 날아간다.

"이런!"

나는 우주선을 차고 뛰어오른다. 내 연결 사슬이 팽팽하게 당겨지기 직전에 그 원에 손을 댄다. 얼마나 멍청하게 굴었는지 생각하며 잠시 숨을 고른 뒤, 연결 사슬을 따라 내 몸을 당기며 우주선으로 간다. 원을 보니, 아랫면에 가벼운 거품 같은 물질이 붙어 있는 것이 보인다. 스티로폼일 것이다. 아마 그보다 더 복잡한 것이겠지만.

"너희들이 이걸 전부 본 거면 좋겠다." 내가 말한다. "난 다시 할 생각이 없거든."

나는 선체 덩어리를 블립A로 던진다.

저들의 코앞에서 이런 일을 했으니 외계인들도 내가 선체 견본을 보내는다는 것을 알 것이다. 이 정도면 저들이 하려는 일에 충분했으면 좋겠다. 저들이 이걸 원하는지, 저들에게 이게 필요하기는 한지조차 모르지만. 아마 저들은 지금 이 순간 화면을 들여다보며 "저 멍청이, 뭐하는 거야? 자기 우주선에 구멍을 뚫는 거야? 왜?"라고 말하고 있을지도 모른다.

나는 선체에 머물며 덩어리가 타우빛을 받으면서 빙글빙글 돌아가는 모습을 지켜본다. 블립A의 선체 위에 있는 팔 여러 개짜리 로봇이 덩어리를 받으려고 레일을 따라 미끄러진다. 일단 자리를 잡은 로봇은 선체의 덩어리가 도착하기를 기다리다가 완벽하게 잡는다.

그런 다음, 세상에나, 로봇이 내게 손을 흔든다! 로봇이 작은 팔 하나를 내게 흔든다!

나도 마주 손을 흔든다.

로봇이 다시 손을 흔든다.

음, 하루 종일 하게 생겼는데. 나는 에어로크로 돌아간다.

이제 너희 차례야, 얘들아.

저들이 자기 차례에 하는 일은 시간을 오래 끄는 것이다. 나는 지루해진다.

우와. 타우세티계의 우주선에 앉아서, 방금 만난 지능이 있는 외계인들이 우리의 대화를 이어가 주기만 기다리고 있는데… 지루하다니. 인간에게는 비정상적인 것을 받아들여 정상적인 것으로 만드는 놀라운 능력이 있다.

나는 또 무슨 기능이 있는지 알아보려고 레이더 패널의 제어판을 살펴본다. 설정 창을 좀 뒤져보니 찾던 것이 나온다. 근접 경고 범위다. 현재는 100킬로미터로 설정되어 있다. 꽤 합리적이다. 보통은 사물이 수백만 킬로미터는 떨어져 있을 거라고 생각하기 쉬우니까. 최소한 몇만 킬로미터는 된다고 생각한다. 그러나 무슨 바위 같은 게 100킬로미터 범위 안에 있다면 그건 중요한 문제다.

나는 설정값을 0.26킬로미터로 변경한다. 수치가 너무 낮다며 컴퓨터가 거부할까 봐 걱정했지만 그런 일은 벌어지지 않는다.

나는 등을 쭉 펴고 조종석에서 둥실둥실 떠 나간다. 블립A는 271미터 떨어져 있다. 저들이 260미터 안으로 들어오거나, 그 범위 안에 들어오는 다른 선물을 보낸다면 근접 경고가 울릴 것이다. 더는 여기에 앉아 화면을 들여다볼 필요가 없다. 블립A가 뭐든 흥미로운 일을 하면 통제실이 시끄럽게 경고음을 울릴 테니까.

나는 침실로 떠내려간다.

"음식." 내가 말한다.

로봇 팔이 천장의 작은 저장고에서 상자를 하나 꺼내 내 침대에 쑤셔 넣는다. 언젠가는 저 창고를 둘러보고 쓸 수 있는 물건이 무엇인지 알아봐야 할 것이다. 하지만 일단은 천장을 차고 내려와 음식 있는 곳으로 둥실둥실 떠간다. '10일차, 2식'이라는 이름표가 붙은 상자는 밑바닥에 벨크로 같은 끈이 달려 있어, 상자가 침대보 위 정해진 자리에 고정되도록 도와준다. 상자를 열어보니 부리토가 보인다.

나는 대체 뭘 기대한 걸까. 아무튼 좋다. 부리토네.

알고 보니 이건 실온 상태의 부리토다. 콩과 치즈, 정체불명의 빨간색 소스… 전부 꽤 맛있다. 정말이다. 하지만 미지근하다. 이 동네에서는 승조원에게 따뜻한 음식을 주지 않는 것이든지, 기계가 최근 혼수에서 깨어난 환자란 뜨거운 음식을 먹다가 화상을 입을 수도 있는 못미더운 존재라고 생각하는 것이겠지. 아마 후자일 것이다.

나는 실험실로 올라가 부리토를 실험용 용광로에 넣는다. 몇 분 넣어둔 다음, 부젓가락을 가지고 꺼낸다. 치즈가 부글거리고 증기가 천천히 사방으로 퍼져나간다.

나는 부리토가 공기 중을 떠다니며 식게 놔둔다.

나는 숨죽여 웃는다. 정말로 뜨거운 부리토가 먹고 싶으면, 스핀 드라이브를 켜고 EVA 우주복을 입고 나가 스핀 드라이브에서 나오는 빛에 부리토를 대고 있어야지. 그럼 정말 빠르게 뜨거워질 텐데. 얼마나 뜨거워지냐 하면 내 팔을 비롯해 폭발 범위에 들어오는 모든 것을 증발시켜 버릴 정도로 말이야. 왜냐하면….

"작은 러시아에 오신 것을 환영합니다!" 디미트리가 말했다. 그는 연기라도 하듯 항공모함의 아래쪽 격납고를 가리켰다. 그 공간 전체의 용도가 첨단 장비로 가득한 여러 개의 실험실로 변경되었다. 실험복을 입은 과학자 수십 명이 각자 맡은 임무를 하느라 고역을 치르고 있었다. 그들은 이따금 서로에게 러시아어로 말을 건넸다. 우리는 그들을 '디미트리의 대원들'이라고 불렀다.

우리는 이름을 짓는 데 너무 지나친 노력을 기울이고 있는 것일지도 모르겠다.

나는 스크루지가 동전 가방을 움켜쥐듯 작은 견본 통을 꽉 쥐었다.

"마음에 안 들어요."

"자, 쉿." 스트라트가 말했다.

"저는 지금까지 겨우 8그램의 아스트로파지를 만들었어요. 그런데 그중 2그램을 내놔야 한다고요? 2그램이 그리 대단해 보일지 않을지는 몰라도, 아스트로파지 세포 개수로 따지면 9,500만 개나 된다고요."

"훌륭한 명분을 위해 내놓는 것입니다, 친구!" 디미트리가 말했다. "장담하는데, 마음에 드실 거예요. 자, 가죠!"

그는 스트라트와 나를 데리고 주 실험실을 지났다. 커다란 원통형 진공실이 실험실 중앙을 차지하고 있었다. 진공실은 열려 있었고, 기술자 세 사람이 그 안의 탁자에 뭔가를 올려놓았다.

디미트리가 러시아어로 그들에게 뭔가 말했다. 그들이 뭐라고 대답했다. 디미트리는 다른 무슨 말을 하며 나를 가리켰다. 그들은 미소 지었고, 행복한 러시아인이 낼 법한 소리를 냈다.

그런 다음, 스트라트가 러시아어로 뭔가 엄격한 소리를 냈다.

"죄송합니다." 디미트리가 말했다. "지금은 영어만 쓰세요, 친구들! 미국인을 위해서!"

"안녕하세요, 미국인!" 기술자 중 한 명이 말했다. "나는 당신을 위해 영어를 말합니다! 당신은 연료가 있어요?"

나는 견본 통을 더욱 꽉 잡았다. "연료가 약간 있긴 한데…"

스트라트는 내가 수업 시간에 고집을 부리는 학생들을 볼 때 쓸 법한 눈길로 나를 보았다. "이리 넘기세요, 그레이스 박사님."

"저기요, 제 배양기로 아스트로파지 개체수를 늘리는 데는 시간이 걸려요. 아시죠? 지금 2그램을 가져간다는 건, 다음 달에 4그램을 가져가는 거나 마찬가지라고요."

스트라트는 내 손에서 통을 빼내 디미트리에게 건넸다.

그는 작은 금속 통을 높이 들고 감탄하며 바라보았다. "오늘은 좋은 날입니다. 저는 오늘만 기다려 왔어요. 그레이스 박사님, 제가 개발한 스핀 드라이브를 보여드리겠습니다!"

그는 내게 따라오라고 손짓하더니, 계단을 껑충껑충 뛰어올라 진공실로 들어갔다. 기술자들이 한 번에 한 명씩 진공실에서 나가며 우리가 들어갈 수 있는 자리를 만들어주었다.

"전부 연결됐습니다." 그중 한 명이 말했다. "체크리스트도 완성됐고요. 실험 준비됐습니다."

"좋아요, 좋아요." 디미트리가 말했다. "그레이스 박사님, 스트라트 씨, 자, 이리 오세요!"

그는 스트라트와 나를 진공실 안으로 데리고 들어갔다. 두껍고 반짝이는 금속판이 한쪽 벽에 기대어 놓여 있었다. 진공실 한가운데에는 둥근 탁자가 서 있고, 웬 장치가 그 위에 놓여 있었다.

"이게 스핀 드라이브입니다." 디미트리가 활짝 웃었다.

보기에는 별것 아니었다. 폭이 2피트쯤 됐고 대체로 둥근 모양이었지만, 한쪽 면은 평평하게 깎여 있었다. 사방의 구멍들에서 센서와 전선이 나왔다.

디미트리가 위쪽 뚜껑을 열어 안쪽을 드러냈다. 내부는 더 복잡했다. 그곳에는 회전자에 달린, 투명한 삼각형이 있었다. 디미트리가 그것을 살짝 돌렸다. "보이시죠? 돌아갑니다. 그래서 스핀 드라이브예요."

"어떻게 작동하는 건가요?" 내가 물었다.

그는 삼각형을 가리켰다. "이게 회전체입니다. 신장성이 높고 강한, 투명한 폴리카보네이트죠. 그리고 여기로," 그는 회전체와 바깥쪽 통

사이의 공간을 가리켰다. "연료가 들어옵니다. 회전체 저쪽 부분 안에 들어 있는 적외선 방출 장치가 4.26미크론 및 18.31미크론 파장을 가진 빛을 소량 방출합니다. 아스트로파지를 끌어들이는 파장이죠. 아스트로파지는 저 회전체 표면으로 향합니다. 하지만 그 정도가 심하지는 않아요. 아스트로파지의 추진력은 적외선의 강도에 달려 있으니까요. 빛이 어두우면 추진력도 약하죠. 하지만 아스트로파지가 표면에 달라붙는 데는 그 정도면 충분합니다."

그는 삼각형을 돌려 한쪽 가장자리를 통의 평평한 부분과 맞추었다. "120도 회전하면 아스트로파지가 달라붙어 있는 회전체의 이쪽 면이 이제는 우주선의 뒤쪽을 가리키게 됩니다. 그때 내부 적외선의 강도를 증가시킵니다. 아스트로파지는 이제 매우 신이 나서, 적외선 쪽으로 매우 세게 밀고 나갑니다! 그 추진력이, 페트로바 주파선의 빛이 우주선 뒤쪽으로 나갑니다. 그 힘이 우주선을 앞으로 밀어내죠. 작은 아스트로파지 수백만 개가 우주선 뒤쪽을 밀어 우주선을 나아가게 만드는 겁니다."

나는 허리를 숙이고 들여다보았다. "그렇군요…. 이렇게 하면 우주선의 어느 부분도 빛의 폭발 범위에 들어가지 않게 되네요."

"네, 맞습니다!" 디미트리가 말했다. "아스트로파지의 힘은 오직 아스트로파지를 끌어들이는 적외선의 밝기에 따라 제한됩니다. 많은 계산 끝에 저는 아스트로파지가 4초 안에 모든 에너지를 소진하게 하는 것이 최선이라고 판단했습니다. 그보다 빨라지면 아스트로파지의 힘이 회전체를 깨뜨릴 겁니다."

그는 회전체를 120도 더 돌리고, 통의 남아 있는 세 번째 부분을 가리켰다. "여기는 세척 구역입니다. 스퀴지가 죽은 아스트로파지를 회전체에서 닦아냅니다."

그는 세척 구역과 연료 공급 구역, 개방된 표면을 차례로 가리켰다. "세 구역이 동시에 활성화됩니다. 그러니까, 이 구역이 표면에서 죽은 아스트로파지를 닦아내는 동안 연료 공급 구역에서는 아스트로파지를 그 표면에 더해주고, 우주선 뒤쪽을 가리키는 다른 표면은 추진력을 제 공합니다. 이 파이프라이닝(여러 개의 연산장치를 설치하여 명령 실행을 개 시한 후에 계속해서 다음 명령의 실행을 중복시키는 일―옮긴이) 덕분에 삼각 형에서 우주선 뒤쪽을 가리키는 부분은 늘 추진력을 제공하게 되죠."

디미트리는 내 아스트로파지 바이알을 열어 연료실에 넣었다. 아스 트로파지는 삼각형의 표면으로 갈 길을 찾아낼 터이므로, 특별한 조치 는 필요하지 않은 듯했다. 디미트리는 연료가 적외선을 보도록 하면 된다.

"자, 자." 그가 말했다. "실험 시간입니다!"

우리는 진공실을 나섰고, 디미트리가 진공실을 밀폐했다. 그가 러시 아어로 뭔가 소리치자 모든 러시아인들이 그 말을 반복하기 시작했다. 우리를 포함해 모두가 격납고의 가장자리로 갔다.

접이식 탁자가 설치되어 있었다. 탁자에는 화면에 키릴문자가 떠 있 는 노트북이 있었다.

"스트라트 씨. 항공모함과 가장 가까운 육지의 거리가 얼마나 됩니 까?" 디미트리가 물었다.

"약 300킬로미터쯤이요." 그녀가 말했다.

"잘됐네요."

"잠깐, 왜요?" 내가 말했다. "그게 왜 잘된 겁니까?"

디미트리가 입을 꾹 다물었다. "그건… 잘된 일이에요. 과학 시간입

237

니다!"

그가 버튼을 눌렀다. 실험실 구역의 맞은편 끝에서 뭔가에 가로막힌 듯 쿵 소리가 들리더니 웅웅거리는 소리가 뒤따랐다. 그다음에는 아무 소리도 들리지 않았다.

"실험 완료." 그는 허리를 숙이고 화면을 읽었다. "6만 뉴턴의 힘이 발생했습니다!"

그는 다른 러시아인들을 돌아보았다. "60,000 ньютонов!"

모두가 환호했다.

스트라트가 나를 돌아보았다. "엄청난 힘, 맞죠?"

나는 멍하니 입을 벌린 채 디미트리를 쳐다보느라 그녀에게 대답하지 못했다. "6만 뉴턴이라고 했습니까?"

그는 주먹으로 허공을 쳤다. "네! 6만 뉴턴이요! 그 힘이 100마이크로초 동안 유지됐습니다!"

"세상에. 저 작은 것에서요!" 나는 앞으로 가려 했다. 직접 봐야 했다.

디미트리가 내 팔을 잡았다. "아뇨. 여기 가만히 있어요, 친구. 우리 모두 여기 가만히 있는 겁니다. 18억 줄의 빛 에너지가 방출됐어요. 그 래서 진공실과 금속 규소 1,000킬로그램이 필요했던 겁니다. 이온화될 공기가 없어야 하니까요. 빛은 곧장 실리콘 블록으로 향합니다. 에너지는 금속을 녹이면서 흡수되고요. 아시겠죠?"

그는 내 쪽으로 노트북을 돌려놓았다. 진공실 안의 카메라가 한때는 두꺼운 금속판이었던 반짝이는 방울을 보여주었다.

"…이럴 수가…" 내가 말했다.

"네, 네." 디미트리가 말했다. "아인슈타인 씨가 말한 $E=mc^2$입니다. 아주 강력한 거죠. 우리는 몇 시간 동안 냉각 시스템으로 저걸 처리할 겁니다. 바닷물을 사용해서요. 괜찮을 겁니다."

나는 경이로운 마음에 그저 고개를 저을 뿐이었다. 겨우 100마이크로초 안에(100마이크로초란 1만 분의 1초였다) 디미트리의 스핀 드라이브는 금속 1톤을 녹여버렸다. 그 모든 에너지가 나의 작은 아스트로파지 안에 저장되어 있었다. 내 배양기를 사용해, 항공모함의 원자로에서 발생한 열로 천천히, 오랜 시간에 걸쳐 거둬들인 에너지. 뭐랄까, 계산은 전부 확실했지만 이런 식으로 정말 시연되는 것을 본다는 건 완전히 다른 문제였다.

"잠깐…. 방금 아스트로파지를 얼마나 사용하셨습니까?"

디미트리가 미소 지었다. "발생한 추진력을 근거로 추정할 수밖에 없습니다. 하지만 약 20마이크로그램이었을 거예요."

"제가 2그램을 통째로 드렸는데요! 나머지는 돌려주시겠어요?"

"욕심 부리지 마세요." 스트라트가 말했다. "추가 실험을 하려면 디미트리한테 필요해요."

스트라트가 그를 돌아보았다. "잘했어요. 실제 스핀 드라이브 크기는 얼마나 될까요?"

디미트리가 동영상 자료를 가리켰다. "저 정도요. 저게 실제 스핀 드라이브입니다."

"아뇨, 우주선에 장착될 스핀 드라이브 말입니다."

"저 정도요." 디미트리가 다시 가리키며 말했다. "여분, 안전성, 신뢰도를 원하시죠? 그래서 단 하나의 커다란 엔진은 만들지 않습니다. 1,000개의 작은 엔진을 만들 거예요. 실제로는 1,009개입니다만. 필요한 추진력 전부를 공급하는 데 충분하고도 많이 남죠. 여행 중에 일부가 오작동한다? 문제없습니다. 다른 스핀 드라이브가 제공하는 추진력이 보상해 줄 테니까요."

"아." 스트라트가 고개를 끄덕였다. "작은 스핀 드라이브를 엄청나게 많이 쓴다는 거군요. 마음에 드네요. 계속 잘해주세요."

스트라트는 계단실로 향했다.

나는 디미트리를 빤히 바라보았다. "견본 2그램을 동시에 전부 썼다면…"

디미트리가 어깨를 으쓱했다. "퍼어엉! 우린 증기가 되는 겁니다. 우리 모두가요. 항공모함도. 그 폭발이 작은 쓰나미를 일으킬 겁니다. 하지만 육지에서 300킬로미터 떨어져 있으니까 괜찮아요."

그가 내 등을 철썩 때렸다. "그리고 제가 저승에서 그레이스 박사님한테 술을 한잔 사드려야겠죠? 하하하하!"

"흠." 나는 혼잣말한다. "스핀 드라이브는 그런 식으로 작동하는 거구나."

나는 부리토를 우물거린다.

그러니까 내게는 스핀 드라이브 1,000개가 있는 모양이다("1,009개요!" 디미트리의 목소리가 내 머릿속에 들린다). 최소한, 출발할 때는 그만큼 있었을 것이다. 여행 중에 몇 개는 고장 났을지 모른다. 스핀 드라이브 제어판을 보면 작은 스핀 드라이브 하나하나의 상태를 알려주는 패널이 있을지도 모르겠다.

근접 경고가 생각을 방해한다.

"이제야!"

나는 부리토를 '떨어뜨리고' (부리토는 내가 놔둔 곳에 떠 있다) 몸을 통제실로 띄워 올린다. 숙소에서 실험실로 통하는 해치는 실험실에서 통제실로 통하는 해치와 일직선이 아니지만, 제대로만 한다면 두 해치를 모두 통과할 수 있는 사선 경로가 있다.

이번에는 제대로 하지 못한다. 가는 길에 실험실 벽을 밀쳐야만 한다. 그래도 점점 나아지고 있다.

나는 레이더 패널을 살펴본다. 아니나 다를까, 블립A가 다가오고 있다! 이번에는 원통이 아니다. 우주선 전체가 내 쪽으로 다가오고 있다. 천천히, 매끄럽게. 위협적이지 않은 접근법을 시도하는 걸까? 어쨌든, 블립A가 거의 다 왔다.

블립A의 선체에 새로 덧붙여진 부분이 있는 것 같다. 헤일메리호 전체와 맞먹을 만큼 커다란 다이아몬드 부분에 위쪽으로 곧장 뻗어 나오는 원통형 관이 있다. 선체 로봇이 그 옆에 앉아 있다. 자랑스러워하는 모습이다. 내가 저 녀석을 좀 의인화하는 건지는 몰라도.

관은 제노나이트처럼 보인다. 얼룩덜룩한 회색과 황갈색, 결처럼 보이는 선이 관 전체에 퍼져 있다. 지금 각도에서 알아보기는 어렵지만, 관은 비어 있는 것처럼 보이기도 한다.

앞으로 무슨 일이 벌어질지 알 것 같다. 모형을 통해 알려주었던 계획에 따른다면 저들은 저 관의 반대쪽 끝을 내 에어로크에 연결할 것이다.

터널을 어떻게 붙이려나? 내 에어로크에는 우주선 결합 능력이 있다. 아마 나와 승조원들을 헤일메리호까지 태워다 준 우주선과 결합하기 위해서였을 것이다. 하지만 에리디언들이 보편형 에어로크의 복잡한 세부사항들을 알 것 같지는 않다.

블립A가 점점 더 가까이 다가온다. 실수가 있으면 어쩌지? 저들이 잘못 계산했다면? 저들이 사고로 내 선체에 구멍을 뚫는다면? 인류의 멸종을 막을 존재는 오직 나뿐이다. 외계인의 계산 실수가 내가 속한 종 전체를 멸망시킬까?

나는 서둘러 에어로크로 가서 EVA 우주복을 걸친다. 신기록이다. 나중에 후회하느니 처음부터 안전한 게 낫다.

이제는 블립A가 너무 가까워져서, 망원경 화면에는 얼룩덜룩한 선체 일부만 보인다. 나는 외부 카메라로 전환한다. 내 선체 곳곳에는 외부 카메라들이 달려 있고, 그것들은 전부 선외활동 패널에서 제어할 수 있다. 우주비행사에게 선외활동과 관련된 지시를 내릴 때는 언제나 그들이 어디에 있는지 아는 게 좋기 때문이겠지.

터널은 약 20피트 길이다. 7미터쯤 된다. 정말이지, 가끔은 미국인 과학자로 산다는 게 아주 짜증 난다. 처한 상황에 따라 아무렇게나, 도저히 예상할 수 없는 단위로 생각하게 되니까.

선체 로봇이 심각하게 신축성이 강한 팔 몇 개를 뻗는다. 저렇게 할 수 있는지 몰랐다. 로봇의 팔은 터널을 훨씬 넘어서 내 에어로크 쪽으로 다가온다. 소름끼치는 건 전혀 아니다. 점점 늘어나는 외계인 로봇의 팔 다섯 개가 내 앞문으로 다가온다니. 놀랄 것 없지.

각 팔의 손가락 세 개짜리 '손'에는… 뭔가가 들려 있다. 양쪽 끝에 평평한 판이 붙어 있는 구부러진 막대다. 머그잔 손잡이 같다. 팔 세 개가 헤일메리호에 다가와 그 장치의 납작한 부분을 선체에 붙인다. 잠시 후에는 다른 두 개의 팔도 똑같이 한다. 그런 다음, 팔 다섯 개가 전부 수축하며 헤일메리호를 터널 쪽으로 끌어당긴다.

그렇구나. 그러니까, 저 납작한 것들이 손잡이다. 어떻게 붙였느냐고? 좋은 질문이다! 내 선체는 매끄럽고, 자력이 통하지 않는 알루미늄으로 만들어졌다(갑자기 왜 이게 생각나는 거지?). 저 손잡이가 그 어떤 기계적인 방식으로도 연결되지 않았다는 건 확실하다. 접착제를 쓴 게 틀림없다.

그러자 전부 이해되기 시작한다.

당연히 저들은 우주선 결합이 어떤 방식으로 이루어지는지 알아낼 필요가 없다. 터널의 한쪽 끝을 내 우주선에 풀로 붙이면 되니까. 안될 게 뭔가? 그 방법이 훨씬 더 간단한데.

내 우주선이 삐걱거리는 소리를 낸다. 헤일메리호는 10만 킬로그램짜리 장치로, 누가 에어로크를 잡고 끌고 가는 상황을 고려해서 설계되지 않은 게 확실하다. 선체가 이 작업을 버텨낼까?

나는 EVA 우주복의 밀폐부를 다시 확인한다.

내 주위에서 통제실이 움직인다. 빠르지는 않다. 겨우 초속 몇 센티미터 정도다. 이것 좀 보라니까, 우주선의 느린 속도에 대해 생각할 때는 미터법을 쓴다고! '보름에 1큐빗'이니 뭐니 하는 식으로 생각하는 것보다는 훨씬 낫지.

벽이 내게 다가오도록 놔둔다. 파충류의 뇌 차원에서, 에어로크와 좀 떨어진 곳에 있고 싶다. 저쪽에서 뭔가 무서운 일이 벌어지고 있다.

철컹.

에리디언의 터널이 선체에 부딪혔다. 철컥거리며 긁히는 소리가 뒤따른다. 나는 선체 카메라 자료를 지켜본다.

터널의 입구는 이제 에어로크의 구멍에 단단히 붙어 있고, 에어로크 문 전체보다 크다. 그게 전부인 것 같다. 접착제가 압력을 견딜 수 있다는 가정이 있어야겠지만. 저들은 내 기압이 얼마인지조차 모르고 있다. 저 접착제는 무엇으로 만들어져 있을까? 물을 것이 너무 많다.

EVA 우주복 장갑을 낀 채로 통제실의 패널을 조작할 수는 없다. 화면을 확대하든지 할 수 있으면 좋겠는데. 나는 눈을 가늘게 뜨고 터널을 보여주는 동영상 중 하나를 바라본다. 내가 보기에는 확실히 선체에 딱 달라붙어 있는 것 같다. 그 지점 주변의 선체는 약간 굽은 형태다. 만들기에는 좀 복잡한 형태지만, 에리디언들은 그 모양을 완벽하게 복제해 냈다.

1분 후, 로봇 팔들이 손잡이를 놓는다. 손잡이는 선체에 그대로 붙어 있다.

에어로크에서 먹먹한 소리가 들려온다. 쉭쉭대는 소리다. 공기가 흐르는 건가? 저 녀석들, 터널에 여압을 넣고 있잖아!

심장이 두근거린다. 내 선체가 이런 작업을 버텨낼 수 있을까? 저들의 기체가 알루미늄을 녹인다면? 알루미늄이 에리디언들에게 매우 유독하고, 알루미늄을 한 모금이라도 들이마신 에리디언이 즉사한다면? 이건 끔찍한 생각이다!

쉭쉭대는 소리가 멈춘다.

나는 침을 삼킨다.

저들은 작업을 마쳤다. 아직 아무것도 녹지 않았다. 나는 상태를 확인하러 에어로크 쪽으로 둥둥 떠간다.

물론, 나는 에어로크의 문 두 개를 모두 봉인해 두었다. 파손이 일어날 경우에 대비해 보호책을 더 갖춘 것이다. 나는 안쪽 문을 열고 그 안으로 들어간다. 나는 둥근 창을 내다본다.

우주의 암흑은 사라지고 어두운 터널의 암흑으로 대체되었다. 나는 헬멧 램프를 켜고, 둥근 창 너머로 빛을 비추려고 머리 각도를 조정한다.

터널 끝이 너무 가깝다. 그게 거슬린다는 뜻은 아니다. 내 말은, 터널 끝까지의 거리가 20피트가 채 안 된다는 뜻이다. 그보다는 10피트에 가깝다. 게다가 터널의 나머지 부분이 회색과 황갈색의 얼룩덜룩한 제노나이트로 만들어진 데 비해, 맨 끝의 벽은 임의의 색깔을 띤 육각형 무늬로 이루어져 있다.

저들은 터널만 연결한 것이 아니다. 가운데에 벽을 하나 두고 내 에어로크를 자신들의 에어로크와 연결했다.

영리한데.

나는 에어로크에 들어간 채로 에어로크의 내부 문을 닫고 감압을 진행한다. 외부 문의 해치 손잡이를 돌리고 밀어젖힌다. 문은 아무 저항 없이 열린다. 터널은 진공이다. 최소한, 이 분리 장치에서 내가 있는 곳과 가까운 쪽은 그렇다.

알 것 같다. 이건 실험이다. 저들도 내가 했던 모든 걱정을 하는 것이다. 일단 터널을 연결하고, 내가 나와 가까운 쪽의 터널 기압을 내가 쓰는 공기로 맞추도록 한 다음 무슨 일이 일어나는지 보겠다는 거다. 되거나 말거나다. 된다면 멋진 일이다. 안 된다면 다른 걸 해볼 테고. 아니면 나한테 뭔가 해보라고 요청하거나.

좋아. 어디 보자.

나는 에어로크에 다시 기압을 높이도록 명령한다. 에어로크는 명령을 거부한다. 외부 문이 열려 있다. 교차 안전장치가 있다니 좋은 일이지만, 이 안전장치를 피해서 작업할 방법을 알아내야 한다.

어렵지 않다. 우주선의 공기를 에어로크로 집어넣는 수동 배출 밸브가 있다. 이 밸브는 모든 컴퓨터 제어장치를 우회한다. 소프트웨어 오작동으로 사람이 죽는 건 바람직하지 않으니까.

나는 배출 밸브를 연다. 헤일메리호로부터 공기가 쏟아져 들어온다. 에어로크가 활짝 열려 있기에, 그 공기는 이어서 터널로 들어온다. 3분 안에 공기 흐름이 느려지다가 멈춘다. 우주복의 신호를 보니, 바깥의 기압은 400헥토파스칼이다. 헤일메리호는 터널의 내 구역과 평형을 이루었다.

나는 배출 밸브를 잠그고 기다린다. EVA 우주복의 외부 기압 계기판을 지켜본다. 기압은 400헥토파스칼에서 움직이지 않는다. 밀폐가 잘 이루어져 있는 것이다.

에리디언들은 알루미늄에 풀로 제노나이트를 붙이는 방법을 알고 있다. 당연히 그렇겠지. 알루미늄은 원소이고, 애초에 제노나이트를 발명할 수 있는 종족이라면 우리보다 주기율표를 1,000배는 잘 알고 있을 게 틀림없다.

이제는 그냥 믿고 뛰어들 때다. 나는 EVA 우주복의 밀폐 부분을 팡소리와 함께 개방하고, 뒤쪽으로 기어 나온다. 강한 암모니아 냄새가 공기에 스며 있지만, 그것만 빼면 숨을 쉴 만하다. 어쨌거나 내 공기를 집어넣은 것이니까. 나는 EVA 우주복을 에어로크 쪽으로 다시 밀친다. 헬멧 램프가 내 유일한 광원이므로, 나는 우주복의 각도를 조정해 빛이 터널 쪽을 계속 비추도록 한다.

나는 수수께끼의 벽으로 다가가 그 벽을 만져보려고 손을 뻗다가 그만 멈춘다. 몇 인치 떨어져 있는데도 열기가 느껴진다. 에리디언들은 뜨거운 걸 좋아한다.

나는 땀을 흘리기 시작한다. 터널 벽이 내 쪽의 공기를 데우고 있다. 불편하지만, 그리 나쁘지는 않다. 내 기후 통제장치가 주도권을 쥐게 하려면 헤일메리호의 에어로크 내부 문을 열면 된다. 그러면 우리 우주선의 생명 유지 장치가 이 터널의 온도와 맞서 싸울 수 있다. 저들은 뜨거운 쪽을 뜨겁게 유지하고, 나는 차가운 쪽을 차갑게 유지하면 된다.

이마에 땀이 맺히고 강한 암모니아 악취 때문에 눈에는 눈물이 고이지만, 나는 계속 밀고 나간다. 너무 궁금해서 참을 수가 없다. 누가 나를 비난할 수 있을까?

이 벽에는 최소 스무 개의 작은 육각형이 있다. 전부 색깔과 질감이 다르고, 그중 두어 개는 반투명인 것 같다. 하나씩 목록을 만들어서 재질이 뭔지 알아봐야겠다. 더 가까이서 살펴보니, 육각형의 테두리를 따라 이어진 솔기가 확실하게 보인다.

그때, 반대편에서 소리가 들려온다.

똑, 똑, 똑.

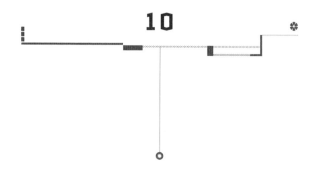

10

저쪽에서 노크했으니, 나도 노크하는 게 예의다. 벽이 뜨거우리라는 것을 알기에 나는 손마디로 최대한 빠르게 벽을 두드린다.

저들이 그랬듯 나도 세 번 노크한다.

즉각적인 반응은 없다. 나는 육각형 여러 개로 이루어진 벽을 오랫동안 바라본다. 육각형은 마흔 개로 저마다 독특한 모양이다. 서로 다른 소재를 쓴 것일까? 뭔가 해야 할 것 같은데, 뭘 하지?

저들이 나를 지켜보고 있을까? 카메라처럼 생긴 건 안 보이는데.

나는 손가락으로 등 뒤의 내 에어로크를 가리킨다. 저들이 나를 볼 수 있는지, 이 손동작의 의미를 어떻게든 이해할지는 잘 모르겠다. 나는 육각형 벽을 차고 에어로크로 돌아가 안쪽 문을 개방한다. 안 될 이유도 없다. 양쪽의 기압이 같으니 에어로크를 열어둬도 괜찮다. 터널의 기압이 떨어지면 선체에서 공기가 빠져나가 에어로크 안쪽 문이 닫힐 것이고 나는 살아남게 된다.

나는 실험실로 간 다음 골라둔 물건 몇 가지가 담긴 가방을 챙겨 터널로 돌아온다.

일단은 통로를 따라가며 여기저기에 LED 전등을 붙이고, 조명 각도를 육각형 벽 쪽으로 향하게 조정한다. 이제는 최소한 내가 뭘 하는지 볼 수 있다. 나의 믿음직스러운 휴대용 엑스레이 분광계를 꺼내 육각형 하나를 살핀다. 제노나이트다. 앞서 저들이 내게 보냈던 원통과 거의 같은 성분으로 구성되어 있다.

거의.

미량원소에 약간 차이가 있다. 어쩌면 제노나이트도 강철과 비슷해서 만드는 방법이 엄청나게 다양한 것인지도 모른다. 나는 다음 육각형도 확인한다. 이번에도 약간 다른, 독특한 조합이다.

가장 그럴싸한 추측은, 다양한 상황에 저마다 최적인 제노나이트가 존재한다는 것이다. 저들은 내 대기가 어떤지 몰랐다. 그래서 이 대기를 상대로 시험해 볼 다양한 화합물을 보냈다. 내가 터널을 살펴 가장 적당한 육각형을 정하도록.

그 말은 내가 터널을 비워야 한다는 뜻이다. 저들을 위해서 내 쪽을 감압해 줘야 할까? 그게 예의일 것 같은데. 어려운 일도 아니었다. 그냥 에어로크에 회전을 명령하기만 하면 된다. 에어로크야 "세상에, 오늘은 내 배 속에 공기가 엄청나게 들어오는걸!"이라고 생각하겠지만, 어쨌든 진공상태가 될 때까지 계속 공기를 퍼낼 것이다.

그러나 한편으로는, 저들에게 이쪽 대기의 표본을 채취할 방법이 있을지도 모른다. 이 터널을 만든 게 나라면 그렇게 했을 것이다. 저들도 꽤 똑똑해 보이고.

나는 에어로크 쪽으로 돌아서지만 뭔가가 내 시선을 잡아끈다. 뭔가 움직였다!

나는 재빨리 육각형 벽으로 관심을 돌린다. 아무 변화도 없다. 하지만 나는 분명 뭔가 움직이는 것을 봤다. 육각형 몇 개가 반짝인다. 아마 반사된 내 모습을 본 것인가 보다.

잠깐….

육각형 하나가 두드러진다. 왜지?

터널 벽과 가까운 육각형이다. 별로 눈에 띄지는 않는 자리인데. 나는 더 자세히 살펴보려고 그리로 둥실둥실 떠간다.

"어머 세상에!" 내가 말한다.

이 육각형은 투명하다! 다른 모든 육각형은 불투명하지만, 이 육각형만은 유리 같다! 나는 전등 하나를 벽에서 떼어내 육각형을 비춘다. 더 자세히 살펴보려고 뜨거운 벽에 머리를 바싹 댄다.

빛이 반대편으로 투과한다. 육각형 너머의 터널 벽이 보인다. 저쪽은 진공상태이거나, 투명한 대기를 가지고 있다. 어느 쪽이든 내 시야를 가리거나 흐리는 것은 아무것도 없다.

갑자기 돌덩어리가 육각형의 반대편에 부딪히더니 가만히 있는다. 나한테서 겨우 한 뼘 정도 떨어진 곳이다. 삼각형처럼 보이고, 암갈색 비슷하며, 모서리가 거칠고 울퉁불퉁하다. 동굴에 살던 원시인의 창끝 같은 모습이다.

내가 우주를 여행하는 원시인을 만난 건가?

바보 같은 소리 마, 라일랜드.

왜 지기에 돌을 놔뒀지? 돌이 끈적끈적해서 저 자리에 붙어 있는 건가? 내 시야를 막으려고 붙였나? 그런 거라면 솜씨가 형편없는데. 작은 삼각형은 가장 두꺼운 지점도 겨우 폭이 1~2인치 정도인데, 육각형 벽은 가로가 족히 8인치는 된다.

상황은 점점 터무니없어진다. 이제는 돌덩이의 연결부가 구부러진

250

다. 똑같은 동작을 취하는 비슷한 돌이 두 개 더 있다. 그리고 그 돌덩이들에 이어진 더 긴 돌이….

저건 돌이 아니다. 발톱이다! 손가락 세 개가 달린 발톱!

더 보고 싶어서 미칠 것 같다! 나는 육각형에 얼굴을 바싹 들이댄다. 타는 듯 뜨겁지만, 몸을 떼고 싶은 충동에 저항한다. 물론 아프다. 아마 흉터도 남을 것이다. 실험실로 돌아가 카메라를 가져와야 할 텐데. 아니, 진짜로. 하지만 이런 순간에 그런 정신이 있는 사람은 없다.

나는 얼굴이 아파서 신음하지만 더 나은 시야라는 보상을 얻는다.

외계인의 발톱… 아니지, 손이라고 불러야겠다. 그게 덜 무서우니까. 외계인의 손에는 삼각형 손가락 세 개가 달려 있고 손가락마다 연결부가 있다. 손마디라고 해야겠지. 손은 물방울 모양으로 쥐거나, 일종의 다리 세 개짜리 불가사리처럼 펼칠 수 있다.

피부가 희한하다. 갈색과 검은색이 섞인 바위 같다. 불규칙적이고 울퉁불퉁하다. 누가 화강암으로 손을 깎았는데, 표면을 연마할 시간이 없었던 것만 같다. 혹시 타고난 갑옷인 걸까? 거북의 껍질과 비슷하지만, 덜 정돈된?

팔도 하나 있다. 뜨거운 고통의 벽에 아무리 열심히, 멍청하게 얼굴을 갖다 대도 이 각도에서는 그 팔이 거의 보이지 않는다. 하지만 손에서 이어지는 팔이 하나 있는 건 확실하다. 뭐, 있는 게 당연한 것 아닐까? 마법의 손이 허공에 둥둥 떠다닐 리는 없으니까.

더는 통증을 참을 수 없다. 나는 머리를 치운다. 얼굴을 더듬어본다. 살갗이 벗겨진 것 같긴 한데, 물집은 없다.

톡 톡 톡.

외계인이 손가락으로 투명한 육각형을 두드린다. 그래서 나도 손가락으로 그 육각형을 세 번 톡톡 친다.

외계인이 다시 세 번 육각형을 두드린다. 그래서 나도 두드린다.

그러자 뭔가 소름 끼치는 것이 다가온다. 발토… 아니, 손이 물러났다가 어떤 물건을 가지고 돌아오더니 투명한 육각형에 가져다 댄다. 뭔지는 몰라도 작다. 나는 더 잘 보기 위해 몸이 벽 쪽으로 떠가도록 놔둔다. 열기에 얼굴이 달아오른다.

당연히 그 물체는 제노나이트다. 높이는 0.5인치 정도이고 정교하게 연마돼 있다. 인형처럼 보인다. 하지만 머리가 지나치게 크고 팔다리가 정말 두꺼운….

"앗!"

나다. 이건 작고 조그마한 러시아제 올란-MKS2 EVA 우주복이다. 저들이 지금까지 본 모습은 이게 전부다.

다른 손이 나타난다. 아니, 나한테도 손이 두 개 있으니 저들도 손이 두 개라는 걸 알고 놀랄 이유는 없다. 두 번째 손에는 헤일메리호의 모형이 들려 있다. 나를 본뜬 인형과 같은 비율로 축소한 것 같다. 그러더니 손이 작은 나를 작은 헤일메리의 에어로크에 밀어 넣는다.

뜻은 확실하다. '네 우주선으로 돌아가.'

나는 엄지를 들어 보인다. 외계인은 작은 나와 헤일메리호 모형이 둥실둥실 떠가도록 손을 떼더니 엄지를 치켜드는 것과 비슷한 모양으로 손을 일그러뜨린다. 손가락 두 개가 둥글게 말려 있고 세 번째 손가락이 위를 가리킨다. 그래도 뭐, 위로 쳐든 게 중지는 아니니까.

나는 헤일메리호로 돌아가 에어로크 문을 닫는다.

나는 흥분해서 헐떡거리고 쌕쌕거리며 숨을 쉰다. 방금 일어난 일을 믿을 수가 없다.

외계인이다. 내가 방금 외계인을 봤다. 외계 우주선만이 아니었다. 외계의 존재를 봤다. 그러니까… 그의 발톱, 아니지, 손을 본 것뿐이지만. 그래도.

뭐, '그의 손'이라고는 했지만 그녀의 손일 수도 있다. 아니면 우리말에는 적당한 단어가 존재하지 않는 다른 대명사를 써야 할지도 모르겠다. 나야 저들에게 열일곱 가지 생물학적 성별이 있는지 어떤지 모르니까. 아니면 성별이 없을 수도 있다. 지적인 외계 생명체와의 첫 만남에서 정말로 어려운 부분인데, 논의된 적이 없다. 문제는 대명사다. 당장은 '그'로 가기로 한다. 사고력이 있는 존재를 '그것'이라고 부르는 건 무례한 일 같으니까.

그리고 다른 설명을 듣기 전까지 그의 이름은 바위투성이 '로키'다.

자, 인제 어쩌지? 로키는 나한테 우주선으로 돌아가라고 했다. 그래서 그렇게 했다.

좀 멍청해진 기분이다. 나도 엄청나게 많은 과학적 작업을 수행하고 있어야 하는 것 아닐까?

나는 에어로크의 둥근 창을 들여다본다. 전등이 여전히 터널의 벽에 테이프로 붙어 있어서 어떤 변화가 일어났다는 것을 알 수 있다.

육각형 벽이 사라졌다. 말 그대로 없어졌다. 나는 블립A의 선체까지 모든 것을 볼 수 있다. 거기에는 선체 로봇이 붙어 있다. 팔을 내밀어 그 작은 로봇 손으로 뭔가 하고 있다.

그래, 로봇의 손은 대체로 로키의 손과 비슷하게 생겼다. 손가락 세 개. 로키의 손과 거의 같은 크기. 아마 우주선 안에 있는 닌텐도 파워

글러브 같은 것으로 조종되는 거겠지.

와, 나 진짜 늙었구나.

로봇은 내가 붙여놓은 전등에 특히 관심을 둔다. 하, 나라도 관심이 가지. 저 전등은 외계의 기술로 만든 외계의 물건이니까. 당연히 그냥 전등일 뿐이지만, 저기 있는 내 에리디언 친구들에게는 외계의 전등이란 말이다. 아마 저들의 역사에서 가장 신나는 과학적 발견일 거다. 로봇 팔은 전등을 블립A 선체의 작은 보관함에 넣는다. 잠금장치가 닫힌다. 장담하는데, 저 전구들은 전구의 역사에서 가장 진지하게 연구되는 전등이 될 것이다.

저들이 발견의 순간을 맞이하게 된 건 참 좋은 일이다. 하지만 이로써 내 조명은 사라져버렸다. 가끔 철컹거리는 소리가 들리지만, 터널 안쪽은 칠흑처럼 어둡다.

그 자체가 여러모로 흥미롭기는 하다. 나는 40에리다니의 외계인이 아니지만, 리모컨으로 로봇을 조종한다면 내가 뭘 하는지 보기 위해서라도 로봇 어딘가에 카메라와 조명을 설치했을 것이다. 하지만 저들은 그럴 필요가 없다. 저들에게는 빛이 필요하지 않다.

아니지, 잠깐만. 저들의 가시 범위가 우리와는 완전히 다른 것일 수도 있다. 인간은 온갖 빛의 파장 중에서 극히 일부만을 본다. 우리는 지구에 가장 흔하게 발생하는 파장을 보도록 진화했다. 어쩌면 에리디언들은 다른 파장을 보도록 진화한 것일지도 모른다. 저 공간이 적외선이나 자외선으로 가득 차 환하다고 해도 나는 아무것도 보지 못할 것이다.

흠. 로봇이라. 왜 로봇이지? 몇 분 전에는 저기 사람이, 우리 로키가 있었잖아. 왜 로키를 로봇으로 바꿨을까?

진공이라서.

저들은 아마 터널에서 모든 공기를 제거했을 것이다. 저들은 내 선체 표본을 가지고 있다. 내 선체가 알루미늄으로 만들어져 있다는 사실과, 그 알루미늄의 대략적인 두께를 안다. 그래서 저들은 내 우주선이 외기압을 잘 견디지 못할 거라고 생각하는 것인지 모른다. 아니면 저들의 대기가 알루미늄과 별로 좋지 않은 반응을 일으키든지.

그래서 저들은 터널을 진공상태로 유지한다. 그래서 로봇으로 작업해야 한다.

셜록 홈스가 된 기분이다. '아무것도 보이지 않는' 것만 가지고 엄청나게 많은 결론들을 끌어내다니! 대단히 의심스럽고 증명할 만한 근거는 전혀 없는 결론이지만 어쨌든 결론이다!

전등은 또 가져올 수 있다. 실험실에 몇 개 더 있으니까. 저 안에 전등을 비춰 로봇 로키가 뭘 하는지 볼 수도 있다. 하지만 그건 어차피 곧 알게 될 것이다. 뭔가 흥미로운 일이 일어날 때 우주선의 다른 구역에 가 있고 싶지도 않고.

바로 그런 생각을 하고 있을 때, 뭔가 흥미로운 일이 일어난다.

똑 똑 똑.

아니, 안 무서워. 집에서 12광년 떨어진 우주선 안에 있는데 누군가가 문을 두드린다는 건 완전히 정상적인 일이야.

자, 이제 전등이 하나 더 필요하다. 나는 전등을 가지러 실험실로 빠르게 통통 튀어갔다가 다시 통제실로 올라온다. 굳이 EVA 우주복을 입지 않고 에어로크를 회전시킨다. 에어로크의 두 문에 달린 수동 환기 밸브를 열어 터널에 다시 공기를 주입한다. 에어로크는 내가 예상했던 그대로 작동한다. 지금도 터널은 잘 봉인돼 있다.

나는 바깥쪽 문을 열고, 손에 전등을 든 채 터널 안으로 둥실둥실 떠간다.

육각형 벽은 사라지고 없다. 투명한 소재로 된 단단한 벽으로 교체됐다. 그리고 벽 맞은편에는 로키가 있다.

그는 거미다. 궁둥이가 큰 거미.

나는 달아나려고 돌아선다. 하지만 두뇌의 이성적인 부분이 통제권을 쥔다.

"괜찮아···. 긴장 풀어···. 쟤들은 친절하다고." 나는 나 자신을 타이른다. 돌아서서 눈에 보이는 장면을 자세히 살핀다.

로키는 인간보다 작다. 래브라도 정도 크기다. 등딱지처럼 보이는 중심부에서 다리 다섯 개가 뻗어 나와 있다. 대충 오각형인 등딱지는 가로 18인치 정도이고, 두께는 그 절반 정도다. 어디에도 눈이나 얼굴은 보이지 않는다.

다리마다 가운데에 관절이 있다. 그걸 팔꿈치라고 부르기로 한다. 각 다리는 (팔이라고 해야 하나?) 끝부분에 손이 하나씩 달려 있다. 그러니까 로키는 손이 다섯 개다. 손에는 내가 지난번에 자세히 본 삼각형 손가락들이 달려 있다. 다섯 손이 모두 똑같아 보인다. 로키는 '앞면'과 '뒷면'이 없는 듯하다. 오각형으로 대칭을 이루고 있는 것 같은 모습이다.

그는 옷을 입고 있다. 다리에는 아무것도 걸치지 않아서 바위 같은 피부가 드러나 있지만, 등딱지에는 천이 걸쳐져 있다. 소매 구멍이 다섯 개 뚫린 셔츠 같은 거다. 무엇으로 만든 건지는 모르겠지만, 일반적인 인간의 옷보다 두꺼워 보인다. 탁한 녹색과 갈색이 섞인 빛깔이고, 색이 일정하지 않다.

셔츠 위쪽에는 커다랗게 뚫린 구멍이 있다. 인간의 티셔츠에서 목이 나오는 부분과 같다. 그 구멍은 등딱지보다 작다. 그러니까 로키는 셔츠를 위에서 아래로 당겨 입은 다음 팔을 각각의 구멍에 집어넣는 방법으로 저 옷을 입었을 것이다. 이 점도 인간의 셔츠와 비슷하다.

하지만 위쪽의 저 구멍으로 나올 만한 목이나 머리는 없다. 그냥 딱딱한 껍질 같은 피부에 약간 위로 튀어나온, 바위처럼 단단해 보이는 오각형이 있을 뿐이다.

그가 있는 쪽 터널은 벽에 손잡이 여러 개와 격자가 붙어 있다. 그는 손 두 개를 사용해 막대 한두 개에 편하게 매달린다. 손이 다섯 개면 무중력상태가 별일이 아닌가 보다. 그냥 자세를 잡는 일은 손 한두 개에 시키고, 다른 손 세 개를 사용해 작업을 하면 된다.

나한테는 터널이 약간 작다. 하지만 그에게는 널찍한 게 분명하다.

로키는 빈 팔을 내게 흔든다. 그는 인간의 인사법을 하나 알고 있고, 세상에나, 그 인사법을 사용할 생각이다.

나도 마주 손을 흔든다. 그가 다시 손을 흔든다. 나는 고개를 젓는다. 인제 그만 인사해.

그는 '어깨'를 축으로 삼아 등딱지를 앞뒤로 회전한다. 최대한 '고개를 저은' 것이다. 어떻게 해야 '날 따라 해봐요 이렇게' 게임에서 빠져나올 수 있을지 모르겠다. 하지만 그 문제는 로키가 처리해 준다.

그는 손가락으로 투명한 벽을 세 번 두드리더니, 손가락을 뻗은 채로 가만히 있다. 그가… 뭔가를 가리키는 걸까?

나는 손가락의 선을 따라가 본다. 와, 터널 안에는 나와 함께 어떤 물건이 있다! 저들이 내게 선물을 남겨줬다!

알아채지 못한 것도 무리는 아니다. 외계인을 보니까, 뭐랄까, 터널 벽에 붙어 있는 작은 물건들에는 관심이 가지 않았다.

"알았어." 내가 말한다. "뭘 주고 갔는지 볼게."

"♩♫♪♪♬." 로키가 말한다.

심장이 쿵 내려앉는다. 그렇다. 나는 무중력상태에 있다. 그래도 심장이 쿵 내려앉는다.

발음도, 억양도 없다. 그저 음정이 있을 뿐이다. 고래의 노래 같다. 단지, 몇 가지 음이 동시에 나는 만큼 그렇게까지 고래의 노래 같지는 않을 뿐이다. 고래의 화음이라고 해야 할까. 게다가 로키는 내게 응답하고 있다. 그 말은 로키가 들을 수 있다는 뜻이다.

중요한 건 그 소리가 내 가청 범위 안에 있다는 것이다. 어떤 음정은 낮았고 어떤 음정은 높았지만, 소리만은 확실히 들렸다. 생각해 보면 놀라운 일이다. 우리는 다른 행성에서 완전히 다른 진화 과정을 거쳤는데도 가청 범위를 공유하게 된 것이다.

그 모든 것보다 더 중요한 건, 내가 소리를 내자 로키가 대답해야겠다고 생각했다는 것이다.

"너 언어가 있구나!" 내가 말한다. "어떻게 언어가 있어? 넌 입이 없는데!"

"♬♬♩." 로키가 설명한다.

이성적으로 생각하면, 문명 없이 우주선을 만들 수는 없고 의사소통이 불가능한데 문명이 존재할 수는 없다. 그러니까 저들에게 언어가 있는 건 당연하다. 흥미로운 점은, 그 의사소통이 인간들 사이에서처럼 소리로 이루어진다는 것이다. 우연이라고? 아닐지도 모른다. 어쩌면 그냥, 소리가 의사소통이라는 기능을 발전시키기 위한 가장 쉬운 방법인지도 모른다.

"♪." 로키는 내게 남겨준 물건들을 가리킨다.

"아, 맞아." 내가 말한다. 내게는 언어와 관련된 온갖 것들이 훨씬 더 흥미롭다. 나는 언어를 더 탐구해 보고 싶다. 하지만 일단은, 로키가 자신이 남긴 선물에 대해 내가 뭐라고 생각하는지 알고 싶어 하니까.

나는 그 물건들 쪽으로 떠간다. 물건들은 내가 썼던 테이프로 벽에 붙어 있다.

한 쌍의 구체다. 각 구체의 표면에는 그림이 하나씩 돋을새김으로 새겨져 있다. 하나는 헤일메리호이고, 다른 하나는 블립A다.

나는 헤일메리 공을 테이프에서 떼어낸다. 따뜻하지 않다. 사실, 터널은 더 이상 따뜻하지 않다. 흥미로운걸. 어쩌면 저들은 내가 좀 더 시원한 걸 좋아한다는 사실을 알아차리고, 내가 터널을 더 편안하게 느끼도록 무슨 조치를 한 것인지도 몰랐다.

구체 안에서 달그락거리는 소리가 난다. 나는 구체를 흔들어보며 귀를 기울인다. 달그락거리는 소리가 더 난다.

구체를 봉인한 부분이 보인다. 구체의 위아래를 잡고 서로 반대 방향으로 돌리니, 아니나 다를까 돌아간다. 물론 시계방향으로 돌렸다.

나는 로키에게 허락을 구하는 의미로 그를 돌아본다. 로키는 얼굴이 없기에 표정도 없다. 그냥 그 자리에 둥둥 떠서 나를 지켜볼 뿐이다. 아니, 지켜보는 건 아니다. 눈이 없으니까. 근데 잠깐. 로키는 내가 뭘 하는지 어떻게 아는 걸까? 그는 분명히 알고 있다. 손을 흔들기도 하고 이것저것 했으니까. 분명히 어딘가에 눈이 있을 것이다. 아마 내가 못 알아본 것뿐이겠지.

나는 구체로 관심을 돌린다. 위아래를 분리하자 안에는… 작은 구체들이 한 무더기는 더 들어 있다.

나는 한숨을 쉰다. 이 선물은 답을 주기보다 의문을 일으킨다.

작은 구슬들이 흘러나와 내 시야를 가로질러 떠간다. 독립된 물건들이 아니다. 구슬들은 작은 실로 서로 연결돼 있다. 복잡한 목걸이 같다. 나는 할 수 있는 대로 그것을 펼쳐 본다.

이건 꼭…. 더 나은 표현이 생각나면 좋겠지만, 구슬로 만들어진 수갑처럼 생겼다. 실로 연결된 구슬 원 두 개가, 실로 만들어진 작은 다리로 서로 연결돼 있다. 각 원에는 구슬이 여덟 개 있다. 두 원을 연결하는 실에는 구슬이 하나도 없다. 일부러 그렇게 만든 게 분명하다. 하지만 대체 의미를 알 수 없다.

어쩌면 블립A 그림이 있는 다른 공을 보면 뭔가 통찰력을 얻을 수 있을지도 모른다. 나는 수갑을 떠다니게 놔두고 블립A 공을 벽에서 떼어낸다. 흔들어보니 안에서 엄청나게 달그락거리는 소리가 난다. 나는 공을 돌려 연다. 또 다른 구슬 세트가 나온다.

수갑과는 달리, 이 구조물에는 고리가 하나뿐이다. 구슬도 여덟 개가 아니라 일곱 개다. 또, 원에서 나오는 연결용 실은 세 가닥이며 각각의 실이 구슬 하나와 연결돼 있다. 무슨 장식 같은 게 늘어뜨려진 목걸이 모습이다.

블립A의 공 안에는 그것 말고도 많은 물건들이 들어 있다. 모형을 흔들어보니 다른 목걸이가 둥둥 떠 나온다. 살펴보니 방금 내가 관찰했던 것과 같다. 계속 흔들어 보니까 더 많은 목걸이들이 나온다. 모두가 같은 목걸이다. 나는 그것들을 전부 모아 주머니에 쑤셔 넣는다.

"이걸 보니까 뭔가 생각나는데…" 나는 내 이마를 때린다. "뭐가 생각나는 거지…?"

로키는 발톱으로 자기 등딱지를 두드린다. 나는 그가 단지 내 동작을 흉내 내고 있을 뿐이라는 사실을 알지만, 꼭 그가 "생각 좀 해봐, 바보야!"라고 말하는 것처럼 느껴진다.

이럴 때 내 학생들한테라면 뭐라고 말해줬을까?

왜 갑자기 학생들이 생각나는 거지? 문득 내 교실이 떠올랐다. 번뜩하는 기억. 내가 분자 모형을 들고서 설명하는….

"분자!" 나는 수갑을 낚아채 로키에게 내밀었다. "이건 분자야! 나한테 화학에 관해서 뭔가 말해주고 싶은 거구나!"

"♩♪♩♩♪."

근데 잠깐만. 이건 좀 이상한 분자들이다. 말이 되지 않는다. 나는 수갑을 바라본다. 그 무엇도 이런 식의 분자를 이루지는 않는다. 한쪽에는 원자가 여덟 개 있고, 다른 쪽에도 원자가 여덟 개 있는데, 그 둘을 연결하고 있는 건… 뭐지? 아무것도 없다고? 두 원을 서로 연결하는 실은 구슬과 이어져 있지도 않다. 그저 두 원의 실과 각기 T 자로 이어져 있을 뿐이다.

"원자야!" 내가 말한다. "구슬은 양성자고, 구슬이 이루고 있는 원은 원자인 거지. 그럼 두 원을 연결한 실은 화학결합을 말하는 거구나!"

"좋아, 그런 거라면…." 나는 수갑을 들고 모든 것을 다시 세어 본다. "그럼 이건 각기 양성자 여덟 개를 갖추고 있으면서 서로 연결된 원자 두 개야. 원자번호 8번은 산소지. 산소가 두 개라. O_2구나! 이게 헤일메리호 공에 들어 있었어."

나는 모형을 로키에게 내민다. "이 영리한 녀석, 이건 이곳 대기를 말하는 거였어!"

나는 다른 구슬 세트를 집어 든다. "그럼 그쪽 대기는… 양성자 일곱 개가, 각각 한 개의 양성자를 갖춘 독립된 원자 세 개와 연결돼 있어.

수소 세 개와 연결된 질소 한 개라. 암모니아네! 당연히 암모니아지! 너는 암모니아를 마시고 사는구나!"

이것으로 그들이 내게 남겨준 모든 작은 선물에 구석구석 스며 있던 냄새가 설명된다. 그 냄새는 저들의 공기가 남긴 흔적이었다.

미소가 흐려진다. "이럴 수가. 암모니아를 마시고 살아?"

나는 저들이 내게 준 작은 암모니아 목걸이 세 개를 세어 본다. 나는 산소 분자를 겨우 한 개 받았는데, 암모니아는 스물아홉 개나 받았다.

나는 잠시 생각에 잠긴다.

"아." 내가 말한다. "알겠어. 무슨 말을 하려는 건지 알겠다."

나는 외계인을 바라본다. "지구보다 기압이 29배 높구나."

와. 두 가지가 즉시 떠오른다. 첫째, 에리디언은 기압이 엄청나게 높은 곳에서 산다. 그러니까… 지구로 돌아간다면, 해저 1,000피트쯤에서 사는 것과 비슷하다. 둘째, 제노나이트는 대단히 놀라운 물질이다. 저 벽의 두께는 정확히 모르겠다. 0.5인치쯤 되려나? 그조차 못 되려나? 하지만 저 벽은 28기압이라는 상대 압력을 버텨내고 있다. 크기도 크고, 달리 지지대도 없는 납작한 널빤지 형태인데도(이건 압력 용기를 만들기에는 절대적으로 나쁜 방법이다). 허 참, 저들의 우주선 전체가 크고 납작한 널빤지 형태로 만들어져 있다. 제노나이트의 항장력은 일반적으로 측정할 수 있는 수준을 벗어난 게 틀림없다. 저들이 앞서 보냈던 물건들을 내가 구부릴 수도, 부러뜨릴 수도 없었던 것도 이상하지 않다.

우리 환경은 이와 눈곱만큼도 비슷하지 않다. 로키 쪽 터널에 들어가면 나는 몇 초 안에 죽을 것이다. 추측건대, 암모니아가 전혀 없고 기압이 로키 쪽의 29분의 1밖에 되지 않는 이곳에서는 로키도 잘 지낼 수 없을 것이다.

뭐, 문제없다. 우리에게는 소리가 있고 팬터마임도 할 수 있다. 이 정도면 의사소통을 하기에는 좋은 출발이다.

나는 이 모든 것을 이해하느라 잠시 시간을 들인다. 놀랍다. 외계인 친구가 있고, 그 친구와 수다를 떠는 중이라니! 흥분을 가라앉히기가 힘들다! 문제는, 흥분이 가라앉지 않는다는 것이다. 피로가 너무 심하게 밀려와 집중하기가 어렵다. 마지막으로 잔 게 이틀 전이다. 계속해서 뭔가 기념비적인 일이 일어났다. 하지만 영원히 깨어 있을 수는 없다. 자야 한다.

나는 손가락 하나를 들어 올린다. '잠깐만 기다려'라는 동작이다. 지난번에 한 번 썼던 동작이니 로키가 기억해 주면 좋겠다. 그는 나와 똑같이 한 손 손가락을 들어 올린다.

나는 우주선으로 빠르게 들어가 실험실로 비스듬하게 내려간다. 벽에 아날로그시계가 걸려 있다. 네에, 모든 실험실에는 아날로그시계가 필요합니다. 약간 수고스럽기는 하지만, 시계를 벽에서 떼어내 겨드랑이에 낀다. 작업대에서 화이트보드용 마커도 하나 챙긴다.

나는 통제실을 지나 외계인들의 터널로 돌아간다. 로키가 아직 그 자리에 있다. 내가 돌아오자 그는 귀를 쫑긋 세우는 것 같다. 어떻게 아느냐고? 나도 모른다. 로키는 그냥, 뭐랄까, 자세를 바로잡았고 더 집중하는 것처럼 보인다.

나는 그에게 시계를 보여주고 뒷면의 시간 설정용 다이얼을 돌린다. 시곗바늘이 움직이는 방법을 보여주고 싶어서다. 그는 손으로 원을 그려 보인다. 알아듣는다!

나는 시계를 12시 정각에 맞춘다. 그런 다음, 화이트보드 마커를 사용해 가운데에서 숫자 12가 있는 곳까지 긴 선을 긋고, 가운데에서 숫자 2까지 짧은 선을 긋는다. 여덟 시간을 꽉 채워서 자고 싶지만, 로키를 너무 오래 기다리게 하고 싶지는 않다. 두 시간짜리 낮잠으로 만족할 생각이다. "시계가 이거랑 똑같이 되면 돌아올게." 나는 말한다. 말로 하면 로키가 이해하는 데 도움이 되기라도 할 것처럼.

"♩♪♬." 로키가 어떤 동작을 한다. 그가 두 손을 앞으로 뻗어서 잡으려는 것은…. 아무것도 아니다. 그는 아무것도 아닌 무언가를 자기 쪽으로 당긴다.

"뭐?"

그는 벽을 두드리며 시계를 가리키더니 그 동작을 반복한다. 시계가 벽과 더 가까운 곳에 있었으면 좋겠다는 걸까?

나는 시계를 더 가까이 밀어준다. 그러자 그가 흥분하는 듯하다. 그는 더 빠르게 그 동작을 해 보인다. 나는 시계를 더 앞으로 밀어준다. 이제는 시계가 거의 벽에 닿아 있다. 그는 같은 동작을 한 번 더 하지만, 이번에는 속도가 좀 느리다.

나는 그가 뭘 원하는 건지 전혀 알 수 없다. 그래서 그냥 시계를 벽에 바짝 대준다. 이제는 시계가 벽에 닿아 있다. 로키는 손을 들어 흔든다. 외계인의 재즈 손동작. 좋은 건가?

뭐, 내가 두 시간 뒤에 돌아오리라는 걸 알아들었으면 좋겠다. 나는 돌아서서 떠나려 하지만, 즉시 톡 톡 톡 소리가 들린다.

"뭔데에?" 내가 말한다.

"♪♪♬♪." 그가 시계를 가리키며 말한다. 시계가 벽에서 약간 떨어져 있다. 로키는 그게 마음에 들지 않는 듯하다.

"음, 알았어." 내가 말한다. 나는 벽에서 테이프를 내려 푼 다음 반으로 찢는다. 반절짜리 테이프로 시계의 왼쪽과 오른쪽을 투명한 벽에 붙인다.

로키는 다시 재즈 손동작을 해 보인다. '그래'라거나 '마음에 든다'라는 뜻 같다. 고개를 끄덕이는 듯하다.

나는 다시 떠나려 하지만, 톡 톡 톡!

나는 한 번 더 휙 돌아선다. "인마, 낮잠 좀 자자고!"

그는 한 손가락을 들어 올린다. 내가 썼던 손동작을 나한테 사용하는 것이다. 이제는 내가 기다려야 한다니! 공평한 것 같다. 나는 알았다는 뜻으로 손가락을 든다.

그는 자기 우주선으로 이어지는 둥근 문을 연다. 에리디언에게 딱 맞는 크기다. 혹시 그 문을 비집고 들어갈 일이 생기면 나는 고생을 좀 할 것 같다. 그는 문을 열어둔 채 안으로 사라진다. 문 너머에 뭐가 있는지 너무 알고 싶지만, 아무것도 보이지 않는다. 그 안은 칠흑처럼 어둡다.

흠. 흥미로운데. 그의 우주선 안은 완전히 어둡다. 저 문은 아마 에어로크로 이어질 것이다. 하지만 에어로크도 안에 조금은 빛이 있기 마련 아닐까?

로키는 아무 문제없이 돌아다닌다. 하지만 나는 그가 어둠 속에서도 볼 수 있다는 걸 알고 있다. 그는 내 동작에 반응한다. 이런 사실은 에리디언의 시각과 관련하여 내가 앞서 세웠던 이론을 뒷받침한다. 내 생각에 저들은 인간과는 다른 스펙트럼을 보는 것 같다. 어쩌면 완전히 적외선만 보거나 완전히 자외선만 볼 수도 있다. 로키가 보기에는 저 에어로크가 환히 밝혀져 있는데, 나는 아무것도 못 보는 것일지도 모른다. 역으로, 내가 보는 빛은 그에게 아무 쓸모가 없다.

우리가 공통으로 보는 파장이 있을지 궁금하다. 어쩌면 빨간색(인간이 볼 수 있는 가장 낮은 파장의 색깔)이 에리디언이 볼 수 있는 가장 높은 파장인 '♪♫♩'일지도 모른다. 아닐지도 모르고. 알아볼 가치는 있겠다. 무지개 색깔 조명을 가지고 와서, 로키가 볼 수 있는지 알아보… 아, 돌아왔다.

로키는 통통 튀며 터널로 들어오더니 난간을 따라서 분리용 벽까지 거미처럼 기어온다. 그 모습이 믿을 수 없을 만큼 우아하다. 로키가 무중력상태에서 지내는 데 이골이 났든지, 에리디언들이 기어다니는 데 매우 능숙한 것이겠지. 에리디언들에게는 인간의 엄지처럼, 다른 손가락을 마주 보는 손가락이 여러 개 달린 손 다섯 개가 있다. 게다가 로키는 우주 여행자다. 그러니까 아마 두 가지 이유가 다 조금씩 맞을 것이다.

그는 여러 손 중 하나로 내게 보여줄 장치를 들어 올린다. 그건… 뭔지 모르겠네.

1피트 길이에, 폭은 아마 6인치 정도 되는 원통이다(세상에, 이 사람들은 원통을 정말 좋아한다). 로키의 손가락 힘 때문에 통이 약간 일그러진 것이 보인다. 기포 고무 같은, 부드러운 소재로 만든 것이다. 원통에는 수평으로 배열된 네모난 창문 다섯 개가 달려 있다. 각 창 안에는 어떤 형태가 들어 있다. 아마 에리디언들의 글자일 것이다. 하지만 그냥 종이에 잉크로 쓴 게 아니다. 납작한 표면에 적혀 있긴 한데, 글자 자체는 8분의 1인치 정도 솟아 있다.

"흠." 내가 말한다.

오른쪽 글자가 빙글빙글 돌더니 새로운 글자로 바뀐다. 몇 초 뒤에 또 같은 일이 벌어진다. 그리고 한 번 더.

"시계구나!" 내가 말한다. "내가 너한테 시계를 보여줘서 너도 나한테 시계를 보여준 거야!"

나는 그때까지도 벽에 테이프로 붙어 있던 내 시계를 가리킨 다음 그의 시계를 가리킨다. 로키는 쓰지 않던 두 손으로 재즈 손동작을 한다. 나도 재즈 손동작을 한다.

나는 에리디언 시계를 잠시 살펴본다. 로키는 그냥 내게 보여주려고 시계를 가만히 들고 있다. 시계의 글자들, 아마 숫자일 그 모양들이 가장 오른쪽 창문에서 돌아가고 있다. 숫자들은 회전자에 붙어 있다. 우리 고향에서 쓰는 구식 디지털시계 같다. 잠시 후에는 바로 왼쪽 회전자가 한 칸 돌아간다. 아하!

내 생각이 맞는다면 오른쪽 회전자는 2초에 한 번씩 돌아간다. 아마 2초가 좀 더 될 것이다. 'ℓ', 'I', 'V', 'λ', '+', '∀' 등 여섯 개의 독특한 글자들이 제시한 순서대로 한 차례 돌아가고, 이 순서가 다시 반복된다. "ℓ"이 나올 때마다 왼쪽 회전자가 한 단계 나아간다. 1분쯤 이런 일이 계속되면 오른쪽에서 두 번째 회전자가 모든 숫자를 지나고, 'ℓ'이 나오면 오른쪽에서 세 번째 회전자가 움직인다.

에리디언들은 왼쪽에서 오른쪽으로 정보를 읽는 것 같다. 영국인들처럼 말이다. 멋진 우연이다. 하긴, 터무니없이 가능성이 낮은 얘기는 아니다. 사실상 선택지는 왼쪽에서 오른쪽으로 읽기, 오른쪽에서 왼쪽으로 읽기, 위에서 아래로 읽기, 아래에서 위로 읽기 등 네 가지뿐이니까. 그러므로 우리가 같은 방식으로 정보를 읽을 확률은 4분의 1이다.

그래서 나도 로키의 시계를 직관적으로 읽을 수 있다. 이 시계는 주행 기록계처럼 작동한다. 'ℓ'이 에리디언들의 0인 건 확실하다. 여기에서부터 나는 'I'이 1이고 'V'는 2이며, 'λ'은 3, '+'는 4, '∀'는 5라는 것

을 알아낸다. 6부터 9까지는? 존재하지 않는다. 'Ұ' 다음에는 다시 ℓ'
로 돌아간다. 에리디언들은 6진수를 사용한다.

내가 학생들에게 가르치는 것 중에서 아이들이 진정으로 어려워하
는 개념이 진법이다. 숫자 10에는 특별한 점이 전혀 없다. 우리에게 열
개의 숫자가 있는 이유는 우리 손가락이 열 개이기 때문이다. 그것 말
고는 이유가 없다. 로키는 한 손에 손가락이 세 개 있고, 내 생각에는
숫자를 셀 때 손을 두 개만 사용하는 걸 좋아하는 듯하다(아마 다른
세 개의 손, 발은 안정적으로 서 있느라 땅을 딛는 데 쓸 것이다). 그러
니까 쓸 손가락이 여섯 개인 셈이다.

"너 마음에 든다, 로키! 넌 천재야!"

정말 그렇다! 이 간단한 행동만으로 로키는 내게 다음과 같은 것들
을 보여주었다.

에리디언의 숫자 체계 (6진법)

에리디언 숫자의 생김새 (ℓ, I, V, λ, +, Ұ)

에리디언이 정보를 읽는 방법 (왼쪽에서 오른쪽으로)

에리디언 1초의 길이

나는 손가락을 들어 보이고, 스톱워치를 가져오려고 내 우주선으로
달려 들어간다. 나는 돌아와서 로키가 보여준 시계의 시간을 잰다. 세
번째 회전자의 상태가 변하는 순간에 타이머를 누른다. 가장 오른쪽 회
전자는 약 2초에 한 번씩 계속해서 움직이고, 6단계마다 그다음 회전
자가 한 단계 전진한다. 꽤 시간이 걸리겠지만, 최대한 정확하게 세어
보고 싶다. 세 번째 회전자가 딱 한 단계 움직이는 데에는 약 1분 36초

가 걸린다. 10분 정도면 시계의 움직임을 예측할 수 있다. 하지만 나는 전부 지켜볼 생각이다.

로키가 지루해한다. 내 생각에는 그렇다. 그는 조바심 내기 시작하더니 시계가 분리용 벽 근처에서 떠다니게 놔두고 자기 쪽 터널을 돌아다닌다. 그가 딱히 뭘 하는 건지는 잘 모르겠다. 그는 자기 우주선으로 통하는 문을 열고 들어가려 하더니 멈춘다. 그는 다시 고민하는 듯하더니 생각을 바꾼다. 그는 문을 닫는다. 내가 이곳에 있는 동안은 떠나고 싶지 않은 것이다. 어쨌든, 내가 뭔가 흥미로운 말이나 행동을 할 수도 있으니까.

"♪♪♩." 그가 말한다.

"알아, 알았다고." 내가 말한다. 나는 손가락을 하나 들어 올린다.

그도 손가락을 들더니 이 벽에서 저 벽으로 다시 천천히 통통 튀어다닌다. 무중력 산책이다.

결국 세 번째 회전자가 완전히 한 바퀴 돌고 나서야 나는 타이머를 멈춘다. 총 시간은 511.0초다. 계산기가 없는데, 계산기나 가져오자고 우주선으로 들어가기에는 내가 너무 신나 있다. 나는 펜을 꺼내 다른 손의 손바닥에 긴 나눗셈을 한다. 에리디언의 1초는 지구의 2.366초다.

나는 손바닥에 적은 답에 동그라미를 치고 빤히 바라본다. 왠지 그래야 할 것 같은 기분이 들어서, 근처에 느낌표를 몇 개 덧붙인다.

별것 아닌 일로 보이리라는 건 알지만, 이건 엄청난 사건이다. 로키와 나는 우주비행사다. 서로 이야기를 나눈다면 우리는 과학 이야기를 하게 될 것이다. 그런데 이렇게 단순한 방식으로, 시간의 기본단위를 설정하다니! 다음은 길이와 질량이다!

아니, 솔직히 그건 아니다. 다음은 낮잠이다. 너무 피곤하다. 나는 벽에서 시계를 떼어내 화이트보드 마커로 '2'에 동그라미를 그린다. 그냥 최대한 확실히 의사를 전달하기 위해서다. 나는 시계를 다시 제자리에 붙인다. 나는 손을 흔든다. 그도 손을 흔든다. 그런 다음, 나는 다시 낮잠을 자러 간다.

　말도 안 돼. 어떻게 자라는 거야? 이런 상황에서 대체 누가 잘 수 있는 거지? 나는 지금도 무슨 일이 벌어지고 있을지 고민하느라 머리를 싸매고 있다. 저 바깥에 외계인이 있다니.

　그가 아스트로파지에 관해 무엇을 알고 있는지 알아낼 수 없다니 죽을 지경이다. 하지만 팬터마임으로 복잡한 과학적 개념을 이야기할 수는 없는 법이다. 우리에게는 아주 초보적인 수준일지라도 공동 언어가 필요하다.

　난 지금 하는 일을 계속해야만 한다. 과학적 의사소통 방법을, 물리학의 동사와 명사 들을 전달할 방법을 알아내야 한다. 우리에게 공유할 수 있는 어떤 개념이 있다면 그건 물리학의 개념이었다. 물리학적 법칙은 어디에서나 같으니까. 그리고 과학에 대해 이야기다운 이야기를 나눌 만큼 많은 어휘가 생긴다면, 우리는 아스트로파지 이야기를 시작할 수 있을 것이다.

　에리디언 시간으로 'VVℓ시'초 뒤면, 나는 그와 다시 이야기를 나누게 된다. 이런 상황을 앞두고 도대체 누가 잠을 잘 수 있다는 거지? 그건 도저히….

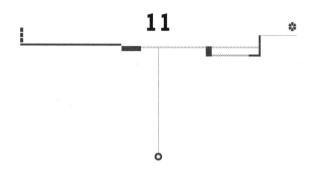

11

타이머에서 삑삑 소리가 난다. 두 시간 카운트다운을 설정해 뒀는데 방금 0초가 됐다. 나는 두어 번 눈을 깜빡인다. 나는 태아처럼 몸을 구부리고 통제실을 떠다니고 있다. 숙소까지 가지도 못했다.

나는 전혀 쉬지 못했다. 내게 존재하는 모든 구멍이 다시 자러 가라고 고함을 지르지만, 나는 로키에게 두 시간 뒤 돌아오겠다고 약속했고 그가 인간들이란 믿지 못할 존재라고 생각하는 게 싫었다.

그러니까… 우리가 별로 못 믿을 존재인 건 사실이지만, 로키한테는 그 사실을 알려주고 싶지 않았달까.

나는 터덜터덜 (무중력상태에서 터덜터덜 걸어가는 게 가능하냐고? 그렇다고 해두자) 에어로크를 건너갔다. 로키는 터널에서 나를 기다리고 있었다. 내가 없는 동안 바빴던 모양이었다. 그의 터널에는 온갖 물건이 나와 있었다.

에리디언 시계는 여전히 째깍거렸다. 지금은 어느 격자 막대에 얹힌 채였다. 하지만 내가 보기에 더 흥미로웠던 것은 분리용 벽에 덧붙여진 상자였다. 그 상자는 가로, 세로, 높이 1피트짜리 정육면체로, 내가

271

있는 쪽 터널로 툭 튀어나와 있었다. 나머지 벽과 똑같은, 투명한 제노나이트 재질이었다.

로키 쪽에서 보면, 상자에는 불투명한 제노나이트 테두리가 둘러진 납작한 널빤지 문이 달려 있었다. 꼭 맞는 정사각형 파이프가 연결된, 정사각형 구멍도 하나 있었다.

그리고 상자 근처의 파이프에는 무슨… 조종판? 같은 게 있었다. 버튼이려나? 제어기에서 나온 철사가 파이프를 따라 구불구불 이어지다가, 파이프가 선체 속으로 사라지는 지점에서 함께 사라졌다.

한편 내 쪽의 정육면체에는 크랭크가 달려 있었다. 내 에어로크 문에 달린 크랭크와 대체로 비슷한 모양이었다. 그 크랭크는 로키 쪽에 있는 것과 같은 정사각형 판자에 붙어 있었으며….

"에어로크다!" 내가 말했다. "에어로크 터널 안에 에어로크를 만든 거구나!"

기발하다. 그야말로 기발하다. 로키와 나는 둘 다 이 에어로크에 접근할 수 있다. 그는 수수께끼의 파이프를 사용해 저 작은 방의 공기를 통제할 수 있다. 아마 저 파이프는 블립A의 펌프 같은 것으로 이어질 터였다. 저 버튼인지 뭔지가 제어장치이고. 그렇게 하면 우리는 물건을 주고받을 수 있다.

나는 재즈 손동작을 한다. 로키도 재즈 손동작을 한다.

흠. 이번에도 네모나고 납작한 판자다. 대체 누가 에어로크를 네모나게 만드는 거지? 특히, 에리디언의 기압을 다뤄야 하는 에어로크를 말이다. 심지어 작은 에어로크로 이어지는 파이프조차 사각형이었다. 나는 에리디언들이 둥근 제노나이트를 만들 수 있다는 사실을 알고 있었다. 우리가 처음 만났을 때 로키가 보내준 원통들이 둥근 모양이

272

었으니까. 이 터널도 둥글었고.

어쩌면 내가 너무 지나치게 생각하는 걸지도 몰랐다. 제노나이트는 너무 강해서, 공들여 압력 용기의 형태를 갖출 필요가 없는 걸지도 모른다. 아마 납작한 판이 더 만들기 쉬운 거겠지.

끝내주는데. 나는 손가락을 하나 들어 올린다. 그도 같은 동작을 해 보인다. 나는 실험실로 날아 내려가 줄자를 집어 든다. 로키가 내게 시간 단위를 보여주었으니, 내가 그에게 길이 단위를 보여줄 것이다. 다행히 이 줄자는 미터법을 따랐다. 6진법으로 된 에리디언의 초 단위를 사용하는 것만으로도 헷갈리는 상황에서 절대로 집어넣고 싶지 않은 게 하나 있다면 바로 영국식 단위였다. 나한테는 영국식 단위가 자연스럽게 느껴지지만 말이다.

터널로 돌아간 나는 줄자를 들어 올린다. 줄을 조금 잡아당겼다가 다시 들어가도록 손을 놓는다. 그 과정을 몇 차례 반복한다. 로키는 재즈 손동작을 한다. 내가 '네모로크'(아니면 뭐라고 부르지?)를 가리키자 그가 다시 재즈 손동작을 한다.

지금 네모로크 안에 29기압의 암모니아가 차 있지는 않다는 의미였으면 좋겠다. 곧 알게 되겠지.

나는 크랭크를 돌려 내 문을 연다. 문은 바깥쪽, 내가 있는 쪽으로 쉽게 열린다.

아무것도 폭발하지 않는다. 사실, 암모니아 냄새도 나지 않는다. 그렇다고 네모로크 안이 진공이었던 것도 아니다. 만약 진공상태였다면 내가 문을 잡아당겨 열 수 없었을 것이다. 로키는 네모로크의 기압을 정확히 내 기압과 맞춰놓았다. 친절하기도 하지.

나는 줄자를 대충 상자의 가운데에 떠다니게 놔둔다. 문을 닫고 크랭크를 돌린다.

로키가 제어기의 버튼을 누르자 후웅 하는 소리에 이어 지속적인 쉬익 소리가 먹먹하게 들린다. 안개처럼 보이는 기체가 파이프에서 빠르게 들어온다. 암모니아겠지. 줄자가 안에서 튀어 다닌다. 바람에 날리는 잎사귀처럼 이리저리 떠밀린다. 곧 쉬익 소리가 잦아들다가 점점이 이어진다.

그때, 나는 실수를 깨닫는다.

이 줄자는 공사장에서 쓰는 단단한 줄자로, 평범한 공구에 쓰는 고무 손잡이와 금속 줄로 이루어져 있다. 문제는 에리디언들이 뜨거운 걸 좋아한다는 점이다. 얼마나 뜨거울까? 확실히는 말할 수 없다. 하지만 줄자에 붙은 고무의 녹는점보다 뜨겁다는 건 알 수 있다.

액체 고무방울이 줄자에서 우그러지다가 표면장력 때문에 줄자에 들러붙는다. 로키가 자기 쪽 문을 열더니 금속 부분을 조심스럽게 잡고 엉망진창이 된 내 선물을 꺼낸다. 최소한 금속 부분은 아직 고체다. 그 부분은 알루미늄으로 만들어진 것 같다. 에리디언의 공기가 알루미늄까지 녹여버릴 만큼 뜨겁지는 않다는 걸 알게 된 건 좋은 일이다.

로키가 줄자를 잡아당기자 고무방울이 줄자에서 떨어져 나가 로키 쪽 터널에서 떠다닌다.

로키가 고무방울을 쿡 찌르니 고무방울이 그의 발톱에 달라붙는다. 그는 별로 어렵지 않게 고무방울을 털어낸다. 확실히 그에게 저 온도는 문제가 아니다. 인간이 손에서 물을 털어내는 것과 별로 다를 것 없어 보인다.

내가 있는 곳의 대기에서라면, 저 정도로 뜨거운 고무는 화상을 일으킬 것이다. 고약하고 지독한 온갖 기체도 나오게 된다. 하지만 벽 너머 로키 쪽에는 산소가 없다. 그래서 고무는 액체로 남아 있다. 고무방울은 터널 벽으로 둥실둥실 떠가더니 거기에 들러붙는다.

나는 로키를 보며 어깨를 으쓱한다. 로키도 이 동작이 '미안해'라는 뜻임을 알지도 모른다.

로키도 어깨를 으쓱하다시피 한다. 하지만 어깨 다섯 개를 모두 써서 그렇게 한다. 이상해 보인다. 내 뜻을 알아들은 건지도 잘 모르겠다.

그는 줄자를 약간 빼보더니 손을 놓고 줄자가 다시 탁 들어가게 놔둔다. 그러면 어떻게 되는지 알고 있었음에도 놀란 게 분명하다. 그는 줄자에서 아예 손을 떼고 줄자가 눈앞에서 빙빙 돌아가게 놔둔다. 그는 줄자를 잡고 다시 그렇게 한다. 한 번 더.

한 번 더.

"그래, 웃기다." 내가 말한다. "하지만 눈금을 봐. 그게 센티미터야. 센-티-미-터."

그가 또 줄자를 끄집어내자, 나는 자 부분을 가리킨다. "봐!"

그는 계속 줄자를 뺐다가 다시 집어넣기만 한다. 그가 줄자에 적힌 것에 조금이라도 신경 쓴다는 기색은 전혀 보이지 않는다.

"에휴!" 나는 손가락을 하나 들어 올린다. 나는 실험실로 가서 다른 줄자를 가지고 온다. 원래 장비가 많이 갖춰진 실험실이다. 여벌이 충분히 마련되지 않은 상태에서는 그 어떤 우주 임무도 완수할 수 없기도 하고. 나는 터널로 돌아온다.

로키는 여전히 줄자를 가지고 놀고 있다. 이젠 정말로 즐기는 듯하다. 대략 1미터쯤 되는 줄자를 최대한 길게 당겨 빼더니, 자와 줄자의 감기는 부분을 동시에 놓는다. 그 결과로 줄자가 다시 감기며 탁하고 제자리로 돌아가자 줄자 통이 로키 앞에서 미친 듯이 돌아간다.

"♪♪♫♪!!!" 그가 말한다. 확신하는데, 신나서 소리 지르는 거다.

"저기, 여기 좀 봐." 내가 말한다. "로키, 로키! 야!"

그제야 그는 의도치 않게 장난감이 되어버린 줄자와의 놀이를 그만 둔다.

나는 내 줄자를 조금 당겨 빼낸 다음 눈금을 가리킨다. "봐! 여기 말이야! 보여?"

로키도 자기 줄자를 대략 비슷한 길이만큼 빼낸다. 그의 줄자에도 아직 눈금이 표시돼 있는 게 보인다. 살갗이 일그러질 만큼 뜨거운 에리디언의 열기에 눈금이 날아가 버리거나 한 게 아니다. 뭐가 문제지?

나는 1센티미터 눈금을 가리킨다. "봐. 1센티미터야. 이 선. 여기." 나는 선을 반복해서 두드린다.

로키는 두 손으로 줄을 빼 들고 세 번째 손으로 톡톡 두드린다. 내가 두드리는 박자를 따라하기는 하지만, 1센티미터 선에 닿으려면 어림도 없다.

"여기라니까!" 나는 눈금을 더 세게 두드린다. "눈이 멀었…구나?"

나는 잠시 말을 멈춘다.

"잠깐만. 너 눈이 안 보여?"

로키는 줄을 좀 더 두드린다.

나는 처음부터 로키의 몸 어딘가에 눈이 있지만 내가 못 알아보는 거라고 생각했다. 하지만 아예 눈이 없는 거라면?

블립A의 에어로크는 어두웠지만, 로키는 그 안에서 활동하는 데 아무 문제가 없었다. 그래서 그가 내게는 안 보이는 파장의 빛을 본다고 생각했다. 그러나 줄자는 흰색 바탕에 검은 눈금이 표시된 형태였다. 어느 스펙트럼을 보는 어느 시각이든 흰 바탕의 검은 눈금은 읽을 수 있다. 검은색은 빛이 없는 상태이고 흰색은 모든 파장이 동등하게 반사되는 상태니까.

잠깐만. 이건 말이 안 되는데. 로키는 내가 뭘 하는지 안다. 내 동작을 흉내 낸다. 시각이 없다면 내 시계는 어떻게 본 거지? 어떻게 자기 시계를 만든 걸까?

흠…. 로키의 시계는 숫자가 입체적이었다. 두께가 8분의 1인치쯤 됐다. 돌이켜 생각해 보니, 실제로 내 시계를 보는 건 좀 어려워했다. 로키는 내가 시계를 분리용 벽에 테이프로 붙여주기를 바랐다. 시계가 1인치 정도 멀어지자 당황했다. 로키에게는 시계가 분리용 벽에 가까이 있는 것만으로는 부족했다. 벽에 닿아 있어야 했다.

"소리인 거야?" 내가 말한다. "소리로 '보는' 거야?"

그러면 말이 됐다. 인간도 3차원 환경을 이해하기 위해 전자파를 활용하는데, 다른 종족이 음파를 사용하지 말라는 법이 있나? 같은 원리다. 지구에서도 이런 경우가 있다. 박쥐와 돌고래는 소리를 가지고 '보는', 반향 위치 측정법을 활용한다. 어쩌면 에리디언들에게도 그런 능력이 있는 걸지도 몰랐다. 다만 매우 강하게. 박쥐나 돌고래와는 달리 에리디언들에게는 굳이 작동하지 않아도 늘 켜져 있는 음파탐지기가 있는 것이다. 이들은 먹이를 쫓기 위해 특별한 소리를 내는 대신 주변의 음파를 활용해 환경을 파악한다.

그냥 가설이다. 하지만 자료와 부합하는 가설이기도 하다.

그래서 로키의 시계 숫자가 두꺼웠던 것이다. 그의 음파탐지기로는 너무 얇은 것을 감지할 수 없기에. 내 시계는 그에게 어려운 과제였다. 그는 잉크를 '볼' 수 없었다. 하지만 시곗바늘은 단단한 물체였다. 그래서 알아볼 수 있었다. 그렇다고는 해도, 그 모든 게 플라스틱 통 안에 들어 있었는데….

나는 이마를 탁 쳤다. "그래서 시계를 벽에 바싹 대 달라고 한 거구나. 시계 안에서 튀어 다니는 음파가 더 쉽게 전달되도록. 그럼 방금 내가 너한테 건네준 줄자는 쓸모가 없네. 넌 잉크를 아예 못 보니까!"

그는 줄자를 가지고 좀 더 장난을 친다.

나는 손가락 하나를 들어 올린다. 그는 줄자 장난감에 더 흥미가 가는 듯하지만 남는 손으로 별생각 없이 내 동작을 따라 한다.

나는 우주선으로 돌아가 통제실을 지나서 실험실로 들어간다. 드라이버를 하나 집어 들고 숙소까지 더 내려간다. 나는 바닥 판을 하나 떼어낸다. 단순한 알루미늄판이다. 아마 두께는 16분의 1인치쯤 될 테고, 우리가 만지다가 손을 베지 않도록 모서리는 둥글게 처리했다. 강하고 내구력이 있으며 가볍다. 우주여행을 위한 완벽한 소재다. 나는 터널로 다시 날아간다.

로키는 자기 터널의 손잡이에 줄자의 한쪽 끝을 감아서 조악하게 매듭지어 두었다. 그는 한 손으로 줄자 통에 매달린 채 다른 네 손을 이용해 철봉을 따라 거꾸로 기어 온다.

"로키." 내가 말한다. 나는 손을 든다. "야!"

그는 잠시 줄자 놀이를 멈춘다. "♩♪♩?"

나는 손가락 두 개를 편다.

로키도 손가락 두 개를 편다.

"응. 그렇구나. 또 흉내 놀이가 시작됐어." 나는 한 손가락을 편 다음 둘로 바꾸었다가 다시 하나로 바꾸고, 마지막으로는 세 개로 바꾼다.

로키도 그 순서를 따라 한다. 내가 기대했던 그대로다.

이제, 나는 알루미늄판을 내 손과 로키 사이에 둔다. 판 뒤에서 나는 손가락을 두 개, 한 개, 세 개, 다섯 개 들어 보인다.

로키는 손가락을 두 개, 한 개, 그다음에는 세 개 전부 들어 보인다. 그는 총 다섯 개의 손가락을 보여주려고 두 번째 손을 가져다 손가락 두 개를 더 편다.

"와아!" 내가 말한다.

16분의 1인치짜리 알루미늄은 거의 모든 빛을 차단한다. 말도 안 되게 진동수가 높은 빛은 알루미늄을 통과할 수도 있지만, 그런 파장은 나까지도 그대로 통과할 것이다. 그러면 로키는 내 손을 볼 수 없다. 반면 소리는 금속을 아무 문제없이 통과한다.

이게 증거다. 로키는 빛을 활용해서 무슨 일이 일어나는지 인지하는 게 아니다. 소리를 활용하는 게 틀림없다. 로키에게는 이 금속판이 유리창과 똑같다. 금속판 때문에 상이 조금 흐려질지는 모르겠지만, 그리 왜곡이 심하지는 않은 것이다. 세상에, 그는 아마 헤일메리호의 통제실이 어떻게 생겼는지까지 알고 있을 것이다. 모를 이유가 없다. 선체는 그저 더 많은 알루미늄으로 이루어져 있을 뿐이니까.

내가 우주에 나가 있는 건 어떻게 봤을까? 우주에는 공기가 없고, 따라서 소리도 없는데.

잠깐, 아니지. 이건 멍청한 질문이다. 로키는 우주를 떠돌아다니는 원시인이 아니다. 선진적인 우주 여행자다. 그에게는 기술이 있다. 아마 데이터를 그가 이해할 수 있는 형태로 바꿔주는 카메라와 레이더 같은 것들이 있겠지. 내 페트로바스코프도 그와 다를 게 없다. 나는 적외선을 볼 수 없지만, 페트로바스코프는 볼 수 있다. 그리고 페트로바스코프는 적외선을 내가 볼 수 있는 진동수의 빛으로 모니터에 표시한다.

블립A의 통제실에는 아마 멋지게 생긴, 점자 표시자들이 있을 것이다. 뭐, 그보다는 훨씬 발달한 모습이겠지만.

"와아…." 나는 그를 바라본다. "인간들은 수천 년 동안이나 별을 쳐다보면서 저 바깥에는 뭐가 있을지 궁금해했어. 너희들은 한 번도 별을 본 적이 없지만, 그런데도 우주여행을 해냈구나. 너희 에리디언들은 정말 놀라운 민족이 틀림없어. 과학 천재들이야."

줄자의 매듭이 풀어져 미친 듯이 감기더니 로키의 손을 탁 때린다. 로키는 잠깐 아파하며 얻어맞은 손을 흔들더니 계속 줄자를 가지고 논다.

"그래. 넌 확실히 과학자다."

"모두 기립하십시오." 법정 관리인이 말했다. "워싱턴 서부 연방 지방법원을 개정합니다. 재판은 메러디스 스펜서 대법관님이 주재하십니다."

판사가 자리에 앉는 동안 법정의 모든 사람은 일어서 있었다.

"앉으십시오." 법정 관리인이 말했다. 그는 대법관에게 파일을 하나 건넸다. "재판장님, 오늘 다룰 사건은 지적재산권연맹 대 헤일메리 프로젝트 사건입니다."

판사가 고개를 끄덕였다. "원고, 재판 준비됐습니까?"

원고석은 잘 차려입은 사람들로 북적거렸다. 그중 가장 나이가 많은 60대 남성이 일어서서 대답했다. "준비됐습니다, 재판장님."

"피고, 재판 준비됐습니까?"

스트라트는 피고석에 혼자 앉아 태블릿에 뭘 입력하고 있었다.

대법관이 목을 가다듬었다. "피고?"

스트라트가 입력을 마치고 일어섰다. "준비됐습니다."

스펜서 대법관이 스트라트의 자리를 가리켰다. "변호인, 나머지 팀원들은 어디 있습니까?"

"저뿐입니다." 스트라트가 말했다. "그리고 전 변호인이 아닙니다. 피고죠."

"스트라트 씨." 스펜서는 안경을 벗고 그녀를 노려보았다. "이 사건의 피고는 상당히 유명한, 국제과학자협회입니다."

"제가 이끄는 협회죠." 스트라트가 말했다. "저는 소송 기각을 신청합니다."

"아직 뭘 신청할 수 없습니다, 스트라트 씨." 스펜서가 말했다. "재판을 진행할 준비가 됐는지만 말해주세요."

"준비됐습니다."

"좋습니다. 원고, 모두진술 시작하세요."

남성이 일어섰다. "존경하는 재판장님과 배심원 여러분, 저는 이 재판에서 지적재산권연맹의 변호인을 맡은 시어도어 캔턴입니다.

이번 재판에서, 원고 측은 헤일메리 프로젝트가 디지털 데이터 획득 및 사용권 문제에 관하여 권한을 남용했음을 입증할 것입니다. 피고 측은 거대한 하드디스크를 가지고 있으며 그 하드디스크에 현재까지 디지털 형태로 이용할 수 있었던, 모든 책과 서류는 물론 지금껏 저작권을 부여받은, 말 그대로 모든 소프트웨어를 복사해 두었습니다. 이 모든 행위는 적절한 저작권 소유자나 지적재산권 소유자에게 대가를 지급하지 않고, 혹은 그들의 허가를 받지 않고 이루어졌습니다. 게다가 이들의 기술적 설계는 특허권을 침해…"

"재판장님." 스트라트가 끼어들었다. "이제 신청할 수 있습니까?"

"굳이 따지면 그렇지요." 대법관이 말했다. "하지만 그런 일은 일상적이지 않…"

"소송 기각을 신청합니다."

"재판장님!" 캔턴이 항의했다.

"근거가 뭡니까, 스트라트 씨?" 대법관이 말했다.

"이런 개소리를 들어줄 시간이 없으니까요." 그녀가 말했다. "우리는 말 그대로 인류라는 종을 구원하기 위한 우주선을 만들고 있습니다. 그 일을 해낼 시간은 아주 조금밖에 없고요. 그 우주선에는 우주비행사 세 명이, 단 세 명이 탑승해 지금은 상상조차 할 수 없는 실험을 하게 됩니다. 우리는 그들이 필요하다고 보는 계통의 연구라면 뭐든 활용할 수 있기를 바랍니다. 그래서 그들에게 모든 것을 주려 합니다. 인류의 지식을 모아, 모든 소프트웨어와 함께 제공하려는 겁니다. 그런 자료 중에는 멍청한 것들도 있습니다. 아마 윈도우 3.1 버전의 지뢰찾기 같은 건 필요하지 않겠죠. 산스크리트어-영어 대사전 같은 것도 아마 필요하지 않을 겁니다. 하지만 우리 우주비행사들은 그것도 갖게 될 겁니다."

캔턴이 고개를 저었다. "재판장님, 제 의뢰인들은 헤일메리 프로젝트의 고결한 속성에 문제를 제기하려는 것이 아닙니다. 고소가 이루어진 건, 저작권이 부여된 자료와 특허를 취득한 메커니즘이 불법적으로 사용됐기 때문입니다."

스트라트가 고개를 저었다. "모든 회사와 사용 계약을 맺는 데는 터무니없이 많은 시간과 에너지가 들어갑니다. 그러므로 계약은 하지 않습니다."

"분명히 말합니다만, 스트라트 씨, 당신도 법을 준수해야 합니다."
대법관이 말했다.

"그것도 제가 따르고 싶을 때나 해당하는 얘깁니다." 스트라트가 종이를 한 장 집어 들었다. "이 국제조약에 따르면, 저는 개인적으로 지구에서의 모든 범죄에 대한 면책특권을 가지고 있습니다. 미국 상원이 두 달 전에 해당 조약을 비준했습니다."

그녀는 두 번째 종이를 집어 들었다. "그리고 이런 상황을 간소화하기 위해, 미합중국 대통령으로부터 미국 관할지역 내에서의 모든 혐의에 대한 사전적 사면을 받았습니다."

법정 관리인이 종이를 가져다 대법관에게 건네주었다.

"이건…." 대법관이 말했다. "정말 그렇군요."

"제가 여기에 온 건 그저 예의를 지키기 위해서입니다." 스트라트가 말했다. "아예 올 필요가 없었어요. 하지만 소프트웨어 산업계와 특허 괴물, 그 외에 지적재산권과 관련된 모든 사람이 뭉쳐 단 한 번의 소송을 제기하기로 했으니, 이 법정에 나오는 것이 애초에 싹을 잘라버릴 가장 빠른 방법이라고 생각했던 겁니다."

그녀는 가방을 집고 안에 태블릿을 넣었다. "그만 가보겠습니다."

"잠깐만요, 스트라트 씨." 스펜서 대법관이 말했다. "그렇더라도 이곳은 법정이고, 재판이 진행되는 동안에는 자리를 지켜야 합니다!"

"싫습니다." 스트라트가 말했다.

법정 관리인이 앞으로 나왔다. "선생님. 법정의 명령에 따르지 않으면 제지할 수밖에 없습니다."

"어느 나라 군대를 동원할 생각인가요?" 스트라트가 물었다.

군복을 입은 무장한 남성 다섯 명이 법정으로 들어와 스트라트 주위에 늘어섰다. "저한테는 미군이 있거든요." 그녀가 말했다. "되게 괜찮은 군대죠."

나는 땅콩버터 토르티야를 우적거리면서 사용할 수 있는 소프트웨어를 훑어본다. 이름만 들으면 맛없을 것 같겠지만, 맛있다.

나는 노트북을 사용하면서 몸이 둥실둥실 뜨지 않도록 실험실 의자를 두 다리로 잡고 있는 방법을 배웠다. 알고 보니 나한테는 노트북이 여러 대 있었다. 지금까지 창고에서 찾은 것만 최소 여섯 대다. 그리고 이 노트북들은 전부 우주선 전체에 깔려 있는 와이파이 네트워크에 연결돼 있다. 편리하다.

내 기억이 맞는다면, 이 우주선 안 어딘가에는 사실상 모든 소프트웨어가 숨겨져 있어야 한다. 문제는 필요한 소프트웨어를 찾는 것이다. 무슨 소프트웨어를 찾아야 할지 이름조차 모르겠는데. 다행히, 디지털 도서관에 있는 어느 책에 소프트웨어 목록이 있다. 그게 도움이 됐다.

결국 나는 쓸 만한 소프트웨어를 찾아낸다. '팀파눔 연구소 파형 분석기'. 내 라이브러리에는 온갖 종류의 파형 분석 소프트웨어가 있다. 그중에서도 이 분석기는, 파형 분석기를 검토한 2017년 컴퓨터 잡지에서 가장 높은 별점을 받았다.

나는 그 프로그램을 노트북 한 대에 설치한다. 프로그램은 사용이 꽤 간편하고 기능이 엄청나게 많다. 하지만 내가 가장 관심을 두는 기능은 푸리에 변환이다. 푸리에 변환은 음파 분석에서 가장 기초적인 기술이며, 가장 중요한 기술이라고도 할 수 있다. 푸리에 변환을 하려면 엄청나게 복잡한 수학이 필요하지만, 최종 결과는 이렇다. 푸리에 변환으로 음파를 변환하면, 동시에 연주되는 음정 각각의 목록이 나온다. 그러니까 C장조 화음을 연주해 이 프로그램에 들려주면 프로그램이 C, E, G음이 났다고 알려주는 것이다. 믿을 수 없을 만큼 유용하다.

더는 팬터마임을 하지 않아도 된다. 이제는 에리디언어를 배울 때가 됐다. 그렇다. 에리디언어라는 말은 방금 내가 만들어낸 것이다. 아니, 나쁘다고 생각하지는 않는다. 나는 여기서 수많은 일들을 인류 역사상 최초로 하고 있다. 이름을 붙여줘야 할 것이 엄청나게 많다. 그냥, 내가 나 자신의 이름을 따서 이것저것 이름 붙이지 않는다는 것을 다행으로 여기기 바란다.

나는 다른 노트북에 마이크로소프트 엑셀을 켜놓고, 두 노트북의 뒤쪽을 서로 맞대 테이프로 붙인다. 물론, 노트북 하나로 프로그램 두 개를 다 돌릴 수도 있다. 하지만 프로그램을 계속 전환해 가며 쓰기가 싫다.

나는 우주선을 날아 올라가 터널로 돌아간다. 로키가 없다.

흠.

로키도 온종일 나만 기다릴 수는 없을 것이다. 하지만 누군가 한 명은 늘 터널에 둘 수 있는 것 아닐까? 내 동료들이 아직 살아 있었다면, 우리는 틀림없이 돌아가면서 보초를 섰을 것이다. 세상에, 일류키나라면 아마 쉼 없이 여기에서 야영하다가 잠을 자야 할 때만 자리를 비웠을 것이다.

혹시 저들이 터널에 다른 사람을 교대로 보내고 있는 거라면? 로키가 한 명인지 내가 어떻게 알 수 있을까? 나는 에리디언들을 구분하는 방법을 모른다. 어쩌면 나는 서로 다른 여섯 사람과 이야기한 걸지도 몰랐다. 그렇게 생각하니 심란해졌다.

아니… 그건 아닐 것이다. 나는 로키가 로키라고 확신한다. 그의 등 딱지에서 튀어나온 부분과 손에 있는 바위처럼 두드러진 부분들은 독특하다. 그의 한쪽 손가락에 우락부락해 보이는, 불규칙한 부분이 튀어나와 있던 것도 기억난다. …그래. 같은 녀석이다.

몇 시간 동안 돌덩이를 들여다보고 있었는데 누군가가 그 돌덩이를 아주 비슷하지만 약간 다른 돌로 바꿔놓는다면 누구든 알아차리기 마련이다.

그럼 나머지 대원들은 어디 있을까? 내가 혼자인 까닭은 동료들이 살아남지 못했기 때문이다. 하지만 에리디언들은 더 나은 우주 기술을 가지고 있다. 우주선도 더 크고, 선체의 소재는 거의 부수기가 불가능하다. 저 안에는 다른 대원들이 있을 게 틀림없다.

아! 로키가 선장인가 보구나! 로키는 무서운 외계인과 이야기하는 위험을 직접 감수하는 것이다. 다른 모든 대원은 우주선에 남아 있다. 커크 선장(《스타 트렉》 TOS와 리부트 극장판의 주인공으로, USS 엔터프라이즈호의 선장 – 옮긴이)이라면 그렇게 할 거다. 로키 선장이라고 그러지 말라는 법이 있을까?

아무튼, 나는 끝내주는 일을 하고 싶어서 좀이 쑤신다.

"어이! 로키!" 내가 소리친다. "이리 와!"

나는 뭔가 움직이는 소리가 들리는지 귀를 기울인다. "얼른, 인마! 네 원거리 감각 정보는 전부 소리로 이루어져 있잖아. 1마일 떨어진 데서 바늘 떨어지는 소리도 다 들릴 거라는 거 알아! 내가 널 부르는 걸 알잖아! 궁둥이… 아니, 뭐든 네 궁둥이 역할을 하는 걸 떼고 좀 움직이라고! 얘기하고 싶어!"

나는 기다리고 또 기다리지만, 로키는 오지 않는다.

내 생각에, 나는 그에게 우선순위가 꽤 높다. 그러니 뭔지는 몰라도 그가 지금 하는 일은 정말로 중요한 게 틀림없다. 어쨌든 그에게는 관리해야 할 우주선이 있으니까. 아마 먹기도 하고 잠도 자야 할 것이다. 뭐, 어쨌든 먹긴 먹어야겠지. 모든 생물학적 유기체는 어떤 식으로든 에너지를 얻어야 한다. 에리디언들이 잠을 자는지는 모르겠지만.

생각해 보니… 잠을 자는 것도 그렇게 나쁜 생각은 아닌 것 같다. 지난 마흔여덟 시간 중에서 나는 겨우 두 시간 낮잠을 잤을 뿐이다. 로키의 시계는 여전히 손잡이용 철봉과 분리용 벽 사이에 끼워져 있다. 평소처럼 째깍째깍 움직인다. 그의 시계에 숫자가 겨우 다섯 개밖에 없다니 흥미롭다. 내 계산대로라면, 이 시계는 다섯 시간에 한 번씩 $\ell\ell\ell\ell$ ℓ로 돌아온다. 어쩌면 에리디언의 하루가 다섯 시간인 것 아닐까?

그건 나중에 생각해야지. 중요한 건 잠을 자는 거다. 나는 엑셀에 로키의 시간을 내 시간으로, 또 내 시간을 로키의 시간으로 변환해 줄 스프레드시트를 작성한다. 여덟 시간을 자고 싶다. 나는 로키의 시계에 떠 있는 현재 시각인 IℓIVλ를 입력하고, 스프레드시트에 지금부터 여덟 시간 후에는 시계에 어떤 문자가 표시될지 표시하라고 한다. 답은 I+V$\lambda\lambda$V이다.

나는 서둘러 실험실로 돌아가 막대 사탕 한 꾸러미와 테이프를 가져온다. 로키가 잉크를 못 보니 임시방편을 써야 한다.

나는 로키에게 내가 돌아올 시간을 알려주려고 분리용 벽에 사탕 막대를 테이프로 붙인다. I+V$\lambda\lambda$V. 다행히 숫자들이 거의 직선으로 이루어져 있으므로 내 보잘것없는 솜씨로도 로키가 읽는 데는 충분할 것이다.

흥미롭게도, 내가 돌아올 시간은 여섯 자리 숫자로 이루어져 있다. 로키의 시계에 표시되는 것보다 숫자가 하나 더 많다. 하지만 로키라면 분명 알아낼 것이다. 로키가 '37시 정각에 돌아올게'라고 말했다면 나도 그 말뜻을 알아들었을 테니까.

잠자리에 들기 전에, 나는 실험실의 진공실에서 소형 카메라를 꺼낸다. 진공실에 붙어 있는 휴대용 LCD에 연결된, 조그마한 무선 카메라다. 나는 테이프를 사용해 그 카메라를 터널에, 분리용 벽을 향하도록 붙인다. 화면은 내 침대로 가져간다.

자. 이제는 터널에 베이비 모니터까지 설치해 두었다. 소리는 나지 않는다. 카메라는 실험 관찰용이지 수다를 떨기 위한 용도가 아니다. 하지만 아무것도 없는 것보다는 낫다.

나는 침대의 담요와 이불을 모두 타원형의 밑판에 팽팽하게 끼워 넣는다. 그 팽팽한 이부자리 사이로 움찔거리며 들어간다. 이렇게 하면 잠들어 있는 동안 떠다니지 않을 수 있다.

로키와의 의사소통을 위한 나의 원대한 계획이 실현되려면 좀 기다려야 한다. 약간 답답하지만, 오랫동안은 아니다. 나는 바로 곯아떨어진다.

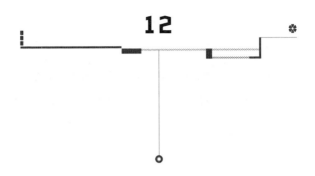

12

똑 똑 똑.

그 소리는 내 의식을 거의 파고들지 못한다. 멀리서 들린다.

똑 똑 똑.

나는 꿈조차 없는 잠에서 깨어난다. "엉?"

똑 똑 똑.

"아침밥." 나는 웅얼거린다.

기계 팔들이 어느 사물함으로 들어가 포장된 식사를 꺼낸다. 이 동네는 매일 아침이 크리스마스 같다. 내가 포장 윗부분을 뜯자 사방으로 연기가 뿜어져 나온다. 안에는 아침용 부리토가 있다.

"좋은데." 내가 말한다. "커피는?"

"준비 중입니다."

나는 아침용 부리토를 한 입 먹는다. 맛있다. 음식이 전부 맛있다. 상부에서는 우리가 어차피 죽을 거라면 먹을 거도 잘 먹다가 죽는 게 좋겠다고 생각한 모양이다.

"커피입니다." 컴퓨터가 말한다. 기계 팔이 납작한 빨대가 꽂힌 주머니를 내민다. 어른용 카프리썬이랄까. 무중력상태에서 쓰도록 편의 장치가 갖춰져 있는 것이다.

나는 부리토가 근처를 떠다니게 놔두고 커피를 한 모금 마신다. 물론 맛있다. 딱 맞게 크림과 설탕까지 들어가 있다. 이런 건 사람마다 심하게 다른, 대단히 개인적인 취향인데도.

똑 똑 똑.

근데 저건 뭐지?

나는 침대 근처에 테이프로 붙여놓은 LCD 화면을 확인한다. 로키가 터널에서 분리용 벽을 두드리고 있다.

"컴퓨터! 나 얼마나 잔 거야?"

"환자는 열 시간 십칠 분 동안 의식을 잃고 있었습니다."

"아, 짜증 나!"

나는 이부자리에서 움찔움찔 나온 다음, 통통 튀며 우주선 전체를 올라가 통제실로 향한다. 배가 너무 고파서 부리토와 커피는 가져간다.

나는 터널로 튀어 들어간다. "미안! 미안!"

내가 나타나자 로키는 전보다도 더 시끄럽게 분리용 벽을 두드린다. 그는 내가 분리용 벽에 붙여놓은 사탕 막대를 가리키고 자기 시계를 가리킨다. 한 손으로 주먹을 쥔다.

"미안해!" 나는 기도하는 것처럼 두 손을 모아 쥔다. 달리 뭘 해야 할지 모르겠다. 어느 행성에서나 통하는, 애원을 상징하는 동작이란 존재하지 않으니까. 이해했는지는 모르겠지만 로키는 주먹을 편다.

어쩌면 가벼운 책망이었을지도 모르겠다. 뭐, 다섯 손으로 다 주먹을 쥘 수도 있는데 하나만 쥐었으니까.

아무튼 나는 로키를 두 시간 넘게 기다리게 했다. 그가 화를 내는 것도 이해할 만한 일이었다. 앞으로 내가 보여줄 마술이 보상이 됐으면 좋겠는데.

나는 한 손가락을 든다. 그가 똑같은 동작을 한다.

나는 테이프로 붙인 노트북을 집어 들고, 한쪽 컴퓨터에는 파형 분석기를 켜고 다른 컴퓨터에는 엑셀을 켠다. 그것들을 터널 벽에 대고 테이프로 단단히 고정한다.

나는 분리용 벽에서 사탕 막대를 떼어낸다. 여기서부터 출발해도 아무 문제없을 것이다. 나는 'I'를 집어 들고 가리킨다. "1." 내가 말한다.

나는 내 입을 가리키고, 다시 에리디언 숫자를 가리킨다. "1." 그런 다음, 나는 로키를 가리킨다.

그는 'I'를 가리키고 "♫"라고 말한다.

나는 파형 분석기를 잠시 정지하고 몇 초 뒤로 돌아간다. "어디 보자…." '1'을 나타내는 로키의 단어는 단 두 개의 음정만으로 이루어진 화음이다. 엄청나게 많은 배음과 반향도 섞여 있지만, 중요한 주파수 피크는 단 두 개의 음정이다.

나는 다른 컴퓨터의 스프레드시트에 '1'이라고 입력하고, 그와 관련된 주파수를 기록한다.

"좋았어…." 나는 분리용 벽으로 돌아가 'V'라는 글자를 집어 든다. "2." 내가 말한다.

"♪." 그가 말한다. 이번에도 한 음절짜리 단어다. 어떤 언어에서 가장 오래된 단어들은 보통 가장 짧은 단어이기도 하다.

이번에는 네 개의 서로 다른 음정으로 이루어진 화음이다. 나는 '2'와 이 단어를 나타내는 주파수를 기록한다.

로키가 흥분하기 시작한다. 내가 뭘 하려는지 알고 기분이 좋아진 것 같다.

나는 'λ'를 집어 든다. 내가 말하기도 전에 로키가 그 글자를 가리키며 "♬♪"라고 말한다.

훌륭하다. 처음으로 두 음절짜리 단어가 나왔다. 알맞은 화음을 찾아내려면 파형 데이터를 앞뒤로 조금 왔다 갔다 살펴야 한다. 첫음절은 단 두 음정으로 이루어져 있고, 두 번째 음절은 다섯 음정으로 이루어져 있다! 로키는 동시에 최소 다섯 가지 서로 다른 음을 낼 수 있다. 성대가 여러 개든 뭐든 무슨 이유가 있을 게 틀림없다. 뭐, 팔도 다섯 개고 손도 다섯 개니까. 성대가 다섯 개면 안 될 이유는 없지 않을까?

입은 어디에도 보이지 않는다. 음정은 그의 몸통 속 어딘가에서 들려올 뿐이다. 처음 로키의 말소리를 들었을 때, 나는 그 소리가 고래의 노래와 비슷하다고 생각했다. 그 짐작은 내 생각보다 더 정확했던 걸지도 모른다. 고래들이 그런 소리를 내는 건, 공기를 내뱉지 않고 성대 이쪽저쪽으로 통과시키기 때문이다. 로키도 마찬가지일 수 있다.

똑 똑 똑 똑!

"뭐?" 나는 그를 돌아본다.

그는 아직도 내 손에 들려 있는 글자 'λ'를 가리키고, 나를 가리킨다. 그런 다음 'λ'를 가리키고, 다시 나를 가리킨다. 거의 미친 사람 같다.

"아, 미안." 내가 말한다. 나는 숫자를 제대로 듣고서 "3."이라고 말한다.

그는 재즈 손동작을 한다. 나도 재즈 손동작을 해준다.

흠. 기왕 얘기가 나왔으니까….

나는 로키도 대화가 끊겼다는 걸 알 수 있도록 잠시 가만히 서 있다가, 재즈 손동작을 하며 "그래."라고 말한다.

나는 동작을 반복한다. "그래."

그도 내게 손동작을 해 보이며 "♬♩"라고 말한다.

나는 노트북에 그 주파수를 기록한다.

"좋아, 이제 우리 사전에 '그래'라는 말이 생겼어." 내가 말한다.

똑 똑 똑.

나는 돌아본다. 내 주의를 끌었다는 걸 알자, 그는 다시 재즈 손동작을 하며 "♬♩"라고 말한다. 전과 같은 화음이다.

"그래." 내가 말한다. "그건 했잖아."

그는 한 손가락을 잠시 들어 올리더니 두 손으로 주먹을 쥐고 서로 부딪힌다. "♪♪".

…뭐라고?

"아아아." 내가 말한다. 나는 선생이다. 방금 "그래"라는 단어를 배운 사람에게 뭘 가르쳐야 할까?

"그건 '아니'야."

아무튼 내 생각엔 그랬으면 좋겠다.

나는 두 손으로 주먹을 쥐고 서로 부딪힌다. "아니."

"♬♩." 그가 말한다. 나는 노트북을 확인한다. 로키는 방금 그렇다고 말했다.

잠깐만. 아닌 게 아니라는 뜻인가? 저것도 그렇다는 뜻인가? 헷갈린다.

"아니라고?" 내가 묻는다.

"아니." 그가 에리디언어로 말한다.

"그럼 그렇다는 거야?"

"아니, 그래."

"그렇다고?"

"아니. 아니라니까."

"그런 게 그렇다고?"

"아니라고!" 그는 나를 보며 주먹을 쥔다. 답답해하는 게 분명하다.

애보트와 코스텔로 콩트에나 나올 법한 종족 간 코미디는 이만하면 됐다. 나는 손가락을 들어 올린다.

로키도 주먹을 풀고 같은 동작을 한다.

나는 내가 '아니'라고 생각하는 주파수를 스프레드시트에 입력한다. 내 생각이 틀렸대도 어쩔 수 없다. 그건 나중에 로키랑 같이 생각해 봐야지.

나는 숫자 '+'를 집어 든다. "4."

로키는 한 손에 세 손가락을, 다른 손에 한 손가락을 펴든다. "♩♩."

나는 주파수를 메모한다.

이어지는 몇 시간 동안 우리는 함께 쓸 수 있는 단어를 수천 개까지 늘려 간다. 언어는 일종의 기하급수적 체계다. 단어를 알면 알수록 새로운 단어를 설명하기가 쉬워진다.

로키의 말을 듣는 나의 느리고도 서툰 시스템 때문에 의사소통에 지장이 있다. 나는 한쪽 노트북으로 그가 말하는 주파수를 확인한 다음, 다른 노트북의 스프레드시트에서 그 주파수를 찾아본다. 훌륭한 시스템은 아니다. 이런 방식은 이제 그만.

나는 프로그램을 짤 시간을 좀 달라고 한다. 내가 컴퓨터 전문가는 아니지만, 기초적인 프로그래밍 방법은 좀 알고 있다. 나는 오디오 분석 소프트웨어에서 출력된 내용을 받아다가 내가 작성한 표에서 해당 단어를 찾는 프로그램을 작성한다. 거의 프로그램이라고 할 수도 없는 수준이다. 그보다는 코드라고 해야 한다. 코드는 효율성이 무척 떨어지지만, 컴퓨터 자체가 빨라서 괜찮다.

다행히도 로키는 음악적인 화음을 써서 말한다. 컴퓨터에게 인간의 말을 글로 바꿔놓는 것은 대단히 어려운 일이지만, 음정을 파악해 표에서 해당 음정을 찾도록 하는 건 무척 쉬운 일이다.

이때부터는 내 노트북 화면에 로키가 하는 말의 영어 번역본이 실시간으로 표시된다. 새로운 단어가 나타나면, 나는 데이터베이스에 그 단어를 입력한다. 그때부터는 컴퓨터가 그 단어를 알아듣는다.

한편 로키는 내가 하는 말이나 행동을 기록하는 시스템을 전혀 사용하지 않는다. 그에게는 컴퓨터도 없고, 기록용 장치도 없고, 마이크도 없다. 아무것도. 그는 단지 주의를 기울일 뿐이다. 하지만 내 생각이 맞는다면, 그는 내가 해준 모든 말을 기억한다. 모든 단어를, 몇 시간 전에 겨우 한 번 말해준 단어까지도. 내 학생들한테도 이런 집중력이 있었다면!

나는 에리디언이 인간보다 훨씬 뛰어난 기억력을 가졌을 거라고 추정한다.

인간의 두뇌란 소프트웨어 도구를 모아놨더니 어쩌다가 생긴 기능적 단위와 비슷하다. 각 '기능'은 어떤 구체적인 문제를 해결해 우리의 생존 확률을 높인, 임의의 돌연변이로서 추가된 것이다.

다시 말해, 인간의 두뇌는 엉망진창이다. 진화의 모든 것이 엉망진창이다. 그러므로 나는 에리디언들도 임의의 돌연변이로 이루어진 엉망진창일 거라고 생각한다. 단, 뭔지는 몰라도 그들의 두뇌를 지금처럼 진화시킨 요소는 그들에게 인간이 '사진 기억'이라고 말하는 기능을 부여했다.

어쩌면 그보다 복잡한 상황일지 모른다. 인간의 두뇌에는 오직 시각 처리에만 할애되는 엄청나게 큰 부분이 있으며, 그 부분에는 자체 기억 저장소까지 달려 있다. 어쩌면 에리디언들은 그냥 소리를 기억하는 능력이 정말로 뛰어난 것뿐일지도 몰랐다. 어쨌든 그들에게는 청각이 주된 감각이니까.

너무 이르다는 건 알지만 더는 기다릴 수 없다. 나는 실험실 저장고에서 아스트로파지가 들어 있는 약병을 하나 터널로 가져와 들어 보인다. "아스트로파지." 내가 말한다.

로키의 자세가 완전히 바뀐다. 그는 등딱지를 약간 낮게 웅크린다. 몸을 지지하는 철봉을 발로 꽉 움켜쥔다. "♫♪♫." 그가 말한다. 목소리가 평소보다 조용하다.

나는 컴퓨터를 확인한다. 아직 기록하지 않은 단어다. 아스트로파지를 나타내는 로키의 단어가 틀림없다. 나는 데이터베이스에 그 단어를 기록한다.

나는 약병을 가리킨다. "아스트로파지가 우리 별에 있어. 나빠."

"♫♪♫♫ ♫♪♫♪♩ ♫♪♫." 로키가 말한다.

컴퓨터가 번역한다. "아스트로파지가 나 별에. 나쁨. 나쁨. 나쁨."

옳지! 가설이 확인됐다. 로키도 나와 같은 이유로 여기에 와 있다. 물어보고 싶은 게 너무도 많다. 하지만 단어가 없다. 화가 나 미치겠다!

"♫♫♫ ♫♪♪♪♫ ♫♪♫." 로키가 말한다.

컴퓨터가 금방 글자를 표시한다. "넌 어디서 옴, 질문?"

로키는 영어의 기본 어순을 배웠다. 내가 보기에 로키는, 내가 자동

296

으로 뭔가를 기억하지 못한다는 사실을 일찌감치 깨닫고 내게 자기 언어를 가르쳐주기보다는 내 시스템에 맞추는 것 같다. 그에게는 내가 좀 멍청해 보일 것이다. 하지만 가끔은 그가 쓰는 영어에 에리디언 특유의 문법이 끼어들었다. 그는 언제나 질문을 '질문'이라는 단어로 맺었다.

"이해가 안 돼." 내가 말한다.

"너희 별 이름 무엇, 질문?"

"아!" 내가 말한다. 그는 내 별의 이름을 알고 싶어 한다. "태양. 내 별은 '태양'이라고 해."

"이해함. 너희 별의 에리디언 이름은 ♫♩♪♩♩."

나는 새로운 단어를 메모한다. 이것이 '태양'을 의미하는 로키의 단어다. 인간끼리 더듬더듬 의사소통할 때와는 상황이 다르다. 로키와 나는 서로의 고유명사를 제대로 발음할 수조차 없다.

"너희 별을 부르는 우리 이름은 '에리다니'야." 내가 말한다. 엄밀히 말하면 우리는 그 별을 '40에리다니'라고 부르지만 간단히 하기로 했다.

"내 별의 에리디언 이름은 ♫♩♪♪♪."

나는 그 단어를 사전에 추가한다. "이해했어."

"좋음."

이번 번역만큼은 컴퓨터 화면을 보지 않고도 이해할 수 있다. 나는 '너', '나', '좋음', '나쁨' 등 자주 등장하는 단어들 일부를 알아듣기 시작했다. 나는 한 번도 예술적인 성향을 보인 적이 없었고, 그 누구보다도 음악적인 귀가 없는 사람이었다. 하지만 같은 화음을 백 번쯤 듣고 나면 기억이 나기 마련이다.

나는 손목시계를 확인한다. 그래, 이제 나한테는 손목시계가 생겼다. 스톱워치에 시계 기능이 있다는 걸 알게 됐기 때문이다. 그 사실을 알기까지 시간이 걸리긴 했지만 다른 일들을 생각하느라고 그런 거다.

우리는 온종일 이 작업을 했고, 나는 기진맥진했다. 에리디언들은 잠이 뭔지 알기는 아는 걸까? 이제는 물어볼 때가 된 것 같다.

"인간의 몸에는 잠이 필요해. 잠은 이런 거야." 나는 둥글게 몸을 웅크리고, 잠을 과하게 연극적으로 표현하며 눈을 감는다. 가짜로 코 고는 소리를 낸다. 나는 연기 솜씨가 형편없으니까.

나는 평소로 돌아와 그의 시계를 가리킨다. "인간은 2만 9,000초 동안 자."

에리디언들은 완벽한 기억력을 가지고 있을 뿐 아니라 계산 능력이 극도로 좋다. 다른 이들은 몰라도 로키는 그렇다. 과학적 단위들을 확립해 나가는 과정에서, 그가 눈 깜빡할 사이에 자기 단위를 내 단위로 바꿀 수 있다는 사실이 드러났다. 게다가 그는 10진법을 이해하는 데도 아무 문제가 없다.

"많은 초…." 그가 말한다. "왜 그렇게 많은 초 가만히, 질문…? 이해함!"

그가 다리에 힘을 풀자 다리가 축 늘어진다. 그는 죽은 벌레처럼 몸을 말고 잠깐 아무 움직임도 보이지 않는다. "에리디언도 같음! ♪♫♫ ♪!"

징밀 다행이다. 한 번도 잠에 대해서 들어본 적이 없는 누군가에게 '잠'에 대해 설명한다니 상상도 되지 않는다. '저기, 내가 잠깐 의식을 잃고 환각을 볼 참이야. 그건 그렇고, 나는 하루의 3분의 1을 이 짓을 하면서 보내. 한동안 이 짓을 하지 못하면 미쳐서 결국 죽어. 괜찮아,

걱정은 하지 마.'라고 해야 하나?

나는 로키의 '잠'이라는 단어를 사전에 더한다.

나는 떠나려고 돌아선다. "이젠 자러 갈 거야. 2만 9,000초 후에 돌아올게."

"나 지켜봄." 그가 말했다.

"네가 지켜본다고?"

"나 지켜봄."

"어…."

내가 자는 모습을 지켜보고 싶다고? 다른 상황이었다면 소름 끼쳤겠지만 새로운 생명체를 연구할 때는 적절한 행동인 것 같다.

"난 2만 9,000초 동안 가만히 있을 거야." 내가 그에게 경고한다. "엄청나게 많은 초 동안 아무것도 하지 않을 거야."

"나 지켜봄. 기다려."

그는 자기 우주선으로 돌아간다. 이제야 메모를 할 뭔가를 가져오려는 걸까? 몇 분 뒤, 그는 한 손에 어떤 장치를, 다른 두 손에는 주머니를 들고 돌아온다.

"나 지켜봄."

나는 장치를 가리킨다. "그건 뭐야?"

"♬♪♩♬." 그가 주머니에서 어떤 도구를 꺼낸다. "♬♪♩♬ 작동 안함." 그는 주머니에서 꺼낸 도구로 장치를 몇 차례 쿡 찌른다. "나 바꿈. ♬♪♩♬ 작동함."

나는 굳이 새 단어를 받아적지 않는다. 뭐라고 입력할까? "로키가 그때 내밀었던 물건"? 뭔지는 모르지만, 저건 그냥 전선 몇 개가 튀어나와 있고, 복잡한 내부가 드러나는 구멍이 하나 뚫려 있는 장치일 뿐이다.

그 물건 자체는 중요하지 않다. 요점은 로키가 그걸 고치고 있다는 것이다. 우리한테는 새로운 단어다.

"고친다." 내가 말한다. "고친다."

"♬♪♫♪." 그가 말한다.

나는 '고치다'라는 단어를 사전에 추가한다. 이 단어가 앞으로도 많이 나올 것 같다.

로키는 내가 자는 걸 지켜보고 싶어 한다. 그게 신나는 일이 아니라는 걸 알지만, 어쨌든 그러고 싶어 한다. 그래서 심심하지 않도록 할 일을 가져왔다.

뭐 그래. 자기 좋을 대로 하는 거지.

"기다려." 내가 말한다.

나는 우주선으로 돌아가 숙소로 향한다.

매트리스 패드와 이불, 담요를 내 침대에서 끌어낸다. 다른 두 침대의 침구를 쓸 수도 있겠지만… 죽은 내 친구들이 썼던 침대라 그러고 싶지 않다.

나는 매트리스 패드와 이불을 끌고 실험실을 통과하고, 어색하게 통제실을 지난 다음 터널로 들어간다. 엄청난 양의 테이프를 사용해 매트리스 패드를 벽에 붙인 다음 이불과 담요도 떨어지지 않게 잘 고정한다.

"나 이제 자." 내가 말한다.

"자."

터널의 불을 끈다. 나한테는 완전한 어둠이지만, 나를 지켜보고 싶어 하는 로키에게는 아무 차이가 없다. 두 세계 모두에 최고의 방법이다.

나는 몸을 움찔거리며 침대로 들어가고, 잘 자라는 말을 하고 싶은 충동을 눌러 참는다. 그 말을 해봤자 더 많은 질문이 이어질 뿐이다.

나는 가끔 로키가 장치를 만지는 찰칵 소리와 끽 소리가 들리는 가운데 잠든다.

이후의 며칠은 반복적이었다. 하지만 지루한 것과는 거리가 멀었다. 우리는 공유할 단어를 엄청나게 늘렸고, 문법도 상당히 발전했다. 시제, 단수와 복수, 조건문… 언어는 까다롭다. 하지만 조금씩 조금씩 알아가는 중이다.

게다가 느리기는 해도 나는 그의 언어를 조금씩 외워가고 있다. 전처럼 컴퓨터가 자주 필요하지는 않다. 다만 지금 컴퓨터 없이 완전히 의사소통할 수는 없다. 그렇게 되려면 아주 오랜 시간이 걸릴 것이다.

나는 에리디언 단어를 익히는 데 매일 한 시간을 쓴다. 나는 엑셀 스프레드시트에서 아무 단어나 뽑아서 MIDI 프로그램으로 재생해 주는 간단한 코드를 짰다. 이번에도 기초적인, 비효율적으로 작성된 프로그램이었지만 컴퓨터 속도가 빨라서 괜찮다. 나는 최대한 빨리 스프레드시트에서 벗어나고 싶지만, 당분간은 어쩔 수 없이 스프레드시트가 필요하다. 그래도 얼마쯤 시간이 지나면 컴퓨터에 의지하지 않고도 완전한 문장을 이해하게 될 것이다. 걸음마 단계랄까.

나는 매일 밤 터널에서 잠을 잔다. 로키가 지켜본다. 이유를 모르겠다. 아직 그 얘기를 해보지도 못했다. 둘 다 다른 일로 너무 바빴으니까. 희한하게도 로키는 자기가 볼 수 없는 곳에서 내가 잠드는 것을 정말로 싫어한다. 짧은 낮잠이라도.

오늘은 우리 둘 모두에게 까다롭게 느껴지던, 극도로 중요한 과학적 단위를 처리해야 한다. 이 단위가 이토록 까다로워진 이유는 대체로 우리가 무중력상태에서 살고 있기 때문이다.

"질량 얘기를 해야 해."

"그래. 킬로그램."

"맞아. 어떻게 해야 킬로그램을 설명할 수 있으려나?" 내가 묻는다.

로키는 주머니에서 작은 공을 하나 꺼낸다. 탁구공 정도 크기다. "나이 공 질량 알아. 너 나한테 공 몇 킬로그램인지 말해. 그럼 내가 킬로그램 알아."

알아냈구나!

"좋았어! 공 줘 봐."

그는 여러 개의 손으로 몇 군데 지지대에 매달려, 공을 소형 에어로크에 집어넣는다. 나는 공이 식을 때까지 몇 분 기다린 뒤 집어 든다. 공은 매끄럽고 금속으로 만들어져 있다. 꽤 밀도가 높은 것 같다.

"이 공 무게를 어떻게 재지?" 내가 웅얼거린다.

"26." 로키가 불쑥 말한다.

"26이 왜?"

그는 내 손의 공을 가리킨다. "공은 26."

아, 이해했다. 공은 26 어쩌고의 무게가 나간다. 단위가 뭔지는 모르겠지만 좋아. 내가 해야 할 일은 이 공의 질량을 알아내서 26으로 나눈 다음 로키에게 답을 알려주는 것뿐이다.

"이해했어. 공의 질량이 26이라는 거지."

"아니. 아님."

나는 잠시 멈춘다. "아니라고?"

"아님. 공은 26."

"이해가 안 가."

그는 잠시 생각하더니 말한다. "기다려."

그는 자기 우주선으로 사라진다.

그가 떠나 있는 동안, 나는 무중력상태에서 뭔가의 무게를 잴 방법을 생각한다. 당연히 무중력상태에서도 질량은 있다. 단, 물건을 저울에 올려놓을 수가 없는 것이다. 중력이 없으니까. 그렇다고 헤일메리호를 회전시켜 원심력을 얻을 수도 없다. 터널이 우주선의 앞부분에 연결돼 있으므로.

작은 원심분리기를 만들 수는 있을 것이다. 내가 가진 초소형 실험실에 적합한 크기의 원심분리기면 되겠지. 그 원심분리기 안에 저울을 두고, 일정한 속도로 원심분리기를 돌린다. 내가 질량을 알고 있는 뭔가의 무게를 측정한 다음 공의 무게를 측정한다. 그러면 두 측정값의 비율을 가지고 공의 질량을 계산할 수 있다.

하지만 그러려면 일정하게 회전하는 원심분리기를 만들어야 한다. 어떻게? 실험실의 무중력 환경에서 뭔가를 회전시키는 건 쉬운 일이지만, 여러 번 실험하는 동안 일정한 속도를 유지하는 방법은 뭘까?

아아아! 일정한 속도는 필요하지 않다! 그저 중간 지점이 표시된 실만 한 가닥 있으면 된다.

나는 헤일메리호로 날아 들어간다. 로키는 내가 떠나버린 것을 용서해 줄 것이다. 그야, 로키는 자기 우주선 어디에 있든 아마 나를 '관찰할' 수 있을 테니까.

나는 공을 실험실로 가지고 내려간다. 나일론 실 한 가닥을 가져다가 양쪽 끝을 플라스틱 통에 감아 묶는다. 이제는 양옆에 작은 통이 달린 실이 생겼다. 나는 통을 나란히 두고, 이제는 반으로 접혀 있는 실을 팽팽하게 당긴다. 펜을 가지고 가장 먼 점에 표시한다. 그 점이 이 장치의 정확한 중심점이다.

나는 손으로 공을 앞뒤로 흔들며 그 공의 질량을 느껴본다. 아마 1파운드도 안 될 것이다. 0.5킬로그램에도 못 미친다.

나는 모든 걸 실험실에 떠다니게 놔두고 발을 차며 숙소로 간다.

"물." 내가 말한다.

"물을 요청합니다." 컴퓨터가 말한다. 금속 팔이 내게 무중력상태에서 '빨아 먹는' 물을 준다. 작은 클립이 풀릴 때만 물이 나오는, 빨대가 달린 비닐봉지다. 그 안에는 물이 1리터 들어 있다. 기계 팔은 늘 내게 물을 한 번에 1리터씩 준다. 세상을 구하려면 충분한 수분을 섭취해야 하니까.

나는 실험실로 돌아간다. 물 절반을 쭉쭉 짜서 표본 상자에 넣고 밀봉한다. 반쯤 빈 물주머니를 한쪽 통에 넣고, 다른 쪽 통에는 금속 공을 넣는다. 그 장치 전체를 공중에서 빙빙 돌린다.

두 물체가 같지 않은 건 확실하다. 연결된 통 두 개가 비스듬하게 회전하는 모습은 물 쪽이 훨씬 무거움을 보여준다. 좋다. 내가 원했던 그대로다.

나는 장치를 공중에서 집어 들고 물을 한 모금 마신다. 다시 돌린다. 여전히 중심이 벗어나 있지만, 전처럼 심하지는 않다.

나는 물을 조금씩 더 마시고 장치를 더 많이 돌려본 다음 물을 더 마시는 식으로 계속한다. 결국 내 작은 장치는 표시된 중심점을 중심으로 완벽하게 회전한다.

그 말은 물의 질량이 공의 질량과 같다는 뜻이다.

나는 물주머니를 꺼낸다. 물의 밀도는 알고 있다. 리터당 1킬로그램이다. 그러니까 이 물의 질량을 알기 위해 내가 알아야 할 것은 부피뿐이다. 그걸로 금속 공의 질량을 구하면 된다.

나는 비품에서 커다란 플라스틱 주사기를 꺼낸다. 주사기는 최대 100시시의 부피를 빨아들일 수 있다.

나는 주사기를 물주머니에 연결하고 빨대의 죔쇠를 푼다. 물 100시시를 꺼낸 다음, '버린 물 상자'에 뿜어낸다. 몇 차례 이 과정을 되풀이한다. 마지막 주사기가 겨우 4분의 1 정도 찼을 때 물주머니가 빈다.

결과는 물 325시시다. 그리고 그 무게는 325그램! 그러므로 로키의 공도 325그램이다.

나는 로키에게 내가 얼마나 똑똑한지 전부 말해주려고 터널로 돌아간다.

내가 들어가자 그가 내게 주먹을 쥐어 보인다. "너 떠남! 나쁨!"

"난 질량을 측정하고 왔어! 아주 똑똑한 실험을 했다고."

그는 구슬이 달린 실을 들어 올린다. "26."

구슬 달린 실은 우리가 서로의 대기에 관해 이야기했을 때 그가 보내준 것과 똑같다.

"아." 내가 말한다. 이건 원자다. 로키는 원자에 대해 이런 방식으로 말한다. 나는 구슬들을 세어 본다. 모두 합해 스물여섯 개다.

그는 26번 원소에 대해 말하고 있다. 지구에서 가장 흔한 원소 중 하나다. "철." 내가 말한다. 나는 목걸이를 가리킨다. "철."

로키는 목걸이를 가리키며 "♬♩♪♬♬"라고 말한다. 나는 사전에 그 단어를 기록한다.

"철." 그가 목걸이를 가리키며 다시 말한다.

"철."

그는 내 손에 들린 공을 가리킨다. "철."

그 말을 이해하기까지 조금 시간이 걸린다. 그런 다음에야 나는 이마를 탁 친다.

"너 바보."

흥미로운 실험이기는 했지만, 완전히 시간 낭비였다. 로키는 내게 필요한 모든 정보를 줬다. 최소한 그러려고 했다. 나는 철의 밀도를 알고 있었으며, 구체의 부피를 계산하는 방법도 알았다. 거기서부터 질량을 구하는 것은 단순한 계산일 뿐이었다.

나는 터널에 보관해 둔 공구 상자에서 캘리퍼스(둥근 물체의 직경을 재는 기구-옮긴이)를 꺼내 구체의 지름을 쟀다. 4.3센티미터였다. 그로부터 부피를 구하고 철의 밀도를 곱해, 훨씬 더 정확하고 명료한 328.25그램이라는 질량을 알아냈다.

"나도 겨우 1퍼센트 틀렸어." 내가 투덜댄다.

"너 너한테 말함, 질문?"

"그래! 혼잣말하는 거야."

"인간 이상함."

"그래." 내가 말한다.

로키가 다리를 쭉 편다. "나 이제 잠."

"와아." 내가 말한다. 우리가 만난 이후로 그가 자려는 건 지금이 처음이다. 좋다. 그러면 실험실에서 작업할 시간이 좀 생길 것이다. 얼마나 생기려나?

"에리디언은 얼마나 자?"

"모름."

"모른다고? 네가 에리디언이잖아. 에리디언이 얼마나 자는지 어떻게 모를 수가 있어?"

"에리디언들은 잠이 얼마나 오래 갈지 모름. 짧을 수도 있음. 길 수도 있음."

에리디언들은 예상할 수 없는 시간 동안 잔다. 정기적인 패턴의 수면 시간을 갖도록 진화하라는 규칙은 없는 모양이다. 그래도 수면 시간의 범위는 알고 있지 않을까?

"최단 시간이 있어? 최장 시간이나?"

"최단 시간 1만 2,265초. 최장 시간 4만 2,928초."

로키와 이야기하다 보면, 대략적인 추정치여야 하는 문제에 대해 이상하게 구체적인 숫자를 듣는 경우가 많다. 왜 그런지 이해하기까지 시간이 좀 걸렸지만, 결국은 알게 됐다. 로키는 대략적인 어림수를 떠올리고 있었다. 하지만 그 숫자는 로키의 단위로 되어 있는 데다 6진수였다. 로키에게는 그런 숫자들을 떠올린 다음 지구의 10진법 초로 변환하는 것이 처음부터 지구의 초 단위로 직접 생각하는 것보다 쉬웠던 것이다.

그 숫자를 다시 에리디언 초로 바꾸어 6진수로 살펴보면, 어떤 어림수가 될 게 분명하다. 하지만 나는 아주 게으르다. 로키가 이미 변환해준 자료를 뭐하러 다시 변환하나? 로키가 계산을 틀리는 모습을 한 번도 본 적이 없는데.

반면 나는 내가 사는 행성에서 쓰는 한 단위를 그 행성의 다른 단위로 바꿀 때도 계산기를 사용해 60으로 두 번 나눠야 한다. 로키는 최소 세 시간 반에서 열두 시간까지 잘 것이다.

"알았어." 내가 말한다. 나는 에어로크로 돌아가려 한다.

"너 지켜봄, 질문?" 로키가 묻는다.

로키도 내가 자는 것을 지켜봤으니 나한테도 그를 지켜볼 기회를 준다는 건 공평한 일이다. 지구의 과학자들은 분명 에리디언이 자는 모습이 어떤지 알 수 있다면 사방을 폴짝폴짝 뛰어다니며 즐거워할 것이다. 하지만 나는 이제야 제노나이트를 심층 분석할 시간이 생겼고, 제논이 다른 요소들과 어떻게 결합하는지 알고 싶어 죽을 지경이었다. 그러려면 내 실험실 장비가 하나라도 무중력상태에서 작동해야겠지만 말이다.

"괜찮아."

"너 지켜봄, 질문?" 로키가 다시 묻는다.

"아니."

"지켜봐."

"내가 네 자는 모습을 지켜봤으면 좋겠어?"

"그래. 원함, 원함, 원함."

암묵적인 합의에 따라, 우리 사이에서 같은 단어를 세 번 말하는 것은 엄청난 강조를 의미하게 됐다.

"왜?"

"네가 지켜보면 더 잘 잠."

"왜?"

그는 표현할 방법을 찾으려는 듯 팔 몇 개를 흔든다. "에리디언들은 그렇게 함."

에리디언들은 서로 자는 모습을 지켜본다. 특이한데. 뛰어난 문화 감수성을 보여줘야겠지만, 내가 혼잣말을 할 때 로키도 날 깎아내렸으니까. "에리디언들은 이상하네."

"지켜봐. 나 더 잘 잠."

개 정도 크기의 거미가 몇 시간 동안 꼼짝도 하지 않는 모습을 지켜보고 싶지는 않다. 저 안에도 승조원들이 있을 것 아닌가? 그중 한 명에게 시키면 될 일인데. 나는 로키의 우주선을 가리킨다. "다른 에리디언한테 지켜봐 달라고 해."

"싫음."

"왜?"

"여기 에리디언은 나뿐임."

나는 입이 쩍 벌어진다. "저 큰 우주선에 네가 유일한 사람이라고?"

그는 잠시 조용하더니 말한다. "♫♩♪♫♩♫ ♫♪ ♩♫♫ ♫♪♫♩ ♫♩♪♩ ♫♩ ♪ ♩♪♩ ♫ ♩♪♫♩♪ ♫♩♪ ♫."

전혀 이해가 안 된다. 조잡하게 짜 맞춘 번역 프로그램이 고장 난 걸까? 나는 프로그램을 확인한다. 아니, 프로그램은 제대로 작동하고 있다. 나는 파형을 살펴본다. 전에 봤던 것과 비슷하다. 하지만 더 낮다. 생각해 보니, 문장 전체의 음조가 로키가 전에 했던 그 어떤 말보다도 낮은 것 같다. 나는 소프트웨어의 녹음 기록에서 이 부분 전체를 선택해 한 옥타브 올린다. 옥타브는 인간만의 것이 아니라 보편적인 것이다. 옥타브를 올린다는 건 모든 음의 주파수를 두 배로 한다는 뜻이다.

컴퓨터가 즉시 결과를 번역한다. "원래 대원 스물셋. 지금은 나뿐."

옥타브가 낮아진 이 현상은… 감정 때문이었던 것 같다.

"대원들은… 죽었어?"

"그래."

나는 눈을 비빈다. 와. 블립A에는 승조원 스물세 명이 있었지만 로키만이 살아남았다. 지금 그가 동요하는 것도 이해할 만하다.

"무슨… 어…." 나는 말을 더듬는다. "나쁘다."

"나쁨, 나쁨, 나쁨."

나는 한숨을 쉰다. "우리 쪽은 원래 대원이 세 명이었어. 이제는 나뿐이야." 나는 분리용 벽에 손을 댄다.

로키가 내 손 맞은편 분리용 벽에 발톱을 댄다. "나쁨."

"나쁨, 나쁨, 나쁨." 내가 말한다.

우리는 그렇게 잠시 가만히 있는다. "네가 자는 걸 지켜볼게."

"좋음. 나 잠." 그가 말한다.

그의 팔이 축 늘어진다. 어느 모로 보나 죽은 벌레 같다. 로키는 자기 쪽 터널에서 아무렇게나 둥둥 떠다닌다. 더는 지지대에 매달려 있지 않다.

"뭐, 이젠 혼자가 아니야, 친구." 내가 말한다. "우리 둘 다."

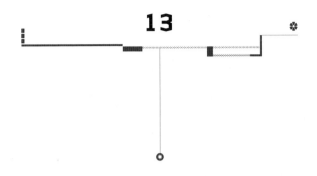

13

"이스턴 씨, 우리를 몸수색할 필요는 없을 것 같은데요." 스트라트가 말했다.

"제 생각에는 해야 할 것 같습니다만." 교도소장이 말했다. 그의 진한 뉴질랜드 억양은 친근하게 들렸지만 날이 서 있었다. 이 남성은 커리어 전체를 사람들의 헛소리를 참아주지 않는 것으로 쌓아 왔으니까.

"우리에게는 전면적인 면책 특…"

"그만." 이스턴이 말했다. "그 누구도 전신 수색을 받지 않고는 페어에 드나들 수 없습니다."

이 지역 사람들이 무슨 이유에서인지 '페어'라고 부르는 오클랜드 교도소는 뉴질랜드에서 유일한 최고 보안 시설 교도소였다. 하나밖에 없는 출입구에는 보안용 카메라와 모든 방문객을 수색하기 위한 초소형 탐색기가 넘쳐났다. 간수들조차도 들어갈 때는 탐지기를 지났다.

이스턴의 조수와 나는 상관들이 말다툼하는 동안 한쪽으로 비켜 서 있었다. 그와 나는 서로를 보고, 둘 다 어깨를 으쓱했다. 고집스러운 상관을 둔 아랫사람끼리의 소소한 형제애랄까.

"테이저건은 못 줍니다. 원한다면 당신네 총리한테 전화를 걸지요." 스트라트가 말했다.

"그러세요." 이스턴이 말했다. "총리님도 내가 지금 당신에게 하려는 말을 똑같이 할 겁니다. 우리는 저 안의 짐승들과 가까운 곳에 절대로 무기를 들이지 않습니다. 내 간수들조차도 곤봉만을 소지합니다. 세상에는 바뀌지 않는 규칙도 있는 거예요. 당신의 권한은 전적으로 인식하고 있습니다만, 그 권한에도 한계는 있습니다. 당신도 마법사는 아니죠."

"이스…."

"손전등!" 이스턴이 손을 내밀며 말했다.

그의 조수가 작은 손전등을 내밀었다. 이스턴은 손전등을 달칵 켰다. "입을 크게 벌려주세요, 스트라트 씨. 밀수품이 있는지 확인해야 합니다."

와, 대단한데. 나는 사태가 더 나빠지기 전에 앞으로 나섰다. "제가 먼저 받을게요!" 나는 입을 크게 벌렸다.

이스턴은 내 입을 손전등으로 비추며 이리저리 살펴봤다. "됐습니다." 스트라트가 그를 노려봤다.

이스턴은 손전등을 준비해 들었다. "원하신다면 여성 교도관을 들어오라고 해서 더 철저한 몸수색을 할 수도 있습니다."

몇 초가 지났지만, 스트라트는 아무것도 하지 않았다. 그러더니 권총집에서 테이저건을 꺼내 넘겼다.

피곤했던 게 틀림없다. 나는 스트라트가 권력을 과시할 기회를 포기하는 걸 한 번도 본 적이 없었다. 하긴, 스트라트가 쓸데없이 엿 먹이기 대회를 벌이는 걸 본 적도 없었지만. 그녀는 엄청난 권한을 가지고 있었고 필요할 때면 그 권한을 뽐내는 걸 전혀 두려워하지 않았으나, 간단한 해결책이 있는데 굳이 싸움을 벌이지도 않았다.

머잖아 교도관들이 스트라트와 나를 데리고 교도소의 차가운 잿빛 벽을 지났다.

"대체 왜 그래요?" 내가 말했다.

"난 자기만의 작은 왕국을 다스리는 작은 독재자들을 싫어하거든요." 그녀가 말했다. "돌아버리겠어요."

"가끔 한 번씩은 숙여줄 수 있잖아요."

"나한텐 그럴 인내심이 없고, 세상엔 그럴 시간이 없어요."

나는 한 손가락을 폈다. "아니, 아니, 아니죠! 괴팍하게 굴 때마다 '난 세상을 구하려는 거야'라는 핑계를 쓸 수는 없어요."

스트라트는 내 말을 잠시 생각해 봤다. "네, 뭐. 박사님 말이 맞을지도 모르겠네요."

우리는 교도관들을 뒤쫓아 긴 복도를 따라서 최고 보안실로 향했다.

"최고 보안은 좀 지나친 것 같은데." 그녀가 말했다.

"일곱 명이 죽었어요." 내가 그녀에게 일깨워 주었다. "그 사람 때문에요."

"사고였죠."

"태만에 의한 과실이었어요. 받아 마땅한 처벌을 받은 거라고요."

교도관들은 모퉁이를 돌아 우리를 데려갔다. 우리는 그들을 따라갔다. 이곳 전체가 미로였다.

"애초에 난 왜 데려온 거예요?"

"과학 때문에요."

"늘 같은 이유네요." 내가 한숨을 쉬었다. "마음에 들지는 않지만."

"기억해 두겠습니다."

우리는 금속 탁자가 딱 한 개 놓여있는 삭막한 방에 들어갔다. 한쪽에는 밝은 주황색 죄수복을 입은 죄수가 앉아 있었다. 40대 후반, 어쩌면 50대 초반의 대머리 남성이었다. 그의 수갑이 탁자와 연결돼 있었다. 전혀 위협적으로 보이지 않았다. 스트라트와 나는 그의 맞은편에 앉았다. 교도관들이 문을 닫고 나갔다.

그는 우리를 보았다. 그는 고개를 약간 기울이며 누군가 입을 열기를 기다렸다.

"로버트 리어델 박사님." 스트라트가 말했다.

"밥이라고 부르세요." 그가 말했다.

"리어델 박사님이라고 부르겠습니다." 스트라트는 서류 가방에서 폴더를 하나 꺼내 살펴봤다. "박사님은 현재 일곱 건의 과실치사로 종신형을 선고받고 복역 중이시죠."

"네, 나를 여기 살게 하는 핑계가 그거라고는 하더군요." 그가 말했다.

내가 끼어들었다. "당신 장치에서 일곱 명이 죽었습니다. 당신의 주의 태만 때문에요. 여기 살게 하기엔 꽤 괜찮은 '핑계' 같은데요."

그는 고개를 저었다. "일곱 명이 죽은 건 통제실에서 절차를 따르지 않고, 노동자들이 아직 반사 장치 탑에 있을 때 주 양수 기관을 작동했기 때문입니다. 끔찍한 사고였지만, 사고였어요."

"그럼 저희의 무식함을 좀 일깨워 주세요." 내가 말했다. "당신의 태양광발전소에서 일어난 사망 사건이 당신 잘못이 아니라면, 여긴 왜 들어오신 겁니까?"

"정부에서 내가 수백만 달러를 횡령했다고 생각하기 때문이죠."

"왜 그렇게 생각하는데요?" 내가 물었다.

"그야 제가 수백만 달러를 횡령했으니까요." 그는 수갑을 찬 손목을 좀 더 편안한 자세로 바꿨다. "하지만 그건 사망 사건과는 전혀 상관이 없습니다. 전혀요!"

"흑색 패널 발전에 관한 박사님의 아이디어를 설명해 보세요." 스트라트가 말했다.

"흑색 패널이요?" 그가 물러났다. "그건 그냥 아이디어였어요. 이메일도 익명으로 보낸 건데."

스트라트가 눈알을 굴려댔다. "정말로 교도소 컴퓨터실에서 익명으로 이메일을 보낼 수 있다고 생각한 겁니까?"

그는 시선을 돌렸다. "난 컴퓨터 전공자가 아니에요. 공학도지."

"흑색 패널에 관해서 좀 더 듣고 싶은데요." 그녀가 말했다. "얘기가 마음에 들면, 박사님의 형기를 줄여줄 수 있습니다. 그러니까 이야기를 해보시죠."

그가 귀를 쫑긋 세웠다. "그럼… 좋아요. 태양 화력 발전을 아십니까?"

스트라트는 나를 보았다.

"음," 내가 말했다. "엄청나게 많은 거울을 탑 꼭대기에 설치해서 태양광을 반사하게 하는 거죠. 그 모든 태양광을 단일점으로 집중시키는 거울 수백 제곱미터가 존재한다면, 물을 데워 끓게 하고 터빈을 돌릴 수 있습니다."

나는 스트라트를 돌아보았다. "하지만 이건 새로운 이야기가 아니에요. 지금 이 순간에도 스페인에는 제대로 작동하는 태양 화력 발전소가 있습니다. 그 얘기를 하고 싶으시면 스페인 쪽하고 얘기해 보세요."

스트라트는 손을 내저어 내 입을 다물게 했다. "뉴질랜드를 위해 그런 발전소를 만들려고 했던 건가요?"

"뭐," 그가 말했다. "뉴질랜드에서 자금을 대긴 했죠. 하지만 이 아이디어는 아프리카에 에너지를 공급하기 위한 거였습니다."

"왜 뉴질랜드에서 엄청난 돈을 들이면서까지 아프리카를 돕습니까?" 내가 물었다.

"우린 착하니까요." 리어델이 말했다.

"와." 내가 말했다. "뉴질랜드가 꽤 멋지다는 건 알고 있었지만…."

"그리고 뉴질랜드에서 소유한 회사가 전기료를 받게 될 테니까요."

"그거였네요."

리어델 박사는 몸을 앞으로 숙였다. "아프리카에는 기간 시설이 필요합니다. 그러기 위해서는 전기가 필요하고요. 그런데 그 사람들한테는 지구에서 가장 강렬한 햇빛을 일정하게 받는, 쓸모없는 땅이 900만 제곱킬로미터나 있어요. 사하라사막이 그들에게 필요한 모든 것을 제공할 준비를 하고 그냥 자리만 차지하고 있단 말입니다. 우리가 해야 할 일이라고는 그 빌어먹을 발전소들을 세우는 것밖에 없었어요!"

그가 의자에 다시 털썩 주저앉았다. "하지만 그 동네 정부들이 모조리 나서서 한 숟가락씩 얹으려고 하더군요. 뇌물, 매수, 정치헌금, 난리도 아니었어요. 내가 엄청난 돈을 횡령했다고 생각합니까? 제기랄, 아무것도 없는 데다가 빌어 처먹을 태양열발전소 하나 짓겠다고 줘야 했던 뇌물에 비교하면 그건 아무것도 아니었습니다."

"그런 다음에는요?" 스트라트가 말했다.

그는 자기 신발을 보았다. "우리는 시험용 발전소를 지었습니다. 거울로 1제곱킬로미터를 덮었죠. 그 거울 전체가 어느 탑 꼭대기에 설치한, 물로 꽉 찬 거대한 금속 통을 향했어요. 물을 끓이고, 터빈을 돌리

316

고. 아시는 그대로입니다. 난 직원들에게 새는 곳이 있는지 드럼을 확인하라고 했어요. 누구든 탑에 있을 때면 거울은 드럼 쪽을 향하지 않도록 각도가 조정돼야 하죠. 하지만 통제실의 누군가가 시험 가동을 해본답시고 시스템 전체를 가동한 겁니다."

그가 한숨을 쉬었다. "일곱 명입니다. 모두가 순식간에 죽었어요. 최소한 아프지는 않았겠죠. 많이 아프지는 않았을 거라는 얘깁니다. 어쨌든 누군가는 대가를 치러야 했어요. 피해자들은 전부 뉴질랜드 사람이었고 저도 마찬가지죠. 그래서 정부가 나를 잡아 온 겁니다. 웃기지도 않은 재판이었어요."

"횡령은요?" 내가 말했다.

그는 고개를 끄덕였다. "네, 재판에서 그 얘기도 나왔죠. 하지만 프로젝트가 성공했으면 그건 문제가 되지 않았을 겁니다. 여기서 잘못한 사람은 내가 아니에요. 아니, 뭐 그래요, 난 돈을 훔쳤습니다. 그건 유죄가 맞아요. 하지만 내가 그 사람들을 죽인 건 아닙니다. 주의 태만도 아니었고, 그 무엇도 아니었어요."

"그 사고가 일어났을 때 박사님은 어디 있었습니까?" 스트라트가 말했다.

그는 잠시 말을 멈췄다.

"어디 있었습니까?" 스트라트가 다시 말했다.

"모나코에 있었어요. 휴가 중이었습니다."

"사고 당시에 휴가로 3개월 동안 모나코에 계셨던 거군요. 횡령한 돈을 도박으로 날리면서."

"저는… 도박 문제가 좀 있습니다." 그가 말했다. "그건 인정할게요. 그러니까 애초에 횡령하게 된 게 도박 빚 때문이었어요. 이건 병이라고요."

"박사님이 석 달 동안 진한 도박 여행을 떠나는 대신 맡은 일을 제대로 했다면 어떻게 됐을까요? 사고가 일어난 날에 박사님이 그 자리에 있었다면? 그래도 사고가 일어났을까요?"

그의 표정이 충분한 답이 됐다.

"좋습니다." 스트라트가 말했다. "이제 변명과 헛소리는 그만두죠. 박사님이 아무 죄 없는 희생양이라고 주장해 봐야 나한테는 안 먹힙니다. 이젠 박사님도 그 사실을 알고 있을 테고요. 그러니 진도를 빼봅시다. 흑색 패널에 대해서 말해보세요."

"뭐, 알겠습니다." 그는 자세를 바로잡았다. "저는 에너지 분야에서 평생을 보냈습니다. 당연히 아스트로파지가 무척 흥미롭게 느껴졌죠. 그런 식의 저장 매체라니…. 태양에 그런 악영향을 미치지만 않았어도 아스트로파지는 인류 역사에서 가장 큰 행운이 됐을 겁니다."

그는 앉은 자세를 바꾸었다. "원자로, 석탄 발전소, 태양 화력 발전소… 결국 이 모든 것은 같은 역할을 합니다. 열을 활용해 물을 데우고, 그 증기로 터빈을 돌리는 겁니다. 하지만 아스트로파지가 있으면 이런 헛짓거리가 필요 없습니다. 아스트로파지는 열을 저장된 에너지로 직접 바꿔놓으니까요. 차동 온도(온도 조절 장치가 작동하거나 멈추는 기준점이 되는 온도―옮긴이)가 클 필요도 없죠. 96.415도 이상이기만 하면 되니까."

"우리도 그건 알아요." 내가 밀했다. "지난 7개월 동안 원자로의 열로 아스트로파지를 배양해 온 사람이 저니까요."

"그래서 얼마나 나왔습니까? 몇 그램쯤 나왔을까요? 내 아이디어를 활용하면 하루에 1,000킬로그램가량 아스트로파지를 얻을 수 있어요.

몇 년만 있으면 헤일메리 프로젝트에 필요한 에너지를 전부 얻게 됩니다. 어쨌든 우주선을 만드는 데 그 이상의 시간이 걸릴 테고요."

"그렇군요. 관심은 가네요." 내가 말했다. 당연한 얘기지만, 스트라트는 한 번도 내게 '흑색 패널'이 뭔지 말해주지 않았다.

"일단은 네모난 금속 포일을 마련합니다. 아무 금속이나 써도 됩니다. 그 금속의 색깔이 검어질 때까지 양극산화 처리를 해요. 색칠을 하는 게 아니라 양극산화 처리를 해야 합니다. 그런 다음 금속판에 투명한 유리를 덮고, 유리와 포일 사이에 1센티미터 틈을 남겨둡니다. 모서리를 벽돌과 발포 고무, 아니면 다른 좋은 단열재로 마감합니다. 그런 다음 그 패널을 햇볕에 내놓는 거예요."

"그래서, 그게 무슨 쓸모가 있죠?"

"검은 포일이 햇빛을 흡수해 뜨거워집니다. 유리는 바깥 공기로부터 그 열을 차단하죠. 모든 열 손실이 유리를 통해서만 일어날 수 있는데, 그러면 속도가 느리죠. 포일은 섭씨 100도가 훨씬 넘는 평형 온도에 이르게 됩니다."

나는 고개를 끄덕인다. "그 온도에서 아스트로파지를 충전할 수 있고요."

"네."

"하지만 그러면 말도 안 되게 느릴 텐데요." 내가 말했다. "1미터짜리 정사각형 상자가 있고 기상 조건이 이상적이라면⋯ 태양에너지 1제곱미터 당 1,000와트 정도인데⋯"

"하루에 0.5나노그램쯤 됩니다." 그가 말했다. "좋든 싫든 그래요."

"하루에 '1,000킬로그램'이랑은 거리가 먼데요."

그가 미소 지었다. "흑색 패널을 몇 제곱미터 만드느냐는 문제일 뿐입니다.”

“하루에 1,000킬로그램을 생산하려면, 2조 제곱미터가 필요해요.”

“사하라사막은 9조 제곱미터입니다.”

나는 입이 쩍 벌어졌다.

“너무 빠르게 지나갔는데.” 스트라트가 말했다. “설명해 보세요.”

“뭐,” 내가 말했다. “이 사람은 사하라사막의 일부를 흑색 패널로 덮고 싶어 하는 겁니다. 그러니까… 사하라사막 전체의 4분의 1 정도를요!”

“인류가 만든 것 중 가장 거대한 물건이 될 겁니다.” 리어델 박사가 말했다. “우주에서도 아주 잘 보일 거예요.”

나는 그를 노려봤다. “그러면 아프리카와, 어쩌면 유럽의 생태계까지 파괴되겠죠.”

“다가오는 빙하시대만큼은 아닐걸요.”

스트라트가 손을 들었다. “그레이스 박사님, 이게 통할 만한 계획입니까?”

나는 안절부절못했다. “그게, 그러니까… 개념이야 말이 돼요. 하지만 실행할 수 있을지는 전혀 모르겠습니다. 이건 건물을 짓거나 도로를 까는 것과는 다른 문제예요. 문자 그대로, 이 흑색 패널이라는 게 수조 개는 필요합니다.”

리어델이 몸을 앞으로 숙였다. “그래서 제가 포일과 유리, 도자기만을 가지고 만들 수 있는 흑색 패널을 고안한 겁니다. 이 모든 게 지구에 풍부하게 존재하는 원료니까요.”

“잠깐만요.” 내가 말했다. “이 시나리오에서 아스트로파지는 어떻게 배양합니까? 박사님의 흑색 패널로 아스트로파지를 충전하는 건 물론 가능하겠죠. 그러면 아스트로파지가 번식할 준비는 될 겁니다. 하지만 아스트로파지가 번식하기 위해서는 수많은 단계를 거쳐야 해요."

"아, 그건 알고 있습니다." 그가 히죽거렸다. "패널 안에 고정 자석을 설치해 아스트로파지가 따라갈 자기장을 만들어줄 겁니다. 그래야 이주 반응을 억제할 수 있으니까요. 한편으로는 유리 일부에 작은 적외선 필터를 설치합니다. 이산화탄소 적외선의 분광 신호 파장만을 통과시키는 필터죠. 아스트로파지는 번식을 위해 그리로 향할 겁니다. 그런 다음에는 분열을 거치고 나서 유리 쪽으로 향하겠죠. 거기가 햇빛이 들어오는 방향이니까요. 그리고 외부의 공기와 교환이 일어나도록 패널의 측면 어딘가에 작은 구멍을 뚫습니다. 그 구멍을 통해 패널의 온도가 떨어지기에는 느리지만 아스트로파지가 번식에 활용한 이산화탄소를 재충전할 만큼은 빠른 속도로 환기가 이루어집니다."

나는 반박하려고 입을 열었지만, 그의 말에서 잘못된 점을 하나도 찾을 수 없었다. 리어델 박사는 이 계획을 철저히 생각한 모양이었다.

"어떤가요?" 스트라트가 말했다.

"번식 시스템으로는 형편없습니다." 내가 말했다. "효율성도 너무 낮고, 항공모함의 원자로에 있는 제 시스템과 비교하면 산출량도 훨씬 적어요. 하지만 리어델 박사는 효율성 때문에 이 장치를 고안한 게 아닙니다. 확장성 때문에 설계한 거죠."

"맞습니다." 그가 말했다. 그는 스트라트를 손가락으로 가리켰다. "지금 이 순간, 스트라트 씨가 전 세계의 거의 모든 것에 대해 신과 같은 권한을 가지고 있다고 들었는데요."

"과장입니다." 그녀가 말했다.

"심한 과장은 아니지만요." 내가 말했다.

리어델은 말을 이었다. "중국을 시켜서, 그 나라 산업 기반을 흑색 패널 제조에 돌리도록 할 수 있습니까? 꼭 중국만이 아니라 지구에 있는 산업국가 거의 대부분에 말이죠. 이 계획에 필요한 건 그런 겁니다."

스트라트는 입을 꽉 다물었다. 잠시 후 그녀가 말했다. "네."

"북아프리카의 빌어먹을 부패 정부 관료들한테도 좀 빠지라고 하실 수 있고요?"

"그건 쉬울 겁니다." 그녀가 말했다. "이 일이 전부 끝난 뒤에는 그 정부들이 흑색 패널을 보유하게 될 거예요. 그들이 세계의 산업 에너지 발전소가 될 겁니다."

"자, 됐네요." 그가 말했다. "세계를 구하고, 동시에 아프리카를 가난으로부터 영구적으로 구원하는 겁니다. 물론, 이건 전부 이론일 뿐이에요. 일단은 내가 흑색 패널을 개발해서 대량 생산이 가능하게 만들어야 합니다. 나는 교도소가 아닌 실험실에 있어야 해요."

스트라트는 이 말을 잠시 생각해 보더니 일어섰다.

"알겠습니다. 같이 가시죠."

그가 주먹을 마구 흔들었다.

나는 터널 벽에 설치된 침대에서 눈을 뜬다. 첫날밤에는 테이프로 침대를 벽에 조잡하게 붙여두었을 뿐이다. 그 이후에는 에폭시 접착제가 제노나이트에 잘 통한다는 것을 알고 고정대 몇 개를 붙인 뒤 매트리스를 적절하게 설치했다.

나는 이제 매일 밤 터널에서 잔다. 로키가 그러라고 고집을 부린다. 더 나아가, 로키는 여든여섯 시간에 한 번쯤 터널에서 자면서 나더러 지켜봐 달라고 한다. 뭐, 로키는 지금까지 세 번밖에 자지 않았으므로 그가 몇 시간을 자는지에 관한 자료는 별로 없다고 할 수 있다. 하지만 지금까지 본 바에 따르면 그의 수면 시간은 꽤 일정했다.

나는 두 팔을 쭉 뻗으며 하품한다.

"좋은 아침." 로키가 말한다.

칠흑같이 어둡다. 나는 침대 옆에 설치한 전등을 켠다.

로키는 자기 쪽 터널에 완전한 작업실을 설치했다. 그는 언제나 뭔가를 개조하고 있거나 이것저것을 수리하고 있다. 그의 우주선은 계속 수리해 줘야 하는 것 같다. 지금은 그가 두 손으로 타원형의 금속 장치를 들고 다른 두 손을 써서 바늘 같은 도구로 그 내부를 찔러대고 있다. 남은 손은 벽의 손잡이를 잡고 있다.

"안녕." 내가 말한다. "뭘 좀 먹어야겠어. 갔다 올게."

로키가 별생각 없이 손을 흔든다. "먹어."

나는 아침 일과를 치르려고 숙소로 떠간다. 미리 포장된 아침을 먹고 (돼지고기 소시지를 곁들인 스크램블드에그다) 뜨거운 커피 한 봉지를 마신다.

마지막으로 씻은 게 며칠 전이라 몸에서 냄새가 난다. 별로 좋은 징조가 아니다. 나는 스펀지 목욕실에서 스펀지로 몸을 닦아내고 깨끗한 작업복을 입는다. 이렇게 첨단 기술이 적용되는 곳에서도 옷을 세탁할 수단은 보이지 않는다. 그래서 옷을 물에 적신 뒤 잠시 실험실 냉동고에 넣어두는 방법을 선택했다. 이렇게 하면 모든 세균이 죽는다. 냄새가 나는 이유가 바로 그 세균 때문이고. 산뜻하지만 깨끗하진 않은 옷이랄까.

나는 작업복을 입는다. 오늘로 날을 잡았다. 일주일 동안 언어 능력을 갈고닦은 로키와 나는 진짜 대화를 시작할 준비가 됐다. 이제 나는 번역을 보지 않고도 그의 말을 3분의 1 정도 알아들을 수 있다.

나는 남은 커피를 홀짝이며 다시 터널로 날아간다.

좋아. 이제야 이번 토론에 필요한 단어들이 준비되었다는 생각이 든다. 그 대화는 이렇게 진행된다.

내가 목을 가다듬는다. "로키. 내가 여기에 온 건 아스트로파지가 태양을 아프게 만들지만 타우세티는 아프게 만들지 않기 때문이야. 너도 같은 이유로 여기 왔어?"

로키는 몸에 차고 있는 띠에 장치와 도구들을 넣고, 지지용 난간을 따라 분리용 벽까지 기어 온다. 그는 이게 심각한 대화라는 것을 알고 있다.

"그래. 타우는 안 아프고 에리다니 아픔. 이유 모름. 아스트로파지가 에리다니 떠나지 않으면 우리 사람들 다 죽음."

"나도 마찬가지야!" 내가 말한다. "같아 같아 같아! 아스트로파지가 계속 태양을 감염시키면, 모든 인간이 죽을 거야."

"좋음. 같음. 너랑 내가 에리다니와 태양 구함."

"그래, 그래, 그래!"

"네 우주선의 다른 인간들 왜 죽음, 질문?" 로키가 묻는다.

아, 그 얘기를 하게 되는 건가?

나는 뒤통수를 문지른다. "우리는, 어… 여기까지 오는 내내 잤어. 일반직인 잠이 아니야. 독특한 잠이었어. 위험하지만 필요한 잠이었지. 내 동료 승조원들은 죽었지만, 나는 죽지 않았어. 그냥 운이야."

"나쁨." 그가 말한다.

"나빠. 다른 에리디언들은 왜 죽었어?"

"모름. 모두가 아파짐. 모두가 죽음." 그의 목소리가 떨린다. "나는 안 아픔. 이유 모름."

"나쁘다." 내가 한숨 쉬며 말한다. "어떻게 아팠는데?"

그는 잠시 생각한다. "단어 필요. 작은 생물. 단 한 개. 아스트로파지처럼. 에리디언 몸은 아주 아주 많은 이것으로 이루어짐."

"세포." 내가 말한다. "내 몸도 수많은 세포로 이루어져 있어."

그가 에리디언 말로 "세포"라고 말하고, 나는 그 음을 계속해서 늘어나는 사전에 추가한다.

"세포." 그가 말한다. "내 대원들 세포 문제 생김. 세포 많이 많이 죽음. 감염 아님. 상처 아님. 이유 없음. 나는 아님. 나는 절대 아님. 왜, 질문? 나 모름."

문제가 생긴 에리디언의 모든 세포가 죽었다고? 끔찍하게 들리는데. 방사선 장애처럼 들리기도 하고. 그걸 어떻게 설명하지? 꼭 설명할 필요는 없겠지만. 우주를 여행할 줄 아는 사람들이라면 이미 방사선은 이해하고 있을 것이다. 그러나 우리 사이에는 아직 방사선을 의미하는 단어가 없다. 이 문제부터 풀어보자.

"단어가 필요해. 빠르게 움직이는 수소 원자. 아주, 아주 빨라."

"뜨거운 기체."

"아니. 그것보다도 빨라. 아주 아주 아주 빨라."

그는 등딱지를 움찔거린다. 혼란스러워한다.

나는 다른 접근을 시도한다. "우주에는 아주 아주 아주 빠른 수소 원자들이 있어. 이 원자들은 거의 빛의 속도로 움직여. 오래 오래 오래전에 별들 때문에 만들어졌어."

"아님. 우주에 물질 없음. 우주는 비어 있음."

세상에. "아니, 그렇지 않아. 우주에는 수소 원자들이 있어. 아주, 아주 빠른 수소 원자들이 있어."

"이해함."

"몰랐어?"

"응."

나는 놀라서 멍하니 바라본다.

어떻게 한 문명이 방사선을 발견하지 않고 우주여행을 개발할 수 있었을까?

"그레이스 박사님." 그녀가 말했다.

"로켄 박사님." 내가 말했다.

우리는 작은 강철 탁자의 맞은편에 앉아 있다. 아주 작은 방이지만, 항공모함 기준으로는 널찍하다. 이 방의 원래 용도는 잘 모르겠다. 방의 이름이 중국어로 적혀 있다. 혹시 항해사들이 도표를 보는 공간이려나…?

"시간 내주셔서 고마워요." 그녀가 말했다.

"별말씀을요."

일종의 규칙처럼 우리는 서로를 피해왔다. 우리 관계는 '서로에게 짜증을 느낀다'에서 '서로에게 심한 짜증을 느낀다'로 무르익어 왔다. 이렇게 된 데는 로켄 박사만큼 나도 책임이 있었다. 우리는 여러 달 전 제네바에서 첫발을 잘못 내디뎠고, 그 이후로 나아지지 못했다.

"물론, 저는 이게 꼭 필요한 일은 아니라고 생각합니다."

"저도요." 내가 말했다. "하지만 스트라트가 박사님한테 이번 일은 저를 통해서 진행하라고 했지요. 그래서 우리가 여기 있는 거고요."

"저한테 어떤 아이디어가 있는데 박사님 의견이 필요합니다." 그녀는 폴더를 꺼내 내게 내밀었다. "세른이 다음 주에 이 논문을 발표할 예정이에요. 이건 초안입니다. 하지만 제가 세른 사람들을 다 알고 있어서 그쪽에서 미리 완성본을 보여줬어요."

나는 폴더를 펼쳤다. "네, 무슨 논문인데요?"

"세른에서 아스트로파지가 에너지를 저장하는 방법을 알아냈습니다."

"정말요?" 나는 헛숨을 들이켰다. 그런 다음 목을 가다듬었다. "정말입니까?"

"네, 솔직히 놀라워요." 그녀가 첫 페이지의 그래프를 가리켰다. "간단히 말씀드리죠. 중성미자입니다."

"중성미자요?" 나는 고개를 저었다. "도대체 어떻게…."

"그러게요. 아주 직관에 어긋나는 일이에요. 하지만 세른에서 관찰해 보니, 아스트로파지 한 마리를 죽일 때마다 엄청난 중성미자 폭발이 일어났습니다. 심지어 아이스큐브 중성미자 관측소로 표본을 가져가, 주요 검출 수조에서 아스트로파지를 찔러보기까지 했다는군요. 수없이 많은 결과가 확인됐어요. 아스트로파지는 살아 있을 때만 중성미자를 가지고 있을 수 있고, 이때 보유하는 중성미자의 양은 엄청나게 많습니다."

"아스트로파지가 어떻게 중성미자를 만들죠?"

그녀는 논문의 몇 페이지를 넘겨 다른 도표를 가리켰다. "이건 저보다는 박사님 전공이지만, 미생물학자들이 확인해 주기를 아스트로파지에는 자유 수소이온이 엄청나게 많다는군요. 전자가 없는 생 양성자

말이에요. 그것들이 세포막 안을 엄청나게 빠른 속도로 돌아다닌답니다."

"네, 그건 읽은 기억이 있습니다. 러시아의 어느 연구팀이 밝혀낸 내용이죠."

로켄 박사가 고개를 끄덕였다. "세른은 그 양성자들이 충분히 빠른 속도로 충돌하면, 우리가 알지 못하는 어떤 기제를 통해 그들의 운동에너지가 서로 반대되는 운동량 벡터를 가진 두 개의 중성미자로 변환된다고 확신하고 있습니다."

나는 혼란스러워서 의자에 기대앉았다. "그건 정말 이상한데요. 물질은 보통 그런 식으로 그냥 '발생하지' 않습니다."

그녀는 손을 휙휙 저었다. "그건 아니죠. 감마선은 원자핵을 가깝게 통과할 때 가끔 자연스럽게 전자 한 개와 양전자 한 개로 변해요. 이 과정은 '쌍생성'이라고 불립니다. 그러니까 들어본 적도 없는 현상은 아니에요. 다만 중성미자들이 그렇게 형성되는 걸 본 적이 없을 뿐이죠."

"꽤 깔끔한 설명이군요. 저는 원자물리학을 깊이 파본 적이 한 번도 없어서요. 쌍생성 얘기는 못 들어봤습니다."

"그런 게 있어요."

"네."

"아무튼," 그녀가 말했다. "중성미자에 관해서는 복잡한 문제가 엄청나게 많지만, 그런 건 다루지 않겠습니다. 중성미자는 종류가 다양하고 심지어 종류가 바뀔 수도 있어요. 하지만 결론은 이겁니다. 중성미자가 극도로 작은 입자라는 거죠. 중성미자의 질량은 양성자의 200억분의 1 정도예요."

"자암깐만요." 내가 말했다. "우린 아스트로파지가 늘 섭씨 96.415도를 유지한다는 걸 알고 있습니다. 온도란, 그 안에 있는 입자들의 속도이고요. 그럼 아스트로파지 안에 있는 입자들의 속도를…."

"계산할 수 있죠." 그녀가 말했다. "맞아요. 우리는 양성자의 평균 속도를 알고 있습니다. 양성자의 질량도 알고요. 그 말은, 우리가 양성자의 운동에너지를 알고 있다는 뜻이죠. 박사님이 어떤 결론으로 향해 가는지 알아요. 답은 '예'입니다. 균형이 맞더군요."

"와아!" 나는 이마를 짚었다. "그거 놀라운데요!"

"네. 놀랍죠."

아스트로파지의 임계온도는 왜 현재와 같은가? 어째서 더 뜨거워지지도 않고, 차가워지지도 않는가? 로켄 박사의 설명은 이런 오래된 질문에 대한 답이었다.

아스트로파지는 양성자들을 서로 부딪쳐 중성미자 두 개를 쌍으로 만들어낸다. 이런 반응이 일어나려면 양성자들은 두 중성미자의 질량 에너지보다 높은 운동에너지로 충돌해야 한다. 중성미자의 질량에서부터 역산해 보면 그 양성자들이 충돌하는 속도를 구할 수 있다. 그리고 한 물체 내의 입자속도를 알면 그 물체의 온도를 알 수 있다. 중성미자를 만들어내기에 충분한 운동에너지를 보유하려면 양성자들은 섭씨 96.415도여야 한다.

"하, 세상에." 내가 말했다. "그러니까 임계온도를 넘어서는 모든 열에너지는 그저 양성자를 더 세게 충돌시킬 뿐이군요."

"네. 중성미자를 만들고 나면 남는 에너지가 생길 겁니다. 그럼 다른 양성자들이 부딪히고, 기타 등등 진행되는 거죠. 임계온도를 넘어서는 모든 열에너지는 빠르게 중성미자로 전환됩니다. 하지만 열에너지가 임계온도 아래로 떨어지면, 양성자들이 너무 느리게 움직이는 셈이 되어 중성미자가 더 이상 만들어지지 않아요. 그러므로 아스트로파지의 온도를 96.415도보다 높게 만들 수는 없습니다. 어쨌든, 오랫동안 그렇게 할 수는 없죠. 그리고 너무 차가워지면, 아스트로파지는 저장된 에너지를 사용해 임계온도까지 다시 온도를 높입니다. 다른 온혈 생명체들과 똑같죠."

로켄 박사는 내가 이 모든 것을 이해할 수 있도록 잠시 뜸을 들였다. 세른이 정말로 한 건 해냈다. 하지만 아직도 두어 가지 걸리는 점이 있었다.

"좋습니다. 아스트로파지가 중성미자를 만들어낸다고 하죠." 내가 말했다. "그럼 중성미자를 다시 에너지로 바꿔놓는 방법은요?"

"그건 쉽죠." 그녀가 말했다. "중성미자는 마요라나 입자라고 불리는 입자예요. 그 말은, 중성미자가 자신의 반입자라는 뜻이죠. 기본적으로 중성미자 두 개가 충돌할 때마다 물질·반물질 반응이 일어나요. 둘이 쌍소멸되어 광양자가 되죠. 정확히 말하면, 파장이 같고 방향이 정반대인 광양자 두 개가 돼요. 그리고 광양자의 파장은 광양자 내 에너지에 근거하므로…."

"페트로바 파장이 나타나는군요!" 내가 소리쳤다.

그녀는 고개를 끄덕였다. "네. 중성미자의 질량에너지는 페트로바 파장을 띤 빛의 광양자 한 개에서 발견되는 에너지와 정확히 같아요. 이 논문은 정말로 획기적이에요."

나는 두 손으로 턱을 괴었다. "와…. 그냥 '와'라는 말밖에 안 나오네요. 유일하게 남은 질문은, 아스트로파지가 중성미자를 내부에 잡아두는 방법뿐인 것 같은데요?"

"그건 몰라요. 보통 중성미자는 원자 한 개와도 부딪히지 않고 지구 전체를 통과할 수 있는데…. 그만큼 작거든요. 뭐, 어쩌면 양성자의 파장과 충돌 확률이 중요한 건지도 모르죠. 일단은, 중성미자가 반응을 일으키기 어려운 입자로 유명하다고만 말해둘게요. 다만 무슨 이유에서인지 아스트로파지에는 '초-횡단성'이라고 부르는 특징이 있어요. 그 무엇도 아스트로파지를 뚫고 양성자 터널을 만들 수는 없다는 걸 그럴싸하게 표현한 용어인데요. 우리가 안다고 생각했던 모든 입자물리학의 법칙에 어긋나는 성질이지만, 이런 성질이 거듭 증명되고 있어요."

"그렇군요." 나는 탁자를 손가락으로 톡톡 두드렸다. "아스트로파지는 모든 파장의 빛을 흡수하죠. 아스트로파지와 상호작용하기에는 너무 거대한 파장까지도."

"네." 그녀가 말했다. "알고 보니, 아스트로파지는 아스트로파지를 뚫고 가려는 모든 물질과도 충돌하더군요. 그런 충돌이 일어날 가능성이 아무리 작더라도 말이죠. 아무튼, 아스트로파지는 살아 있는 한 초-횡단성을 보여요. 그래서 제가 박사님한테 얘기하려 했던 문제까지 근사하게 이야기가 이어지는 거죠."

"아?" 내가 말했다. "다른 얘기가 더 있나요?"

"네." 그녀는 헤일메리호의 선체 설계도를 가방에서 꺼냈다. "이것 때문에 박사님이 필요했던 거예요. 저는 헤일메리호의 방사선 방호 작업을 하고 있어요."

나는 정신이 바짝 들었다. "그렇군요! 아스트로파지가 방사선을 전부 막을 수 있는 거예요!"

"아마도요." 그녀가 말했다. "하지만 확실하게 하려면 제가 우주 방사선이 작용하는 방식을 알아야 해요. 큰 그림은 이해합니다만, 자세한 내용은 몰라서요. 좀 알려주시죠."

나는 팔짱을 꼈다. "뭐, 사실상 우주 방사선에는 두 종류가 있습니다. 태양에서 방출되는 고에너지 입자들이 있고, 사방에 있다시피 한 GCR이 있어요."

"태양 입자부터 설명해 주세요." 그녀가 말했다.

"그러죠. 태양 입자는 그냥 태양이 뿜어내는 수소 원자입니다. 태양에서는 가끔 자기폭풍이 일어나서 이런 입자들이 잔뜩 뿜어져 나오죠. 그때만 아니면 비교적 조용합니다. 그리고 최근에는 아스트로파지 감염이 태양에서 너무 많은 에너지를 빼앗아가는 바람에 자기폭풍이 덜 일어나고 있어요."

"끔찍하네요." 그녀가 말했다.

"그렇죠. 지구온난화가 거의 역전됐다는 얘기 들으셨어요?"

로켄 박사가 고개를 끄덕였다. "환경을 다루는 인간의 부주의가 이 행성을 미리 데워준 덕분에 우리에게 한 달이라는 시간이 생겼네요."

"똥구덩이에 떨어졌는데 장미 향기를 풍기며 나오게 된 셈이죠." 내가 말했다.

그녀가 웃었다. "그런 소리는 처음 듣네요. 노르웨이에는 그런 표현이 없어요."

"지금 들어보셨으면 됐죠." 내가 미소 지었다.

그녀는 선체 설계도를 내려다보았다. 내 생각에는 필요 이상으로 빨리 시선을 돌린 것 같았지만, 뭐 어쨌든.

"태양 입자는 이동 속도가 얼마나 되나요?" 그녀가 물었다.

"초속 400킬로미터쯤 됩니다."

"좋네요. 그건 무시할 수 있겠어요." 그녀는 종이에 자기가 볼 메모를 휘갈겨 썼다. "헤일메리호는 여덟 시간 안에 그보다 빠른 속도로 멀어질 거예요. 태양 입자들은 헤일메리호에 피해를 주기는커녕, 헤일메리호를 따라잡지도 못할 겁니다."

나는 휘파람을 불었다. "우리가 하는 일, 정말로 놀라워요. 그러니까… 세상에. 아스트로파지는 뭐랄까, 태양을 망가뜨리지만 않았어도 최고의 물질이 됐을 거예요."

"그러게요." 그녀가 말했다. "이제는 GCR 얘기를 해주시죠."

"그건 더 까다로워요." 내가 말했다. "GCR의 원래 명칭은…."

"은하 우주선이죠." 그녀가 말했다. "하지만 우주에서 나오는 방사선이 아니고요. 맞죠?"

"네. GCR은 그냥 수소이온입니다. 양성자죠. 하지만 훨씬 더 빠르게 움직입니다. 거의 광속에 가깝게 움직여요."

"전자기파 방사도 아닌데 왜 우주선이라고 부르는 거죠?"

"예전에는 전자기파 방사라고 생각했거든요. 이름이 안 바뀌고 남은 거예요."

"여러 은하 우주선이 같은 데서 나오는 건가요?"

"아뇨, GCR은 전방향성입니다. GCR은 초신성에 의해서 만들어지는데, 이런 일은 우주 전체에서 일어나요. 우리는, 말하자면 사방에서 GCR에 흠뻑 젖어 있는 셈입니다. 우주여행에서는 GCR이 엄청난 문제가 돼요. 하지만 이제는 아니죠!"

나는 몸을 앞으로 숙이고 그녀의 설계도를 다시 보았다. 선체의 횡단면을 그린 설계도였다. 두 벽 사이에 1밀리미터의 공간이 있었다. "이 부분을 아스트로파지로 채우시려고요?"

"그럴 계획이에요."

나는 그 그림을 자세히 살펴봤다. "선체를 연료로 채우시겠다고요? 위험하지 않을까요?"

"아스트로파지한테 이산화탄소 대역의 빛을 보여줄 때만 위험하겠죠. 이산화탄소만 안 보이면, 아스트로파지는 아무 활동도 하지 않을 거예요. 선체의 벽 사이는 어두울 테고요. 디미트리는 아스트로파지로 걸쭉한 연료와 저점도 기름을 만들어서, 아스트로파지를 엔진으로 운반하는 과정을 더 쉽게 만들 계획이에요. 저는 선체 안쪽에 그 물질을 덧대고 싶어요."

나는 턱을 만지작거렸다. "그럴 수도 있겠네요. 하지만 아스트로파지는 물리적 충격으로 죽을 수 있습니다. 날카로운 나노 막대로 찌르면 죽일 수 있어요."

"네, 그래서 세른의 친구들에게, 제 부탁을 들어주는 셈 치고 책에는 기록되지 않을 실험을 해달라고 한 거예요."

"와. 세른이 박사님 원하는 대로 다 해주는 거예요? 박사님이 무슨, 리틀 스트라트라도 됩니까?"

그녀가 낄낄거렸다. "오랜 친구와 지인 들이라서요. 아무튼, 세른에서는 광속에 가깝게 움직이는 입자들도 아스트로파지를 지나갈 수는 없다는 걸 알아냈어요. 아스트로파지가 서로를 죽이는 것 같지도 않고요."

"그건 사실 이해가 가는 일이에요." 내가 말했다. "아스트로파지는 별의 표면에서 살도록 진화했어요. 아마 늘 에너지와 아주 빠르게 움직이는 입자의 폭격을 맞을 겁니다."

그녀는 아스트로파지 도관을 확대한 도면을 가리켰다. "모든 복사부하는 차단될 겁니다. 우리한테 필요한 건, 들어오는 모든 입자를 방해할 아스트로파지 세포가 늘 하나는 있을 만큼 진하고 걸쭉한 아스트로파지 연료를 한 층 만드는 거예요. 1밀리미터면 충분하고도 남습니다. 하나 더, 우리는 질량을 낭비하면 안 돼요. 그래서 연료 자체를 방사선 차단재로 활용합니다. 승조원들에게 마지막 아스트로파지까지 모두 필요해지는 상황에서는 이걸 예비 연료로 써야겠죠."

"흠…. 뉴욕시를 2,000년간 가동할 수 있는 '예비 연료'라."

로켄 박사는 설계도를 보고 다시 나를 보았다. "머릿속으로 그 계산을 다 하신 건가요?"

"어, 몇 가지 지름길이 있어서요. 요즘 너무 말도 안 되는 규모의 에너지를 다루고 있어서, 에너지에 대해서는 '뉴욕시 가동 연수'로 생각하고 있습니다. 1년 필요량이 아스트로파지 0.5그램쯤 돼요."

로켄 박사가 관자놀이를 문질렀다. "그런데 아스트로파지를 200만 킬로그램 만들어야 하는군요. 그러다가 실수라도 하면…."

"우리가 직접 인류를 멸종시켜서, 아스트로파지의 수고를 아껴줄 수 있죠." 내가 말했다. "네. 저도 그 생각 많이 합니다."

"그래서 어떻게 생각하세요?" 그녀가 말했다. "이거 말도 안 되는 생각인가요, 아니면 통할 만한 아이디어인가요?"

"천재적이라고 생각합니다."

로켄 박사는 미소 짓고 시선을 돌렸다.

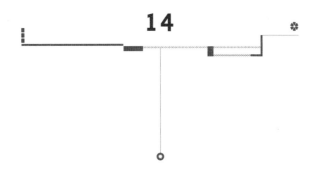

14

다른 날, 다른 관계자 회의. 세상을 구하는 일이 이렇게 지루해질 수도 있다는 걸 누가 상상이나 했을까?

과학팀은 회의실 탁자에 둘러앉았다. 나와 디미트리, 로켄이었다. 관료제를 배제하겠다고 그렇게 떠들어대더니, 스트라트는 결국 엄청나게 많은 장관들과 매일 관계자 회의를 하는 신세가 됐다.

가끔은 우리 모두가 싫어하는 일이 일 처리를 하는 유일한 방법이 되기도 한다.

물론, 상석에 앉은 건 스트라트였다. 그녀 옆에는 내가 한 번도 본 적 없는 남성이 있었다.

"여러분." 스트라트가 말했다. "이쪽은 프랑수아 르클레르 박사님입니다."

그녀의 왼쪽에 앉아 있던 프랑스인이 별 열의 없이 손을 흔들었다. "안녕하세요."

"르클레르 박사님은 파리 출신의, 세계적으로 유명한 기상학자이십니다. 내가 이분에게 아스트로파지가 기후에 미치는 영향을 추적 및 이해하고, 가능하면 개선하라는 임무를 맡겼습니다."

"아, 겨우 그 정도 임무를 맡겼단 말이에요?" 내가 말했다.

르클레르는 미소 지었지만, 그 미소는 빠르게 희미해졌다.

"그래서, 르클레르 박사님." 스트라트가 말했다. "태양에너지의 감소로 정확히 어떤 일이 일어날지에 관해 상반되는 보고가 쏟아지고 있는데요. 의견이 같은 기상학자를 두 명 찾기도 어렵더군요."

르클레르 박사는 어깨를 으쓱했다. "오렌지의 색깔에 대해 같은 의견을 가진 기상학자 두 명을 찾으려 해도 어려울 겁니다. 사실 기상학은 별로 정확하지 않은 분야거든요. 불확실성이 아주 높고, 솔직히 말해서 때려 맞추는 게 절반입니다. 기후 과학은 아직 초창기예요."

"박사님 본인의 공로를 충분히 인정하지 않으시는군요. 모든 전문가 중에서, 지난 20년간 계속해서 맞는 것으로 판명된 기후 예측 모델은 박사님의 것이 유일했습니다."

그가 고개를 끄덕였다.

스트라트는 회의실 탁자에 어지럽게 놓여 있는 종이 더미를 가리켰다. "경미한 흉작에서부터 세계적인 생물권 붕괴에 이르는 온갖 예측을 받아봤는데요. 박사님 의견이 듣고 싶습니다. 예측된 태양의 출력 지수는 보셨겠죠. 어떻게 예상하십니까?"

"당연히 재앙일 겁니다." 그가 말했다. "우리는 수많은 생물의 멸종과 전 세계에 걸친 생물군계의 완전한 대격변, 기후 패턴의 중대한 변화를 보게 될 것이고…."

"인간이요." 스트라트가 말했다. "나는 이 일이 인간들에게 어떤 영향을 미칠지, 언제 그런 일이 일어날지 알고 싶습니다. 항문 세 개짜리 진흙 나무늘보의 짝짓기 영역이든, 다른 무슨 생물군계든 관심 없어요."

"우리는 생태계의 일부입니다, 스트라트 씨. 우리도 생태계의 바깥에 있는 게 아니에요. 우리가 먹는 식물들, 우리가 기르는 동물들, 우리가 숨 쉬는 공기…. 이 모든 게 하나의 그림으로 연결돼 있습니다. 모든 게 연결돼 있어요. 생물군계가 붕괴하면 인류에도 직접적인 충격이 옵니다."

"네, 그럼 숫자로 말해주시죠." 스트라트가 말했다. "나는 숫자가 필요합니다. 애매한 추측이 아니라, 분명히 실재하는 것들이 필요해요."

르클레르 박사가 그녀를 노려보았다. "알겠습니다. 19년이요."

"19년이요?"

"숫자를 원하신다면서요." 그가 말했다. "숫자를 드린 겁니다. 19년입니다."

"네, 뭐가 19년이죠?"

"현재 살아 있는 인간의 절반이 죽는 데까지 걸리는 시간을 추정한 겁니다. 지금부터 19년."

이어진 침묵은 내가 경험했던 그 어떤 침묵과도 달랐다. 스트라트조차 놀랐다. 로켄과 나는 서로를 보았다. 왜 그랬는지는 모르겠지만, 어쨌든 그랬다. 디미트리의 입이 떡 벌어졌다.

"절반이요?" 스트라트가 말했다. "35억 명을 말하는 겁니까? 그 사람들이 다 죽는다고요?"

"네." 그가 말했다. "이 정도면 분명히 실재하는 사실로 느껴지십니까?"

"그걸 대체 박사님이 어떻게 아십니까?" 스트라트가 말했다.

르클레르 박사는 입을 꾹 다물었다. "바로 이렇게, 기후 과학 부정론자가 또 한 명 태어나는군요. 참 쉽지 않습니까? 사람들이 듣고 싶어

하지 않는 사실을 말하기만 하면 된다니."

"나를 가르치려 들지 마세요, 르클레르 박사님. 묻는 말에나 대답하십시오."

르클레르 박사는 팔짱을 꼈다. "우리는 이미 심각한 이상기후를 목격하고 있습니다."

로켄이 목을 가다듬었다. "유럽에 토네이도가 불었다지요?"

"네." 그가 말했다. "게다가 더 자주 일어나고 있습니다. 유럽의 언어에는, 스페인 정복자들이 북아메리카에서 토네이도를 목격하기 전까지 토네이도라는 단어 자체가 없었어요. 이제는 이탈리아, 스페인, 그리스에서 토네이도가 불고 있습니다."

그가 고개를 한쪽으로 기울였다. "부분적으로는 기후 패턴이 변화했기 때문입니다. 부분적으로는 웬 미치광이가 사하라사막을 검은 직사각형으로 포장하기로 했기 때문이고요. 지중해 인근에서 주요한 열 분배가 일어나더라도 아무 결과가 없을 거라고 생각했나 보죠."

스트라트가 눈알을 굴려댔다. "기후에 영향이 있으리라는 건 알았습니다. 그냥 다른 선택지가 없었을 뿐이에요."

르클레르 박사는 밀어붙였다. "당신이 사하라사막을 오용한 일을 차치하더라도, 전 세계에서 해괴한 현상이 보이고 있어요. 사이클론 계절이 두 달이나 앞당겨졌습니다. 저번 주에는 베트남에서 눈이 내렸어요. 제트기류는 매일매일 대단히 난해한 패턴으로, 엉망진창으로 변해가고 있습니다. 북극 공기는 한 번도 닿았던 적이 없는 곳으로 이동하고 있고, 열대의 공기는 북쪽으로든 남쪽으로든 훨씬 먼 곳에 이르고 있어요. 대혼란입니다."

"35억 명 사망 얘기로 돌아가죠." 스트라트가 말했다.

"그럽시다." 그가 말했다. "기아로 죽는 사람을 계산하는 건 사실 꽤 쉬운 일입니다. 매일 세계에서 농사 및 농업으로 생산하는 칼로리를 전부 더한 다음 약 1,500으로 나눠 보세요. 인구는 이 숫자를 넘어설 수 없습니다. 아무튼, 꽤 오랫동안은 말이죠."

그는 탁자에 놓인 펜을 만지작거렸다. "제가 가지고 있는 가장 좋은 모델들을 돌려봤습니다. 흉년이 들 거예요. 세계의 주요 작물로는 밀, 보리, 수수, 감자, 콩 그리고 가장 중요한 쌀이 있습니다. 이 모든 작물이 기온교차에 상당히 민감해요. 논이 얼면 벼가 죽습니다. 감자 농장에 홍수가 나면 감자가 죽고요. 밀 농장의 습도가 평소보다 열 배 높아지면, 기생 곰팡이가 생겨 밀이 죽어요."

그는 다시 스트라트를 보았다. "항문 세 개짜리 진흙 나무늘보가 안정적으로 공급된다면 우리도 살아남을 수 있을지 모르겠네요."

스트라트가 턱을 만지작거렸다. "19년으로는 부족해요. 헤일메리호가 타우세티까지 가는 데 13년이 걸릴 테고, 무슨 결과나 자료가 되돌아올 때까지 또 13년이 걸릴 겁니다. 최소 26년이 필요해요. 27년이면 더 좋고."

르클레르 박사는 스트라트에게서 머리가 하나 더 돋아나기라도 한 것처럼 그녀를 보았다. "무슨 말입니까? 이건 선택에 의한 결과가 아니에요. 지금 일어나고 있는 일이라고요. 우리가 할 수 있는 일은 아무것도 없습니다."

"말도 안 됩니다." 그녀가 말했다. "인류는 100년 동안 실수로 지구온난화를 일으켜 왔어요. 작정하고 지구온난화를 일으킨다면 뭘 할 수 있을지 봐야죠."

르클레르 박사가 움찔했다. "뭐라고요? 장난합니까?"

"온실가스를 배출해 멋진 담요를 씌운다면 시간을 좀 벌 수 있겠죠? 그 덕분에 지구가 파카를 입은 것처럼 단열 효과를 누릴 테고, 우리가 얻는 에너지도 더 오래 지속될 테니까요. 내 말이 틀렸습니까?"

"무슨…." 르클레르 박사가 말을 더듬었다. "틀린 말은 아니지만 그 규모가…. 게다가 온실가스 배출을 일부러 일으킨다는 건 도덕적으로도…."

"난 도덕에 아무 관심이 없습니다." 스트라트가 말했다.

"진짜로 관심 없어요." 내가 말했다.

"나는 인류를 구하는 데 관심이 있습니다. 그러니까 온실효과를 일으키세요. 박사님은 기상학자입니다. 우리가 27년을 버틸 수 있게 해줄 뭔가를 생각해 내세요. 난 인류의 절반을 잃고 싶지 않습니다."

르클레르가 침을 꿀꺽 삼켰다.

스트라트는 개를 쫓듯 손을 저었다. "가서 일하세요!"

세 시간이 지났다. 우리가 공유하는 단어도 쉰 개가 더 추가된다. 하지만 나는 결국 방사선과 생물에 미치는 방사선의 영향을 로키에게 설명할 수 있게 된다.

"감사." 그가 유난히 낮은음으로 말한다. 슬픈 음이다. "이제 내 친구들이 어떻게 죽었는지 알아."

"나빠, 나빠, 나빠." 내가 말한다.

"그래." 그도 맞장구친다.

대화를 나누는 동안, 나는 블립A에 방사선 방호 장치가 전혀 없었다는 사실을 알게 됐다. 그리고 에리디언들이 어째서 방사선을 발견하지 못했는지도 알아냈다. 이 정보 전체를 조합하는 데는 꽤 시간이 걸렸지만 내가 알아낸 바는 이렇다.

에리디언의 고향은 40에리다니 항성계의 첫 행성이다. 인간은 사실 꽤 오래전에 그 행성을 발견했다. 물론, 거기에 하나의 문명이 온전히 존재한다는 사실은 몰랐지만 말이다. 이 행성의 고유 이름은 '40에리다니Ab'이다. 말하려면 입을 한참 놀려야 한다. 에리디언들에게 이 행성의 진짜 이름은 다른 에리디언 단어들이 모두 그렇듯 화음의 조합이다. 그래서 나는 그곳을 그냥 '에리드'라고 부르겠다.

에리드는 그 항성계의 항성과 극도로 가깝다. 지구와 태양의 거리에 견주면 5분의 1 정도다. 그들의 '한 해'는 지구의 42일을 조금 넘는다.

에리드는 '슈퍼지구(생명체가 존재할 가능성이 있는, 지구보다 큰 지구형 행성—옮긴이)'라고 부르는 행성으로, 무게는 지구 질량의 8.5배쯤 된다. 지름은 지구의 두 배이고 표면 중력은 두 배를 조금 넘는다. 게다가 엄청나게 빨리 돈다. 말도 안 될 정도로 빠르게. 에리드의 하루는 겨우 5.1시간이다.

이때부터 퍼즐 조각이 맞기 시작한다.

행성에는 특정한 조건이 맞아야 자기장이 생긴다. 녹은 철로 된 핵이 있어야 하고, 행성은 항성의 자기장 안에서 자전하고 있어야 한다. 이 세 가지 조건이 모두 만족되면 자기장이 생긴다. 지구에는 자기장이 있다. 그래서 나침반이 작동하는 것이다.

에리드에는 이 모든 특징이 강화된 채로 존재한다. 에리드는 지구보다 크고, 철로 된 핵도 지구보다 크다. 항성과 가까우므로 에리드의 자기장을 작동시킬 자기장도 훨씬 힘이 세다. 게다가 에리드는 극히 빨리 자전한다. 이 모든 점을 고려할 때, 에리드의 자기장은 지구의 자기

장보다 최소 25배는 강하다.

게다가 에리드의 대기는 극도로 밀도가 높다. 지구의 29배다.

강한 자기장과 짙은 대기가 정말로 잘하는 일이 뭘까? 방사선 방호다.

지구의 모든 생명체는 방사선을 다룰 수 있도록 진화했다. 우리는 태양으로부터 또 전반적인 우주로부터 지속적인 방사선 폭격을 당하기에 DNA에 오류 수정 장치를 탑재하고 있다. 우리의 자기장과 기후도 어느 정도 우리를 지켜주기는 하지만, 백 퍼센트 지켜주지는 못한다.

하지만 에리드에서는 그 효능이 백 퍼센트다. 방사선은 땅에 이르지 못한다. 빛조차도 땅에 이르지 못한다. 그래서 에리디언들이 눈을 진화시키지 않은 것이다. 에리드의 표면은 칠흑처럼 어둡다. 완전한 어둠 속에 어떻게 생물권이 존재하느냐고? 아직 로키에게 물어보지는 않았지만, 태양이 비추지 않는 지구의 깊은 바다에도 생명체는 많다. 그러니까 확실히 가능한 얘기다.

에리디언들은 방사선에 극도로 취약하며 방사선이 존재한다는 사실을 아예 알지 못한다.

다음 대화에도 한 시간이 걸리고 우리의 사전에도 수십 개의 단어가 더해진다.

에리디언들은 꽤 오래전에 우주여행을 발명했다. 따라갈 자가 없는 재료 기술로(제노나이트 말이다), 그들은 사실상 우주 엘리베이터를 만들어냈다. 기본적으로, 에리드의 적도에서 동기 궤도까지 이어지는 케이블에 균형추를 단 것이다. 이들은 문자 그대로 엘리베이터를 타고 궤도에 올랐다. 지구에서도 제노나이트를 만드는 방법만 알면 그렇게 할 수 있다.

문제는 이들이 궤도를 벗어나 본 적이 한 번도 없다는 점이다. 그럴

343

이유가 없었다. 에리드에는 달이 없다. 항성과 그렇게까지 가까운 행성에 위성이 있는 경우는 거의 없다. 중력의 조석력은 위성이 될 만한 천체들을 궤도에서 이탈시키고는 한다. 에리디언들 중 궤도에서 조금이라도 벗어나 본 건 로키와 그의 승조원들이 처음이었다.

그래서 그들은, 동기 궤도를 넘어서 훨씬 먼 곳까지 미치는 에리드의 자기장이 그동안 계속 자신들을 지켜주었다는 사실을 전혀 알지 못했다.

한 가지 수수께끼가 남았다.

"나는 왜 안 죽음, 질문?" 로키가 묻는다.

"나도 몰라." 내가 말한다. "뭐가 달랐을까? 나머지 승조원들은 하지 않는데 너만 한 일이 뭐야?"

"나 물건 고침. 내 임무 망가진 것 고치고 필요한 것 만들고, 엔진 계속 가동하는 것."

듣자니 엔지니어 같다. "넌 주로 어디에 있었어?"

"우주선에 내 방 있음. 작업실."

뭔가 알 것도 같다. "작업실은 어디야, 질문?"

"엔진 근처, 우주선 뒤쪽."

우주선에서 엔지니어를 둘 만한 공간이다. 유지 및 보수가 필요할 가능성이 가장 큰, 엔진 근처.

"네 우주선에서는 아스트로파지 연료를 어디에 보관해?"

그는 대강 우주선 뒤쪽을 손짓한다. "아스트로파지 보관 장치가 많음 많음. 모두 우주선 뒤쪽. 엔진 근처. 연료 재보급 쉬움."

그게 답이다.

나는 한숨을 쉰다. 로키는 이 답을 마음에 들어 하지 않을 것이다.

해결책은 너무도 간단했다. 그저 에리디언들이 몰랐을 뿐이다. 그들은 문제가 있다는 사실조차 너무 늦은 뒤에야 알았다.

"아스트로파지가 방사선을 막아." 내가 말한다. "너는 대부분 아스트로파지에 둘러싸여 있었어. 너희 승조원들은 아니었고. 그래서 방사선이 네 동료들한테 닿은 거야."

로키는 대답하지 않는다. 이 말을 이해하는 데 조금 시간이 필요하다.

"이해함." 그가 낮은음으로 말한다. "감사. 이제 내가 왜 안 죽었는지 이해함."

나는 로키의 종족이 얼마나 간절했을지 상상해 본다. 그들은 바깥세상에 뭐가 있는지 전혀 모르면서도 지구의 우주 프로젝트를 훨씬 넘어서는 프로젝트로 종족을 구할 성간 우주선을 만들었다.

내 상황과도 다르지 않다고, 나는 생각한다. 그저 내게는 좀 더 나은 기술이 있을 뿐이다.

"여기에도 방사선이 있어." 내가 말한다. "최대한 작업실 안에 머물러."

"그래."

"이 터널로 아스트로파지를 가져와서 벽에 넣어."

"그래. 너도 그렇게 해."

"난 그럴 필요가 없어."

"왜 필요 없음, 질문?"

나야 암에 걸려도 상관없으니까. 나는 어쨌든 여기서 죽을 테니까. 하지만 지금 당장은 내가 자살 임무를 띠고 여기 왔다고 설명하고 싶지 않다. 대화가 이미 너무 무거워졌다. 그래서 나는 로키에게 절반의 진실만을 전한다.

"지구는 대기 밀도가 낮고, 자기장이 약해. 방사선이 행성 표면에도 닿아. 그래서 지구의 생물들은 방사선에도 살아남도록 진화했어."

"이해함." 그가 말한다.

내가 터널을 떠다니는 동안 로키는 계속해서 수리 작업을 한다. 문득 한 가지 생각이 떠오른다. "저기, 물어볼 게 있는데."

"물어봐."

"에리디언의 과학과 인간의 과학이 왜 이렇게 비슷할까? 수십억 년이 흘렀는데도 진도가 거의 비슷하네."

나는 한동안 이 문제가 신경 쓰였다. 인간과 에리디언은 서로 다른 항성계에서 독립적으로 진화했다. 우리는 지금 이 순간까지 서로 접촉하지 않았다. 그런데 왜 우리는 거의 비슷한 기술을 가지고 있을까? 에리디언들이 우주공학 면에서는 우리보다 약간 뒤처지지만, 그게 엄청난 차이는 아니다. 왜 이들은 석기시대에 머물러 있지 않을까? 아니면 현대 지구를 한물간 것처럼 보이게 할, 엄청나게 미래적인 시대에 이르지 않은 걸까?

"안 그랬으면 너랑 나 못 만남." 로키가 말한다. "행성에 과학 적으면 우주선 못 만듦. 행성에 과학 많으면, 항성계 안 떠나도 아스트로파지 이해하고 파괴함. 에리디언과 인간의 과학은 둘 다 특정한 범위 안에 있음. 우주선은 만들 수 있지만, 아스트로파지 문제는 해결 못함."

흠. 그 생각은 안 해봤네. 하지만 로키가 말하고 나니 당연한 얘기로 보인다. 지구가 석기시대에 머물러 있을 때 이런 일이 일어났다면, 우리는 그냥 죽었을 것이다. 지금으로부터 1,000년 뒤에 이런 일이 일어났다면, 우리는 땀 흘리지 않고도 아스트로파지를 처리하는 방법을 아마 알아냈을 것이다. 어느 종이 타우세티로 우주선을 보내 해답을 알

346

아내게 할 기술적 진보의 범위는 상당히 좁았다. 에리디언과 인간은 둘 다 그 범위에 들어왔고.

"이해했어. 훌륭한 주장인데." 하지만 여전히 신경 쓰였다. "그래도 이상하긴 해. 우주에서 보면 인간과 에리디언은 가까운 곳에 있어. 지구와 에리드는 겨우 16광년 떨어져 있다고. 은하는 폭이 10만 광년이나 되는데! 그 드넓은 곳에 존재하는 생명체는 드물 거야. 그런데 몇 안 되는 생명체인 우리 둘이 이렇게나 가까운 곳에 있다니."

"우리는 가족일 수도 있음."

우리가 친척이라고? 어떻게….

"아! 네 말은…. 와아!" 이 말에는 머리를 감싸 쥘 수밖에 없다.

"안 확실. 가설."

"엄청 좋은 가설이야!" 내가 말한다.

판스페르미아설. 나는 로켄과 늘 이 문제를 놓고 다퉜다.

지구의 생명체와 아스트로파지는 우연이라기에는 너무도 유사하다. 나는 아스트로파지의 조상 같은 것이 지구에 '씨를 뿌리지' 않았을까 의심했다. 웬 우주의 시조 같은 종이 내 행성을 감염시킨 것이다. 하지만 지금까지는 에리드에서도 똑같은 일이 일어났을지 모른다는 생각을 못 해봤다.

이곳 전체에 생명체가 있을지도 몰랐다! 아스트로파지류의 조상이 내가 가진 것과 같은 세포로 진화하는 일은 어디에서나 가능하다. 이 '전-아스트로파지' 유기체가 어떤 모습일지는 모른다. 하지만 아스트로파지만 해도 상당히 강하다. 그러니 어떤 형태의 생명체라도 있는 행성은 전부 그 '전-아스트로파지' 유기체에 감염될 수 있었을 것이다.

로키는 오래전에 잃어버린 친척일지도 몰랐다. 아주 오래전에. 고향의 내 집 앞에 있는 나무들이 나와 로키보다 가까운 친척이긴 하겠지만, 그렇더라도 말이지.

와.

"엄청나게 좋은 가설이야!" 내가 다시 말한다.

"감사." 로키가 말한다. 그가 이 모든 것을 알아낸 건 꽤 오래전인 것 같다. 하지만 나는 이 모든 걸 완전히 이해하기 위해 아직도 시간이 필요하다.

이번만큼은 항공모함이 우리가 지내기에 완벽한 장소가 됐다.

중국 해군은 더 이상 스트라트의 명령에 질문조차 하지 않았다. 저 윗사람들이 모든 행동을 일일이 승인하는 데 싫증이 나서, 결국 무기를 발사하는 것만 아니면 뭐든 스트라트가 시키는 대로 하라는 일반적인 명령을 내린 것이다.

우리는 한밤중에 남극대륙 서안에 닻을 내렸다. 해안선은 아주 멀리 있었다. 달빛이 아니었으면 아예 보이지 않았을 것이다. 우리는 이 대륙 전체에서 이미 모든 인간을 대피시켰다. 아마 과잉 대응이었을 것이다. 아문센-스콧 남극기지는 지금 우리가 있는 곳에서 1,500킬로미터 떨어져 있었으니까. 그곳 사람들한테는 아마 아무 문제가 없을 것이다. 그렇더라도 굳이 위험을 무릅쓸 이유는 없다.

이곳은 역사상 최대의 해양 출입 금지 구역이었다. 너무 커서, 미국 해군조차 이 지역에 상업 선박이 들어오지 못하도록 막느라 대형을 넓게 벌려야만 했다.

스트라트가 무전기에 대고 말했다. "1호 구축함, 관측 상태 확인합니다.”

“준비됐습니다.” 미국인의 억양이 들렸다.

“2호 구축함, 관측 상태 확인합니다.”

“준비됐습니다.” 다른 미국인의 목소리가 들렸다.

과학팀은 항공모함의 비행갑판에 함께 서서 육지를 바라보고 있었다. 디미트리와 로켄은 가장자리에서 물러나 있었다. 리어렐은 흑색 패널 농장을 운영하느라 아프리카에 가 있었다.

그리고 물론, 스트라트는 다른 모두보다 조금 앞에 서 있었다.

르클레르는 꼭 교수대로 끌려가는 사람처럼 보였다. “거의 준비됐군요.” 그가 한숨을 쉬었다.

스트라트가 다시 무전기를 눌렀다. “1호 잠수함, 관측 상태 확인합니다.”

“준비됐습니다.” 응답이 들렸다.

르클레르는 태블릿을 확인했다. “3분… 주의하세요.”

“전 선박, 현재 황색경보 상황입니다.” 스트라트가 무전기에 대고 말했다. “반복합니다. 황색경보 상황입니다. 2호 잠수함, 관측 상태 확인합니다.”

“준비됐습니다.”

나는 르클레르 옆에 섰다. “믿을 수가 없네요.” 내가 말했다.

르클레르는 고개를 저었다. “정말이지, 이 일이 내 책임이 아니었으면 좋겠어요.” 그는 태블릿을 만지작거렸다. “그레이스 박사님, 아시겠지만 저는 거칠 것 없는 히피로 평생을 살아왔습니다. 리옹에서 살던 어린 시절부터 파리에서 보낸 대학 시절까지요. 저는 나무를 끌어안고 반전 운동을 하는, 이미 끝난 저항 정치 시대로 회귀하고 싶은 사람입니다.”

나는 아무 말도 하지 않았다. 르클레르 박사는 인생 최악의 하루를 보내는 중이었다. 그냥 귀를 기울이는 것만으로 조금이나마 도움이 될 수 있다면, 나는 그렇게 할 생각이었다.

“나는 세상을 구하는 데 도움이 되고자 기상학자가 됐어요. 우리가 스스로 빠져들어 가던, 악몽 같은 환경 대재앙을 막으려고요. 그런데 이제는… 이렇게 됐군요. 필요한 일이긴 하지만 끔찍합니다. 박사님도 과학자이니 분명 아시겠죠.”

“실은 잘 몰라요.” 내가 말했다. “저는 과학자로서의 커리어 대부분을 지구가 아니라, 지구에서 멀리 떨어진 곳을 바라보며 쌓았습니다. 기후 과학에 대해서는 창피할 정도로 약합니다.”

“음.” 그가 말했다. “남극대륙 서부는 얼음과 눈으로 이루어진, 넘실거리는 덩어리입니다. 이 지역 전체가 바다 쪽으로 천천히 흘러가는 거대한 빙하예요. 여기에는 수십만 제곱킬로미터의 얼음이 있습니다.”

“그런데 우리가 그걸 녹이는 건가요?”

“실제로 얼음을 녹이는 건 우리가 아니라 바다겠지만, 맞습니다. 문제는 남극이 예전엔 밀림이었다는 거예요. 수백만 년 동안 남극은 아프리카만큼 초목이 무성한 지역이었습니다. 하지만 대륙의 이동과 자연스러운 기후변화로 얼어붙었죠. 그 모든 식물이 죽어서 분해됐습니다. 그 분해 과정에서 나온 기체들, 특히 메탄가스가 얼음 속에 갇혀 있어요.”

“메탄은 상당히 강력한 온실가스고요.” 내가 말했다.

그가 고개를 끄덕였다. “이산화탄소보다 훨씬 더 강력하죠.”

그는 다시 태블릿을 확인했다. “2분!” 그가 소리쳤다.

"전 선박, 적색경보." 스트라트가 무전을 쳤다. "반복합니다. 적색경보."

르클레르는 나를 등지고 섰다. "결국 이게 접니다." 그가 바다를 내다보았다. "남극대륙에 대한 핵 공격을 명령하는 환경 운동가, 기상학자, 반전주의 활동가. 미국이 제공한 241기의 핵무기가 빙하의 균열을 따라 3킬로미터 간격으로 지하 50미터 깊이에 묻혀 있다가 동시에 폭발할 겁니다."

나는 천천히 고개를 끄덕였다.

"방사선은 극미량만 방출될 거라고 하더군요." 르클레르가 말했다.

"네. 그나마 다행인 건, 저 핵무기들이 핵융합 수소폭탄이라는 겁니다." 나는 재킷을 꽉 여몄다. "우라늄 등등과 반응해 훨씬 거대한 핵융합 반응을 일으키는, 소규모 핵융합 반응이 있어요. 이때 일어나는 큰 폭발은 그저 수소와 헬륨의 폭발일 뿐입니다. 거기서는 방사선이 나오지 않아요."

"뭐, 의미가 있네요."

"이게 유일한 방법이었습니까?" 내가 물었다. "공장에서 육플루오르화황이나 다른 온실가스를 대량 생산하도록 할 수는 없나요?"

그는 고개를 저었다. "우리한테 필요한 온실가스의 양은 그런 식으로 만들어낼 수 있는 양의 수천 배에 달합니다. 석탄과 석유를 전 세계에서 백 년 동안 태우고 나서야 그 짓이 기후에 조금이나마 영향을 주고 있다는 사실을 알게 됐다는 걸 기억하세요."

르클레르는 태블릿을 확인했다. "빙하는 폭발 선에 따라 쪼개지고, 천천히 바다로 들어가 녹을 겁니다. 다음 달에는 해수면이 약 1센티미터쯤 상승할 테고, 바닷물 온도가 1도 정도 떨어지겠죠. 그 자체로도 재앙입니다만, 지금은 그게 문제가 아닙니다. 엄청난 양의 메탄이 대기로 방출될 거예요. 그런데 이제는 메탄이 우리 친구입니다. 그냥 친구도 아니고 절친이라니까요. 메탄은 당분간 우리를 따뜻하게 해줄 거예요. 하지만 그 이유 때문만은 아닙니다."

"그래요?"

"메탄은 10년이 지나면 대기에서 분해됩니다. 우린 몇 년에 한 번씩 남극대륙 덩어리를 바다에 집어넣어 메탄 농도를 조정할 수 있습니다. 그러다가 헤일메리호가 해결책을 찾아내면, 메탄이 사라질 때까지 그냥 10년을 기다리면 됩니다. 이산화탄소로는 그렇게 할 수 없죠."

스트라트가 다가왔다. "시간은요?"

"60초 남았습니다." 그가 말했다.

그녀가 고개를 끄덕였다.

"그럼 이걸로 모든 문제가 해결되는 겁니까?" 내가 물었다. "지구의 온도를 적절하게 유지하기 위해서는 그냥 남극대륙을 계속 쑤셔서 메탄을 뱉어내게 하면 되는 건가요?"

"아뇨." 그가 말했다. "아무리 잘 봐줘도 이건 미봉책일 뿐입니다. 이런 식으로 우리 대기에 쓰레기를 퍼부으면 공기는 따뜻하게 유지되겠지만, 어마어마한 생태계 교란이 일어날 겁니다. 그 경우에도 끔찍하고 예측 불가능한 날씨와 흉작, 생물군계의 절멸이 일어날 거예요. 하지만 어쩌면, 그저 가정이지만 메탄이 없을 때만큼 그 영향이 심각하지는 않을지도 모르죠."

나는 나란히 서 있는 스트라트와 르클레르를 보았다. 인간의 역사에서, 이토록 제한 없는 권한과 권력이 이토록 적은 수의 사람에게 주어진 경우는 없었다. 이 두 사람, 겨우 두 사람이 문자 그대로 세계의 얼굴을 바꿔놓게 될 것이다.

"궁금한 게 있는데요." 나는 스트라트에게 말했다. "일단 헤일메리호를 발사하고 나면, 스트라트 씨는 뭘 할 건가요?"

"나요?" 스트라트가 말했다. "어떻게든 되겠죠. 일단 헤일메리호가 발사되면 내가 가진 권한은 종료돼요. 아마 심기가 상한 정부 몇 곳에서 권한 남용으로 나한테 소송을 걸 거예요. 남은 인생은 교도소에서 보내게 될지도 모르고요."

"내가 당신 옆방에 있겠네요." 르클레르가 말했다.

"그게 조금이라도 걱정되긴 합니까?"

스트라트는 어깨를 으쓱했다. "우리 모두가 희생해야 해요. 인류가 확실히 구원되도록 내가 온 세상의 죄를 뒤집어써야 한다면, 그게 내가 치러야 할 희생인 셈이죠."

"이상한 논리를 가지고 계시네요." 내가 말했다.

"별로 안 이상해요. 대안이 내가 속한 종 전체의 죽음이라면, 답은 꽤 쉽거든요. 도덕적 딜레마도 없고, 뭐가 누구에게 최선인지 저울질할 일도 없죠. 그저 한 가지만 염두에 두고 이 프로젝트가 제대로 진행되도록 집중하면 돼요."

"나도 그런 식으로 나를 타이릅니다." 르클레르가 말했다. "셋… 둘… 하나… 폭파."

아무 일도 일어나지 않았다. 해안선은 그대로 남아 있었다. 폭발음도 없었고, 번쩍임도 없었다. 펑 소리조차 나지 않았다.

르클레르는 태블릿을 보았다. "핵무기는 폭발했습니다. 충격파가 10분쯤 뒤 여기에 미칠 거예요. 멀리서 천둥이 치는 것처럼 들리겠지만."

그는 항공모함의 갑판을 내려다봤다.

스트라트는 그의 어깨에 손을 얹었다. "박사님은 해야만 하는 일을 한 겁니다. 우리 모두가 해야만 하는 일을 하고 있어요."

르클레르는 두 손에 얼굴을 묻고 울었다.

로키와 나는 몇 시간에 걸쳐 생물학에 관해 이야기한다. 우리 둘 다 상대방의 몸이 작동하는 방식에 강한 관심을 가지고 있다. 아니었다면 우리가 형편없는 과학자인 거겠지.

에리디언의 생리학은, 솔직히 말해 놀랍다.

에리드가 항성과 무척 가까운 만큼 생물권에 들어오는 에너지 자체의 양은 터무니없이 많다. 그리고 먹이사슬의 최상부에 있는 에리디언들은 인간에 비해 쓸 수 있는 에너지가 말도 안 되게 많다. 얼마나 많으냐고? 에리디언들은 DNA에 기반한 생명체의 주된 에너지 저장 매체인 ATP만을 담아두는 액낭을 몸에 갖추고 있다. 보통 ATP는 세포 내에 저장되지만, 에리디언들은 ATP가 너무 많아서 이를 저장할 더욱 효율적인 저장고를 진화시켜야 했다.

여기에서 말하는 에너지는 터무니없이 많은 양이다. 에리디언들은 광물에서 산소를 떼어내 금속을 얻는다. 에리디언들은 사실상 생물학적 제련소나 마찬가지다.

인간의 몸에는 머리카락, 손톱, 치아의 법랑질 등 중요한 기능을 하는 여러 '죽은' 물질이 붙어 있다. 에리디언들은 이런 개념을 궁극의 궁극까지 진전시켰다. 로키의 등딱지는 산화광물로 만들어져 있다. 뼈는 벌집 모양의 합금이다. 피는 대체로 액체 상태의 수은이다. 그의 신경조차도 빛에 기반한 자극을 전달하는 무기질 규산염이다.

전체적으로, 로키에게는 생물학적 물질이 겨우 몇 킬로그램밖에 없다. 단세포 유기체들이 혈류를 따라 흐르며, 필요한 대로 신체를 만들고 고친다. 이것들은 소화 과정을 관리하고, 로키의 등딱지 한가운데에 안전하게 들어 있는 뇌가 시키는 일을 하기도 한다.

만일 꿀벌이 걸어 다니는 벌집을 만들도록 진화했고, 벌들의 여왕에게 인간 정도의 지능이 있었다면 그 생명체가 에리디언과 유사할 것이다. 다만 에리디언의 '벌'은 단세포 유기체라는 점만이 다르다.

에리디언들은 근육도 무기질이다. 이들의 근육은 신축성 있는 주머니 안에 밀봉된, 구멍이 많고 스펀지와 비슷한 소재로 만들어져 있다. 에리디언의 체내 수분 대부분이 이런 주머니에 묶여 있다. 기압이 너무 높아서, 에리드에서는 물이 섭씨 210도에서도 여전히 액체 상태다.

에리디언에게는 두 종류의 독립된 순환계가 있다. '환경성' 순환계와 '열성(熱性)' 순환계다. 환경성 혈액은 섭씨 210도다. 하지만 열성 혈액은 섭씨 305도로 유지되는데, 이 정도면 에리드의 기압에서도 물을 증발시키기에 충분한 온도다. 두 순환계 모두 필요에 따라 근육을 팽창시키거나 수축시킬 수 있도록 온도를 조절하는 혈관을 갖추고 있다. 팽창을 원한다면? 뜨겁게 하면 된다. 수축을 원한다면? 차갑게 하면 된다.

간단히 말해, 에리디언들은 증기기관처럼 움직인다.

이런 이유로, 환경성 순환계는 근육이 식으면 결국 열 흡수원이 된다. 이 순환계는 정상 온도까지 몸을 계속 냉각해야 하므로 방열기가 존재한다. 로키도 어떤 의미에서는 '숨을 쉬지만', 이는 단지 등딱지 맨위에 달린 방열기 같은 기관 속 모세혈관으로 암모니아를 내보내기 위해서일 뿐이다. 맨 위의 가는 금 다섯 개가 공기를 체내로 들여보내거나 내보내지만, 어느 순간에도 그 공기가 로키의 혈류에 들어가지는 않는다.

그런 의미에서 에리디언들은 '숨을 쉬지' 않지만, 산소를 활용하긴 한다. 그저 인체보다 훨씬 더 자립적일 뿐이다. 이들의 몸속에는 식물성 세포와 동물성 세포가 있다. 산소가 이산화탄소로, 이산화탄소가 산소로, 둘이 왔다 갔다 하면서 언제나 균형을 맞춘다. 로키의 몸은 하나의 작은 생물권이다. 그의 몸에 필요한 것은 음식을 통해 얻는 에너지와 열기를 배출할 기류뿐이다.

한편, 열성 혈액은 너무 뜨거워서 그 안에서는 어떤 생물학적 물질도 생존할 수 없다. 물질 내의 수분이 증발하기 때문이다. 그건 그렇고 이런 특성은 들어오는 음식에서 병원균을 소독하기에 편하다.

하지만 일하는 세포가 열성 혈액계에 필요한 일을 하려면, 열성 혈액계도 환경성 순환계 정도로 식어야만 한다. 이런 일이 일어나면 에리디언들은 근육을 아예 움직이지 못한다. 에리디언들이 자는 이유는 그래서다.

이들은 인간처럼 '잠을 자지' 않는다. 마비당한다고 해야 맞는 말일 것이다. 그리고 이 기간에는 두뇌 역시 유지 및 보수 과정을 거치기 때문에, 의식적인 작용을 전혀 하지 못한다. 잠든 에리디언은 깨어날 수가 없다.

에리디언들이 잠들어 있는 서로를 지켜보는 이유가 그래서다. 누군가는 잠든 에리디언을 안전하게 지켜주어야 하니까. 아마 석기시대 원시인 시절(석기시대 에리디언 시절?) 때부터 시작한 행동이겠지만, 이제는 단순한 사회적 규범이 됐다.

내게는 이 모든 것이 놀랍다. 하지만 로키에게 이건 지루한 주제다. 한편, 그는 인간이라는 존재에 전적으로 놀라며 충격을 받는다.

"너 빛 들음, 질문?" 로키가 말한다(그는 놀라거나 감명 받았을 때 문장의 첫 음을 약간 떤다).

"응. 나는 빛을 들어."

나와 수다를 떨면서도 로키는 수많은 손을 사용해 복잡하게 보이는 무슨 장치를 조립한다. 그 장치는 거의 로키만큼 크다. 나는 이 장치의 몇몇 부분이 로키가 지난 며칠간 수리해 온 부품이라는 것을 알아본다. 그는 대화를 계속하면서, 동시에 섬세한 기계류를 다룰 수 있다. 에리디언들은 인간보다 여러 가지 작업을 한 번에 처리하는 능력이 훨씬 뛰어난 것 같다.

"어떻게, 질문?" 그가 묻는다. "어떻게 빛 볼 수 있음, 질문?"

나는 눈을 가리킨다. "이게 초점을 맞춰서 빛을 감지하는 특별한 신체 부위야. 이 부위가 정보를 뇌로 보내."

"빛이 정보를 줌, 질문? 공간을 이해할 만큼 충분한 정보임, 질문?"

"응. 소리가 에리디언들에게 정보를 주듯이 빛은 인간에게 정보를 줘."

로키는 문득 어떤 생각을 떠올린다. 그는 작업하던 장치에서 완전히 손을 뗀다. "우주에서 빛 들음, 질문? 항성과 행성, 소행성 들음?"

"맞아."

"놀라움. 소리는, 질문? 너 소리 들을 수 있음."

나는 귀를 가리킨다. "소리는 이걸로 들어. 넌 소리를 어떻게 들어?"

그는 자기 등딱지 전체와 팔들을 가리킨다. "모든 곳. 바깥쪽 껍질에 아주 작은 수용체가 있음. 모두가 뇌에 보고. 촉각과 비슷."

그러니까 로키는 온몸이 마이크인 셈이다. 그의 뇌는 만만찮은 양의 정보를 처리하고 있을 게 틀림없다. 그의 두뇌는 몸이 있는 정확한 위치를 알아야 하고, 소리가 몸의 각기 다른 부위에 와 닿을 때의 시간차를 감지해야 한다…. 와, 이건 흥미로운 일이다. 하긴, 그렇게 치면 나의 뇌는 단지 안구 두 개를 가지고 주변 환경 전체를 구현한 3D 모형을 제공한다. 어디서나 감각적 정보는 정말이지 인상적이다.

"너만큼 잘 듣지는 못해." 내가 말한다. "빛이 없으면 난 공간을 이해할 수 없어. 네가 말하는 소리는 들을 수 있지만, 그 이상은 못해."

로키가 분리용 벽을 가리킨다. "이거, 벽."

"이건 특별한 벽이야. 빛이 이 벽을 통과해."

"놀라움. 처음 벽 만들 때 나 많은 선택지 줌. 이 벽 고른 이유는 빛이 통과하기 때문, 질문?"

너무 오래전 일 같다. 분리용 벽이 서로 다른 질감과 색깔의 육각형들로 이루어진 모자이크였던 시절이라니. 물론, 나는 투명한 육각형을 골랐었다.

"응. 내가 이걸 고른 이유는 빛이 이 벽을 통과하기 때문이야."

"놀라움. 나는 소리의 다양한 ♬♪♬에 따라 선택지 줌. 빛 생각 안 해봄."

나는 수수께끼의 단어가 무엇인지 확인하려고 노트북을 힐끗 본다. 이제는 노트북을 봐야 하는 경우가 거의 없다. 그렇지만 가끔은 기억나지 않는 화음이 나온다. 컴퓨터는 그 단어가 '특성'이라고 알려준다. 뭐, 그 단어를 모른 건 딱히 내 잘못이라고 할 수 없다. 자주 나오는 단어는 아니니까.

"그냥 운이 좋았네." 내가 말한다.

"운이 좋음." 로키도 동의한다. 그는 장치를 몇 군데 더 조율하고 둘러매고 있는 때에 공구를 집어넣더니 말한다. "다함."

"그게 뭐야?"

"내가 작은 공간에서 살 수 있게 하는 장치." 그는 즐거워한다, 내 생각이지만. 로키는 등딱지를 평소보다 약간 더 높이 들고 있다. "기다려."

그는 장치를 놓아둔 채 우주선으로 다시 사라진다. 그러더니 투명한 제노나이트 판 몇 개를 가지고 돌아온다. 각각의 판은 두께 약 1센티미터, 폭 1피트 정도의 오각형이다. 나도 이런 식으로 단위를 섞어서 생각하는 나 자신이 싫다. 하지만 뇌에서 그렇게 떠올린 걸 어쩌나.

"이제 나 공간 만듦." 그가 말한다.

로키는 모서리를 맞대고, 튜브에 들어 있는 일종의 걸쭉한 액체형 접착제를 사용해 오각형들을 조립해 붙인다. 머잖아 조립된 절반의 십이면체 두 개가 생긴다. 로키는 자랑스러운 듯 그 두 물체를 내게 내밀더니, 둘을 한데 합친다. "공간."

그 '공간'은 오각형으로 이루어진 측지선 구체(측지선을 따라 장력이 작용하는 직선 구조재를 연결해 만든 구체. 측지선이란, 공간의 두 점을 잇는 곡선 중 가장 짧은 것을 말한다—옮긴이)다. 전체 지름은 약 1미터다. 로키가 들어가기에는 충분히 크다.

"뭐에 쓰는 공간이야?" 내가 묻는다.

"너의 우주선에서 나를 살게 해주는 공간과 장치임."

나는 눈을 치켜뜬다. "내 우주선에 들어온다고?"

"인간 기술 보고 싶음. 허락, 질문?"

"그럼! 허락하지! 뭘 보고 싶어?"

"모든 것! 인간의 과학이 에리디언 과학보다 좋음." 그는 내 옆에서 떠다니는 노트북을 가리킨다. "생각하는 기계. 에리디언들은 없음." 그는 내 도구 상자를 가리킨다. "에리디언들에게 없는 기계가 많음."

"그래. 와서 뭐든 원하는 대로 봐!" 나는 분리용 벽에 달린 작은 에어로크 서랍을 가리킨다. "그걸 어떻게 저기로 집어넣으려고?"

"너 터널에서 나가. 나 새로운 분리용 벽 만듦. 더 큰 에어로크."

그는 완성된 장치를—인제 보니 그건 생명 유지 장치다—자기 등딱지 쪽으로 당기더니 장치에 매달린 끈을 찬다. 장치는 로키의 등딱지 맨 위에 나 있는 방열용 구멍을 덮는다.

"장치가 네 방열기를 막는 것 아냐? 위험하지 않아?"

"아님. 이건 뜨거운 공기를 차가운 공기로 만듦." 그가 말한다.

에어컨이라. 200도가 넘는 곳에서 편안하게 살아가는 종족이 그런 물건을 만들 줄은 몰랐다. 하지만 우리 모두 버틸 수 있는 한계라는 게 있으니까.

로키는 구체를 몸에 두르고 접착제로 밀봉한다. "나 시험함."

그는 잠시 그 자리에 떠 있더니 말한다. "된다! 행복!"

"좋았어!" 내가 말한다. "근데 어떻게 작동하는 거야? 열은 다 어디로 가?"

"쉬움." 그가 말한다. 그는 장치의 작은 부품을 톡톡 두드린다. "여기에 아스트로파지. 아스트로파지는 96도 이상의 모든 열 흡수."

아, 그렇지. 인간에게는 아스트로파지가 뜨겁다. 에리디언에게는 아스트로파지가 상당히 차갑다. 완벽한 에어컨 냉매가 된다. 로키가 해야 하는 일은, 아스트로파지로 채워진 냉각핀 같은 것에 공기를 통과시키는 것뿐이다.

"영리한데." 내가 말한다.

"감사. 너 이제 나가. 나 터널에 쓸 큰 에어로크 만듦."

"좋아, 좋아, 좋아!" 내가 말한다.

나는 벽에 고정해 두었던 매트리스를 포함해 터널에 있던 내 물건을 챙겨, 그것들을 통제실에 쑤셔 박는다. 그런 다음 나도 통제실로 들어가 에어로크 문 두 개를 다 밀폐한다.

나는 다음 한 시간을 정리하면서 보낸다. 이곳에 손님이 올 줄은 몰랐으니까.

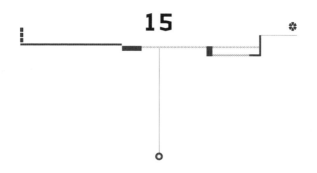

15

몇 시간이 지났다. 하지만 알아야겠다. 로키는 터널을 어떻게 고칠까?

로키가 살아 있으려면 엄청난 기압이 필요하다. 내 선체는 그런 기압을 버틸 수 없다. 게다가 로키는 진공상태에서 버틸 수 없다. 그럼 로키는 어떻게 터널을 고치려는 걸까?

에어로크 반대편에서 철컹거리고 덜컥거리는 소리가 들린다. 이번에는 알아내야지!

나는 에어로크에 들어가 둥근 창을 내다본다. 블립A의 선체 로봇이 옛 터널을 제거하고 새로운 터널을 설치하고 있다.

아. 그렇구나. 팍 식네.

옛 터널은 우주로 흘러간다. 이제는 그 터널을 더 이상 쓸 일이 없겠지. 로봇이 새로운 터널을 제자리에 두고, 블립A의 선체 모서리를 따라 제노나이트 접착제를 바른다.

에리디언들은 컴퓨터도 사용하지 않고 어떻게 광속에 가까운 속도로 여행하는 우주선을 조종하는 걸까? 추측항법으로? 에리디언들은 암산 실력이 꽤 좋다. 어쩌면 컴퓨터를 발명할 필요가 없었는지도 모르겠다. 그래도 그렇지. 아무리 수학 실력이 좋아도 한계라는 게 있는데.

철컹거리는 소리가 멈춘다. 나는 다시 창문을 내다본다. 터널이 다 설치됐다.

이전 터널과 생긴 것은 비슷하지만, 에어로크 부분이 훨씬 크다. 거의 분리용 벽 전체가 로키가 들어가고도 남을 정도로 커다란 서랍장 같다. 하지만 내가 들어갈 만큼 크지는 않다. 가까운 미래에 내가 블립A에 가볼 일은 없을 듯하다.

"흠." 내가 말한다. 신경 쓰고 싶지는 않지만, 정말이지. 로키는 외계인의 우주선을 볼 수 있잖아. 나는 왜 못 보는 거야?

로키 쪽 터널에는 더 이상 그물처럼 얽힌 붙잡는 철봉이 없다. 대신, 터널의 긴 축을 따라 설치된 금속 줄이 있다. 그 줄은 분리용 벽의 에어로크 안으로 들어갔다가 내 쪽 터널까지 더 이어져 내 에어로크 문으로 바로 연결된다.

금속 줄의 맞은편에는 파이프처럼 보이는 것이 있다. 파이프는 터널 벽과 같은 갈색과 황갈색의, 칙칙한 제노나이트로 만들어져 있다. 그리고 사각형이다. 이 파이프도 터널의 축을 따라 길게 이어져 있다.

획 하는 소리와 함께 로키 쪽 터널이 안개로 가득 찬다. 그런 다음, 두 번째 획 소리가 나며 내 쪽 터널이 가득 찬다. 아마 저게 파이프의 목적이었던 것 같다. 양쪽에 적절한 대기를 공급하는 것이다. 로키에게 작업에 쓸 만한 산소가 있다니 다행이다.

블립A의 문이 열리고, 측지선 구체에 들어 있는 로키가 나온다. 그는 등딱지 아랫부분에 공구 벨트가 달린 작업복 같은 것을 입고 있다. 에어컨 장치가 등에 달려 있다. 그의 두 손은 금속 덩어리를 잡고 있고, 다른 세 개의 손은 비어 있다. 그중 하나가 내게 인사한다. 나도 마주하고 손을 흔든다.

우주 공(달리 뭐라 불러야 할까?)은 에어로크로 둥실둥실 들어오더니 금속판에 달라붙는다.

"뭐야?" 내가 말한다. "어떻게…"

그때 나는 깨닫는다. 구체는 마법적으로 움직인 게 아니었다. 로키가 들고 있는 저 덩어리들은 자석이다. 꽤 강력한 자석일 것이다. 금속 줄도 자성을 띠고 있는 게 분명하다. 아마 철이겠지. 로키는 금속 줄을 따라 구체를 굴리며 분리용 벽의 에어로크로 들어간다. 그는 제노나이트 껍데기 너머로, 자석을 활용해 금속 제어기를 조작한다. 홀린 듯 보게 되는 광경이다.

쉭쉭 소리와 펌프 소리가 좀 나더니, 로키가 금속판 하나를 밀어낸다. 그러자 에어로크의 내 쪽 문이 열린다. 로키는 거기서부터 금속 줄을 따라 내 문까지 굴러온다. 나는 문을 연다.

"안녕!"

"안녕!"

"그럼… 내가 너를 들고 다녀야 해? 그럴 계획이야?"

"응. 들고 다녀. 감사."

나는 뜨거울까 봐 걱정하면서 조심조심 구체를 잡는다. 하지만 구체는 뜨겁지 않다. 제노나이트는 다른 장점도 많지만 훌륭한 단열재이기도 하다. 나는 그를 우주선 안으로 잡아당긴다.

로키는 무겁다. 내가 생각했던 것보다 훨씬 더 무겁다. 중력이 있었다면, 나는 아마 그를 조금도 들어 올리지 못했을 것이다. 지금은 그에게 엄청난 관성이 작용하고 있다. 그런데도 그를 끌고 가려니 심하게 끙끙대야 한다. 기어 중립 상태의 오토바이를 밀고 가는 것과 비슷하다. 진심으로 하는 말인데, 로키는 오토바이 정도로 무겁다.

놀랄 것도 없다. 로키는 내게 자신의 생리학에 대해, 자기 몸이 어떻게 금속을 활용하는지에 대해 전부 말해줬다. 아니, 이 녀석은 피가 수은이다. 당연히 무겁지.

"너 되게 무겁다." 내가 말한다. 로키가 이 말을 '야, 뚱땡아! 살 좀 빼라!'라고 받아들이지 않았으면 좋겠다.

"내 질량 168킬로그램." 그가 말한다.

로키는 300파운드가 넘게 나간다!

"우와." 내가 말한다. "나보다 훨씬 많이 나가네."

"너 질량 얼마, 질문?"

"아마 80킬로그램쯤 될걸."

"인간 질량 아주 작음!" 그가 말한다.

"난 거의 물로 돼 있어." 내가 말한다. "아무튼 여기가 통제실이야. 나는 여기서 우주선을 조종해."

"알았다."

나는 그를 내 앞에 두고 밀면서 터널을 따라 실험실로 내려간다. 그는 구체 안에서 잽싸게 달린다. 뭔가 새로운 것이 눈에 들어올 때마다 빙글 돌곤 한다. 그러면 초음파로 물건을 더 잘 '보는' 데 도움이 되는 것 같다. 개가 소리에 대한 정보를 더 얻으려고 고개를 갸웃하는 것과 비슷하다.

"여기가 내 실험실이야." 내가 말한다. "모든 과학이 여기에서 일어나."

"좋은 좋은 좋은 방!" 그가 꺅 소리를 지른다. 목소리가 평소보다 한 옥타브 높다. "모든 것 알고 싶음!"

"질문이 있으면 전부 대답해 줄게." 내가 말한다.

"나중에. 더 많은 방 보여줘!"

"더 많은 방, 나갑니다!" 내가 극적으로 말한다.

나는 그를 밀고 숙소로 들어간다. 그가 숙소 중앙에서 모든 것을 살펴볼 수 있도록, 나는 아주 느린 속도로 움직인다. "난 여기서 자. 뭐, 예전엔 그랬어. 그러다가 네가 나한테 터널에서 자라고 했지."

"너 혼자 잠, 질문?"

"응."

"나도 여러 번 혼자 잠. 슬픔, 슬픔, 슬픔."

로키는 이해하지 못한다. 혼자 잔다는 행위를 받아들이지 못한다. 혼자 자는 것에 대한 공포는 아마 그의 두뇌 깊은 곳에 새겨져 있는 듯하다. 흥미로운데… 그게 에리디언들의 무리 본능의 시작이었을지도 모른다. 그리고 어떤 종이 지능을 갖는 데에는 무리 본능이 필요하다. (내 생각이지만) 그 이상한 수면 패턴이 지금 내가 로키와 이야기를 나누고 있는 이유일 수도 있다니!

그래, 방금 건 과학적이지 않았다. 에리디언들이 지적이고 어쩌고 하게 되는 데에는 아마 수없이 많은 요소가 작용했을 것이다. 수면에 관련된 요소는 그저 부분적일 가능성이 컸다. 하지만 뭐, 나는 과학자다. 가설을 세우는 게 당연하다!

나는 창고로 내려가는 판을 열고 그의 구체를 안으로 조금 밀어 넣는다. "여기는 물건을 보관하는 작은 공간이야."

"이해함."

나는 그를 다시 꺼낸다. "방은 이게 전부야. 내 우주선은 네 우주선보다 훨씬 작아."

"네 우주선에 과학 많음!" 그가 말한다. "과학 방에 있는 것 보여줌, 질문?"

"그럼."

나는 그를 다시 실험실로 데려간다. 그는 구체 안에서 돌아다니며 모든 것을 살펴본다. 나는 그와 함께 둥둥 떠서 실험실 한가운데로 가 탁자 가장자리를 잡는다.

나는 구체를 실험대에 바싹 붙인다. 실험대는 강철인 것 같지만, 확실하지는 않다. 대부분의 실험대는 그런데. 알아봐야지.

"자석을 써봐." 내가 말한다.

로키는 자석 하나를 꺼내 실험대에 닿아 있는 오각형 면에 붙인다. 철컹 소리와 함께 자석이 붙는다. 이제 로키는 자리를 잡았다.

"좋음!" 그가 말한다. 로키는 이쪽 면, 저쪽 면에 자석을 붙여가며 실험대 전체를 굴러다니다가 원래 자리로 돌아온다. 우아하지는 않지만 움직일 수는 있다. 최소한 내가 로키를 붙들고 있을 필요는 없다.

나는 실험대를 쿡 밀어 그쪽에서 멀어지며 실험실 가장자리로 떠간다. "여긴 뭐가 아주 많아. 제일 먼저 알고 싶은 게 뭐야?"

로키는 한쪽을 가리켰다가 멈춘다. 새로운 물건을 고르지만, 거기서도 멈춘다. 사탕 가게에 온 어린애 같다. 마침내 그는 3D 프린터로 마음을 정한다. "저거. 저건 무엇, 질문?"

"작은 물건들을 만드는 물건이야. 컴퓨터한테 어떤 모양을 말해주면, 컴퓨터가 이 기계에 그 물건을 만드는 방법을 알려줘."

"나한테 작은 물건 만드는 것 보여줌, 질문?"

"그러려면 중력이 필요해."

"그래서 네 우주선이 회전, 질문?"

"맞아!" 내가 말한다. 와, 이 녀석 빠른데. "회전하면 과학과 관련된 일을 할 때 필요한 중력이 생겨."

"네 우주선은 터널 붙어 있을 때 회전 못 함."

"맞아."

로키가 생각에 잠긴다.

"네 우주선에 내 우주선보다 많은 과학. 더 나은 과학. 내 물건 네 우주선으로 가져옴. 터널 분리. 네 우주선 돌려서 과학. 너와 나 아스트로파지 죽일 방법을 함께 과학. 지구 구함. 에리드 구함. 좋은 계획, 질문?"

"어… 그래! 좋은 계획이야! 하지만 네 우주선은?" 나는 그의 제노나이트 구체를 톡톡 두드린다. "인간의 과학으로는 제노나이트를 만들 수 없어. 제노나이트는 인간이 만들 수 있는 그 어떤 물질보다도 강해."

"나 제노나이트 만들 재료 가지고 옴. 모양 다 만들 수 있음."

"알겠어." 내가 말한다. "지금 물건 가져올래?"

"좋음!"

나는 '혼자 살아남은 우주 탐험가'에서 '괴상한 룸메이트와 함께 사는 남성'이 됐다. 앞으로 어떤 일이 펼쳐질지 흥미롭다.

"라마이 박사님은 만나신 적 있나요?" 스트라트가 물었다.

나는 어깨를 으쓱했다. "요즘에 너무 많은 사람들을 만나서, 솔직히 그분을 만났는지 안 만났는지 모르겠네요."

항공모함에는 병실이 있지만, 그건 승조원용이었다. 이곳은 2층 격납고에 설치된 특별 의료 센터였다.

라마이 박사는 두 손을 맞대고 살짝 고개를 숙였다. "만나 뵙게 되어 기쁩니다, 그레이스 박사님."

"감사합니다." 내가 말했다. "어, 저도요."

"라마이 박사님께 헤일메리호의 의료와 관련된 모든 임무를 맡겼습니다." 스트라트가 말했다. "라마이 박사님은 우리가 활용할 코마 기술을 개발한 회사의 선임 연구원이셨습니다."

"반갑습니다." 내가 말했다. "그럼 태국에서 오셨나요?"

"네." 그녀가 말했다. "안타깝게도 회사는 살아남지 못했어요. 그 기술이 7,000명 중 한 명에게만 통하는 만큼 상업적 잠재력에 한계가 있었거든요. 그래도 제 연구가 인류에게 도움이 될 수 있다니 무척 기쁩니다."

"겸손하시네요." 스트라트가 말했다. "박사님의 기술은 인류를 구원할 수도 있어요."

라마이는 스트라트의 눈을 피했다. "과찬이십니다."

그녀는 우리를 자기 실험실로 안내했다. 십여 개의 칸에 약간씩 다른 실험 장치가 가득 차 있었는데, 장치들은 저마다 의식을 잃은 원숭이에게 연결돼 있었다.

나는 시선을 돌렸다. "저도 꼭 여기 와야 하나요?"

"그레이스 박사님이 좀 예의가 없으신데, 이해해 주세요." 스트라트가 말했다. "이분은 좀… 몇 가지 주제에 대해서는 마음이 여려서요."

"그런 거 아니에요." 내가 말했다. "동물실험이 꼭 필요하다는 건 알고 있다고요. 그냥 쳐다볼 수가 없을 뿐이지."

라마이는 아무 말도 하지 않았다.

"그레이스 박사님." 스트라트가 말했다. "그만 좀 바보처럼 구세요.

라마이 박사님, 설명 부탁드립니다."

라마이는 가장 가까운 실험용 원숭이 위로 뻗어 있는 일련의 금속 팔들을 가리켰다. "저희는 수만 명의 환자가 저희를 찾을 거라고 생각하고 자동화 코마 감시 장치와 간호 시설을 개발했습니다. 결국 그런 일은 벌어지지 않았지만요."

"제대로 작동하나요?" 스트라트가 물었다.

"처음에는 완전히 독립적으로 작동하는 장치를 설계하려던 게 아니었어요. 일상적인 처리는 모두 할 수 있지만, 해결할 수 없는 문제를 맞닥뜨리면 인간 의사에게 경보를 보내도록 되어 있었죠."

그녀는 의식을 잃은 채 줄지어 있는 원숭이들 사이를 걸어갔다. "완전 자동화 기기에서도 의미 있는 진전이 이루어지고 있습니다. 여기 이 장비는 방콕에서 개발 중인 최첨단 소프트웨어로 운영돼요. 이 장비로 코마에 빠진 대상을 돌보게 됩니다. 이 장비가 환자의 생명징후를 살피고, 필요한 의료적 조치를 하고, 환자들에게 음식을 제공하고, 체액을 추적 관찰하는 등의 일을 하는 거예요. 그래도 실제 의사가 있는 편이 낫지만, 이 장비도 그럭저럭 쓸 만합니다."

"일종의 인공지능인가요?" 스트라트가 물었다.

"아뇨." 라마이가 말했다. "복잡한 신경 네트워크를 개발할 시간은 없습니다. 이건 엄격한 절차에 따르는 알고리즘이에요. 아주 복잡하지만, 어느 모로 보나 인공지능은 아니죠. 이 장비를 수천 가지 방식으로 시험해 보고, 장비가 이떤 반응을 왜 보이는지 알 수 있어야 하니까요. 신경 네트워크로는 그렇게 할 수 없죠."

"그렇군요."

라마이 박사는 벽에 걸린 어떤 도표를 가리켰다. "가장 획기적인 발견은 불행히도 우리 회사의 해체로 이어졌습니다. 우리는 성공적으로 장기 코마 저항력을 나타내는 유전자 지표를 분리해 냈어요. 간단한 혈액검사로 찾아낼 수 있는 지표죠. 그리고 스트라트 씨도 아시겠지만, 일반인을 대상으로 혈액검사를 해보니 극히 적은 수의 사람들만이 실제로 그런 유전자를 가지고 있었어요."

"그래도 그 사람들을 도울 수 있지 않나요?" 내가 물었다. "그러니까, 겨우 7,000명 중 한 명이기는 하지만 그래도 첫발은 내디딘 셈이잖아요?"

라마이는 고개를 저었다. "아쉽지만 아닙니다. 우리가 개발한 건 선택적인 조치예요. 항암 치료를 받는 동안 무의식 상태에 들어가야 할 긴박한 의료적 이유는 없습니다. 사실, 이 조치는 위험도를 약간 높이기까지 하죠. 그러니 회사를 지탱할 만한 고객들이 존재하지 않는 겁니다."

스트라트는 소매를 걷어 올렸다. "제 혈액으로 유전자 검사를 해주세요. 궁금하네요."

라마이는 잠시 놀랐다. "자…잘 알겠습니다, 스트라트 씨." 그녀는 바퀴 달린 비품 카트로 가서 혈액 채취용 도구를 꺼냈다. 라마이 박사처럼 중요한 인물은 보통 의료 현장의 밑바닥 일을 하지 않았다. 하지만 스트라트는 스트라트니까.

게다가 라마이는 아주 능숙했다. 그녀는 머뭇거리지 않고 단번에 스트라트에게 바늘을 꽂았다. 혈액이 튜브로 들어왔다. 피를 다 뽑고 나자 스트라트는 소매를 내렸다. "그레이스 박사님, 이제 박사님 차례입니다."

"왜요?" 내가 물었다. "전 자원도 안 했는데요."

"모범을 보이세요." 그녀가 말했다. "나는 이 프로젝트에 관계된 모든 사람이, 그저 간접적으로만 연관된 경우라도 검사를 받았으면 합니다. 우주비행사 자체도 드문데, 그중에서도 7,000명에 한 명만이 코마 저항력을 가지고 있다잖아요. 자격이 있는 후보자가 충분하지 않을 수 있습니다. 인력 풀을 넓힐 준비를 해둬야 해요."

"이건 자살 임무잖아요." 내가 말했다. "무슨 사람들이 줄지어 서서 '아, 저요! 제발요! 제발 저를 뽑아주세요! 저요!' 할 것도 아니고."

"사실은, 그런 일이 일어나고 있습니다." 스트라트가 말했다.

라마이는 내 팔을 쿡 찔렀다. 나는 고개를 돌렸다. 내 피가 뿜어져 나와 튜브로 빨려 들어가는 걸 볼 때면 나는 약간 메스꺼움을 느낀다.

"무슨 말이에요, 이미 그런 일이 일어나고 있다니?"

"이미 수만 명의 자원자가 있다는 얘깁니다. 모두가 이번 여행이 편도 여행이라는 사실을 완전히 이해하고 있고요."

"와아." 내가 말했다. "그중에 미친 사람이랑, 자살 충동이 있는 사람은 몇 명이나 됩니까?"

"아마 무척 많겠죠. 하지만 명단에는 노련한 우주비행사도 수백 명 올라 있습니다. 우주인들은 용감한 사람들이에요. 과학을 위해 기꺼이 목숨을 내걸죠. 그중 많은 수는 인류를 위해 자기 목숨을 내놓을 각오가 돼 있습니다. 나는 그 사람들을 존경합니다."

"수백 명이라고요?" 내가 말한다. "수천 명이 아니고? 그 우주인 중 한 명이라도 코마 저항력이 있다면 행운이겠네요."

"우린 이미 많은 부분을 행운에 기대고 있습니다." 스트라트가 말했다. "좀 더 행운이 따르기를 기대해야죠."

대학을 졸업하고 나서 얼마 안 됐을 때였다. 여성 친구 린다가 내가 살던 집으로 이사했다. 그녀와의 관계는 이후 겨우 여덟 달밖에 이어지지 않았으며, 이어지는 동안도 엄청난 재앙이었다. 하지만 지금은 그게 중요한 게 아니다.

린다가 우리 집으로 이사했을 때, 나는 린다가 내가 살던 작은 아파트로 반드시 가져와야겠다고 한 뒤죽박죽 쓰레기의 부피에 충격을 받았다. 아무것도 버리지 않고 수십 년 동안 쌓아온 린다의 물건들이 담긴 상자가 줄줄이 이어졌다.

로키에 비하면, 린다는 검소한 편이었다.

로키가 너무 많은 쓰레기를 가져와서, 우주선에는 그 물건들을 전부 놔둘 공간이 없었다.

숙소 거의 전부가 캔버스 천 비슷한 소재로 만들어진 더플백으로 가득 찼다. 색깔은 아무렇게나 고른 듯한 진흙 빛깔이었다. 시각적 아름다움이 중요하지 않을 때면, 제작 과정에서 나타나는 색깔 정도는 그냥 놔두게 된다. 나는 그 더플백에 전부 뭐가 들어 있는지조차 모른다. 로키는 설명해 주지 않는다. 이젠 끝이겠지, 싶을 때마다 그는 더 많은 더플백을 가져온다.

뭐, '로키가' 가져왔다고 말은 하지만 실제로는 내가 가져온 것이다. 로키는 자석으로 벽에 붙은 채 자기 공 안에 매달려 있고, 일은 내가 다 한다. 이번에도 린다가 참 많이 생각난다.

"물건이 참 많다." 내가 말한다.

"그래, 그래." 그가 말한다. "나 물건 필요."

"참 많아."

"그래, 그래. 이해함. 터널에 있는 물건이 마지막 물건."

"알겠어." 나는 투덜거린다. 나는 터널로 둥실둥실 돌아가, 마지막으로 남은 말랑말랑한 상자 몇 개를 집어 든다. 어찌어찌 그것들을 가지고 조종석과 실험실을 지나 숙소로 향한다. 그것들을 쑤셔 박을 자리를 찾아낸다. 남은 공간이 거의 없다. 방금 내 우주선에 추가한 질량이 얼마나 될지 어렴풋이 궁금해진다.

내 침대와 가까운 곳은 간신히 비워졌다. 바닥에는 로키가 직접 고른 잘 자리도 있다. 방의 나머지 공간은 벽과 다른 침대들 사이에 떠다니지 않게끔 테이프로 고정한 말랑말랑한 상자들이 미친 듯이 뒤얽혀 있다.

"이제 됐어?"

"그래. 이제 터널 분리해."

나는 신음한다. "네가 터널을 만들었잖아. 네가 분리해."

"나 어떻게 터널 분리, 질문? 나 공 안에 있음."

"그럼 난 어떻게 분리하는데? 난 제노나이트를 모른다고."

로키는 두 팔로 돌리는 동작을 해 보인다. "터널 돌려."

"알았어, 알았다고." 나는 EVA 우주복을 집어 든다. "한다, 해. 나쁜 자식."

"마지막 단어 이해 못함."

"중요한 거 아니야." 나는 우주복 안으로 기어 들어가 뒤쪽 덮개를 닫는다.

로키는 공 안의 자석 두어 개를 사용해 많은 일을 놀랍도록 능숙하게 처리한다.

그의 더플백에는 저마다 금속판이 달려 있다. 로키는 더플백 더미로 기어올라, 필요한 대로 그 가방들을 다시 배치할 수 있다. 가끔은 그가 지지대로 사용하는 가방이 무너져 내려 로키가 둥둥 떠버린다. 그런 일이 일어나면 로키가 나를 부르고, 나는 그를 원래 자리로 되돌려 놓는다.

나는 내 침대에 매달려서 그가 뭘 하는지 지켜본다. "좋아, 1단계. 아스트로파지 표본 수집."

"그래 그래." 로키는 두 손을 몸 앞에 두고, 한 손으로 다른 손 주변에 원을 그린다. "행성이 타우 주위 돌아. 아스트로파지 타우에서 행성으로 감. 에리다니에서도 같음. 아스트로파지는 행성에서 이산화탄소로 더 많은 아스트로파지 만듦."

"맞아." 내가 말한다. "아스트로파지 표본은 추출했어?"

"아니. 내 우주선에 표본 추출용 장치가 있었음. 그러나 망가짐."

"못 고쳤어?"

"장치 오작동 아님. 부러짐. 여행 중에 우주선에서 떨어짐. 없어짐."

"아! 저런, 어쩌다 부러졌어?"

그는 등딱지를 움찔거린다. "모름. 많은 것 부러짐. 우리 종족 매우 서둘러 우주선 만듦. 모든 게 제대로 작동하는지 확인할 시간 없음."

마감 시간이 정해진 데서 오는 품질 문제라. 우주 전체의 문제로군.

"나 대체재 만들려고 함. 실패. 시도. 실패. 시도. 실패. 나 아스트로파지 경로에 우주선 둠. 아스트로파지가 선체에 조금 달라붙었을지도 모름. 하지만 선체 로봇은 아스트로파지 못 찾음. 아스트로파지 아주 작음."

그의 등딱지가 털썩 주저앉는다. 팔꿈치가 호흡구 높이에 있다. 슬플 때면 로키는 가끔 등딱지가 처지는데, 이렇게까지 깊이 처지는 모습은 지금이 처음이다.

그의 목소리가 한 옥타브 낮아진다. "실패, 실패, 실패. 나는 고치는 에리디언. 과학 에리디언 아님. 똑똑한 똑똑한 똑똑한 과학 에리디언들 죽음."

"야… 그런 식으로 생각하지 마…." 내가 말한다.

"이해 못 함."

"음…." 나는 그가 쌓아놓은 더플백 더미 위로 몸을 끌어올린다. "넌 살아 있잖아. 여기에 있고. 아직 포기하지도 않았어."

하지만 로키의 목소리는 여전히 낮다. "나 아주 여러 번 시도. 아주 여러 번 실패. 과학 못 함."

"내가 잘해." 내가 말한다. "나는 과학 인간이야. 너는 물건을 만들고 고치는 일을 잘하잖아. 함께라면, 우린 이 일을 해결할 수 있어."

그가 등딱지를 조금 들어 올린다. "그래. 함께. 너 아스트로파지 표본 추출할 장치 있음, 질문?"

외부 수거함. 통제실에 처음 들어간 날에 그 장치를 봤던 기억이 난다. 당시에는 그 장치에 대해 별생각을 하지 않았는데, 틀림없다. "응. 이 일을 처리할 만한 장치가 있어."

"안심! 나 아주 오래 노력. 아주 여러 번. 실패." 그는 잠시 조용해진다. "여기에 너무 오랜 시간. 너무 오래 혼자 시간."

"혼자서 얼마나 있었는데?"

그는 잠시 말을 멈춘다. "새로운 단어 필요."

나는 벽에서 노트북을 떼어낸다. 우리는 매일 새로운 단어를 마주하지만, 하루에 새 단어가 나타나는 빈도는 점점 줄어들고 있다. 의미 있는 일이다.

나는 주파수 분석기를 켜고 사전 스프레드시트를 띄운다. "준비 끝."

"7,776초는 ♩♫♩♪♪. 에리드는 ♩♫♩♪♪에 한 바퀴 돌아."

나는 즉시 그 숫자를 알아듣는다. 로키의 시계를 연구했을 때 이미 생각해 뒀다. 7,776은 6의 5승이다. 에리디언의 시계가 한 바퀴 돌아 전부 0이 될 때까지, 에리디언 초로 정확히 그만큼의 시간이 걸린다. 에리디언들은 하루를 매우 편리하고 측정하기 좋은 초로 나눠 두었다 (자기들 기준에서 말이다). 여기까지는 따라갈 수 있다.

"에리드의 하루구나." 나는 그 단어를 사전에 입력한다. "행성이 한 바퀴 자전하는 걸 '하루'라고 해."

"이해함." 그가 말한다.

"에리드는 198.8 에리드 하루에 한 번씩 에리다니를 돌아. 198.8 에리드 하루는 ♫♪♪♪."

"1년." 나는 그렇게 말하며 단어를 입력한다. "행성이 항성을 한 바퀴 도는 걸 1년이라고 해. 그러니까 그게 에리디언의 1년이야."

"우리 계속 지구 단위 씀. 아니면 너 헷갈림. 지구 하루 얼마나 길어, 질문? 지구 1년은 얼마나 많은 지구 하루, 질문?"

"지구의 하루는 8만 6,400초야. 지구의 1년은 365.25번의 하루이고."

"이해함." 그가 말한다. "나 여기 46년 있음."

"46년?" 나는 헛숨을 들이켠다. "지구 시간으로?"

"그래, 나 지구 시간으로 여기 46년 있음."

로키는 내 평생보다 더 긴 시간을 타우세티 항성계에 처박혀 있었다.

"에리디언들은… 에리디언들은 얼마나 오래 살아?"

로키가 한쪽 발톱을 흔든다. "평균 689년."

"지구 시간으로?"

"그래." 그가 약간 날카롭게 말한다. "늘 지구 단위. 너 수학 못 함. 그

377

래서 늘 지구 단위.”

나는 잠시 할 말조차 잊는다.

“너는 몇 년이나 살았어?”

“291년.” 그는 잠시 말을 멈춘다. “그래. 지구 시간.”

세상에나. 로키는 미국보다도 나이가 많다. 조지 워싱턴과 비슷한 시기에 태어났다.

그의 종족 기준으로는 그렇게 나이가 많은 것도 아니다. 저기 어딘가에는 콜럼버스가 (이미 수많은 사람들이 살고 있던) 북아메리카를 발견했을 때도 살아 있던 늙은 에리디언들이 있을 테지.

“왜 그렇게 놀람, 질문?” 로키가 물었다. “인간은 얼마나 살아, 질문?”

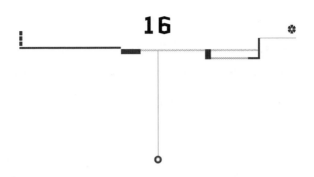

16

"이게 지구 중력, 질문?" 로키가 묻는다. 그의 구체는 조종석 옆, 통제실 바닥에 놓여 있다.

나는 원심분리기 통제 화면을 확인한다. 우리는 완전 회전 속도에 도달했고, 스풀도 최대로 늘어났다. 승조원실은 180도 회전을 알맞게 해냈다. 도표에는 완전히 분리된 우주선 두 토막이 표시된다. 우리는 허공에서 매끄럽게 돌아가고 있다. '실험실 중력' 값은 '1.00g'이다.

"응. 이게 지구 중력이야."

그는 옆으로 발을 디디며 측지선 구체를 한 면씩 앞뒤로 굴린다. "큰 중력 아님. 값 무엇, 질문?"

"9.8m/s^{2}이야."

"큰 중력 아님." 그가 다시 말한다. "에리드 중력 20.48."

"엄청난 중력인데." 내가 말한다. 하지만 그쯤은 예상했다. 예전에도 로키가 내게 질량과 지름을 포함해 에리드 얘기를 전부 해주었다. 나는 에리드의 표면 중력이 지구의 약 두 배라는 걸 알고 있었다. 그래도 내 계산이 확인된 건 좋았다.

덧붙여서 말하면, 와. 로키의 질량은 168킬로그램이다. 그 말은, 고향에서 몸무게를 재면 로키가 거의 800파운드(약 363킬로그램이다-옮긴이)쯤 나간다는 뜻이다. 그곳이 바로 로키가 태어난 환경이므로, 그는 아무 문제없이 돌아다닐 수 있을 것이다.

800파운드인데, 별다른 노력을 들이지 않고 잽싸게 돌아다닐 수 있다니. 명심할 것 한 가지는 에리디언과 팔씨름을 해서는 안 된다는 것이다.

"그럼," 나는 조종석 등받이에 기대며 말한다. "계획은 뭐야? 페트로바선으로 날아 들어가서 아스트로파지를 좀 가져오자?"

"그래! 하지만 일단, 나는 내가 들어갈 제노나이트 공간 만듦." 그는 승조원실의 나머지 공간으로 향하는 승강구를 가리킨다. "대부분 자는 방에. 하지만 터널은 실험실과 통제실의 작은 공간에. 괜찮음, 질문?"

뭐, 로키가 영원히 구체 속에 머물 수는 없는 노릇이다. "응, 괜찮아. 제노나이트는 어디 있어?"

"제노나이트 부품은 숙소 가방에 있음. 액체. 섞음. 제노나이트가 됨."

에폭시 같은 거네. 정말로, 정말로 강한 에폭시.

"흥미로운데! 언젠가는 제노나이트에 대해서 전부 알고 싶어."

"나 과학 모름. 그냥 씀. 미안."

"괜찮아. 나도 생각하는 기계를 만드는 방법은 설명할 수 없어. 그냥 사용할 뿐이지."

"좋음. 너 이해함."

"제노나이트 만드는 데는 시간이 얼마나 걸릴까?"

"나흘. 닷새일 수도 있음. 왜 물어봄, 질문?"

"빨리 일하고 싶어서."

"왜 빨리, 질문? 천천히 더 안전. 실수 적음."

나는 의자에서 자세를 바꾼다. "지구는 상태가 나빠. 계속 나빠지고 있어. 난 서둘러야 해."

"이해 못 함." 로키가 말한다. "왜 지구 그렇게 빨리 나쁨, 질문? 에리드 천천히 나빠짐. 큰 문제들이 나타날 때까지 최소 72년."

72년이라고? 세상에, 지구에도 그 정도 시간이 있었으면 좋겠네. 하지만 지금으로부터 72년이 흐르면, 지구는 얼어붙은 황무지가 될 것이고 인구의 99퍼센트는 사망할 것이다.

에리드는 왜 그렇게 심한 영향을 받지 않는 걸까? 나는 이마를 찌푸린다. 잠깐 생각했을 뿐인데 답이 나온다. 이 모든 것이 열에너지 저장량 때문이다.

"에리드는 지구보다 훨씬 뜨거워." 내가 말한다. "지구보다 크기도 훨씬 큰 데다 대기도 훨씬 밀도가 높아. 그래서 에리드의 공기에는 훨씬 더 많은 열기가 저장돼 있어. 지구는 빠르게 차가워져. 아주 빠르게. 25년 뒤면, 대부분의 인간이 죽을 거야."

로키의 목소리가 단조롭게 변한다. 아주 심각한 억양이다. "이해함. 스트레스. 걱정."

"그래."

그는 발톱 두 개를 한데 모아 딸깍거린다. "그럼 우리 일함. 우리 지금 일함! 아스트로파지 죽이는 방법 배움. 너 지구로 돌아감. 너 설명. 지구 구함!"

나는 한숨을 쉰다. 어차피 언젠가는 설명해야 할 일인데 지금이라고 안 될 건 없겠지. "난 돌아가지 않아. 나는 여기서 죽을 거야."

로키의 등딱지가 떨린다. "왜, 질문?"

"내 우주선에는 여기로 오는 데 필요한 연료밖에 없어. 집으로 돌아갈 연료가 부족해. 조그만 탐사선들이 있어서 내가 발견한 내용을 가지고 지구로 돌아갈 거야. 하지만 나는 여기 남아."

"왜 그런 임무, 질문?"

"우리 행성에서 늦기 전에 만들 수 있는 연료가 이게 전부였거든."

"너 지구 떠날 때 알았음, 질문?"

"응."

"너 좋은 인간."

"고마워." 나는 다가오는 나의 파멸을 생각하지 않으려 애쓴다. "그럼 아스트로파지를 모으자. 나한테 표본을 얻을 아이디어가 몇 가지 있어. 내 장비는 추적량을 감지하는 데 아주 뛰어난데…"

"기다려." 그가 발톱 하나를 편다. "지구로 돌아가려면 네 우주선 아스트로파지 얼마나 필요, 질문?"

"음… 200만 킬로그램 좀 넘게." 내가 말한다.

"내가 줄 수 있음." 그가 말한다.

나는 의자에서 몸을 세워 앉는다. "뭐라고?"

"내가 줄 수 있음. 나 여분 있음. 그 정도 줄 수 있음. 그래도 에리드로 돌아갈 만큼 충분히 있음. 너 가져."

심장이 철렁한다. "정말이야? 엄청나게 많은 연료인데! 다시 말할게, 200만 킬로그램이야. 2 곱하기 10의 6승이라고!"

"그래. 나 아스트로파지 많음. 내 우주선 여기까지 올 때 계획보다 훨씬 효율적. 너 200만 킬로그램 가져."

나는 다시 의자에 주저앉는다. 숨을 헐떡인다. 거의 과호흡이 올 것 같다. 두 눈에 눈물이 차오른다. "아, 세상에…."

"이해 못 함."

나는 눈물을 훔친다.

"너 괜찮음, 질문?"

"응!" 나는 흐느낀다. "그래, 괜찮아. 고마워! 고마워, 고마워!"

"나 행복. 너 안 죽음. 행성들을 구하자!"

나는 기쁨의 눈물을 흘리며 무너져 내린다. 나는 살아남을 것이다!

중국인 승조원 절반이 비행갑판에 서 있었다. 몇몇은 실제로 작업을 하고 있었지만, 대부분은 인류의 구원자들을 한번 보려고 나온 것이었다. 과학팀 전원도 그 자리에 있었다. 주간 상황 보고 회의에서 늘 만나는 그 사람들이었다. 스트라트와 나, 디미트리, 로켄과 최근에 추가된 과학자인 라마이 박사까지. 아, 그리고 도박에 중독된 사기꾼이 없다면 과학팀이라고 할 수 없으니 밥 리어델도 와 있었다.

인정할 건 인정해야겠다. 밥은 임무를 잘 해냈다. 그는 사하라의 아스트로파지 농장을 훌륭하게 관리했다. 과학자이면서 뛰어난 행정가이기도 한 사람은 거의 찾기 힘들다. 쉽지는 않은 일이었지만, 그 농장에서는 리어델 박사가 약속했던 수준으로 아스트로파지가 생산되고 있었다.

헬리콥터가 낮게, 천천히 날아오더니 헬기 착륙장에 완벽하게 착륙했다. 지상 승조원들이 헬리콥터가 안정적으로 착륙할 수 있게 도우려고 달려갔다. 프로펠러는 계속 돌아갔고 화물칸 문이 열렸다.

세 사람이 걸어 나왔다. 저마다 파란색 작업복을 입고, 어깨에는 각자의 국기를 달고 있었다. 중국인 남성, 러시아인 여성 그리고 미국인 남성이었다.

지상 승조원들이 그들을 안전한 거리로 안내하자 헬리콥터는 다시 날아갔다. 잠시 후, 두 번째 헬리콥터가 착륙했다. 첫 번째 헬리콥터와 마찬가지로 이 헬기에도 우주인들이 타고 있었다. 이번에는 러시아인 남성, 러시아인 여성 그리고 미국인 여성이었다.

이들이 헤일메리호의 주요 대원과 예비 대원이 될 것이다. 헬리콥터 두 대가 모두 우주비행사 여섯 명쯤 쉽게 실어 나를 수 있었지만, 스트라트는 아주 엄격한 규칙을 내세웠다. 그 어떤 상황에서도 주요 대원과 그 대원의 대체 인력이 같은 비행기나 헬리콥터, 자동차를 타서는 안 된다는 것이었다. 그들은 모두 특수한 역할을 맡고 있었으며, 이런 역할에는 여러 해에 걸친 특별한 수련 과정이 필요했다. 자동차 사고 한 번으로 인류의 생존 가능성을 망쳐버릴 수는 없었다.

후보자가 될 만한 인원은 그리 많지 않았다. 코마 저항력이 있으면서 '알맞은 자질'을 가지고 있고, 기꺼이 자살 임무에 참여하려는 사람이 많지 않았으니까.

이처럼 제한적인 인력을 대상으로 하면서도 검증 및 선발 과정은 길고도 인정사정없었으며, 모든 관련국 정부의 끝없는 정치질로 가득했다. 스트라트는 단호한 태도로 오직 최고의 후보자들만 받겠다고 고집을 부렸지만 어느 정도는 양보가 필요했다.

"여성들이네요." 내가 말했다.

"네." 스트라트가 툴툴거렸다.

"스트라트 씨의 지침에는 어긋나네요."

"네."

"잘 됐어요."

"아니, 그렇지 않습니다." 스트라트가 인상을 찌푸렸다. "이 문제에 관해서는 미국인들과 러시아인들이 내 의견을 기각했어요."

나는 팔짱을 꼈다. "여성이 다른 여성한테 이렇게까지 성차별적으로 굴 거라는 생각은 한 번도 못 해봤어요."

"이건 성차별이 아닙니다. 현실주의죠." 그녀는 얼굴로 흩날린 머리 한 가닥을 바로잡았다. "내 지침은, 모든 후보자가 이성애자 남성이어야 한다는 거였습니다."

"성차별주의에 더해서 동성애 혐오까지. 엄청난데요."

"마음대로 지껄이세요. 이번 임무에는 성적 긴장이 개입할 여유가 없습니다. 혹시 낭만적으로 관계가 꼬여 버리면 어떻게 합니까? 분쟁이 일어난다든지? 살인은 그보다 못한 이유로도 일어납니다."

나는 갑판 건너편의 후보자들을 보았다. 양 선장이 그들을 환영하며 배에 맞아들인다. 그는 고국 사람에게 특별한 관심을 보인다. 둘은 얼굴 가득 미소 지으며 악수한다.

"중국인도 원하지 않았잖아요. 중국의 우주 프로그램이 아직도 너무 초창기라고요. 그런데 저 사람을 주요 대원 중에서도 대장으로 선발하셨다면서요?"

"저 사람이 가장 뛰어난 자격을 갖췄습니다. 그러니 대장이죠."

"저기 있는 러시아인들과 미국인들한테도 그럴 만한 자격이 있을지 몰라요. 딴 것도 아니고 세계를 구할 사람들인데, 프로다운 태도를 유지할지 모르죠. 우주비행사들이 바지 속 물건 간수를 못 할까 봐 쓸 만한 인재들을, 말 그대로 절반이나 빼버리는 건 좋은 생각이 아닐지도 모른다고요."

"그러길 바라야죠. 러시아의 여성 우주비행사, 일류키나도 주요 대원에 포함됩니다. 일류키나는 소재 공학 전문가이고, 지금까지는 이 임무를 맡을 최고의 후보예요. 과학 전문가는 마틴 두보이스라는 미국인 남성입니다. 남성 둘에 여성 하나라니. 재앙을 만드는 방법 그 자체죠."

나는 가짜로 놀란 척하며 가슴에 손을 댔다. "어머나 세상에! 인제 보니 두보이스가 흑인이네요! 이런 일을 허용하시다니 놀랐어요! 저 사람이 랩 음악과 농구 얘기를 하면서 임무를 망쳐버릴 게 걱정되지는 않으세요?"

"좀 닥치세요." 그녀가 말했다.

우리는 우주인들이 갑판 승조원들에게 둘러싸이는 모습을 지켜보았다. 그들은 스타를 보고 넋이 나가 있었다. 특히 야오를 보고 더 그런 듯했다.

"두보이스는 박사 학위만 세 개를 가지고 있습니다. 물리학, 화학, 생물학 학위죠." 스트라트가 미국인 여성을 가리켰다. "저쪽은 애니 셔피로입니다. 현재 셔피로 방법이라고 불리는, 새로운 DNA 접합 방법을 발명한 사람이에요."

"진짜예요?" 내가 말했다. "그 애니 셔피로라고요? 저분은 그야말로 무(無)에서 DNA를 접합할 효소 전체를 세 가지나 발명…."

"네, 네. 아주 똑똑한 아가씨죠."

"그 연구가 박사 학위 논문 주제였다고요. 학위 논문이었다니까요. 대학에 다닐 때 한 연구로 노벨상을 받을 수 있는 사람이 몇 명이나 되는지 아세요? 많지는 않죠, 그기 하나만은 확실합니다. 그런데 애니 셔피로를 예비 과학 전문가로 선택했다고요?"

"저 사람은 현재 살아 있는 사람 중에서 가장 재능 있는 DNA 접합 전문가입니다. 하지만 두보이스는 매우 다양한 분야에서 강점을 가지고 있고, 지금은 그게 더 중요해요. 저들이 우주에 나가서 뭘 맞닥뜨리게 될지 모르니까요. 우리한테는 광범위한 지식 기반을 갖춘 사람이 필요합니다."

"놀라운 사람들이네요." 내가 말했다. "최고 중의 최고예요."

"감명받으셨다니 다행이네요. 박사님이 두보이스와 셔피로의 훈련을 맡게 될 테니까요."

"제가요?" 내가 물었다. "저는 우주비행사를 훈련시키는 방법을 모르는데요!"

"우주비행사 업무는 나사와 로스코스모스에서 가르칠 겁니다." 그녀가 말했다. "박사님은 과학 관련 업무를 가르치세요."

"장난해요? 저 사람들이 나보다 훨씬 똑똑하다고요. 내가 왜 저 사람들을 가르쳐요?"

"박사님 자신을 과소평가하지 마세요." 스트라트가 말했다. "아스트로파지 생리학에 관해서라면 박사님은 세계 선두에 서 있는 전문가입니다. 아스트로파지에 관해 알고 있는 모든 것을 저 둘에게 전해주세요. 자, 주요 대원들이 오네요."

야오와 일류키나, 두보이스가 스트라트에게 걸어왔다.

야오가 허리를 숙였다. 그는 중국어 억양이 아주 약간 섞여 있을 뿐 완벽한 영어로 말했다. "스트라트 씨. 마침내 만나게 되어 영광입니다. 이 중요한 임무의 대장으로 저를 선정해 주신 점에 대해 깊이 감사하는 마음을 받아주십시오."

"나도 만나서 반갑습니다." 그녀가 말했다. "야오 씨가 가장 뛰어난 자격을 갖추고 있었어요. 고마워할 필요는 없습니다."

"안녕하세요!" 일류키나가 앞으로 불쑥 나와 스트라트를 끌어안았다. "지구를 위해 죽으려고 왔습니다! 참 멋지죠, 네?"

나는 디미트리에게 고개를 기울였다. "러시아 사람들은 전부 미쳤나요?"

"네." 그가 미소 지었다. "러시아인이면서 행복하게 살려면 그 방법 밖에 없거든요."

"그거… 암울하네요."

"그게 러시아죠!"

두보이스는 스트라트와 악수하더니 거의 들리지 않을 정도로 작게 말했다. "스트라트 씨. 이런 기회를 주셔서 감사합니다. 실망시키지 않겠습니다."

나와 다른 선임 과학자들은 세 우주비행사와 악수했다. 공식 인사라기보다는 칵테일파티에서처럼 무질서한 만남이었다.

이 와중에 두보이스가 나를 돌아보았다. "라일랜드 그레이스 박사님이시죠?"

"네." 내가 말했다. "뵙게 되어 영광입니다. 이런 일을 하시다니 정말로…. 저는 두보이스 씨가 치르는 희생을 이해할 수조차 없어요. 아니, 이 얘기는 하지 않는 게 좋을까요? 모르겠습니다. 얘기하지 말까요?"

그가 미소 지었다. "저도 자주 그 생각을 합니다. 굳이 화제를 돌릴 필요는 없죠. 게다가 박사님과 저는 성향이 비슷할 것 같은데요."

나는 어깨를 으쓱했다. "아마 그렇겠죠. 박사님이 서보다 훨씬 뛰어나시긴 하지만 저도 세포 생물학을 아주 좋아하거든요."

"뭐, 네. 그 점도 비슷하긴 하네요." 그가 말했다. "하지만 제가 하려던 말은 코마 저항력에 관한 거였어요. 듣자니 박사님한테도 코마 저항력 유전자 지표가 있다던데요. 저나 다른 승조원들처럼 말입니다."

"그래요?"

그가 눈을 치켜떴다. "말씀 못 들으셨습니까?"

"네!" 나는 스트라트를 쏘아보았다. 그녀는 살인자 밥 그리고 야오 대장과 이야기를 나누느라 바빴다. "지금 처음 듣네요."

"그거 이상한데요." 그가 말했다.

"왜 말을 안 해줬지?"

"저한테 물어보셔도 모르죠, 그레이스 박사님. 하지만 제 생각에는 검사를 한 쪽에서 스트라트한테만 결과를 말해줬고, 스트라트는 그 정보를 알아야 하는 사람들에게만 전해준 것 같네요."

"내 DNA잖아요." 나는 툴툴댔다. "누군가는 나한테 말을 해줬어야죠."

두보이스는 교묘하게 화제를 바꿨다. "그건 그렇고 아스트로파지의 생애 주기에 관해 전부 배울 수 있다니 무척 기대됩니다. 애니 셔피로, 그러니까 예비 대원 중에서 제 역할을 맡은 친구도 아주 흥분하고 있어요. 우리 둘이 한 반이 되겠군요. 가르쳐본 경험이 있으신가요?"

"있긴 있죠." 내가 말했다. "엄청 많아요."

"잘됐네요."

얼굴에서 미소가 떠나지 않는다. 내가 죽지 않으리라는 걸 알게 된 지 사흘이 지났는데도 미소가 도무지 지워지지 않는다.

뭐, 사실 지금도 쉽게 죽을 수는 있다. 집으로 가는 여행은 길고 위험하다. 여기까지 올 때 코마 상태에서 살아남았다는 사실이 집으로 가는 길에도 살아남으리라는 뜻은 아니다. 혹시 음식이 다 떨어져도 코마에 빠지지 않고, 음식 제공 튜브로 나오게 돼 있는 슬러리를 먹을 수 있지 않을까? 4년 동안 혼자서 충분히 지낼 수 있겠지? 우리가 코마에 빠져 있었던 건 서로를 죽이는 일을 방지하기 위해서였다. 하지만 독방 감금은 완전히 다른 심리적 피해를 일으킨다. 그에 관한 책을 읽어봐야겠다.

지금은 아니지만. 지금 당장은 지구를 구해야 한다. 나 자신의 생존은 나중 문제다. 그것도 그냥 '문제'일 뿐이지, 아무 가망 없이 죽어야 한다는 뜻은 아니고.

원심분리기 화면의 불빛이 초록색으로 깜빡인다.

"중력이 다 찼어." 나는 미소 지으며 말한다.

우주선 안은 잠깐 무중력상태였지만 지금은 다시 원심분리기를 켜두었다. '회전을 멈춰야' 했던 이유는 엔진을 사용해야 했기 때문이다. 원심분리기로는 중력과 추진력을 동시에 낼 수 없다. 우주선이 두 조각으로 나뉘어 100미터 케이블로 연결된 상태에서 스핀 드라이브를 켠다고 생각해 보라. 별로 기분 좋은 상상은 아니다.

로키는 이곳에 와 있던 수십 년 동안 (헉!) 타우세티 항성계를 매우 자세히 살펴봤다. 그는 자신이 모아둔 모든 정보를 내게 주었다. 그는 여섯 개의 행성 목록을 만들고 그 크기와 질량, 위치, 궤도의 성질, 일반적인 대기의 구성 성분을 기록해 두었다. 로키는 여기저기 돌아다니지 않고도 그 일을 해낼 수 있었다. 그저 블립A에서 천체 관측을 했을 뿐이다. 알고 보니 에리디언도 인간처럼 호기심이 많았다.

그건 물론 좋은 특징이지만 이건 영화 《스타 트렉》이 아니다. 스캐너를 탁 켜는 것만으로 항성계의 모든 정보를 얻을 수는 없다. 이 정도로 자세한 정보를 얻기까지 로키는 여러 달 동안 관측을 해야 했다.

더 중요한 건 로키가 이 지역의 페트로바선에 대해 모든 것을 안다는 사실이었다. 예상했던 대로 페트로바선은 하나의 구체적인 행성으로 향했다. 아마 이산화탄소가 가장 많은 곳일 터였다. 그 행성이 항성에서 세 번째로 먼 행성인 '타우세티e'였다. 지구에서는 그 행성을 그런 이름으로 불렀다.

그러니까 우리의 첫 정거장은 타우세티e가 될 것이다.

물론, 우리는 헤일메리호를 타고 페트로바선을 아무 데나 가로지르며 아스트로파지를 얻을 수도 있었다. 하지만 그 경우 페트로바선과 우리가 교차하는 시간은 겨우 몇 초뿐이다. 항성계는 정적인 존재가 아니었다. 우리는 항성 주변의 공전궤도에서 벗어나지 않을 정도의 속도를 유지하며 계속 움직여야 했다.

하지만 타우세티e는 페트로바선의 가장 넓은 부분에 자리 잡은, 착하고 커다란 행성이다. 우리는 타우세티e의 궤도에 헤일메리호를 주차하고, 궤도를 한 바퀴 공전할 때마다 그 절반의 시간 동안은 그 구역 아스트로파지에 잠겨 있을 수 있었다. 원하는 만큼 오래 머물면서 이곳의 아스트로파지와 페트로바선의 역학 자체에 관해 필요한 만큼 자료를 수집할 수도 있었다.

그래서 수수께끼의 행성으로 향하는 것이다.

나는 히카루 술루(《스타 트렉》의 등장인물로, USS 엔터프라이즈호의 조타수-옮긴이)에게 경로를 짜달라고 부탁할 수 없다. 그래서 이틀 동안 계산을 하고, 작업한 내용을 확인하고, 다시 확인한 뒤에야 적용할 만한 정확한 발사각과 추진력을 알아냈다.

물론 내게는 아스트로파지 2만 킬로그램이 남아 있었다. 초당 6그램의 아스트로파지를 소모해 1.5g의 중력가속도를 낼 수 있다는 점을 생각하면 그건 엄청난 연료였다. 게다가 로키의 우주선에는 아스트로파지가 엄청나게 많았다. 하지만 나는 어쨌든 연료를 절약할 생각이었다.

우리는 들뜬 채 타우세티e로 가고 있었다. 약 11일 후면 궤도 진입을 위한 점화를 하게 된다. 기다리는 동안에는 중력이 있어도 좋다. 그래서 우리는 원심분리기를 다시 켰다.

11일. 정말로 놀랍다. 타우세티e에 도착할 때까지 우리가 여행하게 될 거리는 총 1억 5천만 킬로미터다. 대략 지구에서 태양까지와 같은 거리다. 그 거리를 11일 만에 주파하다니. 어떻게? 말도 안 되는 속도로.

나는 계속 이동할 수 있도록 세 시간 동안 추진기를 켜두었다. 타우세티e에 도착하면, 다시 세 시간 동안 추진기를 가동해 속도를 늦출 것이다. 지금 이 순간 우리는 초속 162킬로미터로 순항하고 있다. 그야말로 말도 안 된다. 이런 속도로 지구에서 출발하면 40분 만에 달에 도착한다.

궤도에 진입하는 마무리 단계에서 속도를 늦추기 위해 시행하는 점화를 포함해, 이 모든 작전에는 연료 130킬로그램이 소모될 예정이다.

아스트로파지는 그야말로 미친 존재다.

로키는 통제실 바닥의 투명한 제노나이트 구체 안에 서 있다.

"재미없는 이름." 로키가 말한다.

"뭐? 뭐가 재미없는 이름이야?" 내가 묻는다.

로키는 우주선 전체에 에리디언 구역을 만드느라 여러 날을 보냈다. 심지어 데크에서 데크로 이어지는, 자기만의 새로운 터널까지 설치했다. 거대한 햄스터 터널이 사방에 뻗어 있는 것 같다.

그는 한 손에서 다른 손으로 몸무게를 옮겨 싣는다. "타우세티e. 재미없는 이름."

"그럼 네가 지어 봐."

"내가? 아니. 네가 지어."

"네가 먼저 왔잖아." 나는 안전띠를 풀고 기지개를 켠다. "네가 발견했고. 네가 이 행성의 공전궤도와 위치를 지도에 표시했어. 네가 지어."

"이건 네 우주선. 네가 지어."

나는 고개를 젓는다. "지구의 문화적 법칙이야. 먼저 도착한 사람이 거기서 발견하는 모든 것에 이름을 붙이는 거라고."

로키는 생각에 잠긴다.

제노나이트는 정말로 놀랍다. 겨우 1센티미터의 투명한 소재가 산소로 이루어진 내 우주선의 5분의 1기압을, 암모니아로 이루어진 로키의 29기압과 분리하고 있다. 섭씨 20도인 내 공기를 섭씨 210도인 로키의 공기와 분리하고 있는 건 물론이다.

로키는 몇몇 공간을 특히 더 많이 차지했다. 이제 숙소는 거의 대부분 그의 영역이다. 내가 로키에게 가져온 쓰레기를 전부 그의 구역으로 옮기라고 우겼으므로, 로키가 숙소 대부분을 써야 한다고 의견을 모을 수밖에 없었다.

로키는 숙소에 거대한 에어로크도 설치했다. 에어로크의 크기는 헤일메리호의 에어로크 크기에 맞췄다. 헤일메리호의 중요한 물건들은 전부 우주선의 자체 에어로크에 들어갈 만큼 작을 가능성이 크다는 추정에 근거한 결정이었다. 내 EVA 우주복은 로키의 환경에서 절대 버틸 수 없을 것이다. 내가 포도처럼 으깨질 테니까. 에어로크는 나와 로키가 물건을 주고받을 수 있게 하려는 것이었다.

실험실은 거의 내 차지였다. 로키에게는 실험실 측면으로 이어지는 터널 하나와, 거기에서 갈라져 나와 천장을 따라 이어지다가 결국은 천장 너머의 통제실까지 올라가는 터널 하나가 있다. 그는 내가 하는 모든 과학적인 일을 관찰할 수 있다. 하지만 궁극적으로, 지구의 장비는 로키의 환경에서 작동하지 않을 것이므로 이 구역은 내 차지가 되어야 했다.

통제실은… 비좁다. 로키는 승강구 바로 옆 바닥에 제노나이트 구체를 설치했다. 그는 침범을 최소화하려 노력했다. 그는 자기가 내 칸막이벽에 뚫어놓은 구멍이 우주선의 구조적 완전성에 아무 영향을 끼치지 않을 거라고 나를 안심시킨다.

"좋음." 마침내 그가 말한다. "이름은 ♩♪♫."

나는 주파수 분석기가 더 이상 필요하지 않다. 방금 소리는 낮은 라, 가온 도, 장 5음에 이어진 미 플랫 옥타브와 G단조 7음이었다. 나는 이 음을 스프레드시트에 입력한다. 이유는 모르겠다. 나는 몇 주 동안 이 스프레드시트를 살펴보지 않았다. "이게 무슨 뜻이야?"

"내 짝의 이름."

나는 눈을 크게 뜬다. 이 못된 녀석! 한 번도 나한테 짝이 있다는 얘기는 안 하더니! 에리디언들은 관계를 공개하지 않는 모양이다.

우리는 여행을 하는 동안 몇 가지 생물학적 기본 지식을 이야기했다. 나는 인간들이 더 많은 인간을 만드는 방법을 설명했고, 로키는 아기 에리디언들이 어디에서 나오는지 말해 주었다. 에리디언은 암수 한 몸이고, 알을 나란히 낳는 방식으로 번식한다. 알들 사이에 여러 가지 일들이 일어나면서 한 알이 다른 알을 흡수하면, 독자적으로 생존할 수 있는 한 개의 알이 에리디언 날짜로 1년 뒤에 부화한다. 지구 날짜로는 42일이다.

기본적으로 알을 함께 낳는다는 것은 에리디언들에게 섹스와 같다. 그리고 이들은 평생 한 명의 배우자와 살아간다. 하지만 로키가 짝짓기를 했다는 얘기는 지금 처음 듣는다.

"너한테 짝이 있어?"

"알 수 없음." 로키가 말한다. "짝에게 새로운 짝이 생겼을 수도 있음. 나는 오랫동안 떠나 있었음."

"슬프다." 내가 말한다.

"그래, 슬픔. 하지만 필요. 에리드 구해야 함. 네가 ♬♪♬의 인간 이름을 골라."

고유명사는 골칫거리다. 한스라는 남성한테서 독일어를 배우면, 그 사람을 그냥 한스라고 부르면 된다. 하지만 나는 로키가 내는 소리를 말 그대로 낼 수가 없고, 로키도 마찬가지다. 그러니까 우리 중 한 명이 상대방에게 어떤 이름에 관해서 말하면, 상대방이 자기 언어에서 그 이름을 표현할 단어를 고르거나 지어내야 한다. 그러니 이제는 내가 '로키의 짝'을 의미하는 영어 단어를 떠올려야 한다.

"에이드리언." 내가 말한다. 안 될 것도 없으니까. "인간 단어는 에이드리언이야."

"이해함." 그가 말한다. 그는 자기 터널을 따라 실험실로 내려간다.

나는 엉덩이에 두 손을 얹고, 목을 쭉 늘인 채 그가 떠나는 모습을 지켜본다. "어디 가?"

"먹음."

"먹는다고? 기다려!"

나는 로키가 뭘 먹는 모습을 한 번도 보지 못했다. 그의 등딱지 맨 윗부분에서는 방열기 외의 구멍을 하나도 보지 못했다. 어떻게 음식을 받아들이는 거지? 알은 또 어떻게 낳고? 로키는 이 문제에 관해 좀처럼 입을 열지 않으려 했다. 서로의 우주선이 연결돼 있을 때 로키는 자기 우주선에서 음식을 먹었다. 그리고 지금은 내가 자는 동안 여기저기서 몰래 식사하는 것 같다.

나는 잽싸게 사다리를 타고 실험실로 들어간다. 로키는 이미 수많은 손잡이를 붙잡고 수직 터널을 반쯤 기어 내려가고 있다. 나도 내 사다리를 타고 따라잡는다. "야, 나도 보고 싶어!"

로키는 실험실 바닥에 도착해 잠시 멈춘다. "사생활. 나 먹은 다음에 잠. 나 자는 거 지켜봄, 질문?"

"네가 먹는 걸 보고 싶어!"

"왜, 질문?"

"과학." 내가 말한다.

로키는 몇 차례 등딱지를 좌우로 움직인다. 조금 짜증이 난다는 뜻의 에리디언 몸짓이다. "생물학적. 역겨움."

"과학."

그는 다시 등딱지를 움찔댄다. "이해함. 지켜봐." 그는 계속 내려간다.

"좋았어!" 나도 그를 따라 내려간다.

나는 숙소에 있는 비좁은 내 공간으로 끼어 들어간다. 요즘 숙소에 있는 내 물건은 침대와 변기, 로봇 팔뿐이다.

로키의 공간도 별로 없다는 점은 인정해야 한다. 숙소의 공간 대부분을 그가 차지하고 있기는 하지만, 그 공간은 로키가 가져온 수많은 쓰레기로 가득하다. 게다가 로키는 우주선에서 가져온 부품으로 숙소 안에 즉석 작업실과 생명 유지 장치를 만들어두었다.

그는 옆면이 부드러운 수많은 가방 중 하나를 열더니 밀봉된 꾸러미를 하나 꺼낸다. 그는 발톱으로 꾸러미를 찢는다. 나로서는 알아볼 수 없는 다양한 형태가 그 안에 들어 있다. 대부분 그의 등딱지와 비슷한, 돌 같은 물질이다. 로키는 발톱으로 그것들을 점점 더 작은 조각으로 쪼개기 시작한다.

"그게 네 음식이야?" 내가 묻는다.

"사회적 불편." 그가 말한다. "말하지 마."

"미안."

에리디언들에게는 먹는 것이 비밀리에 해야 하는, 역겨운 일인 모양이다.

그가 음식의 돌처럼 딱딱한 덩어리들을 떼어내자 그 아래의 고기가 드러난다. 확실히 고기다. 딱 지구의 고기와 똑같이 생겼다. 우리가 생물을 구성하는 동일한 요소로부터 이어져 내려왔다는 게 거의 확실하다는 점을 생각하면, 장담하건대 우리는 같은 단백질을 사용하고 다양한 진화적 과제에 대해 같은 보편적인 해결책을 제시해 왔을 것이다.

이번에도 나는 우울함에 사로잡힌다. 남은 평생을 에리디언 생물학을 공부하면서 보내고 싶은데! 먼저 인류를 구해야 한다. 인류 바보 멍청이. 내 취미 생활도 방해하고.

로키는 고기에서 돌덩어리들을 모두 떼어내 옆으로 치운다. 그런 다음, 고기를 작은 조각들로 찢는다. 어느 경우에든 로키는 음식을 원래 들어 있던 포장지 안에 둔다. 음식이 바닥에 닿는 법은 없다. 나라도 음식이 바닥에 닿는 것은 싫을 것이다.

잠시 후, 로키는 음식의 먹을 수 있는 부분을 손으로 찢을 수 있을 만큼 찢어두었다. 어떤 인간도 먹을 것을 그렇게 잘게 조각내지는 않을 것이다.

그런 다음, 로키는 음식을 그 자리에 놔둔 채 자기 영역의 반대편으로 갔다. 그는 납작한 원통 모양의 통을 밀봉된 상자에서 꺼내 자기 가슴 아래에 둔다.

그런 다음 일이… 역겨워진다. 로키가 분명히 경고했으니 불평할 수는 없지만.

그의 복부를 덮은 돌투성이 갑옷이 갈라지더니, 그 밑에서 뭔가 살같은 것이 보인다. 반짝거리는 은색 액체 몇 방울이 뚝뚝 떨어진다. 피인가?

그런 다음, 회색 덩어리가 그의 몸에서 통으로 툭 떨어진다. 축축한 철썩 소리가 난다.

그는 통을 밀봉해서 원래 그 통이 들어 있던 상자에 다시 넣는다.

그는 음식이 있는 곳으로 돌아오더니 획 돌아서 등을 깔고 눕는다. 뻥 뚫린 배 부분의 구멍은 아직도 열려 있다. 안이 보인다. 안에는 부드러워 보이는 살이 있다.

로키는 손 몇 개를 뻗어 음식 조각 중 몇 개를 골라잡는다. 그는 음식을 구멍으로 가져가 안에 떨어뜨린다. 천천히, 꼼꼼하게 이 작업을 반복한다. 마침내 모든 음식이 그의… 입? 배? 속에 들어간다.

씹는 과정은 없다. 이빨도 없다. 내가 아는 한 로키의 몸속에서 움직이는 부분은 없다.

그는 식사를 마친 다음 팔이 축 늘어지게 놔둔다. 사지를 쭉 뻗고 바닥에 꼼짝없이 엎드린다.

나는 로키에게 괜찮으냐고 물어보고 싶은 충동을 눌러 참는다. 아니, 죽은 것처럼 보이니까. 하지만 아마 이것이 에리디언들이 식사하는 방법일 것이다. 대변을 보는 방법이기도 하고. 그래. 아까 나왔던 그 덩어리가 로키가 지난번에 먹고 남은 것인 듯하다. 로키는 단구성 생물이다. 그러니까 음식이 들어가는 구멍으로 배설물이 나온다는 얘기다.

그의 배에 달린 구멍이 천천히 닫힌다. 딱지 같은 물질이 피부의 갈라진 부분에 생겨난다. 하지만 오랫동안 그 모습이 보이지는 않는다. 돌 같은 배 부분의 덮개가 잠시 후 다시 덮인다.

"나… 잠…." 그가 혀 꼬부라진 소리를 낸다. "너… 봄…. 질문?"

로키에게 음식으로 인한 혼수상태는 사소한 문제가 아니다. 조금도 자발적인 것으로 보이지 않는다. 이건 생물학적으로 강요된, 식사 후의 낮잠이다.

"응, 내가 지켜볼게. 자."

"자…안…다…." 그가 웅얼거린다. 그런 다음 그는 여전히 바닥에 배를 깔고 엎드린 채 잠들어버린다.

그의 호흡이 빨라진다. 로키가 잠들 때면 처음에는 늘 호흡이 빨라진다. 그의 몸이 열성 순환계에 있는 모든 열을 버려야 해서다.

몇 분 후, 그는 헐떡거리기를 멈춘다. 그가 멀쩡히, 정말로 잠든 모양이다. 나는 로키가 헐떡거리는 단계를 지나고 나서 두 시간 이내에 깨어나는 모습을 한 번도 본 적이 없다. 이제는 살금살금 내 할 일을 하러 가도 된다. 방금 본 로키의 소화 순환에 관해 모든 것을 적을 생각이다.

1단계. 관찰 대상은 입을 통해 배설한다.

"그러게." 나는 혼잣말을 한다. "그건 좀, 심하게 역겨웠어."

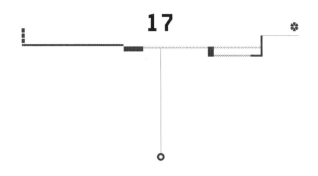

17

깨어 보니 로키가 나를 쳐다보고 있다.

이제는 매일 아침 일어나는 일이다. 하지만 여전히 소름 끼친다.

오각형 대칭을 이루고 있는 눈 없는 생명체가 나를 '쳐다보는지' 어떻게 아느냐고? 그냥 안다. 몸짓이 그렇달까.

"너 깨어남." 그가 말한다.

"응." 나는 침대에서 나와 기지개를 켠다. "음식!"

로봇 팔이 위로 올라가 내게 뜨거운 상자를 건네준다. 나는 상자를 열고 들여다본다. 달걀과 소시지인 것 같다.

"커피."

로봇 팔은 충직하게 커피 한 잔을 건네준다. 중력이 없을 때는 커피가 담긴 주머니를 주지만 중력이 있을 때는 커피잔을 건넨다니 뭔가 멋지다. 헤일메리호 식당 리뷰를 남길 때 이 내용을 꼭 써줘야겠다.

나는 로키를 본다. "내가 자는 모습을 지켜볼 필요는 없어. 괜찮아."

그는 숙소의 자기 구역에 있는 작업대로 관심을 돌린다. "에리디언의 문화적 규칙. 반드시 지켜봄." 그는 어떤 장치를 집어 들고 만지작거린다.

아, 문제의 단어가 나왔다. '문화'. 우리는 문화적인 문제를 그냥 받아들이기로 암묵적 합의를 했다. 이렇게 하면 사소한 분쟁은 모두 해결된다. 기본적으로는 "내 방식대로 하자. 나는 그렇게 컸으니까" 하는 식이다. 서로의 문화가 충돌하는 상황은 한 번도 맞닥뜨리지 못했다. 아직은.

나는 아침 식사를 하고 커피를 마신다. 로키는 그동안 내게 한마디도 건네지 않는다. 단 한 번도 그런 적이 없다. 에리디언의 예의범절이다.

"쓰레기." 내가 말한다.

로봇 팔이 빈 컵과 음식 포장지를 가져간다.

나는 통제실로 올라가 조종석에 앉는다. 주 화면에 망원경 영상을 띄운다. 행성 에이드리언이 화면 가운데에 있다. 나는 지난 11일 동안 화면 속 에이드리언이 점점 커지는 모습을 지켜봐 왔다. 에이드리언에 가까이 다가갈수록 나는 로키의 천문학 관련 기술을 점점 더 존경하게 된다. 에이드리언의 움직임이나 질량에 관한 로키의 관찰은 전부 정확하다.

로키가 한 중력 계산도 맞는 것이었으면 좋겠다. 그렇지 않다면 우리는 아주 짧지만 고통스럽게 궤도 진입을 시도하게 될 테니까.

에이드리언은 흰색의 성긴 구름 몇 가닥이 대기 상층부에 있는, 엷은 녹색의 행성이다. 땅은 전혀 보이지 않는다. 이번에도 헤일메리호의 컴퓨터에 탑재되었을 게 분명한 소프트웨어들이 놀랍게 느껴진다. 우리는 우주를 가르고 빠르게 돌진하는 동시에 빙글빙글 돌고 있다. 하지만 화면의 영상은 전혀 흔들리지 않는다.

"가까워지고 있어." 내가 말한다. 로키는 두 층 아래에 있지만 나는 평소와 똑같은 크기의 목소리로 말한다. 그래도 로키가 듣는 데 아무 문제가 없다는 걸 나는 잘 알고 있다.

"아직 공기 모름?" 로키가 외친다. 내가 그의 막강한 청력을 잘 알고 있듯, 로키도 내 청각의 한계를 잘 알고 있다.

"지금 다시 해보려고." 내가 말한다.

나는 분광계 화면으로 전환한다. 헤일메리호는 거의 모든 면에서 믿을 수 없을 정도로 믿음직스러웠지만, 모든 게 완벽하게 작동할 거라고 생각하는 건 지나친 기대다. 분광계가 말썽이었다. 내 생각에는 디지타이저 쪽 문제인 것 같다. 매일 시도해 보고 있지만, 분광계는 계속 분석에 필요한 데이터를 충분히 얻을 수 없다고 한다.

나는 에이드리언을 조준하고, 다시 시도한다. 가까이 갈수록 더 많은 반사광을 얻게 되니 어쩌면 지금은 분광계로 에이드리언의 대기 성분을 알아볼 수 있을 만큼의 반사광이 나올지도 모른다.

분석 중….

분석 중….

분석 중….

분석 완료.

"됐어!" 내가 말한다.

"됐어?" 로키가 말한다. 평소보다 한 옥타브는 높다. 그는 날쌔게 자기 터널을 지나 통제실의 구체로 들어온다. "에이드리언 공기 무엇, 질문?"

나는 화면의 결과를 읽는다. "어디 보자…. 이산화탄소 91퍼센트에 메탄 7퍼센트, 아르곤 1퍼센트, 나머지는 미량 가스인 것 같아. 대기 밀도도 꽤 짙어. 이 기체 전부가 투명한 기체인데, 행성 표면이 안 보이거든."

"보통 너 우주에서 행성 표면 볼 수 있음, 질문?"

"응, 빛이 대기를 통과할 수 있으면 그렇지."

"인간 눈 놀라운 기관. 질투."

"그렇게까지 놀랍지는 않아. 에이드리언의 표면은 하나도 안 보이거든. 공기 밀도가 정말로 높아지면 더는 빛을 통과시키지 못해. 아무튼, 그게 중요한 건 아니고. 메탄이라… 이상한데."

"설명."

"메탄은 안정적인 기체가 아니야. 햇빛을 받으면 아주 빠르게 분해 돼. 그런데 어떻게 메탄이 있는 거지?"

"지질학이 메탄을 만듦. 이산화탄소 더하기 광물 더하기 물 더하기 열이 메탄을 만듦."

"응. 그것도 가능하지." 내가 말한다. "하지만 그렇다기엔 메탄이 너무 많아. 엄청나게 밀도가 높은 대기의 8퍼센트나 차지한다고. 지질학적인 요인으로 이렇게 많은 메탄이 발생할 수 있을까?"

"다른 가설, 질문?"

나는 목 뒤를 문지른다. "아니. 딱히 그런 건 아니야. 그래도 이상한데."

"차이는 과학. 너 차이에 대해 생각. 가설을 세워. 너는 과학 인간."

"응. 생각해 볼게."

"궤도 진입까지 얼마, 질문?"

나는 항로 제어기로 전환한다. 우리는 경로를 이탈하지 않았고, 궤도 진입을 위한 점화는 지금으로부터 스물두 시간 후로 예정돼 있다. "하루 좀 안 돼." 내가 말한다.

"흥분." 그가 말한다. "그때 우리 에이드리언에서 아스트로파지 표본 추출. 네 우주선 표본 수집기 제대로 작동, 질문?"

"응." 나는 내가 하는 말이 사실인지, 아닌지 전혀 알 방법이 없지만 그렇게 말한다. 내가 내 우주선의 작동 방식을 그저 어렴풋하게만 이해하고 있다는 사실을 로키가 꼭 알아야 할 필요는 없으니까.

나는 과학 기구들을 쭉 넘겨보다가, 외부 수거함 제어판에서 멈춘다. 나는 화면의 도표를 살펴본다. 이 정도면 간단하다. 수거함은 직사각형 상자. 작동시키면 위쪽으로 회전해 선체와 직각을 이루게 된다. 그러면 직사각형의 양옆에 있는 문 두 개가 열린다. 안에는 끈끈한 합성수지가 잔뜩 들어 있다. 안으로 날아 들어오는 것을 무엇이든 포착할 수 있는 것이다.

바로 그거다. 벌레 잡는 끈끈이. 화려한 우주의 끈끈이지만, 결국 끈끈이다.

"수집한 다음에 수거함 어떻게 우주선에 들어옴, 질문?"

간단하다는 게 편리하다는 뜻은 아니다. 내가 아는 게 맞는다면, 수집된 표본을 처리할 자동화된 시스템은 전혀 없다. "내가 가서 가져와야지."

"인간 놀라움. 너 우주선 떠남."

"응, 그러게."

에리디언들은 굳이 우주복을 만들어야겠다는 생각을 한 번도 해보지 않았다. 뭐하러 그러겠는가? 에리디언의 입장에서 보면 우주에는

404

감각 정보가 전혀 없는데 말이다. 그건 마치 인간이 스쿠버다이빙 장비를 갖추고 검은색 페인트로 이루어진 바다에 뛰어드는 것과 같은 일이다. 할 이유가 전혀 없다. 에리디언들은 선외활동을 위해 선체 로봇을 활용한다. 헤일메리호에는 그런 로봇이 없으므로, 모든 선외활동은 내가 해야 한다.

"놀랍다는 잘못된 단어." 그가 말한다. "놀랍다는 칭찬. 더 나은 단어는 ♫♪♫♪."

"그게 무슨 뜻인데?"

"사람이 정상적이지 않게 행동함. 자기에게 위험."

"아." 나는 새로운 화음을 내 언어 데이터베이스에 추가하며 말한다. "미쳤다. 우리말로는 그걸 '미쳤다'고 해."

"미쳤다. 인간들은 미쳤다."

나는 어깨를 으쓱한다.

"와, 이런 똥 꼬다리 같은 게!" 내가 말한다.

"선생님, 고운 말 쓰셔야죠!" 무전기 너머에서 목소리가 들려온다. "농담이고, 무슨 일입니까?"

표본 유리병이 내 손에서 수영장 바닥으로 부드럽게 떨어진다. 3피트를 낙하하는 데 몇 초가 걸리기는 하지만, 세상에서 가장 큰 수영장 밑바닥에서 이놈의 EVA 우주복을 입고 있으니 내게 손을 뻗어 그 유리병을 잡을 가망성은 전혀 없다.

"3번 유리병을 떨어뜨렸어요."

"그렇군요." 포레스터가 말했다. "그걸로 지금까지 유리병 세 개네요. 집게 도구를 손봐야겠습니다."

"도구 문제가 아닐지도 몰라요. 그냥 제 문제일지도 모르죠."

장갑을 껴서 둔해진 내 손에 들린 도구는 완벽함과는 거리가 멀었지만 그래도 꽤 독창적이었다. 이 도구는 EVA 우주복 장갑의 서툰 손바닥을 섬세한 조작이 가능한 모습으로 바꿔놓았다. 내가 해야 할 일이라고는 검지로 방아쇠를 꽉 쥐는 것뿐이었다. 그러면 집게의 두 다리가 2밀리미터씩 간격을 좁혔다. 가운뎃손가락으로 다른 방아쇠를 꽉 쥐면 집게가 시계방향으로 90도까지 회전했다. 약지와 새끼손가락으로는 집게를 앞쪽으로 90도까지 기울일 수 있었다.

"기다리세요, 동영상 확인하는 중입니다." 포레스터가 말했다.

존슨 우주기지에 있는 나사의 중성 부력 실험실은 그 자체로 기술이 일구어 낸 기적이었다. 거대한 수영장은 안에 실물과 똑같은 크기의 국제 우주정거장 복제품을 넣을 수 있을 만큼 컸다. 용도는 EVA 우주복을 입고 무중력상태에서 활동할 수 있도록 우주인들을 훈련하는 것이었다.

수없이 많은 회의 끝에(안타깝지만 나도 어쩔 수 없이 참석해야 했다) 미생물학계는 이 임무에 최적화된 도구가 필요하다고 스트라트를 설득했다. 그녀는 이런 도구 중 어느 것도 임무에 결정적인 영향을 주지 않아야 한다는 조건을 걸고 동의했다. 그녀는 모든 중요한 도구가 수백만 시간의 소비자 시험을 거친 기성품이어야 한다는 주장을 굽히지 않았다.

스트라트의 애완 과학자였던 내게는 IVME 키트를 시험하는 임무가 떨어졌다.

IVME는 신이 절대로 같이 쓰지 말라고 한 네 단어를 한데 붙여 만든 약자였다. 그 네 단어란 진공 내 미생물학 장비(In Vacuo Microbiology Equipment)였다. 아스트로파지는 우주에 산다. 지구에서, 우리 대기에서 아스트로파지를 연구하고 싶다면 얼마든지 할 수 있다. 그러나 진공의 무중력상태에서 연구하기 전까지는 녀석들이 어떻게 활동하는지에 대한 완전한 그림을 얻을 수 없다. 그래서 헤일메리호의 대원들에게는 이런 도구가 필요했다.

나는 위풍당당한 국제 우주정거장 모형을 뒤로 하고 중성 부력 실험실 한쪽 구석에 서 있었다. 스쿠버다이버 두 명이 비상사태가 발생할 경우 나를 구조할 준비를 하고 근처에서 떠다녔다.

나사에서는 내가 쓸 수 있도록 금속 실험대 하나를 가라앉혔다. 우주에는 흡입력이 없으므로 피펫을 완전히 새로 고안해야 하긴 했지만, 진공상태에서 작동하는 장비를 만드는 것보다 더 큰 문제가 있었다. 진짜 문제는 그 장비를 사용할 사람이 착용해야 하는 EVA 우주복의 둔한 장갑이었다. 아스트로파지는 진공을 좋아할지 모르지만, 인간의 몸은 그렇지 않았다.

하지만 뭐, 최소한 러시아의 EVA 우주복이 어떻게 작동하는지에 관해서는 많이 배웠다.

그래, 러시아 제품이다. 미제가 아니다. 스트라트는 몇몇 전문가들에게 의견을 구했는데, 그들 모두가 러시아의 올란 EVA 우주복이 가장 안전하고 믿음직스럽다는 데 뜻을 모았다. 그래서 임무에는 러시아제를 사용하게 되었다.

"아, 어떻게 된 건지 알겠네요." 포레스터가 헤드셋을 통해 말했다. "박사님은 집게에 축을 기울이라고 명령하셨는데, 집게가 그냥 손을 놔 버렸어요. 내부의 마이크로 케이블 와이어가 꼬인 게 분명합니다.

제가 금방 갈게요. 집게를 가지고 수면으로 나와 주실 수 있을까요?"

"그럼요." 나는 두 잠수부에게 손을 흔들며 위쪽을 가리켰다. 그들은 고개를 끄덕이고 내가 수면으로 나갈 수 있도록 도와주었다.

크레인 장치가 나를 수영장에서 끌어내 근처 데크에 내려놓았다. 기술자 몇 명이 나서서 내가 우주복에서 나올 수 있도록 도와주었다. 그건 꽤 쉬운 일이었다. 나는 그냥 등 덮개에서 걸어 나왔다. 이런 번데기 우주복은 좋아할 수밖에 없다.

포레스터가 옆방의 통제실에서 나와 도구를 챙겼다. "제가 몇 가지 바꿔볼 테니 두어 시간 뒤에 다시 해보죠. 박사님이 수영장에 계실 때 호출을 받았는데, 30동에서 박사님을 찾습니다. 비행 통제 시뮬레이터를 재설정해야 해서 셔피로와 두보이스에게 두어 시간 쉬는 시간이 생겼다는군요. 딴짓할 틈은 없죠. 스트라트가 박사님더러 그리로 가서 두 사람에게 아스트로파지와 관련된 연수를 해주라고 하네요."

"알겠습니다, 오버." 내가 말했다. 세계는 종말을 향해 달려가고 있을지 모르지만, 나사 본부에 있다는 사실이 너무도 멋져서 나는 흥분할 수밖에 없었다.

나는 중성 부력 실험실을 떠나 30동으로 향했다. 요청하면 자동차를 보내주겠지만 그러고 싶지 않았다. 걸어서 겨우 10분 거리였으니까. 게다가 나는 우리나라 우주 탐험의 역사 속을 걸어 다니는 게 좋았다.

나는 보안 검색대를 통과해 들어간 다음, 미리 설치된 작은 회의실로 계속 걸어갔다. 파란색 비행용 제복을 입은 두보이스가 일어서서 나와 악수했다. "그레이스 박사님. 다시 만나서 반갑습니다."

두보이스 앞에는 꼼꼼한 서류와 메모가 정리돼 있었다. 애니 셔피로의 엉성한 메모와 구겨버린 종이도 두보이스 옆 탁자에 흩어져 있었고. 하지만 그녀의 자리는 비어 있었다.

"애니는요?" 내가 물었다.

두보이스가 다시 앉았다. 앉아 있는 동안에도 그는 단호하고 완벽한 자세를 유지했다. "잠시 화장실에 갔습니다. 금방 돌아올 겁니다."

나는 자리에 앉아 배낭을 열었다. "아시겠지만 라일랜드라고 부르셔도 돼요. 여기 있는 사람들은 전부 박사잖아요. 그냥 이름이면 충분할 것 같은데요."

"죄송합니다, 그레이스 박사님. 제가 그렇게 자라질 않아서요. 하지만 원하신다면 저를 마틴이라고만 부르셔도 됩니다."

"고맙습니다." 나는 노트북을 꺼내서 켰다. "최근엔 좀 어떠세요?"

"잘 지냈습니다, 감사합니다. 셔피로 박사와 저는 성적인 관계를 시작했습니다."

나는 잠시 말을 멈추었다. "음. 그렇군요."

"박사님께 알려드리는 게 신중한 처신이 될 거라고 생각했습니다." 그는 공책을 펴고 그 옆에 펜을 내려놓았다. "이번 임무의 핵심 대원 사이에는 아무 비밀이 없어야 하니까요."

"아 네, 그럼요." 내가 말했다. "그러니까, 그게 문제가 될 건 없죠. 박사님은 주요 과학 요원이고, 애니는 예비 요원이니까요. 두 분이 함께 임무에 참여하는 상황은 없어요. 하지만… 제 말은… 두 분 관계가…."

"네, 박사님 말씀이 맞습니다." 두보이스가 말했다. "저는 1년 안에 자살 임무를 수행하러 떠나게 됩니다. 어떤 이유로든 간에 제가 이 임무에 적합하지 않다고 판명되거나 이 임무를 수행할 수 없게 되면, 애니가 자살 임무를 수행하게 되고요. 우리는 이 점을 인식하고 있고, 이 관계가 오직 죽음으로밖에 끝날 수 없다는 사실을 알고 있습니다."

"우리 참 삭막한 시간을 살아가고 있네요." 내가 말했다.

그는 두 손을 몸 앞에서 포갰다. "셔피로 박사와 저는 그렇게 보지 않습니다. 저희는 매우 적극적인 성적 만남을 즐기고 있습니다."

"네, 그래요. 그런 것까지 제가 알 필요는…."

"콘돔도 필요하지 않죠. 셔피로는 피임 중이고, 우리 둘 다 이 프로그램의 일환으로 굉장히 철저하게 의학적 검사를 받았으니까요."

나는 두보이스가 화제를 돌렸으면 좋겠다고 생각하며 컴퓨터에 타자를 쳤다.

"꽤 즐겁습니다."

"그러시겠죠."

"아무튼, 박사님이 아셔야 한다고 생각했습니다."

"네, 아니, 그럼요."

문이 열리고 애니가 종종걸음으로 들어왔다.

"미안! 미안합니다! 오줌이 마려워서요. 뭐랄까… 엄청 심하게요." 세상에서 가장 똑똑하고, 가장 위대한 성취를 이룬 미생물학자가 말했다. "오금이 다 저리더라니까요!"

"어서 오세요, 셔피로 박사님. 제가 그레이스 박사님에게 우리의 성적 관계에 대해 말씀드렸습니다."

나는 두 손에 얼굴을 묻었다.

"멋진데요." 애니가 말했다. "네, 우린 숨길 게 아무것도 없어요."

"아무튼," 두보이스가 말했다. "제가 지난번 수업을 제대로 기억하는 거라면 우리는 아스트로파지 미토콘드리아 내의 세포생물학을 공부하고 있었습니다."

나는 목을 가다듬었다. "네. 오늘은 아스트로파지의 크레브스회로를 다룰 겁니다. 지구의 미토콘드리아 내에서 발견되는 것과 같지만, 한 가지 단계가 더 있는데….”

애니가 손을 들었다. “아, 미안해요. 한 가지만 더요.” 그녀가 두보이스를 돌아보았다. “마틴, 이번 수업이 끝나고 나서 다음 훈련을 위한 운동이 시작되기까지 15분 동안 개인 시간이 있는데요, 복도 저쪽에 있는 화장실에서 만나서 섹스할래요?”

“그것참 좋겠네요.” 두보이스가 말했다. “고맙습니다, 셔피로 박사님.”

“좋아요, 멋지네요.”

둘 다 나를 보았다. 수업을 받을 준비가 된 표정이었다. 나는 지나치게 많은 정보 공유가 또 이루어지지는 않을지 확인하느라 몇 초를 기다렸지만, 둘은 만족한 것 같았다. “좋습니다. 그래서, 아스트로파지의 크레브스회로에는 변종에 있는데…. 잠깐만요. 두보이스 박사님은 둘이 섹스를 하는 동안에도 이분을 셔피로 박사님이라고 부르세요?”

“당연하죠. 그게 셔피로 박사님 이름인데요.”

“난 마음에 들어요.” 셔피로가 말했다.

“물어봐서 미안합니다.” 내가 말했다. “자, 크레브스회로는….”

행성 에이드리언에 대한 로키의 데이터는 대단히 정확했다. 에이드리언의 질량은 지구의 3.93배였고, 그 지름은 1만 318킬로미터였다(거의 지구의 두 배였다). 에이드리언은 초속 35.9킬로미터의 평균 궤도 속도로 타우세티 주위를 돌았다. 여기에 더해, 로키는 이 행성의 위치를 0.00001퍼센트 오차 내로 정확하게 맞혔다. 진입 시의 추진력을 알아내는 데 필요한 정보는 이게 전부였다.

숫자가 정확하다는 건 좋은 일이었다. 그렇지 않았다면 궤도에 진입할 때 심각하게 허둥거렸을 것이다. 심지어 죽었을 수도 있다.

물론 스핀 드라이브를 조금이라도 사용하려면 일단 원심분리기 모드에서 벗어나야 했다.

로키와 나는 통제실에 둥둥 떠 있다. 로키는 천장의 구체에, 나는 조종석에. 나는 얼굴에 멍청한 미소를 지은 채 카메라 화면을 보고 있다.

다른 행성에 오다니! 이렇게까지 흥분할 일은 아니다. 나는 지난 몇 주 동안 다른 별에 와 있었으니까. 하지만 다른 항성계에 들어간다는 건 그리 실감 나지 않는다. 타우세티는 태양과 무척 비슷하다. 밝고, 너무 가까이는 다가갈 수 없으며, 뿜어내는 빛의 주파수까지 태양과 대체로 비슷하다. 어떤 이유에서인지 모르겠지만 새로운 행성에 가는 것이 훨씬 신난다.

에이드리언의 성긴 구름이 관성에 따라 우리 발밑을 부드럽게 흘러간다. 아니, 더 정확히 말하자면 그 성긴 구름들은 거의 움직이지 않고 우리가 그 위로 쏜살같이 지나간다고 해야 한다. 에이드리언은 지구보다 높은 중력을 가지고 있으므로, 우리의 궤도속도는 초속 12킬로미터를 조금 넘는다. 지구를 공전할 때 필요한 것보다 훨씬 빠른 속도다.

위에 올라와서 보니, 11일 동안 내가 지켜봐 온 옅은 초록색의 행성이 훨씬 더 자세하게 보인다. 그냥 초록색이 아니다. 행성을 둘러싼 짙은 색과 옅은 색의 초록색 띠들이 있다. 목성이나 토성과 똑같다. 하지만 그 거대한 가스상 혹성들과는 달리, 에이드리언은 돌로 이루어진 세계다. 로키의 메모 덕분에 우리는 에이드리언의 지름과 질량을 알고 있다. 그 말은 우리가 에이드리언의 밀도를 안다는 뜻이다. 그리고 그 밀도는 오직 기체로만 이루어져 있다기에는 너무 높다. 보이지만 않을 뿐 저 아래 어딘가에는 행성의 표면이 존재한다.

세상에, 누가 착륙선만 준다면 무슨 대가든 치를 수 있을 텐데!

현실적으로는 착륙해 봐야 좋을 게 없다. 에이드리언에 착륙할 무슨 방법이 있다고 해도 나는 이 행성의 대기에 깔려 죽을 것이다. 금성에 착륙하는 것과 같겠지. 그런 면에서는 에리드에 착륙하는 것과도 같고. 세상에, 그럼 로키한테 착륙선이 있었으면 좋겠다. 저 아래의 기압은 에리디언에게는 그리 대단한 것이 아닐지도 모른다.

에리드 얘기가 나와서 말인데, 로키는 통제실의 자기 구체 안에서 무슨 장치를 조정하고 있다. 거의 총하고 비슷하게 보인다. 우리가 우주 전쟁을 시작한 것 같지는 않으니까 총이 아닌 다른 무엇이겠지만.

로키는 한 손으로 그 장치를 들고 다른 손으로 톡톡 두드리더니, 다른 두 손을 써서 짧은 케이블로 그 장치와 연결된 사각형 판을 들어 올린다. 남은 손으로는 손잡이를 잡고 제자리에서 버틴다.

그는 드라이버처럼 보이는 것으로 장치를 좀 더 조율한다. 갑자기 판이 살아난다. 원래 그 판은 완전한 평면이었는데, 이제는 질감이 생겼다. 로키가 총 부분을 좌우로 흔들자 화면의 무늬가 좌우로 움직인다.

"성공! 작동!"

나는 더 잘 보려고 조종석 가장자리 너머로 몸을 숙인다. "그게 뭐야?"

"기다려." 로키는 총 부분으로 내 외부 카메라 화면을 겨눈다. 그가 제어장치 두어 군데를 건드리자 직사각형 위의 무늬가 원을 이룬다. 자세히 보니 원의 일부가 다른 부분보다 조금 솟아 있는 것이 보인다. 입체 지도 같은 모습이다.

"이 장치는 빛을 들음. 인간 눈과 같음."

"아. 카메라구나."

"♪♪♫." 그가 빠르게 말한다. 이제 우리 사전에는 '카메라'라는 단어가 생겼다.

"이 장치는 빛을 분석해 질감으로 보여줌."

"아, 그럼 네가 질감을 느낄 수 있구나?" 내가 말한다. "멋진데."

"감사." 로키는 카메라를 구체의 벽에 붙이고, 내 중앙 화면을 가리키도록 각도를 조정한다. "인간이 볼 수 있는 빛의 파장은 무엇, 질문?"

"380에서 740나노미터 사이의 모든 파장을 볼 수 있어." 대부분의 사람들은 툭 친다고 바로 이런 답을 뱉어낼 수 없다. 그야 그 사람들은 교실 벽에 가시광선 스펙트럼을 나타내는 거대한 도표를 붙여둔 중학교 선생님이 아니니까.

"이해함." 그가 말한다. 로키가 장치의 손잡이 몇 개를 돌린다. "이제 나는 네가 보는 것을 '봄'."

"넌 아주 놀라운 엔지니어야."

로키는 별것 아니라는 듯 발톱을 내젓는다. "아님. 카메라는 오래된 기술. 디스플레이도 오래된 기술. 둘 다 과학 때문에 내 우주선에 있었음. 나는 안에서 쓰려고 수정했을 뿐."

에리디언의 문화에는 겸손이 넘쳐나는 모양이다. 아니면 로키가 그냥 칭찬을 받아들이지 못하는 성격이든지.

그는 자기 화면에 나타난 원을 가리킨다. "이것이 에이드리언, 질문?"

나는 로키가 가리키는 에이드리언의 정확한 위치를 확인한 다음 내 화면과 비교한다. "응. 그리고 그 부분은 '초록색'이야."

"나한테는 그 단어 없음."

당연히 에리디언의 언어에는 색깔을 나타내는 단어가 없다. 있을 이

414

유가 없잖은가? 나는 한 번도 색깔을 신비스러운 존재라고 생각해 보지 못했다. 하지만 색깔에 대해 들어본 적이 한 번도 없는 누군가에게 색깔이란 틀림없이 꽤 이상한 존재일 것이다. 자기장 스펙트럼 내의 주파수 범위에 이름을 붙여두다니. 하긴, 내 학생들은 모두 눈을 가지고 있는데도 내가 '엑스레이'니 '극초단파'니 '와이파이'니 '보라색'이니 하는 것들이 모두 빛의 파장이라는 얘기를 해주면 놀란다.

"그럼 네가 이름을 붙여." 내가 말했다.

"그래, 그래. 나 이 색깔에 이름을 붙임. 중간 거칠기. 내 화면의 무늬는 고주파 빛을 나타낼 때 매끄러움. 저주파 빛을 나타낼 때 거칠음. 이 색깔은 중간 거칠기."

"알겠어." 내가 말한다. "그리고 맞아. 초록색은 인간이 볼 수 있는 파장의 바로 중간에 있어."

"좋음, 좋음." 그가 말한다. "표본은 준비됨, 질문?"

지금까지 우리는 약 하루 동안 궤도를 돌고 있었다. 나는 이곳에 도착하자마자 표본 수집기를 작동시켰고. 나는 외부 수거함으로 화면을 전환한다. 화면을 통해 표본 수집기가 완전히 제 기능을 다하고 있다는 사실은 물론, 얼마나 오랫동안 개방되어 있었는지까지 알 수 있다. 스물한 시간 십칠 분이 지났다.

"응, 그런 것 같아."

"가져와."

"윽." 나는 신음한다. "EVA 우주복이 너무 귀찮아!"

"게으른 인간. 가서 가져와!"

나는 웃는다. 농담할 때면 로키의 목소리가 약간 달라진다. 그걸 알아듣기까지는 오랜 시간이 걸렸다. 이건 마치… 단어 사이에 뜸을 들이는 것과 비슷하달까. 억양이 다르다. 정확히 지적하지는 못하겠지만 들으면 안다.

외부 수거함 화면에서 나는 수집기에 문을 닫고 평평한 형태로 돌아가라고 명령한다. 화면에는 명령이 수행되었다고 표시되고 선체 카메라로도 그 사실을 확인할 수 있다.

나는 올란 EVA 우주복에 기어 들어가 에어로크에 들어간 다음, 에어로크를 회전시킨다.

직접 보니 에이드리언은 그야말로 훌륭하다. 우주선에서 나온 나는 그 거대한 세상을 쳐다보느라 몇 분 동안 선체 위에 머물러 있다. 짙고 옅은 초록색 띠들이 구체를 덮고 있으며, 타우세티에서 반사된 빛은 그야말로 숨이 멎을 듯하다. 몇 시간이라도 쳐다보고 있을 수 있다.

아마 나는 지구도 이렇게 쳐다봤을 것이다. 기억이 나면 좋을 텐데. 세상에, 그 기억이 나면 정말로 좋겠다. 지구도 이에 못지않게 아름다웠을 텐데.

"너 오래 나가 있음." 로키의 목소리가 헤드셋을 통해 들려온다. "너 안전, 질문?"

나는 EVA 우주복 화면이 늘 통제실의 스피커보다 큰 소리로 무전 내용을 재생하도록 설정해 두었다. 이에 더해, 로키의 통제실 구체에도 헤드셋 마이크를 테이프로 붙여놓고 음성을 통해 활성화되도록 설정했다. 로키가 무슨 말을 하기만 하면 그 말이 송신됐다.

"에이드리언을 보고 있어. 예쁘다."

"나중에 봐. 지금은 표본 가져와."

"너 되게 이래라저래라한다."

"맞음."

나는 에이드리언의 빛에 흠뻑 젖은 채 선체를 따라 기어간다. 모든 것에 연녹색이 깃들어 있다. 나는 표본 수집기가 있어야 할 바로 그 자리에 있는 것을 본다.

내 예상처럼 크지 않다. 50센티미터쯤 되는 사각형이다. 옆에는 주위에 온통 빨간색과 노란색 줄무늬가 들어간 레버가 붙어 있다. 레버에 적힌 글자는 'ECU를 떼어내려면 레버를 당기시오—потянуть рычаг чтобы освободить ECU—拉杆释放ECU'이다.

나는 외부 수집기에 있는 편리한 구멍에 사슬을 채우고(아마 바로 이런 용도로 뚫어놓은 것이겠지), 레버를 열림 쪽으로 당긴다.

표본 수집기가 선체에서 떨어져 나와 둥실둥실 떠다닌다.

나는 표본 수집기를 끌고 선체를 다시 가로질러 에어로크로 향한다. 에어로크를 다시 회전시킨 다음 우주복에서 기어 나온다.

"문제없음?" 로키가 묻는다.

"응."

"좋음!" 로키가 말한다. "과학 장비로 살펴봄, 질문?"

"응. 지금." 나는 원심분리기 화면을 띄운다. "중력 준비해."

"그래, 중력." 로키는 세 발로 손잡이를 꽉 잡는다. "과학 장비를 위해."

일단 원심분리기가 가동되자 나는 실험실에서 작업을 시작한다.

로키가 종종걸음치며 터널을 따라 실험실 천장으로 들어오더니 골똘히 지켜본다. 뭐, '지켜보는' 건 아니다. 골똘히 귀 기울인다고 해야겠지.

나는 표본 수집기를 실험대에 올려놓고 판 하나를 펼친다. 이쪽은 타우세티를 향해 있던 면이다. 눈에 들어온 모습에 나는 미소 짓는다.

나는 목을 쭉 늘이고 로키를 쳐다본다. "이 판은 처음에 흰색이었는

417

데, 지금은 검은색이야."

"이해 못 함."

"표본 수집기의 색깔이 아스트로파지 색으로 바뀌었어. 아스트로파지를 엄청 많이 수집한 거야."

"좋음, 좋음!"

이어진 두 시간 동안, 나는 표본 수집기 양면에서 모든 것을 긁어내, 각 면에서 긁어낸 것을 각각의 통에 집어넣는다. 그런 다음 각 표본을 물로 잘 헹궈 아스트로파지가 바닥으로 가라앉게 둔다. 긁어낼 때 끈적거리는 물질도 아스트로파지와 함께 많이 떨어져 나왔을 게 분명한데 그건 없애고 싶으니까.

나는 일련의 실험을 진행한다. 일단은 아스트로파지 몇 개로 DNA 표지자 실험을 해, 이것들이 지구에서 발견되는 아스트로파지와 같은 것인지 살펴본다. 같은 종류다. 최소한 내가 확인한 표지자는 동일하다.

그런 다음, 나는 각 표본의 전체적인 개체 수를 확인한다.

"흥미로운데." 내가 말한다.

로키가 돌연 흥미를 보인다. "무엇이 흥미로움, 질문?"

"양면의 개체 수가 대체로 비슷해."

"예상 못 함." 그가 말한다.

"그러게 말이야." 나도 동의한다.

표본 수집기의 한쪽 면은 타우세티를, 다른 면은 에이드리언을 향해 있었다. 아스트로파시는 번식을 위해 이주한다. 기운찬 아스트로파지 한 마리가 눈을 반짝이며 에이드리언으로 향한다면 돌아오는 아스트로파지는 둘이어야 한다. 그러니까 대충 말하면, 타우세티에서 에이드리언으로 가는 것보다 에이드리언에서 타우세티로 가는 아스트로파지의 숫자가 두 배는 많아야 한다는 것이다. 하지만 실제로는 그렇지 않았다. 에이드리언으로 들어오는 아스트로파지의 숫자가 타우세티로 나가는 아스트로파지의 숫자와 같았다.

로키는 더 자세히 보려고 실험실 천장 전체에 설치된 터널을 따라 기어 온다. "세어 볼 때 잘못, 질문? 너 어떻게 셈, 질문?"

"두 표본의 총 열에너지 방출량을 측정했어." 그건 손에 쥐고 있는 아스트로파지의 숫자가 얼마나 많은지 알아내는 확실한 방법이었다. 아스트로파지는 하나하나 고집스럽게 섭씨 96.415도를 유지한다. 아스트로파지의 숫자가 많아질수록, 내가 아스트로파지를 올려놓은 금속판에서 흡수되는 열에너지의 총량이 많아진다.

로키는 두 발톱을 서로 탁탁 부딪친다. "좋은 방법. 개체 수 같은 게 틀림없음. 어떻게, 질문?"

"몰라." 나는 '돌아오는'(그러니까, 에이드리언에서 타우세티로 돌아가던) 아스트로파지 일부를 슬라이드에 펴 바르고 슬라이드를 현미경으로 가져간다.

로키는 잽싸게 터널을 지나 따라온다. "그거 무엇, 질문?"

"현미경." 내가 말한다. "아주 작은 것들을 볼 수 있게 도와주는 거야. 이게 있으면 아스트로파지를 볼 수 있어."

"놀라움."

나는 표본을 보고 헛숨을 들이켠다. 이 안에는 아스트로파지 말고도 아주 많은 것들이 있다!

낯익은 아스트로파지의 검은 점들이 표본 전체에 널려 있다. 하지만 반투명한 세포들, 박테리아처럼 보이는 더 작은 것들, 아메바 같은 더 큰 것들도 있다. 가느다란 것, 뚱뚱한 것, 소용돌이처럼 생긴 것…. 너

419

무 많아서 셀 수도 없다. 셀 수 없을 만큼 다양한 종류가 너무 많다. 호수의 물 한 방울에 들어 있는 모든 생명체를 구경하는 것 같다!

"와아!" 내가 말한다. "생명이야! 이 안에는 온갖 생명체가 들어 있어! 아스트로파지만이 아니야. 다양한 종들이 엄청 많이 있다고!"

로키는 문자 그대로 터널 벽에서 튀어 오른다. "놀라움! 놀라움 놀라움 놀라움!"

"에이드리언은 그냥 행성이 아니야." 내가 말한다. "에이드리언은 생명체가 있는 행성이었어. 지구나 에리드처럼! 이러면 메탄이 다 어디서 나오는지 설명이 되지. 생명체가 메탄을 만들어내니까!"

로키는 얼어붙는다. 그러더니 그는 불쑥 위로 솟구친다. 나는 로키가 그렇게 높이 등딱지를 들어 올리는 모습을 한 번도 보지 못했다. "생명체가 개체 수 차이의 이유! 생명체가 이유!"

"뭐?" 내가 말한다. 그는 내가 본 어느 때보다 신나 있다. "어떻게? 이해가 안 되는데."

그는 터널 벽을 발톱으로 톡톡 두드리며 내 현미경을 가리킨다. "에이드리언에 있는 어떤 생명체가 아스트로파지를 먹음! 개체 수 균형. 자연의 질서. 모든 것 설명!"

"세상에!" 나는 헛숨을 들이켠다. 심장이 쿵쾅거리다 가슴을 뚫고 튀어 나갈 것 같다. "아스트로파지한테 포식자가 있는 거야!"

에이드리언에는 완전한 생물권이 있었다. 아스트로파지만이 아니었다. 심지어 페트로바선 안에도 활동 중인 생물권이 있었다.

여기에서 그 모든 것이 시작된 것이다. 그게 아니라면 수없이 많은 다양한 생명체들 모두가 우주에서 이주할 수 있도록 진화한 것을 어떻게 설명하겠는가? 그들 모두가 같은 유전적 뿌리에서 나온 것이다.

아스트로파지는 그저 이곳에서 진화한 많고 많은 생명체 중 하나였다. 그리고 모든 생명에는 변종과 포식 관계가 있다.

에이드리언은 그냥 아스트로파지에 감염된 행성이 아니었다. 아스트로파지의 고향이었다! 그리고 아스트로파지를 먹는 포식자들의 고향이기도 했다.

"놀라운데!" 나는 소리친다. "그 포식자를 찾아내면…."

"…고향으로 가지고 가!" 로키가 말한다. 평소보다 두 옥타브는 높은 목소리다. "포식자가 아스트로파지를 먹고 번식. 더 많은 아스트로파지를 먹고 번식. 더 더 더 많은 아스트로파지 먹음! 별들을 구함!"

"맞아!" 나는 터널 벽을 손마디로 쾅 쳤다. "하이파이브!"

"무엇, 질문?"

나는 터널을 다시 두드렸다. "이거. 이렇게 해."

그는 내 손 반대편 벽에 대고 내 동작을 따라한다.

"축하해!" 내가 말한다.

"축하!"

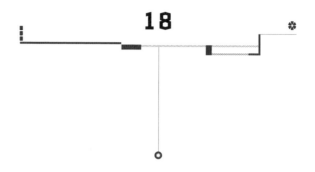

18

헤일메리호의 대원들은 휴게실 소파에 앉아서 각자 자기가 고른 음료를 들고 있었다.

야오 대장은 독일 맥주를, 엔지니어 일류키나는 머리가 아플 정도로 커다란 보드카 텀블러를, 과학 전문가인 두보이스는 2003년 카베르네 소비뇽 한 잔을 들고 있었다. 두보이스는 와인에 숨 쉴 시간을 주겠다면서 10분 전에 미리 따라놓았다.

휴게실 자체를 마련하는 것만도 엄청나게 수고스러운 일이었다. 스트라트는 임무와 직접적으로 연관되지 않은 것은 그 무엇도 좋아하지 않았고, 항공모함에 딱히 여유 공간이 넘쳐나는 것도 아니었다. 그러나 전 세계에서 온 100명 넘는 과학자들이 쉴 만한 공간을 요구하자 스트라트도 물러섰다. 격납고 한쪽 구석에 이런 '호사'를 가능하게 할 조그만 방이 마련됐다.

북적거리는 방에서 수십 명이 벽에 걸린 모니터로 TV를 보았다. 암묵적인 합의에 따라 대원들이 소파에 앉게 됐다. 대원들에게는 가능한 모든 특전과 특혜가 주어졌다. 그들은 인류를 위해 목숨을 희생하려 했다. 그들에게 최고의 자리를 주는 것은 우리가 할 수 있는 최소한의 성의였다.

"발사까지 겨우 몇 분이 남아 있습니다." BBC 기자가 말했다. 미국이나 중국, 러시아의 뉴스를 볼 수도 있었겠지만 전부 똑같은 내용이었을 것이다. 바이코누르 우주기지를 멀리서 찍은 화면 사이사이로, 발사대 위에 올라가 있는 거대한 발사용 로켓이 나왔다.

기자는 모스크바의 임무 통제 센터를 내려다보는 관찰실에 서 있었다. "오늘의 발사는 헤일메리 프로젝트에 예정된 총 열여섯 번의 발사 중 아홉 번째 발사이지만, 가장 중요한 발사라고 할 수 있습니다. 오늘 발사되는 탑재 화물에는 조종석, 실험실, 숙소를 조립하기 위한 부품이 포함돼 있습니다. 국제 우주정거장의 우주인들이 부품을 받을 준비를 하고 있으며, 향후 2주간에 걸쳐 지난 몇 차례의 여정을 통해 건설된 헤일메리호의 프레임에 이 부품들을 앉힐 예정으로…"

일류키나가 보드카 텀블러를 들어 올렸다. "내 집을 조져놓지만 말아줘, 로스코스모스 후레자식들아!"

"일류키나 씨 친구들 아니에요?" 내가 물었다.

"친구이면서 후레자식일 수도 있는 거죠!" 일류키나가 호탕하게 웃음을 터뜨렸다.

카운트다운이 화면에 나왔다. 1분도 남지 않았다.

야오가 몸을 앞으로 숙이고 골똘히 들여다보았다. 힘들 게 틀림없었다. 이렇게 중요한 일이 펼쳐지는 걸 수동적으로 지켜볼 수밖에 없는, 행동파 군인이라니.

두보이스가 야오의 표정을 보았다. "발사는 분명 잘 될 겁니다, 야오 대장님."

"음." 야오가 말했다.

"발사까지 30초." 일류키나가 말했다. "그렇게까지는 못 기다리겠는데." 그녀는 보드카를 단숨에 삼키더니 즉시 한 잔을 더 따랐다.

카운트다운이 계속되면서 모여 있던 과학자들이 앞으로 조금 밀고 나왔다. 어쩌다 보니 나는 소파 뒤에 꼼짝없이 붙게 됐다. 하지만 화면에 너무 집중하느라 그게 신경 쓰이지는 않았다.

두보이스가 목을 쭉 빼고 나를 돌아봤다. "스트라트 씨는 함께하지 않습니까?"

"그럴걸요." 내가 말했다. "스트라트 씨는 발사 같은 재미있는 일에는 관심이 없거든요. 아마 자기 사무실에서 스프레드시트를 살펴보고 있거나 할 거예요."

그는 고개를 끄덕였다. "그러면 박사님이 여기 계시는 게 다행이군요. 어떤 면에서는 박사님이 스트라트 씨를 대신하시니까요."

"제가요? 스트라트를 대신한다고요? 어쩌다 그런 생각을 하셨어요?"

일류키나가 고개를 돌려 나를 마주 보았다. "박사님이 넘버 투 아니에요? 헤일메리 프로젝트의 일등항해사 아니신가요?"

"뭐라고요? 아니에요! 전 그냥 과학자 중 한 명일뿐이에요. 이분들하고 똑같아요." 나는 내 뒤의 남녀들을 가리켰다.

일류키나와 두보이스는 서로를 보더니 다시 나를 보았다. "정말로 그렇게 생각하세요?" 일류키나가 말했다.

밥 리어델이 내 뒤에서 목소리를 높였다. "그레이스 박사님, 박사님은 우리랑 달라요."

나는 그를 보며 어깨를 으쓱했다. "다를 리가 없죠. 왜 다르다는 거예요?"

"요점은," 두보이스가 말했다. "박사님이 어떤 식으로든 스트라트 씨에게 특별한 분이라는 겁니다. 저는 두 분이 성적인 화합을 이루고 있다고 생각했습니다만."

나는 입이 쩍 벌어졌다. "무슨⋯. 뭐요? 미쳤어요? 아니에요! 절대로!"

"흠." 일류키나가 말했다. "그럼 지금부터 그렇게 해보는 게 어때요? 스트라트 씨는 너무 빡빡하잖아요. 호젓한 데서 좀 즐기면 스트라트 씨한테도 좋을 것 같은데요."

"아니, 세상에. 사람들이 그렇게 생각한단 말이에요?" 나는 돌아서서 과학자들을 마주 보았다. 그들 대부분이 눈을 피했다. "그런 일은 전혀 없어요! 내가 넘버 투도 아니고요! 난 그냥 과학자예요. 나머지 여러분처럼 이 프로젝트에 끌려 들어왔단 말입니다!"

야오가 돌아서더니 잠시 나를 쳐다봤다. 방 안이 조용해졌다. 그는 별로 말을 하지 않았으므로 그가 말을 할 때면 사람들이 관심을 기울였다.

"박사님은 넘버 투가 맞습니다." 그가 말했다. 그러더니 그는 다시 화면을 돌아보았다.

BBC 아나운서가 화면에 표시된 타이머에 맞춰 마지막 몇 초를 함께 세었다. "셋⋯ 둘⋯ 하나⋯ 발사!"

불꽃과 연기가 화면의 로켓을 둘러쌌고 로켓은 하늘로 떠올랐다. 처음에는 느렸지만 점점 속도를 더해가면서.

일류키나는 몇 초 동안 유리잔을 들고 있더니 결국 환호성을 터뜨렸다. "발사대가 비었습니다! 발사 성공이에요!" 그녀가 보드카를 꿀꺽 삼켰다.

"겨우 지상에서 100피트 떨어졌을 뿐이에요." 내가 말했다. "궤도에

425

진입할 때까지 기다리는 건 어떨까요?"

두보이스가 와인을 홀짝였다. "우주인들은 발사대가 비면 축하합니다."

한마디 말도 없이, 야오도 맥주를 한 모금 마셨다.

"어째서! 안! 되냐!" 나는 한마디, 한마디 내뱉으며 양쪽 손바닥으로 내 이마를 친다.

나는 기운이 빠져 실험실 의자에 주저앉는다.

로키는 머리 위의 자기 터널에서 나를 지켜본다. "포식자 없음, 질문?"

"포식자가 없어." 나는 한숨을 쉰다.

실험은 매우 간단하다. 유리 구체 안에 에이드리언의 공기를 가득 채운다. 공기는 사실 에이드리언에서 온 것은 아니지만, 기체의 비율은 대기의 분광 도표에 근거하고 있다. 기압은 아주 낮다. 10분의 1기압이다. 에이드리언의 대기 상층부와 같은 기압이 틀림없다.

구체 안에는 우리가 모아온 에이드리언의 생명체들과 새 아스트로파지들이 있다. 나는 맛있고 육즙이 뚝뚝 떨어지는 아스트로파지를 잔뜩 제공하면 포식자의 개체 수가 치솟을 테고, 그 녀석이 지배적인 세포 유형이 되면 녀석을 표본에서 분리해 낼 수 있을 거라고 생각했다.

생각대로 되지 않았다.

"확실함, 질문?"

나는 임시로 만든 열에너지 표시기를 확인한다. 그저 일부는 얼음물에 담가져 있고 일부는 구체에 부착된 열전쌍일 뿐이다. 아스트로파지에 의해 발생한 열에너지는 얼음 때문에 소진된다. 그 결과로 나오는

426

열전쌍의 온도가 아스트로파지가 뿜어내는 열에너지의 총량을 알려준다. 온도가 떨어지면 아스트로파지 개체 수가 줄어들었다는 뜻이다. 하지만 그런 일은 일어나지 않는다.

"응. 확실해." 내가 말한다. "아스트로파지 개체 수에 변화가 없어."

"어쩌면 구체의 온도가 안 좋은 걸지도 모름. 너무 뜨거움. 에이드리언의 위쪽 대기는 아마 네 실온보다 훨씬 차가울 것임."

나는 고개를 젓는다. "에이드리언의 공기 온도는 상관없을 거야. 포식자는 아스트로파지의 온도를 다룰 수 있을 게 틀림없으니까."

"아. 그렇지. 네 말이 맞음."

"어쩌면 포식자 가설이 틀린 걸지도 몰라." 내가 말한다.

로키는 딸깍거리며 실험실 저쪽 끝으로 터널을 가로질러 간다. 그는 생각에 잠기면 어슬렁거린다. 인간과 에리디언이 둘 다 그런 행동을 보인다니 흥미로운 일이다. "포식자만이 유일한 설명. 어쩌면 포식자들은 페트로바선에 살지 않는 걸지도 모름. 대기 아래쪽 더 깊숙한 곳에 살지도 모름."

나는 퍼뜩 고개를 든다. "그럴지도."

나는 실험실 모니터를 살펴본다. 모니터에는 에이드리언의 외부 카메라 영상을 띄워두었다. 무슨 과학적인 이유가 있어서는 아니었다. 그냥 멋있어 보이니까. 지금 이 순간, 우리는 명암경계선을 건너 이 행성의 낮 부분으로 들어가기 직전이다. 궤도의 여명이 호선을 따라 빛난다.

"좋아, 포식자가 대기에 산다고 하자. 고도는 몇일까?"

"어떤 고도가 가장 좋음, 질문? 네가 포식자라면 어디로 감, 질문? 아스트로파지로 감."

"좋아. 그럼 아스트로파지는 어느 고도에 있지?" 질문 자체가 답이다. "아! 번식이 이루어지는 고도가 있어. 아스트로파지가 번식할 만큼 공기에 이산화탄소가 많은 곳이야."

"그래!" 로키는 달각거리며 다시 터널을 가로질러 와 내 머리 위에 선다. "찾을 수 있음. 쉬움. 페트로바스코프."

나는 주먹으로 손바닥을 친다. "맞아! 그렇지!"

아스트로파지는 어디에선가 번식해야만 한다. 이산화탄소의 특정한 분압이 핵심 요소일 것이다. 하지만 우리는 그 분압을 계산할 필요도 없고, 추측할 필요도 없다. 아스트로파지는 분열하면 새끼와 함께 타우세티로 돌아간다. 그러기 위해 적외선 방출을 활용하고. 그 말은, 문제의 고도에서는 행성 전체에서 페트로바 주파수가 뿜어내는 빛이 보이리라는 뜻이다.

"통제실로 가자!" 내가 말한다.

"통제실로!" 로키는 잽싸게 실험실 천장 터널을 가로질러, 그의 개인적인 통제실 입구로 사라진다. 나도 따라가지만 속도로는 도저히 상대가 안 된다.

나는 사다리를 올라가 조종석에 앉은 뒤 화면을 획획 넘겨 페트로바스코프를 띄운다. 로키는 이미 자기 구체에 자리를 잡고서 내 주 화면으로 카메라를 돌리고 있다.

화면 전체가 붉게 빛난다.

"무엇, 질문? 데이터 없음."

"잠깐만." 내가 말한다. 나는 제어판과 옵션 창을 불러와 슬라이더를 조정하기 시작한다. "우리는 페트로바선 안에 있어. 사방에 아스트로파지가 있는 거지. 가장 밝은 광원만 보이게 설정만 바꾸면 돼…."

아주 많은 조작이 필요하지만, 나는 결국 가장 밝은 주파수 범위를 얻는 데 성공한다. 남은 것은 에이드리언에서 나오는 적외선의 불규칙하고 얼룩덜룩한 구역들이다.

"이게 우리 해답인 것 같아." 내가 말한다.

로키는 내가 보는 것을 '보려고' 자신의 질감 화면으로 다가간다.

"예상했던 건 아닌데." 내가 말한다.

나는 특정한 고도에서 그냥 일반적인 적외선 층이 보일 거라고 생각했다. 하지만 전혀 그렇지 않다. 얼룩덜룩하게 보이는 구역은 기본적으로 구름이다. 그리고 가시광선으로 보이는, 성긴 흰색 구름과도 일치하지 않는다. 이것들은, 달리 뭐라 말해야 할지 모르겠는데, 적외선 구름이라고 할 수 있다.

아니, 더 정확히 말하자면 적외선을 뿜어내는 아스트로파지의 구름이다. 무슨 이유에서인지는 몰라도 아스트로파지는 일부 구역에서 훨씬 더 많이 번식하고 있다.

"특이한 분포." 로키가 내 생각을 비추기라도 하듯 말한다.

"그러게. 날씨가 번식에 영향을 주는 걸까?"

"그럴지도. 고도 계산할 수 있음, 질문?"

"응. 기다려."

나는 페트로바스코프를 확대하고 상하좌우로 돌린 끝에 에이드리언의 지평선에 바로 떠 있는 아스트로파지 구름을 보게 된다. 화면의 수치는 우주선 장축에 대한 카메라의 현재 각도를 보여준다. 나는 그 각도를 휘갈겨 메모하고, 항로 제어판으로 전환한다. 화면은 궤도의 중심에 대한 우주선의 각도를 보여준다. 이 정보와 삼각법을 활용하면 아스트로파지 구름의 고도를 계산할 수 있다.

"번식 고도는 행성 상공 91.2킬로미터 지점이야. 폭은 200미터 미만이고."

로키는 한 발톱을 다른 발톱에 얹는다. 나는 그 보디랭귀지를 알고 있다. 그는 '포식자들이 존재한다면, 거기 있겠네.'라고 생각하는 중이다.

"내 생각도 그래." 내가 말한다. "하지만 어떻게 표본을 구하지?"

"궤도 얼마나 가까워질 수 있음, 질문?"

"행성 상공 100킬로미터까지. 그보다 가까워지면 우주선이 대기에서 타버릴 거야."

"불행." 로키가 말한다. "번식 구역에서 8.8킬로미터 떨어진 곳. 그 이상 못 감, 질문?"

"궤도속도로 대기에 진입하면 우린 죽어. 하지만 속도를 줄인다면 다르지."

"속도를 줄인다는 건 궤도가 좋지 않다는 뜻. 공기로 떨어짐. 죽음."

나는 팔걸이 너머로 몸을 쭉 빼고 그를 본다. "엔진을 이용해서 대기로 추락하는 걸 막을 수 있어. 그냥 행성에서 먼 쪽으로 계속 추진력을 주는 거야. 대기가 있는 곳까지 고도를 낮추고 표본을 얻은 다음 떠나는 거지."

"안 통함. 죽음."

"왜 안 통해?"

"엔진에서 엄청난 적외선 나옴. 공기에서 엔진을 사용하면 공기가 이온이 됨. 폭발. 우주선 파괴."

나는 움찔한다. "맞아, 그러네."

디미트리가 처음으로 스핀 드라이브를 시험하던 때, 스핀 드라이브가 가동된 건 겨우 100마이크로초였다. 그런데도 스핀 드라이브는 그 뒤에 있던 금속 규소 1톤을 녹여버렸다. 게다가 그 시험용 스핀 드라이브는 헤일메리의 엔진에 비하면 출력이 1,000분의 1에 불과했다. 진공 속에서는 모든 것이 멀쩡하게 작동했다. 하지만 공기 중에서 엔진을 사용하면 핵폭탄을 불꽃놀이 정도로 보이게 할 불덩이가 생겨난다.

우리는 잠시 좌절감에 조용히 앉아 있다. 우리 둘의 세상을 구할 방법이 겨우 10킬로미터 아래에 있을지도 모르는데, 그곳에 접근할 수가 없다니. 무슨 방법이 있어야만 한다. 하지만 무슨 방법이 있을까? 우리는 직접 그곳에 내려갈 필요도 없다. 그저 그곳 공기의 표본만을 얻으면 된다. 뭐가 됐든, 아무리 적은 양이라도.

잠깐만.

"너, 제노나이트 어떻게 만든다고 했지? 액체 두 가지를 섞는다고 했나?"

로키는 이 질문에 뒤통수를 얻어맞은 듯하지만 대답한다. "그래. 액체랑 액체 가져옴. 섞음. 제노나이트 됨."

"얼마나 만들 수 있어? 그 액체를 얼마나 가져왔어?"

"많이 가져옴. 내 구역 만들 때 씀."

나는 스프레드시트를 띄우고 숫자를 입력하기 시작한다. "제노나이트 0.4세제곱미터가 필요해. 그만큼 만들 수 있어?"

"그래." 그가 말한다. "0.61세제곱미터를 만들 수 있는 액체가 남아 있음."

"좋아. 그럼 나한테… 어떤 생각이 있어." 나는 손가락을 뾰족하게 모은다.

간단한 아이디어이지만, 멍청한 아이디어이기도 하다. 한 가지 말해 둘 건, 통하기만 하면 멍청한 아이디어가 천재적인 아이디어가 된다는 것이다. 이 아이디어는 어느 쪽으로 기울어질지 두고 볼 일이다.

아스트로파지 번식장은 에이드리언의 대기로부터 10킬로미터 들어간 지점에 있다. 공기의 밀도가 너무 높아서 우주선이 불타오를 것이기 때문에, 헤일메리호를 그렇게까지 낮게 날도록 할 수는 없다. 온갖 난리가 나고 모든 것이 폭발할 테니 대기에서 엔진을 사용할 수도 없다.

그러니까 이제는 낚시할 시간이다. 우리는 10킬로미터 길이의 체인을 만들어 일종의 표본 수집기를 그 끝에 매달고(이건 로키가 만들기로 했다), 그걸 끌고 대기를 가로지를 것이다. 참 쉽겠지?

아니다.

헤일메리호는 초속 12.6킬로미터를 유지하면서 궤도에 머물러야 한다. 그보다 조금이라도 느려지면 우리는 추진력을 잃고 불타오를 것이다. 하지만 그 속도로 사슬을 끌고 가면 아무리 제노나이트 사슬이라고 하더라도 사슬이 찢어져 기화하게 된다.

그래서 우리는 속도를 늦춰야 한다. 하지만 속도를 늦춘다는 건 행성 쪽으로 추락한다는 뜻이다. 엔진을 사용해 고도를 유지하지 않는다면 말이다. 그렇다고 엔진을 사용하면 나는 사슬과 표본 수집기 정반대 방향으로 추진력을 가하게 된다. 엔진의 배기가스가 그 모든 것을 증발시킬 것이다.

그러므로 우리는 비스듬하게 추진력을 주어야 한다. 참 간단한 일 아닌가!

매우 우스꽝스럽게 보일 것이다. 헤일메리호는 수직선에서 30도 기울어진 각도를 유지하면서, 위쪽으로 추진력을 가한다. 그 밑에서는 사슬이 곧장 아래쪽으로 10킬로미터가량 달랑달랑 늘어진다. 추진기 뒤의 대기는 이온화된 불의 상태를 벗어나지 못한다. 꽤 볼 만할 것이다. 하지만 그 모든 건 우리 뒤에 있게 되고, 사슬은 아무 영향을 받지 않은 채 공기를 지나게 된다.

이 모든 점을 고려할 때 가로 방향으로만 작용하는 속도는 초속 100미터를 약간 넘는 수준이 된다. 고도가 높고 공기의 밀도가 낮은 곳에서라면, 사슬은 그 정도 속도를 아무 문제없이 버틸 수 있다. 계산해 보니, 각도는 수직선에서 겨우 2도 정도 틀어질 것 같았다.

표본을 확보했다는 느낌이 들면 서둘러 도망친다. 잘못될 게 뭐 있을까!

방금 말은 반어법이다.

나는 실력이 뛰어난 3D 모델 설계사가 아니지만, 사슬의 고리 정도야 CAD를 가지고 그럴싸하게 만들 수 있다. 이 고리는 일반적인 타원형 고리가 아니다. 대체로는 타원형이지만, 다른 고리가 들어갈 수 있는 가느다란 구멍이 있다. 고리들을 서로 조립하기는 쉽지만, 덜컥거리다가 고리가 분리될 가능성은 극히 적다. 잡아 당겨질 때는 특히 그렇다.

나는 알루미늄 블록을 집어 들고 밀링머신에 집어넣는다.

"이 방법 통함, 질문?" 로키가 천장 터널에서 묻는다.

"통해야지." 내가 말한다.

전원을 켜자 밀링머신은 즉시 작동된다. 알루미늄을 갈아내 내가 원했던 그대로 사슬 고리를 떠낼 거푸집을 만들어낸다.

나는 제품을 꺼내고 알루미늄 가루를 털어낸 다음 터널 쪽으로 들어

올린다. "어때?"

"아주 좋음!" 로키가 말한다. "우리는 많고 많고 많은 사슬 고리 필요. 더 많은 거푸집 있으면 내가 한 번에 더 많은 고리 만들어냄. 많은 거푸집 만들 수 있음, 질문?"

"글쎄." 나는 보급품 보관장을 본다. "알루미늄 양에 한계가 있어."

"너 우주선에 쓰지 않는 물건 많음. 예를 들면 숙소의 침대 두 개. 그것들을 녹이고 블록을 만들어 더 많은 거푸집을 만들어."

"와. 넌 뭐든 어중간하게 처리하는 법이 없구나?"

"이해 못 함."

"이것저것 녹여버리지는 않을 거야. 대체 어떻게 녹이라고?"

"아스트로파지. 모든 것을 녹임."

"그걸 몰랐네." 내가 말한다. "근데 싫어. 열기가 너무 강해서, 내 생명 유지 장치가 버티지 못할 거야. 그러고 보니 생각나네. 넌 아스트로파지가 왜 그렇게 많이 남아?"

그는 잠시 말을 멈춘다. "이상한 이야기."

나는 퍼뜩 고개를 든다. 이상한 이야기라면 언제든지 고개를 들 만하다. 로키는 발톱을 달각거리며 터널을 가로지르더니 약간 더 넓은 곳에 앉는다. "과학 에리디언들 계산 많이 함. 여행 계산. 더 많은 연료는 더 빠른 여행을 의미. 그래서 우리는 많고 많고 많은 아스트로파지 만듦."

"어떻게 그렇게 많이 만들었어? 지구는 아스트로파지를 만드느라에 좀 먹었는데."

"쉬움. 이산화탄소가 들어 있는 금속 공 집어넣음. 바다에 집어넣음. 기다림. 아스트로파지가 두 배가 되고 두 배가 되고 두 배가 됨. 많은 아스트로파지."

"그으으래. 너희 바다는 아스트로파지보다 뜨거우니까."

"그래. 지구 바다는 아님. 슬픔."

아스트로파지 생산에 관해서라면, 에리드는 천혜의 환경을 가지고 있다. 행성 전체가 압력솥이다. 섭씨 210도에 29기압이란, 행성 표면에서 물이 액체 상태라는 뜻이다. 그리고 바다는 아스트로파지의 임계 온도보다 훨씬 더 뜨겁다. 그냥 아스트로파지를 물에 집어넣어 열을 흡수하게 하면 아스트로파지가 번식한다.

질투가 난다. 우리는 아스트로파지를 키우느라 사하라사막을 덮어버려야 했다. 에리디언들은 그냥 물에 집어넣기만 하면 됐다니. 에리드의 바다에 저장된 열에너지는 말도 안 되는 수준이었다. 섭씨 200도 이상의 온도를 유지하는, 그렇게 많은 물, 지구의 바다 전체를 합한 것보다 더 많은 물이라니. 엄청난 에너지다.

지구가 수십 년 내에 얼어붙는 데 비해 에리디언들에게는 이 문제를 해결할 시간이 1세기 정도 있는 까닭이 그래서였다. 열을 보관하고 있는 건 그들의 공기만이 아니었다. 에리디언들의 바다에는 더 많은 열이 저장되어 있었다. 말했듯이, 천혜의 환경이다.

"과학 에리디언들이 우주선과 연료 필요량 설계. 6.64년이 걸릴 여행."

이 말에 나는 잠시 멈칫한다. 40에리다니는 타우세티에서 10광년 떨어져 있으니, 에리드의 관점에서 보면 둘 사이를 10년이 안 걸려서 오갈 수는 없다. 로키는 시간 팽창 덕분에 그의 우주선이 경험하게 되는 6.64년을 말하는 게 틀림없다.

"여행에 이상한 일 일어남. 대원들 아픔. 죽음." 그의 목소리가 낮아진다. "이제는 방사선 때문인 거 알아."

나는 시선을 내리깔고 그에게 잠시 시간을 준다.

"모두가 아픔. 나 혼자 우주선 운전. 더 많은 이상한 일. 엔진이 제대로 작동 안 함. 나는 엔진 전문가. 문제 알아낼 수 없음."

"엔진이 망가졌다고?"

"아니. 안 망가짐. 추진력 정상. 하지만 속도가… 안 늘어남. 설명 안 됨."

"흠."

로키는 그렇게 말하며 앞뒤로 달칵달칵 걸어 다닌다. "그런 다음 더 이상. 중간점에 예상보다 일찍 도착. 훨씬 일찍. 나 우주선 돌림. 속도를 줄이려고 추진. 하지만 타우세티 더 멀어짐. 어째서? 계속 타우로 다가가지만 타우 멀어짐. 많이 혼란."

"아, 이런." 내가 말한다. 어떤 생각이 스멀스멀 떠오른다. 아주 심란한 생각이다.

"나 속도 올림. 늦춤. 많이 혼란. 하지만 도착. 그 모든 실수와 혼란. 그래도 나는 3년 만에 여기에 도착. 과학 에리디언들이 말했던 것의 절반 시간. 너무 많이 혼란."

"아… 이런…" 나는 웅얼거린다.

"많고 많고 많은 연료 남음. 남았어야 할 것보다 훨씬 많이 남음. 불만 없음. 하지만 혼란."

"그래…" 내가 말한다. "저기 말이야, 에리드 시간이 네 우주선에서의 시간과 같아?"

로키는 등딱지를 갸웃한다. "질문 말 안 됨. 당연히 시간 같음. 시간은 모든 곳에서 같음."

나는 두 손에 얼굴을 묻는다. "세상에."

에리디언들은 상대성이론을 모른다.

이들은 여행 시간 전체를 뉴턴 물리학에 따라 계산했다. 언제까지나 계속해서 가속할 수 있고, 빛의 속도는 문제가 아니라는 가정을 두고 모든 것을 계산한 것이다.

에리디언들은 시간 팽창에 관해 모르고 있다. 로키는 여행하면서 그가 경험한 것보다 훨씬 긴 시간을 에리드가 경험했으리라는 사실을 모르고 있다. 에리디언들은 길이 팽창에 관해 모른다. 타우세티까지의 거리는, 타우세티와의 상대속도를 줄이면 사실상 증가한다. 계속 타우세티를 향해 가더라도 말이다.

지능을 갖춘 종족으로 이루어진 행성 전체가 틀린 과학적 가정에 기반해 우주선을 만들어냈는데, 웬 기적인지 대원 중 유일한 생존자가 시행착오 문제 풀기에 무척 뛰어나서 실제로 그 우주선을 목적지까지 끌고 오다니.

그리고 그 엄청난 실수 덕분에 나를 구원할 수 있게 되다니. 에리디언들은 훨씬 많은 연료가 필요할 거라고 생각했다. 그래서 로키에게는 엄청나게 많은 연료가 남았다.

"알았어, 로키." 내가 말한다. "진정하고. 설명해야 할 과학이 엄청나게 많아."

그는 두 차례 노크하고 내 사무실에 들어왔다. "그레이스 박사님? 그레이스 박사님이신가요?"

큰 사무실은 아니었지만 항공모함에 개인 공간이 조금이라도 있다는 건 행운이다. 내 사무실로 쓰인다는 드높은 영광을 누리기 전에, 이 방은 화장실 비품을 보관하는 보관실이었다. 배에는 매일 궁둥이를 닦아야 하는 승조원 3,000명이 있었으니까. 나는 다음번 항구에 들어가기 전까지 이 방을 내 사무실로 쓸 수 있었다. 항구에 도착하면 이 방은 더 많은 비품으로 채워질 것이다.

나는 대략 화장지 정도로 중요한 인물이었다.

나는 노트북에서 고개를 들었다. 키가 작고, 왠지 단정치 못한 남성이 문간에 서서 어색하게 손을 흔들었다.

"네." 내가 말했다. "제가 그레이스입니다만…?"

"해치요. 저는 스티브 해치입니다. 브리티시컬럼비아 대학교에서 왔고요. 반가워요."

나는 책상으로 쓰는 접이식 탁자 앞의 접이식 의자를 가리켰다.

그는 발을 질질 끌며, 둥글납작한 금속 물체를 들고 들어왔다. 한 번도 본 적 없는 물건이었다. 그는 쿵 하며 그 물건을 내 탁자에 내려놓았다.

나는 물체를 바라봤다. 누가 메디신볼(운동용으로 던지고 받는 무겁고 큰 공-옮긴이)을 납작하게 누른 다음, 한쪽 끝에는 삼각형을 붙이고 다른 쪽 끝에는 사다리꼴을 붙인 것 같은 모습이었다.

해치는 의자에 앉아 두 팔을 쭉 폈다. "세상에, 해괴하더군요. 헬리콥터는 한 번도 안 타봤거든요. 박사님은 타보셨어요? 뭐, 당연히 타보셨겠죠. 안 타봤으면 여길 어떻게 오셨겠어요? 아니 뭐, 보트를 탈 수도 있었겠지만 그러진 않았을 테니까요. 듣자니 아스트로파지 실험을 하는 도중에 재해가 발생할까 봐 항공모함을 육지와 먼 곳에 띄웠다던데요. 솔직히 보트가 더 낫긴 했을 거예요. 헬리콥터를 타고 오느라 거의 토할 뻔했다니까요. 불평하는 건 아니고요. 그냥 참여할 수 있어서 기뻐요."

"음." 나는 책상의 물건을 가리켰다. "이게 뭐죠?"

왠지 그는 더욱 신났다. "아 맞네! 그건 비틀스예요! 뭐, 비틀스의 원형인 셈이죠. 우리 팀원들은 오류를 대부분 해결했다고 생각해요. 뭐, 모든 오류를 해결하는 건 불가능하지만, 실제 엔진 시험 준비는 마쳤다고요. 대학에서 우리더러 그 실험은 여기, 항공모함에서 해야 한다네요. 브리티시컬럼비아주 정부도 그렇게 말했고요. 아, 캐나다 연방정부도 그렇게 말했어요. 그건 그렇고, 전 캐나다 사람이에요. 걱정하진 마시고요! 전 반미주의 캐나다인이 아니거든요. 전 당신들도 문제없다고 생각해요."

"비틀스요?"

"네!" 그는 비틀스를 집어 들고 사다리꼴을 내 쪽을 향하도록 돌려 놓았다. "헤일메리호의 대원들이 우리에게 정보를 되돌려 보낼 수단이에요. 타우세티에서 지구까지 자동 항법으로 움직이게 될, 작고 독립된 우주선이죠. 뭐, 사실은 어디에 놔두든 지구로 돌아올 거예요. 작년 한 해 동안 우리 팀원들이 그렇게 만들었거든요."

나는 부등변 사각형을 들여다봤다. 반짝거리는 유리 비슷한 표면이 보인다. "저거 스핀 드라이브예요?" 내가 물었다.

"당연하죠! 세상에, 그 러시아인들 일 처리 하나는 제대로 하더라고요. 그 사람들 설계도를 활용했을 뿐인데, 모든 결과가 훌륭했어요. 내 생각에는 그래요. 스핀 드라이브는 아직 시험해 보지 않았거든요. 까다로운 부분은 내비게이션이랑 방향 조정이었어요."

그는 장치를 빙글 돌려 삼각형 머리 부분을 내 쪽으로 향하게 했다. "카메라들이랑 컴퓨터는 여기 들어 있어요. 멋들어지게 화려하지만 힘없는, 말도 안 되는 내비게이션이 아니에요. 이건 평범한 가시광선을 활용해서 별을 보죠. 별자리를 찾아내서, 그걸로 방향을 알아내요."

그는 둥글납작한 등딱지의 한가운데를 톡톡 두드렸다. "이 안에는 작은 직류발전기가 들어 있어요. 아스트로파지만 있으면 전력이 발생하는 거죠."

"여기에 뭘 실을 수 있는데요?" 내가 물었다.

"데이터요. 그 누구에게 필요한 것보다도 많은 메모리 저장 공간을 갖춘 RAID(복수 배열 독립 디스크—옮긴이)가 탑재돼 있어요." 그는 돔 부분을 두드렸다. 약간 울리는 소리가 났다. "이 녀석의 부피 대부분은 연료 저장고예요. 여행을 하는 데 약 125킬로그램의 아스트로파지가 필요하죠. 엄청 많은 것 같지만… 세상에, 11광년이잖아요!"

나는 장치를 들고, 두 손으로 몇 차례 무게를 가늠해 봤다. "방향은 어떻게 바꾸죠?"

"안에 반작용 휠이 들어 있어요." 그가 말했다. "반작용 휠이 한쪽 방향으로, 선체가 반대 방향으로 돌아가죠. 식은 죽 먹기예요."

"성간 내비게이션이 '식은 죽 먹기'라고요?" 내가 미소 지었다.

그는 히죽거렸다. "뭐, 우리가 해야 하는 일에 비하면 그렇죠. 비틀스에는 지구에서 보내는 신호를 지속적으로 청취하는 수신기가 있어요. 그 신호를 포착하면 자기 위치를 송신하고 심우주 통신망에서 보내는 지시 사항을 기다려요. 내비게이션이 엄청나게 정확할 필요는 없어요. 단지 지구의 무선 거리 안에 비틀스가 들어오도록 만들기만 하면 돼요. 토성의 궤도 안쪽이라면 어디든 괜찮을걸요."

나는 고개를 끄덕였다. "그럼 과학자들이 돌아오는 방법을 정확히 알려주는 거군요. 똑똑한데요."

그는 어깨를 으쓱했다. "네, 아마 그렇게 하겠죠. 하지만 꼭 그럴 필요는 없어요. 맨 먼저, 비틀스에 모든 데이터를 무전으로 보내게 할 수 있죠. 그럼 정보가 건너옵니다. 그러고 나서, 원한다면 나중에 비틀스를 회수하는 거예요. 아, 그리고 이 녀석들을 총 네 개 만들 겁니다. 넷중 하나만 여행에서 살아남으면 돼요."

나는 이쪽저쪽으로 비틀스를 돌려봤다. 놀랄 만큼 가벼웠다. 아무리 무거워 봐야 몇 파운드 정도. "네, 비틀스가 네 개 있군요. 각 비틀스가여행에서 살아남을 확률은 얼마나 되나요? 최소한의 비상용 보조 시스템이라도 탑재돼 있나요?"

그는 어깨를 으쓱했다. "아뇨, 그런 것까지는 아니에요. 하지만 비틀스는 헤일메리호만큼 오랫동안 여행할 필요가 없어요. 그러니까 아주오래 버티게 만들 필요가 없죠."

"헤일메리호랑 같은 길을 가는 거잖아요?" 내가 물었다. "왜 같은시간이 걸리지 않는다는 거예요?"

"헤일메리호의 가속력에는 안에 타고 있는 부드럽고 물렁물렁한 인간들 때문에 제한이 걸려 있으니까요. 비틀스는 그런 문제가 없죠. 비틀스에 탑재된 모든 것은 군용 크루즈미사일에 들어가는 전자기기와, 수백 g의 중력가속도를 버텨낼 수 있는 부품으로 이루어져 있어요. 그러니까 상대론적 속도에 훨씬 더 빨리 도달합니다."

"아, 흥미롭네요…." 나는 이게 학생들에게 던질 만한 좋은 질문이될지 궁금해졌지만, 그 생각은 즉시 떨쳐버렸다. 이건 세상의 그 어떤중학교 2학년생도 다룰 수 없는, 말도 안 되게 복잡한 계산이었다.

"네." 해치가 말했다. "비틀스는 0.93광속의 순항속도에 도달할 때까지 $500g$로 가속합니다. 지구까지 돌아오는 데는 11년이 걸리겠지만, 모든 점을 고려했을 때 이 녀석들은 겨우 20개월만을 경험하게 돼요. 신을 믿으세요? 사적인 질문이라는 건 알아요. 근데 저는 신을 믿거든요. 그리고 신이 상대성 같은 걸 만든 건 진짜 멋진 일이었다고 생각해요. 안 그래요? 빠르게 움직일수록 경험하는 시간이 줄어든다니. 꼭 주님이 우리에게 우주를 탐험하라고 초대하는 것 같지 않아요?"

그는 조용해져서 나를 쳐다봤다.

"뭐," 내가 말했다. "이건 정말 인상적이네요. 수고하셨습니다."

"고마워요!" 그가 말했다. "그럼 시험해 볼 아스트로파지를 좀 얻을 수 있을까요?"

"그럼요." 내가 말했다. "얼마나 필요하세요?"

"100밀리그램 정도는 어떨까요?"

나는 멈칫했다. "저기, 진정하시죠. 그 정도면 엄청난 에너지입니다."

"알았어요, 알았어요. 물어보지도 못하나요? 1밀리그램은 어때요?

"네, 그건 어떻게 해볼 수 있습니다."

그가 짝 손뼉을 쳤다. "와씨! 아스트로파지가 온다!" 그는 내게로 허리를 숙였다. "놀랍지 않아요? 그러니까, 아스트로파지 말이에요. 이건 꼭… 여태 존재했던 것 중에서 가장 멋지다니까요! 이번에도 주님이 우리한테 미래를 그냥 넘겨주시는 것 같아요."

"멋져요?" 내가 말했다. "이건 인류 멸종 수준의 사건인데요. 주님이 뭔가 건네주신다면 종말을 건네주시는 것 같은데."

스티브는 어깨를 으쓱했다. "아니 뭐, 조금은 그럴지도 모르죠. 근데 보세요. 완벽한 에너지 저장고잖아요! 배터리로 가정에 전력을 공급한다고 생각해 봐요. 예를 들면… AA 긴진지가 있는데, 그게 아스트로파지로 가득 차 있는 거죠. 그러면 한 10만 년쯤 집에 전기를 공급할 수 있어요. 차를 샀는데 기름을 한 번도 넣지 않아도 된다고 생각해 보라니까요? 전력 공급망이라는 개념 자체가 끝장날 거예요. 달 같은 데서 이 녀석을 번식시키기 시작하면, 그 모든 게 깨끗하고 재생 가능한 에너지가 되겠죠. 아스트로파지에 필요한 건 햇빛뿐이니까요!"

"깨끗하고 재생 가능하다고요?" 내가 말했다. "지금 아스트로파지가… 환경에 좋을 거라고 말하는 거예요? 그렇진 않을 테니까 하는 말입니다. 헤일메리호가 해결책을 찾아낸다 해도 우리는 대량 멸종을 마주하게 돼요. 지금부터 20년 후에는 지구에서 엄청나게 많은 종이 멸종될 겁니다. 우리는 인간이 그렇게 멸종되는 종에 속하지 않도록 노력하는 중이고요."

스티브는 손을 내저으며 내 말을 일축했다. "지구에는 과거에도 다섯 번의 대량 멸종 사건이 있었어요. 인간은 똑똑하고요. 우린 해낼 거예요."

"우린 굶어 죽을 거예요!" 내가 말했다. "수십억 명의 사람들이 굶어 죽게 될 거라고요."

"에이." 그가 말했다. "우린 이미 식량을 쌓아두고 있어요. 태양에너지를 잡아두려고 공기 중에 메탄을 풀어놓기도 했죠. 괜찮을 거예요. 헤일메리호가 성공하기만 하면요."

나는 그냥, 잠시 그를 바라보았다. "의심의 여지가 없네요. 박사님은 제가 여태 만나본 사람 중 가장 낙관적인 사람입니다."

그는 내게 두 손 엄지를 들어 보였다. "고마워요!"

그는 비틀스를 집어 들고 나가려고 돌아섰다. "가자, 피트. 아스트로파지를 줄게!"

"피트요?" 내가 물었다.

스티브는 어깨 너머로 나를 보았다. "네. 비틀스의 멤버 이름을 따서 이 녀석들의 이름을 지을 생각이거든요. 영국 록밴드 말이에요."

"박사님이 비틀스 팬이라는 뜻이에요?"

그는 돌아서서 나를 보았다. "팬이요? 아, 당연하죠. 과장하고 싶지는 않지만, 〈서전트 페퍼스 론리 하트 클럽 밴드〉는 인류의 역사에서 가장 위대한 음악적 성과예요. 네, 네. 저랑 생각이 다른 사람도 많죠. 하지만 그 사람들이 틀린 거예요."

"뭐 그래요." 내가 말했다. "근데 왜 '피트'예요? 비틀스의 이름은 존, 폴, 조지, 링고 아닌가요?"

"맞아요. 헤일메리호에 태울 녀석들은 그렇게 부를 생각이에요. 하지만 이 녀석은 지구 저궤도에서 시험할 녀석이니까요. 스페이스 엑스(일론 머스크가 세운, 미국의 항공 우주 장비 제조 및 우주 수송 회사-옮긴이) 발사대를 저 혼자 쓸 수 있다니! 끝내주지 않아요? 그건 그렇고, 이 녀석 이름은 피트 베스트를 따서 지은 거예요. 링고가 들어오기 전에 비틀스에서 드럼을 치던 사람이죠."

"아, 그건 몰랐네요." 내가 말했다.

"지금부터 알면 되죠. 이젠 아스트로파지를 받으러 가겠습니다. 이 비틀스 녀석들이 〈겟 백〉할 수 있는지 확인해 봐야 하거든요."

"그러세요."

스티브는 인상을 썼다. "〈겟 백〉 모르세요? 노래 제목이에요. 비틀스 노래."

"네. 그러세요."

그는 휙 돌아서서 떠났다. "사람들이 고전을 모른다니까."

그가 떠난 자리에는 혼란에 빠진 나만이 남았다. 그런 사람이 내가 처음은 아닐 거라는 확신이 들었다.

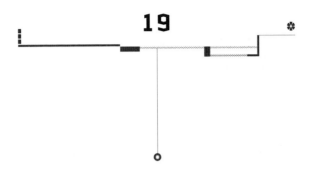

19

로키는 상대성이론에 대해 듣고 얼빠진 상태가 됐다. 처음 두어 시간은 아예 내 말을 믿지 않으려 들었다. 하지만 상대성이론에 따르면 그의 여행이 설명된다는 사실을 점점 더 확실하게 증명해 주자 마음을 돌렸다. 로키는 상대성이론을 마음에 들어 하지 않지만 우주의 법칙이 우리 눈에 보이는 것보다 훨씬 복잡하다는 사실을 받아들였다.

그때 이후로 우리는 영원처럼 긴 시간 동안 사슬을 만들고 있다.

나는 최대한 빨리 거푸집들을 만들어냈고, 로키는 제노나이트가 굳는 대로 빠르게 고리들을 찍어냈다. 괜찮은 시스템이었다. 결과물이 기하급수적으로 많이 나오는 시스템. 내가 새로운 거푸집을 만들 때마다 로키가 한 번 찍어낼 때 만드는 고리들의 숫자가 늘어났다.

사슬, 사슬, 사슬.

살면서 사슬은 더 이상 보지 않아도 될 것 같다. 고리 하나의 길이가 5센티미터로 이루어진 사슬 10킬로미터라니. 그 말은 고리가 20만 개 있다는 뜻이다. 각 고리가 갈고리로 연결돼 있다. 이 사슬 때문에 우리는 둘 다 아무것도 하지 않고 고리들만 꿰며 2주 동안 매일 여덟 시간

일해야 했다.

눈을 감아도 사슬이 보였다. 매일 밤 사슬 꿈을 꿨다. 한번은 저녁 식사로 스파게티가 나왔는데, 내 눈에 보이는 것이라고는 국수가 아니라 매끄럽고 흰 사슬뿐이었다.

하지만 우리는 해냈다.

일단 모든 고리를 만든 뒤에는 그것들을 병렬로 조립했다. 둘이서 10미터짜리 사슬을 만들어서 20미터짜리로 연결하는 식이었다. 그렇게 하면 효율적으로 일할 수 있었다. 까다로운 부분은, 그 고리들을 전부 어딘가에 보관하는 일이었다. 10킬로미터면 엄청나게 많은 사슬이다.

결국은 실험실이 일종의 보관 창고로 변했다. 그런 다음에는 실험실로도 부족하게 됐다. 엄청나게 재능 있는 엔지니어인 로키는 에어로크에 간신히 들어가는 커다란 스풀을 만들었다. 나는 엄청나게 많은 선외활동을 해서 그 스풀들을 선체에 얹었다. 그런 다음, 사슬을 500미터씩 뭉쳐서 그 스풀에 보관했다. 물론, 선외활동을 하기 위해서는 원심분리기를 꺼야 했다. 그러니까 그 이후로 벌어진 모든 일은 무중력 상태에서 벌어진 것이다.

무중력상태에서 사슬을 연결해 본 적이 있나? 재.미.없.다.

과장해서 하는 말이 아니라, 그 500미터짜리 덩어리들을 마지막으로 조립하는 건 하나의 도전이었다. 나는 EVA 우주복을 입은 채로 그 덩어리 스무 개를 전부 연결해야 했다. 다행히, IVME 장비에 쓰던 조작기가 있긴 했다. 나사에서 그 조작기를 사슬 제작용 도구로 만든 건 아니지만 난 그렇게 썼다.

지금 나와 로키는 통제실에 떠 있다. 로키는 자기 구체에 있고, 나는 조종석에 있다.

"탐사선 상태는, 질문?" 내가 말한다.

로키는 자기 화면의 수치를 확인한다. "장치 작동 중."

로키는 표본 추출용 탐사선을 훌륭하게 만들어냈다. 내가 보기에는 그렇다. 공학은 내 강점이 아니니까.

표본 수집기는 강철 구체로, 지름이 20센티미터다. 맨 위에는 잘 만들어진, 두꺼운 고리가 달려 있어서 사슬과 연결할 수 있다. 작은 구멍들이 구체의 중앙선을 따라 나 있다. 이 구멍들은 안쪽의 텅 빈 공간으로 이어진다. 그 안에는 압력 검출기와 몇몇 작동기가 들어 있다. 압력 검출기는 탐사선이 알맞은 고도에 도달했다는 것을 감지할 수 있는데, 그때가 되면 작동기가 돌아가며 빈 공간을 밀폐한다. 바깥쪽 구체에 나 있는 구멍들과 배열이 맞지 않도록 일부러 내부 통을 몇 도 정도 비틀면 간단히 그렇게 할 수 있다. 이런 식으로 배열이 틀어지고 개스킷을 적절한 위치에 몇 개 배치하면 빈 공간 내에 담긴 그 구역의 공기가 밀봉된다.

로키는 그 안에 온도계와 히터도 집어넣었다. 표본 수집기가 밀폐되면 히터는 안의 온도를 시작점으로 유지한다. 따지고 보면 당연히 해야 할 일인데 나는 생각해 보지 못했다. 생명체는 온도 범위에 상당히 까다로울 수 있다.

남은 유일한 부품은 내 장비로는 읽어내거나 해독할 수 없었던, 이상한 아날로그 신호를 방출하는 작은 무전 송신기다. 이 송신기가 에리디언들에게는 표준적인 데이터 접속 방식인 모양이다. 어쨌든 로키에게는 이 신호를 수신할 수신기가 있고, 중요한 건 그 사실이다.

바로 이런 식으로, 로키는 복잡성을 최소한으로 줄이면서 에이드리언 생명체들을 위한 생명 유지 장치를 만들어냈다. 제공해야 할 환경을 미리 알아둘 필요가 없는 시스템, 현재 상태를 그대로 유지하는 시스템이었다.

로키는 진짜 천재다. 모든 에리디언들이 이런 식인지, 아니면 로키가 특별한 건지 궁금하다.

"그럼… 준비된 건가?" 내가 말한다. 딱히 자신감이 넘치지는 않는다.

"응." 그의 목소리가 떨린다.

나는 조종석에 앉아 안전띠를 맨다. 로키는 손 세 개를 활용해 구체 안의 손잡이를 잡는다.

나는 고도 조절용 제어판을 띄우고 옆높이를 시작한다. 우주선이 우리가 지나온 방향 쪽을 다시 가리키며 아래쪽 땅과 수평을 이루는 순간, 나는 회전을 멈춘다. 이제 우리는 우주선 궁둥이를 앞으로 해서 초속 12킬로미터로 돌진하고 있다. 나는 그 속도를 거의 0까지 떨어뜨려야 한다.

"방향 문제없음." 내가 말한다. "추진기 작동."

"그래." 로키가 말한다. 로키는 자기 화면을 골똘히 지켜본다. 로키가 앞서 설치했던 카메라 덕분에 로키의 화면에도 내 화면 내용이 질감으로 표시된다.

"자, 간다…" 나는 스핀 드라이브를 켠다. 1초도 안 걸렸는데, 무중력에서 $1.5g$에 이른나. 나는 의사에 꽉 눌리고 로키는 안정적인 자세를 유지하느라 네 번째 손으로 지지대를 붙든다.

헤일메리호가 느려지자 우리의 속도로는 더 이상 궤도에 머물 수 없게 된다. 나는 레이더 제어판을 본다. 화면을 보니 고도가 떨어지고 있는 게 확실하다. 나는 수평선에서 아주 약간만 위쪽을 가리키도록 우주선의 비행 자세를 조정한다. 미세한 각도로.

그렇게 작은 각도조차 지나친 것이었다! 레이더는 우리가 빠르게 고도를 높여가는 모습을 보여준다. 나는 각을 다시 낮춘다. 이건 우주선을 운전하기에 서툴고 고약하고 끔찍한 방법이다. 하지만 내게는 이 방법밖에 없다. 이런 조작을 미리 계산하는 건 의미 없는 일이다. 변수도, 계산을 망칠 방법도 너무 많아서 어차피 거의 즉시 수동 비행을 하게 됐을 것이다.

몇 차례 과잉 수정을 거쳐, 나는 감을 잡는다. 행성에 대한 우주선의 상대속도가 떨어지는 동안 나는 각도를 조금씩 조금씩 증가시킨다.

"탐사선을 투하해야 할 때 말해." 로키가 말한다. 그의 발톱이 어느 버튼 위에 머물러 있다. 스풀을 풀어 사슬이 마음껏 풀려나도록 하는 버튼이다. 우리로서는 사슬이 꼬이지 않기만을 바랄 수 있을 뿐.

"아직 아니야." 내가 말한다.

비행 자세 화면을 보니, 우리는 수평선과 9도 각도를 이루고 있다. 60도까지 각을 올려야 한다. 오른쪽에서 뭔가가 내 눈에 들어온다. 외부 카메라 영상이다. 아래쪽 행성이… 빛나고 있다.

아니다. 행성 전체가 빛나지는 않는다. 그저 우리 바로 뒤쪽만이 빛나고 있다. 엔진에서 나오는 폭발적인 적외선이 대기와 반응하는 것이다. 헤일메리호가 타우세티보다 수십만 배는 많은 에너지를 그 자리에 쏟아 붓고 있다.

적외선이 공기를 너무 심하게 데우자 공기는 이온화된다. 문자 그대로 시뻘겋게 달궈진다. 우리 우주선의 각도가 심해질수록 밝기도 증가한다. 그러면서 헤일메리호의 영향을 받는 구역도 넓어지기 시작한다.

엄청난 결과가 있으리라는 건 알았지만, 이런 식일 줄은 전혀 몰랐다. 우리는 하늘을 가르는 빨간색 줄무늬를 그리며 허공의 모든 것을 파괴하고 있다. 이산화탄소는 아마 순수한 열에너지를 받으며 미립자 탄소와 유리산소로 찢겨나가고 있을 것이다. 산소는 O_2조차 이루지 못할 것이다. 엄청난 열이다.

"엔진이 에이드리언의 공기를 엄청나게 데우고 있어." 내가 말한다.

"그걸 어떻게 알아, 질문?"

"가끔은 열이 보이거든."

"뭐, 질문? 왜 나한테 말 안 함, 질문?"

"시각과 관계된 건데, 설명할 시간이 없어. 그냥 날 믿어. 우리가 대기를 아주 뜨겁게 만들고 있어."

"위험, 질문?"

"모르겠어."

"대답 마음에 안 듦."

우리는 점점 위로 각도를 튼다. 뒤쪽의 빛이 점점 더 밝아진다. 마침내 우리는 딱 맞는 각도에 이른다.

"비행 각도 도달." 내가 말한다.

"행복! 투하, 질문?"

"기다려. 속력이⋯." 나는 항로 제어판을 확인한다. "초당 127.5미터야! 내가 계산한 그대로라고! 세상에, 이게 통하다니!"

나는 에이드리언의 인력이 나를 의자로 잡아당겨 앉히는 것을 느낀다.

나는 이 현상을 학생들에게 설명해 줘야 했다. 궤도에 진입한다고 해서 중력이 그냥 '사라지는' 것은 아니다. 실은 궤도에서 경험하는 중력은 땅에서와 거의 같다. 궤도에서 우주비행사들이 경험하는 무중력은 계속 추락하기 때문에 발생하는 것뿐이다. 단, 땅의 곡률 때문에 우주비행사가 낙하하는 것과 같은 속도로 땅이 멀어진다. 그래서 그냥 영원히 떨어지는 것이다.

헤일메리호는 더 이상 추락하지 않는다. 엔진이 우리를 하늘에 붙들어두고, 우리는 각도 때문에 초당 127미터의 속도로 앞으로 비스듬하게 나아간다. 대략 시속 285마일의 속도다. 자동차치고는 빠르지만, 우주선치고는 놀랄 만큼 느리다.

우리 뒤쪽의 공기가 너무도 밝게 빛나자 외부 카메라가 디지타이저를 보호하기 위해 작동을 멈춘다.

시키지도 않았는데 생명 유지 장치 제어판이 주 화면에 뜬다. '외부 온도 위험 수준'이라는 경고다.

"공기가 뜨거워." 내가 소리친다. "우주선이 뜨거워."

"우주선 공기에 안 닿음." 로키가 말한다. "우주선 왜 뜨거움, 질문?"

"공기가 우리 적외선을 우리한테 튕겨내고 있어. 거기다 지금은 공기가 너무 뜨거워서, 그 자체로 적외선을 발산하고 있기도 해. 우린 익어가고 있다고."

"네 우주선 아스트로파지로 냉각됨, 질문?"

"응. 아스트로파지가 우주선을 냉각해."

만일을 대비해 선체 전체에는 아스트로파지 도관이 설치돼 있다. 뭐, '강철을 녹일 수 있을 만큼 많은 적외선으로 한 행성의 대기를 불태워 버리는' 상황에 대비한 것이 아니라, 열이 발생하는 일반적인 상황에 대비해서 설치한 것이긴 하지만. 아스트로파지 도관은 대부분 태양이나 타우세티 때문에 우주선이 뜨거워지는데 열기를 방출할 수 없는 경우에 대비한 것이다.

"아스트로파지 열 흡수. 우리 안전."

"맞아. 우린 안전해. 준비도 돼 있고. 탐사선 투하해!"

"탐사선 투하!" 로키가 투하 버튼을 발톱으로 쾅 누른다.

스풀이 한 번에 하나씩 선체에서 미끄러져 아래쪽 행성으로 떨어질 때마다 끼익 소리와 철컹 소리가 난다. 스풀 하나가 떨어져 사슬을 모두 풀어내면 다음 스풀이 투하되는 식으로 총 스무 개의 스풀이 투하된다. 사슬이 꼬이지 않게 하기 위한, 우리가 쓸 수 있는 최선의 방법이었다.

"6번 스풀 투하…." 로키가 보고한다.

생명 유지 장치 제어판이 다시 경고창을 깜빡인다. 나는 다시 경고를 꺼버린다. 아스트로파지는 항성의 표면에서 산다. 적외선이 조금 반사됐을 뿐인데, 아스트로파지가 이 정도 열을 못 다룰 것 같지는 않다.

"12번 스풀 투하…." 로키가 말한다. "표본 수집기 신호 양호. 이제 표본 수집기가 공기를 탐지하고 있음."

"좋았어!" 내가 말한다.

"좋음, 좋음." 그가 말한다. "18번 스풀 투하…. 공기 밀도 증가…."

외부 카메라가 나갔기에 나는 무슨 일이 벌어지는지 하나도 볼 수 없다. 그러나 로키의 화면에 표시되는 내용은 우리가 세웠던 계획과 정확히 일치한다. 지금 사슬은 낙하하면서 풀리고 있다. 우리 우주선은 가도를 잡아 놓은 엔진 덕분에 계속 하늘에 떠 있지만, 사슬이 곧장 아래로 떨어지지 못하게 막는 것은 아무것도 없다.

"20번 스풀 투하됨. 모든 스풀 투하. 표본 수집기 내부 공기 밀도, 아스트로파지 배양에 필요한 지표면 공기 밀도와 거의 같음…."

나는 숨죽이고 로키를 지켜본다.

"표본 수집기 닫힘! 밀봉 완벽, 히터 켜짐! 성공, 성공, 성공!"

"성공!" 나는 소리친다.

성공이 눈앞이다! 이 방법이 정말로 통하다니! 우리는 아스트로파지 번식 구역의 에이드리언 공기 표본을 확보했다! 포식자가 존재한다면 분명 저 표본 안에 있을 것이다. 아닐까? 그랬으면 좋겠다.

"이제 2단계야." 나는 한숨을 쉰다. 이번에는 재미있지 않을 것이다.

나는 안전띠를 풀고 의자에서 기어 나온다. 에이드리언의 중력 1.4g 가 30도 각도로 나를 아래로 잡아당긴다. 통제실 전체가 기울어진 것처럼 느껴진다. 사실상 통제실이 기울어져 있기 때문이다. 내가 느끼는 것은 엔진의 추진력이 아니다. 중력이다.

1.4g는 그리 나쁘지 않다. 모든 것이 좀 더 힘들지만, 말도 안 되게 힘든 것은 아니다. 나는 올란 EVA 우주복에 기어 들어간다. 아무리 좋게 봐줘도 어려운 작업이 될 것이다. 나는 밖으로 나가 중력의 작용을 완전히 받으면서 선외 작업을 해야 한다.

물론, EVA 우주복이나 에어로크 혹은 내가 받은 훈련의 어떤 부분도 이럴 가능성에 대비해 설계되었다고는 말할 수 없다. 내가 완전한 중력의 영향을 받으면서 우주선을 밟고 돌아다닐 거라고 누가 생각했을까? 그것도 지구 중력보다 큰 중력을?

게다가 중력이 큰데도 공기는 없다. 정말 최악이다. 그러나 다른 방법은 없다. 나는 표본을 확보해야만 한다.

지금 이 순간, 표본 수집기는 10킬로미터짜리 사슬 끝에 매달려 있다. 그리고 사슬은 그냥 허공에 대롱대롱 늘어져 있다. 표본 수집기를 우주선으로 다시 가져올 쉬울 방법이란 없다.

이 모든 계획을 세울 때, 내가 처음으로 한 생각은 행성에서 멀어지는 쪽으로 우주선을 추진한 다음 다시 무중력상태에 이르면 표본 수집기를 회수하자는 것이었다. 문제는 표본 수집기를 증발시켜 버리지 않는 한 그렇게 할 방법이 전혀 존재하지 않는다는 점이었다. 아무리 시험해 봐도 우주선을 에이드리언의 중력에서 벗어나도록, 하다못해 안정적인 궤도에라도 접어들도록 하려면 스핀 드라이브를 사용해야 했다. 스핀 드라이브는 우주선을 밀고 나갈 테고, 그러면 사슬과 표본은 우리 뒤쪽으로 처지게 된다. 그 말은, 표본 수집기가 우주선 뒤에서 작열하는 적외선에 흠뻑 젖는다는 뜻이다. 그러면 표본 수집기와 그 안에 들어 있는 모든 것 그리고 사슬이 모두 개별적인, 아주 뜨거운 원자가 된다.

다음으로 떠올린 생각은 사슬을 끌어올릴 수 있는 거대한 스풀을 만들자는 것이었다. 하지만 로키는 10킬로미터나 되는 사슬을 끌어올릴 수 있을 만큼 크고 강한 스풀은 절대로 만들 수 없다고 했다.

로키는 대신 꽤 똑똑한 생각을 떠올렸다. 일을 마친 뒤, 표본 수집기가 사슬을 타고 기어 올라오게 만들 수 있다는 것이었다. 하지만 몇 차례 실험을 해본 끝에 로키는 이 생각을 포기했다. 너무 위험성이 커서 시도해 볼 가치가 없다고 했다.

그래서 우리는… 이 계획을 세웠다.

나는 로키가 고안한 새로운 권양기를 집어 들고, 내 우주복의 도구용 띠에 연결한다.

"조심해." 로키가 말한다. "너는 이제 친구."

"고마워." 내가 말한다. "너도 친구야."

"감사."

454

나는 에어로크를 회전시켜 바깥을 바라본다.

이상한 경험이다. 우주는 검다. 내 아래 펼쳐진 행성은 광활하다. 모든 것이 궤도에서 보이는 모습 그대로다. 하지만 중력이 있다.

행성에서 나오는 붉은 빛이 헤일메리호의 가장자리 너머로 빼꼼 고개를 내민다. 나도 그렇게까지 바보는 아니니까 대기에서 튀어나오는 치명적인 열기로부터 나를 보호하기 위해 우주선의 방향을 틀어놓았다.

에어로크 문이 '위'를 향한다. 나는 나 자신과 100파운드에 이르는 장비를 위로 끌어올려 그 구멍을 지나야 한다. 그것도 1.4g의 중력을 받으면서.

5분이 통째로 걸린다. 나는 낑낑댄다. 딱히 성스럽지는 않은 말을 잔뜩 쏟아내지만, 결국 해낸다. 머잖아 나는 우주선 꼭대기에 서 있다. 한 번이라도 발을 잘못 디디면 떨어져 죽는다. 오래 기다릴 필요도 없을 것이다. 내가 우주선 아래로 떨어지자마자 엔진이 저승행 차표를 끊어줄 테니까.

나는 발치에 있는 난간에 줄을 연결한다. 내가 떨어지면, 무중력상태에서 쓰는 안전끈이 나를 구해줄까? 이 안전끈은 등산 장비가 아니다. 이런 용도로 만든 게 아니다. 그래도 없는 것보다는 낫겠지.

나는 선체를 따라 사슬을 고정해 둔 지점까지 걸어간다. 로키가 만든 것은 커다란 제노나이트 정사각형이다. 그는 이 사각형을 선체에 붙이는 방법을 매우 상세하게 설명했다. 제노나이트는 자기 역할을 제대로 해낸 듯하다. 사슬이 아직 연결돼 있다.

나는 그 사각형에 다가가, 두 손과 무릎을 짚고 엎드린다. EVA 우주복을 입고 있으니 중력이 그야말로 잔인하게 느껴진다. 지금 이것들 중 원래의 용도대로 쓰이는 것은 하나도 없다.

나는 (아무 쓸모가 없을지도 모르는) 줄을 가장 가까운 난간에 걸고, 공구 벨트에서 권양기를 꺼낸다.

사슬은 30도 각도를 이루며 발밑의 행성 쪽으로 늘어져 점점 모습을 감춘다. 너무 멀리까지 이어져 있는 만큼 1킬로미터쯤이 지난 다음부터는 굵기가 너무 가늘게 보여 알아볼 수조차 없다. 하지만 나는 로키의 화면에 나타난 표시 덕분에 사슬이 10킬로미터를 꽉 채워 이어져 있으며, 사람들로 가득한 두 행성 전체를 구원할 가능성이 담긴 표본 통에 연결돼 있다는 사실을 알고 있다.

나는 권양기를 사슬과 고정용 판 사이에 끼운다. 사슬은 꼼짝도 하지 않는다. 1밀리미터도 움직이지 않는다. 예상한 그대로다. 인간의 근육으로 그렇게 무거운 것을 움직일 방법은 존재하지 않는다.

나는 권양기를 고정용 판에 건다. 권양기를 감싸고 있는 통은 제노나이트다. 제노나이트와 제노나이트가 연결되면 앞으로 일어날 일을 감당할 만큼 큰 힘이 생기게 된다.

나는 제대로 고정됐는지 확인하느라 권양기를 두어 차례 쾅쾅 쳐본다. 잘 고정돼 있다.

그런 다음, 나는 작동 버튼을 누른다.

권양기 가운데에서 기어가 튀어나온다. 톱니 하나가 사슬 고리의 중앙에 걸린다. 기어가 돌면서 사슬을 권양기의 내부 장치로 끌어들인다. 안에서, 권양기는 고리를 180도 회전시킨 다음 옆의 톱니로 미끄러뜨려 고리를 풀어낸다.

사슬을 만들 때, 우리는 굳이 손으로 하나하나 이어붙이지 않아도 연결되는 '덫' 형태의 고리를 사용했다. 이런 고리는 마구잡이로 움직여 분리될 가능성이 극히 낮았다. 그러나 권양기는 바로 그 고리를 분리하기 위해 고의로 설계한 것이었다.

일단 고리가 풀려나면 권양기는 고리를 옆으로 방출하고 다음 고리에도 같은 과정을 반복한다.

"권양기가 작동하고 있어." 나는 무전기에 대고 말한다.

"행복." 로키의 목소리가 들린다.

권양기는 간단하고 직접적이며 우아하고 모든 문제를 해결해 준다. 권양기는 사슬을 끌어올릴 수 있을 만큼 강하고, 고리를 분리해 아래쪽 행성으로 떨어뜨린다. 사슬을 끌어올리는 동시에 그 바로 옆에 기다란 사슬을 늘어뜨린다면 재앙이 될 것이다. 이어폰 선이 꼬이는 상황을 생각하고, 거기에 10킬로미터를 곱해보라.

안 될 말이다. 고리는 하나하나 자기만의 길을 따라 아래쪽 세상으로 사라질 것이고, 올라오는 사슬은 아무 영향을 받지 않아야 한다.

"권양기가 216번 고리에 이르면 속도를 높여."

"알겠어."

지금까지 고리 몇 개를 끌어올렸는지 모르겠다. 하지만 권양기는 잘 돌아가고 있다. 아마 1초에 고리 한 개쯤이 해체될 것이다. 안전하고 느린 출발이다. 나는 2분 정도 지켜본다. 대충 시간이 맞는 것 같다. "잘되고 있어. 지금 최소한 216개는 끌어올렸어."

"속도 높여."

초당 고리 두 개면 꽤 괜찮아 보일지 모르겠지만, 그 속도로는 사슬 전체를 끌어올리는 데 서른 시간이 걸린다. 나는 이곳에 그렇게까지 오래 나와 있고 싶지 않다. 이처럼 위험한, 지속적인 추진 상태에 오래 있기 싫은 것은 당연하다. 나는 조절 레버를 앞으로 민다. 권양기의 속도가 올라간다. 모든 것이 괜찮아 보이므로 나는 레버를 마지막 단계까지 밀어놓는다.

이제 권양기는 헤아릴 수 없을 만큼 빠른 속도로 고리들을 날려 보내고 사슬은 기운차게 끌려 올라온다.

"권양기가 최대 속도야. 다 잘되고 있어."

"행복."

나는 조절 레버에 손을 댄 채 눈은 사슬에 두고 있다. 표본 수집기가 권양기에 부딪히면 모든 게 꽝이다. 표본 통이 깨질 것이고, 모든 표본이 죽을 것이며, 우리는 사슬을 하나 더 만들어야 할 테니까.

그런 짓은 하고 싶지 않다. 세상에, 얼마나 하기 싫은지 말로 표현 못할 정도다.

나는 경계하면서 눈을 가늘게 뜨고 먼 곳을 바라본다. 지루함이 현실적인 문제로 다가온다. 이 사슬 전체를 끌어올리는 데 꽤 시간이 걸리리라는 것은 알지만, 표본 수집기가 나올 때를 대비해야 하니까.

"표본 수집기 무전 신호 강함." 로키가 말한다. "가까워짐. 준비."

"준비됐어."

"많이 준비."

"많이 준비됐어. 진정해."

"나 진정함. 너 진정해."

"아니, 너나 진정…. 잠깐. 표본 수집기가 보여!"

표본 수집기가 붙어 있는 사슬 끝이 아래쪽 행성에서 나를 향해 빠르게 돌진한다. 나는 조절 레버를 잡고 권양기 속도를 늦춘다. 표본 수집기가 점점 더 속도를 늦추어 기다시피 올라온다. 마지막 고리 몇 개만이 저마다의 최후를 향해 가고, 표본 수집기는 마침내 내 손이 닿는 범위로 들어온다. 나는 권양기를 멈춘다.

멍청한 실수로 커다란 구체를 떨어뜨리는 위험을 감수하는 대신, 나는 사슬의 남아 있는 위쪽 고리를 잡고 권양기에서 풀어낸다. 이제 내게는 구체와 사슬이 있다. 나는 목숨이 달린 것처럼 사슬을 꽉 잡고 공구 벨트에 채운다. 그래도 손은 놓지 않는다. 이번 일을 하면서는 어떤 위험도 감수하지 않을 생각이다.

"상태, 질문?"

"표본 수집기를 확보했어. 돌아갈게."

"놀라움! 행복, 행복, 행복!"

"내가 들어가기 전까지는 행복해하지 말라고!"

"이해함."

나는 두 걸음을 내디딘다. 우주선이 떨린다. 나는 선체로 넘어져 난간 두 개를 잡는다.

"방금 대체 뭐였어?"

"나 모름. 우주선 움직임. 갑자기."

우주선이 다시 떨린다. 이번에는 지속적으로 당기는 힘이다. "엉뚱한 방향으로 추진하고 있어!"

"안으로 들어와, 빨리, 빨리, 빨리!"

수평선이 내 시야로 떠오른다. 헤일메리는 더 이상 각도를 유지하지 못한다. 앞으로 기울어지고 있다. 이런 일이 일어나리라고는 전혀 예상하지 못했다.

나는 이 손잡이에서 저 손잡이로 기어간다. 발을 내디딜 때마다 안전끈을 연결할 시간이 없다. 그저 추락하지 않기만을 바랄 뿐이다.

또 한 번 선체가 갑작스럽게 출렁하더니, 내 발밑에서 옆으로 미끄러진다. 나는 뒤로 넘어지면서도 표본 수집기의 사슬을 죽자 살자 붙들고 있다. 무슨 일이지? 생각할 시간이 없다. 우주선이 뒤집혀 죽기 전에 안으로 들어가야 한다.

나는 목숨이 달린 듯 손잡이를 잡고 에어로크로 기어간다. 다행히도 에어로크는 아직 대체로 위쪽을 향해 있다. 나는 표본 수집기를 가슴에 꽉 끌어안고 안으로 떨어진다. 머리부터 떨어진다. 올란 헬멧이 무척 단단하다는 게 다행이다.

나는 투박한 우주복을 입은 상태에서 최선을 다해 움찔거리며 일어선다. 손을 위로 뻗어 바깥쪽 승강구를 잡고 쾅 닫는다. 에어로크를 회전시킨 다음 최대한 빨리 우주복에서 나온다. 당장은 표본 수집기를 에어로크에 둘 생각이다. 우주선에 대체 무슨 문제가 생겼는지부터 알아야 한다.

나는 반쯤 기고 반쯤 넘어지다시피 하며 통제실로 들어간다. 로키가 자기 구체 안에 있다.

"화면이 많은 색깔로 번쩍임." 그가 시끄러운 소리를 누르고 외친다. 그는 질감 화면의 동영상을 지켜보면서 여기저기 카메라를 가리킨다.

금속이 삐걱거리는 소리가 아래층 어딘가에서 비명처럼 들려온다. 뭔가 구부러지고 있는데, 그러고 싶지 않은 듯하다. 선체인 것 같다.

나는 조종석으로 들어간다. 안전띠를 찰 시간은 없다. "저 소리는 어디서 나는 거야?"

"사방에서." 그가 말한다. "하지만 가장 큰 소리는 우현 숙소 벽 부분에서 남. 안쪽으로 구부러지고 있음."

"뭔가가 이 우주선을 산산조각 내고 있어! 중력이 틀림없어."

"같은 생각."

하지만 뭔가 석연치 않다. 이 우주선은 가속을 하도록 만들어졌다. 1.5g의 중력을 4년간 버텨냈다. 이 정도 크기의 힘은 당연히 다룰 수 있지 않을까? 뭔가 아귀가 맞지 않는다.

로키가 몸을 지탱하려고 손잡이 몇 개를 잡는다. "표본 수집기 있음. 이제 떠남."

"응, 나가자!" 나는 스핀 드라이브 출력을 최대로 올린다. 무리하면 우주선은 2g까지 추진력을 낼 수 있다. 그리고 물론, 지금은 무리해야 하는 상황이다.

우주선이 앞으로 출렁한다. 우아한 움직임이 아니다. 제대로 엔진이 점화된 것 같지 않다. 그야말로 공황에 빠진 비행이다.

중력에서 벗어나는 효율적인 방법은 오베르트 효과를 이용해 비스듬히 벗어나는 것이다. 나는 우주선을 아래쪽 땅과 대략 평행으로 유지하려 한다. 나는 에이드리언에서 벗어나려고 노력하는 것이 아니다. 그저 엔진을 활용하지 않아도 유지할 수 있는 안정적인 궤도에 접어들고 싶을 뿐이다. 내게 필요한 건 속력이지 거리가 아니다.

스핀 드라이브를 최대 출력으로 10분간 유지해야 한다. 그러면 궤도에 머무는 데 필요한 초속 12킬로미터의 속력이 생긴다. 그저 지평선보다 조금 높은 곳을 향하며 추진기를 작동하면 된다.

내가 원하는 것은 그렇다. 하지만 그런 일은 벌어지지 않는다. 우주선이 계속 앞쪽으로 기울어지며 비스듬하게 흘러간다. 대체 무슨 일이지?

"뭔가 잘못됐어." 내가 말한다. "우주선이 내 말을 듣지 않아."

로키는 별 어려움 없이 매달려 있다. 그는 나보다 힘이 몇 배는 더 세다. "엔진 손상, 질문? 에이드리언 열 많음."

"그럴지도 몰라." 나는 항로 제어판을 살펴본다. 속력이 올라가고 있다. 아무래도 이상한 일이다.

"숙소 밑 큰 방에서 선체 구부러짐." 로키가 말한다.

"뭐? 그 아래에는 공간이 없는…. 아." 로키는 반향 위치 측정을 통해 선체 전체를 감지할 수 있다. 사람이 들어갈 수 있는 공간만을 감지하는 것이 아니다. 그러니까 로키가 '숙소 밑 큰 방'이라고 말할 때는 연료 탱크를 말하는 것이다.

이런, 세상에.

"엔진 끔, 질문?"

"그러기엔 우리 속도가 너무 느려. 대기로 떨어지고 말 거야."

"이해함. 희망."

"희망." 그래, 희망. 이 순간 우리에게 있는 것은 희망뿐이다. 우리가 안정적인 궤도에 접어들기 전에 우주선이 망가지지 않으리라는 희망.

이후의 몇 분은 내 인생에서 가장 긴장되는 순간이었다. 덧붙여 말해두자면, 지난 몇 주 동안 나는 꽤 긴장되는 순간들을 보냈다. 선체에서 계속 끔찍한 소음이 난다. 하지만 우리가 죽지는 않았으므로 선체가 찢어진 건 아닐 것이다. 결국 10분보다 훨씬 더 오랜 시간이 흐른 것처럼 느껴졌을 때 우리 속력은 궤도에 머물 정도에 이르렀다.

"속력이 괜찮아. 엔진 끌게." 나는 스핀 드라이브의 출력 슬라이더를 0으로 조절한다. 안심하고 머리를 좌석의 머리 빈침대에 털썩 기댄다. 이젠 서두르지 않고 뭐가 잘못됐는지 알아볼 수 있다. 엔진을 사용할 필요는….

잠깐.

머리가 받침대에 털썩 기대졌다. 정확히 말하면, 받침대에 떨어졌다.

나는 팔을 앞으로 뻗었다가 힘을 푼다. 팔이 아래쪽, 왼쪽으로 떨어진다.

"어…."

"아직 중력이 있음." 내가 본 것을 로키가 말로 되풀이한다.

나는 항로 제어판을 살핀다. 속력은 괜찮다. 우리는 에이드리언 주변의 안정적인 궤도에 진입했다. 뭐, 사실은 턱없이 엉망진창인 상황이다. 원지점과 행성 간의 거리가 근지점에 비해 2,000킬로미터 더 멀다. 그래도 궤도는 궤도잖아, 젠장. 안정적이기도 하고.

나는 스핀 드라이브 제어판을 다시 살핀다. 세 개의 스핀 드라이브가 모두 0에 놓여 있다. 추진력이 전혀 없다. 나는 진단 화면을 급히 띄우고, 세 개의 스핀 드라이브 전체에 흩어져 있는 1,009개의 리볼버 삼각형 모두가 정지돼 있음을 확인한다. 정말이다.

나는 다시 팔이 툭 떨어지게 놔둔다. 팔은 똑같이 이상하게 움직인다. 아래쪽, 왼쪽으로.

로키도 한 팔로 비슷한 동작을 해본다. "에이드리언 중력, 질문?"

"아니야. 우린 궤도를 돌고 있어." 나는 머리를 긁적인다.

"스핀 드라이브, 질문?"

"아니. 스핀 드라이브는 꺼져 있어. 추진력이 0이야."

나는 팔이 다시 떨어지게 놔둔다. 이번에는 팔이 좌석의 팔걸이에 부딪힌다.

"아야!" 나는 손을 턴다. 정말 아프다.

나는 실험 삼아 다시 팔이 떨어지게 놔둔다. 이번에는 더 빨리 떨어진다. 그래서 아픈 것이다.

로키가 작업복의 공구 벨트에서 공구 몇 개를 꺼내 하나씩 떨어뜨린다. "중력이 높아짐."

"말도 안 돼!" 내가 말한다.

나는 항로 제어판을 다시 살핀다. 지난번 봤을 때보다 속도가 상당히 증가했다. "속력이 높아지고 있어!"

"엔진 켜져 있음. 유일한 설명."

"그럴 리가 없어. 스핀 드라이브는 꺼져 있다고. 우리 우주선을 가속할 만한 건 아무것도 없어!"

"힘이 증가함." 그가 말한다.

"맞아." 내가 말한다. 이제는 숨쉬기가 힘들다. 정확히는 모르지만, 이 힘은 1g 혹은 2g보다 훨씬 높다. 상황이 통제를 벗어나고 있다.

온 힘을 다해, 나는 화면으로 손을 뻗어 제어판들을 휙휙 넘긴다. 내 비게이션, 페트로바스코프, 외부 화면, 생명 유지 장치… 모든 것이 완전히 정상으로 보인다. 그러다가 나는 '선체 구조' 화면에 이른다.

나는 구조 제어판에 별 관심을 기울인 적이 없었다. 이 화면은 그저 우주선의 회색 윤곽선을 보여줄 뿐이었다. 하지만 지금은, 처음으로 이 화면이 내게 뭔가 전해주고 있었다.

좌현의 연료 탱크에 불규칙한 빨간색 얼룩이 있었다. 선체가 찢어진 걸까? 그럴 수도 있었다. 연료 탱크는 압력 용기 바깥에 있으니까. 연료 탱크에 커다란 구멍이 뚫린다고 해도 우리는 공기를 잃지 않을 수 있다.

"우주선에 구멍이 났어." 내가 말한다. 나는 외부 카메라로 전환하려고 애를 쓴다.

로키는 자기 카메라와 질감 패드로 내 화면을 지켜본다. 그는 별문제가 없다. 이 엄청난 힘에도 전혀 곤란해하지 않는다.

나는 카메라 각도를 돌려서 영향을 받은 선체를 살핀다.

있다. 우주선의 좌현에 난 거대한 구멍. 길이는 20미터, 폭은 그 절반쯤 될 게 틀림없었다. 구멍의 가장자리를 통해 수수께끼가 드러났다. 선체가 녹은 것이다.

에이드리언의 대기에서 일어난 역류 때문에 일어난 일이었다. 물리적 폭발이 아니라, 공기에 반사된 순수하고 완전한 적외선 때문에. 우주선은 선체가 너무 뜨거워졌다고 내게 경고하려 했다. 그 말을 들었어야 했다.

나는 선체가 녹을 리 없다고 생각했다. 아스트로파지가 식히고 있으니까! 하지만 물론, 선체는 녹을 수 있다. 아스트로파지가 완벽한 열 흡수재라고 해도(실제로도 그럴 것이다), 열이 흡수되려면 일단 금속을 통해 전도되어야 한다. 선체의 바깥쪽 층이, 열기가 선체의 두께를 통해 전달되는 것보다 빠르게 녹는점에 이르면 아스트로파지는 아무 소용이 없다.

"확인했어. 선체 파손. 좌현 연료 탱크야."

"왜 추진력, 질문?"

모든 게 맞아떨어진다. "아 이런! 아스트로파지가 연료 탱크에 있어! 그게 우주에 노출된 거야! 그 말은 아스트로파지가 에이드리언을 볼 수 있다는 뜻이고! 내 연료가 번식하러 에이드리언으로 이주하고 있어!"

"나쁨, 나쁨, 나쁨!"

거기에서 추진력이 나오는 것이었다. 내게는 번식할 준비가 된, 발정 난 아스트로파지가 수조, 수백조 마리나 있었다. 그런데 갑자기 녀석들이 에이드리언을 본 것이다. 이산화탄소의 공급처일 뿐만이 아니라 조상의 고향이기도 한 에이드리언을. 아스트로파지가 수십억 년에 걸쳐 찾도록 진화된 그 행성을.

아스트로파지 층이 하나하나 우주선 밖으로, 에이드리언 쪽으로 빠져나갈 때마다 다음 아스트로파지 층이 노출된다. 우주선은 떠나는 아스트로파지에서 나오는 적외선 추진력으로 떠밀려 간다. 다행히도 그 뒤에 남아 있는 아스트로파지들이 에너지를 흡수해 주고 있다. 하지만 에너지를 흡수하면서, 녀석들은 추진력도 흡수한다.

완벽 체계와는 거리가 멀다. 이건 혼란스럽고도 간헐적인 폭발이다. 어느 순간엔든 이 체계는 훨씬 더 크고, 방향성이 훨씬 부정확한 적외선 불기둥으로 악화될 수 있고 그러면 우리는 증발한다. 나는 멈춰야 한다.

연료 탱크를 버리면 된다! 통제실에서 보낸 첫날에 그 기능을 봤었는데! 어디 있더라…?

팔을 화면까지 들어올리는 데 온 힘이 들지만, 나는 간신히 아스트로파지 제어판을 띄운다. 우주선 구조도에 표시된 연료 구역은 아홉 개의 직사각형으로 나뉘어 있다. 이 직사각형들을 고장 난 선체와 대조할 시간은 없다. 나는 낑낑거리며 억지로 팔을 앞으로 뻗어 알맞은 장소라고 생각되는 곳을 누른다.

"망가진… 연료 탱크…. 버림…." 나는 이를 악물고 말한다.

"그래, 그래, 그래!" 로키가 나를 응원하며 말한다.

탈착형 연료 탱크 화면이 뜬다. '아스트로파지 112.079kg'. 그 옆에는 '폐기'라는 이름표가 붙은 버튼이 있다. 나는 그 버튼을 쾅 친다. 확인 창이 뜬다. 나는 확인을 누른다.

갑자기 가속도가 울컥 치솟으며 나는 옆으로 내동댕이쳐진다. 로키조차 자세를 유지하지 못한다. 그는 자기 구체의 옆면에 쾅 부딪히지만, 재빨리 자세를 바로잡고 손 다섯 개를 모두 써서 손잡이에 매달린다.

선체가 전보다 시끄럽게 신음한다. 가속은 멈추지 않았다. 시야가 점점 흐려진다. 조종석이 구부러지기 시작한다. 내가 정신을 잃기 직전인 것으로 보아 우리는 아마 6g 이상의 중력을 받고 있을 것이다.

"추진이 계속됨." 로키가 떨리는 목소리로 말한다.

나는 대답할 수 없다. 그 어떤 소리도 낼 수 없다.

나는 내가 버린 연료 탱크가 손상된 구역에 있다는 사실을 알고 있었다. 깨진 연료 탱크가 한 개 이상인 게 틀림없었다. 섬세하게 신경 쓸 시간은 없었다. 몇 초 뒤면 힘이 너무 세져서 아예 화면으로 손을 뻗을 수 없을 것이다. 두 번째 깨진 연료 탱크가 있다면 내가 방금 버린 통과 붙어 있을 것이다. 하지만 붙어 있는 연료 탱크는 두 개였다. 나는 아무거나 하나를 고른다. 50대 50 확률이다. 초인적인 힘을 발휘해, 나는 아이콘과 폐기 버튼, 확인 버튼을 누른다.

울컥하면서 우주선이 흔들리고, 나는 헝겊 인형처럼 사방을 나뒹군다. 주변 시야가 점점 어두워지는 가운데 나는 로키가 둥글게 몸을 말고 벽 이곳저곳에 튕겨 나오며 부딪히는 곳마다 은색 핏자국을 남기는 것을 본다.

달라진 점이 있다면 힘이 그 어느 때보다 강해졌다는 것이다. 하지만 잠깐… 이제는 힘이 반대 방향으로 작용한다.

나는 이제 좌석으로 끌려 들어가는 대신 끌려 나오고 있다. 몸이 안전띠에 걸려서 눌린다.

다른 무엇도 아닌 원심분리기 화면이 전면에 뜬다. '과도한 원심력 경고'라는 메시지가 깜빡인다.

"으으응." 내가 말한다. 내가 하려던 말은 '세상에'이지만, 더는 숨을 쉴 수가 없다.

우주로 폭발해 나가는 그 많은 연료. 그 많은 연료가, 예의를 지켜 우주선의 장축을 놔둘 리는 없었다. 연료는 일정한 각도를 이루며 폭발해 나갔고, 그 바람에 우리는 팽이처럼 돌기 시작했다. 아마 연료 탱크가 폭발하면서 사태가 더욱 악화했을 것이다.

뭐, 최소한 연료 누출은 막았다. 우주선에 작용하는 새로운 추력 벡터는 없었지만, 이제는 회전만 감당하면 됐다. 나는 간신히 숨을 한 모금 들이킨다. 통제를 벗어난 추진력보다는 약하다고 해도 원심력은 어마어마하다. 그나마 다행인 건 원심력이 화면과 먼 쪽이 아니라 가까운 쪽으로 내 팔을 당긴다는 점이다.

스핀 드라이브를 다시 켤 수만 있다면, 어쩌면 원심력을 없애는 것도….

결국 조종석이 망가진다. 고정대가 뜯겨나가는 퍽 소리가 들린다. 나는 앞으로, 화면 쪽으로 처박힌다. 여전히 금속제 좌석에 안전띠로 매인 채다. 그 안전띠가 뒤에서부터 나를 으깨려 한다.

일반적인 중력에서는 의자 무게가 대단치 않을 것이다. 한 20킬로그램쯤 될 것 같다. 하지만 엄청난 구심력을 받자 꼭 등에 시멘트 벽돌을 진 것 같다. 숨이 쉬어지지 않는다.

이거구나. 의자 무게가 너무 무거워서 나는 폐를 부풀릴 수가 없다. 현기증이 난다.

이런 걸 기계적질식이라고 한다. 보아뱀이 먹이를 죽이는 방법이 이것이다. 살아서 마지막으로 하는 생각이 보아뱀이라니 참 이상하다.

미안해, 지구야. 나는 생각한다. 이게 훨씬 나은 마지막 생각이다.

이제 이산화탄소로 가득 찬 내 폐가 공황에 사로잡힌다. 하지만 아드레날린이 솟구친다고 해도 탈출에 필요한 힘이 생기지는 않는다. 그저 죽음을 더욱 속속들이 경험할 수 있도록 의식이 유지될 뿐이다.

고마워, 부신(아드레날린 등의 호르몬을 분비하는 기관-옮긴이)아.

우주선의 삐걱거리는 소리가 멈췄다. 부러질 것은 이미 다 부러졌고, 남아 있는 것은 이런 스트레스를 견딜 수 있는 것뿐인 것 같다.

눈에 눈물이 고인다. 따갑다. 왜지? 내가 우는 건가? 나는 내가 속한 종족 전체의 기대를 저버렸다. 그 바람에 내 종족 전체가 죽게 생겼다. 울 만한 이유였다. 하지만 이 눈물은 감정적인 눈물이 아니다. 고통의 눈물이다. 코도 아프다. 무슨 물리적인 압박 때문이 아니다. 뭔가가 안에서부터 내 콧구멍을 태우고 있다.

실험실에서 뭔가 깨진 것 같다. 무슨 고약한 화학약품인 것 같다. 숨이 안 쉬어지는 게 차라리 다행이다. 아마 저 냄새는 마음에 들지 않을 테니까.

그때, 나는 난데없이 다시 숨을 쉴 수 있게 된다! 어떻게 그랬는지, 왜 그랬는지는 모르겠지만 나는 헉 하며 숨을 들이쉬고, 새로 찾은 자유를 누리며 쌕쌕거린다. 나는 즉시 격렬한 기침 발작을 일으킨다. 암모니아. 사방에 암모니아다. 못 견딜 정도다. 폐부가 비명을 지르고 눈에 눈물이 고인다. 그때 새로운 냄새가 난다.

불.

나는 휙 몸을 굴려, 내 머리 위에 떠 있는 로키를 본다. 로키는 자기 구역에 있는 게 아니다. 통제실에 있다!

그가 내 안전띠를 자르고 의자를 풀어놓았다. 로키가 의자를 옆으로 밀친다.

로키는 뒤뚱거리며 나를 내려다보고 서 있다. 그의 몸에서 뿜어져 나오는 열기가 겨우 몇 뼘 떨어진 곳에서 느껴진다. 그의 등딱지 맨 위, 방열기 틈에서 연기가 뿜어져 나온다.

로키의 무릎이 꺾인다. 그는 내 옆의 화면에 풀썩 넘어져 화면을 깨뜨린다. LCD 유닛에서 불이 나가고 플라스틱 베젤이 녹는다.

나는 연기 한 줄기가 실험실로, 또 실험실 너머로 이어지는 것을 본다.

"로키! 뭘 한 거야!"

이 정신 나간 녀석이 숙소의 커다란 에어로크를 사용한 게 틀림없다! 로키는 나를 구하려고 내 구역으로 들어왔다. 그래서 죽어가고 있다!

로키는 몸을 떤다. 몸통 아래쪽 다리가 꺾인다.

"지구를…. 구해…. 에리드를…. 구해…." 그는 떨리는 목소리로 말한다. 그러더니 푹 고꾸라진다.

"로키!" 나는 생각조차 하지 않고 그의 등딱지를 꽉 잡는다. 손을 버너에 올려놓는 것만 같다. 나는 움찔하며 물러난다. "로키… 안 돼…."

하지만 로키는 꼼짝도 하지 않는다.

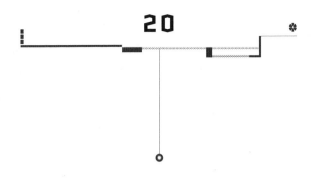

로키의 몸이 방 전체를 덮힌다.

거의 움직일 수가 없다. 원심력이 너무 거대하다.

"으으으은!" 나는 깨진 모니터를 짚고 일어나며 신음한다. 나는 몸을 끌고 파편들을 지나 다음 모니터로 향한다. 한 번에 몸을 너무 많이 들어 올리지는 않으려 한다. 힘을 아껴야 하니까.

나는 모서리에서부터 모니터 위로 손가락을 미끄러뜨려, 맨 아래의 화면 선택 버튼을 누른다. 기회는 한 번뿐이다.

나는 내비게이션 제어판을 기억한다. 수동 제어 모드에 모든 회전을 취소하는 버튼이 있다. 지금 이 순간, 그 버튼을 누르고 싶은 마음이 굴뚝같다. 하지만 그런 위험을 감수할 수는 없다. 연료 구역이 넓게 개방되어 있었고, 나는 연료 탱크 여러 개를 폐기한 터였다. 어떤 손상이 일어났는지 가늠조차 되지 않았다. 내가 절대 하고 싶지 않은 일이 있다면, 그건 바로 스핀 드라이브를 작동시키는 것이었다. 비행 자세 조절에 사용하는 작은 스핀 드라이브라도.

나는 원심분리기 화면을 띄운다. 우주선이 겪고 있는 과도한 진동에 여전히 화가 나는지 화면은 빨간색과 흰색으로 깜빡이고 있다. 나는 애써 경고창을 끈 다음 수동 모드로 진입한다. '야, 이건 안 돼'라는 식의 대화창이 수없이 뜨지만, 그 창들을 모조리 꺼버린다. 곧 나는 케이블 스풀을 직접 제어하게 된다. 케이블 스풀이 최대 속도로 풀어진다.

통제실이 이상한 쪽으로 회전하고 기울어진다. 내 속귀도, 눈도 이런 차이를 즐기지 않는다. 나는 이런 변화가 우주선의 두 토막이 분리되면서, 내가 이곳 통제실에서 느끼는 여러 가지 힘에 고약한 영향을 미치고 있기 때문이라는 것을 안다. 그러나 이런 상황에서 논리는 아무 도움이 되지 않는다. 나는 고개를 돌리고 벽에 토한다.

몇 초 후, 힘이 극적으로 줄어든다. 훨씬 더 감당할 만하다. 사실은 $1g$도 되지 않는다. 이 모두가 원심력과 수학이라는 마법 덕분이다.

원심분리기 안에서 느끼는 힘은 지름의 제곱과 반비례한다. 케이블을 스풀에서 풀어냄으로써 나는 지름을 20미터(우주선의 절반 길이)에서 75미터(케이블이 완전히 연장되었을 때의 통제실로부터 무게중심까지의 거리)로 바뀌게 만들었다. 전에 얼마나 큰 힘을 감당하고 있었는지는 모르겠지만, 이제는 그 힘이 14분의 1로 줄어들었다.

나는 여전히 모니터에 붙박여 있다. 다만 그 강도는 비교도 못 하게 약하다. 대략 $0.5g$ 정도로 추산된다. 나는 다시 숨을 쉴 수 있다.

모든 것이 뒤집힌 것처럼 느껴진다. 나는 수동 모드로 원심분리기를 사용했으므로, 원심분리기는 내가 지시한 것만을 정확히 하고 다른 일은 하나도 하지 않는다. 원심분리기는 케이블을 늘였다. 승조원 탑승 공간이 안쪽을 향하도록 회전하지는 않았기에 원심력이 모든 것을 승조원 구역의 노즈콘 부분으로 밀어낸다. 지금은 내 기준으로 실험실이 '위'를 향하고 있으며, 숙소는 그보다도 더 '위'다.

승조원 구역 회전을 위한 수동 제어기가 어디에 있는지조차 모르겠다. 그걸 찾아볼 시간도 없다. 지금 당장, 나는 위아래로 뒤집힌 공간에서 활동해야 한다.

나는 통통 튀어가 에어로크를 개방한다. 안은 아수라장이지만 상관없다. 나는 구겨진 채 처박혀 있는 EVA 우주복을 풀어 장갑을 분리한 뒤 장갑을 낀다.

통제실로 돌아온 나는 제어판을 내려다보고 선다(지금은 제어판이 '아래'에 있다). 내가 이것저것 너무 많이 망가뜨리는 건 아니었으면 좋겠다. 나는 로키의 몸을 내려다보며 서서 그의 등딱지 양쪽을 장갑 낀 손으로 잡고 들어 올린다.

이런 세상에.

나는 로키를 다시 내려놓는다. 이런 식으로 로키를 옮기려다가는 허리가 나갈 것이다. 하지만 잠깐이기는 해도 나는 로키를 들었다. 그는 200파운드처럼 느껴졌다. 0.5g 상태에 있는 것이 정말 다행이다. 온전한 중력을 받았다면, 400파운드는 족히 나갔을 것이다.

로키를 들어올리는 데는 두 손만으로는 부족하다.

나는 장갑을 벗고 다시 에어로크로 튀어가, 물건들을 이리저리 내던진 끝에 안전끈을 찾는다. 나는 로키의 등딱지 밑으로 안전끈 두 가닥을 집어넣어 감고 그 끈을 내 어깨에 맨다. 그 과정에서 팔 몇 군데에 화상이 생기지만, 그건 나중에 처리하기로 한다.

나는 안전끈을 각각 하나씩 내 겨드랑이 아래에 고정한다. 편안하지는 않을 것이고, 확실히 멋져 보이지도 않겠지만, 이렇게 하면 두 손을 자유롭게 쓸 수 있는 데다 두 다리로 로키를 들 수 있다.

나는 두 손을 실험실 승강구 쪽으로 뻗어 사다리의 가장 가까운 가로대를 붙잡는다. 처음에는 진도가 느리다. 통제실에는 사다리가 없다. 있을 이유가 없잖나? 통제실이 뒤집혀 있을 거라는 생각은 아무도 안 했을 테니까.

어깨가 고통으로 비명을 지른다. 이건 무게를 적절히 분배한, 잘 설계된 배낭이 아니다. 200파운드짜리 외계인이 가느다란 끈 두 개에 매달려 내 빗장뼈를 파고든다. 나로서는 그저 로키의 체온보다 나일론 끈의 녹는점이 높기를 바라는 수밖에 없다.

나는 신음하고 인상을 쓰며 한 번에 가로장을 하나씩 올라간 끝에 실험실에 발을 들인다. 나는 승강구 가장자리에 발을 디디고, 끈으로 로키를 끌어올린다.

실험실은 재앙이다. 모든 것이 천장 전체에 여기저기 쌓여 있다. 오직 실험대와 의자들만이 내 머리 위의 바닥에 남아 있다. 그것들은 바닥에 고정돼 있으니까. 그리고 다행스럽게도, 대부분의 좀 더 민감한 장비들은 실험대에 고정돼 있다. 다만, 그 민감한 기성품 실험 장비들은 팝콘처럼 여기저기 덜컥거리고 돌아다니게 설계된 것이 아니었다. $6{\sim}7g$에 적합하지도 않았다. 그중 손쓸 수 없을 만큼 망가진 장비가 얼마나 될지 궁금해진다.

위에 올라오니 중력이 더 작아진다. 나는 원심분리기의 중앙에 가까워져 있다. 높이 올라갈수록 일은 점점 쉬워질 것이다.

나는 발로 차서 실험실 비품과 장비들을 치우고 로키를 숙소 승강구까지 끌고 긴다. 나는 조금 진에 했던 고통스러운 과정을 반복한다. 중력이 약해지기는 했지만 빗장뼈는 여전히 아프다. 이번에도 승강구를 디딤대로 사용해 로키를 방으로 끌어올린다.

숙소 안의 작은 내 구역은 우리 둘이 간신히 들어갈 만한 크기다. 로키의 구역은 실험실처럼 엉망진창이다. 그의 작업대는 제자리에 고정돼 있지 않으므로 지금은 천장에 있다.

나는 그를 끌고 천장을 가로질러 내 침대로 올라간다. 움직이는 회전축 덕분에 침대는 완전히 돌아가 있었다. 그 침대가 내 구역과 로키의 구역 사이의 에어로크에 접근하기에 편리한 단상이 된다.

에어로크 문이 내 쪽으로 열려 있다. 로키는 나를 구하러 오느라 그 문을 사용했다.

"인마, 대체 왜 그랬어?" 나는 투덜거린다.

로키는 내가 죽도록 내버려 둘 수도 있었다. 사실, 그렇게 해야 했다. 로키는 아무 어려움 없이 구심력을 다룰 수 있었다. 그는 충분히 시간을 들여 발명품을 만들어낸 다음, 그걸 우주선의 통제력을 되찾는 데 사용할 수도 있었다. 그래, 나도 안다. 로키는 착한 녀석이라 내 목숨을 구해주었다. 하지만 이건 우리만의 일이 아니었다. 로키에게는 구해야 할 행성이 있었다. 왜 나 때문에 자기 목숨과 임무 전체를 위험에 빠뜨린단 말인가?

에어로크 문은 천장까지 닿지 않으므로 에어로크에 들어가려면 '도전! 용암 위를 건너라(넷플릭스에서 방영하는 예능 프로그램으로, 출연자들은 흐르는 용암 위에 설치된 여러 종류의 발판을 딛고 출발점에서 목적지까지 이동하는 경주를 한다-옮긴이)'를 해야 한다.

나는 내 침대에서 에어로크로 폴짝 뛰어 들어간 다음 끈을 사용해 로키를 당긴다. 그러다가 다시 기어나가려는 참에 에어로크 제어판을 본다.

아니다. 그건 한때 에어로크 제어판이었던, 망가진 상자다.

"아, 진짜 작작 좀 해!" 나는 소리친다.

에어로크는 양쪽에 모두 제어판이 달려 있다. 로키나 내가 필요한 대로 쓸 수 있게 한 것이다. 하지만 이제는 내가 쓰는 제어판이 고장 나 있다. 아마 혼란 속에서 이리저리 날아다니던 무슨 파편에 얻어맞은 것 같았다.

나는 로키를 그의 환경으로 돌려놓아야 했다. 하지만 어떻게? 한 가지 아이디어가 떠오른다. 좋은 아이디어는 아니다. 에어로크 자체에 로키 쪽에서 공기를 들여올 수 있는 비상 밸브가 있다.

아주 특별한, 극단적인 경우에 사용하도록 달아놓은 것이다. 내가 우주선의 로키 구역에 들어갈 방법은 전혀 없었다. 내가 그의 환경을 버틸 수 없다는 건 확실했고, 내 EVA 우주복도 포도알처럼 으깨질 테니까. 하지만 로키는 자신이 만든 공 모양의 우주복 같은 것에 들어가 내 구역으로 올 수 있었다. 그러니까, 그냥 더더욱 안전을 기하기 위해서, 혹시라도 로키가 에어로크 안에서 자기 공 안에 들어가 있는데 비상 상황이 발생할 때를 대비해서 로키 쪽의 공기를 들어오게 할 안전 밸브가 있는 것이다. 밸브는 로키가 공 안에 들어 있는 동안 가지고 다니는 자석으로 조작할 수 있도록 커다란 철제 레버로 만들어져 있었다.

나는 에어로크 안의 레버를 바라본다. 내 구역으로 통하는 에어로크 문과, 돌리는 바퀴식 자물쇠를 힐끗 본다. 나는 다시 레버를 보고 또 문을 돌아본다.

나는 근육을 움츠리며 머릿속으로 셋을 센다.

나는 레버를 당기고 내 구역으로 펄쩍 뛰어 들어간다.

살갗을 지지는 듯 뜨거운 암모니아가 에어로크와 숙소에 넘쳐난다. 나는 에어로크 문을 쾅 닫고 나온 뒤 바퀴식 자물쇠를 돌린다. 반대편에서 식식거리는 소리가 들리지만 아무것도 보이지 않는다. 어쩌면 앞으로도 영영 아무것도 보지 못할지도 모른다.

두 눈이 불붙은 것처럼 화끈거린다. 폐 속에서 100개의 칼이 마구 춤을 추는 것처럼 느껴진다. 몸 왼쪽의 피부 전체가 얼얼하다. 코는… 말할 것도 없다. 냄새가 너무 압도적이어서 후각이 그냥 기능을 포기해 버린다.

목구멍은 완전히 닫힌다. 내 몸은 암모니아와 전혀 얽히고 싶지 않아 한다.

"컴…." 내가 쌕쌕 숨을 내쉰다. "컴…퓨…터…."

죽고 싶다. 사방이 고통이다. 나는 침대로 기어 올라간다.

"도와줘!" 내가 쌕쌕거린다.

"다발성 손상." 컴퓨터가 말한다. "과도한 안구 점액. 구강 주변의 출혈. 2도 화상. 호흡 곤란. 부상자 분류 결과, 삽관술."

다행히 뒤집혀 있어도 아무 문제가 없는 것처럼 보이는 기계 팔들이 나를 붙든다. 뭔가가 내 목구멍에 사납게 쑤셔 넣어진다. 멀쩡한 팔을 뭔가가 쿡 찌르는 게 느껴진다.

"수액 및 진정제 투여." 컴퓨터가 보고한다.

그런 다음, 나는 전등처럼 불이 나간다.

나는 의료 장비와 고통에 둘러싸인 채 깨어난다.

얼굴에 산소호흡기가 씌워져 있다. 오른팔에는 링거가 꽂혀 있고, 왼팔은 손목에서 어깨까지 붕대로 감싸여 있다. 말도 안 되게 아프다.

다른 모든 곳도 아프다. 특히 눈이 그렇다.

그래도 보이기는 한다. 그건 좋은 일이다.

"컴퓨터." 나는 쉰 목소리로 말한다. "내가 얼마나 잠들어 있었지?"

"무의식 상태가 여섯 시간 십칠 분 지속되었습니다."

나는 심호흡한다. 폐가 타르로 한 겹 코팅된 것처럼 느껴진다. 가래나 다른 걸쭉한 액체일 것이다. 나는 로키의 구역을 건너다본다.

에리디언이 죽었는지는 어떻게 알 수 있을까? 로키는 잠잘 때 모든 움직임을 멈춘다. 하지만 죽은 에리디언에게도 아마 같은 일이 일어날 것이다.

나는 내 오른손 검지에 맥박 산소 측정 장치가 끼워져 있는 것을 본다.

"컴퓨…." 나는 기침한다. "컴퓨터, 내 혈중 산소 농도는?"

"91퍼센트입니다."

"그 정도면 돼." 마스크를 벗고 침대에서 일어나 앉는다. 붕대를 감은 팔이 움직일 때마다 따끔거린다. 나는 몸에 붙은 다양한 장치를 떼어낸다.

왼손을 쥐었다 편다. 움직인다. 근육이 약간 쓰릴 뿐이다.

나는 아주 뜨거운 고압의 암모니아 폭발에 짧은 시간 노출됐다. 폐와 눈에 화학적 화상을 입었을 가능성이 대단히 컸다. 아마 팔에는 물리적 화상도 입었을 것이다. 몸 왼쪽은 폭발의 가장 심한 타격을 받았다.

섭씨 210도(화씨로는 400도를 넘는다!)에 29기압. 아마 수류탄을 맞으면 이런 기분일 것이다. 한마디 덧붙이자면, 이 우주선 조종석에 앉아 있는 사람이 아무도 없었으니 우리가 에이드리언에 처박히지 않은 건 순전한 행운이었다.

우주선이 안정적인 궤도를 돌고 있든지, 우리가 에이드리언의 중력을 완전히 벗어난 것이다. 나는 고개를 젓는다. 연료 탱크에 그렇게 많은 동력자원을 두고 있다니 정말이지 말도 안 된다. 내가 아직 행성 근처에 있는지조차 모른다니…. 와.

살아 있는 게 다행이다. 달리 말할 방법이 없다. 이 순간 이후로 내가 하는 모든 행동은 우주가 내게 준 선물이다. 나는 침대에서 내려와 에어로크 앞에 선다. 중력은 여전히 0.5g이고, 모든 것이 아직 뒤집혀 있다.

로키에게 뭘 해줄 수 있을까?

나는 로키의 몸 맞은편 바닥에 앉는다. 에어로크 벽에 손을 댄다. 너무 신파적으로 느껴져서 다시 손을 뗀다. 내가 에리디언 생물학의 아주 기초적인 내용을 알고 있는 건 사실이다. 그렇다고 내가 의사 역할을 할 수 있는 건 아니다.

나는 태블릿을 가져다가 앞서 만들어놓았던 다양한 문서들을 훑어본다. 로키가 내게 해준 말이 전부 기억나는 건 아니다. 하지만 상당히 많은 메모가 남아 있기는 하다.

심각한 부상을 입으면, 에리디언의 몸은 모든 것을 동시에 처리하려고 작동을 멈춘다. 나는 로키의 작은 세포들이 저 안에서 자기 일을 하고 있는 것이기를 바란다. 그 세포들이 1) 로키가 진화해 적응한 에리드의 적정 기압에 비해 기압이 29분의 1로 떨어지고, 2) 갑자기 상당량의 산소에 노출되며, 3) 그의 신체에 적합한 것보다 200도는 차가운 곳에 있게 됨으로써 발생한 피해를 처리할 방법을 알고 있기를 바란다.

나는 고개를 저어 걱정을 떨치고 다시 메모를 살핀다.

"아, 여기 있다!" 내가 말한다.

거기에 필요한 정보가 있다. 로키의 등딱지 방열기에 있는 모세혈관들은 탈산소 합금으로 이루어져 있다. 환경성 순환계는 수은을 기본으로 한 그의 혈액을 이 혈관으로 흘려보내고, 공기가 그 위를 지나간다. 산소가 없는 에리드의 대기에서는 이게 완전히 말이 되는 과정이다. 우리 환경에서는, 이렇게 하면 완벽한 부싯돌이 만들어진다.

방금 엄청난 산소가 인간의 머리카락 정도 굵기밖에 되지 않는 매우 뜨거운 금속관 위로 지나갔다. 그 관이 타버렸다. 로키의 환기용 기구에서 나오는, 내 눈에 보이는 연기가 바로 그것이다. 로키의 방열기가 문자 그대로 불탔다.

세상에.

기관 전체가 재 등의 연소 생성물로 완전히 차 있을 게 틀림없었다. 게다가 모세혈관들은 산화물로 코팅되어 있을 테고. 그 산화물이 열전도를 망칠 터였다. 망할, 산화물은 단열재였다. 최악의 결과였다.

그래, 로키가 죽었다면 죽은 것이다. 내가 무슨 짓을 해도 이미 죽은 로키를 더 다치게 할 수는 없다. 하지만 로키가 살아 있다면, 나는 도와야만 한다. 그러지 않을 이유가 없다.

하지만 뭘 어떻게 하지?

너무 많은 기압. 너무 많은 온도. 너무 많은 공기의 배합. 나는 이 모든 것을 꾸준히 살펴야 한다. 나 자신의 환경, 로키의 환경 그리고 에이드리언에 있는 아스트로파지 번식 구역의 환경까지도.

하지만 일단은 중력을 처리해야 한다. 《포세이돈 어드벤처》(해저 지진을 만나 뒤집힌 여객선에서 승객들이 탈출하기까지의 내용을 담은 미국 영화 ―옮긴이) 속에서 살아가는 건 질린다. 이제는 우주선의 방향을 바로잡을 때다.

나는 통제실로 어찌어찌 '내려'간다. 중앙의 제어판은 망가졌지만, 다른 제어판들은 제대로 작동한다. 어쨌든 이 제어판들은 서로 바꿔 쓸 수 있다. 시간이 나면 대체용 제어판을 가운데에 끼울 것이다.

나는 원심분리기 화면을 띄우고 제어판을 여기저기 눌러 본다. 마침내 승조원 구역 회전을 위한 수동 제어판을 발견한다. 이 제어판은 여러 명령어 사이에 깊이 묻혀 있다. 위기 상황에서 이걸 찾아보려 하지 않았던 게 다행이다.

나는 승조원 구역에 회전을 명령한다. 천천히, 아주 천천히. 나는 1초에 1도로 속도를 설정한다. 완전히 회전하는 데는 3분이 걸린다. 실험실에서 쿵, 철컹, 쾅 하는 소리가 엄청나게 들린다. 그건 전혀 신경 쓰이지 않는다. 나는 그저 로키가 더 이상 부상을 입지 않기만 바랄 뿐이다. 이 느린 속도는 로키의 몸이 에어로크 천장을 따라서, 그다음에는 벽을 따라서, 마지막으로는 바닥으로 미끄러지게 해줄 것이다. 어쨌든 내 계획은 그렇다.

회전이 완료되자 중력이 절반인데도 모든 것이 다시 정상처럼 느껴진다. 나는 로키의 상태를 확인하러 다시 숙소로 내려간다. 이제 그는 에어로크 바닥에 있다. 지금도 몸 오른쪽이 위를 향하고 있다. 잘됐다. 그는 굴러 떨어지지 않고 미끄러졌다.

정말로 로키를 어떻게 해보고 싶지만, 일단은 로키를 죽였을지도 모르는 모험이 헛되지 않았음을 확인해야만 한다. 나는 우주선 에어로크에서 표본 통을 집어 든다. 거기에 표본 통을 놔둔 것이 다행스럽게 느껴진다. 함께 구겨져 있던 EVA 우주복이 쿠션 역할을 해준 덕분에 표본 통은 갑작스러운 가속의 충격을 온전히 받지 않았다.

로키는 내부의 온도와 기압을 알 수 있도록 표본 수집기 겉면에 수치가 표시되게 하는 선견지명을 발휘했다. 에리디언의 6진수 체계에 따른, 아날로그식 다이얼 지표다. 하지만 나는 이런 수를 충분히 봤기에 번역할 수 있다. 구체의 내부는 0.02기압에 영하 51도다. 그리고 나는 앞서 분광계를 통해 보았기에 대기의 구성 성분을 알고 있다.

좋다. 내가 복제하고자 하는 환경이 바로 이것이다.

남아 있는 실험실을 뒤진다. 왼팔을 최소한으로만 쓸 수 있기에 진행이 느리다. 그래도 최소한 물건을 옆으로 미끄러뜨려 치우는 데는 왼팔을 쓸 수 있다. 당분간 무거운 물건을 들 수 없을 뿐이다.

나는 조금밖에 깨지지 않은 진공 용기를 발견한다. 지름이 약 1피트 정도 되는, 드럼 모양의 유리 원통이다. 나는 에폭시로 깨진 자리를 때우고 시험해 본다. 통에서 공기를 펌프로 빼내고 보니 진공을 유지할 수 있다는 것이 확인된다. 진공을 유지할 수 있다면 0.02기압도 유지할 수 있다.

나는 표본 수집기 통을 안에 집어넣는다.

화학약품 저장용 서랍장은 아직 벽에 단단히 고정돼 있다. 나는 서랍장을 연다. 물론 안에 있는 모든 것은 뒤죽박죽이지만, 대부분의 용기는 온전해 보인다. 나는 지구 아스트로파지가 담긴 작은 유리병을 집어 든다.

그 안에는 실험 목적의 공급량을 포함해 대략 1그램의 아스트로파지가 들어 있다. 필요하다면 얼마든지 더 구할 수 있다. 내가 해야 할 일이라고는 선체를 둘러싼 아스트로파지를 기본으로 한 냉각수 도관을 자르는 것뿐이다. 하지만 지금 당장은 그럴 필요가 없다.

표본은 유리병 밑바닥에 가라앉은, 기름 낀 진흙 같아 보인다. 나는 유리병을 열어 면봉으로 그것을 한 번 떠낸다(그 정도의 아스트로파지에는 100조 줄의 에너지가 담겨 있다. 그 생각은 하지 않는 게 좋다).

나는 아스트로파지를 진공실 안쪽 벽에 문지르고, 면봉을 표본 탐사선 옆에 떨어뜨려 넣는다.

나는 진공실에서 모든 공기를 펌프질해 빼낸다.

화학 비품에는 기체가 들어 있는 작은 원통 몇 개도 포함돼 있다. 다행히도 강철 원통은 강해서, 방금 우주의 핀볼 게임을 겪고도 살아남았다. 나는 한 번에 한 종류씩 송입 밸브를 통해 진공실에 기체를 집어넣는다. 에이드리언의 대기를 복제하고 싶다. 이산화탄소, 메탄, 심지어 아르곤까지 펌프질해 넣는다. 아르곤이 별로 중요할 거라는 생각은 들지 않는다. 아르곤은 비활성기체이므로 물질과 반응하지 않는 게 정상이다. 하지만 나는 제논에 대해서도 그렇게 생각했었고, 그건 틀린 생각이었다.

내부의 공기를 영하 50도까지 떨어뜨릴 방법이 전혀 없으므로, 뭔지는 모르지만 안에 들어 있는 생명체가 지구의 실온을 견딜 수 있기를 바랄 뿐이다.

아르곤을 다 넣은 바로 그때 찰칵하는 소리가 들린다. 표본 수집기에서 난 소리다. 로키가 설계한 그대로, 작은 밸브들은 외부 기압이 에이드리언의 아스트로파지 번식 고도의 기압과 일치되는 순간 열렸다. 로키 녀석. 내가 만나본 최고의 엔지니어다.

좋다. 나는 할 수 있는 한 표본을 안전하게 만들었다. 공기의 구성 성분과 기압을 내가 할 수 있는 한 표본이 원래 있던 환경과 유사하게 만들었고, 포식자가 먹을 아스트로파지도 충분히 넣었다. 저 안에 현미경으로 봐야 보이는 포식자들이 있다면, 녀석들은 상태가 괜찮을 것이다.

나는 붕대를 감은 팔로 이마를 닦았다가 즉시 후회한다. 아파서 움찔한다.

"그게 그렇게 어렵냐, 라일랜드!" 나는 나 자신에게 성질을 터뜨린다. "화상 입은 팔은 쓰지 말라고!"

나는 사다리를 타고 다시 숙소로 내려온다.

"컴퓨터, 진통제."

기계 팔이 위로 올라가, 내게 알약 두 개가 담긴 컵 하나와 물컵 하나를 건네준다. 나는 뭔지 확인하지도 않고 알약을 먹는다.

나는 내 친구를 돌아보고, 계획을 세워본다….

로키를 저 에어로크 안에 쑤셔 넣은 지 약 하루가 지났지만, 그는 여전히 움직이지 않고 있다. 하지만 나도 시간 낭비를 한 건 아니었다. 나는 실험실에서 미친 과학자처럼 발명품 몇 가지를 만들었다. 이런 식의 기발한 장치를 만드는 건 사실 로키의 강점이지만, 나도 최선을 다한다.

나는 엄청나게 다양한 접근법을 생각했다. 하지만 결국은, 로키의 몸이 최대한 자연 치유를 할 수 있도록 해야겠다는 생각이 든다. 내게는 에리디언은 둘째 치고 인간을 수술하는 것도 불편한 일이다. 무슨 일을 해야 하는지는 로키의 몸이 알고 있을 것이다. 나는 그냥 그렇게 되도록 해주면 된다.

하지만 그렇다고 아무 일도 하지 않겠다는 뜻은 아니다. 나도 지금 벌어지는 일이 무엇인지 짐작하는 바가 있다. 내 생각이 틀렸더라도,

내가 생각한 치료법이 로키에게 해롭지는 않을 것이다.

지금은 재를 비롯한 다양한 연소 부산물 쓰레기가 로키의 방열 기관에 들어 있다. 그러니 방열 기관이 아마 제대로 작동하지 않을 것이다. 로키가 조금이라도 살아 있다면, 그 쓰레기를 치우는 데 긴 시간이 걸릴 것이다. 어쩌면 너무 긴 시간이 걸릴지도 모른다.

그러니 내가 도와줄 수도 있지 않을까?

나는 상자를 손에 든다. 여섯 개의 면 중 다섯 개는 닫혀 있고, 남은 한 면은 열려 있는 상자다. 벽면은 4인치 두께의 강철로 돼 있다. 밀링 머신을 고쳐 다시 작동하게 하는 데는 꼬박 하루가 걸렸지만, 일단 그렇게 한 뒤 이 상자를 깎아내는 것은 식은 죽 먹기였다.

상자 안에는 고전력 공기펌프가 들어 있다. 그야말로 간단하다. 이제 고압 기체를 아주 강하게 분사할 수 있다. 실험실 안에서 실험해 보니, 1피트 거리에서 1밀리미터 두께의 알루미늄 시트에 구멍이 났다. 제대로 작동한다. 나도 내가 무에서 이런 기계를 창조한 천재라고 주장하고 싶지만, 사실 나는 상자만을 만들었을 뿐이다. 펌프는 고압 탱크에 달려 있던 것을 가져다 썼다.

상자 안에는 또 배터리와 카메라, 스테퍼 모터 몇 개, 드릴 하나도 들어 있다. 내 계획이 통하려면 이 모든 것이 필요하다.

실험실을 어느 정도 청소해 두었다. 장비는 대부분 망가졌지만, 몇 가지는 고칠 수 있을지도 몰랐다. 나는 다른 실험을 하고 있는, 실험대 맞은편으로 건너간다.

내게는 작은 제노나이트 조각이 있다. 사슬의 고리 20만 개를 만들 때 남은 찌꺼기다. 나는 에폭시를 아낌없이 발라, 이 조각을 거칠게 깎아 만든 드릴 날에 붙였다. 에폭시는 한 시간째 굳어가고 있다. 지금쯤은 완성됐을 것이다.

드릴 날을 집어 들자 제노나이트도 딸려온다. 나는 온 힘을 다해 둘을 당겨서 떼어보려 한다. 떼어지지 않는다.

나는 고개를 끄덕이며 미소 짓는다. 이 방법은 통할지도 모른다.

나는 상자로 몇 가지 실험을 더 해본다. 모터의 리모컨도 제대로 작동한다. 진짜 리모컨이라고 할 수는 없다. 이건 플라스틱 통의 뚜껑에 붙어 있는 여러 개의 스위치일 뿐이다. 나는 스위치에서 이어진 전선이 강철의 작은 구멍을 통과하도록 한 다음, 그 구멍을 합성수지로 메웠다. 이 리모컨으로 안에 들어 있는 모든 부품의 전원을 켜고 끌 수 있다. 이게 내 '리모컨'이다. 고열이나 암모니아에도 모터에 아무 문제가 생기지 않기를 바랄 뿐이다.

모든 것을 숙소로 옮기고 에폭시를 준비한다. 나는 에폭시를 한데 저어, 강철 상자의 열린 면 가장자리에 듬뿍 바른 다음 상자를 에어로크 벽에 붙인 채 잡고 있다. 그런 뒤, 상자가 떨어지지 않게 들고서 10분간 그냥 서 있다. 에폭시가 굳어지는 동안 상자를 벽에 테이프 같은 것으로 붙여놓을 수도 있었겠지만, 밀봉이 정말 제대로 이루어져야 하기에 위험을 무릅쓰고 싶지 않다. 인간의 손은 실험실에 있을 만한 그 어떤 도구보다 나은 죔쇠다.

나는 조심조심 상자를 놓고, 상자가 떨어지기를 기다린다. 상자는 떨어지지 않는다. 에폭시를 몇 번 찔러본다. 꽤 단단해 보인다.

5분만 굳히면 되는 에폭시지만, 완진히 굳어질 때까지 한 시간을 기다릴 생각이다.

나는 실험실로 돌아간다. 그게 낫겠지? 내 작은 외계인 어항에 무슨 일이 벌어졌는지 봐야 한다.

알고 보니 별일은 벌어지지 않았다. 뭘 기대했는지 모르겠다. 진공실 안에서 휙휙 날아다니는, 작은 비행접시들이라도 보게 될 줄 안 걸까?

하지만 원통은 전과 정확히 똑같은 모습이다. 표본 수집기는 내가 놓아둔 자리에 그대로 있다. 발라둔 아스트로파지도 변하지 않았다. 면봉은….

잠깐만….

나는 쭈그리고 앉는다. 눈을 가늘게 뜨고 진공실을 들여다본다. 면봉은 변했다. 약간일 뿐이지만…. 좀 더 푹신푹신해졌다.

멋진데! 저기에 내가 살펴볼 만한 뭔가가 있을지도 모른다. 그냥 현미경으로 가져가기만 하면….

아.

문득 어떤 깨달음이 든다. 내게는 표본을 추출할 방법이 전혀 없다. 그 부분을 간과하고 말았다.

"멍청이!" 나는 이마를 쾅 친다.

두 눈을 비빈다. 화상의 통증과 진통제 때문에 드는 멍한 기분에 집중하기가 어렵다. 게다가 난 지쳤다. 대학원 시절에 얻은 한 가지 교훈은, 멍청해질 만큼 피곤하다면 그 사실을 인정해야 한다는 것이다. 그 순간에는 문제를 해결하려 들지 말아야 한다. 지금은 일단 통이 하나 있고, 언젠가 그 통에 들어가 봐야 한다고만 생각해 두자. 방법은 나중에 생각하면 된다.

나는 태블릿을 꺼내 통의 사진을 찍는다. 과학의 법칙 1번. 뭔가가 예상치 못하게 변화한다면, 기록하라.

좀 더 과학자답게 굴고자 나는 실험 장치 쪽으로 웹캠을 설치하고 컴퓨터가 초당 1프레임의 속도로 타임랩스 사진을 찍도록 한다. 뭔가 천천히 일어나고 있다면 그게 뭔지 알고 싶다.

나는 통제실로 돌아간다. 대체 여기가 어디지?

내비게이션 제어판을 좀 건드리자 우리가 아직 에이드리언의 궤도에 있다는 것을 알 수 있다. 그럭저럭 안정적이다. 이 궤도도 시간이 지나면 붕괴될 것이다. 그러나 아직 서두를 필요는 없다.

나는 우주선의 시스템을 전부 확인하고, 할 수 있는 한 많은 진단을 한다. 이런 상황을 처리하도록 설계된 건 전혀 아니었으나 우주선은 꽤 잘해냈다.

내가 버린 연료 탱크 두 개는 더 이상 근처에 없지만, 나머지 일곱 개는 상태가 괜찮아 보인다. 진단 검사에 따르면 선체 여기저기에 금간 부분이 있으나, 전부 내부에 생긴 금으로 보인다. 외부를 향해 난 금은 하나도 없다. 좋은 일이다. 나는 내 아스트로파지가 다시 에이드리언을 보는 사태를 원하지 않는다.

아주 작은 실금 하나가 빨간색으로 강조돼 있다. 나는 더 자세히 살펴본다. 금 간 곳의 위치가 컴퓨터를 흥분시킨다. 금은 연료 구역과 압력 용기의 가장자리 사이에 있는 칸막이벽에 나 있다. 컴퓨터가 왜 걱정하는지 알 것 같다.

칸막이벽은 숙소 아래쪽의 창고 구역과 4번 연료 구역 사이에 있다. 나는 그리로 가서 살펴본다.

로키는 아직도 움직이지 않고 있다. 놀랄 건 없다. 강철 상자는 내가 놔둔 자리에 그대로 놓여 있다. 지금 쓸 수도 있겠지만 한 시간을 꽉 채워 기다리겠다는 내 결심에는 변함이 없다.

나는 창고 판을 열고 상자들을 잔뜩 꺼낸다. 손전등과 공구함을 들고 창고 구역으로 들어간다. 안은 비좁다. 높이가 겨우 3피트 정도다.

나는 족히 20분 동안 그 안을 기어 다닌 뒤에야 금 간 곳을 발견한다. 내가 그 금을 발견한 건 그저 깨진 자리 가장자리에 서리 같은 작은 물질이 쌓여 있어서다. 진공 속으로 빨려 나가는 공기는 아주 빠르게, 아주 차가워진다. 사실은 저 얼음이 공기의 유출을 늦추는 데 도움이 됐을 것이다.

그게 중요한 게 아니다. 어차피 새는 구멍이 너무 작아서, 무슨 문제가 되려면 몇 주는 걸렸을 것이다. 어쨌든 우주선에는 예비용 기체가 많이 들어 있을 테고. 그렇다고 해서 구멍이 그냥 새도록 놔둘 이유는 없다. 나는 에폭시를 작은 금속 조각에 듬뿍 발라 금 간 곳을 밀봉한다. 5분이 훨씬 지나서까지 붙잡은 다음에야 에폭시가 굳기 시작한다. 온도가 낮을 때는 에폭시가 굳기까지 시간이 오래 걸리는데, 공기 유출 때문에 칸막이벽의 이 지점은 온도가 영하다. 실험실에서 열선 총을 가져올까 하는 생각도 들었지만⋯. 그러면 일거리가 엄청나게 많아진다. 나는 그냥 조각을 더 오래 붙잡고 있다. 약 15분이 걸린다.

나는 다시 아래로 내려가는 내내 움찔거린다. 이제는 팔이 쉼 없이 아프다. 계속 찌르는 듯하다. 한 시간도 채 흐르지 않았지만 진통제가 더 이상 듣지 않는다.

"컴퓨터! 진통제!"

"더 많은 진통제는 세 시간 사 분 뒤에 쓸 수 있습니다."

나는 인상을 쓴다. "컴퓨터, 현재 시각은?"

"모스크바 표준시로 오후 7시 15분입니다."

"컴퓨터, 모스코바 표준시 오후 11시로 시간 설정해."

"시간 설정 완료."

"컴퓨터, 진통제."

컴퓨터는 포장된 알약과 물주머니 하나를 내민다. 나는 그것들을 급히 삼킨다. 뭐 이런 멍청한 시스템이 다 있담. 우주인들이 세계를 구할 거라고 믿으면서, 각자가 먹는 진통제 용량은 스스로 관리하지 못할 거라고 생각하는 건가? 멍청하다.

좋아. 충분히 시간이 흘렀다. 나는 다시 상자로 관심을 돌린다.

일단은 제노나이트에 드릴로 구멍을 뚫어야 한다. 일이 잘못되면, 그 순간 온갖 난리가 일어날 것이다. 대강 설명하자면, 내 생각은 상자 안의 드릴로 제노나이트에 구멍을 뚫은 뒤 쏟아져 들어오는 기압을 상자로 버티는 것이었다. 결과는 모른다. 어쩌면 상자가 단단히 버텨 주지 않을지도 몰랐다.

나는 의료용 호흡기를 끼고 보안경을 쓴다. 엄청나게 뜨거운 고압 암모니아가 이 방에 분사된다면, 나는 그것 때문에 죽지 않아야 했다.

앞서 나는 금속 막대를 일종의 못처럼 다듬어 두었다. 못의 전체 지름은 내가 강철 상자 안에 마련해 둔 드릴 날보다 조금 컸다. 나는 그 못과 망치를 준비해 들고 있다. 상자가 기압을 못 이기고 터져버리면, 나는 망치로 못을 구멍에 때려 박고 그걸로 틈새가 막히기를 바랄 생각이었다.

물론, 기압이 상자를 아예 날려버리지는 않을 수도 있었다. 그냥 풀로 칠한 접합부 가장자리에서 불쑥불쑥 새어 나올 수도 있었다. 그런 일이 벌어지면, 나는 상자가 떨어질 때까지 망치로 내리친 다음 못을 박기로 했다.

안다. 터무니없이 위험한 계획이었다. 하지만 나는 로키가 아무 도움도 받지 않고 살아남을지 알아보고 싶지 않았다. 이성보다는 감정이 앞선 것인지도 모르겠다. 그게 뭐 어때서?

나는 망치와 못을 꽉 잡는다. 그런 다음 드릴을 작동한다.

드릴로 제노나이트를 뚫는 데 시간이 너무 오래 걸려서, 나는 지루한 나머지 흥분이 식는다. 겨우 1센티미터지만, 꼭 다이아몬드를 갈아내는 것만 같다. 드릴이 하도 단단해서 조금이나마 작동한다는 게 다행이다. 내부 카메라 동영상은 일이 느리고도 점진적으로 진행되고 있다는 것을 보여준다. 나무나 금속을 뚫는 것보다는 유리를 뚫는 것과 비슷한 작업이다. 파편과 덩어리가 떨어져 나온다.

마침내 드릴 날이 반대편으로 뚫고 들어간다. 드릴은 즉시 상자 안으로 튀어 들어오더니 압력 때문에 옆으로 굽혀진다. 에리디언의 공기가 작은 상자로 솟구쳐 들어오면서 후웅 소리가 난다. 나는 눈을 가늘게 뜬다. 그런 다음, 몇 초 뒤 다시 눈을 뜬다.

상자가 터질 것이었다면 바로 그 순간 터졌을 것이다. 내 봉인이 버텨줬다. 어쨌든, 지금은 그랬다. 나는 안도의 한숨을 쉰다.

하지만 호흡기나 보안경을 벗지는 않는다. 밀봉이 언제 뜯어질지는 결코 알 수 없는 법이다.

나는 카메라 화면을 확인한다. 조심스러운 조준이 필요한 작업이므로 내가 이런 카메라를 만든 것은 아주 영리한….

카메라 영상이 멎어 있다.

손목이 아파서 나는 손목을 치운다.

아, 그렇지. 웹캠은 29기압 210도에서 사용하도록 설계된 게 아니다. 그리고 내 단단한 강철 상자는, 뭐랄까 단단하다. 강철은 훌륭한 열 전도체다. 너무 뜨거워서 지금은 만질 수조차 없다.

나는 아직도 멍청하다. 처음에는 에이드리언 표본을 가지고 우왕좌왕하더니 이제는 이 상자를 가지고도 이런다. 자고 싶지만, 로키가 더 중요하다. 나야 아무리 멍청해져 봤자 영원히 그렇게 살 건 아니니까. 나는 밀어붙이기로 한다. 그러면 안 된다는 건 알지만, 그 사실을 고려하기에는 너무 멍청해져 있다.

그래, 카메라는 멎었다. 상자 안을 볼 수가 없다. 하지만 제노나이트가 투명하기에 에어로크 안의 로키는 여전히 보인다. 뭐든 손에 잡히는 대로 해봐야겠다.

나는 고압 펌프를 작동시킨다. 아직 작동한다. 어쨌든 소리는 난다. 펌프는 로키 쪽으로 엄청난 고압 기체를 분사하고 있을 것이다. 29기압에서 공기는 거의 물처럼 작용한다. 정말이지, 이 공기로는 물건을 밀어 쓰러뜨릴 수도 있다. 하지만 암모니아는 투명하다. 그래서 암모니아가 어디로 향하는지 알 수가 없다.

나는 서보 제어장치로 분사각을 조정한다. 작동은 되는 건가? 전혀 모르겠다. 서보가 뭔가 하고 있더라도 펌프 소리가 너무 커서 들리지 않는다. 나는 일정한 패턴을 그리며 펌프로 위아래, 왼쪽 오른쪽을 조금씩 쓸어나간다.

마침내 뭔가를 발견한다. 에어로크의 레버 하나가 약간 움찔거린다. 나는 그쪽으로 펌프를 집중한다. 레버가 몇 인치쯤 밀린다.

"찾았다!" 내가 말한다.

이제는 펌프가 어느 방향을 겨누고 있는지 안다. 나는 어림짐작을 좀 해보고, 로키의 등딱지 환기구 쪽을 겨냥한다. 아무 일도 일어나지 않으므로, 앞뒤로, 위아래로 격자를 그리며 탐색해 나간 끝에 결과를 얻어낸다.

와, 대단한 결과다!

나는 스위트 스폿(배트로 공을 칠 때 가장 효율적인 곳—옮긴이)을 맞힌다. 갑자기 로키의 등딱지 환기구가 검은 연기를 토해낸다. 로키의 몸에 불이 붙었을 때 쌓인 고약한 먼지와 잔해들이다. 강한 만족감이 느껴진다. 오래된 컴퓨터에 공기 분사기를 쐈을 때와 비슷한 느낌이다.

나는 환기구 하나하나를 맞히려고 펌프를 앞뒤로 쓸어간다. 나중의 환기구들은 첫 번째 환기구와는 비교할 수 없을 만큼 작은 소란만을 일으킬 뿐이다. 모든 환기구가 같은 기관으로 이어지는 모양이다. 인간의 입과 코처럼. 구멍이 여러 개인 이유는 만약을 위해 여분을 마련하고 안전을 확보하기 위해서다.

몇 분이 지나자 더 이상 재 같은 먼지가 나오지 않는다. 나는 펌프를 끈다.

"그래, 친구." 내가 말한다. "내가 할 수 있는 일은 다 했어. 나머지는 네가 할 수 있었으면 좋겠다."

나는 그날 나머지 시간을 2차, 3차 방어용 상자를 만들며 보낸다. 나는 그 상자들을 내 장치 위 적당한 자리에 붙인다. 에리디언의 공기는 이제 세 겹의 봉인을 뚫고서야 내 구역으로 들어올 수 있다. 그 정도면 충분할 것이다.

로키가 깨어났으면 좋겠다.

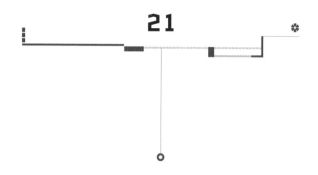

21

"비밀로 진행해도 됩니다." 내가 말했다. "제가 한 번에 한 분씩 만나도록 하죠."

우주비행사 세 사람이 내 앞 소파에 앉아 있었다. 내가 이 휴게실을 쓰기로 하고, 이번 만남을 위해 문도 잠가두었다. 야오가 언제나 그렇듯 완고한 표정으로 가운데에 앉아 있었다. 두보이스가 그의 왼쪽에, 완벽한 자세를 보여주려는 듯 등을 굽히고 앉아 있었다. 일류키나는 야오의 왼쪽에 웅크리고서 맥주를 홀짝였다.

"개인 면담은 필요 없습니다." 야오가 말했다. "이 임무에 비밀이 끼어들 여지는 없습니다."

나는 의자에 앉은 채로 꿈지럭거렸다. 스트라트는 왜 내게 이 일을 맡긴 걸까? 나는 사람들을 잘 다루는 사람도 아니었고, 민감한 문제에 접근하는 방법도 몰랐다. 스트라트는 승조원들이 다른 누구보다도 나를 좋아한다는 식으로 얘기했다. 왜지? 어쩌면, 나는 평소 스트라트 옆에 서 있기에 친절하고 유쾌한 사람으로 보이는 것뿐일지도 몰랐다.

어쨌든 발사가 한 달 앞으로 다가와 있었고, 나는 이 정보를 얻어내야만 했다.

"알겠습니다." 내가 말했다. "누가 먼저 하실래요?"

두보이스가 손을 들었다. "다들 괜찮으시다면 제가 먼저 하죠."

"그러시죠." 나는 펜을 시험 삼아 빠르게 휘갈겨 써보았다. "그럼… 어떻게 죽고 싶으세요?"

그래. 어색한 주제다. 하지만 피할 수 없는 주제이기도 하다. 이 세 사람은 나머지 우리에게 일말의 희망이라도 남겨주고자 목숨을 버릴 생각이었다. 이들이 원하는 방식대로 죽음을 맞이할 수 있도록 돕는 것은 우리가 할 수 있는 최소한이었다.

두보이스는 내게 빳빳한 종이 한 장을 내밀었다. "제 요구 사항은 이 서류에 자세히 적었습니다. 모든 게 정리된 걸 보실 수 있을 겁니다."

나는 종이를 받아들었다. 중요 항목과 도표, 맨 아래에는 참고 자료까지 일부 적혀 있었다. "이게 대체 뭔가요?"

두보이스는 종이 가운데 어딘가를 가리켰다. "저는 질소 질식으로 죽고 싶습니다. 제가 조사한 모든 자료에서 그게 가장 고통 없이 죽는 방법이라고 하더군요."

나는 고개를 끄덕이고 몇 가지를 메모했다.

"그 서류에는 제가 반드시 죽을 수 있게 해줄 장비 목록이 들어 있습니다. 장비 무게도 제 몫의 개인 물품 질량에 충분히 포함되고요."

나는 이마를 찌푸렸다. 대체로 무슨 말을 해야 할지 전혀 모르겠다는 사실을 감추기 위해서였다.

그는 무릎에 올려둔 두 손을 맞잡았다. "질소 탱크와 EVA 우주복을 연결하기만 하면 되는 간단한 문제입니다. 우주복을 입고 우주복이 산소 대신 질소를 집어넣게 하면 돼요. 질식 반사는 산소 부족 때문이 아니라, 폐에 과도한 이산화탄소가 들어갈 때에 나타납니다. 우주복의 시스템이 제가 내쉬는 이산화탄소를 계속 제거하고, 오직 질소만을 남겨둘 거예요. 저는 그냥 피곤해지고 아마 조금은 머리가 멍해질 겁니다. 그런 다음 의식을 잃겠지요."

"알겠습니다." 나는 전문가다운 자세를 유지하려 애썼다. "EVA 우주복을 쓸 수 없는 상황에서는요?"

"4절에 대안이 상세히 기술돼 있습니다. EVA 우주복을 쓸 수 없다면, 저는 우주선의 에어로크를 활용할 겁니다. 에어로크의 부피면 이산화탄소가 불편할 만큼 심하게 쌓이는 일을 막을 수 있습니다."

"알겠습니다." 나는 몇 가지 메모를 남겼다. 사실 그럴 필요가 거의 없었지만 말이다. 두보이스의 서류는 매우 철저했다. "질소가 충분히 들어 있는 탱크를 마련하고, 첫 번째 탱크에 누출이 발생할 경우에 대비해서 보조 탱크도 준비하겠습니다."

"아주 좋네요. 감사합니다."

나는 종이를 옆으로 치웠다. "일류키나? 당신은요?"

그녀는 맥주를 내려놓았다. "전 헤로인을 원해요."

모두가 그녀를 보았다. 야오조차 조금은 안색이 창백해졌다.

"죄송합니다, 뭐라고요?" 내가 말했다.

"헤로인이요." 그녀가 어깨를 으쓱했다. "전 평생 착한 아이로 살아왔어요. 약도 안 하고, 섹스도 제한적이었고, 죽기 전에 엄청난 쾌락을 경험하고 싶어요. 사람들은 늘 헤로인으로 죽어가잖아요. 엄청 좋은 게 틀림없어요."

나는 관자놀이를 문질렀다. "그러니까… 헤로인 과다 투약으로 죽고 싶다고요?"

"바로 죽는 건 싫고요." 그녀가 말했다. "난 즐기고 싶어요. 평범한, 효과 좋은 복용량으로 시작해서 황홀경을 맛볼 생각이에요. 중독자들은 다들 처음 몇 번이 가장 좋다고 하더군요. 그다음부터는 내리막길이라고. 저는 그 처음 몇 번을 해보고 싶어요. 그러다가 때가 되면 과다 투약하고요."

"그건… 저희가 해드릴 수 있겠습니다." 내가 말했다. "하지만 과다 투약으로 인한 사망은 매우 불쾌할 수 있어요."

일류키나는 걱정 말라는 듯 손을 내저었다. "의사들한테 최선의 투약 일정을 알아내라고 하세요. 초기 투약의 쾌락을 최대화할 수 있는 알맞은 양을 알아내라고 해요. 그리고 사망에 이르는 투약에는 다른 약도 섞으면 되겠죠. 내가 고통 없이 죽을 수 있도록."

나는 그녀의 요청을 받아 적었다. "네. 헤로인이군요. 어디서 구해야 할지 모르겠지만 알아내겠습니다."

"전 세계가 박사님 말에 따라서 움직이잖아요." 그녀가 말했다. "제약 회사를 움직여서 저한테 줄 헤로인을 만들라고 하세요. 어려울 리 없죠."

"알겠습니다. 분명히 스트라트가 전화를 걸거나 할 수 있을 겁니다."

나는 한숨을 쉬었다. 둘은 처리했고 하나가 남았다. "좋습니다. 야오 대장님? 대장님은요?"

"총을 주십시오." 그가 말했다. "92식 권총입니다. 중국군이 사용하는 표준형으로요. 가는 동안에는 총알을 습기 없이 밀봉된 플라스틱 통에 보관해 주십시오."

최소한 그건 말이 됐다. 빠르고 고통 없는 죽음. "총이요. 알겠습니다. 그건 쉽겠습니다."

야오 사령관은 동료 승조원들을 둘러보았다. "내가 마지막으로 죽을 겁니다. 두 분의 방법이 뭔가 잘못된다면, 내가 무기를 들고 기다리겠습니다. 혹시 모르니까요."

"정말 친절하시군요." 두보이스가 말했다. "감사합니다."

"내가 좋은 시간을 보내고 있는 것 같으면 쏘지 마세요." 일류키나가 말했다.

"알겠습니다." 야오가 말했다. 그는 나를 돌아보았다. "이게 전부입니까?"

"네." 나는 자리에서 일어나며 말했다. "이것 참 어색하네요. 고맙습니다. 저는 이제… 다른 데로 좀 가보겠습니다."

나는 침대에서 몸부림친다. 팔의 화상이 그 어느 때보다 아프다. 진통제는 거의 아무 작용도 하지 못한다. 일류키나의 헤로인을 찾을 수 있을지 궁금해지기 시작한다.

아니야. 안 쓸 거다. 하지만 이게 자살 임무였다면 썼을 것이다.

그 점에 집중하자. 이건 더 이상 자살 임무가 아니다. 제대로 패를 내기만 하면 나는 세상을 구할 뿐만 아니라 집에 간다.

고통이 왠지 줄어든다. 고통은 찾아왔다 사라진다. 기회가 생기면 화상에 관한 책을 뭐든 볼 생각이다. 통증이 언제쯤 멈추는지라도 알고 싶다.

톡.

"응?" 나는 웅얼거린다.

톡.

나는 소리가 나는 곳을 본다. 로키가 에어로크 벽을 두드리고 있다.

"로키!" 나는 침대에서 떨어졌다가, 바닥에 닿기 전에 오른쪽으로 구른다. 나는 바닥을 허둥지둥 가로질러 에어로크 벽으로 간다. "로키, 이 자식! 괜찮아?"

나는 로키의 몸속에서 나는 낮은 퉁퉁 소리를 듣는다.

"무슨 말인지 모르겠어. 더 크게 말해봐."

"아픔···." 그가 웅얼거린다.

"그래. 너 아파. 네가 내 공기로 들어왔으니까. 당연히 아프지! 거의 죽을 뻔했는데!"

그는 바닥을 짚고 일어나려 하다가 다시 털썩 주저앉는다. "나 어떻게 여기로 돌아옴, 질문?"

"내가 옮겼어."

그는 짜증을 내며 바닥을 발톱으로 톡톡 두드린다. "너 내 공기 만짐, 질문?"

"응, 약간."

그는 내 왼팔을 가리킨다. "한 팔 피부가 매끄럽지 않음. 손상, 질문?"

로키는 초음파로 붕대를 뚫고 볼 수 있는 모양이다. 붕대 속은 꽤 못 봐줄 모습일 것이다. 심각한 꼴일 거라고 생각하긴 했는데, 로키 덕분에 그 생각이 확인됐다. "응. 근데 괜찮아질 거야."

"너, 나를 구하려고 너를 손상함. 감사."

"너도 똑같은 일을 했잖아. 네 방열 기관은 괜찮아? 너한테 불이 붙어서, 네가 온통 재랑 산화물투성이가 됐어."

"낫고 있음." 그가 벽과 바닥에 한가득한 재를 가리켰다. "이거 내 안에서 나옴, 질문?"

"응."

"어떻게 나옴, 질문?"

나는 조금 우쭐해진다. 그러지 않을 이유도 없다. 쉽지 않은 일이었는데 해냈으니까. 나는 이제 삼중으로 감싸인, 에어로크 벽의 강철 상자를 가리킨다. "내가 너한테 공기를 쏘는 장치를 만들었어. 네 방열기 환기구를 조준하니까 그 고약한 것들이 전부 나왔어."

로키는 잠시 조용하다. 그러더니 여전히 조금 불안정한 몸으로 말한다. "저것들, 내 안에 얼마나 오래 있었음, 질문?"

나는 머릿속으로 시간을 돌려본다. "한… 이틀."

"너 때문에 죽을 뻔함."

"뭐? 어째서? 내가 네 방열기에서 재를 전부 털어냈다고!"

로키는 다른 다리에 몸무게를 싣는다. "검은 물질 재 아님. 내 몸이 이걸 만듦. 이건 몸이 낫는 동안 상처를 덮고 있음."

"아…." 내가 말한다. "아, 이런…."

나는 로키의 방열기에서 재를 떨어낸 것이 아니었다. 그의 상처에서 딱지를 뜯어낸 것이었다! "너무 미안해! 난 도와주려고 한 건데."

"괜찮음. 더 일찍 했으면 난 죽었음. 하지만 네가 그렇게 하기 전에 충분히 나았음. 제거가 약간 도움이 됨. 고마움."

나는 두 손에 얼굴을 묻는다. "미안해." 내가 다시 말한다.

"미안해하지 마. 나를 여기 넣었을 때 네가 나를 구함. 감사, 감사, 감사." 그는 다시 일어서려 하지만 겨우 1초쯤 서 있다가 주저앉는다. "나 약함. 나을 것임."

나는 물러나 침대에 앉는다. "무중력상태면 좀 더 편할까? 원심분리기를 끌 수도 있어."

"아니. 중력이 치료에 도움." 그는 다리를 움직여, 등딱지를 얹어놓을 침대 모양으로 만든다. 아마 그게 편안한 수면 자세일 것이다. "표본 통 안전, 질문?"

"응. 지금은 실험실에 있어. 내가 밀폐된 통 안에 에이드리언의 환경을 만들어 놓고, 표본 통이랑 같이 아스트로파지를 좀 넣어뒀어. 잠시 후에 어떻게 됐는지 살펴볼 생각이야."

"좋음." 그가 말한다. "인간의 빛 감각 매우 유용."

"고마워." 내가 말한다. "하지만 인간의 뇌는 그렇게 유용하지 않아. 통에서 표본을 꺼낼 방법을 모르겠어."

로키가 등딱지를 약간 기울인다. "너 표본 밀폐했는데 표본 접근 못함, 질문?"

"응."

"보통은 너 안 멍청. 왜 멍청, 질문?"

"인간은 잠을 자야 할 때 멍청해지거든. 통증을 멈추는 약을 먹을 때도 그렇고. 난 지금 피곤하기도 하고 약도 먹었어."

"넌 자야 함."

나는 일어선다. "조금 이따가 자려고. 하지만 일단은, 궤도를 안정화해야 해. 우리 원지점이랑 근지점이…. 뭐, 괜찮은 궤도가 아니야."

"멍청할 때 궤도 조정. 좋은 계획."

나는 히죽거린다. "새로운 단어를 추가할게. 빈정대기. 어떤 주장을 하기 위해서 진짜 의미와 반대로 말함. 빈정대기."

로키는 자기 언어로 '빈정대기'에 해당하는 단어를 노래한다.

극도로 지치기도 했고 약 기운도 돌아서, 나는 아기처럼 잔다. 백만 배는 나아진 기분으로 눈을 뜨지만, 화상은 백만 배나 심해진 것처럼 느껴진다. 나는 붕대를 본다. 새것이다.

로키가 작업대에서 공구를 만지작거리고 있다. 그는 자기 구역을 치워두었다. 새것 같다. "깼음, 질문?"

"응." 내가 말한다. "좀 어때? 나아가고 있어?"

그가 발톱 하나를 까딱거린다. "훨씬 많은 치료 필요. 하지만 어떤 치료 완료. 별로 못 움직임."

나는 머리를 다시 털썩 베개에 기댄다. "나도."

"로봇 팔이 네가 자는 동안 네 팔에 뭔가 함."

나는 붕대를 가리킨다. "이 천을 갈아준 거야. 인간의 치료에는 천을 가는 게 중요하거든."

로키는 최근의 발명품을 다양한 공구로 쿡쿡 찔러본다.

"그건 뭐야?"

"나는 에이드리언 생명체를 보관한 장치를 보러 실험실에 감. 지금은 표본을 꺼내도 네 공기를 들여보내지 않을 장치를 만듦." 그가 커다란 상자를 들어 올린다. "네 진공실을 이 안에 넣어. 이걸 닫아. 이게 에이드리언의 공기를 안에 있게 함."

로키가 장치 윗부분을 열고, 경첩이 달린 막대 두어 개를 가리킨다. "밖에서 이것들을 조종. 표본 수거. 장치 밀폐. 내 장치 개봉. 표본 가짐. 표본으로 인간 과학을 함."

"똑똑한데." 내가 말한다. "고마워."

로키는 다시 작업을 시작한다.

나는 침대에 누워 있다. 하고 싶은 일이 아주 많지만, 천천히 해야 한다. 어제처럼 또 한 번 '멍청한 날'을 보내는 위험을 감수할 수는 없다. 나는 하마터면 표본을 망치고 로키를 죽일 뻔했다. 이제는 내가 멍청하다는 사실을 알 정도로는 똑똑해졌다. 이건 진보다.

"컴퓨터, 커피!"

잠시 후, 로봇 팔이 내게 자바 커피를 한 컵 내민다.

"있잖아." 나는 커피를 홀짝이며 말한다. "어떻게 너랑 내가 같은 소리를 듣는 걸까?"

로키는 장치 안의 골조 작업을 계속한다. "유용한 특징. 둘 다 진화. 안 놀라움."

"그래, 하지만 왜 같은 주파수를 듣느냐고? 왜 네가 나보다 훨씬 높은 주파수를 듣는다거나 하지 않는 거야? 아니면 훨씬 낮은 주파수라든지."

"나는 실제로 훨씬 높은 주파수와 훨씬 낮은 주파수를 들음."

그건 몰랐다. 하지만 그렇다고 짐작했어야 한다. 청각은 에리디언들의 주된 감각 정보다. 당연히 로키는 나보다 넓은 가청 범위를 가지고 있을 것이다. 그렇다 하더라도 한 가지 의문은 풀리지 않는다.

"그래, 하지만 왜 겹치는 대역이 있느냐는 거야. 왜 너랑 나랑 완전히 다른 주파수를 듣지 않는 걸까?"

로키는 한 손에 들고 있던 공구를 내려놓는다. 그래도 두 손이 남아 계속 장치에 뭔가를 꽂아 넣는다. 새로이 자유를 찾은 손으로, 로키는 작업용 벤치를 긁는다. "너 이거 들림, 질문?"

"응."

"이건 포식자가 다가오는 소리임. 먹이가 도망치는 소리임. 물건이 물건에 닿는 소리 매우 중요. 듣도록 진화."

"아! 그렇지."

로키가 짚어주니 당연한 말로 들린다. 목소리, 악기의 소리, 새 울음 소리 등 모든 소리는 엄청나게 다양할 수 있다. 하지만 물체가 부딪히는 소리는 행성에 따라 별로 다르지 않을 것이다. 지구에서 돌 두 개를 부딪치면, 에리드에서 돌 두 개를 부딪치는 것과 같은 소리가 난다. 그러니 우리는 모두 이 소리를 들을 수 있도록 진화한 것이다.

"더 나은 질문." 그가 말한다. "왜 우리는 같은 속도로 생각, 질문?"

나는 자세를 바꿔 옆으로 눕는다. "우린 같은 속도로 생각하지 않아. 넌 나보다 계산 속도가 훨씬 빨라. 기억력도 완벽하고. 인간은 그렇게 못해. 에리디언들이 머리가 더 좋아."

그는 빈손으로 새 공구를 잡더니 다시 작업한다. "계산은 생각이 아님. 계산은 과정임. 기억은 생각이 아님. 기억은 저장임. 생각은 생각임. 문제, 해결. 너랑 나는 같은 속도로 생각함. 왜, 질문?"

"흠."

나는 잠시 고민한다. 정말로 좋은 질문이다. 어째서 로키가 나보다 1,000배나 영리하지 않은 걸까? 혹은 1,000배쯤 멍청하거나.

"글쎄…. 우리가 비슷한 지능을 가진 이유에 대해서 가설이 있긴 해. 가설이지만."

"설명."

"지능은 우리가 각자 행성에 사는 다른 동물들보다 유리해지도록 진화한 거야. 하지만 진화는 게을러. 일단 문제가 해결되면, 그 특징은 진화를 멈추지. 그러니까 너랑 나는 둘 다 각자 행성의 다른 동물들보다 똑똑한 정도로만 지능이 있는 거야."

"우리는 동물들보다 훨씬 훨씬 더 머리 좋음."

"우리는 진화가 이끄는 정도로 머리가 좋아져. 그러니까 우리는 행성을 확실히 지배하는 데 필요한 최소의 지능을 가지고 있는 거야."

로키는 이 점을 생각해 본다. "받아들임. 그래도 왜 지구 지능이 에리드 지능과 같은 수준으로 진화하는지는 설명 안 됨."

"우리 지능은 동물들의 지능에 근거를 두고 있어. 그럼 동물의 지능은 뭐에 근거할까? 동물들은 얼마나 똑똑해야 할까?"

"위험 요소나 먹잇감을 제때에 식별해 행동할 수 있을 만큼."

"그래, 바로 그거야!" 내가 말한다. "하지만 그게 어느 정도의 시간일까? 동물한테 반응하기까지 주어지는 시간은 어느 정도일까? 위험 요소나 먹잇감이 동물을 죽이거나, 동물에게서 도망치기까지 걸리는 시간이 어느 정도일까? 나는 그게 중력에 따라 달라진다고 생각해."

"중력, 질문?" 로키는 장치를 완전히 내려놓는다. 나는 그의 온전한 관심을 끌어냈다.

"그래! 생각해 봐. 동물이 얼마나 빨리 달릴 수 있는지를 결정하는 건 중력이야. 중력이 높아지면 땅과 접촉하는 시간이 늘어나. 그러므로 움직임이 더 빨라져야 해. 나는 궁극적으로 동물의 지능이 중력보다 빨라야 한다고 생각해."

"흥미로운 가설." 로키가 말한다. "하지만 에리드 중력 지구 중력의 두 배. 너랑 나는 같은 지능."

나는 침대에서 일어나 앉는다. "장담하는데, 우리 중력은 천문학적인 관점에서 봤을 때 거의 동일할 거야. 필요한 지능이 거의 같을 정도겠지. 지구의 100분의 1 정도 되는 중력을 가진 행성에서 온 생명체를 만나면, 우리가 보기엔 분명히 아주 멍청할걸."

"가능함." 그가 말한다. 로키는 다시 장치를 만지기 시작한다. "다른 유사성. 너랑 나는 둘 다 우리 사람들을 위해 기꺼이 죽으려 함. 왜, 질문? 진화는 죽음을 싫어함."

"종족 전체로 봐서 좋은 일이잖아." 내가 말한다. "자기희생 본능은 종 전체가 지속될 가능성을 높여줘."

"모든 에리디언이 다른 이들을 위해 기꺼이 죽지는 않음."

나는 키득거린다. "인간들도 그래."

"너랑 나는 좋은 사람." 로키가 말한다.

"그러게." 나는 미소 짓는다. "그런 것 같아."

발사까지 아흐레.

나는 방 안을 어슬렁거렸다. 방에는 거의 아무것도 없었지만, 신경은 쓰이지 않았다. 내 방은 작은 부엌까지 딸린, 온전한 소형 이동식 주택이었다. 대부분의 사람들이 받은 것보다 나았다. 러시아인들은 바이코누르 우주기지에서 몇 마일 떨어진 곳에 임시 주거지 수십 채를 세우느라 정신없이 바빴다. 하긴, 그렇게 따지면 우리 모두가 최근에는 정신없이 바빴지만.

아무튼, 나는 도착한 이후로 거의 침대를 써본 적이 없었다. 그냥, 언제나 새로운 사건이나 문제가 발생하는 것 같았다. 큰 문제는 아니었다. 그냥… 문제들이었다.

헤일메리호는 완성됐다. 200만 킬로그램이 넘는 우주선과 연료가 딱 좋게 안정적인 궤도에 올라 있었다. 이 정도면 국제 우주정거장 질량의 네 배에 달했는데, 조립 시간은 그 20분의 1밖에 걸리지 않았다. 언론에서는 총비용을 추적했었지만, 10조 달러쯤에서 포기했다. 그럴 의미가 없었다. 이건 더 이상 자원의 효율적인 활용 문제가 아니었다. 이건 지구 대 아스트로파지의 싸움이었고, 그 어떤 비용도 지나치다고 할 수 없었다.

ESA의 우주인들이 지난 몇 주 동안 우주선에 타고서, 각 단계 별로 우주선을 점검하고 있었다. 점검을 담당한 승조원들은 약 500개의 문제를 보고해 왔고, 우리는 지난 몇 주간 그 문제들을 처리했다. 그중 어느 것도 헤일메리호를 버려야 할 정도로 심각한 오류는 아니었다.

정말이다. 이제 아흐레 후면 헤일메리호가 발사된다.

나는 책상 역할을 하는 탁자에 앉아 서류를 펄럭펄럭 넘겼다. 몇몇 서류에는 서명을 하고, 다른 서류들은 내일 스트라트에게 보여주려고 한쪽에 밀어놓았다. 어쩌다가 내가 관리자가 된 걸까? 다들 인생에서 일어나는 변화를 받아들여야 하는 모양이다. 내가 해야 하는 역할이 이거라면, 어쩔 수 없지.

나는 서류를 내려놓고 창밖을 내다보았다. 카자흐스탄의 초원 지대는 평평하고 아무 특징이 없었다. 사람들은 보통 발사 시설을 중요한 것 근처에 짓지 않는다. 이유야 뻔하다.

나는 아이들이 그리웠다.

아이들 수십 명이. 따지고 보면 여러 해를 걸쳐 아이들을 가르쳤으니 그 숫자는 수백 명에 달했다.

아이들은 내게 욕을 하지도 않았고, 한밤중에 나를 깨우지도 않았다. 녀석들의 옥신각신하는 다툼은 보통 선생님들이 억지로 악수를 하게 하거나 방과 후 벌칙을 주는 방법으로 몇 분 안에 해결됐다. 그리고 이건 좀 이기적인 얘기지만, 녀석들은 나를 우러러봤다. 나는 그렇게 존경받던 일이 그리웠다.

나는 한숨을 쉬었다.

나의 아이들은 임무가 성공하더라도 힘든 시간을 보낼 것이다. 헤일메리호가 타우세티에 이르기까지는 13년이 걸릴 테고, (승조원들이 우리 문제에 대한 답을 찾아낸다는 가정을 두고) 비틀스가 우리에게 돌아오는 데는 또다시 13년이 걸릴 터였다. 그러니까 무얼 해야 할지 알기까지만 해도 사반세기가 걸린다는 얘기였다. 이 모든 일이 끝나면, 나의 아이들은 더 이상 아이들이 아닐 것이다.

"계속해야지." 나는 웅얼거리며 다음 문제 보고서를 집어 들었다. 왜 그냥 이메일을 보내는 대신 서류로 된 보고서를 작성하느냐고? 러시아인들에게는 나름의 일 처리 방식이 있고, 거기에 대해서 불평하느니 그들과 보조를 맞춰 일하는 게 쉽기 때문이다.

보고서는 의학적 음식 급여 시스템의 14번 슬러리 펌프에서 발생한 오류에 관한 내용으로, ESA 승조원이 보낸 것이었다. 14번 펌프는 3차 시스템의 유일한 부품으로, 오류가 있다고 해도 95퍼센트는 제대로 작동했다. 그렇다고 이런 오류를 내버려 둘 이유는 없었다. 마지막 발사에 할당된 질량 83킬로그램은 아직 어디에 써야 할지 결정되지 않았다. 나는 거기에 여분의 슬러리 펌프를 실으라는 메모를 남겼다. 그래 봐야 겨우 250그램이니까. 궤도에서 출발하기 전에 승조원들이 이 펌프를 설치할 수 있을 것이다.

나는 서류를 치워놓고, 창밖에서 빛이 잠깐 반짝이는 것을 보았다. 아마 임시 주거지로 이어지는 흙길을 따라 지프가 지나가는 빛이었을 것이다. 가끔 이렇게 창문 너머로 헤드라이트 불빛이 들어오곤 했다. 나는 그 불빛을 무시했다.

쌓아놓은 다음 서류는 바닥짐으로 쓸 만한 물건들에 관한 내용이었다. 헤일메리호는 필요에 따라 아스트로파지를 펌프질해 공급함으로써 장축의 무게중심을 유지했다. 그래도 우리는 최대한 물건들의 균형을 맞추고 싶었다. ESA 승조원들이 균형을 더 적절하게 잡을 수 있도록 창고 구역의 비품 자루 몇 개를 다시 배치….

고막이 찢어질 것 같은 폭발로 방이 흔들리면서 창문이 박살 났다. 충격파 때문에 의자에서 완전히 나자빠진 내 얼굴을 유리 파편이 베고 지나갔다.

그다음은 정적이었다.

그런 다음, 멀리서 사이렌이 들렸다.

나는 무릎을 꿇고 일어났다가 발을 딛고 일어섰다. 먹먹해진 귀를 뚫느라 몇 차례 입을 열었다 다물었다.

나는 비틀거리며 다가가 문을 열었다. 가장 먼저 눈치챈 것은 한때 내 문까지 이어져 있던, 작은 3단짜리 계단이 몇 피트 떨어져 있다는 것이다. 그런 다음, 나는 계단과 문 사이에 흙이 뒤집혀 있는 것을 보고 무슨 일이 일어난 건지 알아차렸다.

계단은 울타리 기둥처럼 깊게 박힌, 4×4인치 각재로 땅에 고정돼 있었다. 그러나 내 이동식 주택에는 그런 지지대가 없었다.

내 집 전체가 움직이고 계단은 원래 자리에 그대로 남아 있었던 것이다.

"그레이스! 괜찮아요?" 스트라트의 목소리였다. 그녀의 이동식 주택이 내 옆집이었다.

"네!" 내가 말했다. "대체 뭐였어요?"

"모르겠어요." 그녀가 말했다. "잠깐만요."

잠시 후, 나는 손전등이 깜빡거리는 것을 보았다. 그녀는 잠옷에 부츠를 신고 내게 다가왔다. 그녀는 이미 무전기로 대화를 나누고 있었다. "에토 스트라트. 크토 프로이스크호디트?" 그녀가 물었다.

"브즈리프 브 이슬레도파텔슈콤 트센트레." 응답이 들려왔다.

"연구 센터가 폭발했어요." 그녀가 말했다.

바이코누르는 발사용 시설이었지만, 연구동이 몇 개 있긴 했다. 실험실은 아니었다. 그보다는 교실에 가까웠다. 우주비행사들은 보통 발사 전 일주일을 바이코누르에서 머물렀고, 대체로 발사 당일까지 공부하며 준비하고 싶어 했다.

"아, 세상에." 내가 말했다. "누가 있었어요? 거기 누가 있었나요?"

스트라트는 잠옷 주머니에서 구겨진 종이 뭉치를 꺼냈다. "잠깐, 잠깐만요…." 그녀는 다음 장으로 넘어갈 때마다 먼젓번 종이를 땅에 버리며 종이를 한 장씩 넘겨보았다. 나는 한눈에 그게 무슨 서류인지 알아보았다. 1년 동안 매일 봐온 서류니까. 일정표였다. 모두가 어디에 있는지, 무얼 하고 있는지 늘 보여주는 일정표.

스트라트는 찾던 페이지에 이르자 멈췄다. 그녀는 헛숨을 들이켰다. "두보이스와 셔피로. 연구동에서 아스트로파지 관련 실험을 하는 일정이네요."

나는 두 손으로 머리를 감쌌다. "안 돼! 아니, 제발 아니라고 해줘요! 연구동은 5킬로미터 떨어진 곳에 있다고요. 여기 있는 우리한테까지 폭발이 이 정도 손해를 끼쳤다면…."

"알아요, 나도!" 그녀가 다시 무선기를 켰다. "주 승조원, 위치 보고 바란다. 응답하라."

"야오, 이상 없습니다." 첫 번째 응답이 들려왔다. "침대입니다."

"일류키나, 이상 없습니다. 장교 주점인데요. 방금 폭발은 뭐였죠?"

스트라트와 나는 우리가 바라는 응답이 들려오기를 기다렸다.

"두보이스." 그녀가 말했다. "두보이스! 응답하세요!"

정적.

"셔피로. 애니 셔피로 박사. 응답 바람!"

이어지는 정적.

스트라트는 크게 숨을 들이쉬었다가 내쉬었다. 그녀는 한 번 더 무전기를 켰다. "스트라트 이동 요청. 지상 관제 센터까지 이동할 지프가 필요하다."

"알겠습니다, 오버." 응답이 들려왔다.

이어진 몇 시간은 솔직히 말해 대혼란이었다. 기지 전체가 일시적으로 폐쇄되고 모두가 신분증 확인을 받았다. 웬 종말론자들이 임무를 방해하고 싶어 하는 건지도 모를 일이었다. 하지만 그 어떤 잘못도 드러나지 않았다.

스트라트와 디미트리, 나는 벙커에 쪼그리고 앉았다. 왜 벙커에 있었느냐고? 러시아인들이 그 어떤 위험도 감수하지 않으려 했기 때문이었다. 테러 공격 같지는 않았지만 러시아인들은 혹시 모르니 요인들의 안전을 확보하려 했다. 야오와 일류키나는 다른 어느 벙커에 들어가 있었다. 다른 선임 과학자들도 또 다른 벙커들에 들어가 있었다. 어느 한 지점도 효과적인 타격점이 되지 못하도록 모두를 흩어놓은 것이다. 암울한 논리가 바탕에 깔려 있는 결정이었다. 어쨌든 바이코누르는 냉전 시대에 세워졌으니까.

"연구동들은 분화구처럼 변했어요." 스트라트가 말했다. "두보이스나 셔피로의 흔적은 없고요. 거기서 근무하던 다른 직원 열네 명도 마찬가지입니다."

그녀는 핸드폰에 사진을 띄워 우리에게 보여주었다.

그 사진에는 완전한 파괴가 담겨 있었다. 연구동이 있던 구역은 러시아인들이 설치한 강력한 투광 조명등으로 밝혀져 있었다. 구조대원들이 와글거렸다. 그러나 그들에게는 할 일이 아무것도 없었다.

사실상 남은 것이 아무것도 없었으니까. 잔해도 없었고, 파편조차 거의 없었다. 스트라트는 사진을 한 장 한 장 넘겼다. 어떤 사진은 땅을 클로즈업해 찍은 것이었다. 둥글고 반짝이는 구슬이 그 지역에 점점이 박혀 있었다. "이 구슬들은 웬 거죠?" 그녀가 말했다.

"금속 응축물입니다." 디미트리가 말했다. "금속이 증발했다가 빗방울처럼 응축됐다는 뜻입니다."

"세상에." 그녀가 말했다.

나는 한숨을 쉬었다. "저 실험실 안에 금속을 증발시킬 만큼의 열을 만들어낼 수 있는 건 하나밖에 없었어요. 아스트로파지요."

"저도 그렇게 생각합니다." 디미트리가 말했다. "하지만 아스트로파지는 그냥 '폭발하지' 않아요. 어떻게 이런 일이 일어날 수 있었던 걸까요?"

스트라트는 구겨진 일정표를 보았다. "이 표에 따르면, 두보이스는 아스트로파지 동력 발전기로 몇 가지 실험을 더 해보고 싶어 했어요. 셔피로는 관찰 겸 보조를 하려고 함께 있었고요."

"말도 안 돼요." 내가 말했다. "그 발전기들은 전기를 만들기 위해서 아주 아주 적은 양의 아스트로파지를 사용한다고요. 건물 하나를 날려버릴 정도의 양은 도저히 안 돼요."

그녀는 핸드폰을 내려놓았다. "우린 주요 과학 요원과 예비 과학 요원을 잃었습니다."

"이건 악몽이에요." 디미트리가 말했다.

"그레이스 박사님. 가능한 대체 인력 최종 후보자 명단을 올려주세요."

나는 입을 쩍 벌린 채 그녀를 빤히 쳐다봤다. "이봐요, 당신 무슨 돌로 만든 인간이라도 돼요? 방금 우리 친구들이 죽었다고요!"

"네, 그리고 우리가 이 임무를 실현하지 못하면 다른 모든 사람도 죽을 겁니다. 대체할 과학 요원을 찾을 때까지 아흐레가 남아 있어요."

나는 눈물이 고였다. "두보이스… 셔피로…." 나는 훌쩍이며 눈물을 훔쳤다. "두 사람이 죽었어요. 죽었다고요…. 아, 하느님…."

스트라트가 내 따귀를 때렸다. "정신 차려요!"

"이봐요!"

"나중에 울라고요! 임무가 먼저예요! 작년에 추린 코마 저항력이 있는 후보자 명단 아직 가지고 있죠? 그걸 살펴봐요. 새로운 과학 전문가가 필요해요. 지금 당장!"

"표본 수집 중…." 내가 말한다.

로키는 실험실 천장의 자기 터널에서 나를 지켜본다. 로키의 장치는 작동해야 하는 방식 그대로 작동한다. 투명한 제노나이트 상자에는 내가 내부 환경을 통제할 수 있도록 해주는 밸브와 펌프 들이 여러 개 달려 있다. 진공실은 뚜껑이 열린 채로 안에 놓여 있다. 상자에는 기후 통제기까지 달려 있어, 안의 온도를 영하 51도로 차갑게 유지한다.

로키는 그렇게 오랫동안 표본을 (인간의) 실온에 놔둔 것을 나무랐다. 사실, 로키에게는 이 주제에 관해 할 말이 아주 많았다. 우리는 로키가 이 문제에 관한 의견을 온전히 표현할 수 있도록 '무모한', '머저리', '바보 같은', '무책임한'을 우리의 공통 단어 목록에 추가해야 했다.

그가 사정없이 던져댄 다른 단어도 있었지만, 로키는 내게 그 뜻을 말해주지 않으려 했다.

진통제를 끊은 지 사흘이 지나자 나는 훨씬 똑똑해졌다. 로키도 알수 있을 정도였다. 그동안 나는 그냥 멍청한 인간이 아니었다. 나는 멍청함이 강화된 인간이었다.

로키는 내가 약을 사용하지 않은 채로 세 번 잠들었다가 일어날 때까지 지금 쓰고 있는 상자를 내게 내주지 않으려고 했다. 지금도 팔이 너무 심하게 아프지만, 로키의 말에도 일리가 있다.

이번에는 로키가 상당히 많이 치료되기도 했다. 그의 몸속에서 무슨일이 벌어지는 건지는 전혀 모르겠다. 겉모습은 전과 똑같은데, 예전보다 훨씬 잘 돌아다닌다. 그래도 속도는 예전 같지 않다. 그건 나도 마찬가지다. 솔직히 말해, 우리는 상처를 입은 채로 걸어 다니고 있다.

합의에 따라, 우리는 중력을 0.5g로 유지한다.

나는 상자 안의 집게를 몇 차례 폈다가 오므린다. "이것 좀 봐. 나는 에리디언이다!"

"그래. 아주 에리디언. 서둘러 표본을 가져와."

"너 참 재미없다." 나는 면봉을 쥐고, 준비해 둔 유리 슬라이드 쪽으로 가져간다. 눈으로 보일 만큼 문지른 자국을 남기며 면봉으로 슬라이드 전체를 훑은 다음, 면봉을 다시 진공실로 가져온다. 진공실을 밀폐하고 슬라이드를 작고 투명한 제노나이트 통에 넣은 다음 상자를 봉인한다.

"좋아. 이거면 될 거야." 나는 내 공기가 들어가도록 밸브를 돌린 다음, 위에서 상자를 연다. 슬라이드는 제노나이트 통 안에 들어 있기에 안전하다. 이건 은하에서 가장 작은 우주선이라고 할 수 있다. 최소한, 이 안에 들어 있을지도 모르는 에이드리언의 생명체 관점에서는 그렇다.

나는 현미경대로 향한다.

로키가 머리 위의 터널에서 따라온다. "그렇게 작은 빛도 볼 수 있는 거 확실, 질문?"

"응. 오래된 기술이야. 아주 오래됐어." 나는 통을 현미경 트레이에 올려놓고 렌즈를 조정한다. 제노나이트는 현미경으로 그 너머를 볼 수 있을 만큼 투명하다.

"좋아, 에이드리언. 뭘 줄 거니?" 나는 접안경에 얼굴을 댄다.

가장 눈에 띄는 것은 아스트로파지다. 평소처럼 아스트로파지들은 모든 빛을 빨아들여 검은색으로 보인다. 그야 예상한 일이다. 나는 백라이트와 초점을 조정한다. 그러자 사방에서 미생물이 보인다.

아이들과 함께하는 실험 중 내가 가장 좋아하는 건 녀석들에게 물 한 방울을 들여다보도록 하는 것이다. 물 딱 한 방울. 바깥의 물웅덩이에서 가져온 것이면 더 좋다. 그 안에는 생명체가 우글거리기 마련이다. 이 실험은 언제나 잘 진행된다. 가끔 실험 이후로 한동안 물을 먹지 않으려 드는 녀석이 나오지만 말이다.

"이 안에 생명체가 엄청 많아." 내가 말한다. "종류도 다양해."

"좋음. 예상함."

당연히 그렇겠지. 생명체가 있는 행성에는 어디에나 생명체가 존재한다. 내 가설은 그렇다. 진화는 생태계 안의 모든 구석구석을 채우는 데 극도로 뛰어나다.

지금 나는 수백 가지의 독특한 생명체를 보고 있다. 인간들이 한 번도 본 적 없는 것이다. 하나하나가 외계의 종족이다. 미소가 지어지는 것을 참을 수 없다. 하지만 해야 할 일이 있다.

나는 현미경을 상하좌우로 회전하다가 괜찮은 아스트로파지 덩어리를 발견한다. 찾아낼 만한 포식자가 있다면, 녀석은 아스트로파지가 있는 곳에 있을 것이다. 그렇지 않다면 꽤 형편없는 포식자이겠지.

나는 현미경의 내부 카메라를 탁 켠다. 영상이 작은 LCD 화면에 나타난다. 나는 화면을 조정하고 녹화를 시작한다.

"시간이 걸릴 수 있어." 내가 말한다. "상호작용을 봐야… 와아!"

나는 더 잘 보려고 다시 현미경에 얼굴을 붙인다. 아스트로파지가 공격당하기까지 겨우 몇 초밖에 걸리지 않았다. 내가 엄청나게 운이 좋은 걸까, 아니면 이 생명체가 그만큼 공격적인 걸까?

로키가 내 머리 위를 앞뒤로 날쌔게 오간다. "무엇임, 질문? 무슨 일임, 질문?"

괴물이 아스트로파지 덩어리 쪽으로 몸을 날린다. 아메바처럼 일정한 형태가 없는 방울 형태의 생명체다. 녀석은 훨씬 덩치가 작은 먹잇감에 몸을 바싹 붙이더니 양옆으로 스며들며 아스트로파지 덩어리 전체를 감싸기 시작한다.

아스트로파지가 꿈틀거린다. 녀석들은 뭔가 잘못되었다는 걸 알고 있다. 탈출하려 하지만 너무 늦었다. 겨우 짧은 거리를 움찔움찔 가더니 멈춘다. 보통 아스트로파지는 몇 초 안에 광속에 가까운 속도로 가속할 수 있지만, 이 녀석들은 그러지 못한다. 괴물에게서 나온 화학 분비물이 녀석들의 능력을 없애는 게 아닐까?

둘러싸는 과정이 완료되자 아스트로파지는 그 생명체에게 포위된다. 몇 초 뒤, 아스트로파지의 모습이 세포처럼 변한다. 더는 아무 특징 없는 검은색이 아니다. 녀석들의 세포 기관과 세포막이 현미경 불빛을 받아 완전히 보인다. 녀석들은 열과 빛 에너지를 흡수하는 능력을 잃어버렸다.

죽었다.

"찾았어!" 내가 말한다. "포식자를 찾았어! 이 녀석이 내 눈앞에서 아스트로파지를 먹었다고!"

"찾음!" 로키가 환호한다. "격리해."

"응, 격리할게!" 내가 말한다.

"행복, 행복, 행복!" 로키가 말한다. "이제 네가 이름 지어."

나는 비품 중에서 나노 피펫을 가져온다. "무슨 말인지 모르겠는데."

"지구 문화. 네가 찾음. 네가 이름 붙임. 포식자 이름 무엇, 질문?"

"아." 내가 말한다. 이 순간에는 별로 창의적인 기분이 아닌데. 다른 데로 관심을 돌리기에는 너무 흥분된다. 이건 타우세티에서 온 아메바니까…. "타우메바라고 할까."

타우메바. 지구와 에리드의 구원자.

정말 그랬으면 좋겠다.

텍사스식 볼로타이가 있어야 했다. 어쩌면 카우보이 모자도. 지금 나는 목장 주인이니까. 나는 대략 5,000만 마리의 타우메바를 내 농장에서 키우고 있다.

내가 에이드리언의 대기 표본에서 타우메바 몇 마리를 격리하자마자 로키는 배양용 수조를 만들어냈고, 우리는 녀석들이 할 일을 하도록 놔두었다. 수조는 그저 에이드리언의 대기와 아스트로파지 수백 그램으로 가득한 제노나이트 상자일 뿐이다.

우리가 아는 게 맞는다면, 타우메바는 온도 변화에 대한 저항력이 굉장히 강했다. 그날 하루 내가 타우메바를 실온에 놔두었다는 걸 생각하면 잘된 일이다. 녀석들은 영하 51도에서 살면서, 늘 섭씨 96.415도를 유지하는 아스트로파지를 먹는다. 하긴 다들 따뜻한 음식을 좋아하니까.

게다가 녀석들은 번식도 한다! 뭐, 내가 녀석들이 쓸 아스트로파지를 잔뜩 주기는 했다. 이건 마치 설탕물로 채운 병에 이스트를 집어넣는 것과 같다. 하지만 술을 만드는 대신, 우리는 더 많은 타우메바를 만들고 있다. 이제는 실험에 쓸 타우메바가 충분히 생겼으니 내가 일을 시작할 차례다.

염소를 화성에 데려다 놓으면 무슨 일이 벌어질까? 염소는 즉시 (끔찍하게) 죽는다. 염소들은 화성에서 살도록 진화하지 않았으니까. 좋다. 그럼 타우메바를 에이드리언이 아닌 행성에 데려다 놓으면 어떻게 될까?

내가 알고 싶은 게 그것이다.

로키가 주 실험대 위의 자기 터널에서 지켜보는 가운데, 나는 진공실 안에 새로 만들어 놓은 신선한 대기를 가지고 모의실험을 해본다.

"산소 없음, 질문?" 그가 묻는다.

"산소 없음."

"산소 위험." 로키는 내부 기관에 불이 붙은 뒤로 약간 예민해졌다.

"나는 산소로 숨을 쉬어. 괜찮아."

"폭발 가능."

나는 보안경을 벗고 그를 올려다본다. "이 실험에는 산소를 쓰지 않아. 진정해."

"응. 진정."

나는 다시 작업을 시작한다. 소량의 기체가 진공실로 들어가도록 밸브를 돌린다. 압력계를 확인하고….

"다시 확인. 산소 없음, 질문?"

나는 머리를 위로 팩 쳐들고 그를 노려본다. "그냥 이산화탄소랑 질소뿐이야! 이산화탄소랑 질소뿐이라고! 그것 말고는 없어! 그만 좀 물어봐!"

"응. 그만 물어봄. 미안."

로키를 탓할 수만은 없는 일이다. 몸에 불이 붙는다는 건 그리 재미있는 일이 아니니까.

우리는 지금 두 행성의 대기를 만들어봐야 한다. 아니, 지구와 에리드가 아니다. 지구와 에리드는 단지 우리가 사는 행성일 뿐이다. 지금 우리가 신경 쓰는 행성은 금성과 삼세계다. 아스트로파지가 걷잡을 수 없이 번식하는 그곳.

금성은 내가 사는 태양계의 두 번째 행성이다. 크기는 지구와 비슷하고, 대기는 농도가 짙은 이산화탄소로 이루어져 있다.

삼세계는 로키의 고향 항성계의 세 번째 행성이다. 나는 그곳을 '삼세계'라고 부른다. 에리디언들은 자기 언어로조차 그 행성에 이름을 붙이지 않았다. 그저 '3번 행성'이라고 번호를 붙여놓았을 뿐이다. 에리디언들에게는 천체를 올려다보며 신들의 이름을 따서 행성의 이름을 붙인 고대인들이 없었다. 그들은 겨우 몇백 년 전에야 자기 항성계의 다른 행성들을 발견했다. 하지만 나는 계속 '3번 행성'이라는 말을 하고 싶지 않아서, 삼세계라는 이름을 붙였다.

외계인들과 협업해 인류를 멸망에서 구할 때 가장 힘든 점은, 뭔가의 이름을 끊임없이 생각해 내야 한다는 점이다.

삼세계는 아주 작은 행성이다. 겨우 지구의 달 정도 크기밖에 되지 않는다. 하지만 공기가 없는 우리의 이웃 달과는 달리, 삼세계에는 대기가 있다. 어째서? 나도 모른다. 삼세계의 표면 중력은 겨우 $0.2g$인데, 이 정도면 대기가 생기기에는 불충분하다. 그런데도 삼세계는 어떤 이유에서인지 희박한 대기를 유지할 수 있게 됐다. 로키 말에 따르면, 삼세계의 대기는 이산화탄소 84퍼센트, 질소 8퍼센트, 이산화황 4퍼센트, 기타 미량 가스들로 이루어져 있다. 이 모든 게 지구의 1퍼센트에도 못 미치는 지상기압으로 존재한다.

나는 수치를 확인하고 만족스럽게 고개를 끄덕인다. 나는 안의 실험 장치를 눈으로 살펴본다. 이런 아이디어를 낸 나 자신이 꽤 자랑스럽다.

얇게 펴 바른 아스트로파지가 유리판에 놓여 있다. 나는 유리판을 아스트로파지로 코팅했다. 유리에 적외선을 쪼여서 반대편에 있는 아스트로파지를 끌어들이는 이 방법은 스핀 드라이브에서와 같은 방식이었다. 그렇게 하면 세포 단 하나의 두께로 이루어진 획일적인 아스트로파지 층이 생긴다.

그런 다음, 나는 이 슬라이드에 타우메바 종자를 뿌렸다. 녀석들이 아스트로파지를 먹으면, 현재는 불투명한 슬라이드가 점점 투명해질 것이다. 현미경으로 봐야 하는 작은 생명체들의 수를 세는 것보다는 빛의 밝기를 측정하는 것이 훨씬 더 쉬운 일이다.

"좋아…. 진공실에는 금성의 상층부 대기를 복제한 공기가 들어가 있어. 아무튼, 나는 최선을 다해서 복제했어."

아스트로파지의 번식 구역은 대체로 기압에 따라 결정되는 것 같다. 기본적으로, 아스트로파지는 행성에 부딪힐 때 거의 광속에 가까운 속도로 달리다가 허공에서 브레이크를 밟는 셈이다. 하지만 아스트로파지는 크기가 너무 작기에 이렇게 브레이크를 밟는 데 그리 오랜 시간이 걸리지 않는다. 물론, 녀석들은 이때 만들어진 열을 모두 먹어 치운다.

그 결과, 아스트로파지는 기압이 0.02일 때 멈추게 된다. 그러므로 앞으로 0.02기압이 우리의 기압 표준이 될 것이다. 금성의 대기는 지상으로부터 70킬로미터 정도에서 0.02기압이며, 그곳 온도는 대략 영하 100도다(고맙다, 무한한 참고 자료!). 그러므로 금성 유사체 실험에서 내가 설정한 온도도 그 정도다. 로키의 온도 조절 시스템은 당연하게도 완벽히 작동한다. 초저온에서조차.

"좋음. 이제 삼세계."

"삼세계의 공기는 0.02기압 고도에서 몇 도야?"

"영하 82도."

"알았어, 고마워." 내가 말한다. 나는 다음 진공실로 이동한다. 아스트로파지와 타우메바의 환경은 똑같다. 나는 삼세계의 대기와 0.02기압의 온도를 모방한, 적당한 기체를 들여보낸다. 관련된 정보는 로키의 완벽한 기억력에서 얻는다. 삼세계의 대기는 금성과도, 에이드리언과도 별반 다르지 않다. 다른 기체 몇 가지가 섞여 있을 뿐 대부분 이산화탄소다. 놀랄 건 없다. 아스트로파지는 자기들이 볼 수 있는, 가장 큰 이산화탄소 밀집 지역으로 가니까.

이 행성들이 헬륨 같은 것으로 뒤덮여 있지 않은 게 다행이다. 그런 건 우주선에 실려 있지 않으니까. 하지만 이산화탄소는? 그야 쉽다. 나는 내 몸으로 이산화탄소를 만들어낸다. 질소는 어떠냐고? 두보이스와 그가 선호했던 죽음의 방식 덕분에, 질소도 엄청 많이 실려 있다.

다만 삼세계에는 이산화황이 약간 존재한다. 전체 대기의 4퍼센트다. 없는 셈 치기에는 많은 양이므로 조금 만들어내야 한다. 실험실에는 상당히 많은 종류의 시약들이 있지만, 기체 이산화황은 없다. 다만 용액 상태의 황산은 있다. 나는 냉동고의 망가진 냉각 코일에서 구리관을 일부 회수해 촉매로 쓴다. 내게 필요한 이산화황을 만들어내는 데는 그게 꼭 마법처럼 통했다.

"좋아, 삼세계도 됐어." 내가 말한다. "한 시간 기다렸다가 결과를 확인해 볼 거야."

"희망 있음." 로키가 말한다.

"웅. 희망이 있어." 내가 말한다. "타우메바는 아주 튼튼해. 거의 진공 상태에서도 살 수 있고 극도로 추운 환경에서도 문제가 없는 걸로 보여. 금성이랑 삼세계에서도 살 수 있을지 몰라. 타우메바의 먹이한테는 살 만한 곳인데, 타우메바라고 안 될 것 뭐 있겠어?"

"그래. 좋음. 모든 게 좋음!"

"웅. 이번만큼은 모든 게 잘 되어가고 있어."

그때, 불이 꺼진다.

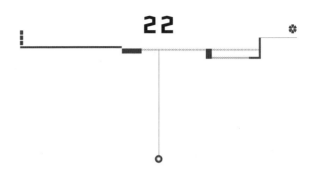

완전한 어둠.

빛이 없다. 모니터가 빛나지도 않는다. 실험실 장비의 LED조차 들어오지 않는다.

"좋아, 침착해." 내가 말한다. "침착해."

"왜 안 침착, 질문?" 로키가 묻는다.

뭐, 당연히 로키는 불이 나가는 것을 눈치채지 못했다. 로키는 눈이 없으니까. "방금 우주선이 작동을 멈췄어. 아무것도 돌아가지 않아."

로키가 자기 터널에서 약간 종종걸음친다. "네 장비 지금 조용. 내 장비는 아직 일함."

"네 장비는 네가 만든 발전기로 동력을 얻어. 내 장비는 내 우주선에서 전기를 얻고. 불이 전부 나갔어. 아무것도 작동하지 않아!"

"나쁜 일, 질문?"

"그래, 나쁜 일이지! 다른 것도 문제지만, 난 아무것도 안 보여!"

"우주선 왜 꺼짐, 질문?"

"몰라." 내가 말한다. "너 조명 가지고 있어? 제노나이트 너머에서 나한테 비춰줄 만한 것 말이야."

"아니. 내가 왜 조명 가지고 있음, 질문?"

나는 어둠 속에서 허우적대면서, 실험실을 손으로 더듬고 돌아다닌다. "통제실로 가는 사다리가 어느 쪽이야?"

"왼쪽. 더 왼쪽. 계속… 그래… 앞으로 손을 뻗어…."

나는 사다리 가로대에 손을 올린다. "고마워."

"놀라움. 인간은 빛 없으면 무력."

"응." 내가 말한다. "통제실로 와."

"응." 로키가 날쌔게 터널을 따라 움직이는 소리가 난다.

나는 위로 올라간다. 위도 똑같이 어둡다. 통제실 전체가 죽어버렸다. 모니터가 꺼져 있다. 에어로크 창문조차 어둠을 전혀 밝혀주지 못한다. 우연히도 지금은 우주선의 창문 쪽이 타우세티 반대 방향을 바라보고 있다.

"통제실에도 빛 없음, 질문?" 로키의 목소리가 들려온다. 아마 천장에 있는 그의 구체에서 들려오는 소리일 것이다.

"전혀. 잠깐…. 뭐가 보이는데…."

어느 제어판의 한쪽 구석에 작고 빨간 LED가 있다. 아주 밝진 않지만 분명히 빛나고 있다. 나는 조종석에 앉아 눈을 가늘게 뜨고 제어판을 본다. 좌석이 약간 흔들린다. 좌석을 고치는 내 솜씨가 평균에도 못 미쳤기 때문이다. 그래도 다시 바닥에 고정하기는 했으니까.

통제실 사방에서 볼 수 있는 평평한 세어판 화면과는 달리 이 작은 구역에는 튀어나온 버튼과 LCD 화면이 있다. 내가 본 빛은 그중 한 버튼에서 나온다.

당연하게도, 나는 그 버튼을 누른다. 아니면 뭘 하라고?

LCD 화면이 살아나고 고화질 글자가 나타난다.

주 발전기 꺼짐. 보조 발전기 꺼짐. 비상 배터리 100퍼센트.

"좋아, 배터리를 쓰는 방법은…" 나는 웅얼거린다.

"진전, 질문?"

"잠깐만." 나는 LCD 판 전체를 살펴보다가 마침내 찾던 것을 발견한다. 플라스틱 안전 덮개로 덮인 작은 스위치다. 'BATT'라는 이름이 붙어 있다. 이게 틀림없다. 나는 안전 덮개를 올리고 스위치를 누른다.

어둑한 LED 등이 통제실에 들어온다. 일반적인 조명과는 비교할 수도 없을 만큼 형편없는 조명이다. 가장 작은 제어 화면이자 유일한 제어 화면이 살아난다. 헤일메리호의 임무 로고가 화면 중앙에 나타나고, "운영체제를 가동합니다…"라는 글자가 아래쪽에 뜬다.

"일부 성공이야." 내가 말한다. "비상 배터리를 사용하고 있는데, 발전기가 꺼졌어."

"왜 작동 안 함, 질문?"

"몰라."

"너 공기 괜찮음, 질문? 전력 없으면 생명 유지 없음. 인간은 산소를 이산화탄소로 바꿈. 너는 산소를 다 쓰고 다칠 것임, 질문?"

"괜찮아." 내가 말한다. "우주선이 꽤 크니까. 공기가 문제가 될 때까지는 시간이 오래 걸릴 거야. 정전의 이유를 찾는 게 더 중요해."

"기계 고장. 나 보여줘. 나 고침."

나쁘지 않은 생각이다. 로키는 웬만한 건 다 할 수 있는 것 같다. 로키의 재능이 뛰어난 것이거나 모든 에리디언이 그런 것이겠지. 나는 믿을 수 없을 만큼 운이 좋은 셈이다. 그렇지만… 로키가 인간의 기술을 얼마나 잘 다룰 수 있을까?

"그래야 할지도 모르겠다. 하지만 일단은 왜 발전기 두 개가 동시에 나갔는지 알아봐야 해."

"좋은 질문. 더 중요한 것. 동력이 없어도 우주선 조종 가능, 질문?"

"아니. 뭐든 하려면 동력이 있어야 해."

"그럼, 가장 중요한 질문. 궤도가 붕괴할 때까지 얼마나 남음, 질문?"

나는 두어 차례 눈을 깜빡인다. "모…르겠는데."

"빨리 일해."

"응." 나는 화면을 가리킨다. "일단은 컴퓨터가 다시 살아날 때까지 기다려야 해."

"서둘러."

"응. 더 빨리 기다릴게."

"빈정대기."

컴퓨터가 부팅을 마치고, 한 번도 본 적 없는 화면을 띄운다. 무슨 문제가 있다는 뜻이라는 건 알 수 있다. '문제'라는 단어가 커다란 글자로, 화면 맨 위 전체에 떠 있으니까.

정전이 발생하기 전에 썼던 사용자 친화적인 인터페이스 버튼과 위젯 들은 사라져 버렸다. 이 화면에는 그저 검은색을 배경으로 흰 글자들이 세 단을 이루고 떠 있을 뿐이다. 왼쪽 단은 전부 한자로 되어 있고, 기운데는 러시아어, 오른쪽은 영어다.

일반적인 상황에서는 우주선이 화면을 읽는 사람에 따라 언어를 바꿔서 보여주는 모양이다. '안전 모드'에 해당하는 이 화면은 보는 사람이 누구인지 모르므로 모든 언어로 표시되는 것이다.

"무슨 일, 질문?"

"화면에 어떤 정보가 떴어."

"무슨 정보, 질문?"

"읽게 좀 놔둬라!"

걱정할 때면, 로키는 정말 짜증 나는 녀석이 된다. 나는 상황 보고 내용을 읽는다.

비상 전력 작동 중

배터리: 100%

남은 예상 시간: 4일 16시간 17분

사바티에 생명 유지 장치: 꺼짐

화학적 흡수 생명 유지 장치: 작동 중. !!!지속 기간 제한, 재생 불가능!!!

온도 조절 장치: 꺼짐

온도: 22℃

기압: 40,071Pa

"지금 우주선이 나를 살려두고는 있는데, 다른 건 아무것도 안 하고 있어."

"나한테 발전기 줘. 나 고침."

"일단 발전기가 어디 있는지 찾아야 해." 내가 말한다.

로키가 축 늘어진다. "너, 네 우주선 부품이 어디 있는지 모름, 질문?"

"그런 정보는 전부 컴퓨터에 들어 있단 말이야! 그걸 다 기억할 수는 없다고!"

"인간 뇌 쓸모없음!"

"아, 좀 닥쳐!"

나는 사다리를 타고 실험실로 내려간다. 여기도 비상 조명이 들어와 있다. 로키가 터널을 타고 따라온다.

나는 아래로 손을 뻗어 공구 가방을 집어 들고, 다음 사다리로 계속 나아간다. 로키가 계속 나를 따라온다.

"너 어디 감, 질문?"

"창고. 완전히 탐색해 보지 않은 곳은 거기뿐이야. 승조원 구역에서 가장 아래쪽에 있는 곳이기도 하고. 승조원들이 발전기에 접근할 수 있다면, 발전기는 틀림없이 거기 있을 거야."

일단 숙소에 내려간 나는 기어서 창고 구역으로 들어간다. 팔이 아프다. 나는 연료 구역의 칸막이벽을 살펴보려고 기어간다. 팔이 더 아프다.

이 시점에서 내 팔은 언제나 아프므로, 나는 통증을 무시하려 한다. 하지만 더 이상은 진통제를 쓸 수 없다. 진통제는 나를 멍청하게 만들 뿐이다. 나는 창고에 드러누워 통증이 조금 가시길 기다린다. 여기에 창고로 들어가는 판이 있을 텐데? 우주선의 평면도가 정확히 기억나지는 않지만, 중요한 장비는 아마 기밀(氣密) 구조 안에 있을 것이다. 지금 같은 상황이 벌어질 수도 있으니까. 그렇지 않을까?

근데 어떻게 찾지? 그걸 알아내려면 눈에 엑스레이가 달려야… 아니, 잠깐!

"로키! 여기 무슨 문이 있어?"

로키는 잠시 조용하다. 그는 벽을 몇 차례 톡톡 두드린다. "작은 문 여섯 개."

"여섯 개? 욱. 첫 번째 문이 어디 있는지 알려줘." 나는 그 구역의 천장에 손을 댄다.

"네 발의 왼쪽으로 손을 움직여…."

나는 로키의 안내를 따라 첫 번째 문으로 간다. 세상에, 앞이 거의 보이지 않는다. 애초에 숙소의 비상 조명이 빈약한데다 이 구역으로 들어오는 소량의 빛은 형편없는 정도다.

판은 빗장을 움직이는 단순한 납작못으로 고정돼 있다. 나는 공구함에서 꺼낸 짧고 뭉툭한 드라이버로 그것을 돌린다. 판이 휙 돌아가 열리면서 밸브가 달린 파이프가 드러난다. 이름표에는 '주 산소 공급원 차단'이라고 적혀 있다. 이건 확실히 건드리고 싶지 않다. 나는 그 보관함을 닫는다.

"다음 문."

하나씩 하나씩, 로키는 나를 각 문으로 안내하고 나는 문 뒤에 뭐가 있는지 확인한다. 로키가 초음파로 문 뒤의 형태를 확인할 수 있다는 건 안다. 하지만 로키에게 맡겨두는 건 별로 좋은 생각이 아니다. 우리가 공유하는 제한적인 언어로 로키가 감지한 것을 설명하게 하느니, 뭐가 들어 있는지 내가 직접 보는 게 낫다.

네 번째 문 뒤에서 나는 발전기를 찾아낸다.

내가 예상했던 것보다 크기가 훨씬 작다. 보관함 전체가 약 1세제곱피트 정도 된다. 발전기 자체는 불규칙한 형태의 검은색 통이다. 내가 그게 발전기라는 걸 아는 이유는 그저 발전기라는 이름표가 붙어 있기 때문일 뿐이다. 꽤 정상적으로 보이는 전깃줄 몇 가닥과 함께 차단 밸브가 달린 두꺼운 파이프 두 개가 보인다.

"찾았어." 내가 말한다.

"좋음." 로키의 목소리가 숙소에서 들린다. "꺼내서 나한테 줘."

"내가 먼저 살펴보고 싶어."

"넌 이런 거 못 함. 나 고침."

"발전기가 네 환경에서는 남아나지 않을지도 모른다고!"

"음." 로키가 웅얼거린다.

"내가 못 고치면, 네가 나한테 말로 알려주면 돼."

"으음."

차단 밸브가 달린 파이프 두 개는 아스트로파지 공급 도관인 게 틀림없다. 나는 보관함 더 깊숙한 곳을 들여다보고 이름표를 발견한다. 하나는 '연료', 다른 하나는 '폐기물'이다. 명백한 설명이다.

나는 렌치를 가지고 '폐기물' 도관의 수전 나사를 푼다. 나사가 풀리자마자 짙은 색 액체가 똑똑 떨어진다. 양이 많지는 않다. 그저 차단 밸브와, 내가 쥐고 있던 호스 끝 사이에 있던 것이 떨어졌을 뿐이니까. 뭔지는 모르지만 이건 죽은 아스트로파지를 실어 나르기 위해 사용하는 액체가 틀림없다. 일부가 내 손에 묻는다. 끈적끈적하다. 기름인지도 모르겠다. 기름을 쓴 건 좋은 생각이다. 아무 액체나 써도 되기는 하지만 기름은 물보다 가볍고 파이프를 부식하지도 않는다.

다음으로 나는 '연료' 도관의 나사를 푼다. 여기에서도 갈색 액체가 철벅거리며 흘러나온다. 하지만 이번에는 끔찍한 냄새가 난다.

나는 움찔하며 팔에 얼굴을 묻는다. "우웩! 세상에!"

"무슨 문제, 질문?" 로키가 아래쪽에서 묻는다.

"연료에서 고약한 냄새가 나." 내가 말한다. 에리디언에게는 후각이 없다. 그러나 빛을 로키에게 설명하는 데 오랜 시간이 걸렸던 것과는 달리 냄새는 쉬웠다. 에리디언들에게도 미각은 존재했으니까. 잘 따져보면 후각은 그냥 넓은 범위의 미각이다.

"자연스러운 냄새, 아니면 화학적인 냄새, 질문?"

나는 멈칫거리며 한 번 숨을 훅 들이쉰다. "음식 썩은 것 같은 냄새야. 아스트로파지는 보통 고약한 냄새가 나지 않는데. 보통은 아예 냄새가 없어."

"아스트로파지는 살아 있음. 썩을 수 없을 것임."

"아스트로파지는 썩을 수 없다." 내가 말한다. "그럼 어떻게 썩… 안돼! 세상에, 안 돼!"

나는 고약한 냄새가 나는 찐득찐득한 액체를 손으로 닦아내고, 움찔거리며 그 구역에서 벗어난다. 그런 다음, 끈적끈적한 물질이 묻어 있는 손을 허공에 들고 아무것도 만지지 않은 채 사다리를 기어올라 실험실로 들어간다.

로키가 덜그럭거리며 터널로 따라온다. "무슨 문제, 질문?"

"안 돼, 안 돼, 안 돼, 안 돼…" 결국, 마지막 한마디는 갈라진 목소리로 나온다. 목구멍으로 심장이 튀어나오기 일보 직전이다. 토할 것같다.

나는 끈적끈적한 일부를 유리 슬라이드에 바르고, 슬라이드를 현미경으로 밀어 넣는다. 백라이트를 작동시킬 동력이 없으므로 서랍에서 손전등을 꺼내 들고 유리판을 비춘다. 이 정도면 충분할 것이다.

나는 접안경을 들여다본다. 최악의 두려움이 현실이 된다. "이럴수가."

"무슨 문제, 질문?" 로키의 목소리가 평소보다 한 옥타브는 높다.

나는 두 손으로 머리를 감싸 쥔다. 고약한 점액이 내 몸에 묻지만, 신경도 쓰이지 않는다. "타우메바야. 발전기에 타우메바가 들어갔어."

"타우메바가 발전기 훼손함, 질문?" 로키가 말한다. "나한테 발전기

줘. 나 고침."

"발전기가 고장 난 게 아니야." 내가 말한다. "발전기에 타우메바가 있다는 얘기는, 연료 공급 장치에 타우메바가 있다는 뜻이야. 타우메바가 아스트로파지를 전부 먹어 치웠어. 동력이 없는 건 연료가 없어서야."

로키가 너무 빠르게 일어서는 바람에 그의 등딱지가 터널 지붕에 텅 하고 부딪친다. "어떻게 타우메바가 연료에 들어감, 질문?"

"내 실험실에 타우메바가 있는데 밀폐해 놓지 않았어. 그래야겠다는 생각이 안 들었거든. 그중 일부가 달아났나 봐. 우리가 에이드리언에서 죽을 뻔했을 때 이후로 우주선에는 실금과 구멍, 새는 곳이 엄청나게 많이 있었어. 연료 도관 어딘가에 있는, 웬 작은 구멍으로 타우메바가 들어간 게 틀림없어. 타우메바 한 마리면 돼."

"나쁨! 나쁨, 나쁨, 나쁨!"

과호흡이 오려 한다. "우린 우주에서 죽게 될 거야. 영원히 여기 갇히게 돼."

"영원히는 아님." 로키가 말한다.

나는 퍼뜩 고개를 쳐든다. "그래?"

"응. 금방 궤도가 붕괴됨. 그럼 우리 죽음."

나는 다음 닐을 온전히 내 손이 닿는 연료 도관들을 살피며 보낸나. 어디든 사정이 같다. 오일에 떠 있는 건 아스트로파지가 아니다. 타우메바와 (말 그대로) 엄청나게 많은 타우메바 수프다. 다른 미량 혼합물도 있지만 대부분은 메탄이다. 이걸로 에이드리언의 대기에 있는 메탄이 설명되는 듯하다. 생명의 순환이니 뭐니 하는 것들.

여기저기 살아 있는 아스트로파지도 있지만, 연료에 타우메바 개체 수가 압도적으로 많기에 그 아스트로파지도 오래 살아남지는 못할 것이다. 그것들을 구하려는 노력은 무의미하다. 그건 보툴리누스 균에 오염된 고기에서 괜찮은 고기를 분리해 내는 것과 같은 짓이다.

"희망이 없어." 나는 최근의 연료 표본을 실험대에 쾅 내려놓으며 말한다. "타우메바 천지야."

"내 구역에는 아스트로파지 있음." 로키가 말한다. "약 216g 남음."

"그걸로 내 스핀 드라이브를 오랫동안 작동시킬 수는 없을 거야. 30초 정도일걸. 게다가 그 아스트로파지도 오래 살아남지 못할 테고. 내 구역에는 어디든 타우메바가 있다고. 네 아스트로파지는 네 쪽에 안전하게 보관해."

"내가 새 엔진 만듦." 로키가 말한다. "타우메바가 아스트로파지를 메탄으로 바꿈. 산소와 반응함. 불을 만듦. 추진력을 만듦. 내 우주선으로 감. 거기에 아스트로파지 많음."

"그건… 나쁘지 않은 생각인데." 나는 아래턱을 만지작거린다. "타우메바의 방귀를 추진력으로 사용해 우주를 가로지르자는 거지?"

"타우메바 다음에 나온 단어 이해 못 함."

"중요한 건 아니야. 잠깐만, 계산 좀 해보자…."

나는 태블릿을 꺼낸다. 실험실 컴퓨터 화면은 여전히 나가 있다. 메탄의 구체적인 순간력은 기억나지 않지만, 수소와 산소가 만나 반응하는 데까지 걸리는 시간이 대략 450초라는 건 알고 있다. 최고의 상황을 가정해 보자. 나한테는 아스트로파지가 2만 킬로그램 있었으므로 이젠 그 전부가 메탄이라고 치는 것이다. 우주선은 건중량이 대략

10만 킬로그램이다. 이런 반응을 일으킬 산소가 충분한지조차 모르겠지만, 일단 그건 무시하고….

집중하려면 계속 애를 써야 하지만 나는 기진맥진한 상태이다.

나는 계산기 앱에 숫자를 입력하다가 고개를 젓는다. "좋지 않아. 우주선은 초속 800미터 미만의 속력을 내게 될 거야. 그 정도로는 타우세티 항성계를 1억 5,000만 킬로미터 가로질러 가는 건 고사하고, 에이드리언의 중력을 벗어날 수도 없어."

"나쁨."

나는 태블릿을 실험대에 내려놓고 눈을 비빈다. "그러게. 나쁘다."

그는 달각거리며 터널을 따라가다가 내 머리 위에 머문다. "나한테 발전기 줘."

나는 어깨를 축 늘어뜨린다. "왜? 그래봐야 무슨 소용이야?"

"내가 청소하고 소독함. 타우메바 전부 제거함. 내 아스트로파지로 아주 작은 연료 탱크 만듦. 발전기를 밀폐함. 너한테 다시 줌. 네가 우주선에 달아. 동력 복원."

나는 아픈 팔을 문지른다. "그래. 좋은 생각이야. 발전기가 네 공기에서 녹지 않는다면 말이지."

"녹으면 나 고침."

아스트로파지 수백 그램은 은하 여기저기를 날아다니기에 부족한 양이지만, 우주선의 전기 시스템을 작동시키기에는 충분하다. 그래서 할 수 있는 일은… 글쎄… 남은 내 생명을 유지할 수 있으려나.

"그래. 알았어. 좋은 생각이네. 최소한 우주선 전원은 다시 켤 수 있을 테니까."

"그래."

나는 터덜터덜 승강구로 걸어간다. "발전기 가져올게."

지금 컨디션으로는 사실 공구를 쓰면 안 되지만 나는 무리하기로 했다. 나는 숙소로 돌아가 기어가야 하는 비좁은 공간으로 들어간 다음 발전기를 분리한다. 아니, 어쩌면 예비 발전기일 수도 있다. 모르겠다. 아무튼 이건 아스트로파지를 전기로 바꿔준다. 그게 중요한 점이다.

나는 숙소의 주된 공간으로 돌아와 발전기를 그곳에 설치된 우리 에어로크에 집어넣는다. 로키가 에어로크를 회전시킨 다음 발전기를 자기 작업대로 가져간다. 발톱 두 개가 즉시 작업을 시작한다. 세 번째 발톱은 내 침대를 가리킨다. "이제 내가 작업. 넌 자."

"그쪽에 있는 네 아스트로파지에 타우메바가 들어가지 않게 해!"

"내 아스트로파지는 밀폐된 제노나이트 통에 들어 있음. 안전함. 이제 넌 자."

온몸이 쑤신다. 붕대로 감은 팔이 특히 그렇다. "잠이 안 와."

그는 더 단호하게 발톱으로 침대를 가리킨다. "넌 인간들이 열여섯 시간마다 여덟 시간을 자야 한다고 말함. 너는 서른한 시간 동안 안 잠. 이제 자."

나는 침대에 앉아 한숨을 쉰다. "그거 말 되네. 최소한 자려고 노력은 해봐야겠다. 힘든 날이었어. 힘든 밤인지. 아무튼. 힘든 날의 밤이야." 나는 침대에 누워 이불을 끌어올린다.

"말 안 되는 문장."

"지구에서 하는 말이야. 노래에 나와." 나는 눈을 감고 웅얼거린다. "…나는 개처럼 일했고…"(밴드 비틀스가 주연한 영화 《피로에 지친 날 밤》의 주제곡 가사다-옮긴이)

내가 잠결로 빠져드는 동안 한순간이 지나간다….

"그렇지!" 나는 벌떡 일어나 앉는다. "비틀스!"

로키는 너무 놀라 발전기를 떨어뜨린다. "무슨 문제, 질문?"

"문제가 아니야! 해결책이지!" 나는 펄쩍 뛰다시피 일어나 선다. "비틀스 말이야! 내 우주선에는 비틀스라고 불리는, 비교적 작은 우주선 네 개가 탑재돼 있어. 지구로 정보를 돌려보내기 위해서 만들어놓은 거야!"

"나한테 전에 이 얘기함." 로키가 말한다. "하지만 그것들도 같은 연료 사용, 아님? 지금 아스트로파지 모두 죽음."

나는 고개를 젓는다. "걔들도 아스트로파지를 쓰긴 하지. 하지만 비틀스는 하나하나 독립돼 있고 밀폐돼 있어. 공기도, 연료도, 그 무엇도 헤일메리호와 공유하지 않는다고. 비틀스 하나마다 연료 120킬로그램이 탑재돼 있고! 아스트로파지는 충분해!"

로키가 허공에서 팔을 흔들어댄다. "내 우주선으로 갈 수 있음! 좋은 소식! 좋음, 좋음, 좋음!"

나도 허공에서 팔을 흔들어댄다. "어쩌면, 결국 우리는 여기서 죽지 않을지도 몰라! 선외활동을 통해서 비틀스를 가져와야겠어. 금방 돌아올게." 나는 침대에서 뛰어내려 사다리로 향한다.

"안 돼!" 로키가 말한다. 그는 칸막이로 잽싸게 다가와 분리용 벽을 톡톡 두드린다. "넌 자. 인간은 안 자고 나면 기능 나쁨. 선외활동은 위험. 일단 자. 선외활동은 나중에."

나는 눈알을 굴려댄다. "알았어, 알았어."

그는 다시 내 침대를 가리킨다. "자."

"네, 엄마."

"빈정대기. 넌 자. 나 지켜봄."

"지금 보니 안 좋은 생각 같아." 내가 무전기에 대고 말한다.

"임무 해." 로키는 무자비하게 대답한다.

나는 잘 자고, 하루를 맞이할 준비를 하고서 깨어났다. 괜찮은 아침 식사를 했다. 스트레칭도 좀 했다. 로키는 내게 밀폐된, 제대로 작동하는 발전기를 내밀었다. 기본적으로 영원히 작동할 수 있는 발전기였다. 나는 그 발전기를 설치한 다음 아무 문제없이 우주선의 동력을 복구했다.

로키와 나는 블립A까지 돌아갈 때 비틀스를 사용하는 가장 좋은 방법에 대해 이야기를 나누었다. 이 순간이 오기까지는 모든 것이 괜찮은 생각 같았다.

나는 에어로크에 서 있다. 선외활동을 하기 위한 복장을 다 갖추고, 우주라는 광활한 무(無)의 공간을 내다보고 있다. 행성 에이드리언이 내게 연한 초록색 빛을 반사하며 우주선을 비추다가 시야 바깥으로 사라져 간다. 나는 어둠 속에 있다. 오래는 아니다. 행성이 12초 후 내 시야 위쪽에서 다시 나타난다.

헤일메리호가 돌아가고 있다. 이건 좀 문제다.

우주선 측면에는 아스트로파지로 동력이 공급되는 작은 추진기들이 있다. 이 추진기들은 인공 중력을 발생시키기 위해 위쪽으로나 아래쪽으로 회전할 수 있다. 물론, 이것들은 작동하지 않는다. 다른 모든 것이 그렇듯 이 추진기도 타우메바의 똥으로 가득 차 있다. 그러니까 지금, 나는 중력을 다루어야 하는 선외활동을 한 번 더 하는 셈이다. 단, 이번에 나를 허공으로 튕겨내 버리겠다고 위협하는 것은 에이드리언의 중력이 아니라 원심력이다.

이래 죽으나 저래 죽으나 마찬가지다. 그럼 왜 이번 선외활동이 에이드리언으로 표본을 확보하러 갔을 때의 작은 모험보다 나쁘다는 걸까? 왜냐하면, 이번에는 우주선의 노즈콘 부분에 균형을 잡고 서 있어야 하기 때문이다. 한 번이라도 잘못 움직이면 죽을 수 있다.

표본 수집기를 가져올 때 나는 선체에 가깝게 머물렀고, 안전끈을 계속 잘 채워 두었으며, 혹시라도 발을 잘못 디딜 경우에 대비해 붙잡을 손잡이도 엄청나게 많았다.

하지만 비틀스는 우주선의 코 부분, 그러니까 노즈콘에 보관돼 있다.

원심분리기 시스템의 작동 방식 때문에 노즈콘 부분은 우주선의 나머지 반쪽을 향해 있다. 그러니까 구심 중력의 관점에서 보면, 비틀스는 승조원 구역의 '맨 위'에 있는 셈이다. 나는 그리로 올라가 노즈콘을 열고 작은 우주선들을 꺼내야 한다. 그러는 내내 미끄러지지 않기만을 바라야 하고. 노즈콘에는 안전끈을 연결할 지점이 없다. 그러므로 나는 더 아래쪽에 있는 지점에 안전끈을 채워야 할 것이다. 그 말은, 추락하는 경우 안전끈이 팽팽하게 당겨지기 전에 내가 상당히 많은 에너지를 받게 된다는 뜻이다. 안전끈이 버텨줄까? 못 버틴다면 원심분리기의 힘이 나를 우주로 튕겨낼 것이고 나는 에이드리언의 최신위성이 될 것이다.

나는 안전끈을 네 번씩 확인한다. 도움이 안 될지라도 안전을 위해서 그냥 두 개를 가져간다. 안전끈은 에어로크의 고정대에도, 내 우주복에도 단단히 고정돼 있다. 내가 떨어지면 안전장치들이 그 힘을 받아줘야 하니까.

그래, '받아줘야만 한다.' 받아줄 수 있는 게 아니고.

나는 밖으로 나가 에어로크 맨 윗부분을 잡고 몸을 끌어올린다. 중력이 온전한 상태였다면 모든 장비를 착용한 채 이렇게 할 수는 없었을 것이다.

노즈콘의 각도가 완만해서 미끄러지지는 않는다. 나는 안전끈을 다시 확인한 다음 노즈콘 꼭대기로 기어오른다. 원심분리기의 움직임이 나를 가는 방향으로 떠민다. 선체와의 마찰이 내가 옆으로 움직이는 것을 막도록 몇 피트마다 멈춰 서야 한다.

"상태, 질문?"

"가고 있어." 내가 말한다.

"좋음."

나는 노즈콘에 도착한다. 회전의 중심에 가장 가까운 이곳이 인공중력이 가장 약한 곳이다. 이건 그럭저럭 괜찮은 이점이다.

우주가 내 주위로 25초마다 게으르게 회전한다. 그 절반의 시간은 에이드리언이 내 시야 아래쪽 전체를 채운다. 그런 다음에는 타우세티의 타는 듯한 빛이 몇 초간 보인다. 그다음에는 아무것도 보이지 않는다. 좀 불안하긴 하지만 나쁘지는 않다. 그냥 약간 짜증 나는 정도다.

비틀스의 화물 출입구는 있어야 할 자리에 있다. 여기서는 조심해야 한다. 아무것도 망가뜨리고 싶지 않다.

이 모든 것은 자살 임무로 계획됐다. 사람들은 헤일메리호가 집으로 돌아오든 말든 관심이 없었다. 기계 내부에는 이 출입구를 날려버릴 점화장치가 있다. 그러면 비틀스가 발사되어 지구로 돌아가는 길을 찾을 수 있다. 좋은 시스템이지만 나는 집에 돌아갈 때를 대비해 이 출입구를 온전히 유지해야 한다. 공기역학 때문이다.

그래, 공기역학.

헤일메리호는 애초부터 하인라인(공상과학 소설가 로버트 앤슨 하인라인을 말한다–옮긴이)의 소설에 나오는 우주선처럼 생겼다. 반짝이는 은색에 매끄러운 선체, 뾰족한 노즈콘. 대기를 헤쳐 나갈 필요가 전혀 없는 우주선에 왜 이 모든 것이 필요했을까?

그건 성간물질 때문이었다. 우주에는 아주 아주 적은 양의 수소와 헬륨이 돌아다니고 있다. 1세제곱센티미터당 원자 하나가 있는 정도지만, 광속에 가까운 속도로 움직이면 그 효과가 누적된다. 수많은 원자들을 치고 지나가기 때문만이 아니라, 우주선의 관성계 때문에 그 원자들이 평소보다 훨씬 무거워지기 때문이다. 상대성이론은 괴상하다.

길게 말했지만 요점은 하나다. 나는 우주선의 코 부분을 온전하게 유지해야 한다.

판과 점화장치는 여섯 개의 육각 머리 볼트로 선체에 붙어 있다. 나는 공구 벨트에서 박스 스패너를 꺼내 작업에 착수한다.

첫 번째 나사를 풀자마자 나사는 노즈콘의 비탈을 미끄러져, 알 수 없는 먼 곳으로 추락한다.

"음⋯." 내가 말한다. "로키, 너 나사못 만들 수 있지?"

"응. 쉬움. 왜, 질문?"

"하나 떨어뜨렸어."

"나사 더 잘 잡고 있어."

"어떻게?"

"손을 써."

"스패너를 쥐고 있어서 손이 없어."

"두 번째 손을 써."

"다른 손은 자세를 유지하느라고 선체에 대고 있어."

"세 번째 손⋯. 흠. 비틀스를 가져와. 내가 새 나사못 만듦."

"알았어."

나는 두 번째 나사를 풀기 시작한다. 이번에는 매우 조심한다. 반쯤 돌리고 나서는 스패너를 쓰지 않고, 나머지 작업은 직접 손으로 한다. EVA 우주복의 뚱뚱한 손가락은 이런 일을 처리하는 솜씨가 형편없다. 이 나사 한 개를 푸는 데 10분이 걸리지만 나는 나사를 풀어낸다. 무엇보다 중요한 건 나사를 떨어뜨리지 않는 것이다.

우주복 주머니에 나사못을 집어넣는다. 이제 로키는 무엇을 복제해야 하는지 알 수 있을 것이다.

나는 다음 나사못 네 개를 스패너로 풀고 떨어지게 놔둔다. 나사못들은 잠깐 에이드리언의 궤도를 돌겠지만, 영원히 그러지는 않을 것이다. 아주 조금씩 쌓여가는 인력이 나사못의 속도를 조금씩, 조금씩 늦춘 끝에, 나사못들은 에이드리언의 대기로 떨어져 불타버릴 것이다.

나사는 이제 하나 남았다. 하지만 먼저, 손가락 하나가 들어갈 수 있을 만큼 점화장치의 반대쪽 귀퉁이를 들어 올린다. 나는 빈 나사못 구멍에 안전끈을 미끄러뜨려 넣고, 안전끈 자체로 매듭을 짓는다. 그런 다음 안전끈의 다른 쪽 끝은 내 허리띠에 채운다. 이제는 네 개의 서로 다른 안전끈이 내게 연결돼 있다. 마음에 든다. 우주의 스파이더맨처럼 보이긴 하겠지만, 무슨 상관인가?

필요하면 쓸 수 있게 준비해 둔 안전끈이 아직도 두 개 더 공구 벨트에 둘둘 말려 있다. 안전끈은 아무리 많아도 부족하다.

나는 마지막 나사를 푼다. 점화장치가 노즈콘을 따라 미끄러진다. 나는 장치 전체가 내 옆을 지나가도록 놔둔다. 장치는 안전끈이 끝나는 지점에서 멈춘다. 몇 차례 튀어 올라 선체에 부딪히더니 그네처럼 천천히 흔들린다.

나는 칸 안을 들여다본다. 비틀스는 있어야 할 바로 그 자리에, 저마다 각자의 보관함에 들어 있다. 네 대의 작은 우주선들은 통통하고 작은 연료 탱크에 조그맣게 새겨진 이름만 제외하면 완전히 똑같다. 물론 이름은 '존', '폴', '조지', '링고'다.

"상태, 질문?"

"비틀스를 회수하고 있어."

존부터 시작한다. 작은 죔쇠가 녀석을 제자리에 고정하고 있지만 힘을 주자 죔쇠가 쉽게 풀린다. 탐사선 뒤에는 분사구가 위로 향해 있는, 압축 공기 실린더가 있다. 비틀스는 이걸로 발사될 예정이었다. 비틀스는 스핀 드라이브를 작동시키기 전에 우주선에서 충분히 멀리 떨어져 나와야 했다. 귀엽고 작은 아기 스핀 드라이브조차 그 뒤에 있는 모든 것을 증발시킬 테니까.

존은 무척 쉽게 떨어져 나온다. 탐사선은 내 기억보다 크다. 거의 여행 가방 크기다. 물론, 굼뜬 장갑을 끼고 선외활동을 하며 뭔가를 들고 있을 때는 모든 것이 더 크게 느껴지기도 한다.

존 녀석은 무게도 엄청나게 나간다. 지구의 중력에서 이걸 들 수 있을지조차 모르겠다. 나는 존을 예비 안전끈에 묶은 다음, 폴을 챙기려고 손을 뻗는다.

빠르게 일을 해야 할 때면 로키는 빠르게 일할 수 있다. 그리고 지금은 빨리 일해야 할 때다.

우리는 에이드리언 주변으로 미심쩍은 궤도를 돌고 있다. 컴퓨터와 안내 시스템이 모두 다시 켜진 지금, 나는 궤도를 볼 수 있다. 예쁘지 않다. 우리 궤도는 지금도 대단히 타원형으로 일그러져 있으며, 행성과 가장 가까운 지점은 너무 가깝다.

우리는 90분마다 대기의 맨 위를 스칠 듯 말 듯 지난다. 그 정도 고도에서 대기는 거의 대기라고 할 수도 없다. 그저 길 잃은 공기 분자 몇 개가 튀어 다니고 있을 뿐이다. 하지만 그걸로도 우주선의 속도를 아주 조금은 늦출 수 있다. 그런 식으로 느려지다 보면, 다음번 궤도를 돌 때는 우리가 대기로 좀 더 깊숙이 들어가게 된다. 그 결과야 예상할 수 있을 테고.

우리는 90분에 한 번씩 대기를 스친다. 솔직히 몇 번까지 스치고 지나가도 괜찮을지 모르겠다. 어떤 이유에서인지 컴퓨터에는 '에이드리언 행성을 도는, 희귀한 타원형 궤도' 모형이 없으니까.

그래서 로키는 서두르고 있다.

로키는 겨우 두 시간 만에 폴을 분해해 작동 방식을 거의 다 이해한다. 쉬운 일은 아니었다. 폴을 우주선 안의 로키 구역으로 전달하기 전에 우리는 특별한 '냉각 상자'를 만들어야 했다. 비틀스의 내부에는 로키의 공기와 닿으면 녹을 플라스틱 부품들이 있었다. 그 문제는 커다란 아스트로파지 덩어리로 해결했다. 아스트로파지는 인간이 만지기에는 너무 뜨거울지 몰라도, 플라스틱이 녹지 않을 정도로는 차가웠다. 물론, 남는 열을 흡수해 온도를 섭씨 96도로 유지하는 데도 아무 문제가 없었고.

폴의 내부에는 전자 부품과 회로가 엄청나게 많이 들어 있다. 로키는 그걸 잘 따라가지 못한다. 지구의 전자 부품은 에리디언의 것과 비교도 할 수 없을 만큼 진보해 있다. 에리디언들은 IC 칩은커녕 트랜지스터도 아직 발명하지 못했다. 로키와 함께 작업한다는 건 1950년에서 온 세계 최고의 엔지니어를 내 우주선에 태우고 다니는 것과 같다.

어떤 종족이 트랜지스터를 발명하기 전에 우주여행을 발명할 수 있다니 이상하게 보이지만, 지구도 트랜지스터를 발명하기 전에 원자력과 TV를 발명했고, 심지어 몇 차례 우주선을 발사하기도 했으니까, 뭐.

한 시간 뒤, 로키는 모든 컴퓨터 제어장치를 우회했다. 이해하지 못해도 우회는 가능하다. 그냥 어떤 전선이 직접 전압을 거는지만 파악하면 되는 문제다. 로키는 임시방편으로 스핀 드라이브가 소리에 반응하는 리모컨을 통해 작동되도록 했다. 인간이 단거리 디지털통신을 위해 무전을 사용하는 거의 모든 상황에서 에리디언들은 소리를 활용한다.

로키는 링고와 존에게도 같은 작업을 반복한다. 이번에는 훨씬 빠르다. 연구에 노력을 들일 필요가 없기 때문이다. 이렇게 해서 조지는 개조되지 않고 남는다. 작은 비틀스에게는 추진력이 별로 없으므로 우리야 녀석들을 많이 쓸수록 좋다. 하지만 어느 지점에서는 선을 그어야 한다. 비틀스 하나만큼은 개조되지 않은 상태로 남겨두고 싶다. 원래의 임무를 실현할 수 있도록 준비된 채로, 안전하게.

로키 덕분에 나는 이 자살 임무에서 살아남을지도 모른다. 하지만 그렇게 되리라는 보장은 없다. 아무리 좋게 말해도 헤일메리호는 상태가 나쁘다. 연료 탱크 몇 개가 떨어져 나갔고 사방에 손상과 누출이 있었다. 로키가 내게 줄 대체 연료를 먹을 시간만 기다리며 몰래 돌아다니는 타우메바들도 있었다. 집으로 돌아가는 여행이 실패할지도 모르는 방식이 최소 100가지는 됐다. 그러니까 출발하기 선에 나는 내가 발견한 모든 것과 타우메바 몇 마리를 탑재한 조지를 떠나보낼 생각이었다. 비틀스 둘을 남겨두었다면 더 좋았겠지만, 어디든 필요한 방향으로 우주선의 각도를 잡고 진로를 조정할 수 있으려면 비틀스 셋이 필요했다.

로키는 숙소의 에어로크를 통해 개조된 비틀스 셋을 내 쪽으로 넘긴다.

"선체에 탑재해." 그가 말한다. "우주선 중심축에서 45도 각도 떨어지게."

"알겠어." 나는 한숨을 쉰다. 빙빙 도는 우주선에서 또 한 번 선외활동을 해야 한다. 만세.

하긴, 달리 뭘 할 수 있을까? 추진력이 없으면 회전을 멈출 수 없는데 말이다.

나는 선외활동을 한다. 어려운 부분은 알맞은 장소로 가는 것뿐이다. 에어로크는 노즈콘 근처에 있고 나는 비틀스를 뒷부분에 탑재해야 한다. 그런데 지금 우주선은 겨우 다섯 가닥의 케이블로만 이어진 채두 토막으로 나뉘어 있다. 한 가지 다행인 점은 헤일메리호의 설계자들은 이런 상황을 고려했다는 사실이다. 케이블 전체에 안전끈을 연결할 수 있는 고리들이 있다.

나는 무중력이 아닌 상태에서 선외활동을 하는 극히 드문 기술을 점점 더 익혀가고 있다. 그리고 우주선의 노즈콘 위에서 죽음의 춤을 췄던 때와는 달리, 우주선 뒷부분에는 손잡이가 엄청나게 많다. 비틀스를 탑재하는 건 쉽디쉬운 일이다. 나는 로키의 제노나이트 접착제가 굳어서 영구적으로 붙는 동안 녀석들을 선체의 손잡이에 연결해 움직이지 않도록 한다.

결국 나는 존, 폴, 링고를 선체 둘레에 고리 모양으로, 같은 간격을 두고 배치하는 데 성공한다. 비틀스는 각기 엔진이 우주선의 장축에서 45도 떨어지도록 각도를 잡고 있다.

"비틀스 설치 완료." 나는 무전기에 대고 말한다. "손상 부분 조사 중."

"좋음." 로키가 대답한다.

나는 연료 탱크가 뜯겨나가면서 망가진 지점으로 나아간다. 별로 볼 건 없다. 나는 당시에 망가진 연료 탱크를 폐기했다. 사라진 직사각형 선체 판이 한때 연료 탱크가 있던 자리의 구멍을 드러낸다. 그 구멍 주변 구역이 외상을 보여준다. 검게 그을린 자국들이, 다른 면에서는 반짝이는 선체 판들을 망치고 있다. 근처의 판 두 개에는 선명하고 뚜렷하게 일그러진 자리가 보인다.

"일부 판이 구부러졌어. 그을린 자국도 좀 있고. 너무 심하진 않아."

"좋은 소식."

"탄 자국이 생기다니 이상하지 않아? 왜 탄 자국이 있지?"

"열이 많음."

"그래, 하지만 산소가 없잖아. 여긴 우주라고. 어떻게 탈 수가 있어?"

"가설. 연료 탱크에 아스트로파지 많음. 그중 일부가 죽었을 것임. 죽은 아스트로파지에는 물이 있음. 죽은 아스트로파지는 열에 면역이 없음. 물과 매우 많은 열은 수소와 산소가 됨. 산소와 열과 선체가 탄 자국이 됨."

"그러게." 내가 말한다. "좋은 가설이다."

"감사."

나는 케이블이라는, 우주의 밧줄 다리를 다시 가로지른 다음 별 사고 없이 에어로크에 들어간다. 로키가 통세실 전장의 자기 구체에서 나를 기다리고 있다.

"괜찮음, 질문?"

"응." 내가 말한다. "존, 폴, 링고 통제장치는 괜찮아?"

로키는 세 손에 똑같은 제어판을 들고 있다. 각 제어판에는 선체 벽에 설치된 스피커 겸 마이크로 이어지는 전선이 달려 있다. 그는 네 번째 손으로 수치가 표시되는 상자를 톡톡 두드린다. "통신 준비 완료. 모든 비틀스가 정상 작동 대기 중."

나는 조종석에 앉아 안전띠를 맨다. 다음 단계는 불편할 것이다.

우리는 필요에 따라 우주선의 각을 조정할 수 있도록 비틀스를 우주선의 중심축에서 45도 각도로 배치했다. 이렇게 하면 우주선의 회전을 통제할 수도 있다. 하지만 비틀스를 사용하려면 일단 우주선이 한 덩어리를 이루고 있어야 한다. 그러니 일단은 둘로 나뉜 우주선을 서로 붙여야 한다.

회전 관성의 보존이란, 곧 우주선이 정말로 빠르게 돌아갈 거라는 뜻이다. 우주선은 로키가 지난번 나를 구해주어야 했을 때와 똑같은 빠르기로 회전할 것이다. 우리는 그때 이후로 관성을 조금도 얻거나 잃지 않았다.

나는 원심분리기 제어판을 주 통제 화면에 띄운다. 뭐, 원래의 주 화면 바로 위다. 원래의 주 화면은 에이드리언 모험 때 부서졌다. 하지만 이 화면도 충분히 쓸 만하다.

"준비됐어, 질문?"

"응."

"중력이 강할 거야." 내가 말한다. "에리디언한테는 쉽지. 인간한테는 어렵고. 나는 의식을 잃을지도 몰라."

"인간의 건강에 안 좋음, 질문?" 말끝에 떨리는 기색이 어려 있다.

"약간 안 좋아. 큰 중력은 인간이 의식을 잃게 만들 수 있거든. 그런 일이 일어나더라도 걱정하지 마. 그냥 임무를 계속해. 우주선이 회전을 멈추면 내가 일어날 거야."

"이해함." 로키는 세 개의 제어판을 준비해 들고 있다.

"좋아, 간다." 나는 원심분리기를 수동 모드로 바꿔놓고, 세 개의 경고창을 건너뛴다. 먼저 나는 승조원 구역을 지난번처럼 천천히 180도 회전시킨다. 하지만 지난번과는 다르게, 나는 모든 것을 고정해 두었다. 그러니 세상이 돌아가고 중력의 방향이 바뀌더라도 실험실과 숙소는 엉망진창으로 팽개쳐지지 않는다.

이제는 절반의 중력이 나를 제어판 쪽으로 밀어가는 것이 느껴진다. 노즈콘이 다시 우주선의 나머지 부분과 반대 방향을 향하고 있다. 나는 우주선의 회전 속도와는 무관하게, 스풀 네 개에 케이블을 감으라고 명령한다. 우주선의 아이콘은 내 명령대로 수축이 일어나는 모습을 보여준다. 안전띠에 내 몸이 더 세게 파고든다.

겨우 10초 뒤에 중력이 $6g$에 달한다. 나는 거의 숨을 쉬지 못한다. 나는 숨을 헐떡이며 꿈틀댄다.

"너 건강하지 않음!" 로키가 새된 소리로 외친다. "취소해. 새로운 계획 세워."

나는 말을 할 수 없으므로 고개를 젓는다. 얼굴 피부가 쫙 늘어나 볼에서 멀어지는 것이 느껴진다. 지금 나는 괴물처럼 보일 게 틀림없다. 시야의 주변이 검게 흐려진다. 언젠가 들어본 터널 시야가 틀림없다. 적당한 이름이다.

터널이 점점 더 어두워지다가, 결국은 모두 검은색으로 변한다.

잠시 후 나는 깨어난다. 내 생각에 잠시 후라는 말이다. 팔이 아무렇게나 떠다니고, 오직 안전띠만이 내가 조종석에서 빠져나가 흘러 다니는 것을 막고 있다.

"그레이스! 너 괜찮음, 질문?"

"어어…." 나는 눈을 문지른다. 시야가 흐리고, 아직도 몸에 힘이 없다. "응. 상태는?"

"회전 속도 0." 그가 말한다. "비틀스 조종하기 어려움. 수정함. 비틀스 조종하기 쉬움. 비틀스 동력으로 움직이는 우주선 조종하기 어려움."

"그래도 해냈네. 잘했어."

"감사."

나는 안전띠를 풀고 기지개를 켠다. 전에 화상을 입은 내 팔 말고는 아무것도 망가지거나 상처를 입지 않은 것 같다. 사실, 무중력상태로 돌아오니 기분이 좋다. 온몸이 아픈 건 정상이다. 육체노동을 엄청나게 한 데다가, 아직도 부상에서 회복하는 중이니까. 그 귀찮은 중력을 치워버리니 몸에 가해지는 부담이 적어진다.

나는 모니터의 화면들을 휙휙 넘겨 본다. "모든 시스템이 괜찮아. 전보다 더 망가진 건 없어."

"좋음. 다음 행동은 무엇, 질문?"

"이젠 내가 계산을 해야지. 엄청나게 많은 계산을 해야 해. 비틀스를 엔진으로 사용해서 네 우주선으로 돌아가는 데 필요한 추진력의 지속 시간과 각도를 계산해야 해."

"좋음."

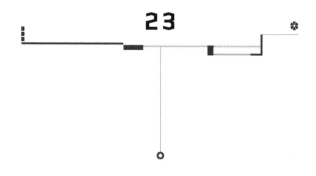

23

나는 늦지 않게 회의에 참석했다. 최소한 내 생각에는 그랬다. 이메일에 12시 30분이라고 적혀 있었으니까. 하지만 가보니, 모두가 이미 자리에 앉아 있었다. 그것도 조용하게. 게다가 모두가 나를 쳐다보고 있었다.

당분간 우리는 사고에 관해 언론통제를 하기로 했다. 전 세계가 이 프로젝트를, 유일한 구원의 희망을 지켜보는 중이다. 절대로 필요하지 않은 게 한 가지 있다면, 사람들이 주요 과학 전문가와 예비 과학 전문가가 죽었다는 사실을 알게 되는 일이었다. 뭐니뭐니해도 러시아인들은 비밀을 지키는 방법을 잘 알고 있다. 바이코누르 전체가 폐쇄됐다.

회의실은 러시아인들이 제공한 간단한 트레일러였다. 이곳에서는 발사대가 아주 멋지게 내려다보였다. 창문 너머로 소유스를 볼 수 있었다. 오래된 기술인 것만은 확실하지만, 소유스는 누가 뭐래도 여태 만들어진 발사 시스템 중 가장 신뢰도가 높은 시스템이었다.

스트라트와 나는 폭발이 일어난 밤 이후로 이야기를 나누지 않았다. 그녀는 갑자기 즉석 재난 조사를 지휘해야 했다. 나중으로 미룰 수는 없는 일이었다. 이번 사고가 임무에 쓰이게 될 어떤 절차나 장비 때문에 일어난 것이라면 우린 상황을 파악해야만 했다. 나도 참여하고 싶었지만, 스트라트가 허락하지 않았다. 누군가는 ESA팀이 보고해 오는, 헤일메리호의 다양하고도 사소한 문제들을 계속 처리해야 했으니까.

스트라트는 나를 똑바로 바라봤다. 디미트리는 종이를 만지작거리고 있었다. 아마 스핀 드라이브 개선안이겠지. 원심분리기를 디자인한 다혈질의 로켄 박사는 손가락으로 탁자를 타닥타닥 두드렸다. 라마이 박사는 늘 그렇듯 실험용 가운을 입고 있었다. 라마이 박사의 팀은 완전히 자동화된 의료 로봇을 완성했다. 이걸로 언젠가 노벨상을 받을 사람들의 대기자 명단에 오르겠지. 지구가 그만큼 오래 살아 있어야겠지만 말이다. 비틀스 탐사선을 발명한 정신 나간 캐나다인 스티브 해치조차 참석해 있었다. 적어도 그는 어색해 보이지 않았다. 그저 계산기를 계속 두드리기만 했다. 그의 앞에는 서류가 없었다. 계산기뿐이었다.

야오 대장과 엔지니어 일류키나도 참석했다. 야오는 늘 그렇듯 시무룩한 표정이었고, 일류키나의 손에는 술이 없었다.

"저 지각인가요?" 내가 물었다.

"아뇨. 시간에 딱 맞춰 오셨습니다." 스트라트가 말했다. "앉으세요."

나는 딱 하나 비어 있는 의자에 앉았다.

"연구 센터에서 무슨 일이 벌어졌는지 알아낸 것 같습니다." 스트라트가 입을 열었다. "건물 전체가 날아갔지만 모든 기록이 전자화되어 바이코누르 전체를 관리하는 서버에 저장돼 있었습니다. 다행히도 그 서버는 임무 관제동에 있고요. 두보이스가 그답게 꼼꼼한 메모를 남기기도 했습니다."

스트라트는 종이를 꺼냈다. "두보이스의 디지털 일기장에 따르면, 어제 두보이스의 계획은 아스트로파지를 동력원으로 삼는 발전기에서 발생할 수 있는 극도로 희귀한 오작동을 시험하는 것이었습니다."

일류키나가 고개를 저었다. "그 실험은 내가 해야 했어요. 우주선 유지 및 보수는 내 책임인데. 두보이스는 나한테 부탁했어야 해요."

"정확히 뭘 실험한 거죠?" 내가 물었다.

로켄이 목을 가다듬었다. "한 달 전, JAXA에서 발전기에 발생할 수 있는 오작동을 발견했습니다. 발전기는 열을 발생시키기 위해 아스트로파지를 사용하고, 그 열은 상태변화 물질로 작은 터빈에 동력을 공급하죠. 오래된, 믿을 만한 기술입니다. 극소량의 아스트로파지로 작동하고요. 한 번에 겨우 세포 스무 개를 사용합니다."

"그거면 꽤 안전할 것 같은데요." 내가 말했다.

"안전해요. 하지만 발전기 펌프의 감속재 계통에 오류가 발생하는 동시에 연료 도관에 비정상적으로 아스트로파지가 빽빽하게 뭉쳐 있으면, 최대 1나노그램의 아스트로파지가 연소실에 들어갈 수 있습니다."

"그러면 어떻게 되는데요?"

"아무 일도 벌어지지 않아요. 발전기가 아스트로파지에 비추는 적외선의 양도 통제하니까요. 연소실 온도가 너무 높아지면, 적외선이 꺼져서 아스트로파지를 식힙니다. 안전한 지원 시스템이죠. 하지만 극히 드물게 발생하는 사례가 하나 있습니다. 이런 일이 일어날 가능성은 대단히 낮습니다만, 이 시스템의 결함이 적외선 조명을 최대 출력으로 작동시키고 온도 안전 연동장치 전체를 우회할 수 있어요. 두보이스는 이렇게 아주, 아주 가능성이 희박한 상황을 실험해 보고 싶어 했습니다."

"그래서 어떻게 했습니까?"

로켄은 잠시 말을 멈추었다. 그녀의 입술이 약간 떨렸다. 그녀는 자세를 다잡고 말을 이어 나갔다. "두보이스는 복제품 발전기를 구했어요. 우리가 지상 시험에서 사용했던 발전기였죠. 연료 공급 펌프와 적외선 조명을 개조해, 억지로 그 말도 안 되게 희박한 상황이 일어나도록 했습니다. 아스트로파지 1나노그램 전체를 한순간에 활성화하고, 그게 발전기에 어떤 손상을 입힐지 알고 싶어 했어요."

"잠깐만요." 내가 말했다. "1나노그램으로는 건물을 날려 보낼 수 없어요. 최악의 상황에도 금속 조금을 녹일 수 있을 뿐이라고요."

"네." 로켄이 말했다. 그녀는 깊이 숨을 들이쉬었다가 천천히 내쉬었다. "박사님도 우리가 극소량의 아스트로파지를 보관하는 방법을 알긴 아시죠?"

"당연하죠." 내가 말했다. "프로필렌글리콜에 담가 놓은 작은 플라스틱 통에 보관하죠."

로켄 박사가 고개를 끄덕였다. "두보이스가 연구 센터의 보급 장교에게 아스트로파지 1나노그램을 요청했을 때, 그쪽에서 실수로 1밀리그램을 내줬어요. 용기가 전부 같고 양이 워낙 적어서, 두보이스와 셔피로는 그 사실을 알아챌 수가 없었고요."

"세상에." 나는 눈을 비볐다. "그랬다면, 문자 그대로 두 사람이 예상하던 것의 100만 배에 달하는 열에너지가 발생했을 거예요. 그게 건물과 그 건물 안에 있던 모든 사람을 증발시켰군요. 세상에."

스트라트는 서류를 뒤섞었다. "진실은 단순합니다. 우리에게는 아스트로파지를 안전하게 관리할 절차도, 경험도 없다는 거죠. 폭죽을 달라고 했는데 누가 가소성 폭약이 잔뜩 들어 있는 트럭을 내준다면 누구나 뭔가 잘못됐다는 걸 알아차리겠죠. 하지만 나노그램과 밀리그램의 차이라면 어떨까요? 인간으로서는 그냥 알 수 없는 겁니다."

우리 모두 잠시 입을 다물었다. 스트라트 말이 맞았다. 우리는 아무것도 아닌 것처럼 히로시마 원자폭탄급의 에너지를 가지고 장난하고 있었다. 상황이 조금이라도 달랐으면 이건 미친 짓이었을 것이다. 하지만 우리에게는 선택의 여지가 없었다.

"그럼 발사를 연기하게 되나요?" 내가 물었다.

"아뇨. 이야기를 나눠봤는데, 모두 같은 의견입니다. 헤일메리호의 발사를 지연할 수는 없습니다. 헤일메리호는 조립됐고, 점검이 끝났고, 연료 주입까지 마쳤습니다. 출발할 준비가 됐어요."

"헤일메리호는 궤도에 올라 있습니다." 디미트리가 말했다. "케이프커내버럴 기지와 바이코누르 기지에서 쉽게 접근할 수 있도록 51.6도의 가파른 궤도를 그리고 있어요. 하지만 이 말은, 헤일메리호가 점차 붕괴해 가는 얄팍한 궤도에 올라 있다는 뜻이기도 합니다. 앞으로 3주 안에 출발하지 못하면, 헤일메리호를 더 높은 궤도로 다시 올리기 위해 임무 전체를 어설프게 반복해야 합니다."

"헤일메리호는 일정에 맞게 출발할 겁니다." 스트라트가 말했다. "지금부터 닷새 후에요. 승조원들에게는 비행 전 점검을 받을 시간이 이틀 주어질 테니, 소유스는 사흘 안에 출발해야 하죠."

"그렇군요." 내가 말했다. "과학 전문가는 어쩌죠? 전 세계에서 수백 명이 자원한 걸로 알고 있는데요. 선발된 사람에게 알아야 할 과학에 관한 단기 특별 강좌를 해줄…."

"결정은 이미 내렸습니다." 스트라트가 말했다. "실은, 결정이 알아서 내려졌다고 해야겠군요. 알아야 할 모든 것에 관해 특정 전문가를 훈련시킬 시간은 없습니다. 말 그대로 배워야 할 정보와 연구 내용이 너무 많아요. 아무리 머리가 좋은 과학자라도 겨우 사흘 안에 그 모든 내용을 짜 맞출 수는 없습니다. 그리고 기억하세요. 오직 7,000명에 한 명만이 코마에 저항하는 유전자 조합을 가지고 있습니다."

바로 그즈음에 나는 가슴이 철렁했다. "얘기가 어디로 흘러가는지 알 것 같네요."

"박사님도 지금쯤은 분명히 아시겠지만, 박사님의 검사 결과가 양성으로 나왔어요. 박사님이 그 7,000명 중 한 명입니다."

"승조원이 되신 걸 환영합니다!" 일류키나가 말했다.

"잠깐, 잠시만요. 아니죠." 나는 고개를 저었다. "이건 말도 안 돼요. 네, 아스트로파지에 관해서는 제가 잘 압니다. 하지만 우주비행사 역할에 대해서는 아무것도 모른다고요."

"가면서 저희가 훈련해 드리겠습니다." 야오가 조용하지만 자신감 있는 목소리로 말했다. "어려운 일들은 저희가 처리할 테고요. 박사님은 오직 과학적인 목적으로만 활용될 겁니다."

"제 말은 그냥…. 아니 왜 이래요! 분명 누군가 있을 거라고요!" 나는 스트라트를 보았다. "야오의 예비 인력은요? 일류키나의 예비 인력이라든지?"

"그 사람들은 생물학자가 아닙니다." 스트라트가 말했다. "그 사람들은 헤일메리호에 관해서나 헤일메리호의 운용에 관해서, 또 파손된 기계를 수리하는 방법에 관해서라면 노즈콘부터 밑바닥까지 전문 지식을 갖춘, 믿을 수 없을 만큼 실력이 뛰어난 사람들입니다. 하지만 우리한테 주어진 시간 안에, 누군가에게 그들이 알아야 하는 세포생물학을 전부 가르쳐 줄 수는 없어요. 그건 마치 세계 최고의 구조공학자에게 뇌수술을 부탁하는 것과 같은 일입니다. 그냥, 그 사람들의 분야가 아닌 거예요."

"명단에 올라 있는 다른 후보자들은요? 처음에 통과하지 못한 사람들이요."

"박사님만큼 자격을 갖춘 사람이 없습니다. 박사님한테 우연히도 코마 저항력이 있다는 점에서 우린 운이 좋은 거예요. 꿈도 못 꿀 만큼 운이 좋은 거죠. 제가 이렇게 오랫동안 박사님을 프로젝트에 참여하도록 한 게 중학교 선생님이 필요했기 때문이라고 생각하십니까?"

"아…." 내가 말했다.

"박사님은 우주선이 작동하는 방식을 아시죠." 스트라트가 말을 이었다. "아스트로파지의 바탕에 깔린 과학도 알고 계시고요. EVA 우주복을 비롯해 특수 장비를 사용하는 방법도 전부 알고 계십니다. 박사님은 우주선이나 이 우주선의 임무에 관해 우리가 거쳐 온 모든 주요한 과학적, 전략적 회의에 참석하셨어요. 제가 반드시 그렇게 되도록 했습니다. 박사님에게 우리한테 필요한 유전자가 있으니, 제가 기를 쓰고 박사님이 우리에게 필요한 기술도 갖추시도록 했습니다. 믿으실지 모르겠지만 저도 이렇게 되는 걸 바라지 않았습니다. 그런데 이렇게 됐어요. 박사님은 그동안 내내 세 번째 과학 전문가였습니다."

"아니… 아니에요. 그건 잘못된 거죠." 내가 말했다. "분명 다른 사람들이 있을 거예요. 훨씬 더 재능 있는 과학자들이요. 그리고, 뭐 있잖아요, 실제로 가고 싶어 하는 사람들이요. 스트라트 씨 당신이 분명 명단을 만들어 놓았을 텐데요? 저 다음의 후보자는 누구인가요?"

스트라트는 앞에 놓인 종이 한 장을 집어 들었다. "파라과이 출신의 양조장 직원 안드레아 카세리스입니다. 이분은 코마 저항력을 가지고 있고, 화학 학사 학위를 소지하고 있으며 세포생물학을 부전공했어요. 처음 우주비행사를 모집할 때 임무에 자원했고요."

"좋네요." 내가 말했다. "그분한테 한번 기회를 주죠."

"하지만 박사님은 수년간 직접적인 훈련을 받으셨습니다. 박사님은 우주선과 임무에 대해 속속들이 알고 있어요. 게다가 아스트로파지에 관해서는 세계의 선구적인 전문가고요. 카세리스에게 이런 정보를 전달할 시간은 겨우 며칠뿐입니다. 제가 어떤 식으로 일하는지 아시죠, 그레이스 박사님? 다른 누구보다 잘 아실 겁니다. 저는 헤일메리호에 가능한 한 모든 이점을 부여하고자 합니다. 그리고 지금은, 박사님이 그 이점이에요."

나는 탁자를 내려다보았다. "하지만 전…. 나는 죽고 싶지 않은데…."

"죽고 싶은 사람은 아무도 없습니다." 스트라트가 말했다.

"결정은 박사님이 내리셔야 합니다." 야오가 말했다. "나는 싫다는 사람을 억지로 승조원으로 받지 않을 겁니다. 박사님은 박사님의 자유 의지에 따라서 오셔야 합니다. 박사님이 거절하신다면 우린 카세리스 씨와 함께 가서 그분을 훈련하는 데 최선을 다할 겁니다. 하지만 저는 박사님이 승낙해 주시기를 촉구합니다. 수십억 명의 목숨이 달린 일입니다. 그런 비극에 비하면 우리의 목숨은 사소한 문제입니다."

나는 두 손에 얼굴을 묻는다. 눈물이 흐르기 시작한다. 왜 이런 일이 나한테 일어나야 하는 거지? "생각 좀 해볼 수 있을까요?"

"네." 스트라트가 말했다. "하지만 생각할 시간이 아주 길지는 않습니다. 박사님이 싫다고 하시면, 카세리스를 서둘러 이리 데려와야 하니까요. 오늘 오후 5시까지 답변해 주시기 바랍니다."

나는 일어나서 발을 끌며 회의실을 나섰다. 작별 인사조차 하지 않왔던 것 같다. 가장 가까운 동료들이 모두 모여 내 죽음을 결정한다는 건 음침하고도 절망적인 기분이 드는 일이다.

나는 시계를 확인했다. 12시 38분. 결정할 때까지 네 시간 삼십 분이 남았다.

헤일메리호의 스핀 드라이브는 현재의 중량에 비해 믿을 수 없을 만큼 출력이 강하다. 우리가 지구를 떠났을 때는 우주선의 무게가 210만 킬로그램이었다. 그중 대부분이 연료였고. 지금은 우주선의 무게가 겨우 12만 킬로그램이다. 출발 시 무게의 약 20분의 1이다.

헤일메리호의 상대적으로 낮은 질량 덕분에 허접스러운 꼬마 비틀스들도 힘을 합하면 0.5g의 추진력을 낼 수 있다. 단, 우주선은 선체에 달린 임의의 선외활동용 손잡이를 억지로 떠미는 45도 각도의 추진력을 강하게 받도록 설계되지 않았다. 우리가 비틀스의 출력을 최대로 높이면, 비틀스는 그냥 손잡이를 뜯고 풀려나 타우세티의 석양으로 사라질 것이다.

로키는 우주선의 회전을 무력화할 때 그 점을 염두에 두었다. 지금 우리는 회전을 통제하고 있으며, 나는 우주의 섭리에 맞게 무중력상태에서 선외활동을 할 수 있다. 나는 헤일메리호 내부 골조의 모형을 3D 프린터로 제작해 로키에게 살펴보라고 주었다. 한 시간도 안 돼서 그는 해결책을 마련했을 뿐 아니라, 그 해결책을 실행할 제노나이트 지지대까지 만들어냈다.

그래서 내가 또 한번 선외활동을 한다. 나는 제노나이트 지지대를 비틀스에 덧댄다. 이번만큼은 모든 것이 계획대로 돌아간다. 로키는 우주선이 이제 비틀스의 최대 출력을 감당할 수 있다고 확신한다. 그리고 나는 단 한 순간도 그를 의심하지 않는다. 이 녀석은 공학을 잘 안다.

나는 아마 어딘가에 오류가 있을 복잡한 엑셀 스프레드시트에 수많은 계산식을 입력한다. 전체를 완성하는 데 여섯 시간이 걸렸다. 결국 나는 정답이라고 생각되는 답을 구한다. 이 결과에 따르면 우리는 블립A가 보이는 곳까지 가게 될 것이다. 그다음부터는 진로를 미세하게 조정해 나갈 수 있을 것이다.

"준비됐어?" 나는 조종석에서 말한다.

"준비됐음." 로키가 자기 구체 속에서 말한다. 그는 손에 제어판 세 개를 들고 있다.

"좋아… 존과 폴은 4.5퍼센트로."

"존과 폴, 4.5퍼센트 확인." 그가 말한다.

물론, 로키가 나한테 제어판을 만들어줄 수도 있었다. 하지만 이 방법이 더 나았다. 나는 화면을 자세히 보면서 우리 진로에 주의를 기울여야 했다. 누군가가 비틀스에 온전히 주의를 쏟길 바라는 편이 나았다. 게다가 로키는 우주선의 엔지니어였다. 임시방편으로 만든 우리 엔진을 그보다 잘 운용할 사람이 누가 있을까?

"존과 폴은 0으로. 링고는 1.1퍼센트." 내가 말한다.

"존과 폴, 0. 링고, 1.1."

우리는 우주선이 대략 내가 원하는 방향으로 향하도록 추력 벡터를 조금씩, 조금씩 수없이 수정한다. 마침내 우리는 맞았으면 하는 방향에 다다른다.

"밀져야 본전이지." 내가 말한다. "전부, 최대 출력으로!"

"존, 폴, 링고 100퍼센트."

우주선이 덜컥 앞으로 향하면서, 나는 좌석에 뒤로 떠밀린다. 우리가 (바라건대) 블립A를 향해 (아마도) 직선으로 가속하면서, 1.5g의 중력이 밀려든다.

"세 시간 동안 추진력 유지." 내가 말한다.

"세 시간. 나 엔진 지켜봄. 너 쉬어."

"고마워. 근데 쉴 시간은 없어. 할 수 있을 때 중력을 활용하고 싶거든."

"난 계속 여기 있음. 실험이 어떻게 되는지 말해줘."

"그럴게."

나는 또 한 번 11일 동안 여행하려 한다. 그러려면 연료 130킬로그램이 필요하다. 비틀스에 탑재된 연료의 약 4분의 1이다(아스트로파지로 가득 차서 실험실에 가만히 놓여 있는 조지를 포함한 수치다). 그 정도면 내가 궤도를 계산하다가 한 멍청한 실수들을 모두 수정할 수 있을 만큼의 연료가 남을 것이다.

우리는 세 시간 후 순항속도에 접어들 것이다. 그런 다음에는 11일의 대부분을 관성으로 움직이게 된다. 원심분리기 속도를 올리거나 낮추는 일은 하고 싶지 않다. 물론, 그렇게 하는 것도 가능하기는 하다. 앞서 우주선의 회전을 무력화했을 때 로키가 그 가능성을 증명했다. 하지만 그건 엄청나게 많은 추측과, 빙빙 돌다 통제력을 잃어버릴지도 모르는 수많은 가능성을 동반한 섬세한 과정이었다. 그보다 나쁜 경우에는 케이블이 꼬일 수도 있었다.

그러므로 다음 세 시간 동안 나는 실험에 쓸 1.5g를 갖게 된 셈이다. 그다음부터는 한동안 무중력상태가 된다. 실험실로 갈 시간이었다.

나는 사다리를 내려간다. 팔이 아프다. 하지만 전보다는 덜하다. 나는 매일 붕대를 갈아왔다. 아니, 라마이 박사가 만든 기적의 의료 기계가 갈아줬다고 해야겠지. 확실히 피부 전체에 흉터가 생기고 있다. 남은 평생은 못생긴 팔과 어깨를 갖게 될 것이다. 하지만 피부 깊숙한 곳은 살아남은 게 틀림없다고 생각한다. 그게 아니었다면 아마 지금쯤 괴저로 사망했을 것이다. 아니면 라마이의 기계가 내가 보지 않을 때 내 팔을 절단해 버렸든지.

1.5g 정도의 중력을 다룬 것도 꽤 오래전이었다. 내 다리는 이 상황을 마음에 들어 하지 않는다. 하지만 이 시점에서, 나는 이런 종류의 불만에 익숙해져 있다.

나는 타우메바 실험이 아직도 진행 중인 주 실험대로 걸어간다. 실험 장치의 모든 부분이 실험대에 단단히 실려 있다. 혹시 가속하다가 예상치 못한 모험을 더 겪게 될 수도 있으니까. 물론, 타우메바가 부족한 건 아니다. 연료가 있어야 할 곳에 타우메바가 엄청 많이 있으니.

나는 먼저 금성 실험을 확인한다. 냉각장치가 작게 웅웅거리며, 내부의 온도를 금성의 극 상층 대기 온도에 맞게 유지하고 있다. 처음에 나는 딱 한 시간만 타우메바를 그 안에서 배양할 생각이었지만, 그때 불이 났고 우리에게는 더 급히 처리해야 할 다른 일들이 생겼다. 그래서 지금은 타우메바가 나흘 동안 그 상태로 있었다. 딴 건 몰라도, 타우메바는 일 처리를 하는 데 충분한 시간을 누렸다.

나는 침을 꿀꺽 삼킨다. 중요한 순간이다. 안에 있는 작은 유리 슬라이드에는 세포 한 개 두께의 아스트로파지 층이 있었다. 타우메바들이 살아서 아스트로파지를 먹었다면 빛이 슬라이드를 투과할 수 있을 것이다. 유리 너머로 더 많은 빛이 보일수록 아직 살아 있는 아스트로파지의 수가 더 적은 것이다.

나는 마음의 준비를 하고 심호흡 한 다음 안을 본다.

새까맣다.

호흡이 불안정해진다. 나는 주머니를 뒤져 손전등을 꺼낸 뒤 뒤에서 비춰본다. 빛은 전혀 투과되지 않는다. 가슴이 철렁한다.

나는 옆으로 걸음질 쳐 삼세계 타우메바 실험으로 이동한다. 그 안의 슬라이드를 확인해 봐도 같은 것이 보인다. 완전한 암흑.

타우메바는 금성의 환경에서도, 삼세계의 환경에서도 생존하지 못한다. 아니, 최소한 아스트로파지를 먹지는 않고 있다. 나는 배 속 깊은 곳이 녹아내릴 것만 같은 기분이다.

거의 다 왔는데! 정말이지 거의 다 왔는데! 우리는 바로 여기에 해답을 가지고 있었다! 타우메바를! 우리의 세계들을 파괴하고 있는 녀석의 천적을 말이다! 게다가 이것들은 건강한 타우메바이기도 하다. 녀석들이 내 연료 탱크에서 잘 살아갈 수 있다는 것만은 분명하다. 하지만 금성이나 삼세계의 공기에서는 살아남지 못한다. 대체 왜지?

"뭐가 보임, 질문?" 로키가 묻는다.

"실패야." 내가 말한다. "두 실험 다. 타우메바가 전부 죽었어."

나는 로키가 벽을 치는 소리를 듣는다. "분노!"

"이렇게 노력했는데! 그 모든 게 헛수고였어. 헛수고!" 나는 주먹으로 실험대를 쾅 친다. "난 이걸 위해서 너무 많은 걸 포기했다고! 너무 많은 걸 희생했어!"

로키의 등딱지가 그의 구체 속 땅으로 철컹 주저앉는 소리가 들린다. 깊은 절망의 신호다.

우리는 둘 다 잠시 침묵을 지킨다. 로키는 자기 구체 속에 주저앉아 있고, 나는 두 손에 얼굴을 묻고 있다.

한참 만에 뭔가 긁히는 소리가 난다. 로키가 바닥에서 등딱지를 들어 올리는 소리다. "우리 더 노력함." 그가 말한다. "우리 포기 안 함. 우리 열심히 노력함. 우리 용감함."

"그래, 맞아."

나는 이 임무에 적합한 사람이 아니다. 실제로 자격을 갖춘 사람들이 날아가 버렸기에 마지막 순간에 투입된 대체 인력이다. 하지만 나는 이곳에 와 있다. 모든 해답을 가지고 있는 건 아닐지 몰라도, 난 여기에 와 있다. 당시에 나는 이걸 자살 임무라고 생각하면서도 자원한 게 틀림없었다. 지구에 별 도움이 되지는 않겠지만 그래도 그건 대단한 일이다.

스트라트의 트레일러는 내 트레일러의 두 배 크기였다. 계급에 따른 특권이겠지. 공평하게 말하자면 스트라트에게는 공간이 필요했다. 그녀는 서류로 뒤덮인 커다란 탁자에 앉아 있었다. 스트라트 앞에 놓인 서류에서 최소 네 개의 서로 다른 철자로 적힌, 최소 여섯 개의 서로 다른 언어가 보였다. 하지만 그녀는 그중 무엇을 읽는 데도 어려움이 없는 것 같았다.

러시아 군인 한 명이 방 한구석에 서 있었다. 딱히 긴장하고 있는 건 아니었지만, 그렇다고 힘을 빼고 있는 것도 아니었다. 그의 곁에는 의자가 놓여 있었지만, 그는 서 있는 편을 선택한 듯했다.

"안녕하세요, 그레이스 박사님." 스트라트가 눈도 들지 않고 말했다. 그녀가 군인을 가리켰다. "저쪽은 메크니코프 이병입니다. 폭발이 사고였다는 건 알고 있지만 러시아 측에서 위험을 감수할 수는 없다고 하네요."

나는 군인을 보았다. "그러니까, 상상 속 테러리스트들이 스트라트 씨를 죽이는 일이 없도록 저 친구가 여기 와 있다는 겁니까?"

"비슷해요." 스트라트가 눈을 들었다. "아무튼 5시 정각이군요. 결정은 하셨습니까? 헤일메리호의 과학 전문가가 되실 건가요?"

나는 스트라트 맞은편에 앉았다. 그녀와 눈을 맞출 수 없었다. "아뇨."

스트라트가 나를 노려봤다. "그렇군요."

"그게… 아시잖아요…. 애들도 있고. 전 애들 때문에 여기 남아야 해요." 나는 의자에 앉은 채 움찔거린다. "헤일메리호가 답을 찾아낸다 해도, 우리는 거의 30년 동안 비참한 상황을 겪게 됩니다."

"네에." 그녀가 말했다.

"그리고, 음, 그러니까, 저는 선생님이에요. 가르쳐야죠. 우리는 생존자들로 이루어진 강하고 튼튼한 세대를 키워내야 해요. 지금 우리는 물러터졌잖아요. 스트라트 씨도, 저도, 서구 세계 전체가 말이죠. 우리는 전례 없는 안락함과 안정을 누리며 성장한 결과물이에요. 내일의 세상이 작동하도록 만들어야 할 건 오늘날의 아이들입니다. 그런데 그 아이들이 엉망진창이 된 세계를 물려받게 될 거예요. 정말로, 저는 다가올 세상에 아이들을 대비시킴으로써 훨씬 더 많은 역할을 할 수 있다고 생각합니다. 저는 제가 필요한 이곳 지구에 머물러야 해요."

"지구에 머물러야 하는군요." 그녀기 내 말을 되풀이했다. "박사님이 필요한 곳이 지구다."

"그…그렇죠."

"이 임무에 필요한 훈련을 완벽하게 받은 만큼 문제를 해결하는 데 필수적인 임무를 수행할 수 있는 헤일메리호가 아니라.”

“그런 게 아니에요.” 내가 말했다. “그러니까 제 말은, 약간은 그렇기도 하죠. 하지만 보세요. 저는 승조원에 적합하지 않아요. 저는 용감한 탐험가 같은 게 아니라고요.”

“아, 그건 알죠.” 그녀가 말했다. 스트라트는 주먹을 꽉 쥐고 잠시 옆을 보았다. 그러더니 한 번도 본 적 없는 이글거리는 시선을 내게 돌렸다. “그레이스 박사. 당신은 겁쟁이 사기꾼입니다.”

나는 움찔했다.

“아이들을 그렇게 신경 썼다면 당신은 아무 망설임 없이 우주선에 탔겠죠. 수백 명의 아이들에게 세계 종말을 대비하게 하는 대신 수십억 명의 아이들을 그 종말에서 구할 수 있으니까요.”

나는 고개를 저었다. “그런 게 아니고….”

“내가 당신을 모릅니까, 그레이스 박사?” 그녀가 소리쳤다. “당신은 겁쟁이입니다. 언제나 그랬고요. 당신은, 당신이 쓴 논문을 사람들이 좋아하지 않는다는 이유만으로 과학자로서의 전도유망한 미래를 포기했어요. 당신은 쿨한 선생 노릇을 한다는 이유로 당신을 숭배할 아이들이 있는 안전한 곳으로 물러났습니다. 당신 인생에는 연애 상대도 없죠. 연애 상대가 있다는 건 상심을 경험할지도 모른다는 뜻이니까요. 당신은 무슨 대역병이라도 되는 것처럼 위험을 피합니다.”

나는 일어섰다. “그래요, 그 말이 맞아요! 무섭다고요! 난 죽고 싶지 않아요! 난 머리가 다 빠지도록 이 프로젝트를 위해서 일했고, 살아남을 자격이 있어요! 나는 안 갈 거예요. 이 결정은 바꾸지 않을 겁니다! 명단에 올라 있는 다른 사람을 데려오세요. 그 파라과이 화학자 말이에요. 그 사람은 가고 싶어 하잖아요!”

스트라트가 탁자를 주먹으로 쾅 내리쳤다. "난 누가 가고 싶어 하는 지는 관심 없습니다. 누가 가장 적합한 자격을 갖추고 있는지에 관심이 있죠! 그레이스 박사, 미안하지만 당신은 임무에 참여하게 될 겁니다. 당신이 무서워한다는 건 알고 있어요. 당신이 죽고 싶어 하지 않는다는 것도 알고. 하지만 당신은 가게 될 겁니다."

"아주 정신이 나가셨네. 이만 나가보죠." 나는 문 쪽으로 돌아섰다.

"메크니코프!" 스트라트가 소리쳤다.

군인이 재빠르게 나와 문 사이를 막아섰다.

나는 스트라트를 돌아보았다. "장난하는 거죠?"

"당신이 그냥 알겠다고 했으면 일이 더 쉬웠을 겁니다."

"계획이 뭔데요?" 나는 군인을 엄지로 획 가리켰다. "여행하는 내내, 나한테 4년 동안 총을 겨누고 있을 겁니까?"

"여행하는 동안 당신은 코마에 빠져 있을 겁니다."

나는 쏜살같이 메크니코프를 제치고 지나가려 했지만 그가 무쇠 같은 두 팔로 나를 멈춰 세웠다. 거칠지는 않았다. 그냥 나보다 엄청나게 힘이 셌을 뿐이다. 그는 내 어깨를 잡더니 나를 스트라트 쪽으로 돌려놓았다.

"이건 미친 짓이에요!" 내가 소리쳤다. "야오는 절대 이런 걸 받아들이지 않을 거라고요! 그 누구도 자기 의지에 반해서 우주선에 타는 걸 바라지 않는다고 구체적으로 말하기까지 했어요!"

"네, 그건 예상 못했습니다. 짜증 나게 고결한 사람이디군요." 스트라트가 말했다.

그녀는 네덜란드어로 적어놓은 점검표를 집어 들었다. "일단, 발사날까지 남은 며칠 동안 당신은 작은 방에 억류될 겁니다. 아무와도 연락할 수 없을 거예요. 발사 직전에 당신은 아주 강력한 진정제를 투여받고 정신을 잃을 겁니다. 그러면 우리가 당신을 소유스에 실을 거고요."

"야오가 수상하게 여길 거라는 생각은 안 들어요?"

"야오 대장과 일류키나 전문가에게는, 우주비행사 훈련을 충분히 받지 못한 당신이 발사 도중 공황에 빠질까 봐 걱정돼서 의식을 잃고 있는 편을 선택했다고 설명할 겁니다. 일단 헤일메리호에 타고 나면 야오와 일류키나가 당신을 의료 침대에 안전하게 눕히고 코마 유도를 시작할 겁니다. 그때부터 발사 전 준비는 두 사람이 모두 처리할 테고요. 당신은 타우세티에 도착해서 깨어날 겁니다."

공포의 첫 씨앗이 자라나기 시작했다. 이 미친 짓이 실제로 통할지도 모른다는 생각이 들었다. "안 돼요! 그럴 수는 없죠! 안 할 거예요! 이건 미친 짓이야!"

스트라트가 눈을 문질렀다. "그레이스 박사, 믿을지 모르겠지만 난 당신을 좋아하는 편입니다. 대단히 존경하지는 않지만 당신이 근본적으로는 좋은 사람이라고 생각해요."

"말은 쉽겠죠, 살해당하는 사람은 당신이 아니니까! 당신은 나를 살해하는 거라고!" 눈물이 얼굴을 따라 흘러내렸다. "난 죽고 싶지 않아! 날 죽을 곳으로 보내지 말아요! 제발요!"

스트라트는 고통스러워하는 표정이었다. "나도 당신만큼 이 상황이 싫습니다, 그레이스 박사. 위로가 될지는 모르겠지만 당신은 영웅으로 추앙될 거예요. 지구가 이 상황에서 살아남는다면 지구 전체에 당신 동상이 서게 될 겁니다."

"안 할 거야!" 나는 분노를 삼켰다. "내가 임무를 망칠 거야! 날 죽이겠다고? 좋아! 난 당신 임무를 죽여버리겠어! 내가 우주선을 망가뜨릴 거야!"

스트라트는 고개를 저었다. "아니, 당신은 그러지 않을 겁니다. 방금 건 허풍이죠. 말했다시피 당신은 근본적으로 좋은 사람입니다. 정신을 차리고 나면 당신은 엄청 화가 나겠죠. 야오와 일류키나도 내가 당신에게 한 짓에 꽤 화를 낼 거라고 생각합니다. 하지만 결국, 당신들 셋은 우주로 나갈 것이고 당신은 당신 일을 하게 될 거예요. 이건 인류가 달린 문제니까. 나는 당신이 옳은 일을 할 거라고 99퍼센트 확신합니다."

"어디 해보시지!" 내가 비명을 질렀다. "덤벼! 해보라고! 어떻게 되나 보자!"

"하지만 99퍼센트의 가능성에 의존할 수는 없겠죠?" 스트라트는 다시 서류를 힐끗 보았다. "나는 늘 미국 CIA에 최고의 취조용 약물이 있을 거라고 생각했습니다. 그런데 사실 그 약을 가지고 있는 건 프랑스 사람들이더군요. 아셨나요? 정말입니다. 프랑스의 DGSE(프랑스 대외안보총국-옮긴이)가 장기간 지속되는 역행성 기억상실을 일으키는 약물을 완성했습니다. 겨우 몇 시간이나 며칠이 아니라 몇 주 동안 지속되는 약물입니다. 프랑스에서는 다양한 반테러 작전에서 이 약물을 사용해 왔습니다. 용의자가 취조 받았다는 사실을 아예 잊어버리게 하는 데 편리하게 쓰이는 약물이죠."

나는 겁에 질려 그녀를 쳐다봤다. 하도 소리를 질러서 목구멍이 쓰렸다.

"당신이 깨어나기 전에, 의료 침대가 이 약물을 상당량 투여할 겁니다. 당신과 승조원들은 기억 상실이 그저 코마의 부작용이라고 생각하겠죠. 야오와 일류키나가 당신에게 임무를 설명해 줄 테고, 당신은 바로 작업에 착수할 겁니다. 프랑스에서는 이 약물이 훈련받은 기술이나 언어 등을 삭제하지 않는다고 확인해 주었습니다. 기억상실이 사라져 갈 때쯤이면 당신들은 이미 비틀스를 돌려보냈을지도 모릅니다. 그렇지 않더라도 제 생각에 당신은 이 프로젝트에 너무 많은 공을 들여 포기할 수 없을 거예요."

스트라트가 메크니코프에게 고갯짓을 했다. 그는 나를 문밖으로 끌어내더니 내 팔을 뒤로 돌려 붙잡은 채 오솔길을 따라 나를 데려갔다.

나는 목을 쭉 빼고 문 쪽을 돌아보며 비명을 질렀다. "이럴 수는 없어!"

"아이들만 생각하세요, 그레이스." 그녀가 문간에서 말했다. "당신이 구하게 될 그 모든 아이들을요. 그 애들을 생각해요."

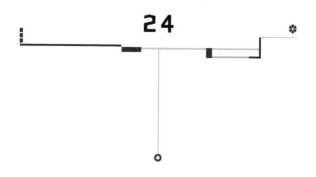

24

아.

그래.

그런 거구나.

나는 지구를 구하고자 고결하게 목숨을 바친 용감무쌍한 탐험가 같은 게 아니다. 나는 문자 그대로 발버둥치고 비명을 지르며 이 임무에 끌려 들어온, 겁에 질린 인간이다.

나는 겁쟁이다.

이 모든 일이 번쩍하며 떠올랐다. 나는 의자에 앉아서 실험대를 바라보았다. 거의 신경질적인 상태에서… 이 상태가 됐다. 이게 더 나쁜 상황이다. 머리가 멍하다.

나는 겁쟁이다.

내가 인류를 구원할 최고의 희망이 아니라는 생각을 한 지는 꽤 됐다. 나는 그냥 코마에서 살아남을 수 있는 유전자를 가진 사람일 뿐이었다. 나는 이 사실을 꽤 오래전에 받아들였다.

하지만 내가 겁쟁이였다는 건 몰랐다.

그 감정이 기억난다. 그 공포감이 떠오른다. 이제는 모든 게 생각난다. 순전한, 아무 불순물도 섞이지 않은 공포. 그건 지구나 인류나 아이들을 위한 감정이 아니었다. 절대적인 공포는 나 때문이었다.

"지옥에나 떨어져, 스트라트." 나는 웅얼거린다.

가장 열 받는 것은 스트라트의 말이 맞는다는 사실이다. 그녀의 계획은 완벽하게 통했다. 나는 기억을 되찾았지만 이제는 임무에 너무 깊이 발을 담그고 있었다. 그래서 지금도 내가 가진 모든 것을 임무에 바칠 생각이었다. 아니, 왜 이러실까? 당연히 난 내 모든 것을 바칠 것이다. 달리 뭘 어쩌겠나? 스트라트한테 엿을 먹이자고 70억 명의 사람들을 죽게 놔둬?

어느 순간에 로키가 터널을 지나 실험실로 왔다. 나는 그가 얼마나 오랫동안 그 자리에 있었는지 모른다. 올 필요가 없었는데. 로키는 초음파 감각을 통해 통제실에서 무슨 일이 벌어지는지 다 '볼' 수 있다. 그런데도 와 있다.

"너 매우 슬픔." 그가 말한다.

"응."

"나도 슬픔. 하지만 우리 오래는 안 슬픔. 너는 과학자. 나는 엔지니어. 우리 함께 해결."

나는 답답해서 두 팔을 번쩍 들어 올린다. "어떻게?"

로키는 내 머리 위 가장 가까운 지점으로 달칵달칵 터널을 지나온다. "타우메바가 네 연료 다 먹음. 그러므로 타우메바 살아서, 연료 탱크 환경에서 번식함."

"그래서?"

"대부분 생명체는 자기 공기 바깥에서 살지 못함. 나는 에리드 공기에 있지 않으면 죽음. 너는 지구 공기에 있지 않으면 죽음. 하지만 타우메바는 에이드리언 공기가 아닌 곳에서 살아남음. 타우메바는 에리드 생명체보다 강함. 지구 생명체보다 강함."

나는 목을 쭉 빼고 그를 올려다본다. "그건 그래. 아스트로파지도 꽤 강하고. 녀석들은 진공에서도, 별의 표면에서도 살 수 있으니까."

로키가 두 발톱을 서로 탁탁 부딪친다. "응, 응. 아스트로파지와 타우메바는 같은 생물권에서 옴. 아마 같은 조상에서 진화. 에이드리언 생명체는 아주 강함."

나는 일어나 앉는다. "응. 그렇지."

"넌 이미 아이디어 있음. 의문 없음. 나는 너를 앎. 넌 이미 아이디어 있음. 아이디어 말해."

나는 한숨을 쉰다. "뭐… 금성, 삼세계, 에이드리언에는 모두 이산화탄소가 많아. 세 곳 모두에서 아스트로파지 번식 구역은 기압이 0.02기압인 곳이고. 그러니까 0.02기압의 순수 이산화탄소로 가득 찬 실험 상자로 시작해서, 타우메바가 거기에서 살아남는지 봐야 할지도 몰라. 그런 다음, 한 번에 하나씩 다른 기체들을 추가하고 문제가 뭔지 보는 거야."

"이해함." 로키가 말한다.

나는 일어나서 작업복 먼지를 턴다. "네가 실험 상자를 하나 만들어 줘야겠어. 공기를 들여보내고 내보낼 수 있도록 밸브가 달린, 투명한 제노나이트 상자야. 온도도 섭씨 100도, 영하 50도나 영하 82도로 설정할 수 있어야 해."

내 장비를 사용할 수도 있지만 뛰어난 소재와 솜씨를 이용할 수 있는데 굳이 그럴 필요는 없다.

"그래, 그래. 내가 지금 만듦. 우리는 한 팀. 우리가 이걸 고침. 안 슬퍼해라." 그는 잽싸게 숙소 쪽으로 터널을 내려간다.

나는 손목시계를 확인한다. "주요 추진기가 34분 후면 꺼져. 그런 다음에는 비틀스를 사용해서 원심분리기 모드에 들어가자."

로키가 잠시 멈춘다. "위험."

"그래, 알아. 하지만 실험실에는 중력이 필요하고 나는 11일이나 기다리고 싶지 않아. 시간을 잘 활용하고 싶어."

"비틀스는 추진을 위해 배치됨. 회전이 아님."

사실이다. 지금 이 순간 우리의 추진 장치는 아무리 좋게 봐줘도 초보 수준이다. 추진력의 진로를 설정하기 위한 서보기구나 짐벌이 없다. 우리는 돛 대신 비틀스를 사용하는 16세기의 범선과 같다. 아니지, 이 말은 취소. 범선은 돛의 각도라도 조종할 수 있다. 우리는 망가진 노가 달린 외륜선과 더 비슷하다.

그래도 그렇게 나쁜 상황만은 아니다. 각 엔진의 추진력을 결정하여 비행 자세를 조금씩 조종할 수 있다. 앞서 로키도 위험을 감수할 만한 가치가 있다며 이런 방법으로 우주선의 회전을 무력화했다.

로키는 날쌔게 다시 터널을 올라와 나를 마주 본다. "우주선이 축에서 벗어나 회전하게 됨. 원심분리기 케이블 스풀 못 풀어. 꼬일 것."

"필요한 회전력을 먼저 만들어낸 다음에 비틀스를 끄고, 그다음에 케이블을 풀면 돼."

로키가 움찔한다. "우주선 케이블이 풀려 있지 않으면, 인간에게는 힘이 너무 큼."

그건 실제로 문제가 된다. 나는 케이블이 완전히 풀리고 우주선이 두 토막으로 나뉘었을 때 실험실 중력이 1g이기를 바란다. 우주선이

분리되지 않았을 때 그 정도의 회전 관성을 얻는다는 건 우주선을 아주 빠르게 돌린다는 뜻이다. 지난번에 그렇게 했을 때 나는 통제실에서 의식을 잃었고 로키는 나를 구하려다 죽을 뻔했다.

"그럼…." 내가 말한다. "이건 어때? 내가 숙소 밑 창고에 누워 있는 거야. 거기가 내가 갈 수 있는 곳 중에서 우주선 중심에 가장 가까운 곳이니까. 중력은 거기에서 가장 작아. 나는 괜찮을 거야."

"창고에서 어떻게 원심분리기 조종, 질문?"

"내가…. 음… 실험실의 통제 스크린을 가지고 내려갈게. 실험실에서 창고까지 데이터랑 동력 연장 케이블을 가져갈 거야. 그래, 그럼 되겠네."

"네가 의식을 잃고 조종하지 못하면, 질문?"

"그럼 네가 회전을 취소하면 돼. 그럼 내가 깨어날 거야."

로키가 흔들흔들 앞뒤로 움직인다. "마음에 안 듦. 다른 계획. 11일을 기다림. 내 우주선으로 감. 네 우주선의 연료 탱크를 청소함. 소독. 타우메바가 없는지 확인. 내 우주선에서 연료를 다시 채움. 그런 다음 네 우주선의 모든 기능 다시 사용."

나는 고개를 젓는다. "11일이나 기다리고 싶지 않아. 지금 당장 하고 싶어."

"왜, 질문? 왜 안 기다림, 질문?"

물론 로키의 말은 완전히 옳다. 나는 목숨을 걸고 있다. 어쩌면 헤일메리호의 구조적 완전성까지도 위험에 빠뜨리는 것일지 모른다. 하지만 할 일이 이렇게나 많은데 11일 동안 그냥 앉아 있을 수는 없다. 700년을 사는 생물에게 '조바심'을 어떻게 설명한다?

"인간 문제야." 내가 말한다.

"이해함. 실제로 이해는 아니지만… 이해."

회전은 계획대로 진행됐다. 로키는 회전 작업을 맡을 비틀스로 링고를 선택하고, 존과 폴은 꺼두었다. 조지는 내게 필요해질 때를 대비해 여전히 우주선에 안전히 타고 있다.

회전력을 높이는 동안의 중력은 사나웠다. 거짓말은 하지 않겠다. 하지만 나는 원심분리기 전환 단계를 수동으로 처리할 수 있을 정도로 오랫동안 정신을 차리고 있었다. 이제는 실력이 꽤 좋아졌다. 그다음부터는 근사한, 1g 상태의 중력이 유지됐다.

그래, 참을성 없고 조금은 위험한 일이었지만 덕분에 나는 그날 이후로 일주일간 절대적인 과학의 시간을 보냈다.

로키는 약속한 대로 실험 도구를 마련해 주었다. 늘 그렇듯, 모든 것이 문제없이 작동했다. 작고 짜증 나는 유리 진공실 대신 나는 커다란 어항 비슷한 것을 갖게 됐다. 제노나이트는 크고 납작한 판에 상당한 기압이 가해져도 상관하지 않는다. '다 덤벼.' 제노나이트는 그렇게 말한다.

이렇게 말해도 될지 모르겠는데, 내게는 무궁무진한 타우메바가 있다. 헤일메리호는 현재 타우메바가 타고 있는 광란의 관광버스다. 타우메바가 더 필요할 때마다 내가 해야 할 일이라고는 전에 발전기로 연결되었던 연료 도관을 여는 것뿐이다.

"야, 로키!" 내가 실험실에서 소리친다. "내가 모자에서 타우메바를 꺼낼 테니까 봐!"

로키는 통제실에서 터널을 따라 올라온다. "지구의 관용어구 같음."

"맞아. 지구에 'TV'라는 놀잇감이 있는데…."

"설명하지 마, 제발. 발견한 게 있음, 질문?"

오히려 다행이다. 외계인에게 만화영화를 설명하려면 시간이 오래 걸릴 테니까. "결과가 나왔어."

"좋음, 좋음." 로키는 자세를 낮추고 편안하게 앉는다. "발견 말해!" 숨기려고 하지만 그의 목소리는 평소보다 한 음쯤 높다.

나는 실험 장비를 가리킨다. "그건 그렇고, 이거 완벽하게 작동하더라."

"감사. 발견 말해."

"처음으로 실험한 건 에이드리언의 환경이야. 타우메바랑 아스트로파지로 뒤덮인 슬라이드를 집어넣었더니 타우메바가 살아남아서 아스트로파지를 다 먹었어. 그건 놀랍지도 않지."

"안 놀라움. 그것들의 원래 환경임. 하지만 장비가 작동한다는 걸 증명."

"바로 그거야. 난 타우메바의 한계가 어디인지 알아보려고 실험을 더 진행했어. 에이드리언의 공기에서 타우메바는 영하 180도에서 섭씨 107도까지 살아남아. 그 범위를 벗어나면 죽어."

"인상적인 범위."

"응. 거의 진공상태에서도 살 수 있어."

"네 연료 탱크처럼."

"그래. 하지만 완전한 진공상태에서는 못 살아." 나는 인상을 찌푸린다. "타우메바한테는 이산화탄소가 필요해. 적어도 조금은. 에이드리언의 환경을 만들되 이산화탄소 대신 아르곤을 넣었더니 타우메바가 아무것도 먹지 않더라. 휴면에 들어갔어. 결국은 굶어 죽었고."

"예상함." 그가 말한다. "아스트로파지는 이산화탄소가 필요. 타우메바도 같은 생태계에서 옴. 타우메바도 이산화탄소가 필요. 연료 탱크에서는 어떻게 이산화탄소를 얻음, 질문?"

"나도 같은 의문이 들었어!" 내가 말한다. "그래서 연료 탱크 찌꺼기를 분광계로 살펴봤어. 액체에 녹아 있는 이산화탄소 기체가 상당량 되더라고."

"아마 아스트로파지 안에 이산화탄소 있음. 아니면 부패가 이산화탄소 만듦. 시간이 지나면서 몇 퍼센트가 연료 탱크에서 죽음. 모든 세포가 완벽한 건 아님. 결함. 돌연변이. 몇몇이 죽음. 그 죽은 아스트로파지들이 탱크에 이산화탄소 넣음."

"같은 생각이야."

"좋은 발견." 로키가 말한다. 그는 다시 내려가려 한다.

"잠깐만. 더 있어. 훨씬 더 많아."

로키가 멈춘다. "더, 질문? 좋음."

나는 실험대에 기대고 실험 상자를 톡톡 두드린다. "나는 실험 상자 안에 금성을 만들었어. 별로 금성 같지는 않지만. 금성의 공기는 96.5퍼센트의 이산화탄소와 3.5퍼센트의 질소로 이루어져 있어. 난 이산화탄소만 가지고 시작했어. 타우메바는 멀쩡했지. 그런 다음, 내가 질소를 더 넣었어. 그랬더니 타우메바가 전부 죽었어."

로키가 등딱지를 들어 올린다. "모두 죽음, 질문? 갑자기, 질문?"

"응." 내가 말한다. "몇 초 만에. 다 죽었어."

"질소… 예상 못 함."

"응, 전혀 예상 못 했지!" 내가 말한다. "삼세계 공기로도 같은 실험을 해봤어. 이산화탄소만 있을 때는 타우메바가 멀쩡했어. 이산화황을 넣었을 때도 멀쩡했고. 그런데 질소를 넣었더니, 쾅! 타우메바가 전부 죽더라 이거야."

로키는 멍하니 발톱으로 터널 벽을 톡톡 두드린다. "아주, 아주 예상 못 함. 질소는 에리드 생명체에 무해함. 질소는 수많은 에리드 생명체에 필요함."

"지구도 마찬가지야." 내가 말한다. "지구의 공기는 78퍼센트가 질소야."

"혼란." 그가 말한다.

로키만이 아니다. 나도 로키만큼 당황스럽다. 우리는 둘 다 같은 생각을 하고 있다. 모든 생명체가 같은 근원지에서 진화했다면, 어떻게 질소가 두 개의 생물권에는 필수적인데 세 번째 생물권에는 유해할 수 있을까?

질소는 전적으로 무해하며 기체 상태에서는 거의 비활성이다. 보통은 N_2 상태로 머무는 데 만족한다. 그 말은, 질소가 그 무엇과도 거의 반응하지 않으려 한다는 얘기다. 인간의 몸은 모든 호흡의 78퍼센트가 질소로 이루어져 있는데도 이 물질을 무시한다. 에리드에 대해 말할 것 같으면, 그곳의 대기는 대체로 암모니아로 이루어져 있다. 그리고 암모니아는 질소 화합물이다. 극소량의 질소가 판스페르미아설의 대상이 되는 바로 그 생명체를 죽여버린다면, 질소로 가득한 두 행성인 지구와 에리드에서 이렇게 판스페르미아설이 싹틀 수 있었을까?

뭐, 그 답은 간단하다. 뭔지는 몰라도 판스페르미아설의 원인이 된 생명체는 질소에 아무 문제가 없었다. 문제가 생긴 건 나중에 진화한 타우메바였다.

로키의 등딱지가 푹 꺼진다. "상황 나쁨. 삼세계 공기는 8퍼센트 질소임."

나는 실험실 의자에 앉아 팔짱을 낀다. "금성의 공기는 3.5퍼센트가 질소야. 같은 문제가 있어."

로키가 더 깊이 주저앉는다. 그의 목소리가 한 옥타브쯤 가라앉는다. "희망 없음. 삼세계 공기를 바꿀 수 없음. 금성 공기를 바꿀 수 없음. 타우메바를 바꿀 수 없음. 희망 없음."

"글쎄." 내가 말한다. "삼세계나 금성의 공기를 바꿀 수는 없지. 하지만 타우메바를 바꾸는 건 가능해."

"어떻게, 질문?"

나는 작업대에서 태블릿을 집어 들고, 에리디언의 생리학에 관한 내 노트들을 쭉 넘겨 본다. "에리디언들도 병에 걸려? 너희 몸 안에 질병이 생겨?"

"약간. 아주, 아주 나쁨."

"너희 몸은 어떻게 질병을 죽여?"

"에리디언의 몸은 닫혀 있음." 그가 설명한다. "먹거나 알을 낳을 때만 열림. 밀봉된 부분을 연 다음에는 안의 구역이 매우 뜨거워짐. 뜨거운 피로 오랫동안. 모든 병 죽임. 병은 오직 상처를 통해서만 몸에 들어올 수 있음. 그러면 아주 나쁨. 몸은 감염된 부분을 차단함. 뜨거운 혈액으로 데워서 병을 죽임. 병이 빠르면 에리디언 죽음."

면역력이 전혀 없다. 뭐, 면역력이 있을 이유가 없잖은가? 에리디언의 열성 순환계는 물을 끓여서 근육을 움직이게 한다. 들어오는 음식을 익히고 소독하기 위해서 그 순환계를 사용하지 않을 이유가 없다. 게다가 무거운 산화물, 그러니까 사실상 바위를 피부로 가지고 있으니

상처가 나거나 긁히는 경우도 별로 없다. 에리디언의 폐조차 외부와 물질을 교환하지 않는다. 뭐든 병균이 들어오면 몸은 그 부분을 봉인하고 끓인다. 에리디언의 몸은 거의 함락할 수 없는 요새와 같다.

하지만 인간의 몸은 국경이 없는 경찰국가와 더 비슷하다.

"인간은 아주 달라." 내가 말한다. "우리는 늘 병에 걸려. 우리는 아주 강력한 면역 체계가 있어. 그리고 자연에서 병을 치료할 방법을 찾기도 해. 그 방법을 '항생제'라고 불러."

"이해 못 함." 그가 말한다. "자연에 병을 고치는 방법이 있음, 질문? 어떻게, 질문?"

"지구의 다른 생명체들도 같은 질병에 대항하는 방어 체계를 진화시켰어. 이런 생명체들은 다른 세포를 해치지 않고 질병만을 죽이는 화학물질을 내보내. 인간들이 그 물질을 먹으면, 그 화학물질이 질병은 죽이지만 인간의 세포는 죽이지 않아."

"놀라움. 에리드에는 없음."

"그래도 완벽한 시스템은 아니야." 내가 말한다. "처음에는 항생제가 아주 잘 듣는데, 세월이 오래 지나면 점점 효과가 떨어져. 결국은 거의 듣지 않게 돼."

"왜, 질문?"

"질병이 바뀌거든. 항생제가 몸 안의 거의 모든 병을 죽이지만, 어떤 병은 살아남아. 인간은 항생제를 쓰면서 실수로 병한테 그 항생제에 맞서 살아남는 방법을 가르쳐주게 돼."

"아!" 로키가 말한다. 그는 등딱지를 약간 들어 올린다. "질병이 자기를 죽이는 화학물질에 대항해 방어 체계를 진화시킴."

"맞아." 내가 말한다. 나는 실험 상자를 가리킨다. "이제, 타우메바를 질병이라고 생각해 봐. 질소를 항생제라고 생각하고."

로키는 잠시 입을 다물었다가 등딱지를 적절한 자리로 다시 들어 올린다. "이해! 환경을 거의 치명적으로 만듦. 살아남은 타우메바를 번식. 더 치명적으로 만듦. 생존자들을 번식. 반복, 반복, 반복!"

"그래." 내가 말한다. "질소가 왜, 어떻게 타우메바를 죽이는지 알아낼 필요는 없어. 그냥 질소 저항력이 있는 타우메바를 번식시키면 돼."

"그래!" 그가 말한다.

"좋아!" 나는 실험 상자 윗부분을 탁 친다. "이걸 열 개 만들어줘. 크기는 더 작게. 그리고 실험을 방해하지 않고 타우메바 표본을 채취할 방법도 만들어줘. 아주 정확한 기체 주입 시스템도 만들고…. 실험 상자 안의 질소량을 정확하게 통제해야 해."

"그래! 나 만듦! 나 지금 만듦!"

로키는 잽싸게 숙소로 내려간다.

나는 분광계의 결과를 확인하고 고개를 젓는다. "안 좋아. 완전히 망했어."

"슬픔." 로키가 말한다.

나는 두 손으로 턱을 괸다. "어쩌면 내가 독소를 걸러낼 수 있을지도 몰라."

"그보다는 타우메바에 집중할 수 있을지도 모름." 로키가 빈정거릴 때면 특이하게 지절거리는 듯한 소리가 난다. 그 지절거리는 소리가 지금은 유독 두드러진다.

"타우메바 쪽은 멀쩡하게 진행되고 있어." 나는 실험실 한쪽 면을 따라 배치된, 타우메바 처리용 수조들을 힐끗 본다. "기다리는 것 말고는 할 게 없다고. 결과도 좋았어. 이미 질소 농도가 0.01퍼센트까지 올라갔는데 살아 있잖아. 다음 세대는 0.015 퍼센트까지 견딜 수 있을지도 몰라."

"이건 시간 낭비. 내 음식 낭비이기도 함."

"난 내가 네 음식을 먹을 수 있는지 알아야겠어."

"네 음식 먹어."

"진짜 음식이라고 할 만한 건 몇 달 치밖에 안 남았어. 네 우주선에는 에리디언 승조원 스물세 명을 몇 년 동안 먹일 수 있는 식량이 실려 있잖아. 에리드의 생명체와 지구의 생명체는 같은 단백질을 사용하고. 어쩌면 내가 네 음식을 먹을 수 있을지도 몰라."

"왜 '진짜 음식'이라고 말함, 질문? 안 진짜 음식 무엇, 질문?"

나는 수치를 다시 확인한다. 왜 에리디언의 음식에는 이토록 많은 중금속이 들어 있는 걸까? "진짜 음식은 맛이 좋은 음식이야. 먹으면 즐거운 음식."

"안 즐거운 음식 가지고 있음, 질문?"

"응. 코마 슬러리가 있어. 우주선이 여기로 오는 동안 나한테 그 슬러리를 먹였어. 그건 거의 4년 동안 버틸 수 있는 양이 남아 있고."

"그걸 먹어."

"맛이 없어."

"음식 경험 별로 안 중요."

"야." 나는 그를 가리킨다. "인간한테는 음식 경험이 아주 중요하다고."

"인간 이상함."

나는 분광계 수치 화면을 가리킨다. "에리디언 음식에는 왜 탈륨이 들어 있는 거야?"

"건강함."

"탈륨을 먹으면 인간은 죽어!"

"그럼 인간 음식 먹어."

"에휴." 나는 타우메바 수조로 걸어간다. 로키는 전에 없이 훌륭한 작업을 해냈다. 나는 백만분율 안에서 질소 함량을 조절할 수 있다. 지금까지는 모든 게 잘 돌아가는 것으로 보인다. 물론, 이번 세대는 극미량의 질소만을 다룰 수 있다. 그러나 이전 세대가 다룰 수 있었던 것보다는 아주 조금 많은 수준의 질소다.

계획이 통하고 있다. 우리 타우메바가 질소 저항력을 발달시키고 있는 것이다.

이 녀석들이 과연 금성에 존재하는 3.5퍼센트의 질소를 감당할 수 있게 될까? 아니면 삼세계의 질소 8퍼센트를? 아무도 알 수 없다. 그저 지켜보는 수밖에.

나는 여기서 질소량을 추적하기 위해 퍼센트를 사용하고 있다. 그래도 괜찮은 유일한 이유는 어떤 경우에도 아스트로파지가 0.02기압에서 번식하기 때문이다. 기압이 모든 실험에서 동일하기 때문에 질소의 퍼센트만을 추적해도 괜찮다.

제대로 실험하는 방법은 '분압'을 추적하는 것이다. 하지만 그건 짜증 나는 일이다. 그렇게 하려면 결국 0.02 기압으로 나눴다가, 나중에 데이터를 처리할 때 다시 그 수를 곱해야 한다.

나는 3번 수조의 윗부분을 어루만진다. 이 녀석이 내 행운의 수조였다. 타우메바 23세대 중에서 3번 수조의 샐리 학생은 아홉 번이나 가장 강한 종을 만들어냈다. 경쟁해야 할 다른 수조가 아홉 개라는 점을 생각해 보면 꽤 괜찮은 성적이다.

이름이 샐리라니 여성이냐고? 그렇다. 뭐 어쩌라고.

"블립A에 도착할 때까지는 얼마나 남았어?"

"역추진 동작까지 열일곱 시간."

"좋아, 이제 원심분리기 속도를 늦추자. 문제가 생겨서 고칠 시간이 필요해질지도 모르니까."

"같은 생각. 난 이제 통제실로 감. 너는 창고로 가서 납작하게 누워. 길게 늘인 전선이 달린 제어판도 잊지 마."

나는 실험실을 획 둘러본다. 모든 것이 단단히 고정돼 있다. "응, 알겠어. 해보자."

"존, 링고, 폴 끔." 로키가 말했다. "속력은 궤도 진입 최저 속도."

항성계에 '정적인' 것은 없다. 모든 것이 언제나 어떤 것의 주변을 돌게 돼 있다. 로키는 타우세티에서 약 1천문단위 떨어진 곳에서 안정적으로 궤도에 접어들도록 순항속도를 감소시켰다. 그곳이 로키가 블립A를 둔 곳이다.

로키는 자기 통제실 구체 안에서 쉬고 있다. 그는 상자들을 벽에 달린 거치대에 고정한다. 엔진이 꺼진 지금, 우리는 무중력상태로 돌아와 있다. 우리가 절대로 원하지 않는 게 하나 있다면 '우주선 추진히기' 버튼이 지켜보는 사람도 없이 둥둥 떠다니는 상황이다.

로키가 손잡이 몇 개를 붙잡고 등딱지 중심을 질감 모니터 위쪽에 둔다. 늘 그렇듯, 그렇게 하면 로키는 질감으로 표현된 내 중앙 모니터

영상 속 색깔을 볼 수 있다.

"이젠 네가 조종." 로키는 자기 임무를 마쳤다. 이제는 내 차례다.

"플래시까지 얼마나 남았어?" 내가 묻는다.

로키는 에리디언 시계를 벽에서 내린다. "다음 플래시는 3분 7초 뒤."

"오케이."

로키는 머저리가 아니다. 그는 약 20분에 한 번씩 아주 짧게 켜지도록 엔진을 설정해 두고 우주선을 떠났다. 그게 우리에게 꼭 필요한 신호였다. 우주선이 어디에 있어야 하는지를 계산하는 건 쉬운 일이다. 하지만 다른 행성에서 작용하는 중력, 마지막으로 측정한 속력의 불확실성, 타우세티의 중력에 대한 불확실한 추산… 이런 것들이 모두 더해져 작은 오류들을 만든다. 그리고 별 주변의 궤도를 돌고 있는 무언가에게 작은 오류란 꽤 큰 거리를 의미한다.

그러므로 블립A가 있어야 할 곳에 도착했을 때 타우빛이 우주선에 반사돼 보이기를 기대하는 대신, 로키는 가끔 엔진을 깜빡이기로 했다. 내가 해야 할 일이라고는 페트로바스코프를 지켜보는 것뿐이었다. 로키의 플래시는 극도로 밝을 테니까.

"현재 질소 저항력은 무엇, 질문?"

"오늘 3번 수조에는 0.6퍼센트 질소에서도 살아남은 녀석들이 생겼어. 지금 그 녀석들을 배양하는 중이야."

"간격은 무엇, 질문?"

우리는 이 대화를 수십 번이나 해왔다. 로키가 궁금해하는 것도 당연하다. 로키 종족의 생존이 이 문제에 달려 있으니까.

우리가 붙인 '간격'이라는 이름은, 열 개의 수조 각각에 들어가는 질소 함량 간의 차이를 말했다. 나는 모든 수조에서 똑같은 실험을 진행하지 않는다. 새로운 세대가 탄생할 때마다, 나는 새로운 퍼센트의 질소로 열 가지를 실험한다.

"공격적으로 하고 있어. 0.05퍼센트씩 증가하도록."

"좋음, 좋음." 그가 말한다.

수조 열 개는 모두 타우메바06을 배양하고 있다(녀석들이 버틸 수 있는 질소의 퍼센트를 따서 붙인 이름이다). 늘 그렇듯, 1번 수조는 대조군이다. 1번 수조의 공기에는 0.6퍼센트의 질소가 들어 있다. 타우메바06은 1번 수조 안에서 아무 문제가 없어야 한다. 만일 문제가 생기면, 이전 회차 실험에 뭔가 실수가 있었으니 앞의 종으로 돌아가야 한다는 뜻이다.

2번 수조에는 0.65퍼센트의 질소가 들어 있다. 3번 수조는 0.7퍼센트다. 그렇게 1.05퍼센트의 질소가 담긴 10번 수조까지 올라간다. 가장 튼튼한 생존자들이 우승해 다음 판으로 넘어가게 된다. 나는 녀석들이 최소 두 세대는 번식할 수 있도록 몇 시간을 기다린다. 타우메바는 말도 안 되게 빠른 속도로 두 배가 된다. 공교롭게도 내 연료 전체를 며칠 만에 먹어버릴 정도였으니까.

금성이나 삼세계의 질소 농도에 도달하게 되면, 나는 훨씬 더 철저하게 실험을 할 것이다.

"곧 깜빡임." 로키가 말한다.

"알겠다, 오버."

나는 중앙 모니터에 페트로바스코프를 띄운다. 보통은 이 화면을 옆으로 치워두지만, 로키가 '볼' 수 있는 모니터는 중앙 모니터 하나뿐이다. 예상대로 타우세티에서 나온 페트로바 주파수 안에는 배경 조명밖에 없다. 나는 카메라를 상하좌우로 돌리며 기울여본다. 우리는 일부러 블립A가 있을 만한 곳보다 타우세티에 가까운 곳에 자리를 잡았다. 그러니 나는 사실상 별의 정반대 편을 보고 있는 셈이다. 그렇게 하면 배경의 적외선을 최소화하고 플래시를 잘 볼 수 있다.

"좋아. 대략 네 우주선 쪽으로 방향을 잡은 것 같아."

로키는 질감 모니터에 집중한다. "이해함. 플래시까지 37초."

"근데, 네 우주선 이름은 뭐야?"

"블립A."

"아니, 내 말은 그게 아니라. 넌 네 우주선을 뭐라고 불러?"

"우주선."

"네 우주선은 이름이 없어?"

"우주선에 왜 이름이 있음, 질문?"

나는 어깨를 으쓱한다. "우주선에 이름이 있지."

그는 내 조종석을 가리킨다. "네 의자 이름 무엇, 질문?"

"이름 없어."

"왜 우주선은 이름 있는데 의자는 이름 없음, 질문?"

"됐다. 네 우주선은 블립A야."

"내 말이 그 말임. 10초 후 깜빡임."

"알겠다, 오버."

로키와 나는 둘 다 입을 다물고 각자의 화면을 응시한다. 시간이 좀 걸리긴 했지만, 이제 나는 로키가 특정한 사물에 관심을 기울이고 있을 때 보이는 미묘한 차이를 알 수 있다. 로키는 그 사물 쪽으로 등딱지를 약간 기울이고, 아주 조금씩 몸을 앞뒤로 흔들거린다. 왔다 갔다 하는 그의 중심선을 따라가다 보면, 보통은 그가 살펴보고 있는 사물이 나왔다.

"셋… 둘… 하나… 지금!"

신호를 보낸 그 순간, 화면의 픽셀 몇 개가 흰색으로 깜빡인다.

"찾았다." 내가 말했다.

"나는 못 봄."

"흐릿했어. 우리가 멀리 있는 걸 거야. 잠깐만…." 나는 망원경 화면
으로 전환하고, 플래시가 보였던 쪽으로 카메라를 돌린다. 조금만 움직
여서 화면을 앞뒤로 훑어나가다가, 암흑 속에 있는 약간 빛바랜 부분
을 발견한다. 타우빛이 블립A에서 반사되고 있다. "그러네. 꽤 멀어."

"비틀스에 연료 많이 남음. 괜찮음. 각도 변화 말해."

나는 화면 아랫부분의 수치들을 확인한다. 우리가 해야 할 일이라고
는 헤일메리호를 현재의 망원경 각도와 일치하게 정렬하는 것뿐이다.
"빗놀이 축 플러스 13.72도. 상하 요동 마이너스 9.14도."

"빗놀이 13.72 플러스. 상하 요동 9.14 마이너스." 로키는 비틀스의
제어판을 거치대에서 꺼내 작업에 착수한다. 비틀스를 연달아 켰다 껐
다 하면서, 그는 우주선 각도를 블립A 쪽으로 튼다.

나는 망원경의 눈금을 0으로 맞추고 초점을 당겨 확인한다. 배경의
우주와 우주선의 차이가 너무 작아서 거의 알아보기 어렵다. 하지만
블립A는 그곳에 있다. "각도 정확해."

로키는 질감 화면에 매우 집중한다. "나는 화면에 아무것도 안 보임."

"빛의 차이가 아주 아주 작아. 알아보려면 인간의 눈이 필요해. 각도
는 괜찮아."

"이해함. 거리는 무엇, 질문?"

나는 레이더 화면으로 전환한다. 아무것도 뜨지 않는다. "레이더로
감지하기에는 너무 멀어. 최소 1만 킬로미터는 떨어져 있어."

"속도 몇으로 가속, 질문?"

"글쎄… 초속 3킬로미터는 어때? 한 시간 정도면 블립A에 도착할 거야."

"초속 3,000미터. 표준 가속도 괜찮음, 질문?"

"응. 15m/s^{2}이야."

"200초 추진. 지금 시작."

나는 닥쳐올 중력에 대비해 마음을 다잡는다.

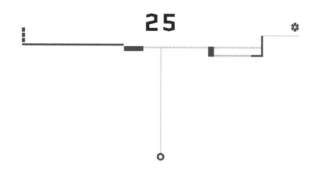

25

해냈다!

정말로 해냈다!

바닥에 놓인 작은 수조 안에 지구를 구원할 물질이 들어 있다.

"행복!" 로키가 말한다. "행복, 행복, 행복!"

너무 아찔해서 토할 것 같다. "그래! 하지만 아직 끝나지는 않았어."

나는 침대에 들어가 안전띠를 찬다. 베개가 둥실둥실 떠가려고 하지만 나는 늦지 않게 그 녀석을 잡아채 머리 밑에 끼워 넣는다. 나는 완전히 흥분 상태지만, 금방 잠들지 않으면 로키가 들볶기 시작할 것이다. 쳇. 딱 한 번 임무를 망칠 뻔했더니, 난데없이 외계인이 강제로 잠을 재운다.

"타우메바35!" 로키가 말한다. "많은, 많은 세대가 걸렸지만, 마침내 성공!"

획기적인 과학적 발전이라니, 이상한 기분이다. '유레카'의 순간은 없었다. 그저 목표를 향한 느리고도 점진적인 진전이 있었을 뿐이다. 하지만 정말이지, 그 목표에 도달하면 기분이 좋다.

우리는 몇 주 전에 두 우주선을 다시 연결했다. 로키는 훨씬 큰 자기 우주선에 접근할 수 있게 되자 뛸 듯이 기뻐했다. 그가 가장 먼저 한 일은, 헤일메리호의 자기 구역에서 블립A로 곧장 이어지는 터널을 설치하는 것이었다. 그건 내 우주선의 선체에 구멍이 하나 더 뚫렸다는 뜻이지만 이 시점에 나는 로키가 무슨 공학적 작업을 한다고 해도 그를 믿는다. 세상에, 로키가 나한테 심장 절개 수술을 한다고 해도 믿고 맡길 것이다. 이 방면에서 로키는 놀랍다.

우주선들이 연결돼 있기에 나는 헤일메리호의 원심분리기를 작동시킬 수 없다. 그 말은, 우리가 다시 무중력상태로 돌아갔다는 뜻이다. 하지만 지금은 그냥 수조에서 타우메바를 배양하고 있으므로, 당분간은 중력에 의존하는 실험실 장비가 없어도 살 수 있다.

지난 몇 주 동안 우리는 타우메바가 세대를 거듭하며 점점 더 질소 저항력을 갖추는 모습을 지켜봤다. 그리고 오늘 이 순간, 우리는 마침내 타우메바35를 갖게 됐다. 전체 기압이 0.02인 곳에서 질소 농도가 3.5퍼센트여도 살아남을 수 있는 타우메바 종을. 그리고 이건 금성에서와 같은 상황이었다.

"너. 이제 행복해져." 로키가 자기 작업대에서 말한다.

"행복해. 행복하고말고." 내가 말한다. "하지만 삼세계에서도 살아남을 수 있게 8퍼센트에 도달해야 해. 그때까지는 작업이 끝난 게 아니야."

"그래, 그래, 그래. 하지만 이건 순간임. 중요한 순간."

"그러게." 나는 미소 짓는다.

로키는 새로운, 어떤 기발한 장치를 만지작거리고 있다. 그는 언제나 뭔가를 가지고 작업한다. "이제 한 수조에 금성과 정확히 같은 대기를 만들고, 타우메바35로 자세한 실험을 함, 질문?"

"아니." 내가 말한다. "타우메바80을 얻을 때까지 계속 이 실험을 진행할 거야. 이건 지구에서도, 삼세계에서도 통해야 해. 그때가 되면 이것저것 실험해 보려고."

"이해함."

나는 돌아서서 로키가 있는 쪽 실험실을 마주 본다. "내가 자는 걸 지켜봐 줘." 하던 그 요란스러운 행동들이 이제는 더 이상 소름 끼치지 않는다. 굳이 따지면 안도감이 느껴진다고 해야겠다. "뭐 하고 있어?"

장치는 아무 데로나 둥실둥실 떠가지 않도록 로키의 작업대에 쬠쇠로 고정돼 있다. 로키는 여러 개의 손으로 여러 개의 공구를 들고, 여러 각도에서 그 장치를 건드린다. "이건 지구의 전기 장치임."

"전력 변환 장치를 만드는 거야?"

"응. 에리디언의 소수 수열 전기 진폭을 비효율적인 지구의 직류 체계로 변환함."

"소수 수열?"

"설명하려면 오래 걸림."

그건 나중에 물어보기로 한다. "알았어. 그걸 어디다 쓰게?"

로키는 공구 두 개를 내려놓고 세 개를 더 집어 든다. "모든 계획 통하면, 우리는 좋은 타우메바 만듦. 나 너에게 연료 줌. 너 지구로 가고 나 에리드로 감. 우리 안녕."

"그래, 그러겠지." 나는 웅얼거린다. 자살 임무에서 살아남아 영웅이 되어서 집으로 돌아간다니, 그리고 나의 종족 전체를 살려낸다니 기분이 더 좋아야 할 것 같은데. 하지만 로키와 영영 작별하는 것은 어려운 일이 될 것이다. 나는 그 생각을 머릿속에서 지운다.

"너한테는 휴대용 생각하는 기계 많음. 나 부탁함. 너 나한테 하나 선물로 줌, 질문?"

"노트북을? 노트북을 갖고 싶어? 당연하지, 잔뜩 있는데."

"좋음, 좋음. 그리고 생각하는 기계에 정보 있음, 질문? 지구에서 온 과학 정보, 질문?"

아, 그렇지. 나는 에리디언의 과학을 훨씬 능가하는 지식을 가진, 선진적인 외계 종족이다. 그리고 내가 알기로, 노트북에는 테라바이트 드라이브가 들어 있다. 나는 위키피디아 내용 전체를 복사해 로키에게 넘겨줄 수 있을 것이다.

"응. 줄 수 있어. 하지만 에리디언의 공기에서는 노트북이 작동하지 않을 것 같은데. 너무 뜨거워서."

로키가 장치를 가리킨다. "이건 생각하는 기계 생명 유지 장치의 일부임. 이 장치가 동력을 제공하고, 지구 기온을 유지하고, 지구 공기를 안에 둠. 중복으로 예비 장치를 많이 둠. 생각하는 기계 망가지지 않게 함. 망가지면, 에리디언은 아무도 못 고침."

"아하, 알겠어. 출력된 내용은 어떻게 읽으려고?"

"내부 카메라가 지구 빛 표시를 에리디언 질감 표시로 변환함. 통제실 카메라처럼. 떠나기 전에, 네가 나에게 글자 언어 설명함."

로키는 모르는 단어를 얼마든지 찾아볼 수 있을 만큼 영어를 알고 있다. "그래, 알겠어. 우리 글자는 쉬워. 그럭저럭 말이야. 글자가 스물여섯 개밖에 없는데, 이상한 발음법이 많아. 뭐, 대문자, 소문자는 발음이 같지만 생김새는 다르니까 사실상 글자 52개가 있다고 해야겠다. 아, 그리고 구두점 찍는 법도…."

"우리 학자들이 해결함. 너는 그냥 내가 시작할 수 있게만 함."

"응. 그렇게 할게." 내가 말한다. "나도 너한테 받고 싶은 선물이 있어. 제노나이트. 단단한 것과, 액체로 된 전 제노나이트 형태가 있으면 좋겠어. 지구 과학자들이 그걸 갖고 싶어 할 거야."

"응. 내가 줌."

나는 하품한다. "곧 자러 가야겠다."

"나 지켜봄."

"잘 자, 로키."

"잘 자, 그레이스."

나는 몇 주 만에 쉽게 잠든다. 내게는 지구를 구할 수 있는 타우메바가 있다.

외계 생명체를 개조하다니. 잘못될 게 뭐 있을까?

어린 시절에 대부분의 아이들이 그렇듯 나는 우주인이 되면 어떨까 상상하곤 했다. 나는 로켓 우주선을 타고 우주를 날아다니며 외계인들을 만나고, 그냥 대충 멋지게 사는 상상을 했다. 하수처리 탱크 청소는 상상도 못 했다.

하지만 그게 사실상 오늘 내가 하는 일이다. 분명히 밝히지만, 내가 치우는 건 내 똥이 아니다. 타우메바 똥이다. 수천 킬로그램의 타우메바 똥. 새 연료를 집어넣기 전에 내게 남아 있는 여섯 개의 연료 탱크 전부에서 그 찐득찐득한 물질을 모조리 닦아내야 한다.

그러니까 나쁜 소식은, 내가 똥을 퍼내고 있다는 것이다. 다만 좋은 소식은, 그래도 EVA 우주복을 입고 그 작업을 하고 있다는 것이다. 나는 전에도 이 냄새를 맡아봤다. 그리 좋은 냄새는 아니다.

끈적끈적한 메탄과 분해되어 가는 세포들은 문제가 아니다. 내가 처리해야 하는 문제가 그것뿐이었다면 나는 그냥 그 문제를 무시했을 것이다. 200만 킬로그램짜리 연료 탱크에 들어 있는 오물 2만 킬로그램이라고? 거의 관심을 기울일 가치도 없다.

문제는 그 안에 아마 살아 있는 타우메바가 있으리라는 점이었다. 그 오염물은 먹을 수 있는 연료를 몇 주 전에 전부 먹어 치웠으므로, 지금쯤은 대단히 배가 고플 터였다. 내가 확인한 최근 표본을 보면 그랬다. 하지만 이 조그만 놈 중 일부는 아직 살아 있을 터였다. 그리고 내가 절대로 원하지 않는 게 한 가지 있다면, 녀석들에게 200만 킬로그램의 신선한 아스트로파지를 먹이로 주는 것이었다.

"진행 상황, 질문?" 로키가 무전을 보낸다.

"3번 연료 탱크가 거의 끝났어."

나는 아예 탱크 안으로 들어와, 직접 만든 주걱을 가지고 벽에서 검고 찐득찐득한 오물을 긁어내 옆에 나 있는 폭 1미터의 구멍 밖으로 내던진다. 폭 1미터짜리 구멍이 어디서 생겼냐고? 내가 뚫었다.

연료 탱크에는 인간 크기의 승강구가 없다. 있을 이유가 없지. 밸브와 파이프는 안팎으로 통하지만, 그중에서 가장 큰 것의 폭도 겨우 몇 인치다. 연료 탱크라는 변기의 물을 내릴 만한 곳이 없다. 내 소장품인 '1만 갤런의 물'을 고향에 두고 오는 바람에. 그래서 나는 탱크마다 구멍을 뚫고 끈끈이를 청소한 다음 구멍을 다시 막아야 한다.

다만, 로키가 만들어준 절삭용 화염방사기는 마법처럼 잘 작동한다. 아스트로파지 조금과 적외선, 렌즈 몇 개를 조합하니 내 손에는 소름 끼치는 죽음의 광선이 들리게 되었다. 까다로운 부분은 출력을 낮게 유지하는 것인데, 로키가 추가로 안전장치를 넣어 두었다. 그는 렌즈에 불순물이 반드시 들어가 있도록, 즉 렌즈가 완전히 투명한 제노나이트로 만들어지지 않도록 신경을 썼다. 이 렌즈들은 적외선 투과성 유리로 되어 있다. 내부 아스트로파지의 빛 출력이 너무 높아지면 렌즈가 녹는다. 그러면 광선의 초점이 흐려지고 절삭기는 쓸모가 없어진다. 나는 수줍어하며 로키에게 이 절삭기를 하나 더 만들어달라고 부탁해야만 했지만, 최소한 내 다리를 잘라버리지는 않았다.

지금까지는. 하지만 나라면 충분히 그럴 수 있다고 생각한다.

나는 유달리 고집 센, 딱딱하게 굳은 끈끈이를 벽에서 긁어낸다. 오물이 둥실둥실 떠가고, 나는 긁개를 사용해 그걸 구멍 밖으로 후려친다. "배양 수조 상황은?" 내가 묻는다.

"4번 수조에는 지금도 살아 있는 타우메바가 있음. 5번 수조 이상은 전부 죽음."

나는 발을 끌며 탱크 안에서 앞으로 나아간다. 연료 탱크는 원통의 한쪽 옆면을 딛고 서면 반대쪽 면에 손을 대고서 버틸 수 있을 만큼 좁다. 이렇게 하면 한 손이 남아서 찌꺼기를 긁어낼 수 있다. "4번 수조가 5.25퍼센트 맞지?"

"안 맞음. 5.20 퍼센트."

"알았어. 그럼 타우메바52까지 온 거네. 잘 되고 있어."

"진행 상황, 질문?"

"천천히, 꾸준하게 하고 있어." 내가 말한다.

나는 오물 덩어리를 허공으로 날려 보낸다. 질소로 탱크 물을 내려버리고 끝냈으면 좋겠다. 어쨌든, 이 타우메바에게는 질소 저항력이 전혀 없으니까. 하지만 그 방법은 통하지 않을 것이다. 이곳에 있는 오물은 두께가 몇 센티미터에 이른다. 아무리 많은 질소를 펌프질해 넣어도 질소가 닿지 않는 타우메바가 조금은 있을 것이다. 형제들이 쌓은 1센티미터 두께의 벽으로 보호되는 녀석들 말이다.

살아 있는 타우메바가 한 마리만 있어도, 로키의 남은 아스트로파지로 탱크를 채웠을 때 오염이 다시 시작될 수 있다. 그러니 최선을 다해 탱크의 똥을 치운 다음에야 질소 소독을 할 수 있다.

"너 연료 탱크 큼. 질소 충분히 있음, 질문? 필요하면 내가 블립A 생명 유지 장치에서 암모니아 줄 수 있음."

"암모니아로는 안 될 거야." 내가 말한다. "타우메바는 질소 화합물에는 아무 문제가 없어. 그냥 기본적인 질소에만 반응하지. 근데 걱정하지 마, 괜찮아. 네 생각만큼 질소가 많이 필요한 건 아니야. 0.02기압에서 3.5퍼센트의 질소가 자연상태의 타우메바를 죽인다는 건 알고 있잖아. 이건 1파스칼에도 못 미치는 분압이야. 이 연료 탱크들은 각기 37세제곱미터밖에 되지 않아. 내가 해야 할 일이라고는 질소 기체 몇 그램을 여기에 찍찍 뿌려놓는 것뿐이야. 그러면 질소가 모든 걸 죽여버리겠지. 타우메바한테는 질소가 놀랄 만큼 치명적이라고."

나는 엉덩이에 두 손을 얹는다. EVA 우주복을 입고 하기에는 어색한 자세이고, 몸도 벽에서 먼 쪽으로 둥둥 떠간다. 하지만 상황에 어울리는 자세다. "좋았어. 3번 연료 탱크도 끝."

"이제 구멍 메울 제노나이트 조각 필요, 질문?"

나는 연료 탱크에서 둥실둥실 우주로 나온다. 선체로 나를 다시 데려다줄 안전끈을 당긴다. "아니. 일단 청소부터 다 하고, 다른 EVA 우주복을 입고서 구멍을 메울 거야."

나는 손잡이를 이용해 4번 연료 탱크에 접근한 다음 몸을 한곳에 고정하고, '메이드 바이 에리디언' 아스트로 화염방사기를 발사한다.

제노나이트로는 압축된 기체를 담는 끝내주는 용기를 만들 수 있다.

나는 연료 탱크들을 전부 깨끗이 청소한 뒤 다시 밀폐하고, 주변에 있을지 모르는 자연 상태의 타우메바를 죽이는 데 필요한 양의 약 100배쯤 되는 질소를 그 안에 집어넣었다. 그런 다음, 질소가 잠시 그 안에 머무르도록 가만히 놔두었다. 위험은 조금도 감수하고 싶지 않다.

며칠 소독을 한 뒤 드디어 실험해 볼 시간이 된다. 로키가 내게 실험에 사용할 아스트로파지 몇 킬로그램을 내준다. '아스트로파지 몇 킬로그램'이 스트라트의 팀원 모두에게 신이 보낸 선물이었을 때가 기억난다. 하지만 지금은 그냥, "아, 그래. 여기 에너지 1,000조 줄이 있어. 더 필요하면 말해." 하는 식이다.

나는 아스트로파지를 대략 비슷한 크기의 덩어리 일곱 개로 나누고 질소를 뿜어낸 다음, 한 덩어리씩 연료 탱크에 분사해 넣는다. 그런 다음 하루를 기다린다.

이 시간 동안 로키는 자기 우주선에 타고서, 아스트로파지를 자기 연료 탱크에서 내 것으로 옮기기 위한 펌프 시스템을 설치하고 있다. 내가 도와주겠다고 했지만, 로키는 아주 예의 바르게 거절한다. 하긴, 내가 블립A에 타고서 무슨 도움이 되겠는가? 내 EVA 우주복은 그곳의 환경을 버텨낼 수 없으니 로키가 내게 완전한 터널 시스템을 만들어줘야 할 것이다. 그럴 가치가 없다.

정말이지 그럴 가치가 있었으면 좋겠는데. 딴 것도 아니고 외계인 우주선이잖아! 안을 보고 싶단 말이야! 하지만 뭐. 인류도 구해야 하고. 쳇. 그게 더 중요하니까.

나는 연료 탱크를 확인한다. 타우메바가 살아 있다면 아스트로파지를 발견하고 간식으로 먹었을 것이다. 그러니 아스트로파지가 아직 있다면 연료 탱크는 소독된 상태인 셈이다.

결론만 말하자면, 일곱 개의 연료 탱크 중 두 개는 소독되지 않은 상태였다.

"야, 로키!" 내가 통제실에서 소리친다.

그는 블립A 어느 곳에 타고 있지만, 나는 그가 내 목소리를 들을 수 있다는 걸 안다. 로키는 언제나 내 목소리를 들을 수 있다.

몇 초 뒤 지직거리는 소리가 나며 무전기가 살아난다. "무엇, 질문?"

"연료 탱크 두 개에 아직도 타우메바가 있어."

"이해함. 안 좋음. 하지만 안 나쁨. 다른 다섯 개는 깨끗, 질문?"

나는 통제실의 손잡이를 잡고 몸의 균형을 잡는다. 대화에 집중하고 있으면 어딘가로 떠서 가버리기가 쉽다. "응, 다른 다섯 개는 괜찮아 보여."

"나쁜 연료 탱크 두 개에서는 타우메바가 어떻게 살아남음, 질문?"

"아마 내가 제대로 청소를 못 했나 봐. 끈끈한 게 좀 남아서, 살아 있는 타우메바를 질소에서 보호한 것 같아. 내 생각은 그래."

"계획, 질문?"

"내가 그 연료통 두 개로 돌아가서 좀 더 긁어낸 다음 다시 소독하려고. 다른 다섯 개는 일단 봉인해 둘 생각이야."

"좋은 계획. 연료 도관에서 몰아내는 것도 잊지 마."

모든 연료 탱크가 오염됐으니, (현재는 밀폐된) 연료 도관도 오염됐다고 가정하는 편이 안전하다. "응. 연료 도관은 탱크보다 쉬울 거야. 그냥 고압 질소를 도관 안에 분사하면 되니까. 그러면 덩어리가 떨어지고, 나머지 부분도 소독될 거야. 그런 다음 연료 탱크랑 같은 방법으로 실험해 볼게."

"좋음, 좋음." 로키가 말한다. "배양 수조 상태는 무엇, 질문?"

"계속 잘 진행되고 있어. 이제 타우메바62까지 왔어."

"나중에 왜 질소가 문제인지 알아내자."

"뭐어, 그건 다른 과학자들한테 맡겨두자. 우리한테는 타우메바80만 있으면 돼."

"응. 타우메바80. 어쩌면 타우메바86. 안전."

6진수로 생각하다 보면, 아무렇게나 6을 더하는 것이 상식적이다.

"같은 의견이야." 내가 말한다.

나는 에어로크에 들어가 올란 EVA 우주복으로 기어들어 간다. 아스트로 화염방사기를 집어 들고 공구 벨트에 연결한다. 헬멧의 무전기를 켜고 "선외활동 시작."이라고 말한다.

"이해함. 문제 있으면 무전. 필요하면 내 우주선 선체 로봇으로 도울 수 있음."

"그런 일이 있으면 안 되겠지만, 알려줄게."

나는 문을 밀폐하고 에어로크 회전을 시작한다.

"망할." 내가 말한다. 나는 5번 연료 탱크를 폐기한다는 최종 확인 버튼을 누른다.

점화장치가 펑 소리를 내고, 텅 빈 연료 탱크가 아무것도 없는 우주 공간으로 둥실둥실 떠간다.

아무리 문지르고, 청소하고, 질소로 소독하고, 무슨 짓을 해도 5번 연료 탱크에서 타우메바를 몰아낼 수가 없다. 무슨 짓을 해도 녀석들은 살아남아, 내가 이후에 넣어준 실험용 아스트로파지를 먹어 치운다.

어느 순간에는 그냥 포기해야 한다.

나는 팔짱을 끼고 조종석에 주저앉는다. 제대로 주저앉기 위한 중력은 없으므로, 내 몸을 조종석에 밀어 넣기 위해 의식적으로 노력을 해야 한다. 나는 삐쳤다. 쳇. 그리고 삐치려면 제대로 삐칠 생각이다. 나는 원래 있던 아홉 개의 연료 탱크 중 총 세 개를 잃었다. 두 개는 에이드리언으로 모험을 떠났을 때, 하나는 방금. 최대치를 기준으로 잃게 된 연료 저장량이 이걸로 66만 6,000킬로그램이다.

집으로 돌아가기에 충분한 연료가 있을까? 물론이다. 타우세티의 중력에서 탈출하게 해줄 정도의 연료라면, 나는 언젠가는 집에 돌아가게 될 것이다. 백만 년 동안 기다리는 것도 상관없다면 겨우 몇 킬로그램의 아스트로파지만 가지고도 집에 돌아갈 수 있다.

문제는 집에 돌아가는 것이 아니다. 시간이 얼마나 걸리느냐가 문제다.

나는 엄청나게 많은 계산을 해보고 마음에 들지 않는 답을 얻어낸다.

지구에서 타우세티까지의 여행에는 3년 9개월이 걸렸다. 여행 내내 1.5g로 계속 가속해서 달성한 시간이었다. 라마이 박사가 판단한, 인간이 거의 4년 동안 지속적으로 노출되어도 괜찮은 최대 중력이었다. 지구는 그 시간 동안 약 13년을 경험했겠으나 시간 팽창이 승조원들에게는 유리한 방향으로 작용했다.

겨우 133만 킬로그램의 연료로 집으로 돌아가는 길고 긴 여행을 한다면(이게 남아 있는 연료 탱크에 담길 수 있는 전부였다), 가장 효율적인 경로는 0.9g로 계속해서 가속하는 것이었다. 나는 더 느리게 이동하게 될 것이고, 그 말은 시간 팽창도 덜 일어난다는 뜻이다. 그 말은 내가 더 오랜 시간을 경험하게 된다는 의미다. 이 모든 점을 고려하면, 나는 그 여행에서 5년 반을 경험하게 된다.

그래서 뭐? 겨우 1년 반 더 여행하는 것뿐인데. 뭐가 큰일이라고?

내게는 그 정도의 음식이 없다.

이건 자살 임무였다. 우리에게는 몇 달을 버틸 정도의 음식이 주어졌지만, 그게 전부였다. 나는 합리적인 속도로 저장된 음식을 먹고 있었지만, 집으로 돌아갈 때는 코마 슬러리에 의지해야 할 것이다. 맛이야 없겠지만, 최소한 영양 균형은 맞을 거다.

그렇다고 해도 이건 자살 임무다. 우리에게는 집으로 돌아가기에 충분한 코마 슬러리가 아예 주어지지 않았다. 내게 코마 슬러리가 조금이라도 남아 있는 유일한 이유는 야오 대장과 일류키나 전문가가 이리로 오는 길에 죽었기 때문이다.

이런 점을 전부 고려할 때, 내게 남아 있는 진짜 음식은 7개월 분량이고 코마 슬러리는 40개월 분량이다. 이 정도면 집까지 여행하는 데 필요한 연료가 꽉 차고도 조금 남을 때에야 겨우 버틸 수 있는 양이다. 하지만 더 느린 여행에서 5년 반 동안 버틸 수 있는 양에는 턱없이 모자란다.

로키의 음식은 내게 쓸모가 없다. 여러 번 시험해 봤다. 로키의 음식은 '독성'에서 '맹독성'에 이르는 중금속들로 가득 차 있다. 내 몸도 기꺼이 활용할 유용한 단백질과 당분이 있긴 하지만, 음식에서 독을 걸러낼 방법이 없다.

이곳에는 내가 재배할 수 있는 것도 없다. 내가 가진 모든 음식은 냉동건조 되거나 탈수된 상태다. 쓸 수 있는 씨앗도, 식물도, 아무것도 없다. 나는 가지고 있는 것을 먹을 수 있을 뿐이고, 다 먹으면 끝이다.

로키는 달칵거리며 터널을 따라 통제실의 구체로 간다. 요즘은 그가 블립A를 너무 자주 들락거려서, 그가 어느 우주선에 있는지 알 수 없는 경우가 종종 있다.

"너 화난 소리 냄. 왜, 질문?"

"세 번째 연료 탱크를 잃었어. 집까지 가는 동안 먹을 음식이 부족해."

"지난번 잠 이후로 얼마, 질문?"

"응? 지금 연료 얘기하잖아! 집중 좀 해!"

"툴툴거림. 화남. 멍청함. 지난번 잠 이후로 얼마, 질문?"

나는 어깨를 으쓱한다. "몰라. 배양 수조랑 연료 탱크 작업을 했으니까…. 마지막으로 잔 게 언제인지 잊어버렸어."

"너 잠. 나 지켜봄."

나는 제어반 쪽을 사납게 손짓한다. "난 심각하다고! 집으로 가는 여행에서 살아남을 만큼의 연료 저장고가 없다니까! 집으로 돌아가는 데 필요한 연료는 60만 킬로그램이야. 그러려면 저장고 135세제곱미터가 필요해! 그만한 공간이 없대도!"

"내가 저장 탱크 만듦."

"너한텐 그럴 만한 제노나이트가 없잖아!"

"제노나이트 안 필요. 강한 물질이면 뭐든 가능. 내 우주선에 금속 많음. 녹이고, 만들고, 너한테 탱크 만들어줌."

나는 몇 차례 눈을 깜빡인다. "그렇게 할 수 있어?"

"당연히 할 수 있음! 너 지금 멍청. 너 잠. 나 지켜보고 대체 탱크 설계함. 같은 의견, 질문?" 그는 숙소 쪽으로 튜브를 따라 내려간다.

"어…."

"같은 의견, 질문?" 로키가 더 크게 말한다.

"응…." 나는 중얼거린다. "응, 알았어…."

지금까지 나는 선외활동을 엄청나게 많이 했다. 하지만 알고 보니, 그중에서 이렇게까지 진 빠지는 활동은 한 번도 없었다.

나는 여섯 시간이나 이곳에 나와 있다. 올란은 강한 우주복이라 그래도 버틸 수 있다. 나는 딱히 그렇지 않다.

"이제 마지막 연료 탱크를 설치하고 있어." 나는 쌕쌕거린다. 거의 다 됐다. 집중.

로키가 임시방편으로 만들어준 연료 탱크는, 당연하게도 완벽하다. 내가 해야 할 일이라고는 남아 있는 연료 탱크 하나를 분리해 그에게 분석할 수 있도록 주는 것뿐이었다. 뭐, 로키의 선체 로봇에게 준 것이지만. 아무튼 로키는 그 로봇을 활용해 이것저것 측정했고, 로봇은 일을 제대로 해냈다. 모든 밸브 연결 부위가 알맞은 자리에 알맞은 크기로 들어가 있다. 모든 나사골의 간격이 완벽하게 맞는다.

모두 합해서, 그는 내가 준 연료 탱크와 완벽히 똑같은 복제품 세 개를 만들어냈다. 유일한 차이는 소재다. 내 원래 탱크는 알루미늄으로 만들어져 있었다. 스트라트 팀의 누군가가 선체에 탄소섬유를 쓰자고 제안했지만, 스트라트가 거부했다. 충분한 시험을 거친 기술만 쓰자는 것이었다. 인류는 선체가 알루미늄으로 이루어진 우주선을 60여 년간 사용해 왔고.

새로운 연료 탱크의 소재는… 합금이다. 무슨 합금? 모른다. 로키도 모른다. 블립A에 탑재된 별로 중요하지 않은 시스템에서 뜯어낸 금속들을 뒤죽박죽으로 섞은 것이다. 로키 말로는 대부분 철이라고 한다. 하지만 최소 스무 가지의 원소가 한데 녹아 있다. 기본적으로 '금속 스튜'나 마찬가지다.

하지만 상관없다. 연료 탱크는 압력을 버틸 필요가 없다. 그저 아스트로파지를 우주선에 싣기만 하면 되지, 그 외의 기능은 하지 않아도 된다. 우주선이 가속할 때 내부 연료의 중량으로 망가지지 않을 만큼 강해야 하는 건 사실이다. 하지만 그건 어렵지 않다. 문자 그대로 나무로 만든다 해도 같은 효과를 거둘 수 있다.

"너 느림." 로키가 말한다.

"넌 못됨." 나는 안전끈으로 커다란 원통을 제자리에 장착한다.

"미안. 나 흥분. 9번과 10번 배양 수조!"

"와!" 내가 말한다. "행운을 빕니다!"

최근 세대의 타우메바는 타우메바78에 이르렀다. 내가 이 연료 탱크 작업을 하는 동안, 타우메바78이 수조에서 배양되고 있다. 간격은 0.25퍼센트인데, 그 말은 사상 처음으로 몇몇 배양 수조에 사실상 8퍼센트 이상의 질소가 들어 있다는 뜻이다.

연료 탱크를 설치하는 문제는… 아이고. 나는 첫 번째 나사가 가장 어려운 부분이라는 걸 알게 됐다. 연료 탱크는 관성이 커서 구멍과 정렬하기가 어렵다. 게다가 최초의 연료 탱크 탑재 시스템도 없어져 버렸다. 점화장치 때문이었다. 아무도 내가 옛 연료 탱크를 폐기한 다음 새 연료 탱크를 덧붙일 거라고 생각하지 않았다. 점화장치는 그냥 쬠쇠를 푸는 데서 그치지 않는다. 나사를 깨끗하게 잘라버린다. 그리고 탑재 지점에 가해지는 손상에도 신경 쓰지 않는다.

나는 이 자살 임무의 자살을 취소하려고 엄청나게 많은 시간을 들인다.

탑재를 위한 나사 구멍은 형태가 괜찮지만, 전부 잘린 나사가 들어 있어 처리해야 한다. 나사못 대가리가 없으니 나사를 빼내기가 참 엿… 사탕 같다. 나는 희생양 노릇을 할 강철 막대와 아스트로 화염방사기를 사용하는 것이 가장 좋은 접근법이라는 걸 알아냈다. 나사못을 약간 녹이고, 강철 막대를 약간 녹인 다음 둘을 용접하는 것이다. 결과물은 보기 흉하지만 나사못을 제거하기에 충분한 회전력을 제공하는 응력 중심 거리가 생긴다. 보통은 말이다.

나사못을 제거할 수 없을 때면 나는 그냥 이것저것 녹인다. 그 어떤 나사못도 액체 안에 박혀 있을 수는 없으니까.

세 시간 뒤, 나는 마침내 새로운 연료 탱크를 전부 설치한… 셈이 된다.

나는 에어로크를 회전시키고 올란에서 기어 나온 다음 통제실로 들어간다. 로키가 자기 구체 안에서 나를 기다리고 있다.

"잘 됨, 질문?"

나는 손을 앞뒤로 내젓는다. 흥미롭게도, 이건 인간과 에리디언 모두에게 나타나는 동작이면서 의미도 같다. "아마. 잘 모르겠어. 나사 구멍 중에 쓸 수 없는 게 엄청 많았어. 연료 탱크가 충분히 잘 연결되지는 않았을지도 몰라."

"위험, 질문? 네 우주선 15m/s^{2}으로 가속. 연료 탱크 버팀, 질문?"

"잘 모르겠어. 지구의 엔지니어들은 보통 안전을 이유로 최소 사양을 두 배로 잡거든. 이번에도 그런 거면 좋겠는데. 하지만 확실히 알려면 실험해 봐야지."

"좋음, 좋음. 말 다 함. 배양 수조 확인, 부탁."

"알았어, 알았다고. 일단 물 좀 마시자."

로키는 통통 튀며 자기 튜브를 따라 실험실로 내려간다. "왜 인간은 물 이렇게 많이 필요, 질문? 비효율적 생명체!"

나는 선외활동 전에 통제실에 놔둔, 꽉 차 있던 1리터짜리 물주머니를 단숨에 들이켠다. 목마른 작업이었다. 나는 입을 닦고 물주머니가 알아서 떠다니게 놔둔다. 나는 벽을 밀치며 터널을 따라 실험실로 둥실둥실 떠간다.

"너도 알겠지만, 에리디언에게도 물은 필요해."

"우리는 물 몸 안에 보관. 폐쇄계. 안에 몇 가지 비효율성, 하지만 필요한 물 모두 음식에서 얻음. 인간들은 물이 샘! 역겨움."

나는 로키가 기다리고 있는 실험실로 떠가며 웃는다. "지구에는 '거미'라는 무섭고 끔찍한 동물이 있는데, 네가 그 녀석들하고 비슷하게 생겼어. 그냥 알려주려고."

"좋음. 자랑스러움. 나는 무서운 우주 괴물. 너는 물이 새는 우주 슬라임." 그는 배양 수조를 가리킨다. "수조 확인!"

나는 벽을 차고 배양기로 날아간다. 진실의 순간이다. 1번 수조부터 한 번에 하나씩 확인해야 하지만, 그건 집어치우라지. 나는 곧장 9번 수조로 간다.

나는 펜 라이트로 수조 안을 비추며, 앞서 아스트로파지로 뒤덮여 있던 유리 슬라이드를 자세히 살펴본다. 수조의 수치를 확인한 다음 슬라이드를 다시 확인한다.

나는 로키를 보며 씩 웃는다. "9번 수조의 슬라이드가 투명해. 타우메바80을 확보했어!"

로키는 엄청난 소음을 폭발적으로 터뜨린다! 팔을 마구 휘두르고, 손으로는 벽을 달그락달그락 두드린다. 무질서한 임의의 음을 낸다. 몇 초 뒤 그가 말한다. "그래! 좋음! 좋음, 좋음, 좋음!"

"하하, 와. 알았어. 진정 좀 해." 나는 10번 수조를 확인한다. "이야, 10번 수조도 투명해. 타우메바82.5가 생겼어!"

"좋음, 좋음, 좋음!"

"좋음, 좋음, 좋음이야, 정말!" 내가 말한다.

"이제 너 실험해. 금성 공기. 삼세계 공기."

"응. 그래야지…"

로키는 터널 한쪽 벽에서 다른 쪽 벽으로 돌아다닌다. "각 실험에서 정확히 같은 기체. 같은 기압. 같은 온도. 같은 죽음의 우주 '방사선'. 근처 별에서 같은 빛. 같음, 같음, 같음."

"응. 그렇게 할게. 전부 다 할 거야."

"지금 해."

"나도 쉬어야지! 난 방금 여덟 시간 동안 선외활동을 했다고!"

"지금 해."

"윽! 싫어!" 나는 그의 터널로 둥실둥실 떠가서 제노나이트 너머로 그를 마주 본다. "일단은 타우메바82.5를 더 많이 배양할 거야. 실험에 필요한 양이 충분히 있는지 확인하려고. 그런 다음, 밀폐된 용기 안에 안정적인 타우메바82.5 군집을 몇 개 만들 생각이야."

"그래! 그리고 내 우주선에도 일부!"

"응. 예비용은 많을수록 좋지."

로키는 앞뒤로 좀 더 튀어 다닌다. "에리드는 살 것임! 지구는 살 것임! 모두 살 것임!" 그는 한 손의 발톱을 동그랗게 말더니 제노나이트를 꽉 누른다. "나랑 주먹!"

나는 제노나이트에 손마디를 댄다. "하이파이브, 시반 뭐, 좋아."

어딘가에 분명 술이 있을 텐데. 일류키나가 술을 좀 달라고 하지 않고서 자살 임무에 나섰을 거라고는 상상할 수 없다. 그녀가 술을 안 가지고 길을 건너는 모습조차 상상할 수 없다. 창고 구역의 모든 상자를 살펴본 다음 나는 마침내 개인 용품들을 찾아낸다.

상자에는 지퍼가 달린 더플백 세 개가 들어 있다. 가방마다 승조원의 이름이 붙어 있다. '야오', '일류키나', '두보이스'. 두보이스의 개인 용품을 바꿔놓지는 않은 모양이다. 내게 개인 용품을 챙길 기회가 없었으니까.

어쩌다 그렇게 됐는지를 생각하면 지금도 좀 화가 난다. 하지만 어쩌면 나는 스트라트에게 이 주제에 관한 내 감정을 말할 기회를 얻게 될지 모른다.

나는 개인 용품을 가지고 숙소로 들어가 밸크로로 벽에 채운다. 이제는 죽어버린 세 사람의 지극히 개인적인 물품들. 이제는 죽어버린 친구들.

나중에는 맑은 정신으로 이 가방에 뭐가 들어 있는지 살펴보면서 시간을 좀 보내게 될지도 모르겠다. 하지만 지금은 축하의 시간이다. 술이 필요하다.

나는 일류키나의 가방을 연다. 안에는 작은 장신구 같은 것이 마구잡이로 들어 있다. 뭐라고 러시아 글자가 적혀 있는 펜던트 하나와 아마 일류키나가 어렸을 때 가지고 놀았을 해지고 낡은 곰 인형, 헤로인 1킬로그램, 그녀가 가장 좋아하는 책 몇 권 그리고 드디어! 'водка'라는 이름표가 붙어 있는 투명한 액체의 1리터들이 주머니 다섯 개.

러시아어로 '보드카'가 틀림없다. 어떻게 아느냐고? 미친 러시아 과학자들 한 무리와 항공모함에서 몇 달을 보냈으니까. 나는 이 단어를 여러 번 봤다.

나는 일류키나의 가방 지퍼를 채우고, 벽의 벨크로에 걸린 채로 놔둔다. 나는 실험실을 가로질러 로키가 기다리고 있는 터널로 향한다.

"찾았어!" 내가 말한다.

"좋음, 좋음!" 로키가 평소에 착용하는 작업복과 공구 벨트는 어디에도 보이지 않는다. 그는 내가 한 번도 본 적 없는 옷을 입고 있다.

"아니 이것 봐라? 이게 다 뭐야?" 내가 말한다.

로키는 자랑스럽게 등딱지를 내민다. 그의 등딱지는 매끄러운 천으로 덮여 있고, 천에는 여기저기에 대칭을 이룬 단단한 형태들이 달려 있다. 거의 갑옷과 비슷하지만, 갑옷처럼 몸을 완전히 덮는 것은 아니다. 금속으로 이루어진 것 같지도 않다.

로키의 환기구가 있는 쪽, 맨 위 구멍 주위에는 원석이 둘러져 있다. 일종의 보석이 틀림없다. 지구의 보석이 세공됐을 때와 비슷하게 다면체로 이루어져 있지만, 품질은 엉망이다. 얼룩덜룩하고 색이 바랬다. 하지만 정말로 크다. 그리고 장담하는데, 초음파로 들으면 소리가 아주 멋질 것이다.

셔츠에서 이어지는 소매는 그의 팔을 반쯤 내려간 지점에서 끊기고, 소맷부리가 비슷하게 장식돼 있다. 어깨 부분은 전부 헐겁게 많은 끈으로 서로 연결돼 있다. 그리고 내가 본 이래 처음으로, 로키는 장갑을 끼고 있다. 손 다섯 개가 모두 삼베 비슷한 성긴 소재로 덮여 있다.

이 옷은 자유롭게 움직이는 로키의 능력을 심각하게 제한할 것이다. 그렇지만 패션이란 편안함이나 편리성과는 거리가 멀다.

"너 끝내준다!" 내가 말한다.

"감사! 이건 축하를 위한 특별한 옷임."

나는 보드카 1리터를 들어 보인다. "이건 축하를 위한 특별한 액체야."

"인간들은… 축하하려고 먹음?"

"응. 에리디언들한테 먹는 게 프라이버시라는 건 알고 있어. 먹는 걸 본다는 게 너한테 역겹게 느껴진다는 것도 알고. 하지만 인간은 이런 식으로 축하해."

"괜찮음. 먹어! 우리 축하해!"

우리는 실험대 위에 올려놓은 두 개의 실험 장치 쪽으로 둥실둥실 떠간다. 한쪽 장치 안에는 금성의 대기 유사체가 들어 있다. 다른 장치에는 삼세계의 대기가 들어 있다. 나는 둘 모두 내가 가지고 있는 최고의 참고 자료를 사용해 최대한 정확하게 만들었다. 인간이 만든 참고 자료 전부가 들어 있는 내 장서와 자신의 항성계에 대한 로키의 지식 덕분이었다.

두 실험 장치에서, 타우메바는 그냥 살아남은 정도가 아니라 번성했다. 그 어느 때보다도 빠르게 증식했고, 실험 장치에 주입된 극소량의 아스트로파지조차 즉시 잡아먹혔다.

나는 보드카 주머니를 들어 올린다. "두 세계의 구원자, 타우메바 82.5를 위하여!"

"타우메바한테 그 액체를 줌, 질문?"

나는 빨대에 채워진 잠금장치를 푼다. "아니, 그냥 인간들이 하는 말이야. 나는 타우메바82.5를 기리는 거야." 나는 술을 한 모금 마신다. 입 안에 불이 붙은 것처럼 느껴진다. 일류키나는 강하고 센 보드카를 좋아했던 듯하다.

"응. 많이 기림!" 그가 말한다. "인간과 에리디언이 함께 일해, 모두를 구함!"

"아!" 내가 말한다. "그러고 보니 생각나는데, 타우메바한테 생명 유지 장치가 필요해. 타우메바 군집이 살아남을 정도로만 아스트로파지를 공급해 줄 장치 말이야. 완전 자동이어야 하고, 몇 년 동안 알아서 작동해야 하고, 무게는 1킬로그램 미만이어야 해. 그런 게 네 개 필요해."

"왜 그렇게 작음, 질문?"

"비틀스마다 하나씩 실을 거거든. 집으로 가는 길에 헤일메리호에 무슨 일이 일어날지도 모르니까."

"좋은 계획! 너 똑똑함! 내가 만들어줄 수 있음. 또, 오늘 나는 연료 이전 장치 완성함. 이제 아스트로파지 줄 수 있음. 그럼 우리 둘 다 집에 감!"

"그러게." 내 미소가 흐려진다.

"이건 행복! 네 얼굴 구멍은 슬픈 형태. 왜, 질문?"

"긴 여행이 될 텐데, 나는 혼자일 테니까." 나는 아직 집으로 가는 길에 코마라는 위험을 감수해야 할지 결정하지 못했다. 제정신을 유지하기 위해서라도 그렇게 해야 할지 모른다. 완전한 고독과 아무 맛 없는, 코마 슬러리밖에 먹을 것이 없다는 사실은 견디기가 너무 어려울지도 모른다. 하지만 여행의 첫 부분만이라도 나는 정신을 차리고 있을 계획이다.

"나를 그리워할 것임, 질문? 나는 너를 그리워할 것임. 너는 친구임."

"응. 나도 널 그리워할 거야." 나는 보드카를 한 모금 마신다. "너는 내 친구야. 세상에, 넌 내 가장 친한 친구야. 그런데 좀 있으면 우린 영원히 작별하게 돼."

그는 장갑 낀 두 발톱을 서로 탁탁 부딪쳤다. 별것 아니라는 손짓에 평소 따라오는 달칵거리는 소리가 장갑 때문에 둔탁하게 들렸다. "영원히는 아님. 우리는 행성들을 구함. 그런 다음 아스트로파지 기술이 있음.

서로를 만나러 감."

나는 얼굴을 찡그리며 미소 짓는다. "그 모든 걸 지구 시간으로 50년 안에 할 수 있을까?"

"아마 못할 것임. 왜 그렇게 빨리, 질문?"

"나한텐 살아갈 시간이 겨우 50년 정도밖에 안 남았어. 인간들은…" 나는 딸꾹질을 한다. "…오래 살지 못하거든, 기억나?"

"아." 로키가 잠시 조용하다. "그럼 우리는 남은 시간을 함께 즐김. 그런 다음 행성들을 구하러 감. 그러면 우리는 영웅!"

"맞아!" 나는 허리를 편다. 이제 약간 어지럽다. 나는 원래 주당이 아닌데 보드카를 지나치게 마시고 있다. "우린 으나개에서 젤루 중오한 사람들야! 우린 멋져!"

그는 가까운 곳에 있던 스패너를 집어 들고, 한 손으로 높이 쳐든다. "우리를 위하여!"

나는 보드카를 들어 올린다. "울릴를 우하여!"

"뭐, 다 됐어." 나는 내 쪽 연결부에서 말한다.

"그래." 로키가 자기 쪽에서 말한다. 목소리를 높이려고 하는데도 낮은 목소리가 난다.

헤일메리호에는 연료가 꽉 채워졌다. 아스트로파지 220만 킬로그램. 지구를 떠날 때 실려 있던 것보다 20만 킬로그램이나 많은 양이다. 로키의 대체용 연료 탱크는 당연하게도 헤일메리의 원래 연료 탱크보다 효율성이 뛰어나서 용량이 더 컸다.

나는 목 뒤를 문지른다. "아마 넌 지구 사람들을 다시 만나게 될 거야. 내가 장담하는데, 인간들은 에리드에 관해 모든 걸 알고 싶어 할 테니까."

"그래." 그가 말한다. "노트북 고마움. 우리 과학자들이 수백 년 동안 배울 수 있는 인간 기술. 넌 내 사람들의 역사에서 가장 훌륭한 선물 줌."

"네가 만든 생명 유지 장치에서 시험해 본 거지?"

"그래. 그건 멍청한 질문." 그는 버티고 있으려고 옆에 달린 손잡이를 쥔다.

로키는 직접 연결되는 터널을 제거하고 헤일메리호의 선체를 분리한 다음이었다. 그는 짐을 마저 싸려고 에어로크와 에어로크를 연결하는 연결통로를 설치했다.

내 요청에 따라 그는 헤일메리 내부의 제노나이트 벽과 터널을 남겨두되 내가 공간을 활용할 수 있도록 몇 미터 폭의 구멍을 여기저기 뚫어놓았다. 지구의 과학자들이 연구할 수 있는 제노나이트야 많으면 많을수록 좋을 테니까.

우주선에서는 지금도 약간 암모니아 냄새가 난다. 제노나이트조차도 기체 투과를 완전히 막지는 못하는 모양이다. 아마 잠깐은 이런 냄새가 날 것이다.

"네 배양기는?" 내가 말한다. "전부 두 번씩 확인해 봤지?"

"응. 여분까지 타우메바82.5 군집 여섯 개가 있고, 각자가 독립된 생명 유지 장치를 갖춘 독립된 탱크에 있음. 모두가 삼세계를 시뮬레이션한 대기에 들어 있음. 네 배양기도 기능함, 질문?"

"응." 내가 말한다. "뭐, 그냥 내가 가지고 있던 배양 수조 열 개지만 말이야. 단지 지금은 모두 금성의 대기를 넣어뒀어. 아, 그리고 소형 배양기도 고마워. 집으로 돌아가는 길에 그것들을 비틀스에 설치할 생각이야. 달리 별로 할 일도 없고."

로키가 노트패드를 힐끗 본다. "네가 나한테 준 이 숫자들. 내가 방향을 돌려서 에리드에 도착하는 시간이 확실함 질문? 너무 금방임. 너무 빠름."

"응, 그게 네 시간 팽창 값이야. 이상하지. 하지만 그게 맞는 값이야. 네 번이나 확인했어. 너는 지구 시간으로 3년이 채 안 돼서 에리드에 도착할 거야."

"하지만 지구는 타우세티와 거의 같은 거리. 너는 4년이 걸림. 질문?"

"맞아, 난 4년을 경험하게 되겠지. 3년 9개월을. 그건 네 시간이 압축되는 만큼 내 시간도 압축되지는 않기 때문이야."

"전에 네가 설명했지만, 다시. 왜, 질문?"

"네 우주선은 내 우주선보다 빠르게 가속하니까. 너는 광속에 더 가깝게 움직이게 돼."

로키가 등딱지를 흔들거린다. "매우 복잡."

나는 로키의 우주선을 가리킨다. "상대성에 관한 모든 정보가 노트북에 들어 있어. 너희 과학자들한테 살펴보라고 해."

"그래. 과학자들이 매우 좋아할 것임."

"양자물리학에 대해 알기 전까지는 그렇겠지. 그걸 알고 나면 정말 짜증낼 걸."

"이해 못 함."

나는 웃는다. "신경 쓰지 마."

우리 둘은 잠시 조용해진다.

"이게 전부인 것 같네." 내가 말한다.

"시간이 됨." 그가 말한다. "이제 우리는 가서 고향을 구함."

"응."

"네 얼굴에서 물이 샘."

나는 눈을 문질러 닦는다. "인간 일이야. 걱정하지 마."

"이해함." 로키는 자기 에어로크까지 터널을 짚고 간다. 그는 에어
로크 문을 열고 잠시 그 자리에 서있는다. "안녕, 친구 그레이스."

나도 얌전히 손을 흔든다. "안녕, 친구 로키."

로키가 우주선 안으로 사라지더니 에어로크 문을 닫는다. 나는 헤일
메리호로 돌아간다. 몇 분 뒤, 블립A의 선체 로봇이 터널을 분리한다.

우리는 경로의 각도만 조금 다르게 하여 거의 평행하게 우주선을 몰
고 간다. 이렇게 하면 아스트로파지 엔진의 배기 충격으로 우리가 서
로를 증발시킬 염려가 없다. 수천 킬로미터쯤 떨어지고 나면, 우리는
원하는 방향으로 향할 수 있다.

몇 시간 뒤, 나는 스핀 드라이브가 꺼진 채로 조종석에 앉아 있다.
그냥 마지막으로 한번 보고 싶다. 나는 페트로바스코프로 적외선 점을
지켜본다. 저게 로키다. 에리드로 돌아가는.

"행운을 빌어, 친구." 내가 말한다.

나는 지구 쪽 경로를 설정하고 스핀 드라이브를 켠다.

나는 집으로 간다.

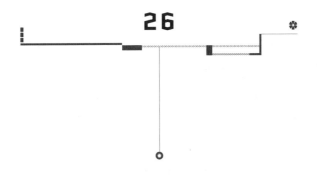

26

나는 감방에 앉아서 벽을 쳐다보고 있었다.

우중충한 교도소의 감방 같은 건 아니었다. 굳이 말하자면, 일종의 대학교 기숙사 방 같은 모습이었다. 페인트를 칠한 벽돌 벽과 책상, 의자, 침대, 딸려 있는 화장실 등등. 하지만 문은 강철이었고 창문에는 창살이 붙어 있었다. 나는 어디로도 갈 수 없었다.

왜 바이코누르 로켓 발사 시설에 바로 사용할 수 있는 감옥이 있었던 걸까? 모르겠다. 러시아인들에게 물어봐라.

발사는 오늘 이루어질 것이다. 머잖아, 근육질의 간수들이 의사와 함께 저 문으로 들어올 것이다. 그 의사가 내게 뭔가를 주사하면 그 순간이 내가 지구를 마지막으로 보는 순간이 될 것이다.

바로 그때, 나는 문의 자물쇠가 풀리는 철컥 소리를 들었다. 나보다 용감한 사람이라면 그걸 기회로 보았을지도 모르겠다. 문으로 달려가 간수들을 제칠 수 있을지도 모른다고 생각했겠지. 하지만 나는 탈출의 희망을 오래전에 버렸다. 내가 뭘 어쩌겠나? 카자흐스탄의 사막으로 달려가 운을 시험해 볼까?

문이 열리고 스트라트가 들어왔다. 간수들이 문을 닫았다.

"네." 그녀가 말했다.

나는 침대에서 그녀를 노려보았다.

"발사는 예정대로 진행될 겁니다." 그녀가 말했다. "금방 떠나시게
될 거예요."

"야아아호오오오."

스트라트가 의자에 앉았다. "안 믿으리라는 건 알지만, 나도 그레이
스 박사님한테 이런 일을 하는 게 쉽지는 않았어요."

"네에, 정말 감성적이시네요."

그녀는 쏘아붙이는 내 말을 못 들은 체했다. "내가 대학에서 뭘 공부
했는지 아세요? 학사 전공이 뭔지?"

나는 어깨를 으쓱했다.

"역사예요. 난 역사를 전공했어요." 그녀는 책상을 손가락으로 타닥
타닥 두드렸다. "사람들은 대부분 내가 과학이나 경영 학위를 가지고
있을 거라고 생각하죠. 언론 정보학이라고 생각하는 경우도 있고. 하
지만 아니에요. 역사였어요."

"안 어울리네요." 나는 침대에서 일어나 앉았다. "과거를 돌아보면
서 많은 시간을 보내는 것 같지는 않은데."

"그때 나는 열여덟 살이었고, 살아가면서 뭘 해야 할지 전혀 알 수
가 없었어요. 역사를 전공한 건 달리 뭘 해야 할지 알 수 없었기 때문
이에요." 그녀가 능글맞게 웃었다. "날 보면 그런 모습은 상상하기 어
렵죠?"

"네."

그녀는 창살이 쳐진 창밖으로 멀리 떨어진 발사대를 바라보았다.

"하지만 많은 걸 배웠습니다. 실제로 그 전공이 마음에 들었어요. 요즘 사람들은…. 요즘 사람들은 자기들이 얼마나 좋은 시절을 살고 있는지 몰라요. 과거는 대부분 사람들에게 참혹한 비극이었죠. 시간을 거슬러 갈수록 상황은 심각해요."

그녀는 일어나서 방 안을 서성거렸다. "5만 년 동안, 산업혁명이 시작되기 직전까지 인간의 문명은 한 가지, 오직 한 가지만을 위한 거였어요. 바로 식량이죠. 존재했던 모든 문명은 대부분의 시간과 에너지, 인력, 자원을 식량에 들였습니다. 사냥하고, 수집하고, 농사를 짓고, 가축을 치고, 식량을 보관하고, 분배하고…. 전부 식량 문제였어요.

로마제국조차 그래요. 황제들이나 군대들, 정복에 관한 이야기는 모두가 알죠. 하지만 로마인들이 정말로 발명한 건, 농지를 확보하는 매우 효율적인 시스템과 식량 및 물을 운송하는 방법이었어요."

그녀는 방 맞은편으로 걸어갔다. "산업혁명으로 농업은 기계화됐습니다. 그 이후로 우리는 다른 것에 에너지를 집중할 수 있었어요. 하지만 그건 겨우 지난 200년 동안의 일이에요. 그전에는 거의 모든 사람들이 인생 대부분을 식량 생산과 관련된 일을 하면서 보냈습니다."

"역사 강의는 고마운데요." 내가 말했다. "저는 지구에서 보내는 얼마 안 되는 마지막 순간을 좀 더 즐겁게 보내고 싶어서요. 그러니까…. 뭐랄까… 좀 나가주실래요?"

스트라트는 내 말을 못 들은 체했다. "르클레르가 남극에서 핵무기를 사용해 준 덕분에 우리는 시간을 좀 벌었어요. 하지만 그리 많은 시간을 번 건 아니죠. 게다가 남극의 덩어리를 겨우 몇 번만 무너뜨려도 해수면 상승과 해양 생물군계의 파괴라는 직접적인 문제가 아스트로파지보다 많은 문제를 일으키게 돼요. 르클레르가 해준 말을 기억하세요. 전 세계 인구의 절반이 죽을 겁니다."

"알아요." 내가 웅얼거렸다.

"아니, 박사님은 모르고 있습니다." 그녀가 말했다. "사태는 이것보다 훨씬 나빠질 거예요."

"인류의 절반이 죽는 것보다 나쁘다고요?"

"당연하죠." 그녀가 말했다. "르클레르의 추산치는 전 세계 모든 국가들이 자원을 공유하고 식량을 배급하기 위해 협력하리라고 가정합니다. 하지만 과연 그런 일이 일어날까요? 미국이, 그 어느 때보다도 강력한 군사력을 갖춘 나라가 인구 절반이 굶어 죽어 가는데 손 놓고 앉아 있을 것 같아요? 전성기에도 기근에 시달릴까 말까 한 인민 13억 명으로 이루어진 중국이라는 나라는요? 이런 나라들이 군사적으로 약한 이웃 나라들을 그냥 내버려 둘까요?"

나는 고개를 저었다. "전쟁이 일어나겠죠."

"네. 전쟁이 일어날 겁니다. 고대의 대부분 전쟁이 일어났던 것과 같은 이유, 즉 식량 때문에 말이죠. 종교든, 명예든 뭐든 핑계가 있었지만 진짜 문제는 항상 식량이었어요. 농지와 그 농지에서 농사를 짓고 싶어 하는 사람들이요. 하지만 재미있는 부분은 이게 전부가 아니에요." 그녀가 말했다. "일단 절망에 빠진, 굶주린 국가들이 식량을 얻으려고 서로를 침략하기 시작하면 식량 생산량이 줄어들 테니까요. 태평천국운동이라고 들어 봤어요? 19세기에 중국에서 일어난 민란입니다. 전장에서 군인 40만 명이 목숨을 잃었어요. 그리고 그 결과로 나타난 기근 때문에 2,000만 명이 사망했습니다. 전쟁이 농업을 방해했다는 것, 알겠죠? 이 사태의 규모는 그 정도로 엄청난 겁니다."

스트라트는 두 팔로 자기 몸을 끌어안았다. 그녀가 지금처럼 약하게 보인 건 처음이었다. "영양실조, 소요 사태, 기근, 모든 기간 시설이 식량 생산과 전쟁에 투입될 겁니다. 사회 조직 전체가 붕괴할 거예요. 역병도 돌겠죠. 엄청나게 많은 역병이 전 세계에서 말입니다. 보건 의료 체계에 과부하가 걸릴 테니까요. 한때는 쉽게 통제했던 질병의 발발도 억제할 수 없을 거예요."

그녀가 돌아서서 나를 마주 보았다. "전쟁, 기근, 질병, 사망. 아스트로파지는 말 그대로 종말입니다. 헤일메리호는 지금 우리가 가진 전부예요. 나는 헤일메리호의 성공 확률을 눈곱만큼이라도 높일 수 있다면 그 무엇이든 희생할 거예요."

나는 침대에 누워 그녀에게 등을 돌렸다. "그런 말로 편히 발 뻗고 잘 수 있다면야."

그녀는 문으로 돌아가 노크했다. 경비병이 문을 열었다. "아무튼요. 그냥 내가 왜 이런 일을 하는 건지 알려주고 싶었습니다. 그 정도는 해야 할 것 같아서."

"지옥에나 떨어져요."

"아, 그럴 거예요. 분명히 그럴 겁니다. 박사님을 포함한 세 사람은 타우세티로 가겠죠. 나머지 우리는 지옥으로 가요. 더 정확히 말하면 지옥이 우리한테 다가오는 거지만."

그러서? 글쎄요. 지옥이 너에게 돌아가고 있다, 스트라트. 나라는 형태로. 내가 바로 지옥이야!

내 말은…. 글쎄, 스트라트에게 뭐라고 말해야 할지 모르겠다. 하지만 나는 확실히 뭔가 말할 생각이다. 못된 말을.

거의 4년이 걸리는 여행을 시작한 지 18일이 지났다. 이제 막 타우세티의 태양권 경계, 그러니까 항성의 강력한 자기장이 미치는 가장자리에 다다른 참이다. 빠르게 움직이는 성간 방사선을 막아줄 정도로 강력한 자기장의 경계. 지금부터는 선체에 미치는 방사선의 영향이 훨씬 높아지게 된다.

나야 상관없다. 나는 아스트로파지로 둘러싸여 있으니까. 하지만 외부 방사선 센서 수치가 올라가고 올라가고 또 올라가는 걸 지켜보는 건 흥미로운 일이다. 그건 뭔가 진행 중이라는 뜻이다. 그러나 장대한 계획의 측면에서 보자면, 나는 기나긴 여행길에 올랐으며 내 현재 상태는 '집 현관에서 나가고 있음'일 뿐이다.

지루하다. 나는 별로 할 일도 없이 우주선에 혼자 있다.

나는 청소를 하고 실험실 비품 목록을 다시 작성한다. 아스트로파지나 타우메바로 할 수 있는 어떤 연구가 떠오를지도 모른다. 세상에, 집으로 돌아가는 길에 논문을 좀 쓸 수도 있을 것이다. 아, 게다가 내게는 몇 달 동안 어울린, 지능이 있는 외계 생명체도 있다. 그 녀석에 대해서도 몇 줄 휘갈겨야 할지 모르겠다.

비디오 게임도 한가득 있다. 우주선이 만들어질 때 손에 넣을 수 있었던 소프트웨어는 헤일메리호에 전부 실려 있다. 그거면 꽤 오랫동안 할 일이 있을 것이다.

타우메바 배양기를 확인한다. 열 개의 수조가 모두 괜찮다. 나는 가끔 녀석들에게 아스트로파지를 준다. 그냥 녀석들이 건강하게 계속 번식하도록 만들려는 것이다. 배양기는 금성의 대기를 모방한 것이다. 그러므로 타우메바들은 여러 세대에 걸쳐 살아남으면서 금성에서의 생존 확률을 높일 것이다. 이 짓을 4년 동안 하다 보면, 내가 금성에 타우메바를 내려줄 때쯤에는 녀석들도 금성과 잘 어울리는 존재가 되겠지.

그래, 나는 이미 타우메바들을 내려주기로 결심했다. 안 그럴 이유도 없으니까.

내가 돌아가게 될 세계가 어떤 모습일지 짐작조차 안 된다. 내가 떠난 이후로 지구에서는 13년이 흘렀다. 그리고 내가 돌아가기 전에, 지구는 또다시 13년을 경험하게 될 것이다. 26년. 내 학생들은 모두 어른이 되겠지. 그 애들이 모두 살아남았으면 좋겠다. 하지만 이건 인정해야 한다. 몇 명은 아마 살아남지 못할 것이다. 나는 그 생각에 빠져 허우적거리지 않으려고 노력한다.

아무튼, 태양계로 돌아가자마자 금성에 잠깐 들러 타우메바를 내려주는 것이 좋을 것이다. 어떻게 타우메바의 씨앗을 뿌려야 할지는 모르겠지만 몇 가지 아이디어는 있다. 가장 간단한 방법은 타우메바가 들끓는 아스트로파지를 공 모양으로 뭉쳐서 금성에 던지는 것이다. 아스트로파지가 금성에 재진입할 때의 열을 흡수할 테고, 타우메바는 야생으로 풀려나게 된다. 그러면 녀석들은 야유회를 즐기게 될 것이다. 금성은 지금 아스트로파지 중심일 게 틀림없다. 타우메바가 먹이를 찾는 순간 활동을 시작한다는 것만은 분명하고.

나는 식품 저장량을 확인한다. 아직 일정에 맞추고 있다. 앞으로 석 달 동안 더 먹을 수 있는 진짜 음식, 먹을 만한 포장 음식이 남아 있다. 그 뒤부터는 코마 슬러리를 먹어야 할 것이다.

다시 코마에 들어가기는 망설여진다. 내게는 코마에서 살아남는 유전자가 있지만, 그건 야오나 일류키나도 마찬가지였다. 필요도 없는데 굳이 죽음을 감수할 이유가 없지 않은가?

게다가 나는 항로를 정확하게 재프로그램했다고 100퍼센트 확신할 수도 없다. 맞는 것 같긴 하다. 무작위로 확인해 볼 때마다 나는 계속 집을 향해 가고 있다. 하지만 내가 코마에 빠져 있는 동안 뭔가 잘못된다면? 깨어나 봤는데, 태양계에서 1광년쯤 벗어나 있다면?

하지만 고독과 외로움, 역겨운 음식을 견디다 보면 결국은 그런 위험을 기꺼이 감수하게 될지도 모른다. 두고 봐야지.

외로움 얘기가 나와서 말이지만 나는 자꾸 로키를 떠올리게 된다. 이제 그는 내 유일한 친구다. 정말이다. 로키는 나의 유일한 친구다. 상황이 정상적이던 시절에도 나는 사회생활이라는 걸 별로 하지 않았다. 가끔은 다른 선생님들이나 교직원과 저녁을 함께 먹기도 했다. 대학교 시절 친구들과 토요일 밤에 가끔 맥주를 마시기도 했다. 하지만 시간 팽창 때문에 내가 집으로 돌아가면 그 모든 사람들이 나보다 한 세대는 늙어 있을 것이다.

나는 디미트리가 좋았다. 아마 헤일메리호 친구들 중에서 그를 제일 좋아했을 것이다. 하지만 지금 그가 무슨 일을 하고 있을지 짐작할 수조차 없다. 러시아와 미국은 전쟁을 벌이고 있을지도 모른다. 아니면, 동맹을 맺고 어떤 전쟁을 함께 치르고 있을지도 모른다. 전혀 모르겠다.

나는 사다리를 타고 통제실로 올라간다. 조종석에 앉아 항로 제어판을 띄운다. 정말로 이러면 안 되지만, 이건 일종의 의식이 되었다. 나는 스핀 드라이브를 끄고 관성으로 항행힌다. 중력이 즉시 사라지지만 나는 거의 눈치채지 못한다. 이런 상황에 익숙해져 있으니까.

스핀 드라이브를 끄면 안전하게 페트로바스코프를 이용할 수 있다. 나는 우주를 잠시 훑어본다. 어디를 봐야 하는지 알고 있다. 나는 그것을 빠르게 찾아낸다. 페트로바 주파수의 빛으로 이루어진 작은 점, 블립A의 엔진이다. 내가 저 빛이 나는 곳에서 100킬로미터 이내에 있었다면 내 우주선 전체가 증발했을 것이다.

나는 타우세티 항성계의 한쪽에 있고 로키는 그 항성계의 반대편에 있다. 세상에, 타우세티만 해도 멀리서는 전구처럼 보인다. 하지만 블립A의 엔진에서 나오는 불길은 지금도 선명히 알아볼 수 있다. 빛을 추진력으로 사용하면 그야말로 말도 안 되는 양의 힘이 방출된다.

어쩌면 이런 방법을 미래에 활용할 수 있을지도 모르겠다. 어쩌면 지구와 에리드는 아스트로파지 덕분에 페트로바 빛을 대량으로 방출해 의사소통할 수 있을지도 모른다. 40에리다니에서도 보일 만큼 빛을 깜빡이려면 아스트로파지가 얼마나 들지 궁금해진다. 모스부호 같은 것으로 이야기할 수 있을지도 모르겠다. 이제 에리디언들에게는 위키피디아 사본이 있으니까. 반짝이는 빛을 보면, 그들은 우리가 뭘 하려는지 알아낼 것이다.

그래도 우리의 '대화'는 느리게 진행될 것이다. 40에리다니는 지구에서 16광년 떨어져 있다. 그러니 우리가 "야, 요즘 어떻게 지내?" 같은 메시지를 보내면, 그 답변이 돌아오기까지 32년이 걸리게 된다.

나는 화면의 작은 빛점을 바라보며 한숨을 쉰다. 꽤 오랫동안은 로키를 추적할 수 있을 것이다. 어느 순간에든 로키의 우주선이 있을 만한 위치를 알 수 있으니까. 로키는 내가 준 정확한 비행 계획을 활용할 것이다. 내가 로키의 공학적 기술을 신뢰하는 만큼 그는 내 과학을 신뢰한다. 하지만 몇 달 뒤에는 페트로바스코프가 더 이상 그 빛을 보지 못하게 된다. 빛이 너무 어두워서가 아니다. 페트로바스코프는 아주 예민한 장비니까. 페트로바스코프가 로키를 볼 수 없게 되는 건, 우리의 상대속도가 로키의 스핀 드라이브에서 나오는 빛에 적색편이를 일으킬 것이기 때문이다. 내게 도달할 때면 그 빛이 더 이상 페트로바 파장이 아니게 된다.

뭐라고? 내가 로키의 엔진에서 나오는 빛이 페트로바스코프의 감지 범위를 벗어나는 순간을 알아내기 위해 상대성이론을 가지고 특정 시점에서의 우리 상대 속도를 계산하는 엄청난 일을 한 다음 로런츠변환까지 했다고? 그냥 멀리 떨어진 곳에 있는 내 친구를 얼마나 더 오래 볼 수 있을지 알고 싶어서? 그거 좀 딱한 것 아닌가?

그렇다.

뭐, 나의 애절한 매일 일과가 끝났다. 나는 페트로바스코프를 끄고 다시 스핀 드라이브를 켠다.

나는 점점 줄어드는 진짜 음식의 양을 확인한다. 이제는 '길에 나선 지' 32일이 됐다. 내 계산에 따르면 지금부터 51일 후부터 나는 완전히 코마 슬러리에 의존하게 된다.

나는 숙소로 간다. "컴퓨터. 코마 식량 표본을 줘."

기계 팔이 비품 저장 공간으로 들어가 흰 가루가 담긴 주머니를 가지고 돌아오더니 침대에 떨어뜨린다.

나는 그 주머니를 집어 든다. 당연히 가루다. 장기 보관을 하는데 왜 액체를 넣겠나? 헤일메리호의 급수 시설은 폐쇄 순환식이다. 물이 내게 들어왔다가 다양한 방법으로 내 몸에서 빠져나간 뒤, 정화되어 재사용된다.

나는 그 포장된 음식들을 실험실로 가져가 열고 가루 조금을 비커에

붓는다.

물을 조금 더하고 한 번 휘젓자 우유처럼 흰 슬러리가 된다. 나는 냄새를 맡아본다. 사실 아무 냄새도 안 난다. 그래서 한 모금 마셔 본다.

노력이 필요하기는 하지만 나는 뱉고 싶은 충동을 억누를 수 있다. 아스피린 같은 맛이 난다. 그 고약한 알약 같은 맛. 나는 몇 년 동안 매일 끼니로 이 '쓴 약맛 죽'을 매일 먹어야 한다.

어쩌면 코마도 그리 나쁜 건 아닐지 모르겠다.

나는 비커를 옆으로 치워둔다. 저 비극은 때가 되면 마주하도록 한다. 지금은 비틀스 작업을 할 생각이다.

로키 덕분에 내게는 네 개의 작은 타우메바 배양기가 있다. 내 손 정도 크기의, 강철 비슷한 캡슐이다. '강철 비슷하다'고 말하는 이유는 이것이 인간이 아직 발명하지 못한 에리디언의 강철 합금이기 때문이다. 이 금속은 우리가 가진 어떤 금속 합금보다도 단단하지만 다이아몬드 절삭기만큼 단단하지는 않다.

우리는 미니 배양기의 통에 대해 여러 번 고민했다. 당연하게도 처음 떠오른 생각은 제노나이트로 배양기를 만들자는 것이었다. 문제는 지구의 과학자들이 그걸 어떻게 열겠느냐는 점이었다. 우리의 공구 중에는 제노나이트를 자를 수 있는 것이 하나도 없었다. 유일한 방법은 극도로 높은 열뿐이지만 그러면 안에 있는 타우메바가 상할 위험이 있다.

나는 뚜껑이 달린 제노나이트 통을 제안했다. 기폐식 문처럼 꽉 조일 수 있는 것 말이다. USB에 그 통을 안전하게 열 방법을 남길 생각이었다. 로키는 이 생각을 즉시 거부했다. 아무리 잘 밀봉하더라도 완벽할 수는 없다는 것이었다. 여행 중 배양기가 경험하게 될 2년이라는 시간 동안 충분히 많은 공기가 흘러나와 안의 타우메바를 질식시킬 수 있었다. 로키는 배양기 전체가 단일한 물질로 이루어진 완전하게 밀폐된 통이어야 한다고 주장했다. 아마 맞는 말이었을 것이다.

그래서 우리는 에리디언 강철로 결정했다. 에리디언 강철은 강하고 쉽게 산화되지 않으며 극도로 내구성이 강하다. 지구에서는 다이아몬드 절삭기로 그 강철을 자를 수 있다. 게다가 지구인들이 이 강철을 분석해 직접 만들 수도 있다. 모두에게 좋은 방법이다!

배양기 자체에 대한 로키의 접근법은 단순했다. 안에는 타우메바 군집 그리고 금성과 비슷한 대기가 들어 있다. 또한 아주 강한, 아스트로파지로 가득 찬 강철 비슷한 관도 둥글게 말려서 들어 있다. 이후 타우메바는 오직 가장 바깥쪽의 아스트로파지에만 접근할 수 있을 테니, 총 길이가 대략 20미터에 이르는 관을 따라 나아가야 한다. 기본적인 실험을 좀 해보니까 그렇게 하면 작은 타우메바 개체 수가 몇 년 동안 유지되리라는 사실을 알 수 있었다. 폐기물에 관해서라면 타우메바들이야 그냥 자기 똥 속에서 뒹굴게 될 것이다. 캡슐은 시간이 지나면서 이산화탄소를 잃고 메탄을 얻게 되겠지만 상관없다. 인간 기준으로는 적은 양이지만, 캡슐 안의 아주 작은 미생물들에게는 그 캡슐이 광활하고 거대한 동굴이나 마찬가지니까.

내게는 비틀스의 우선순위가 더 높았다. 나는 필요한 순간 녀석들이 바로 발사될 수 있도록 준비해 놓고 싶었다. 혹시 헤일메리호에 재앙에 가까운 문제가 발생할지도 모르니 말이다. 하지만 임무에 중대한 위기를 일으킬 정도의 문제가 발생하지 않는 한 이 녀석들을 떠나보내고 싶지는 않다. 발사시에 지구와 가까울수록 녀석들이 안전하게 지구에 도착할 확률도 높아지니까.

소형 배양기들을 설치하는 것 외에도 나는 이 녀석들의 연료를 다시 채워야 한다. 비틀스를 헤일메리호의 임시 엔진으로 썼을 때, 나는 비틀스 연료 공급량의 거의 절반을 써버렸다. 하지만 비틀스 하나를 가득 채우는 데는 아스트로파지 60킬로그램밖에 들지 않는다. 에리디언들이 만든, 나의 수입 아스트로파지 공급량에 비하면 양동이 속의 물 한 방울이라고 할 수 있다.

가장 어려운 부분은 비틀스의 작은 연료 탱크를 여는 것이다. 이곳의 모든 것이 그렇듯, 비틀스의 연료 탱크도 재활용하라고 만든 게 아니었다. 이건 마치 일회용 라이터에 새 부탄가스를 채우는 것과 같다. 그냥, 그러라고 만든 게 아니다. 연료 탱크는 완전히 밀폐돼 있다. 나는 연료 탱크를 밀링머신에 고정한 다음, 6밀리미터짜리 날을 사용해 안으로 들어간다. …엄청난 작업이지만 내 솜씨는 점점 나아지고 있다.

어제는 존과 폴의 작업을 마쳤다. 오늘은 링고를 작업할 것이고 시간이 남으면 조지도 작업할 생각이다. 조지가 가장 쉬울 거다. 조지의 연료는 다시 채울 필요가 없다. 이 녀석은 엔진으로 쓴 적이 없으니까. 그저 녀석에게 소형 배양기를 탑재하기만 하면 된다.

소형 배양기를 어디에 실을지 생각하는 건 또 다른 문제였다. 크기가 작기는 하지만, 배양기는 작은 탐사선 안에 싣기에는 너무 크다. 그래서 나는 이착륙 장치에 에폭시로 배양기를 붙인다. 그런 다음, 비틀스의 위쪽에 작은 추를 점용접한다. 비틀스의 내부 컴퓨터는 탐사선의 무게중심이 어디에 있느냐에 관해 아주 민감하게 프로그래밍되어 있다. 내비게이션 시스템을 완전히 새로 프로그램하느니 추를 덧붙이는 것이 더 쉬운 방법이다.

그래서 무게라는 문제가 나온다.

배양기 때문에 더해진 무게로 비틀스는 바람직한 무게보다 1킬로그램이 더 나가게 된다. 그건 괜찮다. 비틀스의 설계에 관해 의논하느라 스티브 해치와 수없이 했던 회의가 생각난다. 좀 괴짜이기는 해도, 스티브는 엄청난 로켓 과학자다. 비틀스는 별을 보는 방법으로 우주 내에서의 자기 위치를 파악하며, 들어 있어야 하는 것보다 연료량이 적으면 필요한 만큼 가속력을 천천히 줄인다.

간단히 말해 녀석들은 집에 도착할 것이다. 그냥 좀 더 오래 걸릴 뿐이다. 숫자를 헤아려보니 지구 시간으로는 사소한 차이였다. 비틀스야 원래 계획보다 몇 달 더 여행을 경험하게 되겠지만 말이다.

나는 비품 보관장으로 가서 BOCOA(Big Ol' Container Of Astrophage, 아스트로파지가 담긴 나만의 커다란 통)를 꺼낸다. 바퀴가 달린, 내광성 금속 통이다. 안에는 아스트로파지 수백 킬로그램이 들어 있고, 나는 1.5g의 중력을 받고 있다. 그래서 바퀴를 달아놓은 것이다. 기계 조립 장치와 무거운 것을 이리저리 끌고 다니지 않겠다는 단호한 열망이 결합했을 때 어떤 결과가 나오는지 알면 아마 놀랄 것이다.

너무 뜨거워서, 나는 수건을 대고 손잡이를 잡는다. 바퀴 달린 통을 실험대까지 밀고 가 의자에 앉은 뒤 체계적으로 연료 재보급 작업을 준비한다. 플라스틱 주사기를 마련한 뒤, 그걸로 100밀리미터의 아스트로파지를 한 번에 6밀리리터씩 구멍에서 뽑아낸다. 무게로는 대략 600그램이다. 전부 고려했을 때, 나는 비틀스 하나마다 200번씩 이렇게 연료를 넣어줘야 한다.

나는 BOCOA를 열고….

"우웩!" 나는 움찔하며 통에서 물러난다. 끔찍한 냄새가 난다.

"어…." 나는 말한다. "왜 이런 냄새가 나지?"

그때 문득 생각난다. 나는 이 냄새를 알고 있다. 이건 죽어서 썩어가는 아스트로파지의 냄새다.

타우메바가 다시 날뛰고 있다.

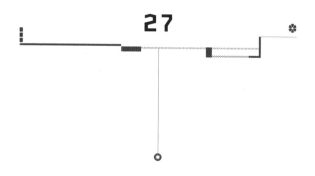

27

나는 의자에서 벌떡 일어나지만 아무 계획도 없다.

"괜찮아, 당황하지 마." 나는 나 자신을 타이른다. "똑똑히 생각해. 그런 다음 행동하는 거야."

BOCOA는 여전히 뜨겁다. 그 말은, 안에 살아 있는 아스트로파지가 엄청나게 많다는 것이다. 내가 일찍 잡아냈다. 그건 좋은 일이다. BOCOA가 좋다는 건 아니고. BOCOA는 엉망진창이다. 그 안에 들어 있는 아스트로파지에서 타우메바를 분리해 내는 건 불가능하다. 하지만 그 말은, 타우메바가 어떻게 들어갔는지는 몰라도 이 사건이 매우 최근에 벌어졌다는 뜻이다. 타우메바는 아직 우주선의 연료에까지 이르지 못했다.

그렇다. 그게 가장 중요한 점이다. 타우메바를 연료 탱크에 들어가지 못하도록 하는 것. 지난번에 타우메바가 연료 탱크에 들어간 이유는 시스템상의 다양한 미세 누출 때문이었다. 하지만 이번 타우메바는 내가 BOCOA를 실어놓은 승조원 구역에서 유입된 게 틀림없었다. 연료 시스템과 승조원 구역 사이에는 겹치는 부분이 별로 없다. 전염을 일으켰을 가능성이 큰 용의자는 하나밖에 없었다.

생명 유지 장치.

우주선이 너무 차가워지면 생명 유지 장치는 아스트로파지로 가득한 코일에 공기를 흘려 우주선을 데운다. 그런 코일에 조금이라도 깨진 부분이 있다면 그걸로 끝이었다. 내가 섭씨 96도의 아스트로파지 덩어리를 실험실에 두는 바람에 승조원 구역이 따뜻하게 유지돼, 우주선이 오히려 에어컨을 사용해야 했다는 게 다행이었다.

좋다. 이젠 계획이 생겼다.

나는 재빨리 사다리를 타고 통제실로 올라간다. 생명 유지 장치 제어판을 띄우고 로그를 살펴본다. 예상했던 대로 히터는 한 달 넘게 작동되지 않았다. 나는 히터를 완전히 비활성화한다. 비활성화됐다고 뜨기는 하는데 믿기지 않는다.

나는 주요 전력 차단기로 간다. 차단기는 조종석 아래에 있다. 나는 히터의 차단기를 찾아 꺼버린다.

"됐어." 내가 말한다.

나는 조종석으로 돌아와 연료 제어판을 확인한다. 연료 탱크들은 모두 상태가 괜찮아 보인다. 온도도 딱 맞는다. 타우메바가 미쳐 날뛰며 연료 탱크 속 모든 것을 먹어버리기까지는 그리 오랜 시간이 걸리지 않을 것이다. 그것만은 확실하다. 타우메바에 감염됐다면 연료 탱크는 표시된 것보다 차가웠을 것이다.

나는 스핀 드라이브 제어판을 띄우고 엔진을 끈다. 무중력상태로 돌아가면서, 발밑의 바닥이 뚝 떨어진다. 스핀 드라이브까지 끌 필요는 아마 없겠지만, 지금은 연료가 아무것도 하지 않았으면 한다. 연료 도관에 타우메바가 있다면, 나는 녀석이 우주선 전체로 펌프질 되기보다는 그 자리에 그대로 머물기를 바란다.

"됐어…." 내가 다시 말한다. "된 거야…."

더 생각해 보자.

타우메바가 어떻게 풀려났을까? 나는 로키에게서 아스트로파지 1그 램을 받기 전에 우주선의 모든 부분을 질소로 소독했다. 우주선에 실 린 타우메바는 비틀스에 탑재한, 밀폐된 소형 배양기 안에 있는 것들 과 밀폐된 제노나이트 배양기에 있는 것들뿐이었다.

아니다. 과학적 질문을 던질 시간은 없다. 이유야 나중에 생각해도 된다. 지금은 그저 공학적 문제가 있을 뿐이다. 로키가 여기 있었으면 좋겠다.

나는 늘 로키가 여기 있었으면 좋겠다.

"질소." 내가 말한다.

어떻게 빠져나왔는지는 모르겠지만, 나는 타우메바를 죽여야 한다. 타우메바82.5는 0.02기압에서 8.25퍼센트의 질소를 견딜 수 있다. 어 쩌면 그보다 좀 높은 농도도 견딜 수 있을지 모른다. 하지만 물론, 0.33기압인 승조원 구역에서 100퍼센트 질소를 견딜 수는 없다. 그 정 도면 타우메바에게 치명적인 질소량의 200배가 된다.

나는 차단기로 둥실둥실 떠가서 생명 유지 장치와 관계된 모든 것을 꺼버린다. 즉시 비상 경고음이 울리고 빨간불이 켜진다. 나는 발을 차 고 통제실을 가로질러 가 비상 시스템의 차단기로 간 다음 그것도 다 꺼버린다.

집중 경보가 짜증 나기에, 주 제어판에서 경보음도 꺼버린다.

나는 실험실로 날아 내려가 가스 용기 비품 보관장을 열어젖힌다. 한 개의 통에 기체 질소가 약 10킬로그램 들어 있다. 이번에도 두보이스가 선택한 자살 방법 덕분에 목숨을 건지게 됐다.

생명 유지 장치의 자세한 사양이 전부 기억나는 건 아니지만, 수동 초과 압력 밸브가 있었던 것은 알고 있다. 간단히 말해, 우주선은 0.33기압 이상의 압력을 허용하지 않는다. 다른 모든 방법이 실패한다면(내가 비상 시스템을 꺼버렸으니 실패하겠지만), 우주선은 초과 기압을 우주로 방출한다.

그냥 질소를 뿜어내며 좋은 결과가 있기를 바랄 수는 없다. 남아 있는 산소부터 없애고 싶다. 이런 일로 속 썩이는 건 이제 지쳤다. 나는 이곳이 100퍼센트 질소로 가득 차기를 바란다. 타우메바에게 생존 가능성이 전혀 없을 정도로 우주선을 극히 유독하게 만들고 싶다. 어딘가에 들러붙은 끈적한 덩어리 밑에 숨어 있다 하더라도, 질소가 그것까지 다 적셔버렸으면 좋겠다. 질소를 모든 곳에. 모든 곳에!

나는 질소 통을 잡고 바닥을 차고 올라, 다시 통제실로 떠난다. 에어로크 안쪽 문을 열고, 과거 그 어느 때보다도 빠르게 올란 우주복에 들어간다. 모든 것을 작동시키면서 굳이 점검조차 하지 않는다. 시간이 없다.

나는 에어로크의 안쪽 문을 열어놓고, 바깥쪽 문의 수동 비상 밸브를 돌린다. 우주선의 공기가 쉭 소리를 내며 우주로 빨려 나간다. 주요 생명 유지 장치와 비상 생명 유지 장치는 전부 꺼져 있다. 그걸로는 사라진 공기를 대체할 수 없다.

이제 나는 기다린다.

우주선의 공기가 전부 빠져나가기까지는 놀랍도록 오랜 시간이 걸린다. 영화에서는 작은 금만 생겨도 모두가 즉시 죽는다. 아니면 근육질의 영웅 녀석이 이두박근으로 구멍을 막든지. 하지만 현실의 공기는 그렇게 빨리 움직이지 않는다.

에어로크의 비상 밸브는 지름이 4센티미터다. 우주선에 놔두기에는 꽤 큰 구멍 같지 않은가?

우주선의 기압이 원래 값의 10퍼센트까지 떨어지는 데는 20분이 걸렸다. 그리고 이제는 아주 천천히 떨어지고 있다. 로그함수를 따르는 것 같다. 그러니 이런 비상 상황에서 내가 해야 할 일이라고는 손에 질소 통을 들고 여기 서 있는 것뿐이다.

"됐어. 10퍼센트면 충분해." 내가 말한다. 나는 에어로크의 비상 밸브를 닫아 우주선을 다시 밀폐한다. 그런 다음 질소 통을 연다.

그래서 이제는 에어로크에서 들려오는 쉭쉭 소리를 듣는 대신 질소 통에서 나는 쉭쉭 소리를 듣게 된다.

별 차이는 없다.

마찬가지다. 조금 기다리면 된다. 하지만 이번에는 그리 오래 기다릴 필요가 없다. 아마 질소 통 안의 기압이 우주선의 기압보다 훨씬 더 높았기 때문일 것이다. 뭐 어쨌든. 중요한 건 우주선의 기압이 즉시 0.33기압으로 돌아왔다는 것이다. 하지만 공기는 거의 전부 질소로 이루어져 있다.

우스운 일이다. 나는 EVA 우주복을 벗는다해도 아무 불편함을 느끼지 못할 것이다. 아무 문제없이 숨을 쉬게 된다. 죽기 직전까지 말이다. 내 생존에 필요한 산소는 턱없이 부족하다.

나는 질소가 가능한 한 모든 곳에 스며들기를 바란다. 모든 틈새에 들어갔으면 좋겠다. 타우메바가 어디에 숨어 있는지는 모르겠지만, 질소가 놈들을 찾아내 죽였으면 좋겠다. 가라, 나의 질소 부하들이여. 가서 파괴하라!

나는 실험실로 내려가 BOCOA를 확인한다. 너무 서둘러 떠나느라 이 통을 밀폐하는 걸 잊어버렸다. 다행히도 아스트로파지는 끈적거린다. 표면장력과 관성 때문에 녀석들은 안에 남아 있다. 나는 뚜껑을 닫고, 통을 에어로크로 가지고 올라간다. 그리고 통 전체를 버려버린다.

아마 통 안에 살아 있는 아스트로파지는 구할 수도 있었을 것이다. 질소를 아스트로파지 슬러리 안으로 부글부글 흘려 넣어, 안에 숨어 있는 타우메바 전부에 닿도록 했을 수도 있다. 하지만 굳이 왜 위험을 감수해야 하나? 내게는 아스트로파지가 200만 킬로그램 넘게 있다. 겨우 몇백 킬로그램을 건지자고 임무 전체를 위험에 빠뜨릴 의미가 없다.

나는 세 시간을 기다린다. 그런 다음 차단기를 다시 켠다. 최초의 공황기를 지나고 나자 생명 유지 장치는 우주선에 풍부하게 저장된 산소 덕분에 공기를 정상으로 복구한다.

나는 이 우주선에 있는 모든 타우메바의 근원지를 격리해야 한다. 되도록 생명 유지 장치가 질소를 밖으로 빼가기 전에 그 작업을 마칠 수 있었으면 좋겠다. 정상적인 공기로 돌아오기 전에 그렇게 하지 않은 이유가 뭐냐고? 그 작업은 EVA 우주복을 입지 않고서 하는 편이 훨씬 더 쉽고 빠를 것이기 때문이다. 이 일을 하는 데는 내 두 손이 필요하다. 뚱뚱한 장갑 안에 들어 있는 손이 아니고.

나는 올란에서 기어 나와 손에는 질소 통을 들고 실험실로 날아 내려간다.

일단은 배양기다.

나는 열 개의 배양기를 하나씩 커다란 플라스틱 통에 넣는다. 각 통에 작은 밸브를 설치하고(에폭시는 거의 모든 일을 할 수 있다), 펌프로 질소를 집어넣는다. 어느 배양기에든 새는 곳이 있다면, 질소가 들어가 모든 것을 죽여버릴 것이다. 밀폐된 상태를 유지하며 제대로 작동하는 배양기에는 아무 문제가 없을 것이고.

원래도 통은 밀봉돼 있다. 그래도 나는 테이프로 통을 더 밀폐하고, 일부러 아주 약간만 압력이 초과되도록 질소를 주입한다. 측면과 윗면이 불거져 나온다. 배양기 중 하나라도 새는 곳이 있다면 눈에 띄게 된다. 부풀어 오른 부분이 다시 꺼질 테니까 말이다.

다음은 비틀스와 비틀스에 실린 소형 배양기다.

존과 폴에는 이미 소형 배양기가 설치돼 있다. 나는 큰 배양기처럼 그것들도 격리용 통에 집어넣는다. 타우메바 똥의 존재를 알아챘을 때 나는 링고를 고치는 중이었으므로, 링고와 조지에게 줄 소형 배양기는 아직 설치되지 않은 상태다. 나는 두 소형 배양기를 한 쌍으로 다른 격리용 통에 함께 집어넣는다.

나는 모든 것을 테이프로 벽에 붙인다. 통들이 하나라도 여기저기 떠다니는 건 바라지 않는다. 뭔가 날카로운 것에 부딪힐 수도 있으니까.

실험실은 난장판이다. 스핀 드라이브를 껐을 때 나는 링고를 반쯤 해체해 둔 터였다. 공구들, 비틀스의 부품들, 온갖 종류의 쓰레기들이 실험실을 떠다닌다. 쉬고 싶어도 중력의 도움을 받지 않고 그 모든 것을 치우고 나서야 쉴 수 있을 것이다.

"이거 엿 같네." 나는 웅얼거린다.

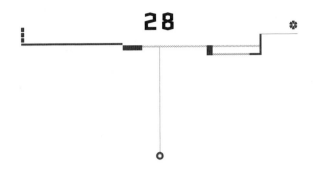

28

타우메바 대탈출 이후 사흘이 지났다. 나는 운을 시험해 볼 생각이 전혀 없었다.

나는 수동으로 모든 연료 탱크를 차폐했다. 모든 연료 탱크를 하나하나 연료 공급 시스템과 완전히 분리했다는 얘기다. 그런 다음, 한 번에 하나씩 연료 탱크를 열고 도관에서 아스트로파지 표본을 수집한 다음, 타우메바 오염이 있었는지 현미경으로 확인했다.

다행히도 연료 탱크 아홉 개는 모두 시험을 통과했다. 나는 스핀 드라이브를 다시 켜고 $1.5g$로 순항하고 있었다.

나는 이런 일이 다시 벌어지면 경고가 작동하도록 '타우메바 경보기'를 대충 만들어낸다. 처음부터 이렇게 했어야 하지만, 원래 지나고 나서 되돌아보면 안 보이는 게 없다고 하지 않나.

경보 장치는 내가 타우메바 배양기에 사용한 것과 같은 아스트로파지 슬라이드다. 한쪽 면에는 조명이 있고, 다른 쪽 면에는 빛 센서가 있다. 이 시스템 전체가 실험실의 공기에 노출돼 있다. 슬라이드의 아스트로파지에 닿으면 타우메바가 그 아스트로파지를 먹어버릴 테고 슬라이드는 투명해질 것이며 빛 센서에서는 삑삑 소리가 나기 시작할 터였다. 지금까지는 경고음이 들리지 않았다. 슬라이드는 여전히 새까 맣다.

사태가 진정되고 문제를 통제하고 나니 아주 중요한 질문을 던질 수 있게 됐다. 타우메바가 어떻게 풀려날 수 있었을까?

나는 엉덩이에 두 손을 얹고 격리 구역을 바라본다.

"누가 이런 짓을 한 거야?" 내가 말한다.

도저히 말이 되지 않는다. 배양기는 새는 흔적 없이 여러 달 동안 작동했다. 소형 배양기는 완전히 밀폐된 강철 캡슐이었다.

어쩌면 지난번 사태 발발 이후로, 그러니까 에이드리언 때 이후로 깡패 타우메바 몇 마리가 우주선에 숨어 있었는지도 모른다. 그 녀석이 지금 이 순간까지 아스트로파지를 하나도 찾아 먹지 못한 걸까?

아니다. 실험을 통해 로키와 나는 타우메바가 식량 없이 겨우 일주일을 버틸 수 있을 뿐, 그 시간이 지나면 굶어 죽는다는 것을 알아냈다. 게다가 녀석들은 중간을 모른다. 고삐 풀린 듯 번식하며 발견되는 모든 아스트로파지를 소비하거나, 아예 존재하지 않는 것이다.

이 용기 중 하나가 새는 게 틀림없다. 이걸 전부 그냥 버릴 수는 없다. 지구를 구하려면 이 타우메바들이 필요하니까. 그럼 어쩌지? 어떤 게 문제인지 알아내야 한다.

나는 각 배양기를 최선을 다해 확인한다. 배양기가 플라스틱 통에 들어 있으므로 제어판은 전혀 조작할 수 없지만, 그럴 필요도 없다. 배양기는 완전히 자동화돼 있다. 꽤 간단한 시스템이다. 로키는 복잡한 문제에 대해 우아한 해결책들을 찾아내곤 했다. 배양기는 내부의 기온을 관찰한다. 기온이 섭씨 96.415도 이하로 떨어지면, 타우메바가 다 먹어서 더 이상 아스트로파지가 없다는 뜻이다. 그러므로 아스트로파지를 좀 더 펌프질해 넣는다. 그렇게나 간단하다. 그리고 이 시스템은 타우메바에게 얼마나 자주 먹이를 주었는지 기록한다. 이를 통해, 내부의 타우메바 개체 수를 아주 대략적으로나마 예상한다. 시스템은 개체 수를 통제하는 데 필요한 만큼 아스트로파지 급여 속도를 조절한다. 물론, 시스템에는 현재 상태를 알려주는 표시가 있다.

나는 각 배양기의 표시를 확인한다. 모두 1,000만 마리로 추산되는 타우메바와 섭씨 96.415도라는 온도를 보여준다. 마땅히 보여야 하는 정확한 수치다.

"흠." 내가 말한다.

배양기 내부의 기압은 배양기를 둘러싸고 있는 질소의 기압에 비해 훨씬 낮다. 저 배양기 중 하나라도 새고 있다면, 질소가 배양기 안으로 들어갔을 것이고 머잖아 타우메바가 전부 죽었을 것이다. 하지만 그런 일은 벌어지지 않았다. 사흘이 흘렀는데도.

배양기는 새지 않는다. 문제는 소형 배양기가 틀림없다. 하지만 대체 어떻게 미생물이 에리디언 강철 0.5센티미터를 뚫을 수 있다는 걸까? 로키는 할 일을 제대로 처리했으며, 에리디언 강철에 대해 모든 걸 알고 있었다. 에리디언 강철이 미생물을 붙잡아 두는 데 좋지 않다는 걸 알았다면 로키가 알았을 것이다. 에리드에는 타우메바가 없지만, 다른 미생물이 있는 건 확실했다. 미생물은 에리디언들에게 새로운 존재가 아니었다.

이 모든 것이 보통이라면 불가능하다고 생각했을 결론으로 이어진다. 로키가 공학적으로 실수를 한 것이다.

로키는 절대로 실수하지 않는다. 뭔가를 만드는 면에서는. 그는 자기 행성 전체에서 가장 실력이 뛰어난 엔지니어다. 로키가 일을 망쳤을 리가 없다.

아닐까?

확실한 증거가 필요하다.

나는 아스트로파지 실험용 슬라이드를 더 만든다. 이것들은 타우메바 탐지에 엄청나게 편리하고, 만들기도 쉽다.

소형 배양기 두 개가 담긴 플라스틱 통부터 시작한다. 조지와 링고에게 실으려고 했던 것들이다. 캡슐 모양의 금속으로만 보이는 이 배양기들은 확실히 밀폐된 것처럼 보인다. 안에서는 온갖 일이 벌어지더라도, 밖은 그저 매끄러운 에리디언 강철일 뿐이다.

나는 상자 구석에서 테이프를 떼어내고 뚜껑을 들어 올린 뒤 아스트로파지 슬라이드를 안에 집어넣고 모든 것을 다시 밀폐한다. 실험 원칙 하나. 실수로 순수 질소 안에서도 살아남을 수 있는 초특급 타우메바를 배양하는 일이 없도록 한다.

내가 알게 된 또 한 가지 재미있는 사실은 타우메바가 아스트로파지 슬라이드에 닿으면, 겨우 몇 시간 만에 슬라이드가 완전히 투명해진다는 것이었다. 그래서 두어 시간을 기다렸는데, 슬라이드는 여전히 검은색이다. 뭐, 좋다. 초특급 타우메바는 없다.

나는 통의 봉인을 뜯고 뚜껑을 연 다음, 1분 동안 공기가 빠져나오도록 놔둔다. 그런 다음 다시 봉인한다. 이제는 내부의 질소 함량이 얼마 안 될 것이다. 타우메바82.5가 걱정해야 하는 양에는 훨씬 못 미친다. 저 미니 배양기에 새는 곳이 있다면 슬라이드에서 드러날 것이다.

한 시간이 지나도 결과는 없다. 두 시간이 지나도 마찬가지다.

나는 확실히 해두려고 통 안의 공기 표본을 채취한다. 질소 농도는 거의 0이다. 그러니 질소 농도는 문제가 아니다.

나는 통을 다시 밀봉하고 한 시간을 더 놔둔다. 아무 일도 벌어지지 않는다.

소형 배양기는 새지 않는다. 최소한 조지와 링고에게 실으려고 했던 소형 배양기들은 그렇다. 어쩌면 이미 설치한 소형 배양기가 새는 것인지도 모른다.

그 배양기들은 존과 폴의 외부에 그냥 접착제로 붙여놓았다. 비틀스의 선체로든 무엇으로든 보호되지 않고 있다. 나는 존과 폴의 통을 가지고도 타우메바 탐지 실험을 반복한다.

같은 결과가 나온다. 타우메바가 전혀 없다.

"흠."

좋다. 궁극의 실험을 할 시간이다. 나는 존, 폴 그리고 설치하지 않은 소형 배양기 두 개를 격리 구역에서 꺼낸다. 그것들을 내 타우메바 경보기 옆 실험대에 둔다. 이 녀석들이 깨끗하다는 확신이 든다. 하지만 그게 아니라고 해도 바로 알 수 있을 것이다.

나는 더 가능성이 낮아 보이는 용의자들에게로 관심을 돌린다. 주요 배양기다.

타우메바가 에리디언 강철에서 탈출할 수 없다면, 당연히 제노나이트를 뚫고 탈출할 수도 없을 것이다. 제노나이트 1센티미터는 29기압에 달하는 로키의 기압을 쉽게 버틸 수 있으니까! 제노나이트는 다이아몬드보다도 단단한데다, 어째서인지 불안정하지도 않다.

하지만 철저히 확인해야 한다. 나는 배양기 통 열 개 전부를 대상으로 아스트로파지 슬라이드 실험을 반복한다. 한 번에 하나씩 시험하는 건 의미 없는 일이다. 나는 이 과정 전체를 일률적으로 진행한다. 이제는 배양기 열 개가 모두 일반적인 공기로 가득한 밀폐된 통 안에 들어 있으며, 그 안에는 아스트로파지 슬라이드가 들어 있다.

긴 하루였다. 좀 자면서 쉬어도 좋을 시간이다. 녀석들을 하룻밤 놔 두고 무슨 일이 일어나는지 봐야겠다. 나는 숙소에서 실험실로 침구를 가져온다. 타우메바 탐지 경보가 울리면 확실히 깨고 싶다. 너무 기진 맥진해서 더 시끄러운 경보기를 만들 여력은 없다. 그러니 실험대와 더 가까운 곳에 귀를 두고 오늘은 이만 마무리할 생각이다.

나는 잠결에 빠진다. 지켜보는 사람도 없는데 잔다니 잘못된 일처럼 느껴진다.

나는 약 여섯 시간 뒤에 깨어난다. "커피."

하지만 유모 팔은 아래층 숙소에 있다. 그러니 당연히 응답은 없다.

"아, 그래…" 나는 일어나 앉아서 기지개를 켠다.

나는 자리에서 일어나 격리 구역으로 발을 끌며 걸어간다. 타우메바 배양기 실험이 어떻게 됐는지 보자.

나는 첫 번째 배양기의 아스트로파지 슬라이드를 확인한다. 완전히 투명하다. 그래서 다음 배양기로 이동한다.

잠깐만. 투명하다고?

"어…"

나는 아직 100퍼센트 정신을 차린 게 아니다. 눈을 비비고 다시 한 번 본다.

그래도 투명하다.

타우메바가 슬라이드에 닿았다. 배양기에서 나왔다!

나는 실험대의 타우메바 경보기를 휙 돌아본다. 경보음은 울리지 않지만, 나는 눈으로 확인하려고 달려가 본다. 경보기 안의 아스트로파지 슬라이드는 여전히 검은색이다.

나는 깊이 숨을 들이마셨다가 내쉰다.

"가만…." 내가 말한다.

나는 격리 구역으로 돌아가 다른 배양기들을 확인한다. 배양기에는 모두 투명한 슬라이드가 들어 있다. 배양기가 새고 있다. 배양기 전부가 새고 있다. 소형 배양기는 괜찮다. 그 녀석들은 타우메바 경보기 바로 옆 실험대에 놓여 있다.

나는 목 뒤를 문지른다.

문제는 발견했지만, 이해가 안 된다. 타우메바가 배양기에서 나오고 있다. 어떻게? 제노나이트에 균열이 있었다면, 초과 압력 때문에 질소가 스며들어 모든 것을 죽였을 것이다. 그런데 행복하고 건강한 타우메바 개체들이 배양기 열 개에 전부 담겨 있다. 왜지?

나는 숙소로 내려가 아침을 먹는다. 한때 로키의 작업실이 있었던 제노나이트 벽을 바라본다. 벽은 아직 그 자리에 있지만, 내가 부탁한 자리에 구멍이 뚫려 있다. 나는 그 구역을 대체로 창고로 쓰고 있다.

나는 아침용 부리토를 씹으며, 코마 슬러리까지 남은 음식이 또 한 끼 줄어들었다는 사실을 잊으려고 애쓴다. 나는 구멍을 바라본다. 내가 타우메바라고 상상한다. 나는 질소 원자보다 수백만 배는 크다. 하지만 질소 원자가 지나가지 못하는 구멍을 지나갈 수 있다. 어떻게? 게다가 구멍은 어디서 난 거지?

나쁜 예감이 들기 시작한다. 의심이라고 해야 더 맞겠지.

만약 타우메바가, 더 나은 표현이 없어서 그렇긴 하지만, 제노나이트 분자 사이사이를 우회할 수 있다면? 구멍 같은 건 애초에 없다면?

우리는 단단한 소재를 마법의 장벽처럼 생각하는 경향이 있다. 하지만 분자 규모에서 보면 그렇지 않다. 단단한 소재는 분자로 이루어진 가닥이거나 원자로 이루어진 격자이거나 둘 다에 해당한다. 작고 작은 영역으로 내려오면, 단단한 물체들은 벽돌로 만든 벽이라기보다는 빽빽한 밀림에 더 가깝다.

정글이야 얼마든지 헤치고 나갈 수 있다. 덤불을 타고 넘고 나무를 우회하고 나뭇가지 아래로 허리를 숙여야 할지언정, 통과할 수는 있다.

1,000개의 테니스공 발사기가 그 밀림 가장자리에, 임의의 방향을 향하도록 배치되어 있다고 상상해 보자. 테니스공은 밀림 어디까지 들어가게 될까? 대부분은 맨 앞의 나무 몇 그루도 지나지 못할 것이다. 몇 개는 운 좋게 튀어 좀 더 깊이 들어갈 수도 있다. 그보다 적은 수의 테니스공은 여러 번 운 좋게 튈 수도 있다. 하지만 머잖아 가장 운 좋은 테니스공조차 에너지를 잃는다.

밀림 속 60피트 지점에서는 테니스공을 하나도 찾기 어려울 것이다. 이제 그 밀림이 1마일 폭이라고 해보자. 나는 밀림을 통과할 수 있지만, 테니스공이 그럴 가능성은 없다.

타우메바와 질소의 차이가 그것이다. 질소는 테니스공처럼 그냥 직선으로 움직이며 여기저기 부딪치고 튕긴다. 질소는 비활성 물질이다. 하지만 타우메바는 나와 같다. 타우메바에게는 자극반응 능력이 있다. 타우메바는 환경을 인지하고, 그 감각 정보에 기반해 방향성이 있는 행위를 한다. 타우메바가 아스트로파지를 찾아 그쪽으로 움직일 수 있다는 사실은 이미 알고 있었다. 타우메바에는 확실히 감각이 있다. 하지만 질소 원자들은 엔트로피의 지배를 받는다. 질소는 뭔가를 하기 위해 '노력을 기울이지' 않는다. 나는 언덕을 올라갈 수 있다. 하지만 테니스공은 그저 다시 아래로 굴러 내려올 때까지만 굴러갈 수 있을 뿐이다.

이 모든 게 정말 이상하게 보인다. 어떻게 에이드리언에서 온 타우메바가 제노나이트를, 에리드라는 행성의 기술적 발명품을 뚫고 조심조심 나아가는 방법을 알고 있을까? 말이 안 된다.

생명체는 아무 이유 없이 어떤 특성을 진화시키지 않는다. 타우메바는 대기 상층부에 산다. 빽빽한 분자 구조를 헤치고 나아가는 능력을 발전시킬 이유가 뭐지? 대체 어떤 진화상의 이유가….

나는 부리토를 떨어뜨린다.

나는 답을 알고 있다. 인정하고 싶지는 않다. 하지만 알고 있다.

나는 실험실로 돌아가 골 아픈 실험을 한다. 실험 자체가 골 아픈 건 아니다. 그냥 결과가 내 예상대로 나올까 봐 걱정된다.

내게는 지금도 로키의 아스트로 화염방사기가 있다. 우주선에 있는 것 중 제노나이트를 분해할 만한 열을 낼 수 있는 건 그것뿐이다. 로키의 터널 체계 덕분에 우주선 전체에는 가져다 쓸 제노나이트가 충분히 있다. 나는 숙소의 분리용 벽을 자른다. 한 번에 조금씩밖에 자르지 못한다. 그런 다음에는 생명 유지 장치가 온도를 다시 떨어뜨릴 때까지 기다려야 한다. 아스트로 화염방사기는 엄청난 열을 낸다.

결국 내게는 네 개의 거친 원반이 생긴다. 원반은 각기 지름이 몇 인치쯤 된다.

그래, 인치다. 스트레스를 받으면 나는 영국식 단위로 돌아간다. 미국인으로 사는 게 이렇게나 힘들다.

나는 그 원반들을 실험실로 가져가 실험을 준비한다.

나는 아스트로파지를 원반 하나에 문질러 바르고, 다른 원반을 그 위에 얹어놓는다. 아스트로파지 샌드위치다. 맛있겠지만, 제노나이트 '빵'을 지나간 다음에나 먹을 수 있다. 나는 두 원반을 에폭시로 붙인 다. 그와 똑같은 샌드위치를 하나 더 만든다.

그런 다음, 나는 비슷한 샌드위치를 두 개 더 만든다. 하지만 이번에 는 제노나이트 대신 밀링머신에서 잘라 온 평범한 플라스틱 원반을 사용한다.

좋다. 네 개의 완전히 밀폐된 아스트로파지 표본이다. 그중 둘은 제 노나이트 원반에, 그중 둘은 플라스틱 원반에 있고 넷 모두가 에폭시 로 밀봉돼 있다.

나는 깨끗하고 밀봉이 가능한 통을 두 개 가져와 실험대에 올려놓 는다. 제노나이트 샌드위치와 플라스틱 샌드위치를 각 통에 집어넣 는다.

표본 보관장에는 자연 상태의 타우메바가 가득 들어 있는 금속 병이 몇 개 있다. 타우메바82.5가 아니라 에이드리언에서 가져온 원래의 타 우메바다. 나는 타우메바 병을 통 하나에 넣고 연 다음, 재빨리 실험 장치를 밀봉한다. 이건 아주 위험한 방법이다. 그렇지만 타우메바 사 태가 발발할 경우 나는 그 사태를 통제할 방법을 알고 있다. 질소가 있 는 한은 괜찮다.

나는 격리 구역의 1번 배양 수조로 간다. 나는 주사기를 사용해 타 우메바로 오염된 공기를 통에서 꺼낸 다음, 즉시 질소로 통을 완전히 헹궈낸다. 주사기 때문에 생긴 구멍에는 테이프를 붙인다.

실험대로 돌아온 나는 다른 용기를 밀봉하고, 주사기를 사용해 타우메바82.5를 집어넣는다. 이번에도 테이프로 구멍을 막는다.

나는 두 손으로 턱을 괴고 두 개의 상자를 들여다본다. "좋아, 이 교활한 말썽쟁이들. 어디 뭘 할 수 있는지 보자…."

두어 시간이 걸리지만, 결국 나는 결과를 본다. 결과는 내가 예상한 그대로다. 내가 바라던 것과는 정반대.

나는 고개를 젓는다. "안 돼."

타우메바82.5 실험 장치 안에 있던, 제노나이트로 덮였던 아스트로파지는 사라졌다. 플라스틱으로 덮였던 아스트로파지는 변함없이 남아 있다. 한편, 다른 실험 장치에서는 아스트로파지 표본이 둘 다 아무 해를 입지 않았다.

그 의미는 이렇다. '대조군' 표본(플라스틱 원반)은 타우메바가 에폭시나 플라스틱을 통과할 수 없음을 증명한다. 하지만 제노나이트 표본은 다른 이야기를 전한다. 타우메바82.5는 제노나이트를 뚫고 지나갈 수 있지만, 자연 상태의 타우메바는 그러지 못한다.

"이 멍청아!" 나는 내 머리를 쾅 때린다.

나는 내가, 와, 진짜 똑똑하다고 생각했다. 타우메바들은 아주 오랜 시간을 배양기 수조에서 보냈다. 몇 세대나 번식했다. 그리고 나는 진화를 이용한다고 생각했다. 아닌가? 나는 내가 질소 저항력을 갖춘 타우메바를 만들었다고 생각했다! 난 너무 멋져! 노벨상은 언제 받으러 오라고?

우웩.

그래, 나는 질소에서도 살아남을 수 있는 타우메바 종을 만들어냈다. 하지만 진화는 내가 원하는 게 무엇인지는 관심이 없다. 진화는 한

649

번에 한 가지 일만 하는 게 아니다. 내가 키워낸 타우메바들은… 제노나이트 배양 수조에서 살아남도록 진화했다.

물론 이 타우메바에게는 질소 저항력이 있다. 하지만 진화는 모든 각도에서 문제를 해결하려 드는 교활한 녀석이다. 그래서 타우메바는 질소에 대한 저항력만 키운 것이 아니라, 제노나이트 자체에 숨어들어 질소로부터 숨는 방법까지 알아냈다! 안 그럴 이유도 없잖은가?

제노나이트는 나로서는 도저히 이해할 가망이 없는, 단백질과 화학 물질의 복잡한 사슬이다. 하지만 타우메바에게는 그 사이로 꿈틀꿈틀 기어들 방법이 있을 것이다. 왜 아니겠는가? 배양 수조 안에서 질소 종말이 일어나고 있는데. 질소가 닿을 수 없는 제노나이트 벽 깊숙한 곳으로 들어가야 살아남을 수 있는데!

타우메바는 일반적인 플라스틱을 지나가지 못한다. 에폭시 수지도 지나가지 못한다. 유리도 지나가지 못한다. 금속도 지나가지 못한다. 지퍼백이나 지나갈 수 있을지 모르겠다. 하지만 내 덕분에, 타우메바 82.5는 제노나이트를 통과할 수 있게 됐다.

나는 제대로 알지도 못하는 생명체를 가져다가, 잘 알지도 못하는 기술을 써서 그걸 개조했다. 당연히 의도치 않은 결과가 생겼다. 내가 모든 것을 예측할 수 있다고 가정한 것 자체가 나로서는 멍청할 만큼 오만한 짓이었다.

나는 깊이 숨을 들이쉬었다가 내쉰다.

그래, 이게 세상의 종말인 것은 아니다. 사실은 그 반대다. 이 타우메바는 제노나이트에 침투할 수 있다. 그래도 문제없다. 다른 어딘가에 보관하면 된다. 어쨌든 녀석들은 질소 저항력을 갖추고 있을 테니까. 이 타우메바가 살아남는 데 제노나이트가 필요한 건 아니다. 나는 로키와 함께 처음 이 종을 격리했을 때, 유리로 된 실험 장비로 이 녀석을 철저히 시험했다. 타우메바는 금성에서도, 삼세계에서도 자기 일을 할 것이다. 아무 문제없다.

나는 배양 수조를 휙 돌아본다.

그래. 괜찮아. 금속으로 커다란 배양기를 만들어야지. 어려운 일도 아니고. 내게는 밀링머신과 필요한 원자재가 모두 있다. 시간이 남아돌기도 하고. 가동 장치는 로키가 만들어준 배양기에서 가져다 쓰면 된다. 제노나이트로 만들어진 건 통뿐이다. 다른 모든 것은 금속 따위로 이루어져 있다. 바퀴부터 다시 발명할 필요는 없다. 그냥 바퀴를 가져다가 다른 자동차에 끼우면 된다.

"그래." 나는 나 자신을 안심시킨다. "그래, 괜찮아."

나는 그냥 금성의 대기를 유지할 수 있는 상자만 만들면 된다. 어려운 일은 로키 덕분에 이미 다 처리됐다.

로키!

나는 갑자기 욕지기가 치미는 것을 느낀다. 바닥에 주저앉아 다리 사이에 머리를 묻을 수밖에 없다. 로키도 같은 종의 타우메바를 우주선에 싣고 있다. 로키의 타우메바도 내 것처럼 제노나이트 배양기에 보관돼 있다.

로키의 우주선은, 연료 탱크를 포함해 중요한 부분 전체가 제노나이트로 만들어져 있다. 로키의 타우메바와 그의 연료 사이를 가로막고 있는 것은 아무것도 없다.

"아아… 안 돼…"

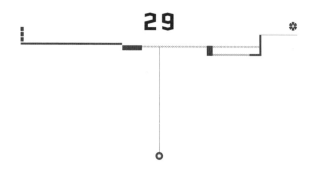

나는 새로운 타우메바 배양기를 만들었다. 알루미늄판과 CNC머신으로 기본적인 밀링 작업을 좀 했을 뿐이다. 어렵지 않았다.

문제는 로키의 우주선이다.

나는 지난 한 달간 매일 그의 엔진이 반짝이는 모습을 지켜보았다. 이제는 그 빛이 보이지 않는다.

나는 통제실로 떠간다. 스핀 드라이브가 꺼져 있고, 페트로바스코프의 민감도는 최대로 설정돼 있다. 늘 그렇듯, 타우세티 자체에서 무작위로 페트로바 파장의 빛이 일부 나오기는 한다. 하지만 이제는 그조차 어둡다. 거의 지구의 태양만큼이나 밝은 그 항성은 이제 겨우 밤하늘에 떠 있는 일반적인 점보다 조금 통통하게 보일 뿐이다.

그것 말고는… 아무것도 없다. 나는 타우세티를 탐지하기엔 너무 멀리까지 와 있다. 에이드리언의 페트로바선과 블립A는 어디서도 보이지 않는다.

나는 블립A가 어디에 있어야 하는지 정확히 알고 있다. 밀리각초(1,000분의 1각초. 1각초는 3,600분의 1도로, 매우 작은 각을 나타내는 단위-옮긴이) 단위까지. 여기서라면, 블립A의 엔진이 내 페트로바스코프에서 반짝이고 있어야 한다….

나는 숫자를 돌려보고 또 돌려본다. 로키의 진로를 매일 관찰해 내 공식이 정확하다는 것을 이미 증명했음에도. 하지만 지금은 아무것도 없다. 블립A에서, 아무 블립이 발생하지 않는다.

로키가 저기 먼 곳에 버려져 있다. 그의 타우메바가 울타리에서 탈출해 로키의 연료 탱크까지 기어들어 갔다. 거기서부터 모든 걸 먹어 치웠다. 수백만 킬로그램의 아스트로파지가 며칠 만에 사라졌다.

로키는 똑똑하다. 그러니 당연히 연료를 나눠 두었을 것이다. 하지만 그 구획도 제노나이트로 만들어져 있는 것 아닐까? 그렇다.

사흘.

우주선이 손상된 거라면 로키가 고쳤을 것이다. 로키가 고치지 못하는 건 아무것도 없다. 게다가 그는 작업 속도가 빠르다. 다섯 개의 팔을 획획 휘둘러 가며, 아무 관련 없는 일을 동시에 하는 경우도 많다. 그가 지금 엄청난 타우메바 감염을 처리하고 있을지도 모르겠다. 하지만 그렇게 하는 데까지 얼마나 걸릴까? 그에게는 질소가 충분히 있다. 암모니아 대기에서 원하는 만큼 얼마든지 질소를 거둬들일 수도 있다. 로키가 타우메바 오염을 발견한 즉시 그렇게 했다고 가정하자.

로키가 시스템을 다시 작동시킬 때까지 얼마나 걸릴까?

이렇게 오래 걸리지는 않는다.

무슨 일이 일어났는지는 모르겠지만, 블립A를 고칠 수 있었다면 지금쯤 로키는 고쳤을 것이다. 지금까지 블립A가 우주에서 죽어 있는 이유를 설명할 유일한 방법은 연료가 없다는 것뿐이다. 로키는 타우메바를 제때 멈추지 못했다.

나는 두 손에 얼굴을 묻는다.

나는 고향으로 돌아갈 수 있다. 정말이다. 돌아가서 영웅이 되어 남은 삶을 보낼 수 있다. 동상, 기념 행진, 기타 등등. 게다가 나는 모든 에너지 문제가 해결된 새로운 세상의 질서 속에서 살아가게 될 것이다. 아스트로파지 덕분에 싸고 간편하며 재생 가능한 에너지가 사방에 존재하겠지. 나는 스트라트를 추적해 다 집어치우라고 말할 수도 있다.

하지만 그러면 로키가 죽는다. 그보다 중요한 건, 로키의 사람들이 죽는다는 것이다. 수십억 명이.

이렇게 가까이 왔는데. 그냥 4년만 살아남으면 되는데. 그래, 고약한 코마 슬러리를 먹게 되겠지만, 나는 살아 있을 것이다.

나의 짜증 나는 논리적 정신은 다른 선택지를 가리킨다. 비틀스를, 네 대를 모두 발사하라고. 비틀스마다 소형 타우메바 배양기와, 데이터며 발견 내용으로 가득한 USB를 실으라고. 그때부터는 지구의 과학자들이 해결할 것이다.

그리고 나는 헤일메리호의 방향을 돌려 로키를 찾은 다음, 그를 에리드의 고향으로 데려간다.

문제는 한 가지다. 그러면 내가 죽는다는 것.

내게는 지구로 가는 여행에서 살아남을 만큼의 식량이 있다. 아니면, 에리드까지 가는 여행에서 살아남을 식량이라고 할 수도 있다. 하지만 에리디언들이 헤일메리호의 연료를 바로 다시 채워준대도 에리드에서 지구로 돌아가는 여행에서 살아남을 만큼의 식량은 없을 것이다. 그 시점에는 겨우 몇 달 치의 식량만 남을 것이다.

나는 아무것도 재배할 수 없다. 쓸 수 있는 씨앗이나 살아 있는 식물이 전혀 없다. 에리디언의 음식을 먹을 수도 없다. 중금속을 비롯한 독성 물질들이 너무 많이 들어 있으니까.

그러니 내게 남겨진 선택지는 두 가지뿐이다. 하나. 영웅이 되어 고향으로 돌아가서 모든 인류를 구한다. 둘. 에리드로 가서 외계인 종족을 구하고 얼마 지나지 않아 굶어 죽는다.

나는 머리를 잡아 뜯는다.

두 손에 얼굴을 묻고 흐느낀다. 후련하면서도 진이 빠진다.

눈을 감았을 때 보이는 것이라곤 로키의 바보 같은 등딱지와 언제나 뭔가를 만지작거리고 있는 그의 작은 팔들뿐이다.

내가 결정을 내린 지 6주가 지났다. 쉬운 결정은 아니었지만, 나는 그 결심을 지킬 생각이다.

나는 매일의 의식을 하느라 스핀 드라이브를 끈다. 페트로바스코프를 띄우고 우주를 내다본다. 아무것도 보이지 않는다.

"미안해, 로키." 내가 말한다.

그때, 나는 아주 작은 페트로바 빛점을 본다. 나는 화면을 확대해 그 구역을 살핀다. 거의 보이지 않는, 총 네 개의 작은 점들이 화면에 떠 있다.

"네가 비틀스 하나를 해체해 보고 싶어 할 거라는 건 알지만 하나도 빼놓을 수 없었어."

훨씬 작은 스핀 드라이브를 가진 비틀스들은 얼마 지나지 않아 보이지 않을 것이다. 녀석들은 지구로 빠르게 날아가고 있고 나는 거의 반대 방향의 블립A로 가고 있으니 더더욱.

소형 배양기 안의 아스트로파지 코일이 타우메바를 방사선으로부터 보호해 줄 것이다. 비틀스가 활용하는 엄청난 가속력을 배양기 두 개와 안에 들어 있는 생명체가 모두 견딜 수 있다는 사실도 철저히 검증했다. 비틀스는 그들의 관점에서 1~2년 안에 지구로 돌아갈 것이다. 지구의 시간 틀로는 약 12년이 걸린다.

나는 스핀 드라이브를 다시 켜고 계속 나아간다.

'타우세티 항성계 바로 바깥쪽 어딘가에서' 우주선을 찾는다는 건 만만한 일이 아니다. 누가 노 젓는 배를 한 척 줄 테니, 바다 어딘가에서 이쑤시개를 찾아오라 한다고 치자. 이게 바로 그런 일이다. 하지만 어렵기는 훨씬 어렵다.

나는 로키의 진로를 알고 있고, 그가 그 진로에 따라 움직였으리라는 사실도 알고 있다. 하지만 로키의 엔진이 나간 시점이 언제인지는 모른다. 나는 그의 위치를 겨우 하루에 한 번밖에 확인하지 않았다. 지금 이 순간, 나는 로키의 위치에 대한 '최선의 추정'을 정면으로 받아들이고, 그의 속력에 그 최선의 추정을 맞추었다. 하지만 그건 시작일 뿐이다. 나는 엄청난 탐색을 앞두고 있다.

그의 위치를 좀 더 자주 추적할 걸 그랬다. 로키의 엔진이 꺼진 정확한 시간을 모르기에, 내 추측의 오차 범위는 약 2,000만 킬로미터다. 그 정도면 지구에서 태양까지 거리의 8분의 1쯤 된다. 너무 엄청난 거리라, 빛이 그 거리를 여행하는 데도 1분이 꼬박 걸린다. 내가 가진 정보로는 그게 최선이다.

오차 범위가 그렇게 작다는 게 행운이다. 내 타우메바가 한 달 뒤에 탈출했다면 상황이 기하급수적으로 나빠졌을 것이다. 아직 이 모든 일은 타우세티 항성계의 가장자리에서 벌어지고 있다. 겨우 여행의 시작 단계다. 타우세티에서 지구까지의 거리는 타우세티 항성계 전체 폭의

4,000배가 넘는다.

우주는 크다. 우주는… 너무 너무 크다.

그러니까 겨우 2,000만 킬로미터만 찾아보면 된다니 나는 극도로 운이 좋은 것이다.

"흠." 나는 중얼거린다.

타우세티에서 이렇게 먼 곳까지 와 있으니 로키의 우주선은 타우빛을 별로 반사하지 않을 것이다. 내가 망원경으로 블립A를 발견할 가능성은 없다.

참고하자면, 나는 죽을 것이다.

"그만해." 내가 말한다. 코앞에 닥친 나 자신의 죽음이 떠오를 때마다 나는 대신 로키를 생각한다. 지금도 로키는 절망감을 느끼고 있을 것이다. 가고 있어, 친구.

"기다려…"

로키는 분명 슬퍼하고 있을 것이다. 하지만 동시에, 그는 오랫동안 맥이 빠진 채로 지내는 사람이 아니다. 그는 해결책을 알아내려 애쓰고 있을 것이다. 뭘 하려나? 로키의 종족 전체가 위태로운 상태인데, 로키는 내가 가고 있다는 걸 모른다. 그냥 자살하지는 않겠지? 로키는 생각나는 일은 뭐든 해볼 것이다. 성공할 확률이 아주 낮더라도.

그래. 내가 로키라고 해보자. 내 우주선이 죽었다. 어쩌면 아스트로파지 조금은 건졌을지도 모른다. 타우메바가 아스트로파지를 전부 먹어 치웠을 리는 없지 않을까? 그러니까 아스트로파지가 조금은 있다. 내가 스스로 비틀스를 만들 수 있을까? 에리드로 보낼 만한?

나는 고개를 젓는다. 그러려면 내비게이션 시스템이 필요하다. 그건 컴퓨터 문제다. 에리디언의 과학 수준을 훨씬 넘어서는 일이다. 애초에 그들이 거대한 우주선에 승조원 스물세 명을 태워 보낸 이유가 그것이다. 게다가 한 달 반이 지났다. 로키가 작은 우주선을 만들 작정이었다면, 지금쯤은 그 작업을 마쳤을 테고 나는 그 우주선의 엔진이 번쩍이는 것을 보았을 것이다. 로키는 동작이 빠르다.

좋아. 비틀스는 없다. 하지만 로키에게 동력원은 있다. 생명 유지 장치도. 아주 오랜 시간 버티게 해줄 식량도(최초의 승조원은 스물세 명이었고, 처음부터 로키의 여행은 왕복 여행으로 계획된 것이니까).

"무전?" 내가 말한다.

어쩌면 로키가 무전 신호를 보낼지도 모른다. 에리드에서도 들릴 만한, 뭔가 강력한 신호 말이다. 탐지될 가능성은 아주 낮지만, 뭐라도. 에리디언들은 수명이 길다. 구조될 때까지 10년쯤 기다리는 것은 별문제도 아닐 것이다. 뭐, 사느냐 죽느냐 하는 문제는 아니라는 것이다. 몇 년 전이라면, 나라도 10광년 떨어진 곳으로 무전 신호를 보내는 건 불가능한 일이라고 말했을 것이다. 하지만 지금 내가 이야기하고 있는 사람은 로키다. 로키는 뭐든 만들어내고, 자기가 만든 것에 동력을 제공해 줄 아스트로파지를 일부 건져냈을지도 모른다.

무전 신호에 꼭 정보가 담겨 있을 필요는 없다. 그냥 눈에 띄기만 하면 된다.

하지만 그건 아니다. 그럴 방법이 전혀 없다. 냅킨 뒤에 간단한 계산만 해봐도, 지구의 무전조차 (지구의 무전 기술은 에리드보다 훨씬 뛰어나다) 에리드에서는 배경 소음보다 훨씬 낮은 강도의 신호로만 들리리라는 것을 알 수 있다.

로키도 그 사실을 알고 있을 것이다. 그러니 의미가 없다.

"흠."

더 나은 레이더가 있었으면 좋겠다. 내 레이더는 수천 킬로미터까지 제대로 작동한다. 그 거리가 터무니없이 짧다는 건 분명하다. 여기에 로키가 있었다면 아마 뭔가를 획 만들어냈을 것이다. 조금 역설적이지만 로키가 여기에 있어서 내가 로키를 구할 수 있도록 도와주었으면 좋겠다.

"더 좋은 레이더…." 나는 웅얼거린다.

글쎄, 동력원은 많다. 레이더 시스템도 있다. 어쩌면 뭔가 만들어낼 수 있을지도 모른다.

하지만 송출기에 그냥 동력을 추가해 놓고 일이 잘 돌아가기를 기대할 수는 없다. 당연히 송출기가 타버릴 것이다. 아스트로파지 에너지를 어떻게 하면 전파로 바꿀 수 있지?

나는 조종석에서 벌떡 일어난다. "멍청아!"

나는 사상 최고의 레이더를 만드는 데 필요한 모든 것을 가지고 있다. 우주선에 내장된, 쥐꼬리만 한 송출기와 센서가 달린 레이더 시스템은 집어치워도 된다. 내게는 스핀 드라이브와 페트로바스코프가 있으니까! 나는 우주선 뒤쪽으로 900테라와트의 적외선을 뿜어내고, 그중 일부가 반사되는지 페트로바스코프로 확인할 수 있다. 페트로바스코프는 바로 그 주파수의 빛을, 아무리 작은 양이라도 탐지하도록 신중히 고안된 장비 아닌가!

페트로바스코프와 엔진을 동시에 작동할 수는 없다. 하지만 괜찮다! 로키는 빛의 속도로 최대 1분 거리에 떨어져 있으니까!

나는 탐색용 격자를 짠다. 꽤 간단하다. 나는 한창 로키의 장소를 때려 맞추는 중이다. 그러니 모든 방향을 뒤져야 한다.

쉽다. 나는 스핀 드라이브를 켠다. 수동 제어를 시작하자 늘 그렇듯 제어판은 내게 수많은 경고창에 '예', '예', '예', '무시'라고 답하도록 요구한다.

나는 출력을 최고로 높이고, 빗놀이 제어장치를 이용해 좌현으로 가파르게 돈다. 그 힘에 나는 등 뒤의 조종석으로, 옆으로 떠밀린다. 우주 항법적 측면에서 보면 세븐일레븐 주차장에서 도넛 회전(자동차의 앞부분을 한 중심점으로 향하게 두고, 제자리에서 원을 그리며 도는 묘기 운전의 하나. 자동차가 남긴 바퀴 흔적이 도넛 모양이라고 해서 도넛 회전이라고 부른다 -옮긴이)을 하는 것과 마찬가지다.

나는 각도를 가파르게 유지한다. 한 바퀴 완전히 도는 데 30초가 걸린다. 나는 대략 원래 있던 자리로 돌아온다. 아마 수십 킬로미터쯤 떨어져 나왔겠지만 상관없다. 엔진을 끈다.

이제는 페트로바스코프를 지켜본다. 페트로바스코프는 전 방향성이 아니지만, 한 번에 우주 공간의 90도를 충분히 살필 수 있다. 나는 엔진을 비추었던 것과 같은 방향, 같은 속도로 천천히 페트로바스코프를 사용해 우주를 훑는다. 완벽하지는 않다. 내가 타이밍을 잘못 맞출 수도 있다. 로키가 아주 가까이 있거나 아주 멀리 있다면 이 방법은 통하지 않을 것이다. 하지만 이번은 겨우 첫 번째 시도니까.

나는 페트로바스코프를 완전히 한 바퀴 돌린다. 아무것도 없다. 그래서 한 번 더 돌린다. 어쩌면 로키는 내 생각보다 더 먼 곳에 있을지도 모른다.

두 번째 회전에서도 아무것도 보이지 않는다.

뭐, 아직 끝나지 않았다. 우주는 3차원이다. 나는 그저 이 구역의 평면 한 조각을 훑었을 뿐이다. 나는 우주선의 상하 요동 각도를 앞으로 5도 기울인다.

동일한 패턴으로 수색을 반복한다. 하지만 이번에는 탐색 패턴의 평면이 지난번과 5도 달라져 있다. 이번에도 아무것도 발견되지 않는다면 5도 더 기울여서 다시 해볼 것이다. 모든 방향을 탐색하게 되는 90도에 이를 때까지 계속.

그것도 통하지 않으면 나는 다시 시작할 것이다. 다만 페트로바스코프의 회전 속도는 높여야겠지.

나는 두 손을 문지르고 물을 한 모금 마신 다음 작업에 착수한다.

반짝인다!

마침내 반짝임이 보인다!

55도 평면에서 페트로바스코프를 반쯤 회전했을 때다. 빛이다!

나는 놀라서 팔다리를 허우적거린다. 그 바람에 조종석에서 몸이 튀어 나간다. 나는 무중력 통제실 안에서 사방에 부딪히고 튀어 다니다가 서둘러 원래 자리로 돌아온다. 지금까지는 작업이 느리게 진행됐기 때문에 그 누구보다 지루하던 차였다. 하지만 더는 아니다!

"세상에! 어디야! 좋아! 침착해! 진정하라고. 진정해!"

나는 블립이 보인 화면을 손가락으로 짚는다. 페트로바스코프 위치를 확인하고, 화면에서 몇 가지 계산을 한 다음 각도를 계산한다. 나의 현재 평면에서 빛놀이 각도 214도, 타우세티에서는 55도 기울어진 곳이다. 에이드리언의 황도다.

"찾았다!"

이젠 더 제대로 읽어볼 차례다. 나는 여기저기 부딪혀 이제는 낡아 빠진 스톱워치를 착용한다. 무중력은 이 조그만 녀석에게 별로 친절하지 않았다. 그래도 녀석은 작동한다.

나는 우주선 제어판을 잡고, 접촉 지점의 정반대 방향으로 우주선의 각도를 맞춘다. 스톱워치를 켜고 10초 동안 직선으로 추진한 다음 돌아서서 엔진을 끈다. 나는 접촉 지점에서 대략 초속 150미터쯤으로 움직이고 있지만 상관없다. 방금 더해진 속력을 무력화하고 싶지 않다. 페트로바스코프가 필요하다.

나는 손에서 스톱워치가 돌아가는 동안 화면을 빤히 바라본다. 머잖아 다시 블립이 보인다. 28초. 빛점은 10초 동안 머무르다가 사라진다.

저게 블립A라고 장담할 수는 없다. 하지만 뭐든 간에 저것은 내 스핀 드라이브를 반사하는 것이 확실하다. 그리고 빛의 속도로 14초 떨어진 곳에 있다(빛이 그 자리까지 가는 데 14초, 돌아오는데 14초가 걸렸으니 총 28초). 계산하면 대략 4,000만 킬로미터가 된다.

여러 번 측정해 그 물체의 속력을 계산하는 건 아무 의미가 없다. '화면을 손가락으로 짚는' 이런 접근 방법으로는 정확성을 달성할 수 없다. 하지만 방향은 나왔다.

나는 아홉 시간 삼십 분 안에 4,000만 킬로미터를 가로지를 수 있다.

나는 주먹을 쾅 친다. "좋아! 나 이제 확실히 죽겠구나!"

왜 그런 말을 했는지 모르겠다. 아마… 뭐, 로키를 찾을 수 없었다면 나는 지구로 방향을 돌렸을 것이다. 이 일에 이렇게까지 노력을 들이다니 나도 놀랍다.

아무튼, 나는 블립이 보인 쪽으로 항로를 설정하고 엔진을 켠다. 이번에는 상대성에 의지할 필요조차 없다. 이건 그냥 고등학교 수준의 물리학이다. 경로의 절반은 가속하고, 나머지 절반은 감속할 생각이다.

나는 이어진 아홉 시간을 청소하며 보낸다. 다시 손님이 올 테니까!

내 바람이지만 말이다.

로키는 제노나이트 벽에 뚫어놓은 구멍을 모두 메워야 할 것이다. 하지만 그건 문제도 아니다.

그런 일은 내가 확인한 접촉이 블립A이고 우주를 떠도는 무작위의 쓰레기가 아니라고 가정했을 때나 가능하다.

그런 생각은 애써 지운다. 희망을 살려두고 어쩌고저쩌고.

나는 제노나이트 구역에서 내 잡동사니를 전부 꺼낸다.

일단 그 일을 마친 뒤에는 엄청나게 조바심이 난다. 멈춰 서서 한 번 더 주위를 훑어보고 방향을 확인하고 싶지만, 그 충동을 억누른다. 그냥 기다리면 알게 될 거다.

나는 실험실에 있는 알루미늄 타우메바 배양기를 바라본다. 타우메바 경보기 안에 있는, 그 옆의 아스트로파지 슬라이드도. 모든 것이 제대로 굴러가고 있다. 어쩌면 내가….

타이머에서 삑삑 소리가 난다. 목적지에 도착했다!

나는 허둥지둥 사다리를 기어올라 통제실로 들어간 다음 스핀 드라이브를 끈다. 조종석에 앉기도 전에 레이더 화면을 띄운다. 최대 출력으로 모든 기능을 가동해 본다. "어서… 나와라…."

아무것도 나오지 않는다.

나는 조종석에 앉아 안전띠를 찬다. 이런 일이 일어날지도 모른다고 생각했다. 지금은 접촉점이 헤일메리호에 훨씬 더 가까워져 있지만, 아직 레이더 범위에는 들어오지 않은 것이다. 나는 그저 4,000만 킬로미터를 여행했을 뿐이다. 레이더 범위는 그 1,000분의 1에도 못 미친다. 그래, 정확도가 99.9퍼센트에 못 미쳤다. 뭐 놀랄 일이라고.

한 번 더 페트로바스코프로 훑어볼 차례다. 하지만 이번에는, 어딘지는 몰라도 접촉 지점과 나 사이에 1광분의 거리를 두는 호사를 누릴 수 없다. 예를 들어서 내가 접촉 지점으로부터 10만 킬로미터 떨어져 있다면, 빛이 내게 돌아올 때까지 1초 미만이 걸리게 된다. 그런데 스핀 드라이브를 켜놓은 상태에서는 페트로바스코프를 사용할 수 없다.

그럼 인제 어쩌지?

나는 페트로바스코프를 끄지 않은 채 아스트로파지 조명을 켜야 한다. 명령어 메뉴를 살펴보지만, 아무것도 없다. 스핀 드라이브가 작동하는 도중에 페트로바스코프를 켤 방법은 전혀 없다. 어딘가에 물리적으로 연동된 게 틀림없다. 이 우주선에 탑재된 어떤 전선이, 스핀 드라이브 제어판에서 페트로바스코프로 이어지고 있다. 나는 평생 그 전선을 찾는다고 해도 찾지 못할 것이다.

하지만 내가 가진 스핀 드라이브는 주 엔진만이 아니다.

비행 자세 조정용 엔진은 헤일메리호의 측면에 튀어나와 있는 작은 스핀 드라이브다. 이 엔진들이 빗놀이 각도, 상하 요동 각도를 조절해 우주선을 굴릴 수 있도록 해준다. 페트로바스코프가 이 엔진에도 신경을 쓸까?

나는 페트로바스코프를 켜놓고, 빠르게 왼쪽으로 우주선을 굴린다. 우주선이 구르지만, 페트로바스코프는 계속 작동한다!

이런 희귀한 상황이라니, 너무도 매력적이다! 분명 설계팀의 누군가는 이런 상황을 예상했겠지만 말이다. 아마 그들은 비행 자세 조절용 엔진에서 나오는, 비교적 소량의 출력은 페트로바스코프를 망가뜨리지 않을 거라고 판단했을 것이다. 전반적인 구조를 보면 말이 되는 얘기다. 엔진과 비행 자세 조정용 엔진은 모두 우주선 반대 방향을 가리키고 있다. 그러므로 페트로바스코프 반대 방향을 가리키는 셈이다. 주요 엔진이 켜져 있을 때 페트로바스코프가 꺼지는 이유는 우주먼지에서 반사되는 소량의 빛 때문이다. 훨씬 힘이 약한 비행 자세 조정용 엔진에서 나오는 반사광은 수용할 만한 것으로 보였을 것이다.

하지만 조정용 엔진은 지금도 강철을 증발시키기에 충분한 빛을 뿜어내고 있다. 어쩌면 블립A를 비추기에는 충분한 밝기일지도 모른다.

나는 좌현의 빗놀이 추진기와 평행하게 페트로바스코프의 방향을 잡는다. 가시광선 동영상의 맨 아랫부분에서 추진기가 보인다. 나는 추진기를 켠다.

페트로바 스펙트럼에서 확실히 빛이 보인다. 대략 추진기 근처에 아지랑이가 보인다. 안개 속에서 손전등을 켠 것과 같다. 하지만 몇 초 뒤에는 그 아지랑이가 잦아든다. 아직 부연 빛이 그 자리에 있기는 하다. 그저 널리 퍼지지 않을 뿐이다.

아마 헤일메리호 자체에서 나온 먼지와 미량 가스일 것이다. 우주선에서 떨어지는 아주 작은 입자들. 추진기가 근처에 있는 부유물을 모두 증발시킨 다음에는 사태가 진정된다.

나는 추진기를 계속 켜놓고, 우주선이 빗놀이 축을 중심으로 회전하게 두고서 페트로바스코프를 지켜본다. 이제 내게는 손전등이 생겼다. 우주선의 회전 속도가 점점 빨라진다. 그렇게 놔둘 수는 없다. 그래서 우현 쪽 빗놀이 추진기도 작동한다. 컴퓨터가 엄청나게 불평을 쏟아놓는다. 우주선에 시계방향으로 돌면서, 동시에 반시계 방향으로 돌라고 명령할 합리적인 이유는 전혀 없다. 나는 경고를 무시한다.

완전히 한 바퀴를 돌지만, 아무것도 보이지 않는다. 괜찮다. 새로운 건 없다. 나는 상하 요동 각도를 5도 조정하고 다시 시도한다.

여섯 번째 돌았을 때다. 나는 에이드리언의 황도에서 25도 떨어진 지점에서 접촉점을 발견한다. 자세히 알아보기에는 아직 너무 멀다. 하지만 빗놀이 추진기에 대한 반응으로 빛이 번쩍인 건 분명하다. 나는 추진기를 몇 번 켰다 끄면서 반응시간을 측정한다. 거의 즉각적이다. 내 생각엔 4분의 1초 미만인 듯하다. 나는 접촉점으로부터 7만 5,000킬로미터 범위 안에 있다.

나는 접촉 지점 쪽으로 방향을 돌리고 엔진을 켠다. 이번에는 무계획적으로 마구 돌진하지 않을 것이다. 약 2만 킬로미터마다 멈춰서 한 번 더 측정해 볼 것이다.

나는 미소 짓는다. 이 방법이 통하고 있다.

이제 내가 온종일 소행성을 쫓아다닌 것이 아니기만을 바라면 된다.

조심스러운 비행과 반복된 측정을 통해, 헤일메리호가 마침내 그 물체를 레이더로 감지해 낸다!

화면에 바로 보인다. '블립A'.

"아, 그렇지." 내가 말한다. 블립A에 어쩌다 그런 이름이 붙었는지 잊고 있었다.

나는 그 물체와 4,000킬로미터 떨어져 있다. 물체가 레이더 범위의 가장 바깥쪽 가장자리에 있는 셈이다. 망원경 화면을 띄우지만, 최대로 확대해도 아무것도 보이지 않는다. 망원경은 지름이 수백에서 수천 킬로미터에 이르는 천체를 찾기 위해서 만들어진 것이지, 겨우 수백 미터 길이의 우주선을 찾아내기 위한 것은 아니었다.

나는 천천히, 조금씩 다가간다. 타우세티에 대한 그 물체의 속도는 로키의 우주선으로 보기에 적합하다. 엔진이 꺼졌을 즈음에 로키가 띠게 되었을 속도와 대략 비슷하다.

그 물체의 진로를 알아내기 위해 엄청나게 많은 판독과 계산을 할 수도 있겠지만, 내게는 더 쉬운 계획이 있다.

나는 여기서 몇 분, 저기서 몇 분 추진하면서 속도를 늦췄다가 높였다가 한 끝에, 그 물체와 속도를 맞춘다. 여전히 4,000킬로미터 떨어져 있지만, 나와 그 물체의 상대속도는 거의 0이다. 왜 이렇게 하냐고? 헤일메리호는 내게 자기 경로를 알려주는 솜씨가 아주 뛰어나기 때문이다.

나는 내비게이션 제어판을 띄우고, 현재 궤도를 계산하게 한다. 천체 관측과 계산을 거친 뒤, 컴퓨터는 내가 듣고 싶었던 바로 그 말을 해준다. 헤일메리호는 쌍곡선 궤도에 올라 있다. 그 말은, 내가 아예 궤도에 올라 있지 않다는 뜻이다. 나는 탈출 진로에 올라서, 타우세티의 중력 영향권을 완전히 벗어나 있다.

그 말은, 내가 추적하고 있는 물체도 탈출 진로에 올라 있다는 뜻이다. 항성계의 물체가 절대 하지 않는 일이 무엇인지 아는가? 항성계에 속한 물체는 절대로 항성의 중력에서 탈출하지 않는다. 탈출할 정도로 빠르게 이동하던 모든 것은 수십억 년 전에 이미 탈출을 마쳤다. 저게 뭔지는 모르지만, 평범한 소행성은 아니다.

"좋아, 좋아, 좋아, 좋아…." 내가 말한다. 나는 스핀 드라이브를 켜고 접촉 지점으로 향한다. "가고 있어, 친구. 딱 기다려."

500킬로미터 안에 들어왔을 때, 마침내 그 물체가 화면상에 나타난다. 내게 보이는 것은 화소 처리가 심하게 된 삼각형뿐이다. 폭보다 길이가 네 배는 길다. 대단한 정보는 아니지만 그 정도면 충분하다. 블립

A다. 나는 그 모습을 잘 알고 있다.

바로 이런 경우에 대비해, 나는 일류키나의 보드카 주머니를 바로 옆에 두고 있었다. 나는 잠금식 빨대로 보드카를 한 모금 마신다. 기침하고 쌕쌕거린다. 어휴, 너무 센 술을 좋아하셨네.

로키의 우주선은 내 우현 쪽 50미터 거리에 있다. 나는 매우 조심스럽게 다가갔다. 항성계 전체를 가로지른 마당에, 실수로 로키를 내 엔진으로 증발시키고 싶지는 않았다. 나는 초당 몇 센티미터 이내로 속도를 맞추었다.

우리가 헤어진 지 거의 3개월이 흘렀다. 밖에서 보면 블립A는 늘 보았던 것과 같은 모습이다. 하지만 뭔가 잘못됐다는 것은 확실하다.

나는 통신을 하려고 모든 노력을 기울여보았다. 무전. 스핀 드라이브 깜빡이기에도 아무 반응이 없다.

가슴이 철렁한다. 로키가 죽었다면? 로키는 저 안에서 혼자였다. 로키가 수면 주기에 빠져 있을 때 온갖 나쁜 일들이 일어났다면? 에리디언들은 몸이 준비되기 전에는 깨어나지 않는다. 로키가 잠들어 있을 때 생명 유지 장치가 꺼졌고, 로키가 그냥… 다시는 깨어나지 못했다면?

로키가 방사선 장애로 죽었다면? 방사선으로부터 로키를 보호해 주던 그 모든 아스트로파지가 메탄과 타우메바로 변했다. 에리디언들은 방사선에 매우 취약하다. 방사선 장애가 너무 빨리 발생해, 로키에게는 반응할 기회조차 없었을지도 모른다.

나는 고개를 젓는다.

아니다. 로키는 로키다. 똑똑하다. 대비책이 있었을 것이다. 분명히 수면 주기에 사용하는 독립된 생명 유지 장치가 있었을 거다. 그리고 방사선도 처리했겠지. 방사선이 동료 승조원을 전부 죽여버렸다는 걸 아니까.

하지만 왜 응답이 없을까?

로키는 볼 수가 없다. 로키에게는 창문이 없다. 내가 여기에 있다는 사실을 조금이라도 눈치채려면 로키는 블립A의 감각 장비를 사용해 적극적으로 밖을 내다봐야 할 것이다. 로키가 왜 그런 일을 하겠나? 아무 희망 없이 우주에 버려졌다고 생각할 텐데.

선외활동을 할 시간이다.

올란에 들어가 에어로크를 회전시키는 게 꼭 백만 번쯤은 되는 것 같다. 나는 에어로크의 내부에 길고 튼튼한 안전끈을 고정해 두었다.

나는 눈 앞에 펼쳐진, 광활한 허공을 내다본다. 블립A는 보이지 않는다. 타우세티는 너무 멀어서 아무것도 비추지 못한다. 내가 우주선의 위치를 아는 까닭은 그저 그 우주선이 배경의 별들을 가리고 있기 때문이다. 나는 그냥… 우주에 나와 있는데, 그 우주의 한 뭉텅이에는 바늘구멍 같은 빛점들이 없다.

이런 일을 하는 데는 왕도가 없다. 그냥 찍는 수밖에. 나는 헤일메리의 선체를 최대한 세게 차고 블립A 쪽으로 향한다. 블립A는 커다란 우주선이다. 그냥, 그 우주선의 아무 곳에나 부딪히면 된다. 그리고 뭐 빗나간다고 해도 은하계 최초의 우주 번지점프 안전끈이 나를 다시 잡아당겨 줄 것이다.

나는 우주를 가로지르며 둥실둥실 떠간다. 눈앞의 어둠이 점점 커진다. 점점 더 많은 별들이 사라지다가 아무것도 보이지 않는다. 움직인다는 감각조차 들지 않는다. 논리적으로는 내가 우주선을 차고 나왔을 때와 똑같은 속도를 띠고 있으리라는 걸 안다. 하지만 그 사실을 증명할 만한 건 아무것도 없다.

그때, 나는 눈앞에서 희미하고 얼룩덜룩한 황갈색 빛을 발견한다. 드디어 헬멧의 조명이 블립A의 일부를 비출 만큼 가까이 접근한 것이다. 빛이 점점 더 밝아진다. 이제는 선체가 더 확실하게 보인다.

본격적으로 덤빌 시간이다. 붙들 만한 물건을 찾기까지 내게 주어진 시간은 겨우 몇 초다. 나는 로키의 선체 전체에 그 로봇이 돌아다닐 수 있도록 난간이 설치돼 있다는 걸 알고 있다. 그중 하나가 붙잡을 수 있을 만큼 가까운 거리에 있기를 바란다.

나는 바로 앞에서 난간을 발견한다. 손을 뻗는다.

쾅!

나는 EVA 우주복으로 그러면 안 될 만큼 세게 블립A와 부딪친다. 그렇게 열정을 담아 헤일메리호를 걷어차서는 안 됐다. 나는 뭐든 잡으려고 선체를 마구 더듬어댄다. 난간을 잡겠다는 내 계획은 비참하게 실패했다. 어느 난간에 손을 대기는 했지만, 붙들고 있을 수가 없었다. 나는 튀어나와 멀어져 가기 시작한다. 안전끈이 내 등 뒤에서 꼬여 나를 감아온다. 우주선으로 돌아가 한 번 더 시도하려면, 오랫동안 기어가야 할 것이다.

그때 나는 선체 위, 몇 미터 떨어진 곳에서 이상하게 울퉁불퉁 튀어나온 물체를 발견한다. 안테나이려나? 손이 닿기에는 너무 멀지만, 안전끈으로는 닿을 수 있을지도 모른다.

나는 느리지만 일정한 속도로 선체에서 멀어져 가고 있으며, 제트팩도 없다. 지금이 아니면 기회는 없다.

나는 안전끈으로 빠르게 올가미를 지어 안테나에 던진다.

그리고 아니 세상에나, 내가 명중시켰다! 내가 방금 외계 우주선을 잡았다. 나는 고리를 팽팽히 당긴다. 아주 잠깐은 안전끈 때문에 안테나가 부러질지 모른다는 걱정이 들지만, 그때 얼룩덜룩한 황갈색 소재가 보인다. 안테나는 (정말 안테나라면 말이지만) 제노나이트로 만들어져 있다. 절대 부러지지 않는다.

나는 안전끈을 쥐고 내 몸을 선체 쪽으로 당긴다. 이번에는 나를 도와줄 안테나와 안전끈이 있기에 근처의 로봇 난간을 잡는 데 성공한다.

"휴." 내가 말한다.

나는 잠시 시간을 들여 숨을 고른다. 이제는 로키의 청각을 시험해볼 차례다.

나는 공구 벨트에서 가장 큰 스패너를 꺼낸다. 몸을 뒤로 당겼다가 선체를 내려친다. 세게.

나는 내려치고 또 내려친다. 철컹! 철컹! 철컹! 내 EVA 우주복 전체에 그 소리가 울린다. 로키가 안에 살아 있다면, 이 소리가 그의 주의를 끌 것이다.

나는 스패너의 한쪽 끝을 선체에 대고 누르며, 몸을 웅크려 헬멧을 스패너의 반대쪽 끝에 댄다. 헬멧 안에서 목을 쭉 늘이며 면판에 턱을 바짝 댄다.

"로키!" 나는 최대한 크게 소리친다. "들리는지 모르겠지만! 내가왔어, 친구! 내가 네 선체에 있다고!"

나는 몇 초를 기다린다. "EVA 우주복 무전기를 켜놨어! 늘 쓰던 그 주파수야! 뭐라고 좀 해봐! 괜찮은지 알려줘!"

나는 무전기 음량을 키운다. 들리는 건 잡음뿐이다.

"로키!"

지직거림. 내 두 귀가 쫑긋 선다.

"로키?"

"그레이스, 질문?"

"맞아!" 음정 몇 개를 듣고 이렇게 기뻤던 적은 한 번도 없었다! "그래, 친구! 나야!"

"너 여기 있음, 질문?" 로키의 목소리가 너무 높아, 그의 말을 거의 알아들을 수 없다. 하지만 이제 나는 에리디언의 말을 꽤 잘 이해한다.

"응! 나 여기 있어!"

"너는….." 그가 새된 소리를 낸다. "너….." 그가 다시 새된 소리를 낸다. "네가 여기 있어!"

"맞아! 에어로크 터널 좀 설치해 봐!"

"경고! 타우메바82.5가….."

"알아! 알고 있어. 제노나이트를 통과할 수 있지. 그래서 여기 온 거야. 네가 곤란한 상황이라는 걸 알고 있었어."

"너 나 구함!"

"응. 난 늦지 않게 타우메바를 잡았어. 난 아직 연료가 있어. 터널을 설치해. 내가 널 에리드로 데려다줄게."

"넌 나 구하고 에리드 구함!" 로키가 새된 소리로 외친다.

"아 진짜, 터널 좀 설치하라니까!"

"네 우주선으로 돌아가! 그러지 않으면 바깥에서 터널을 보게 됨!"

"아, 맞네!"

나는 잔뜩 들뜬 채 에어로크 문 근처에서 기다린다. 작은 창문 너머로 어떤 일이 펼쳐지는지 지켜보려는 중이다. 전에도 모두 일어난 적이 있는 일이다. 로키가 선체 로봇을 가지고 에어로크에서 에어로크로 이어지는 터널을 잇고 있다. 하지만 이번에는 좀 더 어려운 작업이다. 블립A가 전혀 움직일 수 없기에, 내가 헤일메리호를 적당한 위치로 이동해야 했다. 그래도 우리는 해낸다.

마지막으로 철컹하는 소리가 들리더니 쉭 소리가 난다. 내가 아는 소리다!

나는 에어로크 안으로 둥실둥실 날아 들어가 외부 창문을 확인한다. 터널은 망가지지 않았다. 로키는 그동안 내내 이 터널을 보관해 왔다. 안 그럴 이유가 없지! 이 터널은 로키의 종족이 외계의 생명체와 처음으로 접촉했을 때 사용한 물건이다. 나라도 보관한다!

나는 비상 안전밸브를 돌린다. 내 우주선의 공기가 터널 절반을 채운다. 기압이 같아지자마자 나는 문을 열고 날아 들어간다.

로키가 반대쪽에서 나를 기다린다. 옷이 엉망진창이다. 너무도 익숙한, 끈끈한 타우메바 찌꺼기로 뒤덮여 있다. 그의 작업복 한쪽 면 전체에는 탄 자국이 있고, 로키의 팔 두 개는 모양이 무척 상해 버렸다. 꽤 힘든 시간을 보낸 듯하다. 하지만 그의 몸짓이 전하는 메시지는 순수한 기쁨이다.

그는 이 손잡이에서 저 손잡이로 통통 튄다.

"나 아주 아주 아주 행복." 그가 높은음으로 말한다.

나는 엉망이 된 그의 팔을 가리킨다. "너 다쳤어?"

"나을 것임. 타우메바 감염을 막으려고 많은 것을 시도함. 전부 실패."

"난 성공했어." 내가 말한다. "내 우주선은 제노나이트로 만들어진 게 아니니까."

"무슨 일, 질문?"

나는 한숨을 쉰다. "타우메바는 질소에 저항하도록 진화했어. 하지만 질소에서 숨으려고 제노나이트 안으로 들어가는 쪽으로도 진화했던 거야. 타우메바82.5가 시간이 지나면서 제노나이트를 통과할 수 있게 되는 부작용이 생긴 거지."

"놀라움. 이제 무엇, 질문?"

"나한테 아직도 아스트로파지가 200만 킬로그램 남아 있어. 네 물건을 여기에 실어. 에리드로 가는 거야."

"행복! 행복, 행복, 행복!" 그가 잠시 말을 멈춘다. "질소 소독 필요. 타우메바82.5가 헤일메리호에 들어가지 않도록 함."

"응. 네 능력이야 완전히 신뢰하지. 소독기를 만들어줘."

로키가 한 철봉에서 다른 철봉으로 옮겨간다. 화상을 입은 팔이 아픈 게 눈에 보인다. "지구는, 질문?"

"미니 배양기를 실어서 비틀스를 보냈어. 타우메바82.5는 에리디언 강철을 통과하지 못해."

"좋음, 좋음." 그가 말한다. "나는 내 사람들이 너를 잘 돌봐주도록 함. 네가 집에 갈 수 있도록 아스트로파지를 만들어줄 것임!"

"어…." 내가 말한다. "그게 말이지…. 난 집에 안 가. 비틀스가 지구를 구할 거야. 하지만 난 다시 지구를 보지 못해."

기쁨에 차 통통 튀던 로키가 멈춘다. "왜, 질문?"

"식량이 부족해. 너를 에리드로 데려다 준 다음에, 난 죽을 거야."

"너… 너는 죽을 수 없음." 그의 목소리가 낮아진다. "나 너 죽게 두지 않음. 우리는 너 집으로 보냄. 에리드는 감사할 것임. 너 모두를 구함. 우리는 너를 구하기 위해 모든 것을 함."

674

"네가 할 수 있는 일은 아무것도 없어." 내가 말한다. "식량이 없거든. 에리드에 갈 때까지 버틸 식량이나 도착하고 나서 몇 달 더 버틸 식량은 있지만 너희 정부에서 나한테 집으로 돌아갈 아스트로파지를 준다고 해도 나는 그 여행에서 살아남지 못할 거야."

"에리드 음식 먹어. 우리는 같은 생명에서 진화함. 우리는 같은 단백질 사용. 같은 화학물질. 같은 당분. 통할 게 틀림없음!"

"아냐. 난 네 음식을 먹지 못해, 기억나지?"

"너는 너한테 나쁘다고 함. 우리가 알아봄."

나는 두 손을 든다. "그냥 나쁜 게 아니야. 그걸 먹으면 난 죽어. 너희 생태계에서는 사방에서 중금속을 사용해. 그중 대부분이 나한테 유해하고. 나는 즉사할 거야."

로키가 뜬다. "아니. 너 죽을 수 없음. 너는 친구."

나는 분리용 벽으로 가까이 떠가서 조용히 말한다. "괜찮아. 내가 내린 결정이야. 우리 둘의 세계를 모두 구하는 유일한 방법이 이거였어."

로키가 물러난다. "그럼 너 집에 가. 지금 집에 가. 나 여기서 기다림. 에리드가 언젠가 다른 우주선을 보낼지도 모름."

"말도 안 돼. 정말로 그런 추측에 너희 종족 전체의 생존을 걸고 싶어?"

로키는 잠시 침묵을 지키다가 마침내 대답한다. "아니."

"좋아. 네가 우주복으로 사용하는 그 공 같은 걸 가지고 넘어와. 나한테 제노나이트 벽을 때우는 방법을 알려줘. 그런 다음 네 물건을 옮기면…."

"기다려." 그가 말한다. "너는 에리드 생명체 먹을 수 없음. 너한테는 먹을 지구 생명체가 없음. 에이드리언 생명체는, 질문?"

나는 피식 웃는다. "아스트로파지? 그걸 먹을 수는 없지! 늘 96도잖아! 난 산 채로 타버릴걸. 거기다가 내 소화효소가 아스트로파지의 희한한 세포막을 뚫을 수 있을지도 모르겠고."

"아스트로파지 아님. 타우메바. 타우메바 먹어."

"타우메바를 먹을 수는…" 나는 잠시 말을 멈춘다. "난…. 뭐라고?"

타우메바를 먹을 수 있을까?

타우메바는 살아 있다. DNA가 있다. 세포의 발전소인 미토콘드리아도 있다. 타우메바는 글루코스 형태로 에너지를 저장한다. 크레브스 순환을 한다. 타우메바는 아스트로파지가 아니다. 96도가 아니다. 그냥 다른 행성의 아메바일 뿐이다. 에리디언의 환경에 맞게 진화한 생명체와는 달리 중금속이 들어 있지도 않을 것이다. 중금속은 에이드리언의 대기에 아예 없으니까.

"난… 잘 모르겠어. 먹을 수 있을지도 모르겠다."

로키가 자기 우주선을 가리킨다. "나는 연료 탱크에 타우메바 2,200만 킬로그램이 있음. 얼마나 원함, 질문?"

나는 눈을 휘둥그렇게 뜬다. 오랜만에 처음으로 진짜 희망이 느껴진다.

"해결." 로키가 분리용 벽에 발톱을 댄다. "내 주먹에 하이해."

나는 웃으며 제노나이트에 내 손마디를 댄다. "하이파이브야. 그냥 '하이파이브'라고."

"이해함."

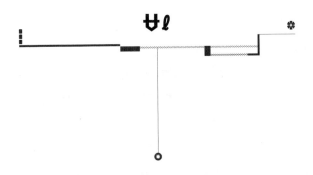

　나는 마지막 '내 살 버거' 한 입을 마저 먹고, 비타민이 가득한 탄산수를 꿀꺽꿀꺽 마신다. 싱크대에 그릇을 집어넣고, 주방 벽에 걸린 시계를 본다. 와, 벌써 Vℓιϫϫ란 말이야? 서둘러야겠는데.

　에리드에서 보낸 첫 몇 년은 아슬아슬했다. 타우메바 덕분에 살아는 있었지만 심각한 영양실조에 걸리고 말았다. 그 미생물은 칼로리를 제공해 주었지만 균형 잡힌 식단은 아니었다.

　고통스러운 나날이었다. 나는 괴혈병, 각기병 그 외에도 수많은 질병을 앓았다. 그럴 가치가 있었느냐고? 아직 모르겠다. 아마 영영 모를 수도 있다. 지구와 통신할 방법은 없다. 지구는 16광년 떨어진 곳에 있으니까.

　내가 예측할 수 있는 한에서는 비틀스가 오작동하거나 목적지에서 빗나갔을 수도 있다. 르클레르 같은 기후학자들이 만든, 앞으로 일어날 일에 대한 모형이 맞았는지조차 모르겠다. 헤일메리호는 처음부터 아무 희망이 없는 프로젝트였는지도 모른다. 지구는 이미 수십억 구의 시체가 나뒹구는, 얼어붙은 황무지가 됐을지도 모른다.

하지만 나는 긍정적인 마음을 유지하려 애쓴다. 그것 말고는 가진 것도 없잖은가?

그건 그렇고, 에리디언들은 손님 접대를 환상적으로 잘한다. 그들에게는 우리가 아는 것과 똑같은 형태의 정부가 없지만, 중요한 단체 모두가 나를 살려두기 위해서라면 무슨 일이든 하기로 합의했다. 어쨌거나 나는 그들의 행성을 구하는 데 매우 중요한 역할을 했으니까. 설령 그게 아니더라도 나는 살아 숨 쉬는 외계인이다. 당연히 에리디언들은 나를 살려둘 것이다. 나는 지극히 흥미로운 과학적 관심사다.

나는 에리디언들의 '도시' 한가운데에 있는 커다란 돔에서 산다. '도시'라는 말이 딱히 정확한 건 아니지만 말이다. '군집'이라고 하는 편이 더 나을 것이다.

나한테는 내 구역도 있고 모든 게 있다. 돔 바깥에 사는 에리디언 서른 명이 내 생명 유지 장치를 관리하고 있다. 그렇다고 들었다. 게다가 내 돔은 더 큰 과학 센터 한 곳과 아주 가까운 곳에 있다. 에리드에서 가장 뛰어난 지성인들이 거기에 모여서 타현한다(줄을 퉁겨 현악기 소리를 내는 것을 말한다—옮긴이). 노래와 토론이 한데 섞인 셈이다. 단, 모두가 동시에 말한다. 에리디언들 입장에서는 딱히 의식하고 하는 행동이 아니다. 어떻게 그러는지는 몰라도, 그 악기 소리가 결론과 토론으로 이어진다. 어우러진 타현의 소리는 타현에 참여하는 에리디언 한 명 한 명보다 현명하다. 어떻게 보면 에리디언들은 일시적으로 집단 지성을 구성하는 신경단위가 되는 것이다. 다만 그들은 자신이 원할 때만 타현에 참여하고, 원하지 않으면 떠난다.

나는 유독 흥미로운 존재이므로, 이 행성의 거의 모든 과학자들이 모여 나를 살려둘 방법을 놓고 타현을 해댔다. 듣자니 그게 역사상 두 번째로 큰 과학 관련 타현이었다고 한다(물론, 가장 큰 타현은 에리디언들이 아스트로파지를 처리할 계획을 세울 때였다).

내가 가져온 지구의 과학 학술지 덕분에 에리디언들은 내게 필요한 모든 영양소를 알고 있으며, 실험실에서 다양한 비타민을 합성하는 방법도 알고 있다. 이 문제가 해결된 뒤에는 그보다 작고 집중도도 떨어지는 집단들이 그 음식 맛을 나아지게 하는 방법을 연구했다. 그건 대체로 내게 달린 문제였다. 나는 엄청나게 많은 시식회를 거쳤다. 에리디언과 인간의 생물군계에 공통적으로 나타나는 글루코오스가 여러 번 등장했다.

하지만 가장 좋은 건, 에리디언들이 내 근육조직을 복제해 실험실에서 배양하는 데 성공했다는 점이다. 이건 지구의 과학 덕분이라고 할 수 있다. 내가 처음 나타났을 때는 에리디언들에게 이런 기술이 전혀 없었다. 하지만 그건 16년 전이다. 에리디언들은 지구의 과학을 무척 잘 따라잡고 있다.

아무튼, 그 말은 내가 마침내 고기를 먹을 수 있게 됐다는 뜻이다. 그래, 나는 인간 고기를 먹고 있다. 이게 내 살이라지만 난 불쾌하지 않다. 당신이라면 10년 동안 이상한 맛이 나는, 단 듯 안 단 듯한 비타민 셰이크만 먹은 뒤에도 햄버거를 거절할 수 있을지 보자.

나는 '내 살 버거'를 무척 좋아한다. 하루에 하나씩 먹는다.

나는 지팡이를 집어 들고 밖으로 나간다. 이제 나는 젊은이가 아니다. 에리드의 높은 중력은 내 뼈가 나이보다 더 빨리 노화되도록 만들었다. 지금은 53세인 것 같지만 확실하지 않다. 나는 시간 팽창 여행을 엄청나게 많이 했으니까. 이 나이와는 별개로, 내가 태어난 뒤로 지구에서는 71년이 흘렀을 거라고 정확하게 말할 수 있다.

나는 현관을 나서 내 구역을 가로지른다. 식물도, 그 무엇도 없다. 내 환경에서 살아남을 수 있는 건 이 행성에서 나뿐이다. 하지만 이곳에는 아주 우아하고 미적 쾌감을 주는 바위들이 꽤 있다. 공간을 최대한 예쁘기 꾸미는 것이 내 취미가 됐다. 에리디언들은 그저 수많은 바위들을 볼 수 있을 뿐이지만, 내게는 색깔이 보인다.

에리디언들은 돔의 맨 위에 스물네 시간 주기로 밝아졌다가 어두워지는 조명을 설치했다. 나는 이렇게 하는 게 내 기분에 중대한 영향을 끼친다고 설명했고, 에리디언들은 그 말을 그대로 받아들였다. 우주를 여행할 줄 아는 종족인 그들에게 전구 만드는 방법을 설명해 줘야 하기는 했지만 말이다.

나는 절뚝절뚝 자갈길을 지나 돔의 벽에 있는 수많은 '만남의 방' 중 하나로 들어간다. 에리디언들은 인간만큼이나 얼굴과 등딱지를 마주 보며 하는 의사소통을 가치 있게 여긴다. 이 '만남의 방'은 괜찮은 타협점이다. 내 쪽은 구체로 둘러싸인 내 환경 안에 있다. 그리고 1센티미터짜리 투명한 제노나이트의 반대편에는 에리드의 자연 대기에 노출된 방이 있다.

나는 절뚝거리며 들어간다. 이 방은 만남의 방 중에서 작은 편이다. 사실, 1대 1 대화에나 적합하다. 하지만 이곳은 우리가 가장 좋아하는 만남의 장소가 됐다.

로키가 에리디언 쪽에서 나를 기다리고 있다. "이제야 왔네! ℓλ 분이나 기다렸어! 왜 이렇게 오래 걸린 거야?"

당연한 얘기지만 이제 나는 에리디언 언어를 유창하게 이해한다. 로키도 영어를 똑같이 유창하게 알아듣는다.

"난 늙었다고. 좀 봐주라. 아침에 준비하려면 시간이 좀 걸려."

"아, 뭘 먹어야 했던 거지?" 로키가 말한다. 목소리에 약간 역겹다는 기색이 어려 있다.

"먹는 얘기는 예의 바른 사람들 사이에서 하는 일이 아니라며."

"난 예의 바른 사람이 아니야, 친구!"

나는 히죽거린다. "그래서, 무슨 일이야?"

로키가 씰룩씰룩 좌우로 움직인다. 그가 이렇게까지 흥분한 모습은 거의 본 적이 없다. "방금 천문학 군집에서 어떤 얘기를 들었어. 새로운 소식이 있대!"

나는 숨을 참는다. "태양? 태양 쪽 소식이야!?"

"응!" 로키가 높은 소리로 외친다. "너희 별의 밝기가 완전히 돌아왔어!"

나는 숨을 들이켠다. "정말이야? 그러니까, I ll 퍼센트 확실해?"

"응. λV 천문학자들의 타현을 통해 데이터가 분석됐어. 확실해."

움직일 수가 없다. 숨도 거의 못 쉬겠다. 나는 떨기 시작한다.

끝났다.

우리가 이겼다.

그렇게나 간단한 일이다.

태양이, 지구의 태양이 아스트로파지 이전의 밝기로 돌아왔다. 그런 일이 일어날 방법은 하나뿐이다. 아스트로파지가 사라지는 것. 아니면 최소한 아스트로파지의 개체 수가 더 이상 중요하지 않을 만큼 줄어드는 것.

우리가 이겼다.

우리가 해냈다!

로키는 등딱지를 한쪽으로 기울인다. "야, 너 얼굴에서 물 새! 아주 오랫동안 못 본 표정인데! 다시 알려줘. 그게 기분이 좋다는 뜻이야, 슬프다는 뜻이야? 둘 다 가능하댔지?"

"당연히 좋은 거지!" 나는 흐느낀다.

"그래, 그럴 줄 알았어. 그냥 확인한 거야." 로키는 말아 쥔 발톱을 제노나이트에 댄다. "이거 하이파이브 상황인가?"

나도 제노나이트에 손마디를 댄다. "어마무시하게 장엄한 하이파이브 상황이야."

"너희 과학자들이 바로 작업을 시작했나 봐." 그가 말한다. "네가 보낸 비틀스가 지구에 도착하는 시간과, 빛이 태양에서 에리드까지 이동할 때 걸리는 시간을 생각하면… 일을 마무리하는 데 너희 시간으로 1년도 채 안 걸린 것 같아."

나는 고개를 끄덕인다. 아직도 실감이 나지 않는다.

"그럼, 이젠 집으로 갈 거야? 아니면 여기 있을 거야?"

그… 단체들이랄까…. 에리드의 중요한 결정을 내리는 그 존재들은 오래전 내게 헤일메리호의 연료를 다시 채워주겠다고 제안했다. 헤일메리호는 지금도 에리드 주변을 안정적으로 잘 돌고 있었다. 로키와 내가 아주 오래전, 처음으로 에리드에 도착한 이후 쭉 그랬다.

에리디언들은 헤일메리호를 음료와 비품으로 가득 채우고, 모든 것이 제대로 작동하도록 나를 도와주고, 나를 집으로 보내줄 수 있었다. 하지만 지금까지 나는 에리디언들을 그 일에 참여시키지 않았다. 그건 길고도 외로운 여행이었고, 1분 전까지만 해도 나는 지구가 아직 살만한 행성인지조차 알지 못했다. 에리드가 내 고향은 아닐지 모르지만 그래도 이곳에는 친구들이 있었다.

"난… 잘 모르겠어. 난 늙어가는데 여행은 오래 걸릴 테니까."

"이기적인 관점에서 말하자면, 난 네가 여기 있었으면 좋겠어. 그냥 내 생각이지만."

"로키⋯. 그 태양 소식 말이야⋯. 그건⋯. 그 소식을 들으니까 내 인생 전체에 의미가 생겨. 그거 알아? 난 아직도⋯ 난 도저히⋯." 나는 다시 흐느끼기 시작한다.

"그래, 알아. 그래서 이 소식은 내가 직접 전해주고 싶었어."

나는 손목시계를 확인한다(그렇다. 에리디언들이 내게 손목시계를 만들어주었다. 그들은 내가 부탁하는 건 아무거나 다 만들어준다. 나는 그 호의를 너무 과하게 이용하지 않으려고 애쓰는 중이다). "가야겠다. 늦었어. 하지만⋯ 로키⋯."

"알아." 그는 등딱지를 기울이며 말했다. 이제 나는 그게 미소라는 것을 안다. "나도 알아. 나중에 더 얘기하자. 어쨌든 나도 집에 가야하고. 에이드리언이 곧 잘 시간이라, 내가 지켜봐야 해."

우리는 각자의 출구로 향하지만, 로키가 잠시 멈춘다. "야, 그레이스. 혹시 생각해 본 적 없어? 저 바깥에 다른 생명체가 있을지에 대해서 말이야."

나는 지팡이에 기댄다. "당연히 해봤지. 늘 생각하는걸."

로키가 다시 들어온다. "나도 계속 그 생각을 해. 그 가설을 반박하기가 참 어려워. 아스트로파지의 어떤 조상이, 수십억 년 전에 지구와 에리드에 씨를 뿌렸다는 가설 말이야."

"그래." 내가 말한다. "네가 무슨 말 하려는지도 알고 있어."

"그래?"

"그럼." 나는 한 다리에서 다른 쪽 다리로 몸무게를 옮겨 싣는다. 관절염이 관절마다 자리 잡기 시작한다. 높은 중력은 인간에게 별로 좋지 않다. "우리만큼 타우세티에 가까운 별은 쉰 개가 채 안 돼. 하지만 그중 두 개에 결국 생명체가 생겼지. 그 말은 생명체가, 최소한 타우세티에서 발원한 생명체가 은하계에 우리 생각보다 훨씬 더 흔하게 존재할지 모른다는 뜻이야."

"우리가 그 생명체들을 더 찾게 될까? 지능이 있는 종족을?"

"누가 알겠냐?" 내가 말한다. "너랑 나도 서로를 찾았잖아. 그건 대단한 일이라고."

"그래." 그가 말한다. "진짜 대단한 일이지. 이제 가서 일하세요, 할아버지."

"나중에 보자, 로키."

"또 봐!"

나는 절뚝거리며 만남의 방에서 나와 돔의 둘레를 따라 걷는다. 에리디언들은 내가 그 편을 좋아하리라고 생각하고 돔 전체를 투명한 제노나이트로 만들었다. 하지만 그건 중요하지 않다. 바깥은 늘 칠흑처럼 어둡다. 물론 바깥에 손전등을 비춰볼 수는 있다. 그러면 가끔 할 일을 하는 에리디언이 보인다. 하지만 광활한 산맥 풍경 같은 건 보이지 않는다. 그저 새까만 어둠뿐이다.

미소가 조금 흐려진다.

지구는 상황이 얼마나 나빠졌을까? 살아남기 위해 모두 힘을 합쳤을까? 아니면 전쟁과 기근으로 수백만 명이 죽었을까?

인간들은 비틀스를 수거해 내가 보낸 정보를 해독하고, 해결책을 실행할 수 있었다. 아마 탐사선을 금성에 보냈을 것이다. 그러니 아직 지구에 첨단 기간 시설이 있는 건 확실하다.

분명 다들 힘을 합쳤을 것이다. 어쩌면 그냥 내 안의 유치한 낙관주의자가 하는 생각일지 모르지만, 생각해 보면 인류에게는 꽤 감동적인 면이 있다. 어쨌거나 헤일메리호를 만들기 위해서도 모두가 힘을 합쳤다. 그건 만만히 볼 만한 업적이 아니었다.

나는 고개를 높이 든다. 어쩌면 언젠가는 집으로 가게 될지도 모르겠다. 어쩌면 그 모든 질문의 답을 확실히 알게 될지도.

하지만 지금 당장은 아니다. 지금은 해야 할 일이 있다.

나는 오솔길을 따라 계속 나아간 끝에, 다른 만남의 장소로 이어지는 커다란 이중문으로 들어간다. 이건 말해둬야겠는데, 이곳이 내가 가장 좋아하는 만남의 장소다.

나는 방 안으로 들어간다. 방의 5분의 1가량은 지구의 환경을 갖추고 있다. 분리용 벽 반대편에는 바보처럼 튀어 다니는 조그만 에리디언 서른 명이 있다. 모두가 지구 나이로 서른 살이 안 됐다. 누가 입학할지 선택하는 과정은… 글쎄…. 이 경우에도 에리디언 문화는 복잡했다.

지구에서 볼 수 있는 것과 비슷한 오르간이 내 구역 한가운데에, 연주자가 아이들을 마주 보도록 놓여 있었다. 오르간에는 지구에서 볼 수 있는 평범한 건반보다 몇 가지 기능이 더 있었다. 나는 억양과 음조, 분위기 등 음성언어의 모든 소소한 복잡성을 적용할 수 있었다. 나는 편안한 의자에 앉아 손마디를 꺾고 수업을 시작한다.

"자, 자." 내가 연주한다. "모두 진정하고 자리에 앉아."

아이들은 배정받은 책상으로 서둘러 오더니 조용히 앉아서는 수업이 시작하기를 기다린다.

"여기서 빛의 속도를 말해줄 수 있는 사람?"

아이들 열두 명이 발톱을 들어 올린다.

감사의 말

　천문학과 천체과학에 관련한 도움을 준 앤드루 하월, 행성학의 기초와 대기의 작동 방식에 대해 자세히 설명해 준 짐 그린, 태양계외 행성 탐지에 관해 모든 것을 설명해 준 숀 골드먼, 중성미자에 관한 복잡한 세부사항을 설명해 준 찰스 듀바(나는 그와 고등학교 동창이다!) 마지막으로 필수적인 화학적 정보를 알려주었을 뿐 아니라 모든 방면에서 즐겁게 이메일을 주고받을 수 있는 상대였던 코디 던 리더 등 과학과 관련된 내용을 최대한 정확하게 쓸 수 있도록 도와준 여러분께 고맙습니다.

　무엇보다도 늘 나를 응원해 주는 에이전트 데이비드 퓨게이트에게 감사를 전하고 싶습니다. 이 책뿐 아니라 지금까지 제가 펴낸 모든 책을 편집해 준 줄리언 파비아에게도 고맙습니다. 첫 날부터 제 책들의 출간을 관리해 쥰 새라 브리브겔에게도요. 어머니, 제가 하는 모든 일을 좋아하는 재닛, 플롯 상의 모든 지점에 의문을 던져 제가 정직한 글

쓰기를 할 수 있게 해주는 던컨 해리스 등 여러 부류로 이루어진 베타 독자들에게도 감사합니다.

그리고 댄 슈나이더는… 잠깐. 너 왜 답장 안 보내, 댄? 뭐, 나 같은 건 사귈 가치가 없다는 거야?

그리고 가능한 플롯과 이야기 구조 아이디어에 대한 셀 수 없이 많은 대화를 참아주고 현명한 조언을 해주었던 제 아내, 애슐리에게도 고마운 마음을 전합니다.

좀비 바이러스, 핵전쟁, 백두산 폭발, 대기근….

요즘 인기 있는 문화 콘텐츠의 핵심에는 인류의 멸망, 즉 아포칼립스가 있다.

물론 극도로 위험한 상황에 빠진 주인공이 갖은 기지를 동원해 위기에서 벗어나는 이야기는 언제나 사람들의 관심을 끌어왔다. 그러나 주인공 혼자만이 아니라 인류 전체가 절멸의 위기를 맞는 이야기가 이토록 인기를 끌게 된 것은 최근의 특이한 경향이다.

한때 《아마겟돈》이나 《딥임팩트》처럼 난데없이 날아온 천체가 인간을 위협하는 영화들이 유행하기는 했지만, 이 영화들이 개봉된 시점이 노스트라다무스가 예언한 종말의 때인 1999년을 앞둔 시기였다는 점을 생각하면 당시에 지구 종말이 사람들의 관심을 끌었던 이유는 오히려 쉽게 설명된다.

그에 비해 우리가 사는 2021년, 스크린과 페이지를 가득 채우고 있는 멸망의 위기감은 그 근원을 특정하기가 쉽지 않다. 기상 이변? 환경파괴? 그동안 우리 사회를 지탱해 오던 민주주의적 원칙의 붕괴? 아

니면 눈이 핑핑 돌아갈 정도로 빠르게 진행되는 과학기술의 변화 그
자체? 지금의 우리는 도대체 어떤 방식으로 찾아올지 짐작조차 할 수
없는 위험을 생각하며 불안에 시달리고 있는 듯하다.

이 책,《프로젝트 헤일메리》에서는 그 위기가 태양의 온도가 떨어지
는 형태로 나타난다. 태양이 정체를 알 수 없는 미생물에 감염돼 에너
지를 서서히 잃어가면서, 온난화를 걱정하던 지구가 졸지에 빙하기를
맞이할 위험에 처하는 것이다. 급격한 온도 변화로 수십 년 안에 지구
의 동식물이 멸종에 직면하고 그 와중에 인류 또한 멸종할 것이 거의
확실해진다.

이 상황에서 지구와 인류를 구하는 임무를 떠맡은 사람은 라일랜드
그레이스다. 원래 그는 실력이 뛰어난 분자생물학자였지만, 외계 생물
추정학이라는 생소한 분야에서 생물이 발생하는 데 꼭 물이 필요한
것은 아니라는 소수 의견을 주장하다가 동료들의 비웃음을 당하고 학
계에서 물러나 살고 있다.

그런데 여기서 잠깐! 라일랜드 그레이스는 SF 소설에 흔히 등장하
는 외곬의 과학자가 아니다. 외곬은커녕, 그는 자신의 주장을 확고히
내세우기에는 너무 겁이 많고 소심한 성격이다. 학계에서 물러난 것도
자신의 의견을 끝까지 고집하다가 어쩔 수 없이 밀려난 것이라기보다
지레 의기소침해진 결과다. 그리고 영웅적인 고집이 없는 우리 대부분
이 그렇듯, 라일랜드 역시 중학교 과학 교사라는 새로운 직업에 적응
해 소소한 행복을 느끼며 살아가고 있다.

그런 그레이스에게는 태양이 미생물에 감염되어 죽어간다는 사실이
절망적인 한편 짜릿하고 흥분되는 현상이기도 하다. 온도가 너무 높아
액체 상태의 물이 존재할 수 없는 태양 표면에 생명체가 살고 있다면,

물이 없는 곳에도 생명체가 존재할 수 있다는 그의 가설이 입증되는 것이기 때문이다.

지구 종말을 막기 위해 인류의 모든 자원을 활용할 권한을 부여받은 인물, 스트라트는 바로 이런 가설 때문에 라일랜드 그레이스를 스카우트한다. 뜻밖의 기회를 갖게 된 라일랜드는 과학자로서의 순수한 호기심과 기발한 실험을 통해 태양을 잡아먹는 미생물에 '아스트로파지'라는 이름을 붙이고, 아스트로파지의 생애주기와 속성 등을 알아내며 본의 아니게 인류 생존에 매우 중요한 인물이 되어 간다.

라일랜드 본인에게는 불행한 일이다. 스트라트의 팀원들은 태양뿐 아니라 인근 항성계의 다른 항성들도 아스트로파지에 감염되었으며 타우세티라는 항성계만이 유일한 예외라는 사실을 알아낸다. 이들이 내린 결론은 타우세티로 과학자들을 보내 그 항성만이 무사한 이유를 조사하고 그 정보를 바탕으로 우리 태양계의 아스트로파지 문제를 해결할 방법을 찾아보아야 한다는 것이다. 단, 여러 가지 제약 때문에 타우세티에 간 과학자들은 지구로 돌아올 수 없다. 선발된 과학자들에게 이 임무는 자살 임무다. 그리고 우리의 겁쟁이 라일랜드는 설령 인류를 구할 수 있다 한들 자신의 목숨을 희생할 용기가 전혀 없다.

앤디 위어는 그런 라일랜드가 영웅적 비장함 때문이 아니라, 하찮게까지 보이는 평범한 선량함 때문에 '두 인류의 구원'이 될 용감한 결단을 내리게 되는 과정을 놀랍도록 실감 나게 그려낸다. 태양을 잡아먹는 미생물과 그 미생물을 연료로 사용하는 우주선 헤일메리 호, 그 우주선이 다른 항성계에서 맞닥뜨린 여러 사건과 위기 또한 그 기상천외함에도 불구하고 모두 실제 일어났던 사건처럼 설득력 있게 그려진다. 물론, 라일랜드와 가장 친한 친구 로키의 우정 역시 특이한 상황에서도 무척 자연스러우면서 눈물 나게 묘사된다.

아마 《프로젝트 헤일메리》가 이토록 흥미진진하게 읽히는 이유도 작품의 강한 설득력 덕분일 것이다. 나 역시 한 번 읽기 시작하면 도저히 내려놓기 어려울 정도로 이 책을 번역하는 것이 수고스럽다기보다는 무척 즐겁게 느껴졌다. 책을 옮기는 과정에서 똑같은 내용을 몇 번이나 반복해서 읽었는데도 말이다.

번역을 마친 뒤에는 문득 한 가지 질문이 생겼다.

요즘 우리 마음속을 꽉 사로잡고 있는 지구 종말의 위기가 실제로 닥친다면, 과연 그 위기에서 인류를 구할 수 있는 사람의 자질은 과연 무엇일까?

라일랜드 그레이스가 가진 자질은 과학적 전문성과 창의력, 호기심, 열린 마음, 친절함 그리고 이 책을 읽는 독자 누구에게나 있을 법한 평범하고 흔한 '착함'이었다.

그리고 내게는 그가 지구를 구하는 이야기가 자연스럽게 느껴졌다.

강동혁

옮긴이 강동혁

서울대학교에서 사회학과 영문학을 전공하고, 동대학원에서 영문학 석사 학위를 받았다. 대중적으로 널리 읽히면서도 새로운 생각거리를 제공해 주는 책들을 쓰거나 소개하겠다는 목표를 갖고 있다. 번역서로는 〈해리 포터(개정판)〉 시리즈, 《더 원》, 《우연 제작자들》 등이 있다.

프로젝트 헤일메리

1판 1쇄 발행 2021년 5월 4일
1판 17쇄 발행 2024년 12월 18일

지은이 앤디 위어
옮긴이 강동혁

발행인 양원석 편집장 김건희
디자인 석윤이 영업마케팅 조아라, 박소정, 한혜원, 김유진, 원하경

펴낸 곳 ㈜알에이치코리아
주소 서울시 금천구 가산디지털2로 53, 20층 (가산동, 한라시그마밸리)
편집문의 02-6443-8902   도서문의 02-6443-8800
홈페이지 http://rhk.co.kr
등록 2004년 1월 15일 제2-3726호

ISBN 978-89-255-8873-5 (03840)

※ 이 책은 ㈜알에이치코리아가 저작권자와의 계약에 따라 발행한 것이므로 본사의 서면 허락 없이는 어떠한 형태나 수단으로도 이 책의 내용을 이용하지 못합니다.

※ 잘못된 책은 구입하신 서점에서 바꾸어 드립니다.

※ 책값은 뒤표지에 있습니다.